KB167311

위대한 유산 2

Great Expectations

세계문학전집 213

위대한 유산 2

Great Expectations

찰스 디킨스

이인규 옮김

민음사

차례

1권 차례

31장

덴마크에 도착해 보니, 그 나라의 왕과 왕비가 부엌용 식탁 위에 놓인 안락의자 두 개에 높이 올라앉아 알현식을 거행하고 있었다. 덴마크의 귀족 전체가 배석해 있었는데, 거인처럼 큰 조상한테 물려받은 양가죽 구두를 신은 귀족 소년 한 명과 점잖은 차림이지만 얼굴이 더럽고 늘그막에 평민에서 출세한 것처럼 보이는 귀족 한 사람, 그리고 머리에 빗을 꽂고 두 다리는 하얀 비단 양말 차림인 기사 계급의 대표 한 명이 그 전부였으며, 전체적으로 모두 여성적인 외모를 풍겼다. 재능 있는 우리 고향 읍내 사람은 팔짱을 낀 채 조금 떨어진 곳에 우울한 얼굴로 서 있었다. 나는 그의 곱슬머리와 앞이마가 좀 더 그럴듯해 보였으면 좋았을 거라는 생각이 들었다.

공연이 진행되는 동안 몇 가지 사소하지만 기묘한 상황이 발생했다. 덴마크의 선왕은 임종 당시 기침으로 고생을 했을 뿐만 아니라, 그 기침을 무덤까지 안고 갔다가 유령으로 나타날 때 다시 달고 나온 것처럼 보였다. 게다가 그 선왕의 유령은 손에 든 왕의 홀(笏)에다 귀신용 원고 같은 것을 휘감고 나와서는 이따금씩 그것을 참고하곤 했는데, 그것도 참고할 부분이 어디인지 자꾸 잊어버리는 데다가 불안해하는 태도로 그렇게 하는 바람에 죽은 유령이 아닌 살아 있는 인간의 모습을 드러내곤 했다. 생각건대, 유령이 관객들로부터 "페이지를 넘겨 봐!"라는 충고를 받게 된 것은 바로 이 때문이었다. 유령은 이 충고를 지극히 불쾌하게 받아들였지만 말이다. 마찬가지로 이 존엄하신 유령에 대해 주목할 또 다른 사항은 바로 그가 항상 무덤에서 오래전에 나와서 굉장히 먼 거리를 걸어온 듯한 태도로 등장했지만 실제로는 너무나 눈에 띄게 아주 가까이 인접한 담장에서 튀어나왔다는 점이다. 이것은 유령으로서 그가 일으켜야 할 공포감을 훼손하여 관객의 조롱을 받는 원인이 되었다. 덴마크의 왕비는 아주 포동포동한 숙녀였는데, 비록 좀 철면피하다고 역사적으로 알려진 것은 틀림없지만 대중이 보기에는 아무래도 쇠붙이를 너무나 많이 몸에 붙이고 있는 것처럼 생각되었다. 그녀의 턱은 (마치 엄청난 치통이라고 앓고 있는 듯이) 황동으로 만든 넓적한 띠로 왕관에 연결되어 묶여 있었고, 허리에도 또 다른 넓적한 황동 띠가 빙 둘러져 있었으며, 양팔도 각기 넓적한 황동 띠를 하나씩 두르고 있었다. 그래서 관객들은 그녀를 노골적으로 '황동을 두른 북통'이라고 부를 정도였다. 조상의 구두를 신은 귀족 소년은 일관성이 없었는데, 말하자면 유능한 선원, 떠돌이 배우, 무덤 파는 인부, 사제(司祭), 그리고 궁전 검술 시합에서 극히 중요한 역할을 하는 사람, 즉 숙련된 눈과 섬세한 판단력에 따라 가장 훌륭한 찌르기를 결정하는 심판관 등으로 순식간에 역할을 바꿔 나타나곤 하는 것이었다. 이 때문에 관객들의 포용력은 점차 고갈되어 갔으며, 그가 성직자로 분장하고 나타나 장례식을 거부하는 장면*에 이르렀을 때 마침내 이를 알아챈 관객들은 다 함께 분노를 터뜨리며 호두와 땅콩 등을 던져 대기에 이르렀다. 끝으로 오필리어는 미쳐서 노래하는 장면에서 너무나 천천히 길게 노래를 불렀다.** 그래서 마침내 그녀가 하얀 옥양목 스카프를 벗고 그것을 접어서 땅에다 묻자 객석 맨 앞줄에서 난간 쇠막대에 코를 문질러 대며 오랫동안 짜증을 달래고 있던 뿌루퉁한 한 관객이 투덜거리며 이렇게 말했다. "자, 아기를 잠자리에 눕혔으니 저녁을 먹자!" 그런데 그것은 아무리 줄여 말한다 해도 그 장면과 전혀 어울리지 않는 말이었다.

이 모든 사건들은 서로 쌓여 가다가 불행하게도 우리의 고향 읍내 사람에게로 떨어지며 익살스러운 효과를 낳았다. 우유부단한 그 햄릿 왕자가 질문을 하거나 의심을 표현할 때마다 관객들은 그에 대한 대답을 함으로써 그를 도와주곤 했다. 예컨대, 마음속으로 고통을 견디는 것이 더 고상할 것인가 하는 질문에 대해, 어떤 사람들은 "그렇다."라고 소리 질렀고 어떤 사람들은 "아니야."라고 소리쳤으며, 양쪽 다에 동감하는 또 다른 사람들은 "동전을 던져서 정해라."라고 말했다. 그러고는 하나의 거창한 토론회를 벌이기 시작했다. 한편 왕자가 자신 같은 인간이 땅과 하늘 사이를 기어다니며 대체 무슨 일을 할 것인가 하고 물었을 때, 관객들은 큰 소리로 "맞아! 맞아!" 하고 외치며 그를

* 『햄릿』 5막 1장에서 레어티스가 동생 오필리어의 장례를 기독교식으로 거행해 달라고 했을 때 사제가 거부하는 장면.

** 『햄릿』 4막 1장 참조.

부추겨 댔다.* 또한 왕자가 양말이 흐트러진 채 등장했을 때 (이 흐트러짐은 관례에 따라 양말 맨 윗부분을 아주 말쑥하게 한 번 접어 놓는 것으로 표현되었는데, 그 접힌 부분은 언제나 납작한 인두로 잘 눌러 처리하는 걸로 나는 알고 있다.) 그의 다리가 창백한 것과, 그것이 유령 때문에 놀란 탓인지 등에 관한 대화가 관객석에서 오갔다. 그가 피리를 훔쳤을 때는 — 그런데 무대 문간에서 그에게 건네진 그 피리는 오케스트라에서 방금 분 자그만 검정 플루트와 아주 흡사한 것이었다. — 만장일치로 「대영제국이여 지배하라」**를 연주하라는 요청을 받았다. 그가 떠돌이 배우에게 그렇게 허공을 톱질하듯이 손을 휘두르지 말라고 충고했을 때,*** 아까 그 뿌루퉁한 사람이 "너도 마찬가지야, 그러지 마. 넌 그 친구보다 훨씬 더 못해!"라고 말했다. 그리고 가슴 아프게 덧붙이건대, 바로 이런 일들이 일어날 때마다 웃음보가 떠들썩하게 터지며 웝슬 씨에게로 퍼부어지곤 했다.

그러나 웝슬 씨가 당한 최악의 고난은 교회 묘지에서 일어났다. 교회 묘지는 원시림 같은 모양을 하고 있었는데, 한쪽에는 일종의 성직자용 세탁소 같은 작은 건물이 있고 다른 쪽에는 유료도로 출입문이 있었다. 웝슬 씨가 커다란 검정 망토를 두르고 유료도로 쪽으로 들어오는 것이 포착되자, 관객들은 무덤 파는 인부에게 다정한 어조로 "조심하게! 저기 장의사가 오고 있네. 자네가 일을 얼마나 잘하고 있는지 보려고 말이야!"라고 경고해

---

* 『햄릿』 3막 1장 참조.

** 18세기에 가면극용으로 작곡되었다가 일반에게 널리 알려진 애국적인 내용의 노래.

*** 『햄릿』 3막 2장 참조.

줬다. 나는 웝슬 씨가 해골에 대한 교훈적인 사색을 펼친 뒤 그것을 돌려줄 때 반드시 가슴팍에서 꺼낸 하얀 손수건으로 손가락에 묻은 먼지를 닦아 내게끔 되어 있다는 것은 입헌국가에서는 잘 알려진 사실이라고 믿는다. 하지만 이 순수하고 불가결한 행동조차도 관객들은 "어이, 웨이터!"라는 논평 없이는 그냥 지나가지 않았다. 매장될 오필리어의 시체가 (뚜껑이 자꾸 굴러떨어져 열리는 까만 빈 상자에 담겨서) 도착했을 때 그것은 관객 전체가 즐거이 환호하는 계기가 되었는데, 이 환희는 누구인지 쉽게 알아볼 수 있는 한 인물이 상여꾼 가운데에서 발견됨으로써 크게 고조되었다. 관객들의 이 환희는 웝슬 씨가 오케스트라석과 무덤 바로 앞에서 레어티스와 결투하는 동안에도 내내 이어졌으며, 그가 왕을 부엌용 식탁에서 굴러떨어뜨린 뒤 발목에서부터 위쪽으로 서서히 죽어 갈 때까지도 전혀 수그러들지 않았다.

우리는 처음 얼마 동안 웝슬 씨에게 박수를 보내려고 미약하나마 약간의 노력을 했다. 하지만 상황이 너무나 절망적이어서 도저히 그 노력을 계속할 수 없었다. 그래서 우리는 애타는 마음으로 웝슬 씨를 동정하며 그대로 앉아 있었는데, 그럼에도 불구하고 한편으로는 입이 찢어지도록 웃어 댔다. 정말이지 나는 공연 내내 나도 모르게 소리 내어 웃어 댔는데, 그 모든 것이 너무나 우스꽝스러웠기 때문이다. 하지만 마음 한구석으로는 웝슬 씨의 발성법에는 뭔가 결정적으로 훌륭한 점이 있다는 인상을 받았다. 그것은 옛날부터 내가 그의 목소리에 대해 느꼈던 연상 때문이 아니었다. 그보다는 그의 발성이 몹시 느리고, 아주 음울하고, 오르락내리락하는 굴곡이 매우 클 뿐만 아니라, 어떤 한 사람이 생사의 자연스러운 상황에서 어떤 대상에 대해 표현하는 그 어떤 방식과도 몹시 달랐기 때문이다. 연극이 끝나고 웝슬 씨가 관객들에게 불려 나와 야유를 실컷 받고 났을 때, 나는 허버트에게 말했다. "어서 이곳을 빠져나가자. 그러지 않으면 웝슬 씨를 만나게 될지도 몰라."

우리는 최대한 서둘러서 계단을 달려 내려갔다. 하지만 우리는 충분히 빠르지 못했다. 극장 문 앞에 짙은 얼룩 같은 괴상한 눈썹을 지닌 유대인 한 사람이 서 있다가, 우리가 다가갈 때 나와 시선을 마주치더니 우리가 그가 있는 곳에 이르자 이렇게 말했다.

"핍 씨와 그 친구 분이시지요?"

핍 씨와 그 친구가 맞다고 인정하는 수밖에 없었다.

"월든가버 씨는……." 그가 말했다. "두 분을 만나 보는 영광을 얻으면 기뻐할 것입니다."

"월든가버 씨라니요?" 내가 되물었다. 그러자 허버트가 "아마 웝슬 씨를 말하는가 봐." 라고 내 귀에 속삭였다.

"아!" 나는 말했다. "좋습니다. 안내해 주세요."

"부디 몇 걸음만 따라와 주십시오." 우리가 극장 옆 통로로 들어섰을 때 그가 문득 돌아서며 물었다. "오늘 그가 무대에서 어때 보였습니까? 바로 내가 분장을 했지요."

나는 장례식 장면을 제외하고는 그가 어떤 모습이었는지 기억하지 못한다. 다만 그는 덴마크의 태양인지 별인지 그 비슷하게 생긴 커다란 장식을 파란 리본에 달아서 목에 추가로 걸고 있었는데, 그 때문에 그는 어떤 특별한 화재 보험 회사의 보험에 가입한 사람처럼 보였다.* 그러나 나는 그가 아주 훌륭한 모습이었다고 말했다.

“무덤에 다가갈 때 그는…….” 우리의 안내자는 말했다. “망토를 아주 멋있게 보여 주었습니다. 하지만 무대 옆에서 지켜본 소감으로는, 왕비의 방에서 유령을 보았을 때 그가 양말을 좀 더 효과적으로 드러내 보였으면 좋았을 거라고 생각했습니다.”

나는 조심스럽게 그의 말에 동의를 표했다. 우리는 곧 약간 더러운 여닫이문을 통해서, 바로 뒤에 있는 일종의 뜨거운 운송용 화물 상자 같은 방에 들어갔다. 웝슬 씨가 거기서 덴마크인의 복장을 벗고 있었는데, 방 안은 우리가 서로의 어깨 너머로 그를 겨우 바라볼 수 있을 정도의 공간밖에 없었다. 그것도 화물 상자 뚜껑 같은 방문을 활짝 열어 놓고서 말이다.

“신사님들.” 웝슬 씨가 말했다. “만나게 되어 영광이오. 핍 군, 이렇게 오라고 한 것을 용서해 주기 바라네. 예전에 그대를 알고 지낸 행운이 있는 데다가 연극계는 언제나 귀족과 부유층에게 부탁하는 권리를 행세해 왔고 또 그 권리를 늘 인정받아 왔기에 그랬네.”

그러는 동안 월든가버 씨는 땀을 무섭게 흘리며 왕자용 검은 상복에서 몸을 빼내려고 몹시 애쓰고 있었다.

“양말을 살살 당겨 벗으시오, 월든가버 씨.” 양말의 소유자인 유대인이 말했다. “안 그러면 망가뜨리고 말 거요. 그것들을 망가뜨리면 당신은 35실링을 버리는 셈이오. 셰익스피어 공연에 그것보다 더 좋은 양말이 사용된 적은 결코 없소. 자, 의자에 가

---

* 1786년에 영국에 설립된 태양화재보험회사의 상징은 주위로 불길을 뻗치는 둥그런 태양이었는데, 이 회사의 보험에 가입한 사람들은 가입자라는 표시로 집 밖에 이것을 그린 금속판을 부착해 놓았다고 함.

만히 앉아서 그것들을 내게 맡기시오."

이 말과 함께 그는 무릎을 꿇고 앉아서는 그의 희생자에게서 의상을 벗겨 내기 시작했다. 한쪽 양말이 벗겨졌을 때 그 희생자는 만약 그럴 공간이 조금이라도 있었다면 틀림없이 의자와 함께 뒤로 벌러덩 나자빠지고 말았을 것이다.

그때까지 나는 공연에 대해 언급하는 것을 두려워하며 가만히 있었다. 하지만 그 순간 월든가버 씨가 만족스러워하는 표정으로 우리를 올려다보며 말했다.

"신사님들, 객석에서 보기에 오늘 공연은 어떤 것 같았습니까?"

허버트가 뒤에서 (나를 손가락으로 한 번 쿡 찌르며) 말했다. "아주 훌륭했습니다." 그래서 나도 "아주 훌륭했어요."라고 말했다.

"주인공에 대한 내 연기는 어떻게 생각하셨습니까, 신사님들?" 월든가버 씨는 호의를 베풀어 주는 것이나, 완전히는 아니지만, 거의 다름없는 태도로 물었다.

허버트가 뒤에서 (다시금 나를 쿡 찌르며) 말했다. "견실하고 구체적인 연기였습니다." 그래서 나도 마치 그것이 내가 생각해 낸 표현이고 그래서 그 점을 꼭 주장하고 싶기라도 한 것처럼 힘주어 말했다. "견실하고 구체적인 연기였어요."

"두 분의 인정을 받게 되어 매우 기쁩니다, 신사님들." 월든가버 씨는 비록 그 순간 벽에 바짝 짓눌린 채 의자의 앉는 자리를 꼭 붙잡고 늘어져야 했지만 위엄에 가득 찬 태도로 말했다.

"하지만 나는 당신의 연기에서 한 가지 잘못된 점을 지적하고 싶소, 월든가버 씨." 여전히 무릎을 꿇은 채로 유대인이 말했다. "잘 들으시오! 반대로 말하는 사람이 있다 해도 나는 개의

치 않고 말하겠소. 두 다리를 측면으로 보이게 한 당신의 햄릿 연기는 잘못된 것이오. 내가 분장해 준 지난번 마지막 햄릿 연기자도 리허설 때 똑같은 잘못을 범했소. 그래서 나는 그의 양쪽 정강이에다 커다란 빨간색 봉함 딱지를 붙여 주고는, 그다음 리허설 때 (그게 마지막 리허설이었는데) 객석으로 나가서 1층 정면의 일반 관람석 뒤편에 자리를 잡고 그가 연기 도중 옆모습을 보일 때마다 '봉함 딱지가 보이지 않소!'라고 크게 외쳤소. 그 결과 그날 저녁 그의 연기는 훌륭했다오."

웜슬가버 씨는 나를 쳐다보며 미소를 지었는데, 마치 '충실한 시종이라네. 어리석은 점이 있더라도 눈감아 준다네.'라고 말하는 듯한 표정이었다. 그러고 나서 그는 큰 소리로 말했다. "내 연극관은 여기 이곳 사람들에게는 좀 고전적이고 사색적이라네. 하지만 곧 나아질 거네, 정말 곧 나아질 거네."

허버트와 나는 한목소리로, 물론이라고, 그들은 틀림없이 곧 나아질 거라고 말했다.

"신사님들께서는 혹시 알아차리셨소?" 웜슬가버 씨가 말했다. "관객 가운데 오늘 이 예배 아니, 이 공연을 비웃어 대려고 애쓰는 자가 하나 있었다는 사실을 말이오."

비열하게도 우리는 생각해 보니 그런 사람을 하나 본 것도 같다고 대답했다. 그리고 나는 덧붙였다. "그는 분명 술 취한 사람이었을 거예요."

"오, 천만에, 그렇지 않아요, 선생." 웜슬 씨가 말했다. "그는 술 취하지 않았다오. 그를 고용한 자가 그러지 못하도록 주의를 했을 거요, 선생. 그를 고용한 자는 그가 술 취하는 걸 허용하지 않았을 거요."

"그를 고용한 사람을 아세요?" 나는 말했다.

웝슬 씨는 눈을 잠시 감았다가 다시 떴다. 그는 이 동작을 어떤 의식이라도 거행하듯이 아주 천천히 수행했다. "신사님들께서는 틀림없이 알아차렸을 것이오." 그는 말했다. "목소리가 꺽꺽 갈라지고 얼굴에는 비열한 악의가 넘치는, 무식하고 뻔뻔한 얼치기 작자 하나가 덴마크의 왕 클로디어스의 역할(프랑스어를 사용해 표현한다면, 롤)을 처리했다는 (연기했다는 말은 어폐가 있을 것이오.) 것을 말이오. 그자가 바로 그를 고용한 사람이라오, 신사님들. 직업 세계란 바로 그런 것이라오!"

웝슬 씨가 절망 상태에 있었다면 그를 딱하게 여기는 내 심정이 더 컸을지 어땠을지 명확히 알지는 못했지만, 나는 어쨌든 그 상태 그대로의 그가 너무 딱하게 여겨져서 그가 바지 멜빵을 걸치려고 돌아서는 — 그 동작으로 인해 문간에 서 있던 우리는 밖으로 밀려났다. — 틈을 타서 허버트에게 웝슬 씨를 집으로 초대해 저녁을 같이하면 어떻겠냐고 물었다. 허버트는 친절한 행동이라고 생각한다고 대답했다. 그리하여 나는 웝슬 씨를 초대했고, 그는 눈 있는 데까지 푹 덮어쓰고는 우리와 함께 바너드 여관으로 갔다. 우리는 최선을 다해 그를 대접했고, 그는 새벽 2시까지 자신의 그날의 성공을 돌이켜보고 앞으로의 여러 계획을 펼쳐 보이며 머물렀다. 그의 계획이 무엇이었는지 상세한 건 잊었지만 전체적인 내용은 기억나는데, 그는 연극을 부흥시키는 일로 시작했다가 연극을 붕괴시키는 것으로 삶을 끝낼 예정이라고 했다. 그 이유는 그가 사망하면 연극계는 그야말로 모든 걸 잃고 완전히 몰락하여 아무런 가능성이나 희망도 없게 될 것이기 때문이라는 것이었다.

마침내 나는 비참한 심정으로 잠자리에 들었다. 그리고 비참한 심정으로 에스텔러 생각을 하다가 잠이 들었으며, 내 상속 가능성이 모두 취소되고, 내가 허버트의 클래러와 결혼식을 올리지 않으면 안 되게 되어 있고, 2만 명이나 되는 사람들 앞에서 대사를 스무 마디도 알지 못한 채 미스 해비셤의 유령을 상대로 햄릿 연기를 해야 하는 비참한 꿈을 연달아 꾸었다.

32장

어느 날 포킷 씨와 함께 책을 읽으며 열심히 공부하고 있을 때, 편지 한 통이 우편으로 배달되어 왔다. 나는 그 겉봉만 보고서도 굉장한 흥분에 사로잡혔다. 겉봉에 주소와 성명을 쓴 필체를 전에 한 번도 본 적이 없었지만 그게 누구의 필체인지 즉시 알아차렸기 때문이다. 편지는 '친애하는 핍 씨', '친애하는 핍', '친애하는 선생' 또는 '친애하는 누구누구' 등과 같은 상투적인 서두 없이 바로 이렇게 씌어 있었다.

나는 모레 정오 마차로 런던에 갈 예정이야. 네가 나를 마중 나오기로 한 걸로 알고 있는데, 맞니? 어쨌든 미스 해비셤은 그렇게 생각하고 있고, 나는 거기에 따라 이 편지를 쓰는 거야. 미스 해비셤이 안부 전해 달래.

에스텔러

시간이 있었다면 나는 아마 이 만남을 위해 양복을 여러 벌 주문했을 것이다. 하지만 시간이 없었으므로 부득이 현재 가지고 있는 양복들로 만족하는 수밖에 없었다. 내 식욕은 즉시 사라져 버렸고, 그날이 올 때까지 좀처럼 마음의 평화와 안식을 찾을 수 없었다. 물론 그날이 되었다고 해서 그것들을 되찾은 것은 아니다. 왜냐하면 그날이 되자 나는 오히려 상태가 더 나빠졌으며, 마차가 고향 읍의 '블루보어' 여관을 출발하기도 전부터 이미 칩사이드 지구의 우드 스트리트에 있는 역마차 종점을 얼씬거리기 시작했기 때문이다. 나는 이 사실을 완전히 알고 있었음에도 불구하고, 여전히 역마차 종점이 한 번에 5분 이상 내 시야에서 벗어나게 되면 안절부절못했다. 나는 이런 비이성적인 상태로 내가 기다려야 할 네다섯 시간 가운데 처음 30분을 보내고 있었는데, 그때 마침 웨믹과 마주치게 되었다.

"안녕하시오, 핍 씨." 그는 말했다. "잘 지내고 계십니까? 여기가 핍 씨의 활동 구역이라고는 아무래도 생각되지 않는데요."

나는 역마차로 런던에 올라오고 있는 어떤 사람을 마중하러 기다리는 중이라고 설명했다. 그러고 나서 나는 그의 성(城)과 노인장의 안부를 물었다.

"덕분에 모두 팔팔하게 잘 있답니다. 고맙습니다." 웨믹은 말했다. "특히 노인장께서 잘 계시지요. 놀라울 정도로 원기왕성하답니다. 다음 생일로 여든두 살이 되지요. 나는 대포를 여든두 번 발사할 생각입니다. 물론 이웃 사람들이 불평하지 않고 내 대포가 그런 격심한 압력을 감당할 수 있는 것으로 판명될 때 이야기지요. 그렇지만 이건 시내에서 할 이야기가 아니지요. 자, 내가 지금 어디에 가고 있는 것 같습니까?"

"사무실에 가시나요?" 나는 말했다. 왜냐하면 그는 그쪽 방향으로 가고 있었기 때문이다.

"바로 그 옆에 간답니다." 웨믹은 대답했다. "뉴게이트 감옥에 가는 중이지요. 우리는 지금 은행 돈주머니 탈취 사건을 맡고 있어요. 그래서 현장을 한번 살펴보러 내려갔다가, 사건에 대해 의뢰인과 한두 마디 해야 할 게 있어서 가는 중이랍니다."

"그 의뢰인이 그 강도짓을 저지른 건가요?" 나는 물었다.

"천만에요, 아닙니다." 웨믹은 몹시 무미건조한 어조로 말했다. "하지만 그 혐의로 고소를 당했지요. 당신이나 내가 그렇게 될 수 있듯이 말입니다. 아시다시피, 우리 둘 중 누구든지 그 혐의로 고소당할 수 있으니까요."

"다만 아무도 고소당하지 않았을 뿐이다, 이거겠지요." 나는 소견을 달았다.

"맞아요!" 웨믹은 집게손가락으로 내 가슴을 살짝 찌르듯 건드리며 말했다. "당신은 속이 깊은 사람이군요, 핍 씨! 뉴게이트를 한번 구경해 보고 싶지 않으세요? 남는 시간이 좀 있으신가요?"

시간이 너무나 많이 남아 있는 형편이었으므로 이 제안은 비록 역마차 종점을 계속 지켜보고 싶은 저변의 욕망과 상충되는 것이었음에도 불구하고 나에게 구원의 소식처럼 반갑게 들렸다. 나는 그와 함께 다녀올 시간이 있는지 알아보겠다고 중얼대듯 말하고는, 역마차 사무실로 들어가서 더할 나위 없이 정확하게 그리고 사무원이 참다못해 화를 낼 만큼 귀찮게 묻고 또 물어 가장 이른 마차 도착 예상 시간을 확인했다. (그런데 나는 이미 그것을 사무원만큼이나 잘 알고 있었다.) 그런 다음 웨믹 씨에게로 돌아와서는, 내 시계를 들여다보고 방금 들은 정보에 대해 놀라는 체하며 그의 제안을 수락했다.

우리는 몇 분 만에 뉴게이트 교도소에 도착했다. 그리고 족쇄 몇 개가 아무 장식 없는 맨 벽에 교도소 규정집들과 함께 매달려 있는 수위실을 지나 교도소 내부로 들어갔다. 그 당시 감옥은 사람들의 관심을 별로 받지 못했다. 그래서 감옥에서의 모든 공무상 악행으로 인해 그에 대한 과장된 반작용이 발생하는 — 그런데 공무상 악행이 자초하는 가장 무겁고 오래 지속되는 벌은 바로 이것이다. — 시대는 아직 먼 훗날의 이야기였다. 그래서 중죄인들이 (구호 대상 빈민은 말할 필요도 없고) 심지어 군인들보다도 더 편하게 수용되고 잘 먹는 경우는 아직 없었으며, 자신들에게 주어지는 수프의 맛을 더 좋게 하려는 용서할 만한 목적으로 감옥에 불을 지르는 일도 거의 없었다.* 웨믹이 나를 데리고 들어간 때는 마침 면회 시간이었다. 그래서 인근 선술집 급사가 맥주를 들고 안을 빙 돌고 있었고, 죄수들은 감옥 마당의 철창 뒤에서 맥주를 사거나 친지들과 이야기를 나누거나 하고 있었다. 지저분하고 흉하고 무질서하며 음울한 장면이었다.

나는 웨믹이 죄수들 사이를 걸어다니는 모습이 마치 정원사가 자신의 식물들 사이를 걸어가는 것과 흡사하다는 인상을 받았다. 이런 생각이 내 머리에 처음 떠오른 것은 그가 밤사이에 새로 올라온 싹처럼 죄수들을 바라보며 "아니, 거기 당신, 톰 대

---

* 이상은 디킨스 당대의 영국 감옥이 과거의 열악한 사정에 대한 여론의 과도한 반응 때문에 결과적으로 구빈원이나 군대보다 더 지내기 좋은 곳이 되어 버린 전도된 상황을 간접적으로 꼬집어 비판하는 내용임.

위 아냐? 아, 정말 맞군!"이라고 말하고, 또 "거기 물통 뒤에 있는 건 블랙 빌인가? 이거, 두 달 동안이나 자넬 보지 못했지. 어때, 지낼 만한가?"라고 말하는 것을 들었을 때였다. 이와 마찬가지로, 철창 앞에서 걸음을 멈추고 죄수들의 불안에 찬 귓속말에 — 언제나 한 사람씩 — 주의를 기울이는 동안에도 웨믹은, 우체통 구멍 같은 입을 미동도 하지 않고 꽉 다문 채 그와 상담하는 죄수들을 마치 재판 때 완전히 개화하여 만발할 순간을 향해 그들이 지난번 마지막 관찰 이후 얼마나 자랐는지 특별히 눈여겨 살피기라도 하는 것처럼 바라보았다.

웨믹은 굉장히 인기가 있었다. 나는 그가 재거스 씨의 업무 중 사람들에게 친밀하게 대하는 부문을 담당하고 있다는 걸 알았다. 비록 재거스 씨의 위엄과 비슷한 어떤 것이 그에게도 감돌고 있어서 일정한 한계를 넘어서는 접근은 허락되는 법이 없었지만 말이다. 연달아 만나는 의뢰인들에게 그가 개인적으로 하는 인사는, 고개를 한 번 끄덕이고, 두 손으로 모자를 잡아 머리에 좀 더 편하게 고쳐 쓰고, 우체통 구멍 같은 입을 꽉 다물어 보인 다음, 두 손을 호주머니 속에 집어넣는 행위로 이루어져 있었다. 수임료 인상 문제로 한두 차례 어려움이 발생하기도 했는데, 이때 웨믹 씨는 죄수가 제시한 불충분한 금액으로부터 가능한 한 멀리 물러서며 이렇게 말했다. "이보게, 그건 소용없네. 나는 일개 고용인에 불과하네. 난 그걸 받아들일 수 없네. 고용인한테 그런 식으로 계속 졸라 대지 말게. 이보게, 정해진 금액을 마련할 수 없다면 고용주에게 직접 이야기해 보게. 그리고 자네도 알다시피, 이 직업 세계에는 고용주가 많이 있어서, 어느 한 사람에게 가치 없는 것이 다른 사람에게는 가치가 있을 수도 있네. 그것이 고용인으로서 내가 자네에게 해 줄 수 있는 충고일세. 쓸데없는 시도를 계속하지 말게. 그럴 필요가 어디 있는가? 자, 다음은 누구지?"

이런 식으로 우리는 웨믹의 온실을 걸어서 지나갔는데, 그러다가 문득 그가 나를 돌아보며 말했다. "내가 곧 악수하게 될 사람을 잘 주목해 보세요." 그가 그렇게 준비를 시키지 않았더라도 나는 당연히 그렇게 했을 것이다. 왜냐하면 그는 아직까지 누구와도 악수를 나누지 않았기 때문이다.

그가 말을 막 끝낸 것과 거의 동시에, 풍채 좋고 자세 반듯한 한 남자가 (이 글을 쓰는 순간에도 나는 그의 모습이 선하게 떠오른다.) — 낡고 해진 올리브색 프록코트를 입고 있고, 안면의 홍조 부위 전체에 창백한 기운이 특이하게 퍼져 있으며, 시선을 한곳에 고정하려고 하지만 눈동자가 자꾸 이리저리 움직이며 돌아가는 그런 사람이었는데 — 철창 한구석으로 다가왔다. 그러고는 손을 모자에 — 모자의 겉 표면은 차갑게 식은 고기 국물처럼 반들반들하고 기름기에 절어 있었다. — 갖다 붙이며 반은 진지하고 반은 익살스럽게 군대식 경례를 했다.

"안녕하십니까, 대령님!" 웨믹이 말했다. "어떻게 지내십니까, 대령님?"

"잘 지내고 있소, 웨믹 씨."

"우리가 할 수 있는 일은 전부 다 했습니다만 증거가 너무나 확실했지요, 대령님."

"그렇소. 증거가 너무나 확실했소, 웨믹 선생. 하지만 난 상관하지 않소."

"네, 그렇겠지요." 웨믹은 태연스레 말했다. "대령님께서야 뭐,

상관하지 않는 분이시지요." 그러더니 그는 나를 돌아보며 말했다. "국왕 폐하의 군인으로 복무하셨지요, 이분께서는. 정규군 보병연대 장교로 계시다가 제대하셨답니다."

나는 "그래요?"라고 말했다. 그러자 그 사람은 나를 한 번 바라보더니, 이어 내 머리 위쪽을 바라본 다음 다시 내 주위를 한 바퀴 빙 둘러보았다. 그러더니 손으로 입술을 한 번 훔친 다음 소리 내어 웃었다.

"아마 월요일이면 여기서 나가게 될 것 같소, 웨믹 선생." 그는 웨믹에게 말했다.

"그럴지도 모르지요." 내 친구가 대답했다. "하지만 아무도 알 수 없는 일이지요."

"당신과 이렇게 작별 인사를 할 수 있게 되어 기쁘오, 웨믹 선생." 그러면서 그는 철창 사이로 손을 내밀었다.

"고맙습니다." 웨믹은 그와 악수를 나누며 말했다. "저도 그렇습니다, 대령님."

"잡혔을 때 내가 소지하고 있던 것이 진짜 돈이었다면, 웨믹 선생……." 그는 손을 놓기가 싫은 듯한 태도로 말했다. "반지를 하나 더 끼어 달라고 당신에게 부탁했을 거요. 선생의 관심과 수고에 감사하는 뜻으로 말이오."

"받은 거나 다름없이 고맙게 생각하겠습니다." 웨믹은 말했다. "그건 그렇고, 대령님께서는 상당한 비둘기 애호가이시잖습니까?" 대령은 하늘을 올려다보았다. "제가 듣기로 대령님께서는 훌륭한 공중제비 비둘기 품종을 여러 마리 가지고 계시다던데요. 누구 친구 한 사람을 시켜서 저에게 한 쌍 보내 주실 수는 없겠는지요? 물론 비둘기들이 더 이상 필요하지 않으시다면 말입니다."

"내 그렇게 해 드리지요, 선생."

"좋습니다." 웨믹은 말했다. "비둘기들은 잘 돌봐 드리겠습니다. 그럼, 즐거운 오후 보내십시오, 대령님. 안녕히 계십시오." 두 사람은 다시 악수를 나누었다. 그 자리를 떠나 걸어갈 때 웨믹이 나에게 말했다. "화폐 위조범이랍니다. 기술이 아주 기막힌 사람이지요. 지방법원 판사의 심리 보고서가 오늘 올라간답니다. 그래서 월요일이면 틀림없이 교수형에 처해질 겁니다. 하지만 아시다시피, 그것과는 별개로 비둘기 한 쌍은 어쨌든 휴대할 수 있는 동산(動産)임에 틀림없지요." 이 말을 하며 그는 뒤를 돌아보고는 그 죽은 식물을 향해 고개를 한 번 끄덕여 주었다. 그런 다음 그는 마당에서 걸어 나오는 동안 이리저리 주변을 둘러보았는데, 마치 그 죽은 식물의 자리에 다른 어떤 화분을 갖다놓는 것이 가장 좋을지 헤아려 보는 듯한 얼굴이었다.

우리가 수위실을 통과해 감옥에서 나올 때 나는 간수들 사이에서도 그들이 지키고 있는 죄수들 사이 못지않게 내 후견인의 굉장한 중요성이 인정받는다는 사실을 알아차렸다. "그런데 말이오, 웨믹 씨." 장식용 못과 뾰족한 대못이 박힌 두 개의 수위실 출입문 사이에다 우리를 세워 둔 채, 그리고 한쪽 문의 자물쇠를 열기 전에 다른 쪽 문의 자물쇠를 조심스럽게 채우면서 간수가 물었다. "강변 살인 사건에 대해서 재거스 씨께서는 어떻게 하실 생각인가요? 그걸 단순 과실치사로 만드실 작정이신지요, 아니면 다른 어떤 것으로 만들 것인지요?"

"재거스 씨한테 직접 물어보지 그래요?" 웨믹이 대답했다.

"아, 예, 아마도 그렇겠죠!" 간수가 말했다.

"보세요, 핍 씨, 여기 이 사람들은 다 이런 식이랍니다." 웨믹은 나를 돌아보고는 우체통 구멍 같은 입을 옆으로 길게 벌리며 말했다. "이 사람들은 고용인인 나한테는 뭐든지 거리낌 없이 물어보지요. 하지만 그들이 내 고용주에게 직접 뭔가 물어보는 모습은 절대로 보지 못한답니다."

"이 젊은 신사 분은 웨믹 씨네 사무실 견습 서기나 도제 직원 중 한 사람인가요?" 간수가 웨믹의 농담에 한 번 씽긋 웃어 보이며 물었다.

"자, 보세요, 또 그러고 있군요!" 웨믹은 소리쳤다. "내가 말한 대로지요? 고용인인 나에게는 첫 번째 질문이 채 끝나기도 전에 이렇게 또 다른 질문을 한다니까요! 그런데 이 핍 씨가 만약 그렇다고 하면 어쩌려고 묻는 거요?"

"아니 뭐, 그렇다면……." 간수는 다시 한 번 씽긋 웃어 보이며 말했다. "이분은 재거스 씨가 누구인지 알고 있겠지요."

"얼씨구!" 웨믹은 갑자기 우스꽝스럽게 간수를 공격하는 시늉을 하며 소리쳤다. "그래, 당신은 내 고용주와 상대할 때는 당신의 그 열쇠만큼이나 말 못 하는 벙어리가 되지. 당신도 잘 알고 있듯이 말이야. 하지만 이제 그만 우리를 내보내 주시오, 이 여우 같은 영감아. 안 그러면 재거스 씨한테 당신을 불법 구금죄로 고발하라고 하겠소."

간수는 소리 내어 웃으며 우리에게 작별 인사를 했다. 그러고는 우리가 계단을 내려가 거리로 나갈 때까지 쪽문의 쇠창살 대못 너머로 우리를 향해 웃어 대며 그대로 서 있었다.

"핍 씨, 잘 들으세요." 웨믹이 진지하게 내 귀에다 대고 말했다. 그러면서 좀 더 은밀하게 말하기 위해 내 팔을 붙잡았다. "내가 아는 한 재거스 씨의 일 처리 방식 중에서 가장 훌륭한 것은 바로 자기를 아주 높은 존재로 유지하는 것이랍니다. 그는 언제나 아주 높은 곳에 있지요. 한결같은 그 높은 위치는 그의 엄청난 능력과 짝을 이루는 것이랍니다. 저 간수가 재거스 씨에게 사건에 대한 의도가 어떤지 감히 물어보지 못하는 것처럼, 아까 그 대령도 재거스 씨에게 감히 작별 인사 같은 걸 할 생각을 전혀 못 하지요. 그래서 재거스 씨는 자신의 그 높은 위치와 이 사람들 사이에 바로 나 같은 고용인을 끼워 두는 거랍니다. 아시겠어요? 그리고 그렇게 함으로써 그들의 심신을 완전히 지배할 수 있는 거지요."

나는 다시 한 번 내 후견인의 교묘함에 대해 아주 깊은 인상을 받았다. 사실을 고백하건대, 나는 정말 진심으로, 차라리 능력이 좀 떨어지는 다른 사람이 내 후견인이었으면 좋겠다는 생각을 했다. 그리고 그런 심정은 이번이 처음이 아니었다.

웨믹 씨와 나는 리틀 브리튼의 사무실 앞에서 헤어졌다. 그곳에는 여느 때처럼 재거스 씨의 주의를 끌고자 하는 탄원자들이 주변을 서성거리고 있었다. 나는 역마차 종점이 있는 거리로 돌아와 마차가 오는지 다시 지켜보기 시작했는데, 아직도 세 시간가량이나 남아 있었다. 나는 한 가지 생각에 빠진 채 그 긴 시간을 전부 보냈다. 그것은 내가 이 모든 더러운 감옥과 범죄의 세계에 둘러싸여 있다는 것이 참으로 이상하다는 생각이었다. 어린 시절 어느 겨울날 저녁, 고향 마을의 쓸쓸한 습지에 나가서 놀다가 그 세계와 처음으로 우연히 마주친 일부터 시작해서, 그 후 그것이 두 차례나 다시 나타나 마치 희미해지긴 했지만 없어지지는 않은 하나의 얼룩처럼 내 삶에 새로이 묻어 나왔다는 것, 그리고 그것이 이렇게 새로운 방식으로 내 행운과 출세 속에 스며들어 나타났다는 것은 참으로 이상했다. 이런 생각에 사로잡혀 있는 동안 나는, 지금 나에게 다가오고 있는 젊고 아름답고 도도하고 세련된 에스텔러를 떠올렸다. 그러자 교도소와 그녀 사이의 그 엄청난 대조가, 형언할 수 없을 만큼 혐오스럽게 느껴졌다. 웨믹과 마주치지 않았더라면, 혹은 내가 그의 제안에 응하지 않고 그와 함께 가지 않았더라면, 그랬더라면 1년의 그 많은 날 가운데 하필 이날 뉴게이트의 얼룩을 내 입김과 의복에 묻히는 불상사는 일어나지 않았을 텐데 하는 후회가 밀려왔다. 나는 이리저리 거닐고 몸을 흔들어 대며 내 발과 양복에서 감옥의 먼지를 털어 냈고, 크게 숨을 내쉬어 내 허파에서 감옥의 공기를 뱉어 냈다. 에스텔러가 지금 다가오고 있는데 나는 이토록 심하게 오염되어 있다니 하는 생각에, 마차는 결과적으로 오히려 빨리 도착해 버린 느낌이었다. 내가 웨믹 씨의 온실에서 받은 더러운 느낌에서 아직 벗어나기 전에 벌써 마차 창문으로 그녀의 얼굴과 나를 향해 흔들고 있는 그녀의 손이 보였던 것이다.

그런데 짧은 그 한순간 또다시 내 마음속을 스쳐 지나간 그 이름 모를 그림자는 대체 무엇이었을까?

33장

모피로 만든 여행복을 입은 에스텔러는 과거 그 어느 때보다도 아름답고 섬세해 보였다. 심지어 내 눈에도 말이다. 나를 대하는 그녀의 태도는 전에 보여 주던 것보다 좀 더 애교스럽고 사근사근했다. 나는 이 변화에서 미스 해비셤의 영향이 보인다고 생각했다.

우리는 마차역 여관 마당에 서 있었는데, 그동안 그녀는 자기 짐이 어떤 것인지 나에게 가리켜 보였다. 짐을 모두 다 내려놓고 나서야 비로소 나는 — 그때까지 나는 그녀 외에 다른 것은 모두 잊고 있었다. — 그녀의 목적지에 대해 내가 아무것도 모른다는 사실을 기억했다.

"난 리치먼드로 가." 그녀는 나에게 말했다. "우리에게 주어진 지시 사항에 따르면 리치먼드는 두 곳인데, 하나는 서리 주*에

* 영국의 동남부에 있는 주. 런던에서 멀지 않음.

있고 다른 하나는 요크셔 주*에 있어. 그런데 내가 갈 리치먼드는 서리 주의 리치먼드고, 거리는 16킬로미터야. 나는 마차를 타고 가도록 되어 있고, 네가 나를 데려다주도록 되어 있어. 이건 내 돈지갑이야. 너는 여기서 내 마차 삯을 꺼내 지불하도록 되어 있어. 아냐, 너는 그걸 받아야만 해! 우린 우리한테 주어진 지시에 복종하는 것 외에는 다른 선택권이 없어, 너와 나는 말이야. 우린 우리 자신의 의지를 따를 수 있는 자유로운 존재가 아니야, 너와 나는 말이야."

그녀가 나에게 돈지갑을 건네며 나를 쳐다보았을 때 나는 그녀의 말에 어떤 감춰진 의미가 있다고 은근히 기대했다. 그녀는 그 말을 경멸하듯이 말했지만 불쾌한 감정을 내비치지는 않았던 것이다.

"마차를 불러와야겠어, 에스텔러. 여기서 잠깐 좀 쉬고 있겠니?"

"그래. 난 여기서 잠깐 쉬게끔 되어 있어. 그리고 차도 좀 마시도록 되어 있어. 그동안 너는 나를 돌봐주게끔 되어 있고 말이야."

그녀는 자기 팔을 내 팔에 끼었는데, 이것 역시 마치 그렇게 하도록 되어 있는 것처럼 그렇게 했다. 나는 웨이터에게 — 그는 마치 평생 마차를 한 번도 본 적이 없는 사람처럼 마차를 빤히 쳐다보고 있었다. — 우리를 개인용 객실로 안내해 달라고 요청했다. 그러자 그는 마치 2층으로 올라가는 길을 찾는 데 없어서는 안 될 마법의 실마리라도 되는 것처럼 냅킨을 한 장 꺼내 들

---

* 영국의 북부에 있는 주.

었다. 그러고는 우리를 여관 건물의 시커먼 구멍 같은 곳으로 안내했다. 방의 내부 전체를 축소해서 비춰 주는 볼록거울과 (구멍 같은 방의 크기를 고려할 때 완전히 불필요한 물건이었다.) 멸치 소스병, 그리고 누구 것인지 모를 나막신 등이 비치되어 있는 방이었다. 내가 이 골방에 이의를 제기하자 그는 우리를 다른 방으로 데리고 갔는데, 서른 명은 족히 앉을 만큼 커다란 만찬용 식탁이 있고 벽난로에 쌓인 1부셸*가량의 석탄재 밑으로 불에 그을린 습자책 한 페이지가 보이는 방이었다. 웨이터는 꺼져 버린 이 대(大)화염의 잔재를 바라보며 고개를 가로젓고 나더니 내 주문을 받았다. 그런데 내 주문이 단순히 "이 숙녀에게 차를 좀 갖다 주시오."라는 것으로 밝혀지자 그는 마음이 아주 우울한 상태가 되어 방에서 나갔다.

지금도 그렇게 느끼고 있지만 그 당시 내 느낌으로, 마구간 냄새와 수프 재료 냄새가 강하게 뒤섞여 있는 방 안의 공기는 손님들로 하여금 이 여관의 역마차 쪽 영업이 잘 안 되고 있으며, 그래서 기업가 정신이 강한 여관 업주가 말고기를 삶아서 식당 영업 쪽에 활용하고 있는 것은 아닌가 추측하게 만들 정도였다. 하지만 에스텔러가 함께 있었으므로 그 방은 나에게 더없이 소중한 곳이었다. 나는 그녀와 함께라면 그곳에서 일생 동안 행복할 수 있을 거라고 생각했다. (하지만 분명히 말하건대, 나는 그때 그곳에서 전혀 행복하지 않았으며, 또 그 사실을 잘 알고 있었다.)

"리치먼드에서는 어느 집으로 가니?" 나는 에스텔러에게 물었다.

---

* 36리터에 해당하는 양.

"나는 굉장히 많은 돈을 내고 그곳의 한 부인의 집에서 살게 될 거야." 그녀는 말했다. "그 부인은 능력이 있는, 아니면 있다고 스스로 말하는, 사람인데, 나를 여기저기 데리고 다니면서 안내해 주고, 사람들을 나에게 소개해 주고 또 나도 사람들에게 소개해 주기로 되어 있어."

"너는 다양한 경험과 사람들의 찬사를 즐거워할 거야."

"그래, 나도 그럴 거라고 생각해."

그녀는 너무나 무관심하게 대답했으므로 나는 이렇게 말했다. "너는 너 자신에 대한 이야기를 꼭 다른 사람 이야기처럼 하는구나."

"내가 다른 사람 이야기를 어떻게 하는지 네가 어디서 본 적이나 있니? 자, 한번 말해 봐." 에스텔러는 재미있다는 듯이 미소를 지으며 말했다. "내가 너한테서 가르침을 받을 거라고 기대하면 안 돼. 나는 나 자신의 방식대로 이야기해야만 해. 포킷 씨와는 잘 지내고 있니?"

"나는 포킷 씨 집에서 아주 즐겁게 잘 지내고 있어. 적어도……." 나는 기회를 놓치고 있는 것처럼 느꼈다.

"적어도 뭐?" 에스텔러가 되물었다.

"적어도 너와 떨어져서 사는 것치고는 최대한 즐겁게 지내는 셈이야."

"이 바보야." 에스텔러가 아주 차분한 태도로 말했다. "어떻게 그런 어처구니없는 소리를 할 수 있니? 네 친구인 그 매슈 씨는 집안의 다른 사람들보다 훌륭한 사람이라며?"

"참으로 아주 훌륭한 분이야. 어느 누구에게도 원수가 되지 못할 사람……."

"'자신에게만 원수가 될 사람'이라고 덧붙이지 마." 에스텔러가 끼어들며 말했다. "나는 그런 부류의 사람을 싫어하니까 말이야. 하지만 그는 정말로 사심이 없고, 사소한 질투나 앙심 같은 걸 초월한 사람이라고 들었는데?"

"누가 물어도 나는 분명히 그렇다고 대답할 거야."

"그 나머지 집안 사람들에 대해서는 별로 그렇게 말할 수 없을걸." 에스텔러는 진지하면서도 동시에 조롱하는 듯한 얼굴 표정으로 나에게 고개를 끄덕이며 말했다. "왜냐하면 그 사람들은 너를 헐뜯는 보고와 암시들로 미스 해비셤을 쉴 새 없이 괴롭혀대거든. 그들은 너를 감시하고, 너를 나쁘게 말하고, 또 너에 대한 편지를 써 보내곤 한단다. (가끔은 익명으로도 보내지.) 너는 그들의 삶에 있어서 고통의 원천이자 일거리야. 너에 대한 그 사람들의 증오감이 어느 정도인지 너는 거의 실감할 수 없을 거야."

"그 사람들 때문에 내가 혹시 해를 입는 것은 아니겠지?"

대답 대신 에스텔러는 갑자기 웃음을 터뜨렸다. 이것은 나에게 매우 이상하게 느껴졌고, 그래서 나는 상당히 당혹스러워하며 그녀를 쳐다보았다. 그녀가 웃음을 그쳤을 때 — 그런데 그녀는 시큰둥한 태도로 웃은 게 아니라 정말로 즐겁게 웃었다. — 나는 그녀를 대하는 나의 그 자신 없는 태도로 말했다.

"만약 그들 때문에 내가 해를 입었다면 네가 그렇게 재미있어하지는 않을 거라고 생각하고 싶은데?"

"그래, 그래, 그 점은 확신해도 돼." 에스텔러는 말했다. "내가 웃는 것은 바로 그들이 너에게 해를 입히지 못하기 때문이라고 믿어도 돼. 아, 그 사람들이 미스 해비셤과 함께 있으면서 고통당하는 모습은 정말!" 그녀는 다시금 웃음을 터뜨렸다. 그녀가 나에게 웃는 이유를 말해 주었는데도 그녀의 웃음은 여전히 나에게 매우 이상하게 느껴졌다. 왜냐하면 그것이 진심에서 우러난 웃음인 것은 의심의 여지가 없었지만 아무래도 그 정도가 너무 지나친 것처럼 보였기 때문이다. 나는 분명히 내가 알고 있는 이상의 뭔가가 더 이 웃음에 들어 있다고 생각했다. 그녀는 내 마음속의 이런 생각을 읽고는 그에 대한 답을 해 주었다.

"그 사람들이 좌절하는 모습을 보는 것이 나에게 얼마나 만족감을 주는지." 에스텔러는 말했다. "그리고 그들이 우스꽝스럽게 될 때 내가 그 우스꽝스러운 느낌을 얼마나 재미있게 즐기는지 아마 너조차도 이해하기가 쉽지 않을 거야. 왜냐하면 너는 아주 어린 아기 때부터 그 이상한 집에서 자란 게 아니니까 말이야. 하지만 나는 그렇게 자랐어. 너는 사람들이 동정이나 연민 또는 그 밖의 다정하고 위로하는 듯한 가면을 쓰고는 억눌리고 무방비 상태인 너에 대해 사악한 음모를 꾸미는 것 때문에 네 어린 분별력이 날카롭게 단련되는 경험을 한 적이 없지. 하지만 나는 있어. 너는 또, 밤에 잠에서 깰 때 자신에게 마음의 평화를 주는 것들이라며 그 목록을 늘어놓는 그 사기꾼 같은 여자의 정체를 파악하면서 어린 네 동그란 두 눈이 점점 크게 떠지는 그런 경험을 한 적이 없지. 하지만 나는 있어."

에스텔러에게 이제 이야기는 더 이상 웃음거리가 아니었다. 또한 그녀는 이런 기억들을 마음의 얕은 표면에서 가볍게 끄집어내고 있는 것도 아니었다. 아무리 산더미 같은 재산을 상속받는다고 해도 나는 그녀의 그런 표정의 원인이 되고 싶지 않았다.

"두 가지는 너한테 말해 줄 수 있어." 에스텔러는 말했다. "첫째, 끊임없이 떨어지는 물방울이 바위를 뚫는다는 속담에도 불구하고, 이 사람들은 크든 작든 어떤 면에서도 미스 해비셤에 대한 네 입지를 결코, 설령 백 년 동안 애쓴다고 해도 결코, 해치지 못할 거라는 건 확신하고 안심해도 돼. 둘째, 나는 그들이 그토록 헛되이 애쓰고 비열하게 구는 원인 역할을 한 너에게 고맙게 생각하고 있어. 자, 그 표시로 여기 내 손이 있으니 잡아도 돼."

그녀가 장난스럽게 — 왜냐하면 그녀의 어두운 기분은 일시적인 것에 불과했기 때문이다. — 손을 내밀었을 때, 나는 그 손을 잡아서 내 입술에 갖다 댔다. "너도 참 한심하구나." 에스텔러는 말했다. "넌 경고를 전혀 받아들이지 않을 거니? 아니면 넌, 내가 전에 내 뺨에 입 맞추게 했을 때와 똑같은 기분으로 내 손에 입을 맞춘 거니?"

"그게 어떤 기분이었는데?" 내가 물었다.

"잠깐 생각해 봐야겠어. 아첨쟁이와 음모꾼에 대한 경멸로 가득 찬 기분이었지."

"나도 그렇다고 대답하면 다시 한 번 네 뺨에 입 맞추게 해 주겠니?"

"내 손에 입 맞췄을 때도 넌 먼저 물어보았어야 해. 하지만 좋아, 하고 싶으면 해도 돼."

나는 몸을 굽혔다. 그녀의 조용한 얼굴은 마치 조각상의 얼굴 같았다. "자, 이제." 내 입술이 그녀의 뺨에 닿자마자 즉시 나에게서 떨어지면서 에스텔러는 말했다. "넌 내가 차를 마실 수 있도록 돌봐 주게 되어 있어. 그런 다음 나를 리치먼드로 데려다 주도록 되어 있고."

마치 우리의 관계가 우리에게 강제로 주어진 것이고 그래서 우리는 그저 꼭두각시일 뿐이라는 것처럼 그녀가 다시 이런 어투로 돌아가자 나는 고통스러웠다. 하지만 나에게는 우리 교제의 모든 것이 고통스러웠다. 나를 대하는 그녀의 어투가 어떤 식으로 달라지든 나는 그것을 믿을 수 없었고, 그래서 그것에 의존해 희망을 품을 수 없었다. 하지만 나는 믿을 수 없고 희망 없는 일을 계속해 나갔다. 왜 그것을 그렇게 수없이 반복하느냐고? 그건 언제나 그랬기 때문이다.

나는 차를 어서 가져오도록 하기 위해 종을 울렸다. 그러자 웨이터가 그의 마법의 실마리, 즉 냅킨을 들고 다시 나타나더니, 곧이어 차에 딸린 약 쉰 가지 부속물을 조금씩 가지고 들어왔다. 하지만 차는 그림자도 보이지 않았다. 차 받치는 쟁반, 찻잔과 받침 접시, 넓은 접시, 여러 종류의 칼과 포크(고기 써는 용도의 칼과 포크까지 포함해서), 숟가락(여러 가지 종류로), 소금 병, 튼튼한 쇠뚜껑 아래에다 극도로 조심스럽게 가둬 놓은 흐물흐물한 작은 머핀 한 개, 많은 양의 파슬리 속에 부드러운 버터 한 조각을 박아서 표현한 갈대 바구니 속의 모세 형상 장식,* 윗부분에 가루를 뿌린 파리한 빵 덩어리 한 개, 표면에 부엌 난로의 철망 자국이 검인처럼 찍힌 삼각형 모양의 빵 조각 몇 개, 그리고 마지막으로 둥그렇고 불룩한 가족용 찻주전자 등이 연달아 날라져 왔는데, 웨이터는 이런 것들을 들고는 무거운 짐이 고통스럽다는 표정을 얼굴에 역력히 드러내며 안으로 비틀비틀 들어오는 것이었다. 그러더니 그는 시중 드는 이 단계에서 오랫동안 자리를 비운 후, 마침내 안에 잔가지들이 들어 있는 값비싼

* 모든 유대인 사내아이를 죽이라는 이집트 왕 파라오의 명령을 피하기 위해 모세의 어머니는 아기 모세를 갈대 바구니에 담아 강가에 갖다 놓음.

모양의 상자 하나를* 가지고 돌아왔다. 나는 이 잔가지들을 뜨거운 물에 담갔다. 그러고는 위의 도구들 전체를 사용하여 뭔지 모를 차 한 잔을 에스텔러를 위해 우려냈다.

찻값을 치르고, 웨이터에게 팁을 주고, 마부에게도 잊지 않고 사례하고, 하녀에게도 몇 푼 쥐어 주고 난 뒤 — 한마디로 경멸과 적의를 불러일으킬 만큼 여관 사람들 모두에게 돈을 뿌려 대어 에스텔러의 지갑을 아주 가벼워지게 한 뒤 — 우리는 삯마차에 올라타고 떠났다. 칩사이드로 접어들어 뉴게이트 거리를 따라 덜컹덜컹 달려가던 마차는 곧 내가 그토록 부끄럽게 생각하는 감옥 담장 아래를 지나게 되었다.

"여긴 어디니?" 에스텔러가 나에게 물었다.

나는 처음에 그곳을 잘 알아보지 못하는 듯이 어리석은 시늉을 하다가 곧 그녀에게 어디인지 말해 주었다. 그녀가 그곳을 한 번 쳐다보고는 고개를 다시 안으로 끌어당기며 "불쌍한 사람들!" 하고 중얼거렸을 때, 나는 그 어떤 보상을 받는다 해도 그곳을 방문한 사실을 털어놓지 않을 거라는 심정이었다.

"재거스 씨는……." 나는 감옥을 누군가 다른 사람과 연결시켜 교묘히 넘어갈 셈으로 말했다. "런던의 그 누구보다도 저 음울한 장소의 비밀을 잘 알고 있다는 평판을 받고 있어."

"그는 세상 어느 곳이든지 그 비밀을 누구보다 잘 알고 있을 거야." 에스텔러가 낮은 목소리로 말했다.

"너는 그를 자주 만나곤 했겠지, 아마?"

"내게 생각하는 능력이 생기기 시작했을 때부터 불규칙적으

---

* 차를 담은 상자에 좋은 찻잎이 아니라 저급한 차를 만드는 싸구려 차 줄기나 잔가지 따위만 들어 있다는 의미.

로 가끔 만나곤 했어. 하지만 지금도 나는 말도 제대로 못 하던 아이 때나 마찬가지로 그를 잘 알지 못해. 네가 겪어 본 바로는 어떠니? 그와는 관계가 좋니?"

"사람을 불신하는 그의 태도에 일단 익숙해지고 난 뒤로는 아주 잘 지내는 편이야." 나는 말했다.

"서로 친밀한 관계니?"

"그의 집에서 저녁 식사를 함께 먹은 적은 있어."

"그의 집은……." 에스텔러는 몸을 움츠리며 말했다. "틀림없이 이상한 곳이겠지?"

"그래, 이상한 곳이야."

나는 그녀에게조차 내 후견인에 대해 너무 거침없이 이야기하지 않도록 조심했을 것이다. 하지만 나는 제라드 거리에서의 그 식사에 대해 설명하는 정도까지는 이야기를 계속했을 터였는데, 마침 그 순간 마차가 가스등 불빛이 갑자기 눈부시게 비치는 거리로 들어서는 바람에 그러지 못했다. 불빛이 이어지는 동안 문득 이전에 나를 사로잡았던 그 설명할 길 없는 느낌이 그 불빛 속에서 다시금 환히 되살아나더니 나를 온통 눈부시게 둘러싸는 듯했다. 그래서 우리가 그곳을 빠져나왔을 때 나는 마치 번개 빛 속에라도 들어갔다 나온 것처럼 얼마 동안 아찔하고 멍한 상태였다.

그리하여 우리는 다른 이야기로 빠져 들었는데, 주로 우리가 가고 있는 길에 대한 것과 런던의 이쪽 지역에는 어떤 곳들이 있고 저쪽 지역에는 또 어떤 곳들이 있는가에 대한 이야기였다. 그녀는 이 커다란 도시는 거의 처음 와 보는 거나 다름없다고 말했다. 왜냐하면 프랑스에 가기 전까지 미스 해비셤의 집이 있는 동네를 한 번도 떠나 본 적이 없는 데다가, 프랑스에 오갈 때에도 이곳은 그저 지나쳐만 갔기 때문이었다. 나는 그녀가 이곳에 머무르는 동안 내 후견인이 혹시 그녀를 돌봐 주도록 되어 있는지 그녀에게 물었다. 이 질문에 그녀는 "무슨 당치 않은 소리!" 하고 강하게 딱 잘라 말하고는 더 이상 언급을 안 했다.

그녀가 나를 유혹하고 싶어 한다는 것, 그래서 그녀가 매력적으로 굴고 있다는 것, 그리고 혹시 필요하다면 노력을 해서라도 내 마음을 사로잡고 말았을 거라는 것, 이것은 내가 모르고 지나칠 수 없는 분명한 사실이었다. 하지만 그것은 나를 조금도 더 행복하게 만들지 않았다. 왜냐하면 우리 관계가 다른 사람들의 뜻에 의해 정해진 것이라는 어투를 그녀가 설령 취하지 않았다 하더라도, 나는 그녀가 의도적인 선택에 의해서, 그리고 내 마음을 짓밟고 내던져 버리기 위해서 내 마음을 사로잡고 있는 것이지, 내 마음이 그녀에게 어떤 애정 같은 것을 혹시라도 일깨워 줄 가능성이 있어서 그런 것이 아니라는 사실을 충분히 느꼈을 것이기 때문이다.

우리가 해머스미스를 지나갈 때 나는 매슈 포킷 씨의 집이 어디인지 그녀에게 가리켜 보였다. 그러고는 리치먼드에서 그리 멀리 떨어진 곳이 아니므로 그녀를 가끔 만나 볼 수 있기를 희망한다고 말했다.

"그럼 물론이지. 너는 나를 만나도록 되어 있어. 적당하다고 생각될 때마다 너는 찾아와도 괜찮게 되어 있어. 나는 네 이야기를 그 집 사람들에게 해 두도록 되어 있어. 아니 사실 이미 이야기가 되어 있어."

나는 그녀가 가서 살게 될 집에 식구가 많으냐고 물었다.

"아니. 두 식구밖에 없어. 어머니와 딸, 둘뿐이야. 어머니란 사람은 제법 신분 있는 가문 출신이야. 수입을 더 늘리는 걸 마다하지는 않지만 말이야."

"미스 해비셤이 너와 이토록 빨리 헤어질 수 있었다니 놀랍구나."

"이건 나에 대한 미스 해비셤의 계획의 일부야, 핍." 에스텔러는 지친 것처럼 한숨을 쉬며 말했다. "나는 그녀에게 늘 편지를 써 보내고 정기적으로 그녀를 만나서, 내가 보석들과 함께 — 왜냐하면 보석들은 이제 거의 전부 다 내 것이 되었거든. — 어떻게 잘 해 나가고 있는지 보고하도록 되어 있어."

그녀가 나를 부를 때 내 이름을 사용한 것은 이번이 처음이었다. 물론 그녀는 의도적으로 그렇게 했으며, 내가 그것을 마음에 소중히 새기리라는 것도 알고 있었다.

나한테는 너무나도 빨리, 우리는 리치먼드에 도착했다. 우리의 목적지는 녹지대 옆의 한 집이었는데, 오래된 구식 주택으로, 버팀대로 부풀린 치마와 가발용 분가루와 얼굴에 붙이는 화장점(點), 수를 놓은 외투, 말아 올린 스타킹, 주름 장식과 칼 등이 궁중에 나가기 위해 수없이 여러 번 착용되곤 했던 집이었다. 집 앞에 있는 몇몇 오래된 고목들은 아직도 버팀대와 가발과 빳빳하게 부푼 치마들처럼 딱딱하고 부자연스러운 양식으로 가지치기가 되어 있었다. 하지만 그 나무들이 죽음의 대행렬 속의 할당받은 자리에 눕게 될 순간도 그리 멀지 않은 듯했는데, 얼마 지나지 않아 그 나무들은 할당받은 자기 자리에 쓰러져서 다른 죽은 존재들과 함께 침묵의 길을 가게 될 것이었다.

낡은 소리가 나는 초인종 — 하지만 전성기 때는 자주 집 안을 향해 "여기 초록색 원통형 치마 부인께서 도착하셨습니다, 여기 다이아몬드 칼자루 신사께서 오셨습니다, 여기 뒤축이 빨간 구두와 파란 외알박이 보석 부부께서 도착하셨습니다."라고 외치곤 했던 초인종 — 이 달빛이 비치는 가운데 엄숙하게 울렸다. 그러자 선홍색 복장의 하녀 두 명이 황급히 달려 나와 에스텔러를 맞아들였다. 현관문이 곧 열리고 그녀의 짐 상자들이 안으로 사라졌다. 그녀는 나에게 손을 내밀고는 미소 띤 얼굴로 잘 가라고 말했다. 그러고는 그녀 역시 안으로 사라져 버렸다. 나는 그대로 선 채 그 집을 바라보며, 그녀와 함께 그 집에서 산다면 얼마나 행복할까 하고 생각했다. 하지만 나는 그녀와 함께 있을 때 내가 결코 행복하지 않고 오히려 언제나 비참하기만 하다는 사실을 잘 알고 있었다.

나는 해머스미스로 돌아가기 위해 다시 마차에 올라탔다. 나는 가슴에 심한 고통을 느끼며 마차에 탔으며, 더욱더 심해진 고통을 안은 채 마차에서 내렸다. 우리 집 문 앞에서 나는 어린 제인 포킷이 그녀의 어린 연인의 보호를 받으며 꼬마들의 파티에서 돌아오고 있는 것을 보았다. 비록 플롭슨의 지배를 받는 처지라 할지라도 그녀의 어린 연인이 나는 몹시 부러웠다.

포킷 씨는 강연을 위해 외출 중이었다. 이것은 그가 가정 경제에 관한 아주 호쾌한 강연자였으며, 또 어린아이와 하인의 관리에 대한 그의 논문이 그 주제에 관한 한 단연 최상의 교과서로 인정받고 있기 때문이었다. 하지만 포킷 부인은 집에 있었다. 그녀는 약간 곤란한 상황을 겪고 있었는데, 그것은 밀러스가 (근위보병대에 근무하는 한 친척이라는 사내와 함께) 불가사의하게 증발해 버리고 없는 동안에 누군가가 아기를 조용히 있게 한답시고 바늘통을 아이한테 쥐여 준 것 때문이었다. 그 결과 외용으로 사용했든지 강장제로 삼켰든지, 그렇게 어린 나이의 환자에게는 아무래도 건강상 좋다고 여길 수 없을 만큼 많은 수의 바늘이 없어진 상황이었다.

포킷 씨가 아주 탁월한 실용적 충고를 주는 것으로, 그리고 사물에 대한 명료하고 건전한 인식과 매우 현명한 지성을 지니고 있는 것으로 정당한 칭송을 받고 있었으므로, 가슴속의 고통으로 괴로워하던 나는 그에게 내 속마음을 털어놓고 조언을 부탁해 볼까 하는 생각을 잠시 했다. 그러나 아기에 대한 특효약으로 '잠 재우기'를 처방한 다음 의자에 앉아 귀족 작위에 대한 책을 읽고 있는 포킷 부인을 우연히 쳐다본 순간 '글쎄, 아냐, 관두자.'라고 생각했다.

34장

유산 상속의 기대에 점차 익숙해짐에 따라 나는 그것이 나 자신과 내 주변의 사람들에게 끼치는 영향을 아주 조금씩 알아차리기 시작했다. 그것이 나 자신의 성격에 끼친 영향에 대해서는, 나는 가능한 한 그것을 감추고 인식하지 않으려고 했다. 하지만 나는 그것이 좋은 영향만은 아니라는 것을 매우 잘 알고 있었다. 나는 조에 대한 내 행동으로 인해 만성적인 불편함을 안고 살았다. 비디에 관해서도 내 양심은 결코 편안하지 않았다. 밤중에 — 커밀러처럼 — 잠에서 깨어났을 때, 나는 피곤한 기분에 사로잡힌 채, 만약 내가 미스 해비셤의 얼굴을 본 적이 전혀 없이 정직하고 낡은 대장간에서 그대로 성장하여 조와 동업자가 되는 것으로 만족하는 삶을 살았다면 나에겐 그게 더 행복하고 나은 일이 아니었을까 생각하곤 했다. 수없이 많은 날 저녁 혼자 벽난로 불을 바라보며 앉아 있을 때면, 나는 뭐니 뭐니 해도 우리 대장간 불과 고향 집 부엌 불처럼 좋은 불은 없다고 생각하곤 했다.

하지만 내 마음의 모든 초조함과 불안은 한편으로 에스텔러와 너무나 불가분의 관계를 맺고 있어서, 그런 불안과 초조를 낳는 데 나 자신이 과연 어느 정도까지 역할을 했는지 정말로 혼란스러운 상태였다. 다시 말해 만약 내게 유산 상속의 가능성이 주어지지 않은 채 에스텔러만 내 생각의 대상으로 존재했다고 가정할 경우, 과연 내가 지금보다 훨씬 더 잘 행동했을지 만족스럽게 말할 자신이 없었다. 자 이제, 상속 예정자로서의 내 지위가 다른 사람에게 끼친 영향에 대해서 말해 볼 차례인데, 이 점에 있어서는 나는 앞에서와 같은 혼란을 겪지 않았다. 그래서 나는 그게 누구한테도 이로운 영향을 끼치지 않았다는 것을, 특히 허버트에게 이롭지 않은 영향을 끼쳤다는 것을 — 비록 상당히 어렴풋하게였을 테지만 — 어렵지 않게 깨달았다. 낭비하는 내 습관은 그의 유순한 본성을 오염시켜 감당할 수 없는 지출을 하게 만들었으며, 단순 소박했던 그의 생활을 방탕에 빠져들게 했고, 평화로웠던 그의 마음을 걱정과 후회로 가득 채워 어지럽게 만들었다. 본의 아니게 포킷 집안의 나머지 다른 사람들로 하여금 그 가련한 술책을 실행하도록 이끈 것에 대해서는 나는 전혀 양심의 가책을 느끼지 않았다. 왜냐하면 그런 비열한 행위들은 그들의 타고난 성품의 소산으로서, 내가 가만히 잠자고 있게 내버려 두었더라도 누군가 다른 사람에 의해 일깨워졌을 것이기 때문이다. 하지만 허버트의 경우는 아주 달랐다. 그래서 나는 자주, 가구가 별로 없던 그의 방을 어울리지 않는 갖가지 가구들로 가득 채워 놓고 또 샛노란 상의를 입은 그 원수 같은 녀석을 마음대로 부리도록 함으로써 내가 그에게 나쁜 영향을 끼쳤다는 생각에 마음 깊이 통증을 느끼곤 했다.

이리하여 이제 나는 부족한 생활을 아주 여유로운 생활로 바꿀 수 있는 한 가지 틀림없는 방법으로서 많은 빚을 지기 시작했다. 내가 그러기 시작하면 허버트 역시 따라서 하게 되어 있었으므로, 허버트도 곧 빚을 지기 시작했다. 스타톱의 제안으로 우리는 '숲 속의 방울새들'이라고 불리는 사교 클럽에 가입하고자 후보자 명단에 이름을 올렸다. 회원들이 2주에 한 번씩 값비싼 만찬을 열고 식사 후 가능한 한 많은 언쟁을 벌이다가 여섯 명의 웨이터들로 하여금 술에 취해 계단에 드러누워 있게 만드는 것 말고는 나는 이 단체의 목적이 무엇인지 아직도 파악하지 못한다. 기억하건대 이 만족스러운 사교적 목적은 언제나 변함없이 훌륭하게 달성되어서 허버트와 나는 그 모임의 첫 번째 기립 건배 때 다음과 같은 말 외에는 아무것도 언급되지 않는다는 것을 당연하게 생각하고 있었다. "신사 제군들, 현재와 같은 우호의 감정이 우리 숲 속의 방울새들 사이에 더욱더 돈독해지고 또 언제나 최고의 가치로 떠받들어지기를 바라며 건배."

방울새들은 돈을 어리석게 낭비했다. (우리가 만찬을 연 호텔은 코벤트가든*에 있었다.) 그리고 내가 그 '숲'에 가입하는 영광을 누리고서 처음 만난 방울새는 바로 벤틀리 드러믈이었다. 그 당시 그는 자기 소유의 말 한 필짜리 이륜마차를 몰고 시내를 서투르게 헤집고 다니면서 길모퉁이의 가로등 기둥에 엄청난 손상을 입혀 대고 있었다. 이따금 그는 마차의 무릎 덮개 너머로 곤두박질치며 마차에서 튕겨 나올 때도 있었는데, 언젠가 한번

* 당시 이곳은 커피하우스와 극장과 환락가 같은 유흥업소들이 많이 모여 있는 지역이었음.

나는 그가 '숲'의 문 앞에서 이런 원하지 않는 방식으로 털썩 내팽개쳐지는 것을 본 적도 있다. 마치 석탄 배달부가 내던지고 가는 석탄 더미처럼 말이다. 하지만 나는 지금 약간 앞서서 이야기를 하고 있다. 왜냐하면 나는 아직 방울새가 되기 전이었기 때문이다. 이 모임의 신성한 규칙에 따르면 나는 성년이 될 때까지는 방울새가 될 수 없었다.

내 재산에 대한 자신감이 있었으므로, 나는 그럴 수만 있었다면 허버트의 비용을 기꺼이 나 자신이 떠맡았을 것이다. 하지만 허버트는 자존심이 강했다. 그래서 나는 그에게 그런 제안을 전혀 할 수 없었다. 그래서 그는 모든 방면에서 어려운 처지에 빠졌고, 계속해서 주변을 살피고 있어야 했다. 우리가 밤늦게까지 돌아다니며 사람들과 어울리는 습관에 점점 빠져들었을 때, 나는 다음과 같은 사실을 알아차렸다. 즉 허버트는 아침 식사 때면 침울한 눈으로 주위를 둘러보다가, 정오 무렵부터는 좀 더 희망에 찬 태도로 주위를 둘러보기 시작했는데, 저녁 식사를 하러 들어올 때에는 다시 축 처진 모습이 되었다. 그러다가 식사 후에는 자본의 모습을 멀리서 다소 분명하게 포착하는 것처럼 보였으며, 한밤중이 가까워지면서는 그 자본을 거의 실현하기 직전까지 갔다. 그러다가 새벽 2시쯤이 되면 그는 다시 침울한 상태로 너무나 깊이 떨어져서, 엽총을 한 자루 사서 미국으로 가서 들소를 잡아 성공해 보겠다는 막연한 목적에 대해 이야기할 정도에 이르렀다.

나는 보통 한 주의 절반 정도를 해머스미스에 머물렀는데, 그곳에 머무를 때면 리치먼드를 빈번하게 방문했다. 이에 대해서는 얼마 후 별도로 이야기하기로 하고, 내가 해머스미스에 있을 때 허버트도 자주 그곳을 찾아오곤 했다. 내가 기억하기로 그 시기에 그의 아버지 포킷 씨는 가끔, 아들이 찾고 있는 기회가 아직 나타나지 않았다는 사실을 잠깐씩 인식하는 모습을 보이곤 했다. 하지만 가족들 전체가 정신없이 굴러 넘어지며 사는 상황에서, 허버트가 세상 어딘가에서 어떻게 굴러다니는가 하는 것은 스스로 알아서 할 일이었다. 그러는 동안 포킷 씨는 나날이 머리가 희끗희끗해져 갔고, 괴로운 상황을 견디기 위해 머리카락을 잡아 몸을 들어 올리는 동작을 점점 더 자주 시도했다. 반면 포킷 부인은 계속해서 그녀의 발 걸상으로 가족들이 걸려 넘어지게 하고, 작위에 대한 책을 읽고, 손수건을 잃어버리고, 자기 할아버지 이야기를 우리에게 해 주었다. 그리고 어린아이들이 그녀의 주목을 끌 때마다 그들을 침대로 보내 버림으로써 어린아이들에게 어떤 식으로 자라야 하는지 가르치는 일을 계속했다.

나는 지금, 앞길을 깨끗이 정리해 두려는 목적으로 내 인생의 한 시기를 총괄하여 이야기하고 있다. 따라서 이를 위해 가장 좋은 것은 아마도 바너드 여관에서의 우리의 일상적인 생활 태도와 습관에 대한 묘사를 즉시 완결 짓는 일일 것 같다.

우리는 최대한 많은 돈을 썼다. 그리고 지불한 그 돈의 대가로, 사람들이 우리에게 주고자 마음먹을 수 있는 최소한의 것밖에 받지 못했다. 우리는 언제나 다소간 비참한 기분이었으며, 우리가 알고 지내는 사람들도 대부분 똑같은 기분이었다. 우리들에게는 우리가 인생을 끊임없이 즐기고 있다는 허구적인 유쾌함과 실제로는 전혀 그렇지 않다는 은밀한 자각이 공존하고 있었다. 내가 믿는 한, 궁극적인 견지에서 볼 때 우리의 경우는 어느 정도 일반적인 경우라고 할 수 있었다.

매일 아침, 허버트는 언제나 새로운 기분으로 시내 중심가로 나가서 주변을 살폈다. 나는 컴컴한 그의 뒷방 사무실을 자주 방문하곤 했는데, 거기에서 그는 잉크병, 모자걸이, 석탄 통, 노끈 상자, 연감, 책상과 의자, 잣대 등의 물건들과 섞여서 시간을 보냈다. 기억하건대 나는 그가 주변을 살펴보는 것 외에 다른 일을 하는 것을 한 번도 본 적이 없다. 만약 우리 모두가 허버트처럼 그렇게 충실하게 우리의 맡은 일을 수행한다면 우리는 아마도 '덕의 공화국'*에서 살 수 있을 것이다. 불쌍한 허버트, 그는 매일 오후 일정한 시간에 — 그의 사무실 주인을 만나는 의식을 거행하기 위한 것으로 생각되는데 — 로이드 보험회사**에 가는 것 외에는 다른 할 일이 없었다. 그리고 로이드 보험회사와 관련하여 그는, 내가 아는 한 다시 사무실로 돌아오는 것 말고는 다른 어떤 일도 결코 한 적이 없었다. 자신의 형편이 어느 때보다 한층 심각하다고, 그래서 기회를 포착하는 것이 절대적으로 필요하다고 느껴질 때면 그는 바쁜 시간에 런던거래소에 가서는 거기 모인 거물급 업자들 사이에서, 일종의 우울한 컨트리댄스 춤꾼처럼 들어갔다 나왔다를 반복하곤 했다. "왜 그러냐면 말이야, 헨델." 그런 특별한 경우의 하나였던 어느 날 식사를 하러 집에 돌아오며 허버트는 나에게 말했다. "기회란 찾아가지 않으면 나에게 찾아오지 않는 법이라는 진리를 알고 있기 때문이

* 장자크 루소가 『사회계약론』(1762)에서 사용한 용어.

** 런던거래소에 위치한 당시 가장 유명한 해상 보험 회사의 이름. 여러 명의 보험업자들과 선박업자들이 이곳에 모여 거래를 했는데, 허버트가 나가는 사무실의 주인도 여기에 있는 보험업자 가운데 한 사람인 것임.

야. 그래서 난 기회를 한번 찾아가 본 거야."

서로를 좋아하는 우리의 마음이 조금이라도 덜했더라면, 우리는 틀림없이 매일 아침 정기적으로 서로를 증오했을 것이라고 나는 생각한다. 후회가 찾아오는 아침 시간이면 나는 우리의 방이 말할 수 없을 만큼 혐오스럽게 여겨졌으며, 원수 같은 녀석의 하인 제복의 꼴도 견딜 수 없이 보기 싫었다. 그런 때면 그 녀석의 제복은 24시간 중 그 어느 때보다도 더, 돈만 많이 들고 돈값은 못 하는 것처럼 여겨졌다. 우리가 점점 더 많은 빚을 지게 됨에 따라 아침 식사는 점점 더 공허하고 형식적인 것이 되어 갔다. 그리하여 하루는 아침 식사 시간에, 우리 고향 지방 신문의 어투를 빌리면 '보석류와 전혀 무관하지 않은' 일로 법적 절차를 밟겠다는 협박을 (편지로) 받았을 때, 나는 원수 같은 녀석이 감히 우리가 롤빵을 먹고 싶어 한다고 생각했다는 것 때문에 그 녀석의 파란 목깃을 움켜쥐고 그의 발이 바닥에서 떨어지도록 마구 흔들어 대기까지 했다. 그래서 그 녀석은 실제로 공중으로 들어 올려져서 마치 구두를 신은 큐피드처럼 보였다.

간혹 어떤 때 — 즉 '일정치 않은 아무 때'를 의미하는데, 그것은 우리 기분에 따라 그때가 달라졌기 때문이다. — 나는 허버트에게 마치 놀라운 발견이라도 한 것처럼 이렇게 말하곤 했다.

"내 다정한 허버트, 우리 형편이 아주 고약해지고 있는 것 같아."

"내 다정한 헨델." 허버트는 더없이 진지한 표정으로 나에게 말하곤 했다. "내 말을 믿을지 모르겠는데, 내 입술에서 막 나오려던 말도 바로 그 말이었어. 참 묘한 우연의 일치로구나."

"그렇다면, 허버트." 나는 응답하곤 했다. "우리의 상황을 한 번 자세히 살펴보기로 하자."

우리는 언제나 이 일을 위해 정식으로 약속을 하는 행위에서 깊은 만족감을 느꼈다. 나는 언제나 이 일을 공적인 사무라고 생각했고, 이렇게 하는 것이 문제에 대응하는 방식이며 나아가 원수의 목을 조를 수 있는 확실한 방식이라고 생각했다. 그리고 허버트도 그렇게 생각한다는 것을 나는 잘 알고 있었다.

우리는 저녁 식사를 위해 다소 특별한 음식을 주문하고 술 또한 보통 때와는 다른 특별한 것으로 한 병 곁들여 시켰다. 이 일을 위해 우리의 정신력을 단단히 강화함으로써 우리의 목표를 훌륭하게 달성할 수 있도록 하기 위해서였다. 식사가 끝나자, 우리는 한 뭉치의 펜과 넉넉한 양의 잉크와 상당히 많은 압지와 필기 용지를 보기 좋게 꺼내 놓았다. 문구류를 충분히 갖춰 놓는 것에는 뭔가 아주 위안을 주는 것이 있었기 때문이다.

그런 다음 나는 종이를 한 장 가져다 놓고는 그 맨 상단에다 산뜻한 필체로 '핍의 빚 비망록'이라는 제목을 가로쓰기로 썼다. 그러고는 바너드 여관과 날짜를 아주 조심스럽게 덧붙였다. 허버트 역시 종이를 한 장 가져다놓고 비슷한 격식을 따라 '허버트의 빚 비망록'이라고 가로쓰기로 썼다.

그런 다음 우리는 각자 자기 옆에 뒤죽박죽 쌓여 있는 서류 더미를 살펴보기 시작했다. 그것들은 서랍 속에 내던져 있거나, 호주머니 속에서 구멍투성이가 되도록 닳아 있거나, 초에 불을 붙이는 데 써서 반쯤 불타 있거나, 거울에 몇 주 동안이나 꽂혀 있거나, 아니면 다른 방식으로 망가져 있던 것들이었다. 펜이 종이 위에서 사각거리는 소리는 우리의 기분을 너무나 상쾌하게 만들어서 때때로 나는 이 유익한 사무 처리 행위와 실제로 돈을 갚는 행위를 서로 착각할 정도였다. 바람직한 가치가 있다는 점에서 그 둘은 거의 동일하게 보였다.

한동안 종이에 목록을 써 내려간 뒤 나는 허버트에게 잘되어 가느냐고 묻곤 했다. 허버트는 아마도 머리를 긁적이며 후회막심한 얼굴로 쌓여 가는 자신의 금액을 내려다보고 있는 참이었을 것이다.

“이거 팍팍 올라가고 있구나, 헨델.” 허버트는 말하곤 했다. “정말이지, 이거 팍팍 올라가고 있어.”

“마음을 굳게 먹어, 허버트.” 나는 아주 부지런히 펜을 놀리며 대꾸해 줬다. “문제를 회피하면 안 돼. 상황을 직시하고 자세히 살펴. 단단히 노려보고 압도해야 해.”

“나도 그렇게 하려고 해, 헨델. 하지만 내가 오히려 압도당하는 것 같아.”

그렇지만 나의 결연한 태도는 효과를 발휘했고, 그래서 허버트는 다시 일을 시작하곤 했다. 얼마 후 그는 다시 한 번 포기했는데, 그때 그때 상황에 따라 콥의 청구서나, 롭의 청구서, 또는 놉의 청구서 등이 없다는 핑계를 대곤 했다.

“그럼 허버트, 어림잡아서 계산해. 우수리 없는 금액으로 대강 어림잡아 계산해서 써 넣어.”

“너는 어쩌면 그렇게 지략이 풍부하니!” 내 친구는 감탄하며 대답하곤 했다. “너의 사무 능력은 정말로 몹시 놀랍구나.”

나도 그렇게 생각했다. 나는 이럴 때마다 내가 일류 사업가 같다는, 즉 신속하고, 결단력 있고, 정력적이며, 명쾌하고, 침착하다는 평가를 스스로 내리고 그걸 확인했다. 내가 갚아야 할 내역을 목록에 전부 기록했을 때 나는 그것들을 하나씩 청구서와 대조하며 확인 표시를 해 나갔다. 한 가지 기재 사항을 확인할 때마다 나 자신에 대한 만족감은 정말이지 가슴이 벅찰 정도였다. 확인할 게 더 이상 없게 되면 나는 모든 청구서를 균일한 크기로 접고 각각의 뒷면에다 꼬리표를 단 다음 전체를 끈으로 묶어 반듯하게 균형 잡힌 하나의 꾸러미로 만들어 놓았다. 그런 뒤 나는 허버트의 것도 (그는 자기에게는 나와 같은 경영 능력이 없다고 겸손히 말했다.) 똑같이 해 주었다. 그러고는 내가 그를 위해 일의 초점을 잡아 주었다고 느꼈다.

내 사무 처리 방식에는 이 밖에 근사한 특징이 한 가지 있었는데, 이름하여 '여유 두기'라고 부르는 것이었다. 예를 들면 허버트의 빚이 164파운드 4실링 2펜스라면 나는 "여유를 둬서 그걸 200파운드로 기록해."라고 말하곤 했다. 반면 나 자신의 빚이 허버트의 네 배라면 나는 여유를 둬서 700파운드라고 기록했다. 나는 이 여유 두기의 지혜로움을 더없이 높이 평가했다. 하지만 돌이켜 볼 때 나는 그것이 낭비적인 방안이었다는 것을 인정하지 않을 수 없다. 왜냐하면 우리는 언제나 금세 새로운 빚을 져서 그 여유를 꽉 채워 버렸을 뿐만 아니라, 때로는 그 여유가 주는 자유로운 느낌과 지불에 대한 자신감에 빠져서 또 다른 여유 두기가 필요한 상태로 한참 초과하곤 했기 때문이다.

그러나 우리 형편을 이렇게 점검하고 나면 일종의 차분함이나 휴식 또는 좋은 일을 한 것 같은 평온함이 그 결과로 뒤따랐고, 그 때문에 잠시 동안이나마 나 자신이 훌륭하다는 생각이 들었다. 내 능력 발휘와 체계적인 일 처리, 그리고 허버트의 찬사 등으로 인해 흐뭇한 기분이 되어, 나는 탁자 위에 필기구와 함께 놓여 있는 허버트와 나의 반듯한 청구서 꾸러미들을 바라보며 가만히 앉아 있곤 했다. 그러고는 한 사사로운 개인이 아니라 모종의 은행 같은 느낌에 사로잡히는 것이었다.

우리는 이런 엄숙한 행사를 거행할 때, 방해받지 않도록 바깥 출입문을 닫아 놓았다. 어느 날 저녁, 내가 조금 전에 말한 그 평온한 상태에 빠져 있을 때였다. 편지 한 통이 바깥 출입문의 편지 구멍을 통해 들어와 땅바닥에 떨어지는 소리가 들려왔다. "너한테 온 거야, 헨델." 허버트가 나가서 편지를 가지고 돌아오며 말했다. "그런데 별일이 아니기를 바란다." 이것은 편지의 묵직한 검은색 봉인과 테두리를 보고서 한 말이었다.

편지에는 트랩 회사의 서명이 찍혀 있었고 그 내용은 간단히 "존경하옵는 나리께, J. 가저리 부인께서 지난 월요일 저녁 6시 20분에 이승을 하직하셨다는 것을 정중히 알려 드리오며, 돌아오는 월요일 오후 3시에 있을 장례식에 나리께서 참석해 주시기를 간청하는 바입니다."라는 것이었다.

35장

내 인생 행로에서 무덤이 열린 것은 이번이 처음이었으며, 그것이 내 평탄한 길에 만들어 놓은 균열은 놀라운 것이었다. 부엌 난롯불 옆 의자에 앉아 있는 누나의 형상은 밤낮으로 내 머리를 떠나지 않았다. 누나 없이 그 장소가 존재할 수 있다는 것은 내 마음이 도저히 이해할 수 없는 사실처럼 보였다. 누나가 내 생각 속에 떠오른 적이 최근에는 거의, 아니 전혀 없었지만, 나는 이제 누나가 길거리에서 나를 향해 걸어오고 있다든가 또는 곧 우리 방문을 노크할 거라는 참으로 이상한 생각에 사로잡히곤 했다. 내 방에서도, 누나와 관련지어 생각해 본 적이 전혀 없는 곳이었지만, 죽음의 공허감과 동시에 누나의 목소리나 얼굴 표정 또는 몸짓 등을 연상시키는 어떤 것이 끊임없이 느껴졌다. 마치 누나가 이 방에 자주 왔었고 또 아직 살아 있기라도 한 것처럼 말이다.

내 운명이 어떤 것이었든지 간에 나는 누나를 깊은 애정으로 기억할 수는 없었을 것이다. 그러나 별로 깊은 애정 없이도 격한 후회의 감정은 존재할 수 있다고 나는 생각한다. 그런 격한 후회의 감정에 빠져 (그리고 아마 좀 더 부드러운 감정을 느끼지 못한 것을 보상하려는 심리에서) 나는 누나에게 그토록 많은 고통을 준 가해자에 대한 극심한 분노감에 사로잡혔다. 그리고 충분한 증거만 있었다면 올릭이든 다른 누구든 불타는 복수심으로 최후의 순간까지 추적하여 잡고 말았을 거라고 느꼈다.

편지로 조에게 위로의 말과 함께 장례식에 갈 거라는 말을 전한 뒤 나는 중간의 며칠 동안을 위에서 잠깐 언급한 그 묘한 심리 상태 속에서 지냈다. 그날이 되자 나는 아침 일찍 마차를 타고 내려갔다. 그리고 여유 있게 '블루보어'에 도착하여 대장간까지 걸어갈 시간이 충분히 있었다.

화창한 여름 날씨가 다시 돌아와 있었다. 길을 따라 걸어가는 동안 내가 아무 힘없는 조그만 꼬마고 누나가 나를 모질게 대하던 시절의 기억이 생생하게 되살아났다. 하지만 그 기억은 '따끔이'의 매서운 맛조차 순하게 떠올리는 부드러운 감정에 실려 되살아났다. 왜냐하면 그 순간 바로 콩잎과 클로버 잎의 선명한 냄새가, 나도 추억 속의 존재가 될 날이 반드시 올 것이니 그때 햇빛 속에서 걸어가던 다른 사람들이 나를 생각하며 부드러운 감정을 느끼게 되면 좋을 것이라고 내 가슴속에 속삭였기 때문이다.

마침내 나는 집이 보이는 곳에 이르렀다. 트랩 회사가 벌써 장례식 집행 절차를 착수하여 우리 집을 점령했다는 것을 곧 알 수 있었다. 우울할 정도로 터무니없게 생긴 사람들 두 명이 검은 띠로 싸맨 지팡이를 하나씩 여봐란 듯이 앞으로 내민 채 —

마치 그 도구가 누군가에게 어떤 위로를 전달할 수 있기라도 한 것처럼 — 현관문 앞을 지키고 서 있었다. 나는 둘 중 한 사람이 '블루보어'에서 해고된 마차 기수(騎手)라는 것을 알아차렸다. 그는 어느 젊은 부부를 결혼식 날 아침에 톱질용 구덩이 속에 처박히게 한 것 때문에 해고를 당했는데, 그때 그는 술에 취해서 두 팔로 자기가 탄 말의 목을 꽉 껴안은 채 말을 타고 갔더랬다. 마을의 아이들 전부와 여자들 대부분이 그 앞에 모여, 검은 옷차림의 이 장례식 파수꾼들과 우리 집과 대장간의 닫힌 창문들을 향해 감탄을 보내고 있었다. 내가 다가가자 두 파수꾼 중 (전직 기수였던) 한 사람이 현관문을 두드렸다. 마치 내가 슬픔으로 너무나 기진맥진한 상태가 되어서 문을 노크할 기운도 없을 거라고 생각한 것처럼 말이다.

옆에 있던 다른 파수꾼이 (그는 예전에 내기 삼아 거위 두 마리를 먹어 치운 적이 있는 목수였다.) 문을 열어 주었다. 그러고는 손님 맞이용 거실로 나를 안내했다. 거실에는 트랩 씨가 제일 좋은 탁자를 차지하고 앉아 있었는데, 그는 탁자와 문짝 등의 접힌 옆판을 모두 당겨 펴 놓고는, 아주 많은 검정 핀의 도움을 받아서 일종의 검정색 바자회를 열고 있었다.* 내가 도착한 순간 그는 누군가의 모자를 검정색 천으로 — 마치 아프리카 흑인 아기 모양으로 — 싸매는 일을 막 마친 참이었다. 그래서 그는 이제 내 모자를 달라는 뜻으로 손을 내밀었다. 하지만 상황 때문에 혼란에 빠진 나는 그 행동을 잘못 이해하여, 그의 손을 잡고는 최대한의 뜨거운 애정 표시를 하며 악수를 했다.

---

* 상중(喪中)이라는 표시로 방 안의 창과 가구마다 핀으로 검정색 휘장을 쳐 놓은 것을 이렇게 표현한 것임.

사랑하는 나의 불쌍한 조는 몸에 엉겨 붙은 작은 검정색 망토를 턱 밑의 커다란 나비넥타이에 묶어 맨 채 방의 위쪽 끝에 따로 앉아 있었다. 트랩 씨에게 상주로서 거기에 자리를 지정받은 게 틀림없었다. 나는 허리를 구부리며 그에게 "사랑하는 조, 안녕하세요?" 하고 인사했다. 그러자 그는 "핍, 이보게 친구, 너는 그녀가 풍채 좋은 여자였다는 것을 알고 있……." 하고 말하려다가 내 손을 꽉 쥔 채 더 이상 말을 잇지 못했다.

검정색 상복 차림이 아주 단정하고 정숙해 보이는 비디는 조용히 집 안을 돌아다니며 많은 일을 돕고 있었다. 아직 대화를 나눌 때가 아니라고 생각했으므로 나는 그녀에게 간단히 인사만 한 뒤 조 곁으로 가서 앉았다. 그러고는 집 안 어느 곳에 그것 — 아니, 그녀 — 즉 누나가 있는지 궁금해지기 시작했다. 거실의 공기가 달콤한 케이크 냄새로 진동하고 있었으므로 나는 다과가 놓인 탁자를 찾아서 방 안을 둘러보았다. 그것은 내 눈이 어둠에 익숙해지기까지는 거의 보이지 않았다. 하지만 마침내 탁자 위에 여러 조각으로 썰어 놓은 자두 케이크가 보였고, 이어서 역시 조각으로 썰어 놓은 오렌지와 샌드위치, 비스킷, 그리고 술 따르는 병 두 개가 보였다. 마지막의 그 술병들은 내가 이제까지 장식물로서만 잘 알고 있었지 실제로 사용되는 것은 한 번도 본 적이 없는 것들이었다. 술병 하나에는 포트와인이, 다른 하나에는 셰리주가 가득 들어 있었다. 다음 순간 나는 바로 그 비굴한 펌블추크가 검정색 망토 차림에 몇 미터는 됨 직한 긴 상장(喪章)을 모자에 두른 채 이 탁자 앞에 서 있는 것을 알아차렸다. 그는 이것저것 마구 먹어 대는 행위와 내 주의를 끌려는 아첨기 가득한 동작을 번갈아 가며 하고 있었다. 내 주의를 끄는 데 성공하자마자 그는 즉시 나에게로 걸어왔다. 그러고는 낮은 목소리로 (셰리주와 케이크 부스러기 냄새를 피우며) "친애하는 선생, 괜찮겠는지요, 좀?" 하고 말한 다음 악수를 했다. 그 뒤 나는 허블 씨 부부도 와 있는 것을 알아차렸는데, 허블 부인은 한구석에 점잖게 앉아서 말없이 훌쩍여 대고 있었다. 우리는 모두 '행렬을 지어 따라갈' 예정이었다. 그래서 모두 (트랩 씨에 의해) 한 사람씩 우스꽝스러운 보따리 모양으로 묶이고 있는 중이었다.

"그러니까 내 말은 말이다, 핍." 우리가 거실에 서서 트랩 씨가 두 사람씩 '대열 짓기'라고 명명한 절차를 수행하고 있을 때 — 그런데 이것은 마치 일종의 소름 끼치는 춤이라도 준비하는 것 같이 무서운 느낌이었다. — 조가 나에게 속삭이는 소리로 말했다. "그러니까 나리, 내 말은 말입니다, 할 수만 있다면 차라리 내가 직접 누나를 교회로 운반해 갔을 거라는 겁니다. 진심으로 도와주며 기꺼이 함께 가 줄 서너 명의 친한 사람들과 함께 말입니다. 하지만 그렇게 하면 이웃들이 경멸할 것이며 또 누나를 무시하는 처사로 생각할 것이라고 다들 만류했답니다."

"손수건을 꺼내시오, 모두들!" 트랩 씨가 그 순간 음울하고 사무적인 목소리로 외쳤다. "손수건을 꺼내시오! 준비가 다 되었습니다!"

그래서 우리는 모두 마치 코피라도 흘리고 있는 것처럼 손수건을 꺼내 얼굴에 갖다 대고는 두 명씩 줄을 지어 나갔다. 조와 내가 앞에 서고, 비디와 펌블추크, 그리고 허블 씨 부부 순이었다. 불쌍한 누나의 시신은 부엌문 옆에 운반되어 나와 있었는데, 여섯 명의 상여꾼이 테두리가 하얀 끔찍한 느낌의 검정색 벨

벳 덮개 아래에서 숨이 막힌 채 앞을 못 보며 걷는 것이 장례 의식의 한 중요한 관례였으므로, 관과 상여꾼 전체는 다리가 열두 개 달린 앞 못 보는 한 괴물이 두 명의 보호자 — 즉 아까 그 기수와 그의 동료 — 의 안내를 받으며 발을 질질 끌고 멈칫멈칫 걸어가는 것처럼 보였다.

그러나 이웃 사람들은 이러한 진행 방식을 아주 높이 평가했다. 그래서 우리는 대단한 찬양을 받으며 마을을 지나갔다. 마을 주민 중 좀 더 팔팔한 어린 계층은 이따금씩 우리를 버리고 앞질러 달려가서는 유리한 지점에서 숨어 있다가 우리 앞으로 뛰쳐나오곤 했다. 이런 때에 그들 중 좀 더 기운이 넘치는 녀석들은 예상했던 어느 모퉁이를 우리가 돌아서 나타나면 흥분한 태도로 "저기 나타났다! 저기 온다!" 하고 외쳐 댔으며, 그러면 우리는 거의 환호를 받다시피 했다. 이렇게 행렬이 진행되는 동안 나는 비굴한 펌블추크 때문에 심한 곤혹을 치러야 했는데, 그것은 바로 내 뒤에 있었던 그가 걸어가는 내내 세심한 배려랍시고 나부끼는 내 모자 상장을 가지런히 잡아 주거나 내 망토를 반듯이 펴 주는 행동을 쉬지 않고 계속 해 댔기 때문이다. 나는 또한 과도하게 우쭐대는 허블씨 부부의 태도 때문에 괴로움을 겪었는데, 그들은 이토록 훌륭한 행렬의 일원이 된 것을 더할 나위 없이 자랑스레 여기며 허영심에 넘치는 모습을 보였다.

이제 우리는 길게 뻗은 습지대가 눈앞에 탁 트인 곳에 이르렀다. 멀리 강 위에 떠 있는 배의 돛들이 점점 크게 보이더니, 이윽고 우리는 교회 마당으로 들어가, 얼굴도 모르는 나의 부모, 즉 '이 마을에 살다가 사망한 고(故) 필립 피립'과 '상기한 자의 아내 조지애너'의 무덤이 가까이 있는 곳에 이르렀다. 그리고 그곳

땅속에 누나는 조용히 안장되었다. 그러는 동안 종달새들이 하늘 높이 지저귀었고 가벼운 바람은 구름과 나무의 그림자를 땅 위 여기저기에 아름답게 드리워 주었다.

이 모든 일이 진행되는 동안 속물 펌블추크가 보인 행동에 대해서는, 그것이 전부 나를 향해서 행해졌다는 것 외에는 더 이상 말하고 싶지 않다. 다만 한 가지만 덧붙이자면, 사람이 이 세상에 가지고 온 것은 아무것도 없고 또 아무것도 가지고 갈 수 없다는 사실, 그리고 인생이란 영원히 계속되는 것이 아니라 그림자처럼 덧없이 지나가고 마는 것이라는 사실을 우리에게 상기시키는 그 경건한 구절이 낭독될 때조차, 나는 그가 뜻밖에 커다란 재산을 물려받게 된 한 젊은 신사의 경우는 예외라는 뜻으로 헛기침하는 소리를 들었다. 집으로 돌아왔을 때 그는 낯 두껍게도, 내가 오늘 이렇게 참석하여 누나에게 커다란 영광을 베풀어 준 것을 누나가 알 수 있었다면 참 좋았을 거라면서, 이런 영광을 보상으로 받았으니 누나는 죽은 것을 아깝게 생각하지 않을 것이라고 나에게 말했다. 그런 뒤 그는 셰리주 남은 것을 전부 마셨고, 허블 씨는 포트와인을 다 마셨다. 그리고 두 사람은 마치 자신들이 망자(亡者)와는 전혀 다른 종류의 인간으로서 널리 알려진 불멸의 존재라도 되는 것처럼 이야기를 나누기 시작했다. (그런데 이런 일이 있을 때마다 그들이 그러는 것은 일종의 습관이라는 것을 나는 그 후 알게 되었다.) 마침내 그는 허블 씨 부부와 함께 떠나갔다. 내 생각엔 틀림없이 '술친구'에 가서 그날 저녁 한껏 기분을 내며 자기가 내 행운의 문을 열어 준 사람이자 내 최초의 은인이라고 말할 것이었다.

그들이 모두 가 버리고, 트랩과 그의 일꾼들도 — 그의 점원은, 찾아봤지만 없었다. — 너절한 장례 용품들을 가방에 쑤셔 넣고 떠나가자, 집 안은 한결 건강해진 것처럼 느껴졌다. 얼마 지나지 않아, 비디와 조와 나는 찬 음식으로 차린 저녁 식사를 함께 들었다. 하지만 우리는 낡은 부엌이 아닌 손님맞이용 거실에서 식사를 했으며, 조는 칼과 포크와 소금 통 따위를 사용할 때 아주 심하게 신경 쓰며 주의를 했다. 그래서 우리 사이에는 굉장히 어색한 분위기가 감돌았다. 그러나 식사 후, 내가 조에게 파이프 담배를 피우게 하고 또 그와 함께 거닐며 대장간을 둘러본 후 대장간 밖의 커다란 돌덩이 위에 함께 걸터앉았을 때에는 좀 더 편안한 사이가 되었다. 나는 조가 장례식이 끝난 후 일요일용 양복과 작업복을 절충한 듯한 복장으로 옷을 바꿔 입은 것을 알아차렸다. 옷을 바꿔 입자 사랑하는 그는 비로소 자연스러웠고 그의 본연의 모습처럼 보였다.

그는 내가 옛날의 내 작은 침대에서 자고 가도 되냐고 물어보자 몹시 좋아했다. 나도 기분이 좋았는데, 왜냐하면 그 요청을 함으로써 내가 꽤 대단한 일이라도 한 것처럼 느껴졌기 때문이다. 저녁 땅거미가 드리워지기 시작할 무렵 나는 비디와 함께 정원을 걸으며 잠시 대화를 할 기회를 가졌다.

"비디." 나는 말했다. "나는 네가 이 슬픈 일에 대해 내게 편지를 보낼 수도 있었다고 생각해."

"그러니, 미스터 핍?" 비디는 말했다. "그런 줄 알았다면 편지를 보냈을 거야."

"비디, 이렇게 말한다고 내가 불친절하게 군다고 생각하지는 마. 하지만 너는 그런 줄 알고 편지를 보냈어야 했다고 나는 생각해."

"그러니, 미스터 핍?"

그녀는 너무나 차분했고, 또 너무나 단정하고 선하며 호감을 주는 태도를 지니고 있어서 나는 그녀를 또다시 울리고 싶은 생각이 없었다. 나는 내 곁에서 걷고 있는 그녀의 내려 뜬 눈을 잠시 바라본 뒤 그 문제를 그냥 넘어가기로 결심했다.

"비디, 넌 이제 여기에 계속 머물러 있기가 어려워지겠구나."

"아! 그래, 그럴 수 없지, 미스터 핍." 비디는 아쉬운 듯한, 하지만 확신에 찬 조용한 어조로 말했다. "허블 부인과 이미 이야기가 되어 있어. 그래서 내일 그녀의 집으로 갈 거야. 하지만 허블 부인과 함께 가저리 씨를 얼마간은 돌봐 줄 수 있을 거야. 그가 안정을 찾을 때까지는 말이야."

"너는 앞으로 어떻게 살아갈 거니, 비디? 혹시 돈이라도 좀 필요……."

"앞으로 어떻게 살아갈 거냐고?" 비디는 내 질문을 되물으며 갑자기 중간에 끼어들었고 잠시 얼굴을 붉혔다. "그건 이래, 미스터 핍. 나는 거의 완성되어 가는 이곳 새 학교의 선생 자리를 알아볼 생각이야. 마을 사람들 모두가 나를 적극적으로 추천해 줄 거라고 믿어. 나는 부지런하고 참을성 있게 노력해서, 남을 가르치며 나도 배워 나갈 수 있을 거야. 미스터 핍도 잘 알겠지만……." 비디는 미소를 지으며 고개를 들어 내 얼굴을 바라보며 말을 계속했다. "새로 생기는 학교들은 옛날 학교와는 달라. 하지만 나는 그때 이후로 미스터 핍한테서 많은 것을 배웠을 뿐만 아니라 그 뒤에도 계속해서 향상해 나갈 시간이 많았어."

"너는 어떤 상황에 있든, 언제나 향상해 나갈 거라고 믿어, 비디."

"그래! 내 인간성의 나쁜 측면은 제외하고 말이야." 비디는 중얼거리듯 말했다.

이것은 비난의 말이라기보다는 자기도 모르게 생각이 소리로 나온 것이라고 할 수 있었다. 글쎄, 뭐! 나는 그 문제도 그냥 넘어가기로 결심했다. 그래서 비디의 내리뜬 눈을 말없이 바라보며 그녀와 함께 좀 더 걸었다.

"비디, 난 우리 누나의 임종에 대해서 자세한 이야기를 듣지 못했어."

"별로 이야기할 게 없어. 아, 불쌍한 분. 조 부인은 나흘 동안 — 비록 그 이전까지는 상태가 악화되기보다는 오히려 호전되는 쪽이었지만 — 가끔 겪는 그런 좋지 않은 상태에 떨어져 있었어. 그러다가 그날 저녁 막 차 마실 시간이었는데, 그녀는 깨어나더니 아주 분명하게 '조'라고 말하는 것이었어. 그녀가 오랫동안 정말 한마디도 말을 한 적이 없었기 때문에, 나는 대장간에 달려가서 가저리 씨를 데리고 왔어. 조 부인은 가저리 씨가 자기 옆 가까이에 앉기를 원한다고 표시한 뒤 자기 두 팔을 그의 목에 감아 달라고 내게 몸짓으로 알렸어. 그래서 나는 그녀의 두 팔을 그의 목에 감아 주었지. 그러자 그녀는 머리를 그의 어깨에 기대며 아주 기쁘고 만족스러운 표정을 지었어. 그러더니 곧 '조'라고 다시 한 번 말했어. 그러고는 '용서해 줘요.'라고 한 번 말하고, '핍'이라고 한 번 말했어. 그런 다음 그녀는 그 상태로 더 이상 고개를 들지 못했고, 한 시간이 지나지 않아 우리는 그녀가 숨을 거두었다는 것을 발견하고 그녀를 침대에 눕혔어."

비디는 눈물을 흘렸다. 어두워 가는 정원과 오솔길과 하나둘 빛나기 시작하는 별들이 내 시야에서도 흐릿해졌다.

"그동안 아무것도 발견된 게 없니, 비디?"
"아무것도 없어."
"올릭은 어떻게 되었는지 아니?"
"옷 색깔로 봐선 아마 채석장에서 일하는 것 같아."
"그럼 넌 그를 본 적이 당연히 있다는 거구나? 오솔길의 저 시커먼 나무는 왜 그렇게 바라보는 거니?"
"조 부인이 숨을 거둔 날 올릭을 저기서 보았어."
"그게 그를 마지막으로 본 건 아니겠지, 비디?"
"그래, 우리가 여기를 걷기 시작했을 때부터 나는 그가 저기 있는 걸 보았어. 소용없어." 내가 막 달려가려고 했을 때 내 팔을 손으로 붙잡으며 그녀가 덧붙인 말이었다. "내가 너에게 거짓말하지 않을 거라는 걸 너도 잘 알고 있지. 올릭은 저기에 1분도 있지 않았어. 그는 이미 가 버리고 없어."

그 녀석이 아직도 그녀 뒤를 쫓아다닌다는 사실을 알게 되자 나는 극심한 분노가 되살아났다. 나는 그에 대해 사무치는 증오심을 느꼈다. 나는 그런 내 감정을 그녀에게 말하면서, 그를 이 고장에서 쫓아내기 위해서라면 얼마든지 돈을 쓰겠으며 어떤 수고도 마다하지 않을 것이라고 했다. 그녀는 차츰 나를 좀 더 온건한 대화로 이끌었다. 그러고는 조가 나를 얼마나 사랑하는지, 그리고 조가 어떻게 그 어떤 것에 대해서도 (그녀는 '나에 대해서'라고 말하지 않았다. 사실 말할 필요도 없었다. 그녀가 무슨 뜻으로 말하는지 나는 잘 알고 있었으니까 말이다.) 전혀 불평하지 않고 오직 힘찬 손과 조용한 입과 따뜻한 가슴으로 언제나 자기 의무를 다하며 인생길을 걸어가는지에 대해 나에게 이야기했다.

"정말이지 그는 아무리 칭찬해도 지나치지 않을 거야." 나는 말했다. “그리고 비디, 우린 이런 이야기를 앞으로 자주 하게 될 거야. 왜냐하면 나는 이제 당연히 여기에 자주 내려올 테니까 말이야. 나는 불쌍한 조를 혼자 내버려 두지 않을 거야.”

비디는 뭐라고 한마디도 말하지 않았다.

“비디, 내 말 듣고 있니?”

“듣고 있어, 미스터 핍.”

“나를 미스터 핍이라고 부르는, 나에게 천박하게 들리는 그 말투는 물론이고, 비디, 너의 지금 이 태도는 무얼 뜻하는 거지?”

“무얼 뜻하는 거냐니?” 비디는 약간 위축된 어조로 말했다.

“비디.” 나는 도덕적 우월감에 가득 찬 태도로 말했다. “나는 너의 이 태도가 무얼 뜻하는지 꼭 알아야겠다고 부탁하는 바야.”

“나의 이 태도라니?” 비디는 말했다.

“제발 내 말을 되풀이하지 마.” 나는 대꾸했다. “너는 이전엔 남의 말을 되풀이하지 않았어, 비디.”

“이전엔 안 그랬다고!” 비디는 말했다. “오, 미스터 핍! 이전엔 안 그랬다고!”

그래, 좋다! 나는 이 점도 그냥 넘어가기로 대충 생각했다. 말없이 정원을 한 바퀴 더 돌고 난 후, 나는 본래의 문제로 다시 돌아갔다.

“비디.” 나는 말했다. “조금 전 나는 앞으로 조를 만나러 자주 여기에 내려올 거라고 말했어. 그런데 너는 그걸 눈에 띌 만큼 묵묵부답인 채로 들었어. 부디 그 이유가 뭔지 나에게 말해 줄 수 있겠니, 비디?”

"그렇다면 너는 정말로 그를 만나러 자주 내려올 자신이 있니?" 비디는 좁은 정원 길에서 발을 멈추고, 별빛 아래에서 맑고 정직한 눈으로 나를 바라보며 물었다.

"오, 이런!" 나는 비디를 포기할 수밖에 없다고 절망적으로 느끼며 말했다. "이건 정말로 인간성의 아주 나쁜 측면이구나! 제발 더 이상 말하지 말아 줘, 비디. 정말이지 이건 나한테 큰 충격이 아닐 수 없다."

이런 강력하고 확실한 이유로 나는 저녁 식사 때 비디를 쌀쌀맞게 대했다. 그리고 내 작은 옛 침실로 올라갈 때, 불쾌한 기분인 상태에서 교회 마당과 그날의 일과 어울린다고 생각할 수 있는 최대한 위엄 있는 태도로 그녀에게 저녁 인사를 했다. 그날 밤 나는 잠을 제대로 자지 못했는데, 잠에서 — 그것도 15분마다 한 번씩 — 깰 때마다 나는 비디가 나에게 얼마나 불친절한 행위를 했고 얼마나 깊은 상처를 주었으며 얼마나 부당하게 대했는지 곰곰이 되씹었다.

나는 아침 일찍 떠날 예정이었다. 나는 아침 일찍 밖으로 나와서 눈에 띄지 않게 대장간의 나무 창문 하나를 통해 안을 들여다보았다. 그리고 몇 분 동안 그곳에 서서, 벌써 열심히 일하고 있는 조를 바라보았다. 빨갛게 달아오른 얼굴에 건강과 힘의 빛이 넘쳐흐르는 그의 모습은 마치 그를 위해 예비된 눈부신 생명의 태양이 그의 얼굴을 환히 비추고 있는 것처럼 보였다.

"안녕히 계세요, 사랑하는 조! 아니에요, 손을 닦지 말아요. 제발 검댕 묻은 그 손을 그대로 잡게 해 줘요! 금방, 그리고 자주 내려올게요."

"얼마든지 금방 와도 좋아요, 나리." 조는 말했다. "얼마든지 자주 오렴, 핍!”

비디는 부엌문 앞에서 새로 따른 우유 한 컵과 빵 한 조각을 든 채 나를 기다리고 있었다. “비디.” 나는 그녀와 작별의 악수를 하며 말했다. “난 화가 나지는 않았어. 하지만 마음에 상처를 입었어.”

“아냐, 마음 상해하지 마.” 그녀는 몹시 가슴 아픈 표정으로 간청하듯 말했다. “내가 너그럽지 못하게 굴었다면 나 혼자만 마음 상해야지.”

마을을 떠나갈 때 다시 한 번 안개가 걷히고 있었다. 내가 다시 돌아오지 않으리라는 것과 비디의 말이 전적으로 정확했다는 것을 안개가 그 순간 나에게 보여 주었다면 — 실제로 그랬다고 생각되는데 — 내가 할 수 있는 말은 오직, 안개 역시 전적으로 정확했다는 것밖에 없다.

36장

허버트와 나는 더 많은 빚을 지고 우리 상황을 점검하고 여유를 두는 식으로, 그리고 이와 비슷한 다른 모범적 행태들을 통해 계속해서 악화일로를 걸었다. 일이 어찌 되든 시간은 늘 그러듯이 자기 방식대로 흘러갔고, 나는 어느덧 성년에 이르렀다. 내가 미처 의식하기도 전에 그렇게 될 것이라는 허버트의 예언을 실현하면서 말이다.

허버트 자신은 나보다 8개월 먼저 성년이 되었다. 성년의 나이 말고는 그에게 굴러들어온 것이 아무것도 없었으므로 그 일은 바너드 여관에서 별로 깊은 관심거리가 되지 못했다. 그러나 우리는 내 스물한 번째 생일을 굉장히 큰 기대와 추측 속에서 기다렸다. 왜냐하면 우리 둘 다 내 후견인이 그날 뭔가 분명한 이야기를 하지 않을 수 없을 거라고 생각했기 때문이다.

나는 미리 신경을 써서 내 생일이 언제인지 리틀 브리튼에서 분명히 알고 있도록 해 놓았다. 생일 하루 전날 나는 웨믹에게서 내가 그 상서로운 날 오후 5시에 재거스 씨를 방문해 주면 재거스 씨가 기뻐할 것이라는 내용의 공식적인 통지를 받았다. 이것은 우리에게 뭔가 굉장한 일이 일어날 것이라는 확신을 심어 주었으며, 다음 날 시간 엄수의 화신처럼 정확하게 내 후견인의 사무실에 도착했을 때 내 가슴은 비상한 흥분으로 쿵쿵 뛰고 있었다.

바깥 사무실에서 웨믹은 나에게 축하의 말을 해 주었다. 그러고는 우연인 것처럼 지폐 같은 접힌 종이 한 장으로 자기 코 옆을 슬쩍 문질렀다. 그 종이의 모습은 나를 기분 좋게 만들었다. 하지만 그는 그 종이에 대해 아무 말도 하지 않은 채 내 후견인의 사무실로 들어가라는 뜻으로 고갯짓만 한 번 해 보였다. 때는 11월이었고, 내 후견인은 뒷짐 진 두 손을 양복 뒷자락 밑에 넣고는 등을 굴뚝에 기댄 채 벽난로 앞에 서 있었다.

"그래, 핍." 그는 말했다. "오늘부터는 자네를 미스터 핍이라고 불러야 하겠군. 축하하네, 미스터 핍."

우리는 악수를 나눴다. 그는 항상 놀라울 정도로 짧게 악수를 했다. 그리고 나는 그에게 감사하다고 말했다.

"자리에 앉게, 미스터 핍." 내 후견인이 말했다.

나는 의자에 앉았고, 그는 벽난로 앞으로 가더니 다시 원래의 자세를 취한 다음 눈살을 찌푸리며 자신의 구두를 내려다보았다. 그러자 나는 불리한 위치에 있는 듯한 느낌이 들었다. 그리고 이것은 나로 하여금 그 옛날 묘비 위에 올려놓아졌던 때를 생각나게 했다. 선반 위의 소름 끼치는 그 두 석고상은 재거스 씨와 멀지 않은 곳에 있었는데, 마치 우리의 대화에 주의를 기울이려고 애쓰는 어리석은 중풍 환자 같은 표정을 짓고 있었다.

"자, 내 젊은 친구." 내 후견인은 마치 내가 증인석에 앉은 증인이라도 되는 것처럼 말을 시작했다. "나는 자네와 한두 마디 나누고자 하네."

"예, 어서 하십시오, 선생님."

"자네 생각에……." 재거스 씨는 이렇게 말하며 몸을 앞으로 구부려 바닥을 한 번 바라본 다음, 고개를 뒤로 젖혀 천장을 쳐다보았다. "자네 생각에, 자네는 얼마의 생활비로 살고 있는 것 같은가?"

"얼마의 생활비로 사느냐고요, 선생님?"

"얼마의……." 재거스 씨는 여전히 천장을 쳐다보며 반복했다. "생활—비로—살고—있는가?" 그러고 나서 그는 방 안을 한 바퀴 빙 둘러보더니, 손수건을 꺼내 들고는 그것을 코로 가져가다가 멈췄다.

내 상황을 점검하는 경우가 너무나 빈번하게 발생했기 때문에, 나는 내 상황의 정확한 규모에 대해 그나마 혹시 알고 있었을지도 모르는 약간의 관념조차 완전히 상실해 버린 상태였다. 하는 수 없이 나는 그 질문에 전혀 대답할 수 없다고 고백했다. 이 대답은 재거스 씨의 마음에 든 듯했다. 왜냐하면 그는 "내 그럴 줄 알았네!"라고 말한 다음 만족한 듯한 태도로 코를 풀었기 때문이다.

"자, 내 친구, 내가 자네한테 질문을 하나 했으니……." 재거스 씨는 말했다. "자네도 나한테 물어볼 게 있으면 하게."

"물론 속 시원히 선생님께 질문하고 싶은 것이 몇 가지 있습니다. 하지만 저는 선생님께서 금지한 사항을 잘 기억하고 있습니다."

"한 가지 해 보게." 재거스 씨는 말했다.

"제 은인이 누구인지 오늘 알게 되는지요?"

"아니네. 또 하나 해 보게."

"그 비밀은 저에게 곧 알려질 예정인지요?"

"그 질문은 잠깐 보류하고, 다른 질문을 해 보게." 재거스 씨는 말했다.

나는 주위를 한 번 둘러보았다. 하지만 이제는 더 이상 피할 도리가 없는 것처럼 보여서 결국 이 질문을 하고 말았다. "제가 ―뭐― 받을 게 있는지요, 선생님?" 그러자 재거스 씨는 즉시 의기양양한 태도로 말했다. "그 이야기를 하게 될 줄 알고 있었지!" 그러고는 아까 그 종이를 가져오라고 웨믹에게 소리쳤다. 웨믹은 나타나서 그것을 건네주고는 사라졌다.

"자, 미스터 핍." 재거스 씨는 말했다. "부디 주의해서 잘 듣게나. 자네는 그동안 상당히 거침없이 수표를 끊어 주었더군. 자네 이름이 웨믹의 현금출납부에 상당히 자주 등장하는 걸 보니까 말이야. 하지만 자네는 빚까지 지고 있겠지, 당연히?"

"그렇다고 말씀드릴 수박에 없을 것 같습니다, 선생님."

"그렇다고 말할 수밖에 없다는 걸 자네는 잘 알고 있지, 그렇지?" 재거스 씨는 말했다.

"그렇습니다, 선생님."

"자네 빚이 얼마인지 묻지는 않겠네, 자네도 모를 테니까 말이야. 그리고 설령 자네가 안다고 해도 자넨 나에게 말하려고 하지 않겠지. 아니면 액수를 줄여서 말하든지 말이야. 아니네, 내 말이 맞네, 내 친구." 재거스 씨는 내가 항변하려는 모습을 보이자 집게손가락을 흔들어 내 말을 막으며 큰 소리로 말했다. "물론 줄여서 말하지 않을 거라고 자네가 생각하는 것은 충분히 가능한 일이지. 하지만 자네는 줄여서 말할 걸세. 이렇게 말하면 좀 미안하지만 나는 자네보다 더 잘 알고 있네. 자, 이 종이를 받게. 어때, 손에 잘 받아 들었나? 아주 좋네. 자, 그럼 그걸 펴 보고 그게 무엇인지 나에게 말해 보게."

"지폐입니다." 나는 말했다. "500파운드짜리입니다."

"맞네, 지폐네." 재거스 씨는 반복하며 말했다. "500파운드짜리. 그리고 또 굉장히 큰 금액이라고 할 수 있지. 자네도 그렇게 생각하나?"

"어떻게 다르게 생각할 수 있겠습니까?"

"아! 하지만 질문에 대답하게." 재거스 씨는 말했다.

"틀림없이 그렇게 생각합니다."

"틀림없이, 자네는 그 돈을 상당히 큰 금액이라고 생각하겠지. 자, 핍, 그 상당히 큰 금액의 돈은 바로 자네 것이네. 오늘 자네에게 주는 선물이라네. 자네가 받을 유산에 대한 보증금 조로 말이야. 그리고 자네는 이제 유산 전체의 증여자가 나타날 때까지 매년 그렇게 상당히 큰 금액의 생활비로, 하지만 그것보다 초과해서는 안 되네, 살아가도록 되어 있네. 다시 말하면, 자네는 이제부터 자네의 돈 문제를 완전히 자네가 알아서 처리하게 될 것이며, 따라서 분기마다 125파운드씩 웨믹에게서 돈을 인출해 가게 되어 있네. 자네가 돈의 원천과 직접 연락을 주고받게 되어 대리인에 불과한 사람과는 더 이상 상대하지 않게 될 때까지는 말일세. 전에도 말했다시피 나는 일개 대리인에 불과하네. 나는 내가 받은 지시 사항들을 집행할 뿐이며, 그것에 대한 보수를 받고 있네. 나는 그 지시 사항들이 현명하다고 생각하지 않네만,

내가 받은 보수에는 그것들의 좋고 나쁨에 대한 의견 제시가 포함되어 있지 않네."

나는 내 은인이 나를 그토록 아주 후하게 대우해 주는 것에 대해 감사의 말을 표현하려고 막 입을 열었다. 하지만 그 순간 재거스 씨가 나를 가로막고 냉정하게 말했다. "나는 자네 말을 다른 사람에게 전달하는 일을 하도록 보수를 받지 않았네." 그러더니 그는 이 문제를 확 거머쥐었던 것과 똑같이 자신의 양복 뒷자락도 와락 거머쥐었다. 그러고는 자신의 구두가 그를 해치려는 무슨 음모라도 꾸민다고 의심하는 것처럼, 찌푸린 얼굴로 구두를 노려보며 서 있었다.

잠시 가만히 있다가 나는 넌지시 물었다.

"재거스 씨, 제가 아까 질문 하나를 했는데, 잠깐 보류하라고 말씀하셨지요. 그 질문을 다시 여쭤도 괜찮겠는지요?"

"그 질문이 뭐지?" 그는 말했다.

나는 그가 결코 나를 거들어 주지 않을 거라는 사실을 어느 정도 짐작했을지도 모른다. 하지만 마치 완전히 처음 말하는 질문처럼 그 질문을 새로이 말해야만 하는 것은 당혹스러운 일이었다. "제 은인께서……." 나는 잠시 머뭇거린 뒤에 말을 시작했다. "그러니까 재거스 씨께서 말씀하신 그 원천이 되는 분께서 곧……." 여기서 나는 민감하게 느끼며 말을 멈췄다.

"곧 어쩐다는 말인가?" 재거스 씨는 물었다. "그 상태로는 아무런 질문도 되지 못한다는 걸 자네도 알겠지."

"그분이 곧 런던에 오시거나……." 나는 정확한 표현을 찾기 위해 이리저리 궁리하다가 말했다. "아니면 저를 어디 다른 곳으로 부르실 건가요?"

"자, 그 문제를 위해서는……." 재거스 씨는 쑥 들어간 검은 눈으로 나를 처음으로 빤히 주시하며 대답했다. "우리는 자네 마을에서 우리가 처음 만났던 날 저녁으로 돌아가야겠네. 그날 내가 자네에게 뭐라고 말했나, 핍?"

"선생님께서는 그분이 나타나기까지는 여러 해가 지날 수도 있다고 하셨습니다, 재거스 씨."

"바로 그랬지." 재거스 씨는 말했다. "그게 바로 내 대답이네."

그와 내가 서로를 빤히 쳐다보고 있을 때 나는 그에게서 뭔가를 알아내고자 하는 강한 욕망 때문에 내 숨이 점점 가빠지는 것을 느꼈다. 그리고 내 숨이 점점 가빠지는 것을 느끼면서, 그리고 그가 내 숨이 점점 가빠지는 것을 알고 있다는 것을 느끼면서, 나는 그에게서 뭔가를 알아낼 가능성이 그만큼 더 작아지는 것을 느꼈다.

"아직도 여러 해가 지나야 할 거라고 생각하시나요, 재거스 씨?"

재거스 씨는 고개를 가로저었다. 내 질문에 대한 부정의 답으로서가 아니라, 그로 하여금 어떤 식으로든 그 질문에 대답하게 만들 수 있다는 생각 자체를 완전히 부정하는 의미에서 한 고갯짓이었다. 그러자 얼굴이 뒤틀린 그 소름 끼치는 두 석고상은, 내 시선이 우연히 그들에게로 향하게 되었을 때, 마치 주의를 집중해 기다리던 긴장감을 더 이상 참지 못하여 금세라도 재채기를 터뜨릴 것처럼 보였다.

"자, 이보게, 내 친구, 핍!" 재거스 씨는 따뜻해진 두 손등으로 다리 뒤쪽을 따듯하게 문질러 대며 말했다. "자네한테 솔직하게 말해 주겠네. 그 질문은 나한테 물어서는 안 되는 질문이네. 그것이 내 명예에 손상을 입힐 수도 있는 질문이라고 내가 말해 주면 자네는 아마 좀 더 잘 이해할 수 있을 것이네. 자, 이보게! 자네에게 좀 더 말해 주지. 좀 더 이야기를 해 주겠네."

그는 말을 잠시 멈추고 몸을 구부려 자신의 구두를 찌푸린 얼굴로 노려보았다. 그 구부린 정도가 아주 심하여 그는 종아리까지도 손으로 문지를 수 있었다.

"그 사람이 자신의 정체를 밝히면……." 그는 몸을 다시 똑바로 펴며 말했다. "자네와 그 사람은 직접 두 사람의 일을 해결하게 될 것이네. 그 사람이 자신을 밝히면 이 일에 있어서 내 역할은 끝나고 종료될 것이네. 그 사람이 자신을 밝히면 나는 이 일에 대해 그 어떤 것도 알 필요가 없을 것이네. 그것이 내가 하고자 하는 말의 전부네."

우리는 서로 얼굴을 마주 보았다. 나는 시선을 돌려 바닥을 내려다보며 생각에 잠겼다. 나는 이 마지막 말로부터, 미스 해비셤이 어떤 이유에서인지는 모르지만 나를 에스텔러와 짝 지으려는 계획에 대해 재거스 씨에게 속마음을 털어놓지 않았으며, 그가 이것을 불쾌하게 여기고 또 그것에 대해 질투심을 느끼고 있구나 하고 짐작했다. 그리고 그게 아니라면 그는 그 계획에 진정으로 반대하여 그 일과는 아무런 상관도 하지 않으려고 하는구나 하고 짐작했다. 내가 다시 눈을 들어 쳐다보았을 때 그가 날카로운 표정으로 나를 그동안 내내 바라보고 있었으며 그 순간에도 여전히 그렇게 바라보고 있는 것을 알아차렸다.

"그것이 선생님께서 하실 말씀의 전부라면……." 나는 말했다. "저는 더 이상 말씀드릴 게 없습니다."

그는 동의한다는 뜻으로 고개를 끄덕였다. 그러고는 도둑들조차 무서워한다는 그 시계를 꺼내며 어디서 저녁 식사를 할 것이냐고 물었다. 나는 내 숙소에서 허버트와 함께할 거라고 대답했다. 그리고 당연히 이어지는 순서로, 우리와 식사를 함께하는 호의를 베풀어 줄 수 있는지 그에게 물었다. 그는 선뜻 초청을 받아들였다. 하지만 나와 함께 우리 집으로 가기를 주장했는데, 그것은 내가 그를 위해 특별히 추가로 준비를 하지 못하도록 하기 위한 것이었다. 그는 먼저 편지를 한두 통 쓸 게 있었고, 또 (당연히) 손도 씻어야 했다. 그래서 나는 바깥 사무실로 가서 웨믹과 이야기하며 기다리겠다고 말했다.

사실을 말하자면, 내 호주머니에 그 500파운드가 들어온 순간 나는 이전부터 자주 머릿속에 떠올리곤 하던 한 가지 생각을 다시 머리에 떠올렸다. 그런데 나에겐 웨믹이 바로 그 생각과 관련하여 의논할 좋은 상대인 것처럼 보였다.

그는 이미 금고의 자물쇠를 잠그고 귀가할 준비를 마친 상태였다. 그는 자기 책상을 치우고, 자기가 쓰는 기름기 낀 사무실 촛대 두 개를 들고 나와 곧바로 불을 끌 수 있도록 그것들을 문 가까이에 있는 선반 위에 촛불 끄는 기구와 나란히 세워 놓은 상태였다. 그는 또 재를 긁어모아 난롯불을 낮게 죽여 놓았고, 모자와 큰 외투도 꺼내다 준비해 놓았으며, 이제는 업무 후의 운동으로서 금고 열쇠로 가슴팍 도처를 두드려 대고 있었다.

"웨믹 씨." 나는 말했다. "당신의 의견을 묻고 싶은 게 있습니다. 친구 하나를 꼭 좀 도와주고 싶은데요."

웨믹은 우체통 구멍 같은 입을 굳게 다물더니 고개를 가로저었다. 마치 그런 종류의 치명적인 어리석음은 어떤 것이든 정면으로 반대한다는 의견 같았다.

“이 친구는…….” 나는 계속해서 말했다. “사업가로 성공해 보고자 애쓰고 있지만 돈이 없답니다. 그래서 사업을 시작하기가 어렵다는 걸 알고 낙심해 있지요. 나는 이제 그를 어떻게 좀 도와서 사업을 시작할 수 있게 해 주고 싶습니다.”

“현금을 지불해서 말인가요?” 웨믹은 세상 그 어느 톱밥보다도 더 메마른 어조로 말했다.

“현금을 약간 지불해서 돕고자 합니다.” 집에 있는 반듯하게 묶은 청구서 꾸러미 생각이 뇌리를 스치며 나는 불안스레 대답했다. “현금을 약간 지불하고, 가능하다면 제가 물려받을 유산을 보증으로 돈을 약간 끌어 쓰기도 해서 돕고 싶습니다.”

“핍 씨.” 웨믹은 말했다. “괜찮으시다면 잠시 당신과 함께 내 손가락으로 첼시 유역*까지의 여러 다리들 이름을 훑어보고 싶습니다. 자, 보세요. 먼저 런던교(橋), 하나. 사우스워크교, 둘. 블랙프라이어스교, 셋. 워털루교, 넷. 웨스트민스터교, 다섯. 복스홀교, 여섯.” 그는 금고 열쇠의 손잡이를 손바닥 위에 올려놓은 채 각각의 다리를 차례대로 꼽아 나갔다. “자, 보시다시피, 선택할 다리가 여섯 개나 되는군요.”

“무슨 말씀을 하시는지 모르겠군요.” 나는 말했다.

“다리를 하나 선택하세요, 핍 씨.” 웨믹은 대답했다. “그리고 그 다리 위로 걸어가서 당신의 돈을 맨 가운데 아치 너머로 템스 강에 던져 보세요. 그럼 그 길로 돈은 끝장나고 말겠지요. 돈으로 친구를 도와주세요. 그럼 그 길로 역시 돈은 끝장나고 말 겁니다. 하지만 그건 훨씬 더 이익 없고 불쾌한 끝장이지요.”

---

* 템스 강 상류의 런던 서쪽 경계 지점이 되는 유역.

그는 이렇게 말한 후 입을 옆으로 아주 길게 벌렸는데, 벌린 그 입이 너무나 길어서 신문까지도 그 안에 집어넣을 수 있을 것 같았다.

"의욕을 몹시 꺾는 말씀이군요." 나는 말했다.

"그러라고 한 말입니다." 웨믹은 말했다.

"그러니까 웨믹 씨의 의견은……." 나는 분노가 약간 섞인 어조로 물었다. "사람은 결코……."

"'동산(動産)을 친구에게 투자해서는 안 된다.' 이거냐고요?" 웨믹은 말했다. "그야 물론 안 되지요. 그가 그 친구를 떨쳐 버리기를 바라는 게 아니라면 말입니다. 그런 경우, 그 친구를 떨쳐 버리는 것이 얼마나 많은 동산의 가치가 있느냐 하는 것이 문제가 되겠지만요."

"그게 바로……." 나는 말했다. "당신의 진지한 의견인가요, 웨믹 씨?"

"그게 바로……." 그는 대답했다. "이 사무실에서의 내 진지한 의견입니다."

"아!" 나는 그를 압박하며 말했다. 왜냐하면 나는 이 말에서 그가 다른 의견으로 빠져나갈 구멍을 마련해 놓았다고 생각했기 때문이다. "월워스에서의 당신 의견도 그와 같은 것일까요?"

"핍 씨." 그는 아주 엄숙하게 말했다. "월워스와 이 사무실은 서로 전혀 다른 별개의 장소입니다. 마치 우리 부친과 재거스 씨가 서로 전혀 다른 별개의 존재인 것처럼 말입니다. 이 둘은 서로 혼동되어서는 안 됩니다. 나는 월워스 견해를 월워스에서만 줄 수 있습니다. 이 사무실에서는, 나는 오직 사무실 견해밖에 줄 수 없습니다."

“잘 알았습니다.” 나는 큰 안도감을 느끼며 말했다. “그러면 월워스에 한번 찾아가겠습니다. 틀림없이 그러겠습니다.”

“핍 씨.” 그는 대답했다. “당신이 사적이고 개인적인 자격으로 그곳에 찾아오시는 것은 얼마든지 환영하겠습니다.”

우리는 이 대화를 낮은 목소리로 나누었다. 내 후견인의 귀가 세상 그 누구보다도 예민한 귀라는 것을 잘 알고 있었기 때문이다. 그가 이제 두 손을 수건으로 닦으면서 그의 사무실 문간에 나타났으므로, 웨믹은 자신의 큰 외투를 입고는 촛불 끌 자세를 취한 채 기다렸다. 우리 세 사람은 모두 함께 거리로 나갔다. 문 앞 층계에서 웨믹은 자기가 갈 방향으로 몸을 돌렸고 재거스 씨와 나도 우리가 갈 방향으로 몸을 돌렸다.

그날 저녁 나는 재거스 씨에게도 제라드 거리의 집에 늙은 부친이든, ‘귀청 때리는 놈’이든, 뭐든, 누구든, 하여튼 그의 찌푸린 눈살을 약간 펴지게 할 존재가 하나 있었으면 좋겠다는 생각을 몇 번이고 하지 않을 수 없었다. 스물한 번째 생일에 하게 된 생각이 바로, 재거스 씨가 구축하는 세상처럼 남을 경계하고 의심하는 세상에서는 성년이 되었다는 것이 별로 가치가 없는 일처럼 보인다는 것이었으니, 결코 유쾌한 일이 아니었다. 재거스 씨는 웨믹보다 천 배나 많이 알고 있고 천 배나 현명했다. 하지만 나는 그보다 웨믹을 천 배나 더 기꺼이 식사에 초대하고 싶었다. 게다가 재거스 씨는 나만 몹시 우울하게 만든 것이 아니었다. 그가 가고 난 뒤 허버트는 난롯불을 빤히 응시하며, 자신이 어떤 중죄를 저지르고는 그 자세한 내용을 잊어먹은 것이 틀림없다는 생각이 들었다고, 묻지도 않은 소리를 중얼거렸다. 그만큼 그는 심하게 마음이 짓눌리고 깊은 죄의식을 느꼈던 것이다.

37장

웨믹의 월워스 견해를 듣기에 일요일이 가장 좋다고 생각한 나는 그 다음번 돌아오는 일요일 오후를 웨믹의 성으로 순례 여행을 하는 데 바쳤다. 성곽 외벽 앞에 도착하니 영국 국기가 펄럭이고 있고 도개교가 들어 올려져 있었다. 하지만 나는 이런 도전과 저항의 표시에 용기를 잃지 않고, 대문의 초인종을 울렸다. 그러자 노인장이 아주 평화롭게 나를 맞아 주었다.

"우리 아들이 말입니다, 나리." 도개교를 안전하게 다시 들어 올려놓은 뒤에 노인이 말했다. "아무래도 당신이 혹시 들를지도 모른다는 생각이 들었답니다. 그래서 오후 산책에서 금방 돌아올 거라는 말을 남겨 놓았답니다. 우리 아들은 말이에요, 산책을 아주 규칙적으로 한답니다. 모든 것에서 아주 규칙적이지요, 우리 아들은요."

나는 웨믹 자신이 해 주었을 것처럼 그 늙은 신사에게 고개를 끄덕여 주었다. 그런 다음 우리는 안으로 들어가서 난롯불가에 앉았다.

"나리께서 우리 아들을 알게 된 건……" 노인은 두 손을 불길에 따뜻하게 쬐면서 참새처럼 쫑알대는 목소리로 말했다. "아마 그의 사무실에서였겠지요?" 나는 고개를 끄덕였다. "하하! 내가 듣기로 우리 아들은 직장에서 아주 훌륭한 일꾼이라지요, 나리?" 나는 힘차게 고개를 끄덕였다. "그래요. 사람들이 다 그렇게 말한답니다. 우리 아들 직장은 법조계라지요?" 나는 더욱 힘차게 고개를 끄덕였다. "그런데 그건 우리 아들의 경우 더욱 놀라운 일이랍니다." 노인은 말했다. "왜냐하면 우리 아들은 법조계 일이 아니라 포도주 통 제조 기술을 배우며 자랐거든요."

나는 이 노신사가 재거스 씨의 명성에 대해 어떻게 알고 있는지 호기심이 생겨서 그에게 재거스 씨의 이름을 크게 외쳐 보았다. 그는 진심에서 우러나온 웃음을 크게 터뜨리며 아주 쾌활한 태도로 "그럼요, 물론이지요. 나리 말이 맞아요."라고 대답함으로써 나를 더없이 큰 혼란에 빠뜨렸다. 지금 이 순간까지도 나는 그의 말이 무슨 뜻이었는지, 그가 내 말을 무슨 농담으로 받아들였는지 조금도 짐작이 가지 않는다.

내가 거기서 노인의 흥미를 끌려는 다른 시도를 하는 것 없이 노인에게 고개만 끄덕여 주며 영원히 앉아 있을 수는 없었으므로, 나는 노인 자신의 예전 생업도 '포도주 통 제조업'이었는지 큰 소리로 물어보았다. 그 용어를 목이 아플 정도로 여러 번 외쳐 대는 한편 그것을 그 자신과 연결시켜 주고자 노인의 가슴을 두드려 댐으로써 나는 마침내 내 의미를 그에게 전달하는 데 성공했다.

"아닙니다." 노인은 말했다. "도매 상점을 했어요, 도매 상점을

요. 처음에는 저 위쪽에서 했지요." 그는 굴뚝 저 위쪽을 뜻하는 것처럼 보였다. 하지만 나는 그의 의도는 나에게 리버풀을 가리켜 보이는 것이었다고 믿는다. "그다음에는 이곳 런던 시내 중심가에서 했답니다. 하지만 몸에 이상이 생기자…… 나는 귀가 잘 안 들린답니다, 나리……."

나는 더없이 크게 놀랐다는 것을 무언극으로 표현해 보였다.

"그래요, 귀가 잘 안 들린답니다. 내게 이런 이상이 생기자 우리 아들은 법조계에 들어갔답니다. 그러고는 나를 부양하기 시작했지요. 그리고 이 우아하고 아름다운 집과 재산을 조금씩 마련해 나갔답니다. 하지만 나리께서 말했던 문제로 돌아가자면, 아시다시피……." 노인은 다시 진심에서 우러나오는 웃음을 크게 터뜨리며 말을 계속했다. "내 대답은 분명 '그럼요, 물론이지요. 나리 말이 맞아요.'랍니다."

나는 내가 창의성을 최대한 발휘한다 해도 이 상상 속의 농담의 반만큼이라도 노인을 즐겁게 할 이야기는 아마 할 수 없을 것이라고 겸손히 생각하고 있었다. 바로 그때였다. 굴뚝 한쪽 벽에서 갑자기 찰칵 하는 소리가 나며 '존'이라는 이름이 쓰인 조그만 나무 판자가 유령에 의한 것처럼 툭 떨어지며 젖혀 열리는 바람에 나는 깜짝 놀라고 말았다. 노인은 내 시선을 따라서 바라보더니 아주 의기양양한 태도로 소리쳤다. "우리 아들이 돌아왔습니다!" 그리하여 우리 둘은 도개교로 나갔다.

해자 너머로 더할 나위 없이 쉽게 악수를 할 수 있었음에도 불구하고 웨믹이 그 건너편에 그대로 선 채 나에게 손을 흔들며 격식을 갖춰 인사하는 모습은 아무리 많은 돈을 낸다고 해도 볼 가치가 있는 광경이었다. 노인장이 도개교를 작동시키는 일을 너무나 즐거워하는 모습이어서 나는 그를 도와주려고 나서지 않은 채 웨믹이 다리를 건너와서 그와 동행한 스키핀스 양을 내게 소개할 때까지 가만히 서 있었다.

스키핀스 양은 딱딱한 목질(木質)의 외모에, 그녀의 동반자처럼 우편 업무용으로 쓰일 수 있을 것 같은 입을 지니고 있었다. 그녀는 나이가 웨믹보다 두세 살가량 아래인 것 같았으며, 내가 판단하기에 휴대용 동산을 꽤 소지하고 있는 상태였다. 허리 위쪽으로 앞뒤가 꽉 죈 그녀의 옷맵시로 인해 그녀는 사내아이들의 연과 아주 흡사한 형상으로 보였다. 굳이 말하자면 나는 그녀의 가운이 좀 너무 두드러지게 오렌지색이고 그녀의 장갑이 좀 너무 강렬하게 초록색이라고 선언했을 것이다. 하지만 그녀는 좋은 사람처럼 보였으며, 노인장에게 극진한 존경의 태도를 보였다. 나는 오래지 않아 그녀가 이 성을 자주 방문하는 사람이라는 것을 알 수 있었다. 우리가 안으로 들어간 다음 내가 웨믹에게 그의 도착을 노인장에게 알리는 그 교묘한 발명품에 대해 칭찬했을 때, 웨믹은 나보고 굴뚝의 다른 쪽 벽에 잠시 동안 주의를 집중하고 있으라고 청하더니 방에서 사라졌다. 조금 후 찰칵 소리가 또다시 나더니, '스키핀스 양'이라고 씌어 있는 또 다른 자그만 문짝이 툭 떨어지며 열렸다. 그리고 그다음에는 스키핀스 양의 문이 닫히고 존의 문이 떨어져 열렸다가, 이어서 스키핀스 양의 문과 존의 문 둘 다 함께 떨어져 열렸으며, 마지막으로는 둘이 동시에 닫혔다. 이런 기계장치를 작동시킨 뒤 웨믹이 돌아왔을 때 나는 그것들에 대해 내가 느낀 감탄을 표현했다. 그러자 그는 말했다. "글쎄요, 아시겠지만 그것들은 노인장께 즐겁고도 유용한 것들이지요. 그리고 말입니다, 핍 씨, 정말로 가치 있는 사실은 바로 우리 집 문에 찾아오는 그 모든 사람들 중 저 장치들을 당기는 비밀을 아는 사람들은 오직 노인장과 스키핀스 양과 나뿐이라는 점이랍니다."

"게다가 바로 웨믹 씨가 그것들을 다 만들었답니다." 스키핀스 양이 덧붙였다. "자기 머리로 직접 생각해 내서 손수 만들었답니다."

스키핀스 양이 보닛*을 벗고 있는 동안 (그녀는 손님이 있다는 것을 외적으로 드러내는 분명한 표시로 초록색 장갑은 저녁 내내 끼고 있었다.) 웨믹은 나에게 그와 함께 집을 한 바퀴 둘러보며 연못의 섬이 겨울에 어떤 모습인지 한번 보자고 제안했다. 그가 이렇게 한 이유가 바로 나에게 그의 월워스 견해를 들을 기회를 주기 위해서라고 생각한 나는 우리가 성에서 나오자마자 그 기회를 붙잡았다.

그동안 이 문제를 어떻게 꺼낼지 신중하게 생각해 보았던 나는 이전에 이 문제를 전혀 언급한 적이 없었던 것처럼 이야기를 시작했다. 나는 웨믹에게 허버트 포킷을 위하는 내 마음이 간절하다는 것을 알린 다음, 우리가 처음에 어떻게 만났고 또 어떻게 싸웠는가를 이야기해 주었다. 나는 허버트의 집안 사정과 그의 성격, 그리고 그의 아버지한테 의존해 받고 있는 불확실하고 불규칙적인 생활비밖에는 그에게 아무런 자산이 없다는 것 등을 대강 짧게 설명했다. 그리고 나는 내가 런던에 처음 와서 미숙하고 무지하던 때 그와의 교제를 통해 크게 도움 받은 것을 언급한 뒤, 그렇게 받은 도움에 대해 나는 그에게 나쁜 보답만

* 끈이나 리본이 달려서 턱 밑에 묶게 되어 있는 여자용 모자.

했으며 그래서 만약 나와 내 상속에 대한 기대가 없었다면 그는 오히려 더 잘해 나갈 수 있었을 거라고 고백하듯이 털어놓았다. 비록 미스 해비셤을 배후에 아주 멀리 감추어 두긴 했지만, 나는 또한 상속에 대한 전망을 놓고 내가 그와 경쟁했을 가능성을 넌지시 언급하며, 그가 너그러운 마음을 지닌 사람으로 비열한 불신이나 보복이나 술책 같은 것과는 완전히 거리가 먼 사람이라는 것을 확신한다고 말했다. 이 모든 이유로, 그리고 그가 내 젊은 시절의 친구이자 동료인 데다 내가 그를 굉장히 좋아하기 때문에, 나는 (웨믹에게 말하기를) 나 자신의 행운이 그에게 약간의 빛을 비춰 주기를 원하는 것이며, 이를 위해 인간과 세상사에 대한 웨믹의 경험과 식견으로부터 조언을 받고자 한다고 했다. 그러면서 나는 허버트에게 일단 약간의 — 가령 그의 의욕과 희망이 충분히 유지될 수 있도록 1년에 100파운드 정도의 — 수입이 생기도록 해 준 다음, 점차적인 재정 지원을 통해 그가 어떤 소규모 사업의 동업자가 될 수 있도록 해 주고 싶은데, 이를 위해 내 재산으로 어떻게 하는 게 가장 좋을지 충고해 달라고 청했다. 그리고 내가 돕는다는 사실을 허버트가 알거나 눈치 채서는 절대로 안 된다는 것과 웨믹 씨 당신밖에는 내가 의논할 수 있는 사람이 이 세상에 없다는 점을 부디 헤아려 달라고 결론 삼아 부탁했다. 나는 이야기를 끝마치며 그의 어깨에 내 손을 올려놓고는 다음과 같이 덧붙였다. "웨믹 씨를 번거롭게 하는 것이 틀림없다는 걸 잘 알고 있지만, 웨믹 씨에게 이렇게 털어놓고 부탁드리지 않을 수 없습니다. 하지만 그건 웨믹 씨 잘못입니다. 나를 애초에 이곳에 초대해 주신 데서 비롯된 거니까요."

웨믹은 잠시 동안 말없이 있었다. 그러더니 문득 깜짝 놀라는 듯한 태도로 말했다. "그런데 말입니다, 핍 씨. 한 가지 분명히 말해 두겠습니다. 당신은 지독하게 좋은 사람입니다."

"그럼 제가 그렇게 좋은 사람이 되도록 돕겠다고 말해 주십시오." 나는 말했다.

"어이쿠!" 웨믹은 고개를 가로저으며 대답했다. "그건 내 전문이 아닌데요."

"이곳 역시 웨믹 씨의 전문 근무처는 아니지요." 나는 말했다.

"맞습니다." 웨믹은 대답했다. "당신이 정곡을 찔렀군요. 좋습니다, 핍 씨. 한번 숙고해 보도록 하겠습니다. 당신이 원하는 그 모든 것들은 조금씩 단계적으로 실행할 수 있는 것들이라고 생각됩니다. 스키핀스는 (그녀의 오빠를 말하는데) 회계사이자 선박 대행업자랍니다. 그를 한번 찾아가서 당신을 위해 일을 주선해 보도록 하겠습니다."

"뭐라고 감사를 드려야 할지 모르겠습니다."

"천만에요." 그는 말했다. "내가 오히려 감사를 드려야 합니다. 왜냐하면 비록 우리가 엄격하게 사적이고 개인적인 자격으로 만나고 있을지라도, 우리 사이엔 여전히 뉴게이트의 거미줄이 남아 있다고 말할 수 있는데, 이 일로 인해 그것이 완전히 쓸어 없어졌기 때문이지요."

우리는 이와 비슷한 취지로 대화를 좀 더 나눈 뒤 성으로 돌아갔다. 거기에서는 스키핀스 양이 차를 준비하고 있었다. 토스트를 만드는 책임 막중한 직무는 노인장에게 위임되어 있었는데, 그 훌륭한 노신사는 그 직무에 너무나 열중한 나머지 내가 보기엔 두 눈이 열에 녹아 버리지나 않을까 하고 걱정될 정도였다. 우리가 준비하고 있는 것은 명목상의 식사가 아니라 정말로 식사답게 차린 푸짐한 식사였다. 노인장이 버터 바른 토스트를 얼마나 산더미처럼 준비해 놓았는지, 벽난로의 맨 꼭대기 가로대에 고정된 쇠 받침대 위에서 지글지글 버터 녹는 소리를 내는 그 토스트에 가려 그의 모습을 거의 볼 수 없을 정도였다. 그러는 동안 스키핀스 양은 또 차를 얼마나 많이 끓여서 큰 컵에 따라 놓았는지, 뒷마당의 돼지까지 그 냄새에 몹시 흥분하여 즐거운 식사에 자신도 참여하고 싶다는 욕망을 반복해서 강력히 표현했을 정도였다.

정확한 시각에 국기가 내려졌고 대포가 발사되었다. 그러자 나는 폭과 깊이가 각각 9미터나 되는 해자에 둘러싸여 있기라도 한 것처럼 월워스의 바깥세상과 아늑하게 차단되어 있는 느낌이 들었다. 이따금씩 존과 스키핀스의 이름이 적힌 그 작은 문짝들이 떨어져 열리는 것을 제외하고는 성의 평온함을 방해하는 것은 아무것도 없었다. 이 문짝들은 모종의 발작성 질병에 걸린 환자 같았는데, 나는 처음에는 그것들에 대한 동정심 때문에 불편하게 느꼈지만 곧 그 증상에 익숙해지게 되었다. 스키핀스 양이 하는 일의 체계적인 성격을 보고 나는 그녀가 매주 일요일마다 이곳에서 차를 준비하는구나 하고 짐작했다. 나는 또한 그녀가 차고 있는 고풍스러운 브로치, 즉 코가 아주 반듯하고 불쾌하게 생긴 한 여자의 옆얼굴과 아주 가느다란 초승달을 표현한 브로치가 웨믹이 선사한 휴대용 동산의 하나일 거라고 생각했다.

우리는 토스트를 전부 먹었다. 그리고 그에 비례하여 차도 엄청나게 마셨다. 그렇게 먹고 마신 후에 우리가 모두 얼마나 후끈후끈하고 기름진 상태가 되었는지는 실로 보기에 즐거운 풍경이었다. 특히 노인장의 모습은 막 기름칠을 하고 나온, 어떤 야만족의 단정한 늙은 추장이라고 말해도 될 정도였다. 잠시 휴식을 취한 후 스키핀스 양은 — 일요일 오후에는 가족의 품 안에서 쉬게끔 되어 있는 듯한 어린 하녀의 부재를 틈타 — 우리들 누구의 품위도 손상하지 않는, 즉 숙녀답게 약간 서투른 방식으로 차 마시고 난 그릇들을 설거지했다. 그런 다음 그녀는 다시 장갑을 끼었으며, 우리는 난롯불 주위에 빙 둘러앉았다. 그러자 웨믹이 말했다. "자, 아버님, 저희에게 신문을 좀 읽어 주세요."

노인장이 안경을 꺼내는 동안 웨믹은 나에게 이것이 습관적인 행사이며 신문을 큰 소리로 읽는 일은 노신사에게 무한한 만족감을 준다고 설명해 주었다. "나는 사과의 말을 하진 않겠습니다. 왜냐하면 부친에겐 다른 즐거움이 별로 없거든요. 그렇지요, 아버님?"

"알았다, 존, 알았어." 노인은 자기한테 말을 걸었다는 것을 눈치 채고 대답했다.

"그저 아버님이 신문에서 눈을 뗄 때 가끔씩 고개만 끄덕여 드리세요." 웨믹은 말했다. "그러면 왕처럼 행복해하실 겁니다. 자, 우리는 잔뜩 귀를 기울이고 있어요, 아버님."

"알았다, 존, 알았어!" 노인은 명랑하게 대답했다. 정신없이 서두르며 마냥 즐거워하는 그의 모습은 정말이지 더없이 유쾌한 정경이었다.

노인장의 낭독은 나에게 웝슬 씨의 왕고모네 야학 수업을 생각나게 했다. 하지만 그의 낭독은 열쇠 구멍을 통해 들려오는 것처럼 독특한 느낌을 주면서 좀 더 기분 좋게 들렸다. 노인이 촛불을 곁에 가까이 놓고 싶어 한 데다가 끊임없이 자신의 머리나 신문을 촛불에 들이밀려고 했으므로, 그는 화약 공장만큼이나 철저한 감시가 필요했다. 하지만 웨믹 또한 마찬가지로 끈기 있게, 그리고 온화한 태도로 열심히 지켜보았다. 그래서 노인장은 자신이 여러 번 구출된 사실을 전혀 의식하지 못한 채 낭독을 계속해 나갔다. 그가 우리를 쳐다볼 때마다 우리는 모두 더없이 흥미롭고 놀라워하는 표정을 지어 보이며 그가 읽기를 다시 시작할 때까지 고개를 끄덕여 주었다.

웨믹과 스키핀스 양이 서로 나란히 앉아 있었고 나는 그늘진 한쪽 구석에 앉아 있었으므로, 나는 웨믹의 입이 서서히, 그리고 조금씩 양옆으로 길게 벌어지는 것을 관찰할 수 있었다. 그런데 이 변화는 바로 그가 한쪽 팔을 슬그머니 뻗어 스키핀스 양의 허리를 서서히, 그리고 조금씩 감싸 안는 동작을 강력하게 암시하는 것이었다. 정말로 조금 후 나는 그의 손이 스키핀스 양의 다른 쪽에 나타나는 것을 볼 수 있었다. 하지만 바로 그 순간, 스키핀스 양은 초록색 장갑을 낀 손으로 그를 맵시 있게 정지시키고는 마치 의복이라도 한 겹 벗어 놓는 것처럼, 감긴 그의 팔을 도로 풀어서 더할 나위 없이 조심스럽게 그녀 앞의 식탁 위에 올려놓았다. 이 행위를 하는 동안 스키핀스 양이 보인 침착한 모습은 내가 일찍이 본 가장 주목할 만한 광경 가운데 하나였다. 만약 내가 그 행동을 정신이 빠진 상태에서 나온 것으로 간주할 수 있었다면 나는 스키핀스 양이 그 동작을 기계적으로 수행했다고 생각했을 것이다.

잠시 후 나는 다시 웨믹의 팔이 없어지기 시작하더니 점차 시야에서 사라져 가는 것을 알아챘다. 바로 그 직후 그의 입도 다시 넓어지기 시작했다. 아주 짜릿하면서도 거의 고통스럽기까지 한 긴장의 순간이 지나고 난 후 나는 드디어 그의 손이 스키핀스 양의 다른 쪽에 나타나는 것을 볼 수 있었다. 스키핀스 양은 즉시 침착한 권투 선수처럼 맵시 있게 그 손을 정지시켰다. 그러고는 전과 똑같이, 허리띠 또는 애정의 띠처럼 감긴 그 손을 풀어서 식탁 위에 올려놓았다. 식탁이 정숙한 덕행의 길을 나타내는 상징이라고 한다면, 웨믹의 팔은 노인장이 신문을 낭독하는 시간 내내 정숙한 덕행의 길에서 벗어났다가 스키핀스 양에 의해 그 길로 다시 되돌려지곤 했다고 진술해도 틀리지 않을 것이다.

마침내 노인장은 신문을 읽다가 가벼운 잠에 스르르 빠져들고 말았다. 그러자 때가 되었다는 듯이 웨믹은 자그만 주전자와 쟁반 위에 올려놓은 유리잔, 그리고 검은 술병 하나를 꺼내 왔다. 술병에는 도자기로 끝을 처리한 코르크 마개가 달려 있었고, 발그레한 외모에 사교적인 성격을 지닌 고위 성직자가 그려져 있었다. 이런 도구들의 도움을 받아서 우리는 다 함께 모종의 따뜻한 음료를 마셨다. 노인장도 곧 잠에서 깨어나서 함께 마셨다. 스키핀스 양이 그 음료를 섞어서 만들었는데, 나는 그녀와 웨믹이 하나의 잔으로 같이 마시는 것을 알아차렸다. 물론 나는 스키핀스 양을 집으로 바래다주겠다고 제안할 만큼 어리석지 않았으며, 그 상황에서 내가 먼저 그곳을 떠나는 것이 가장 바람직하다고 생각했다. 그래서 즐거운 저녁 시간을 보내고 난 후 나는 노인장에게 진심에서 우러나오는 작별 인사를 한 다음 먼저 그 집을 나섰다.

일주일이 채 지나기 전에 나는 웨믹에게서 쪽지 한 장을 받았다. 월워스의 주소가 적혀 있는 그 쪽지에는 우리의 사적이고 개인적인 자격에 관련되는 문제에 있어서 그가 그동안 약간의 진척을 본 것으로 믿고 싶다는 내용과 함께, 내가 그 문제로 다시 그를 찾아와서 만날 수 있다면 기쁘겠다고 씌어 있었다. 그리하여 나는 다시 월워스로 찾아갔으며, 그 후에도 그렇게 두어 차례 더 찾아갔다. 시내 중심가에서도 여러 번 그와 약속하고 만났지만 리틀 브리튼 안이나 근처에서는 그 문제에 대해 그와 어떠한 연락이나 이야기도 하지 않았다. 이렇게 한 결과 우리는 젊고 훌륭한 상인 내지는 선박 중개업자 한 사람을 찾아냈는데, 사업을 시작한 지 그리 오래되지 않은 그는 지적인 도움을 줄 사람과 자본을 구하고 있으며, 또 적당히 때가 되고 수익이 증가하면 동업자도 필요하게 될 것이라고 했다. 곧 그와 나 둘 사이에 허버트를 주체로 하는 비밀 계약이 서명되고 맺어졌다. 나는 그에게 내 500파운드의 절반을 현금으로 지불하고 여러 가지 다른 지불 약속을 했다. 그중 어떤 것들은 일정한 날짜에 맞춰 내 수입에서 지불하기로 했고, 어떤 것들은 내가 재산을 상속받으면 그때 지불하는 것으로 약정했다. 스키핀스 양의 오빠가 이 협상을 수행했으며, 웨믹은 처음부터 끝까지 관여하며 일을 도왔지만 결코 전면에 나서지는 않았다.

이 모든 일이 아주 현명하게 잘 처리되어서 허버트는 내가 그 일에 관여했다는 것을 조금도 눈치 채지 못했다. 나는 어느 날 오후 그가 집으로 돌아와서는 굉장히 큰 소식이라며, 클래리커(이게 그 젊은 상인의 이름이었다.)라는 사람을 우연히 만나서 알게 되었는데 그가 자기에게 특별한 호감을 보여 기회가 마침내 찾아온 것으로 믿는다고 나에게 말할 때의 그 환히 빛나던 얼굴을 결코 잊지 못할 것이다. 하루하루 그의 희망은 점점 더 커져

가고 그의 얼굴도 점점 더 밝아져 갔는데, 그때 그는 틀림없이 친구로서의 내 애정이 점점 더 넘쳐흐른다고 생각했을 것이다. 왜냐하면 그가 그토록 행복해하는 것을 보면서 나는 벅찬 기쁨의 눈물을 억누르는 데 굉장히 큰 어려움을 겪었기 때문이다. 마침내 일이 완결되고 그가 클래리커 상사에 들어가던 날, 그래서 집으로 돌아온 그가 나와 이야기하며 저녁 내내 기쁨과 성공의 흥분에 사로잡혀 있던 날, 나는 침실에 들었을 때, 상속받을 유산으로 누군가에게 좋은 일을 했다는 생각을 하며 정말로 진심 어린 감격의 눈물을 흘렸다.

내 인생의 커다란 사건이자 내 인생의 전환점이 이제 내 시야에 보이기 시작한다. 하지만 그 이야기로 나아가기 전에, 그리고 그것이 초래한 그 모든 변화들에 대한 이야기로 진행하기 전에, 먼저 에스텔러에게 내 이야기의 한 장(章)을 할애하지 않을 수 없다. 내 온 마음을 그토록 오랫동안 사로잡고 있던 주제라는 점에서 사실 이것은 그리 많은 분량을 할애하는 것이 아니다.

38장

내가 죽은 후 만약 리치먼드의 녹지대 근처에 있는 그 구식의 오래된 집에 귀신이 출몰하게 된다면, 그것은 정녕 내 죽은 귀신이 출몰하는 것임에 틀림없을 것이다. 아, 에스텔러가 그 집에 살고 있는 동안 들뜬 내 영혼은 그 얼마나 많은 나날을 그 집 주변에서 밤낮없이 떠돌았던가! 내 몸뚱이가 어디에 가 있든지 간에 내 영혼은 언제나 그 집 주변을 배회하고, 배회하고, 또 배회하고 있었나니!

에스텔러가 함께 살게 된 부인은 브랜들리 부인이라고 불리는 과부로, 에스텔러보다 몇 살 위인 딸이 한 명 있었다. 어머니는 젊어 보였고 딸은 늙어 보였다. 어머니의 안색은 분홍빛이었고 딸의 안색은 누런빛이었다. 또 어머니는 경박함을 자처했고 딸은 경건함을 자처했다. 그들은 이른바 지체가 높다는 위치에 있었으며 수많은 사람들을 방문했고 또 수많은 사람들의 방문을 받았다. 그들과 에스텔러 사이에는 감정의 공유가, 혹시 있다고 하더라도 거의 없는 거나 다름없었다. 하지만 에스텔러에게 그들이 필요하고 그들에게도 에스텔러가 필요하다는 점은 서로 간에 이해가 정립되어 있었다. 브랜들리 부인은 미스 해비셤이 세상을 등지기 전에 알고 지내던 한 친구였다.

브랜들리 부인의 집 안에서, 그리고 그녀의 집 밖에서, 나는 에스텔러가 나에게 당하게 할 수 있는 온갖 고문을 종류와 정도를 막론하고 다 겪었다. 그녀에 대한 내 관계가 지닌 성격 때문에 나는 그녀와 친밀한 사이면서도 그녀의 애정을 받는 위치에는 있지 않았는데, 이것은 내 심리적 고통을 더욱 증대했다. 그녀는 나를 이용하여 다른 구애자들을 애태우게 했으며, 그녀 자신과 나 사이의 친밀함 바로 그 자체를 이용해 그녀에 대한 헌신적인 내 사랑을 끊임없이 경멸해 댔다. 내가 설령 그녀의 비서나 집사나 이복동생이나 가난한 친척이었다고 하더라도 — 아니 내가 그녀의 정혼한 남편의 남동생이었다 하더라도 — 나는 나 자신을 오히려 더 희망 있는 존재로 여겼을 것이다. 그녀와 가장 가까이 지내던 바로 그때에 말이다. 그녀를 부를 때 성이 아닌 이름을 사용하고 또 그녀가 내 이름을 부르는 걸 듣는 특권은 그런 상황에서는 내 시련을 오히려 악화하는 것이 되었다. 그것이 그녀의 다른 연인들을 거의 미치게 만들었다는 것은 하나의 짐작인 반면, 그것이 나를 거의 미치게 만들었다는 것은 내가 너무나 확실히 알고 있는 사실이다.

그녀에게는 구애자가 끊임없이 이어졌다. 의심할 여지 없이 나는 질투심으로 인해 그녀에게 다가오는 모든 사람을 그녀의 구혼자로 믿었다. 하지만 내가 그런 식으로 그 수를 늘리지 않아도, 그녀의 구애자들은 충분하고도 남을 만큼 많았다.

나는 리치먼드에서는 자주 그녀와 만났으며, 런던 시내에서는 자주 그녀에 대한 이야기를 들었다. 그리고 자주 그녀와 브랜들리 부인 모녀를 데리고 뱃놀이를 나가곤 했다. 소풍, 축제 행사, 연극, 가극, 연주회, 파티 등등 온갖 종류의 즐거움이 계속 이어졌으며, 그 어디든지 나는 늘 그녀를 따라다녔다. 그리고 그 모든 것은 나에게 비참함만 안겨 주었다. 나는 그녀와 교제하는 동안 한 시간도 행복을 맛본 적이 없다. 하지만 내 마음은 하루 스물네 시간 내내, 죽을 때까지 그녀와 함께 지내는 행복에 대한 상상만을 줄기차게 되풀이했다.

우리 교제의 이 시기 전체에 걸쳐서 — 그런데 곧 밝혀질 테지만, 이 시기는 그때 내 생각으로는 오랫동안 지속된 것처럼 느껴졌다. — 그녀는 습관처럼, 우리의 관계가 우리에게 강요된 것이라는 점을 분명히 드러내는 어조로 되돌아가곤 했다. 하지만 이런 어조, 또는 그녀의 다른 많은 어조로 이야기하다가 갑자기 말을 멈추고는 나를 동정하는 것처럼 대해 주곤 할 때도 있었다.

"핍, 핍." 어느 날 저녁도 그녀는 그렇게 갑작스레 태도를 바꾸며 말했다. 어두워져 가는 리치먼드의 집 창가에 우리가 따로 떨어져 앉아 있을 때였다. "너는 경고를 결코 받아들이지 않을 거니?"

"어떤 경고 말이니?"

"나에 대한 경고 말이야."

"너에게 매혹되지 말라는 경고, 그걸 뜻하는 거니, 에스텔러?"

"'뜻하는 거니'라니! 네가 내 말뜻을 모른다면 너는 장님이나 다름없어."

나는 사랑의 신은 대개 장님으로 알려져 있다고 말했을 것이다. 하지만 미스 해비셤에게 복종할 수밖에 없다는 사실을 잘 알고 있는 그녀에게 나 자신을 강요하는 것은 너그럽지 못한 짓이라는 느낌 때문에 나는 언제나 내 감정 표현을 자제했는데, 그 순간도 바로 그 때문에 그렇게 말하지 못했다. 내가 늘 두려워한 점은 그녀가 그 사실을 알고 있음으로 인해 자존심 강한 그녀에 대해 내가 몹시 불리한 처지에 놓인 것은 아닌가, 그래서 내가 그녀의 가슴속에서 반항적인 투쟁의 대상이 되어 있는 것은 아닌가 하는 것이었다.

"어쨌든……." 나는 말했다. "이번만큼은 아무런 경고도 받은 바 없어. 왜냐하면 오늘은 네 편지를 받고 여기 온 것이니까 말이야."

"그건 사실이야." 에스텔러는 차갑고 무관심한 미소를 지으며 말했다. 내 마음을 언제나 얼어붙게 만드는 미소였다.

어두워 가는 바깥 풍경을 잠시 동안 바라보고 난 뒤 그녀는 말을 계속했다.

"곧 미스 해비셤이 새티스에서 하루 동안 나와 함께 지내고 싶어 하는 때가 돼. 네가 원한다면, 너는 나를 그리로 데려다주고, 다시 이리로 데리고 오게 되어 있어. 미스 해비셤은 내가 혼자 여행하는 걸 바라지 않으면서도, 내 하녀를 집 안에 들이는 것은 싫어해. 그런 사람들의 입에 오르내리는 것을 아주 민감하고 끔찍하게 싫어하거든. 나를 데려다줄 수 있니?"

"데려다줄 수 있니라니, 에스텔러!"

"그럼, 데려다줄 수 있다는 거구나? 괜찮다면 내일모레 갈 예정이야. 내 지갑에서 모든 비용을 지불할 거야. 그게 네가 함께 가는 조건이야, 알아들었지?"

"그리고 복종하게 되어 있겠지." 나는 말했다.

이것이 그날의 방문을 위한, 그리고 그와 똑같은 여러 번의 다른 방문을 위한 준비로 나에게 해 준 말의 전부였다. 미스 해비셤은 결코 나에게 편지를 쓴 적이 없었다. 사실 나는 그녀의 필체조차 본 적이 없었다. 우리는 다음다음 날 내려갔다. 그녀는 내가 그녀를 맨 처음 만났던 그 방에 있었다. 덧붙여 말할 필요도 없이 새티스 하우스는 아무것도 변한 것이 없었다.

미스 해비셤은 내가 지난번 마지막으로 두 사람을 함께 보았을 때 그랬던 것보다 훨씬 더 끔찍하게 에스텔러를 애지중지했다. 나는 '끔찍'이라는 말을 일부러 반복해서 말했는데, 그 이유는 그녀의 강렬한 표정과 힘찬 포옹에는 진정으로 끔찍한 뭔가가 깃들어 있었기 때문이다. 그녀는 에스텔러의 아름다운 모습을 열심히 뜯어보았으며, 그녀의 말 한마디 한마디와 동작 하나하나에 온정신을 집중하여 눈을 떼지 않았다. 그리고 그렇게 그녀를 바라보는 동안 자신의 떨리는 손가락들을 우물우물 씹어대며 앉아 있었는데, 마치 자기가 길러 낸 그 아름다운 존재를 게걸스레 잡아먹고라도 있는 것처럼 보였다.

그녀는 에스텔러에게서 눈을 떼고는 나를 바라보았다. 내 가슴속을 파고 들어와 거기에 난 상처들을 살펴보는 것 같은 날카로운 시선이었다. "저 애가 너를 어떻게 대하니, 핍? 저 애가 너를 어떻게 대하니, 응?" 에스텔러가 듣는 데서조차 그녀는 마녀처럼 탐욕스러운 예의 그 태도로 나에게 반복해서 물었다. 하지만 그녀는 밤에 우리가 희미하게 어른거리는 그녀의 난롯불 옆에 앉아 있을 때 특히나 더 소름 끼쳤다. 그때 그녀는 에스텔러의 팔을 자기 팔로 감고는 그녀의 손을 자신의 손에 꽉 움켜쥔 채 에스텔러가 정기적으로 보낸 편지 내용을 되살려 언급함으로써 그녀로 하여금 그녀가 매혹한 남자들의 이름과 신분 따위를 일일이 고하도록 강요했다. 그런 다음 그녀는 정신적으로 치명적인 상처와 병을 지닌 사람의 강렬한 태도로 그 명부를 곰곰이 생각하면서, 목발 지팡이에 다른 한 손을 올려놓고 그 위에 턱을 괸 채 퀭하고 형형한 두 눈으로 나를 노려보며 앉아 있었는데, 그 모습은 그야말로 유령이 따로 없었다.

나는 이 모든 것에서 깨달았다. 비록 그 때문에 비참한 심정이 되었고, 또 그것으로 인해 내 종속된 처지를 새삼 통렬하게 의식하고 심지어 비하감까지도 통렬하게 느꼈지만, 나는 이 모든 것에서 깨달았다. 에스텔러가 남자들에 대한 미스 해비셤의 원한을 풀어 줄 도구로 의도되어 있다는 것과 에스텔러가 일정 기간 동안 그런 의도를 만족시켜 주기 전까지는 나한테 주어지지 않으리라는 것을. 나는 이 모든 것에서 깨달았다, 왜 내가 그녀의 상대로 미리 정해져 있는지를. 남자를 매혹하고 고문하고 해를 끼치도록 그녀를 세상에 내보낼 때 미스 해비셤은 그녀가 모든 구애자들의 손이 닿지 못하는 곳에 있으며, 그래서 그녀를 차지하려는 경쟁에 뛰어든 모든 남자들은 필연적으로 실패하게 되어 있다는 악의적인 확신을 가지고 그럴 수 있었던 것이다. 나는 이 모든 것에서 깨달았다, 비록 상을 탈 승자로 예정되어 있지만 나 역시 교묘하고 뒤틀린 술책에 의해 그동안은 고통당하게 되어 있다는 사실을. 나는 이 모든 것에서 깨달았다. 내 문제가 왜 그토록 오랫동안 유보되어 있는지와 내 후견인이 왜 얼마 전에 그런 계획을 알고 있다고 공식적으로 인정하기를 거부했는지를. 요컨대 나는 이 모든 것에서, 그 순간 바로 거기 내 눈앞에 이미 드러나 있고 또 이전에도 언제나 내 눈앞에 드러나 있던 미스 해비셤의 실체를 분명히 깨달았다. 그리고 나는 이 모든 것에서, 그녀의 삶을 태양으로부터 차단하고 있는 그 어둡고 병든 집의 그림자를 분명히 깨달았다.

그녀의 이 방을 밝혀 주는 촛불들은 벽에 붙은 장식 촛대에 꽂혀 있었다. 그것들은 방바닥에서 높이 떨어져 있었으며, 환기되는 법이 거의 없는 공기 속에서 답답하고 맥없는 불빛을 억지로 비추고 있었다. 고개를 돌려 그것들과, 그것들이 내는 창백하고 어두운 불빛과, 멈춘 괘종시계와, 탁자와 방바닥에 떨어져 있는 빛바랜 신부복 장신구들과, 난롯불 빛에 의해 커다랗고 유령 같은 그림자를 천장과 벽에 던지고 있는 그녀 자신의 끔찍한 형상을 차례로 둘러보았을 때, 나는 그 모든 것에서, 내가 마음속으로 내린 그 해석이 되살아나 나에게로 던져지는 것을 느꼈다. 내 생각은 식탁에 음식이 차려져 있는 층계참 건너의 그 커다란 방으로 옮겨 갔다. 그리고 식탁의 중앙 장식대에서 늘어져 내린 거미줄 속에서, 식탁보 위를 기어다니는 거미들에게서, 벽의 널판 뒤에서 자그만 심장을 빠르게 콩콩대며 뛰어다니는 생쥐들의 발자국에서, 그리고 방바닥 위에서 더듬더듬 기어가다 멈췄다를 반복하는 딱정벌레들에게서 나는 그 해석을, 말하자면 크게 씌어 있는 것처럼, 분명히 확인할 수 있었다.

이번 방문에서 에스텔러와 미스 해비셤 사이에 어쩌다 약간의 날카로운 말들이 오갔다. 그들이 서로 대립하는 모습을 본 것은 이번이 처음이었다.

조금 전에 묘사한 것처럼 우리는 모두 난롯불 옆에 앉아 있었고, 미스 해비셤은 여전히 에스텔러의 팔을 자기 팔로 감은 채 그녀의 손을 자기 손에 꽉 움켜쥐고 있었었다. 그런데 그때 에스텔러가 조금씩 그녀에게서 몸을 떼어 내기 시작했다. 그녀는 이미 짜증스러운 듯한 거만한 표정을 두어 번 지어 보였으며, 미스 해비셤의 그 사나운 애정에 대해 그걸 받아들이거나 응답하기보다는 참고 견디는 듯한 태도를 줄곧 취하고 있었다.

"이게 뭐냐!" 미스 해비셤이 번뜩이는 눈빛으로 에스텔러를 노려보며 말했다. "너는 내가 싫증 난 거니?"

"저 자신에 대해 좀 싫증 났을 뿐이에요." 에스텔러는 그렇게 말하며, 팔을 풀고는 커다란 벽난로 선반 쪽으로 옮겨 갔다. 그러고는 거기 서서 난롯불을 내려다보았다.

"솔직히 말해, 이 배은망덕한 것아!" 미스 해비셤은 지팡이로 바닥을 격렬하게 내려치면서 말했다. "넌 내가 싫증 난 거야."

에스텔러는 더할 나위 없이 침착한 태도로 그녀를 한 번 바라보았다. 그러고는 다시 불을 내려다보았다. 그녀의 우아한 자태와 아름다운 얼굴은 상대방의 거친 흥분에 대한 냉정한 무관심을 그대로 드러내고 있었는데, 그것은 거의 잔인할 정도였다.

"이 목석같은 것!" 미스 해비셤이 격하게 외쳤다. "이 냉정하기 그지없는 계집애!"

"뭐라고요?" 에스텔러는 무관심한 태도를 그대로 유지한 채 커다란 벽난로 선반에 몸을 기대고 그저 눈만 움직이며 말했다. "지금 저보고 냉정하다고 비난하시는 거예요? 어머니께서 말이에요?"

"그럼 안 그렇단 말이냐?" 사나운 대꾸가 튀어나왔다.

"어머니께서는 아셔야만 해요." 에스텔러가 말했다. "저는 어머니께서 만들어 낸 존재라는 것을 말이에요. 칭찬이든 비난이든, 성공이든 실패든, 전부 다 어머니 몫이에요. 말하자면 내 모든 것이 어머니의 몫인 거예요."

"오, 저것 좀 봐, 저것 좀!" 미스 해비셤은 사무치는 분노로 소리쳤다. "저것 좀 봐, 자기를 키워 준 이 난롯가에서 저렇게 무정하고 배은망덕하게 굴다니! 이 가련한 가슴이 처음 상처 받고 피를 흘리고 있을 때, 자기를 품 안에 받아들여 이 난롯가에서 여러 해 동안 그토록 깊은 애정을 쏟아부어 주었건만 저렇게 굴다니!"

"적어도 저는 그 계약에 자발적으로 참여하지는 않았어요." 에스텔러는 말했다. "그 계약이 맺어졌을 때, 제가 비록 걷고 말할 수는 있었지만 그 밖에는 다른 도리가 없었으니까요. 하지만 어머닌 무엇을 바라는 거지요? 어머닌 저에게 매우 잘해 주셨고, 저는 모든 것을 어머니에게 빚지고 있어요. 그러니 자, 무엇을 바라는 거지요?"

"사랑을 바란다." 미스 해비셤은 대답했다.

"그건 이미 받고 계시잖아요."

"아니야, 받지 못했어." 미스 해비셤이 말했다.

"양어머니." 에스텔러는 차분하고 우아한 태도를 조금도 잃지 않고, 상대방처럼 목소리를 높이는 것도 전혀 없이, 그리고 분노나 애정의 감정에 전혀 이끌리지 않은 채 대꾸했다. "양어머니, 저는 모든 것을 어머니께 빚지고 있다고 방금 말했어요. 제가 소유한 것은 모두 다 어머니 마음대로 하실 수 있지요. 어머니께서 저에게 주신 것은 모두 말씀만 하시면 언제든 돌려받으실 수 있어요. 그 이상은, 저는 가진 게 아무것도 없어요. 어머니께서 저에게 주지 않은 것을 달라고 요구하시면, 그건 제가 아무리 감사하고 순종하는 마음일지라도 응할 수 없는 불가능한 일이에요."

"내가 저 애에게 사랑을 베풀어 주지 않았다고 말하다니!" 미스 해비셤은 나를 거칠게 돌아보며 소리쳤다. "내가 질투와도 구분할 수 없고 날카로운 고통과도 구분할 수 없을 만큼 뜨거운 사랑을 언제나 베풀어 주었건만, 저 애가 이런 식으로 나한테 말하다니! 차라리 나보고 미쳤다고 하렴, 미쳤다고 말이야!"

"세상의 하고많은 사람들 중에서 하필 왜 어머니보고 미쳤다고 하겠어요?" 에스텔러는 대답했다. "어머니께서 얼마나 확고한 의도를 가지고 계신지 제 반만큼이라도 아는 사람이 이 세상 어디에 있을까요? 어머니께서 얼마나 견실한 기억력을 가지고 계신지 제 반만큼이라도 아는 사람이 이 세상에 어디 있을까요? 바로 이 난롯가의, 거기 어머니 곁에 아직도 있는 그 자그만 걸상에 앉아서, 어머니의 낯선 얼굴이 나를 무섭게 했을 때부터 어머니의 가르침을 받고 어머니 얼굴을 올려다보며 자라 온 제가 아니던가요!"

"그렇게 금세 잊어버리다니!" 미스 해비셤은 신음하듯 말했다. "그때를 그렇게 금세 잊어버리다니!"

"아니에요, 잊지 않았어요." 에스텔러는 대꾸했다. "잊지 않고 제 기억 속에 깊이 간직해 두었어요. 제가 언제 어머니의 가르침에 어긋난 적이 있던가요? 제가 언제 어머니의 교훈을 소홀히 한 적이 있던가요? 제가 언제 여기 이곳에……." 그녀는 손을 자기 가슴에 대며 말했다. "어머니께서 배척하신 것을 조금이라도 받아들인 적이 있던가요?"

"저렇게 거만할 수가, 저렇게 말이야!" 미스 해비셤은 두 손으로 자신의 허연 머리칼을 쓸어 넘기며 신음하듯 말했다.

"저에게 거만하라고 가르친 사람이 누구죠?" 에스텔러는 대답했다. "제가 그 가르침을 잘 배워 실천했을 때 저를 칭찬한 사람이 누구죠?"

"저렇게 무정하다니, 저렇게 말이야!" 미스 해비셤은 아까와 같은 동작을 또 하며 신음하듯 말했다.

"저에게 무정하라고 가르친 사람이 누구죠?" 에스텔러는 대답했다. "제가 그 가르침을 잘 배워 실천했을 때 저를 칭찬한 사람이 누구죠?"

"그렇다고 나에게까지 거만하고 무정하게 군단 말이냐!" 미스 해비셤은 두 팔을 내뻗으며 완전히 비명에 가깝게 외쳤다. "에스텔러, 에스텔러, 에스텔러, 그렇다고 나에게까지 거만하고 무정하게 군단 말이냐!"

에스텔러는 한순간 일종의 조용하지만 놀란 표정으로 미스 해비셤을 바라보았다. 그러나 그 밖에는 동요의 기색이 전혀 없었다. 그 순간이 지나갔을 때 그녀는 다시 난롯불을 내려다보았다.

"저는 어머니께서 왜 이토록 비이성적으로 행동하시는지 알 수 없어요." 잠시 침묵하고 난 뒤 에스텔러는 고개를 들며 말했다. "제가 잠시 헤어졌다가 어머니를 만나 뵈러 온 이때에 말이에요. 저는 어머니께서 겪은 부당한 일과 그 원인들을 결코 잊은 적이 없어요. 저는 어머니와 어머니의 교육에 충실하게 따르지 않은 적이 결코 없어요. 저는 저 자신을 책망할 만한 어떤 약점도 내보인 적이 결코 없어요."

"내 사랑에 응답하는 것이 약점이란 말이냐?" 미스 해비셤은 격하게 소리쳤다. "하지만 그렇지, 그래, 저 앤 그렇다고 말할 거야!"

"금방 떠오른 생각이지만……." 조용하지만 놀란 표정을 또 한순간 짓고 난 에스텔러는 생각에 잠긴 얼굴로 말했다. "저는 어째서 이런 일이 일어난 것인지 이해할 수 있을 것 같아요. 어머니께서 가령 양녀로 삼은 딸을 이 어두운 방에 완전히 가두어 놓은 상태로 기르면서 햇빛에 비친 어머니 얼굴을 못 보는 것은 물론이고 햇빛 같은 것이 존재한다는 사실조차 전혀 모르게 했다고 가정해요. 그리고 그렇게 그녀를 길러 놓고 나서는, 어떤 목적 때문에 그녀가 햇빛을 이해하고 또 햇빛에 대한 모든 것을 알고 있기를 바랐다고 가정해요. 그럴 경우 어머니는 과연 실망하고 화를 내시겠어요?"

미스 해비셤은 머리를 두 손으로 감싼 채 나지막한 신음 소리를 내며 의자 위에서 몸을 흔들어 댔다. 하지만 아무런 대답도 하지 않았다.

"또는……." 에스텔러는 말했다. "좀 더 사실에 가까운 것일 텐데, 어머니께서 가령 그녀의 지력이 막 생기기 시작했을 때부터 어머니의 온 힘과 정력을 바쳐서 그녀에게 햇빛 같은 것이 존재하긴 하지만 그것은 그녀의 원수이자 파괴자가 되도록 되어 있다고, 그래서 그것을 언제나 적대시해야 한다고, 그렇지 않으면 그것이 그녀를 말라죽게 할 것이며 실제로 그것은 어머니 자신을 말라죽게 했다고 가르쳤다고 가정해요. 그리고 그렇게 한 다음, 어떤 목적 때문에 그녀가 그 햇빛을 자연스럽게 좋아해 주기를 원했는데, 그녀가 그렇게 할 수 없었다고 가정해요. 그럴 경우 어머니는 과연 실망하고 화를 내시겠어요?"

미스 해비셤은 주의 깊게 들으며 (혹은 주의 깊게 듣는 것처럼 보였다. 왜냐하면 나는 그녀의 얼굴을 볼 수 없었기 때문이다.) 앉아 있었다. 하지만 여전히 아무런 대답도 하지 않았다.

"그러므로……." 에스텔러는 말했다. "어머니께서는 저를 만들어진 그대로 받아들이셔야만 해요. 성공도 제 것이 아니고 실패도 제 것이 아니에요. 하지만 그 둘이 합쳐져서 저를 이루고 있어요."

미스 해비셤은, 어떻게 그랬는지는 나도 잘 모르겠는데, 그때쯤 바닥으로 떨어져 내려, 거기에 흩어져 있는 빛바랜 신부용품의 잔재들 사이에 주저앉아 있었다. 나는 그 순간을 이용해 — 사실 나는 처음부터 그런 순간을 기다리고 있었다. — 방에서 나왔다. 다만 그러기 전에 에스텔러에게 손짓으로 미스 해비셤한테 주의를 좀 기울이라는 부탁을 전했다. 내가 방을 떠날 때 에스텔러는 처음부터 내내 그랬던 것처럼 커다란 그 벽난로 선반 옆에 여전히 서 있었다. 미스 해비셤의 허연 머리카락은 온통 풀어헤쳐진 채 바닥의 신부용품들 잔해 사이에 흩어져 있었는데, 그것은 눈으로 보기에 참으로 비참한 광경이었다.

나는 우울한 마음으로 별빛 속에서 한두 시간 동안 안마당과 양조장과 폐허가 된 정원 주변을 이리저리 거닐었다. 내가 마침내 용기를 내어 다시 방으로 돌아갔을 때, 에스텔러는 미스 해비셤의 무릎 앞에 앉아서 낡은 옷을 바늘로 꿰매고 있었다. 그것은 너덜너덜해져 가는 낡은 옷가지들 가운데 하나였는데, 그 후로 나는 성당에 걸린 빛바랜 누더기 같은 낡은 깃발들을 보면 자주 그 옷들이 생각나곤 했다. 에스텔러와 나는 나중에, 옛날처럼 카드놀이를 했다. 우리는 이제 솜씨가 좋았고, 그래서 프랑스 게임을 했다. 그렇게 저녁 시간이 지나갔고 나는 잠자리에 들었다.

나는 안마당 건너편에 있는 그 독립된 건물에서 잤다. 내가 새티스 하우스에서 잠을 자게 된 것은 이번이 처음이었다. 그래서인지 잠이 올 기미가 보이지 않았다. 수백 수천 명의 미스 해비셤이 내 눈앞에 자꾸만 나타났다. 그녀는 내 베개 이쪽에 있었고 저쪽에도 있었다. 침대 머리맡에도 있었고 침대 발치에도 있었으며, 옷 갈아입는 방의 반쯤 열린 문 뒤에도 있었고 그 방 안에도 있었다. 그리고 머리 위층의 방에도 있었고 아래층 방에도 있었다. 그녀는 모든 곳에 있었다. 마침내 밤이 새벽 2시를 향해 지루하게 기어가고 있을 무렵, 나는 잠잘 장소로 그곳을 도저히 더 이상 견딜 수 없다고 느끼고는 침대에서 일어나지 않으면 안 되겠다고 생각했다. 그래서 나는 침대에서 일어나 옷을 입고 밖으로 나와 마당을 가로질러 간 다음, 돌이 깔린 긴 통행로로 들어섰다. 바깥의 안마당으로 나가서 산책하며 마음을 가라앉히려는 의도에서였다. 하지만 돌이 깔린 통행로에 들어서자마자 나는 촛불을 끄고 말았다. 왜냐하면 미스 해비셤이 나지막한 비명 소리를 내며 그 길을 따라 유령 같은 모습으로 걸어가는 것이 보였기 때문이다. 나는 멀찌감치 그녀를 따라갔다. 그리고 그녀가 층계를 올라가는 것을 보았다. 그녀는 촛대가 없는 맨 촛불을 손에 들고 있었다. 아마 자기 방의 장식 촛대 가운데 하나에 있던 것을 뽑아 온 것일 텐데, 촛불에 비친 그녀는 참으로 귀신 같은 모습이었다. 층계의 맨 아래에 멈춰 선 나는 그녀가 방문을 여는 것을 보지 않고서도, 피로연이 차려진 그 큰 방의 곰팡내 나는 공기를 느낄 수 있었다. 곧 그녀가 그 방을 걸어다니는 소리가 들려왔으며, 자신의 방으로 건너갔다가 잠시 후 또 다시 그 피로연 방으로 돌아가는 소리가 들려왔다. 그러는 동안 그녀의 나지막한 비명 소리는 조금도 그치지 않았다. 얼마 후 나는 어둠 속에서, 밖으로 나가든지 내 침소로 돌아가든지 하려고 움직여 보았다. 하지만 밝아 오는 몇 줄기의 아침 빛이 비쳐 들어 손을 어디에 짚어야 할지 알 수 있을 때까지 나는 아무것도 할 수 없었다. 그러는 동안 내내, 내가 층계의 맨 아래로 다가갈 때마다 그녀의 발소리는 계속 들려왔으며, 촛불 빛이 위에서 오락가락하는 것도 계속 보였으며, 그녀의 나직한 비명 소리도 쉴 새 없이 들려왔다.

다음 날 우리가 떠나기 전까지 그녀와 에스텔러 사이의 불화는 더 이상 재발하지 않았다. 또한 그 후 그와 비슷한 다른 경우에도 그런 일은 다시는 재발하지 않았는데, 내가 기억하는 한 그와 비슷한 경우가 네 번 정도 있었다. 에스텔러를 대하는 미스 해비셤의 태도 또한 달라진 것이 아무것도 없었다. 다만 내가 믿기로, 뭔가 두려움 같은 것이 이전의 특징들 사이에 섞여 든 것처럼 보였을 뿐이다.

벤틀리 드러믈의 이름을 언급하지 않고 내 인생의 한 페이지를 넘기는 것은 불가능하다. 그게 가능만 했다면 나는 아주 기꺼이 그냥 넘겼을 것이다.

'숲 속의 방울새들'이 회원 전체 회합을 가졌던 어느 날이었다. 보통 때와 마찬가지로 아무도 다른 어느 누구와 의견의 일치를 보이지 않음으로써 우호의 감정이 한창 돈독해지고 있을 때, 사회를 보는 방울새가 '숲' 전체에 정숙하기를 명하고는 드러믈이 아직 숙녀를 위해 건배를 들지 않았다고 말했다. 클럽의 엄숙한 규약에 따라 그 짐승 같은 놈은 그날 건배를 들 차례였던 것이다. 내 생각에, 술병이 돌고 있는 동안 그는 혐오스럽게 나를 곁눈질로 쳐다보는 것 같았다. 하지만 우리들 사이에는 애초부터 아무런 애정도 없었으므로 그건 충분히 있을 수 있는 일이었다. 그러나 그가 회원 일동에게 그와 함께 "에스텔러를 위해 건배"하기를 요구했을 때 나는 얼마나 분노가 치밀며 놀랐던가!

"어느 에스텔러를 말하는 거냐?" 나는 말했다.

"네가 알 바 아냐." 드러믈이 쏘아붙였다.

"어디 사는 에스텔러냐니까?" 나는 말했다. "너는 어디 사는 누구라고 말할 의무가 있어." 방울새 회원으로서 그는 실제로 그럴 의무가 있었다.

"리치먼드에 사는 에스텔러입니다, 신사 여러분." 드러믈은 나를 제쳐놓으며 말했다. "그리고 비할 데 없는 미녀랍니다."

비열하고 불쌍한 천치 녀석, 주제에 무슨 비할 데 없는 미녀를 안다고! 나는 허버트에게 속삭였다.

"나도 그 숙녀를 알고 있네." 건배가 제창되고 났을 때 허버트가 식탁 너머로 말했다.

"네가 안다고?" 드러믈이 말했다.

"그리고 나도 알고 있어." 나는 시뻘겋게 달아오른 얼굴로 덧붙였다.

"네가 안다고?" 드러믈은 말했다. "오, 하느님 맙소사!"

그 둔한 녀석이 할 줄 아는 대꾸는 — 유리잔이나 사기그릇 따위를 던지는 것 말고는 — 이런 말뿐이었다. 하지만 나는 그가 재치 있게 가시 돋친 조롱이라도 던진 것처럼 그 말에 크게 격분했다. 그래서 '숲'에 등원하여 — 우리는 언제나 의회에서 쓰는 투의 멋있는 표현으로 "'숲'에 등원한다."라고 말했다. — 자기가 전혀 알지 못하는 숙녀를 위해 건배를 들자고 제안하는 것은 존경할 만한 방울새답지 못한 뻔뻔한 행위라고 여기지 않을 수 없다고 말했다. 이 말에 드러믈은 자리에서 벌떡 일어서며 그게 무슨 뜻이냐고 물었다. 나는 그에게 내 연락처가 어딘지 알 줄로 믿는다*는 극단적인 대답을 했다.

이런 일이 있은 후 피를 흘리지 않고도 계속 그대로 지내는 것이 기독교 국가에서 가능한가 하는 것은 방울새들 사이에 의견이 갈린 문제였다. 실제로 그것에 대한 토론의 열기가 너무나 뜨거워져서, 논쟁 도중에 적어도 다른 여섯 명의 존경할 만한 회원이 또 다른 여섯 명의 회원들에게 자신의 연락처가 어딘지 알 줄로 분명히 믿는다고 말했다. 그러나 마침내 ('숲'은 명예를 중시하는 모임이었으므로) 만약 드러믈 씨가 그 숙녀와 알고 지내는 영광을 누리고 있다는 아무리 작은 증명이라도 그녀에게서 받아 온다면 핍 씨는 신사로서, 그리고 방울새로서 '그처럼 격렬한 감정을 분출한 행위'에 대해 유감을 표명해야 한다고 결정되었다. 그 증명을 제시하는 날은 (명예에 대한 우리의 뜨거운 열정이 일의 지체로 인해 식어 버리지 않도록) 바로 다음 날로 정해졌는데, 다음 날이 되자 드러믈은 여러 번 그와 함께 춤추는 영광을 누린 적이 있다는 정중하고 짤막한 에스텔러의 친필 확인서를 받아 가지고 나타났다. 그 결과 나는 다른 도리 없이, '그처럼 격렬한 감정을 분출한 행위'에 대해 유감스럽게 생각하며 내 연락처

* 결투 의사를 표현할 때 쓰는 말.

가 어딘지 알 거라고 말한 것을 부당한 언사로서 모두 취소한다고 말해야만 했다. 그러고 나서 드러믈과 나는, '숲'의 회원들이 무차별적인 언쟁에 돌입하여 마침내 우호의 감정을 돈독히 하는 일이 놀라운 속도로 달성되었다는 종료 선언이 있을 때까지, 한 시간 동안이나 서로에게 콧방귀를 뀌어 대며 앉아 있었다.

나는 지금 이 일을 가볍게 이야기하고 있지만 사실 이것은 나에게 가벼운 문제가 아니었다. 왜냐하면 보통 사람보다 떨어져도 한참 떨어지는, 경멸스럽고 서투르며 뿌루퉁한 얼간이에게 에스텔러가 조금이라도 호의를 보여 준다는 생각이 나에게 얼마나 쓰라린 고통을 주었는지는 말로 적절히 표현할 수 없기 때문이다. 그녀가 그런 못난 놈에게 몸을 낮춘다는 생각을 내가 견딜 수 없어 한 것은 그녀에 대한 내 사랑 속에 존재하는 너그럽고 사심 없는 순수한 열정에서 비롯된 것이었다고, 나는 지금 이 순간까지도 믿는다. 물론 그녀가 누구에게 호의를 베풀어 주었든지 나는 틀림없이 비참하게 느꼈을 것이다. 하지만 그게 좀 더 훌륭한 상대였다면 내 고통의 종류와 정도는 달랐을 것이다.

드러믈이 그녀를 가까이 쫓아다니기 시작했다는 것과 그녀가 그것을 허락했다는 사실을 알아차리기는 어렵지 않았고, 또 실제로 금세 알아차렸다. 얼마 지나지 않아 그는 이제 그녀 뒤를 늘 따라다녔으며, 그와 나는 매일 서로 마주치게 되었다. 그는 둔하고 고집스러운 방식으로 에스텔러에게 계속 달라붙어 있었고, 에스텔러도 그를 계속해서 붙들어 두었다. 그녀는 때로는 호의를 보이다가 때로는 싸늘하게 대했고, 때로는 거의 애교를 부리다시피 하다가 때로는 노골적인 경멸을 던지기도 했으며, 때로는 그를 아주 잘 아는 것처럼 보이다가 때로는 그가 누구인지 거의 기억도 못 하는 것처럼 대했다.

하지만, 재거스 씨가 부른 이름을 사용한다면, 이 거미 녀석은 숨어서 기다리는 데 익숙해 있었으며 또 거미 종족 특유의 인내심을 지니고 있었다. 여기에다가 그는 자신의 재산과 좋은 가문에 대한 돌대가리 같은 자신감을 지니고 있었는데, 그것은 — 집중력과 확고한 목적의식을 거의 대신하여 — 그에게 때때로 상당한 도움을 주었다. 그리하여 이 거미 녀석은 끈질기게 에스텔러를 지켜보고 기다림으로써 자기보다 영리한 다른 많은 곤충들을 이겨 냈으며, 종종 아주 딱 적절한 순간에 몸을 풀고 나타나 덮치곤 했다.

어느 날 리치먼드의 공공무도회에서 (그 당시에는 대부분의 지역에서 공공무도회가 열리곤 했다.) 에스텔러는 다른 모든 미녀들보다 아름답게 빛났는데, 그날따라 이 어쭙잖은 드러믈 녀석이 그녀 곁에 너무나 집요하게 달라붙어 있고 에스텔러 또한 그를 너무나 용인해 주는 모습이어서, 나는 그녀에게 그에 대해 한마디 해야 되겠다고 작심했다. 나는 기회가 생기자마자 그렇게 했다. 그 순간은 그녀가 귀가 준비를 하고는 브랜들리 부인이 그녀를 데리고 가기를 기다리며 꽃 사이에 따로 떨어져서 앉아 있을 때였다. 나도 그녀 곁에 함께 있었는데, 그런 장소에 갈 때나 올 때 나는 거의 언제나 그들과 동행했기 때문이다.

"피곤하니, 에스텔러?"

"응, 좀 그래, 핍."

"당연히 그렇겠지."

"차라리 당연히 그렇지 않다고 말해 주렴. 잠자리에 들기 전에 새티스 하우스에 편지를 써야 하니까 말이야."

“오늘 밤의 승리를 상세히 설명하는 편지?” 나는 말했다. “물론 아주 보잘것없는 승리지만 말이야, 에스텔러.”

“그게 무슨 뜻이니? 난 승리라고 할 게 있었는지조차 모르겠는데.”

“에스텔러.” 나는 말했다. “저쪽 구석에 있는 저 친구를 좀 봐. 여기 이쪽으로 우리를 건너다보고 있는 친구 말이야.”

“왜 내가 그 사람을 봐야 하지?” 에스텔러는 그 대신 나를 응시하며 대답했다. “저쪽 구석에 있는 저 친구 — 네 표현을 그대로 쓴다면 말인데 — 에게 뭐가 있다고 내가 바라볼 필요가 있는 거지?”

“정말이지, 그거야말로 바로 내가 너한테 묻고 싶은 질문이야.” 나는 말했다. “왜냐하면 그는 오늘 밤 내내 네 주변을 맴돌고 있었으니까 말이야.”

“밝게 빛나는 촛불 주위에는…….” 에스텔러는 그를 한 번 흘끗 보며 대답했다. “나방과 온갖 종류의 혐오스러운 벌레들이 꼬여 드는 법이야. 촛불이 어떻게 그걸 막을 수 있겠니?”

“그래, 막을 수 없지.” 나는 대답했다. “하지만 에스텔러는 그걸 막을 수 있지 않을까?”

“글쎄!” 에스텔러는 잠시 후 소리 내어 웃으며 말했다. “아마 그럴 수도 있겠지. 그래. 네 맘대로 생각해.”

“하지만, 에스텔러, 내 말 좀 들어 봐. 드러믈처럼 대부분의 사람들이 경멸하는 남자를 네가 다정하게 대한다는 건 나를 비참하게 만들어. 그가 경멸받는 존재라는 걸 너도 잘 알고 있지.”

“그래서?” 그녀는 말했다.

“그가 외모만큼이나 내면도 형편없는 녀석이라는 것을 너도 잘 알고 있지. 머리가 모자라고 고약한 성격에 침울하고 어리석은 작자라는 걸 말이야."

"그래서?" 그녀는 말했다.

"돈과 멍청한 조상들의 가소로운 족보를 빼고는 그에게 내세울 만한 것은 아무것도 없다는 걸 너도 잘 알고 있지. 자, 그렇지?"

"그래서?" 그녀는 다시 말했다. 그리고 그 말을 할 때마다 그녀는 아름다운 두 눈을 점점 더 크게 떴다.

그 외마디 대답 이상의 반응을 끌어내지 못하는 어려움을 극복하기 위해 나는 그 말을 그녀에게서 가로챘다. 그러고는 힘주어 되풀이하며 말했다. "그래서, 뭐냐면! 나를 비참하게 만드는 이유가 바로 그것이다, 이 말이야."

그런데 그녀가 나를 — 정말 나를 — 비참하게 만들려는 생각으로 드러믈에게 호의를 보이는 거라고 내가 조금이라도 믿을 수 있었다면 나는 그 문제를 대하는 심정이 좀 나았을 것이다. 하지만 그녀는 특유의 그 습관적인 태도로 나를 너무나 완전히 관심 밖의 존재로 치부하고 있었으므로 그런 종류의 믿음은 전혀 불가능했다.

"핍." 에스텔러는 방 건너편으로 시선을 한 번 흘끗 던지면서 말했다. "내 행동이 너에게 끼치는 영향에 대해 그렇게 바보 같이 굴지 마. 그 영향은 다른 사람이 받을 수도 있고, 실제로 그게 바로 내 의도라고도 할 수 있어. 그건 논의할 가치가 없는 문제야."

"아냐, 가치가 있는 문제야." 나는 말했다. "왜냐하면 나는 사람들이 '저 여자는 자기의 우아한 미모와 매력을 한갓 얼간이한테 헛되이 내버리고 있군. 사람들 중 가장 열등한 사내에게 말이야.'라고 말하는 걸 참을 수 없기 때문이야."

"나는 참을 수 있는걸."

"오, 에스텔러, 제발 그렇게 거만하고 고집스럽게 굴지 좀 마."

"어이구, 이번엔 나를 거만하고 고집스럽다고 부르는군!" 에스텔러는 양손을 벌리며 말했다. "바로 조금 전엔 얼간이한테 몸을 낮춘다고 비난해 놓고서는 말이야!"

"네가 그런다는 것은 틀림없는 사실이잖아." 나는 다소 허둥대며 말했다. "바로 오늘 밤만 해도 너는 그 녀석에게 상냥한 표정과 미소를 보여 주었잖아. 나한테는 결코 보여 주지 않는 그런 표정과 미소를 말이야."

"그럼 너는……." 에스텔러는 갑자기 고개를 돌리더니, 화난 표정은 아니지만 정색한 얼굴로 빤히 바라보며 말했다. "내가 너를 거짓으로 유혹하고 속이기를 원하니?"

"그럼 너는 지금 그를 거짓으로 유혹하고 속인다는 거니, 에스텔러?"

"그래, 그리고 다른 많은 남자들에게도 그래. 너만 빼고 모두에게 말이야. 브랜들리 부인이 저기 오는구나. 그만 말하자."

내 온 마음을 그토록 사로잡고 있던, 그리고 내 마음을 그토록 자주 아프고 또 아프게 했던 주제에 내 이야기의 한 장(章)을 바쳤으니, 이제 나는 더 이상의 걸림돌 없이 그보다 훨씬 더 오랫동안 내 삶에 드리워져 있던 사건으로 넘어가겠다. 이 사건은 내가 이 세상에 에스텔러가 존재한다는 것을 알기 전에, 그리고 그녀의 앳된 머리가 미스 해비셤의 파괴적인 손으로부터 왜곡

된 가르침을 처음으로 받던 시절에 준비되기 시작한 사건이다.

동양의 한 이야기에서, 정복의 기쁨에 한껏 취한 자들의 호화로운 침상에 떨어지게 될 무거운 석판은 채석장에서 천천히 만들어진다. 그리고 그것을 적당한 위치에 붙들어 맬 밧줄을 연결할 지하 통로도 수 킬로미터나 되는 바위 속을 통해 천천히 뚫어진다. 그다음 석판은 천천히 들어 올려져서 지붕에 끼워 맞춰지며, 이어서 밧줄이 그것에 꿰어진 다음, 그 밧줄은 수 킬로미터나 되는 지하 통로를 통해 천천히 당겨져 커다란 쇠고리에 연결된다. 이 모든 준비가 엄청난 노동을 통해 완료되고 마침내 때가 되자, 술탄은 한밤중에 잠에서 깨워지고, 밧줄을 그 커다란 쇠고리에서 잘라 버릴 날카로운 도끼가 그의 손에 쥐어진다. 술탄은 즉시 그것으로 밧줄을 내리치고, 밧줄은 끊어져 순식간에 끌려가 버리며, 그와 동시에 천장은 떨어져 내린다.* 내 경우도 바로 그랬다. 모든 일이, 즉 가깝든 멀든 목적을 위해 진행되던 모든 준비 작업이 완료되었다. 다음 순간 마지막 남은 일격이 가해졌고, 내 성채의 지붕은 내 머리 위로 무너져 내렸다.

* 제임스 리들리(James Ridley)가 지은 『요귀들의 이야기(Tales of th Genii)』(1764)에 나오는 이야기로, 미스나라는 인도의 술탄이 두 명의 마법사에게 패하여 왕위를 빼앗기고 동굴에 피신했다가, 밧줄로 길게 연결된 석판을 통해 왕궁에 있는 두 마법사를 살해한다는 내용이 있음.

39장

나는 이제 스물세 살이 되었다. 그때까지 나는 유산 상속 문제에 대해 더 이상의 새로운 사실을 한마디도 듣지 못한 상태였다. 내 스물세 번째 생일은 일주일 전이었다. 우리는 1년도 훨씬 전부터 바너드 여관에서 템플*로 이사 와서 살고 있었다. 우리의 숙소는 강가 쪽에 위치한 가든코트에 있었다.

포킷 씨와 나는 비록 원래의 사제 관계는 얼마 전에 끝났지만, 더없이 좋은 관계를 계속 유지하고 있었다. 어떤 일에도 본격적으로 전념하지 못했는데도 — 그것은 아마 재산에 대한 내 권리가 불확실하고 불완전한 상태인 것에서 비롯된 게 크다고 생각되는데 — 나는 독서를 좋아했으며, 그래서 규칙적으로 하루에 아주 많은 시간 동안 책을 읽었다. 허버트의 문제는 아직 진행되는 중이었고, 나와 관련된 모든 것은 앞 장(章)의 끝 부분

* 당시 런던의 네 개 법학원 가운데 두 개가 있는 곳으로, 템스 강 북단에 있고 주로 변호사와 법학도 들이 많이 살았음.

까지 기록한 것과 달라진 바가 없었다.

허버트는 일 때문에 마르세유로 여행을 떠나고 없었다. 나는 혼자 있었으며, 그래서 지루하고 외로운 느낌에 젖어 있었다. 의기소침하고 불안스러워하며, 내일이나 다음 주엔 내 앞길이 분명해지겠지 하고 기대하다가 실망하기를 오랫동안 반복해 온 상태에서, 나는 내 친구의 명랑한 얼굴과 언제든지 반응해 주는 상냥한 태도가 몹시 그리웠다.

아주 고약한 날씨였다. 폭풍이 불며 비가 쏟아지고 또 폭풍이 불며 비가 쏟아졌으며, 거리란 거리는 온통 깊은 진흙탕이었다. 매일같이 거대한 장막 같은 무거운 비구름이 동쪽에서부터 런던 위를 휩쓸고 지나갔고, 그날도 여전히 마찬가지였다. 마치 동쪽에서 구름과 바람의 영원한 폭발이라도 시작된 것 같았다. 돌풍이 계속 너무나 사납게 몰아쳐서, 시내의 높은 건물들은 지붕의 함석판이 떨어져 나갔고 시골에서는 나무들이 뿌리 뽑혔고 풍차의 날개가 찢겨 나갔다. 그리고 해안에서는 난파와 사망의 우울한 소식들이 전해져 왔다. 이렇게 날뛰는 바람과 함께 격렬한 폭우가 동반되었는데, 날이 막 저물고 나서 내가 책을 읽으려고 자리에 앉았던 그날은 그중에서도 최악의 날이었다.

내가 살던 템플의 그 지역은, 그 후로 여기저기 개조된 곳이 많아서 지금은 달라졌지만 그 당시에는 상당히 외진 곳이었으며, 강 쪽으로도 막힌 데가 없이 심하게 노출되어 있었다. 우리는 맨 끝 건물의 꼭대기 층에 살고 있었는데, 그날 밤 강에서 불어오는 바람은 마치 대포가 발사될 때나 바다의 큰 파도가 부서질 때처럼 집 전체를 뒤흔들어 댔다. 바람과 함께 비가 쏟아져 창문을 때려 댈 때, 눈을 들어 요동치는 창문을 바라보던 나는 마치 폭풍우가 몰아치는 등대 안에 있는 것 같다는 생각을 했다. 이따금씩 마치 그런 밤에는 밖으로 빠져나가는 것을 견딜 수 없다는 듯이 굴뚝에서 연기가 거꾸로 흘러 들어오곤 했다. 문을 모두 열어 놓은 다음 계단 아래를 내려다보았더니 계단의 등불이 바람에 모두 꺼져 있었다. 그리고 손으로 눈 위를 가리고 시커먼 창문 너머를 (창문을 조금이라도 연다는 것은 그런 사나운 비바람 앞에서는 불가능한 일이었다.) 내다보니 안마당의 등불도 모두 바람에 꺼져 있었고, 다리 위와 강가의 가로등들은 가물가물 떨고 있었으며, 강 위 너벅선에 피운 석탄불은 마치 빗속의 시뻘건 물방울들처럼 바람에 흩날리고 있었다.

나는 시계를 탁자 위에 올려놓은 채 책을 읽었는데, 그것은 11시에 독서를 마치려는 의도에서였다. 내가 책을 덮었을 때 성 바울 성당의 시계와 시내 중심가에 있는 다른 교회의 모든 시계들이 — 어떤 것들은 앞서서, 어떤 것들은 동시에, 어떤 것들은 뒤따라서 — 2시를 알리는 종을 쳤다. 그 소리는 바람 때문에 이상하게 이지러져서 들려왔다. 나는 귀를 기울여 들으면서 바람이 어떻게 그 소리를 공격하고 찢어 놓는가를 생각했다. 바로 그때 계단에서 문득 발소리가 들렸다.

내가 얼마나 바보처럼 깜짝 놀라며 겁에 질렸으며, 또 어째서 끔찍하게도 그 소리를 죽은 우리 누나의 발소리와 연결시켰는가 하는 문제는 별로 중요하지 않다. 그 공포는 순간적으로 지나가 버렸고, 나는 다시 귀를 기울였다. 그러자 비틀거리며 계단을 올라오는 발소리가 들려왔다. 그 순간 계단의 등불이 바람에 모두 꺼져 있다는 것을 기억한 나는 독서용 등불을 집어 들고 계단 꼭대기 쪽으로 나갔다. 누군지 모르지만 아래에서 올라오던 사람은 내 등불을 보고 발을 멈춘 게 틀림없었다. 왜냐하면 소리가 조용해졌기 때문이다.

"거기 아래에 누가 있지요, 그렇지요?" 나는 내려다보며 소리쳤다.

"그렇소." 아래의 어둠 속에서 어떤 목소리가 대답했다.

"몇 층에 가려고 합니까?"

"꼭대기 층이오. 핍 씨의 방을 찾고 있소."

"그건 내 이름입니다. 무슨 일이라도 있습니까?"

"아무 일도 없소." 목소리의 주인공이 대답했다. 그리고 그 사람은 계속 올라왔다.

나는 계단 난간 너머로 등불을 내밀어 불을 비춰 주며 서 있었다. 그 사람은 천천히 불빛 안으로 들어왔다. 책을 비추도록 갓을 씌운 등불이어서 불빛이 비치는 범위는 매우 좁았다. 그래서 그는 아주 짧은 한순간 불빛 안에 들어왔다가 곧바로 불빛 밖으로 사라졌다. 그 한순간 동안에 나는, 내 모습을 보고 감격하며 기뻐하는 듯한 이해할 수 없는 표정으로 나를 올려다보고 있는 한 낯선 얼굴을 보았다.

그 사람의 움직임을 따라 등불을 옮겨 비춰 주면서 나는 그가 바다를 건너온 여행자처럼, 투박하기는 하지만 든든한 옷차림을 하고 있는 것을 알아보았다. 그리고 그의 머리카락이 길고 철회색이라는 것과, 나이는 예순 살가량이라는 것, 근골이 강하고 두 다리가 튼튼한 사람이라는 것, 햇볕에 타고 비바람에 단련된 얼굴이라는 것 등을 차례로 알아볼 수 있었다. 그가 마지막 한두 계단을 올라왔을 때, 그리하여 내 등불 빛에 우리 두 사람 다 비쳤을 때, 나는 그가 두 손을 나에게로 내밀고 있는 것을 보고는 깜짝 놀라며 일종의 멍청한 표정을 지었다.

"실례지만 무슨 용건으로 오셨는지요?" 나는 그에게 물었다.

"무슨 용건?" 그는 동작을 멈추며 반문했다. "아! 그렇지요. 내 용건을 설명해 드려야지요, 허락만 해 준다면 말이오."

"안으로 들어오겠습니까?"

"예." 그는 대답했다. "들어가고 싶습니다, 도련님."

나는 그에게 충분히 무뚝뚝하게 질문했다. 왜냐하면 그의 얼굴에 아직도 빛나고 있는, 나를 알아보고 만족해하는 듯한 그 밝은 표정이 불쾌했기 때문이었다. 나는 그것이 불쾌했다. 내가 그것에 반응해 주리라고 기대한다는 뜻이 그 표정에 담겨 있는 것 같았기 때문이다. 하지만 나는 내가 조금 전까지 있었던 방으로 그를 데리고 들어갔다. 그리고 등불을 탁자에 내려놓은 다음, 가능한 한 정중하게 그에게 용건을 설명해 달라고 요청했다.

그는 더없이 이상한 태도로 주위를 둘러보았다. 마치 자기가 감탄하는 것들에 자기도 뭔가 관계된 것처럼 기쁨 섞인 놀람의 태도였다. 그러더니 그는 투박한 외투와 모자를 벗었다. 그 순간 나는 그의 머리가 주름살이 깊게 팬 대머리라는 것과 그 긴 철회색 머리카락은 머리 양옆에만 나 있다는 것을 알 수 있었다. 하지만 그의 용건을 조금이라도 설명해 주는 것은 아무것도 볼 수 없었다. 오히려 그 반대로, 다음 순간 그가 다시금 나한테 두 손을 내밀고 있는 것을 보았을 뿐이었다.

"이게 무슨 의미인가요?" 나는 그를 거의 미친 사람으로 여기면서 말했다.

그는 내밀던 손을 멈추고 나를 바라보았다. 그러고는 천천히 오른손으로 머리를 쓰다듬었다. "이건 좀 실망스럽군." 그는 거칠고 갈라진 목소리로 말했다. “이 순간을 그토록 오랫동안 기대해 왔고 또 그토록 멀리서 찾아온 사람한텐 말이야. 하지만 당신 탓이 아니지. 우리 중 누구 탓도 아니지. 제발 30초만 내게 주시오. 30초만 있음 다 말해 주겠소.”

그는 벽난로 앞에 있는 의자에 앉았다. 그러고는 힘줄이 드러난 커다란 갈색 손으로 이마를 감싸서 가렸다. 나는 그를 주의 깊게 바라보았다. 그러고는 왠지 모르게 움츠러들며 그에게서 약간 물러섰다. 하지만 그는 내가 모르는 사람이었다.

“가까이 아무도 없겠지?” 그는 어깨 너머로 둘러보며 말했다. “맞소?”

“낯선 사람인 당신이 밤늦은 이 시각에 내 집에 찾아와서 그런 질문을 하는 이유는 대체 뭐지요?”

“자넨 날카로운 친구군.” 그는 노골적인 애정이 담긴 태도로 나에게 고개를 흔들며 대답했다. 참으로 이해할 수 없는 동시에 지극히 불쾌한 태도였다. “자네가 날카로운 사람으로 자란 걸 보니 정말 기쁘군! 하지만 나를 잡으려고 하진 말게. 그랬다간 나중에 후회하게 될 테니까 말이야.”

나는 그가 간파해 낸 내 의도를 포기했다. 왜냐하면 나는 그를 알아보았던 것이다! 나는 아직도 그의 용모 어느 한구석도 기억해 낼 수 없었다. 하지만 나는 그를 알아보았다! 바람과 비가 그동안의 세월을 모두 쫓아 보내고 그 사이의 모든 사물들을 흩날려 버리며, 우리가 그토록 서로 다른 높이에서 처음 얼굴을 마주 대하고 섰던 그 교회 묘지로 우리를 휩쓸어 갔다고 해도, 나는 그가 난롯불 앞 의자에 앉은 그 순간에 알아본 것 이상으로 더 분명하게 내 죄수를 알아보지 못했을 것이다. 호주머니에서 줄칼을 꺼내서 나에게 보여 줄 필요도 없었고, 목에서 손수건을 끌러 머리에 비틀어 맬 필요도 없었으며, 두 팔로 자기 몸을 꼭 껴안고는 벌벌 떨면서 방을 가로질러 걸어가다가 내가 알아보게끔 뒤를 돌아다볼 필요도 없었다. 그가 그런 도움을 한 가지도 주기 전에 나는 이미 그를 알아보았다. 한순간 전까지만 해도 그의 정체를 어렴풋하게조차 짐작할 수 없었던 나였지만 말이다.

그는 내가 서 있는 자리로 돌아오더니 다시금 두 손을 내밀었다. 어떻게 해야 할지 모르는 상황에서 — 왜냐하면 나는 놀란 충격으로 침착성을 잃었기 때문이다. — 나는 마지못한 태도로 그에게 두 손을 내밀었다. 그는 내 손을 뜨겁게 움켜쥐더니, 자기 입술로 들어 올려 입을 맞췄다. 그러고는 여전히 손을 놓지 않은 채 서 있었다.

"너는 나한테 고귀하게 행동했단다, 얘야." 그는 말했다. "고귀하게 말이다, 핍! 그리고 난 그걸 결코 잊지 않았단다!"

그의 태도가 마치 나를 껴안기까지 하려는 것처럼 바뀌는 것을 보고 나는 그의 가슴에 내 손을 얹고는 그를 밀쳐 냈다.

"멈추세요!" 나는 말했다. "나한테서 떨어지세요! 내가 어린 아이 때 해 줬던 일에 대해 당신이 나에게 감사하는 마음이라면, 나는 당신이 당신의 생활 방식을 고침으로써 그 감사함을 보여 주었기를 바랍니다. 나한테 감사하기 위해 당신이 여기 온 것이라면 그것은 불필요한 일이었습니다. 그렇지만 당신이 나를 어떻게 찾아냈든지 간에 당신을 여기까지 오게 만든 그 감정에는 뭔가 선한 것이 있음에 틀림없습니다. 그러니 나는 당신을 거절하지는 않겠습니다. 하지만 당신이 분명히 이해해야 할 게 있는데, 그건…… 내가……."

나를 빤히 바라보는 그의 이상한 태도에 내 주의가 너무나 강하게 끌리는 바람에 단어들이 문득 내 혀끝에서 사라져 버리고 말았다.

"넌 내가 분명히 이해해야 할 게 있다고 말하던 참이었다." 침묵 속에서 얼마 동안 서로 마주 보고 있다가 마침내 그가 입을 열었다. "그래, 내가 분명히 이해해야 할 게 뭐냐?"

"그건 내가, 이제 이렇게 달라진 상황에서는, 오래전에 당신과 우연히 맺었던 그 관계를 다시 맺고 싶어 할 수 없다는 점입니다. 당신이 과거를 뉘우치고 올바른 삶을 되찾았다고 믿게 되어 기쁩니다. 그리고 당신에게 그렇게 말할 수 있어서 기쁩니다. 내가 감사를 받을 자격이 있다고 생각하고서, 이렇게 나를 찾아와 감사의 말을 한 것을 나는 기쁘게 생각합니다. 하지만 그럼에도 불구하고 우리가 가는 길은 서로 다른 길입니다. 당신은 비에 젖었고 피곤해 보이는군요. 가기 전에 뭣 좀 마시겠습니까?"

그는 목수건을 헐겁게 고쳐 매고는 그 긴 끝을 이로 물어뜯으면서 나를 날카롭게 주시하며 서 있었다. "그래." 그는 여전히 목수건 끝을 입에 문 채, 그리고 여전히 나를 주시하면서 대답했다. "가기 전에 뭘 좀 마셔야겠다는 생각이 드는구나, 고맙다."

마실 게 준비되어 있는 쟁반이 곁탁자에 있었다. 나는 그것을 벽난로 근처의 탁자로 가지고 와서 그에게 뭘 마시겠냐고 물었다. 그는 술병들을 보지도 않고 말없이 그냥 병 하나를 손으로 만졌다. 나는 그를 위해 물 탄 럼주를 약간 만들었다. 이러는 동안 나는 손이 흔들리지 않도록 하려고 애썼다. 하지만 그가 의자에 깊숙이 기대고 앉아서 목수건의 지저분한 긴 끝을 이빨 사이에 문 채 — 그는 그 사실을 잊고 있는 것이 분명했다. — 나를 바라보고 있다는 사실은 내 손을 마음먹은 대로 놀리는 걸 매우 어렵게 만들었다. 나는 마침내 술잔을 그에게 가져다주었는데, 그 순간 나는 놀랍게도 그의 두 눈이 눈물로 가득 차 있는 것을 보았다.

그때까지 나는 계속 선 채로 있었는데, 그것은 그가 어서 가기를 바란다는 걸 감추지 않으려는 의도에서였다. 하지만 그 사람의 약해진 모습에 나도 마음이 약해지면서 약간의 자책감이 들었다. 나는 내가 마실 술잔에 황급히 뭔가를 타면서, 그리고 의자를 탁자로 끌어다놓으면서 말했다. "조금 전에 내가 당신한테 매정하게 이야기했다고 생각하지 않기를 빕니다. 그럴 의도는 없었습니다. 하지만 만약 그렇게 생각되었다면 미안합니다. 당신의 건강과 행복을 위해 마시겠습니다!"

내가 술잔을 입술에 갖다 댔을 때, 그는 마침 벌어진 자신의 입에서 떨어진 목수건의 끝을 놀란 듯이 흘끗 바라보았다. 그러더니 나에게 술잔을 쥔 손을 내밀었다. 나도 그에게 내 술잔을 내밀었고, 그러자 그는 술을 마셨다. 그러고는 옷소매로 눈과 이마를 훔쳤다.

"어떤 일을 하며 살고 계십니까?" 나는 그에게 물었다.

"난 목양업, 목축업, 또 그 밖에 여러 가지 일들을 했단다. 저 멀리 새로운 세계에서 말이야." 그는 말했다. "여기서 험한 바다 건너 수천 킬로미터나 떨어진 곳에서 말이야."

"일이 다 잘 풀렸겠지요?"

"아주 훌륭하게 잘 풀렸지. 나와 함께 나간 사람들 중에도 잘 풀린 경우가 있지만 아무도 나만큼 잘 풀리진 않았단다. 나는 잘 풀린 거로 유명할 정도란다."

"그 말을 들으니 기쁘군요."

"네가 그렇게 말하는 걸 들을 거라고 기대했지, 얘야."

그 말을 하는 그의 어조나 표현을 이해하고자 말을 중단하지 않고, 나는 막 머릿속에 떠오른 사항으로 말머리를 돌렸다.

"예전에 당신이 내게 보낸 심부름꾼을 다시 만난 적이 있습니까?" 나는 물었다. "그에게 그 일을 맡기고 난 후에 말이에요."

"한 번도 본 적이 없다. 그럴 수도 없었고 말이야."

"그는 신의 있게 나를 찾아왔답니다. 그리고 1파운드 지폐 두 장을 내게 주었습니다. 아시다시피 나는 그때 가난한 소년이었지요. 가난한 소년에게 그건 상당히 큰돈이었습니다. 하지만 당신처럼 나도, 그때 이후로 일이 잘 풀렸답니다. 그러니 이 기회에 그 돈을 갚을 수 있게 해 주십시오. 누군가 또 다른 가난한 소년에게 그 돈을 쓰라고 주면 되겠지요."

내가 지갑을 탁자에 올려놓고 그것을 열 때 그는 나를 주의 깊게 지켜보았다. 그리고 내가 지갑 속의 돈 가운데 1파운드 지폐 두 장을 골라서 꺼내는 것 역시 주의 깊게 지켜보았다. 그 지폐들은 깨끗한 새 지폐였다. 나는 그것들을 잘 펴서 그에게 건넸다. 그는 나를 계속 주의 깊게 지켜보면서 그 지폐들을 받아 서로 포개 놓은 다음 세로로 접었다. 그러고는 한 번 비틀어 꼬더니 등불에 대고 불을 붙였다. 그러고는 타고 남은 재를 쟁반에 떨어뜨렸다.

"무례한 질문일지 모르겠는데……." 그는 찡그림 같은 미소인지 미소 같은 찡그림인지 아주 묘한 표정을 지으며 말했다. "네 일이 어떻게 잘 풀렸는지 좀 물어봐도 될까? 너와 내가 저 쓸쓸하고 춥고 오싹한 그 습지에서 만났던 날 이후로 말이다."

"어떻게 잘 풀렸냐고요?"

"그래!"

그는 잔을 비우고 의자에서 일어나더니 큼지막한 갈색 손을 벽난로 선반 위에 올려놓고는 난롯불 옆에 자리를 잡고 섰다. 그는 한쪽 발을 난로 철망에 올려놓고 따뜻하게 말리기 시작했다. 젖은 구두에서는 곧 김이 올라왔다. 하지만 그는 구두나 난롯불은 아랑곳하지 않고 오직 나만 계속해서 빤히 쳐다보았다. 내가 부들부들 떨기 시작한 것은 바로 그 순간부터였다.

나는 입을 벌려서 몇 마디 말을 하려고 했지만 소리가 나오지 않았다. 그러다가 억지로 소리를 내서, 내가 약간의 재산을 상속받을 사람으로 선택되었다고 (비록 분명하게는 말하지 못했지만) 대강 말할 수 있었다.

"버러지 같은 이 몸이 혹시, 그게 어떤 재산인지 좀 물어봐도 될까?"

나는 더듬거리다가 "잘 모릅니다."라고 대답했다.

"버러지 같은 이 몸이 혹시 그게 누구의 재산인지 좀 물어봐도 될까?"

나는 다시 더듬거리며 말했다. "잘 모릅니다."

"이래도 될지 모르겠지만……." 죄수가 말했다. "성년이 된 이후의 네 수입이 얼만지 어디 내가 한번 맞혀 볼까? 자, 그 첫 번째 숫잘 말해 보자면, 5?"

아무렇게나 부딪쳐 대는 무거운 망치처럼 심장이 마구 방망이질 치는 가운데, 나는 의자에서 일어나 의자 등받이 위에 손을 올려놓고는 그를 거칠게 바라보며 서 있었다.

"후견인에 대해서 말하자면……." 그는 계속해서 말했다. "네가 미성년자일 동안 후견인이나 그런 비슷한 사람이 있었을 게 틀림없으니까 말이다. 그는 어떤 변호사였겠지, 아마. 그럼 자, 그 변호사 이름의 첫 글자를 말해 볼까. 그건 J겠지?"

내 처지에 대한 모든 진실이 번개처럼 순식간에 환히 드러났다. 그것이 초래한 실망, 위험, 치욕, 모든 종류의 결과 등등이 한꺼번에 너무나 많이 밀어닥쳤기 때문에 나는 그것들에 압도되어 숨을 한 번 들이쉴 때마다 싸우듯이 몸부림쳐야 했다.

"이렇게 생각해 보렴." 그는 말을 다시 시작했다. "이름이 J로 시작하는, 그래서 아마 재거스라고 할지 모르는 그 변호사를 고용한 사람이, 바로 그 사람이 바다를 건너서 포츠머스에 왔다고 생각해 보렴. 그는 거기에 내려서 너에게 오고 싶어 했단다. 너는 아까 '당신이 나를 어떻게 찾아냈든지 간에'라고 말했지. 글쎄! 내가 너를 어떻게 찾았느냐고? 그거야 뭐, 포츠머스에서 런던에 있는 어떤 사람에게 네 상세한 주소를 알려 달라고 편지를 썼지. 그 사람의 이름이 뭐냐고? 그거야 뭐, 웨믹이라고 하지."

나는 한마디도 말을 할 수 없었다. 그게 내 생명을 구하는 말이었다고 하더라도 나는 그 말을 못 했을 것이다. 나는 의자 등받이에 한 손을 올려놓고 다른 손은 가슴에 얹은 채, 숨이 막혀 죽어 가고 있는 것처럼 그대로 서 있었다. 나는 그를 거칠게 노려보면서 그렇게 서 있었다. 그러다가 나는 의자를 꽉 붙잡아야만 했다. 방 전체가 파도치듯 출렁이며 빙빙 돌기 시작했기 때문이다. 그는 나를 잡아 주었다. 그러고는 나를 소파로 데리고 가서 쿠션에 기대어 앉혀 준 다음 한쪽 무릎을 꿇고 내 앞에 앉았다. 그 바람에 내가 이제 분명히 기억해 낸 그 얼굴이, 나를 몸서

리치게 만드는 그 얼굴이 내 얼굴에 아주 바짝 다가왔다.

"그렇단다, 핍, 얘야. 내가 바로 널 신사로 만든 사람이란다! 그걸 한 사람은 바로 나란다! 그때 난 맹세했다. 내가 1기니를 벌 때마다 그 돈은 반드시 너한테로 갈 거라고 말이야. 난 나중에 맹세했다. 내가 투자를 해서 부자가 되면 널 반드시 부자가 되게 할 거라고 말이야. 네가 편안하게 살도록 난 고생을 했고, 네가 노동을 하지 않아도 되도록 난 열심히 일했단다. 그게 뭐 어쨌단 말이냐고, 얘야? 너보고 감사와 의무감을 느끼라고 이런 이야길 하는 거냐고? 천만에. 내가 이 말을 하는 건 오직, 네가 목숨을 구해 준 그 쫓기는 똥개 같은 놈이 크게 성공해서 신사를 길러 낼 수 있었단 사실을, 그리고 핍, 바로 네가 그 신사란 사실을 너한테 알려 주기 위해서란다!"

내가 그 사람에 대해 느낀 그 혐오감과, 두려움, 그리고 그에게서 움츠러들게 한 그 반감은 그가 어떤 끔찍한 야수였다고 해도 이보다는 더 크지 않았을 것이다.

"자, 보거라, 핍. 난 네 제2의 아버지다. 넌 내 아들이야. 아니 나에겐 그 어떤 아들보다도 소중하다. 난 오직 네가 쓸 수 있도록 하기 위해 돈을 저축해 놓았다. 내가 고용된 목동이 되어 외딴 오두막에서 남자나 여자 얼굴이 어떻게 생겼는지조차 거의 잊어 먹을 만큼 양들의 얼굴 말곤 아무도 못 보며 살았을 때 난 네 얼굴을 떠올렸단다. 난 그 오두막에서 수도 없이, 점심이든 저녁이든 먹다가 들고 있던 칼을 내려놓곤 이렇게 말하곤 했지. '여기 그 애 얼굴이 다시 보이는군. 내가 먹고 마시는 동안 날 바라보고 있는 그 애 얼굴이 말이야!' 하고 말이다. 거기서 난 수도 없이, 안개 낀 그 습지에서 널 보았을 때처럼 똑똑히 네 얼굴을 보곤 했단다. '하느님', 나는 매번 말했지. 그러고는 밖으로 나가 탁 트인 하늘 아래에서 외쳤지. '내가 만약 자유의 몸이 되고 부자가 된다면 반드시 그 앨 신사로 만들고 말겠습니다! 만약 그렇게 안 하면 날 꼬꾸라지게 하소서!' 하고 말이다. 그런데 난 정말로 그걸 해낸 것이다. 자, 네 모습을 좀 보거라, 얘야! 여기 네 이 거처를 보거라. 귀족한테도 어울릴 만한 곳이로구나! 귀족? 오, 그래! 넌 돈에 대해선 귀족과 내기를 해도 이길 수 있을 거다!"

흥분과 승리감으로 인해, 그리고 내가 거의 실신하기 직전까지 갔다는 것을 알고 있음으로 인해, 그는 내가 이 모든 것을 어떻게 받아들이는지에 대해서는 언급하지 않았다. 그나마 그것은 한 가닥 다행스러운 점이었다.

"자, 보거라!" 그는 계속 말을 이으며 내 호주머니에서 시계를 꺼내고 내 손가락의 반지를 자기 쪽으로 돌려 보았는데, 그동안 나는 그가 뱀이라도 되는 것처럼 그의 손길로부터 온몸을 움츠렸다. "멋진 금시계로구나. 이건 분명 신사의 시계겠지! 루비로 둘레를 장식한 다이아몬드 반지로구나! 이것도 신사의 반지겠지! 네 셔츠를 보거라. 부드럽고 아름답구나! 네 양복을 좀 보거라. 이보다 더 좋은 옷은 없겠구나! 그리고 네 책들도 좀 보거라." 방 안을 둘러보면서 하는 말이었다. "책꽂이에 수백 권씩이나 높이 쌓여 있구나! 다 네가 읽는 것들이겠지, 그렇지? 그러고 보니 넌 아까 내가 들어오기 전에도 책을 읽고 있었구나. 하, 하, 하! 얘야, 넌 그것들을 나한테도 읽어 주겠지! 그것들이 내가 알지 못하는 외국어로 씌어 있다고 해도 난 그것들을 이해하는 거나 다름없이 자랑스러울 거다."

그는 다시금 내 두 손을 움켜잡고는 자기 입술에 갖다 댔는데, 그러는 동안 내 피는 몸 안에서 차갑게 얼어붙었다.

"말을 하려고 신경 쓰지 말거라, 핍." 그는 그렇게 말하면서 다시금 옷소매로 눈과 이마를 훔쳤다. 그러자 그의 목에서 내가 잘 기억하고 있는, 그 짤깍 하고 걸리는 소리가 났다. 그의 태도는 너무나 진지해서 오히려 그 때문에 그가 더욱더 끔찍하게 여겨졌다. "넌 그저 가만히 있는 게 제일 낫다, 얘야. 넌 나처럼 그렇게 서서히 이 일을 기대하며 살지 않았지. 넌 나처럼 이 일에 대한 준비가 되어 있지 않았지. 하지만 말이다, 얘야, 그게 혹시 나일지도 모른단 생각을 전혀 해 본 적이 없었느냐?"

"예, 전혀 없었어요." 나는 대답했다. "정말이지 전혀 한 번도 없었어요!"

"그렇다면 이제 너도 알다시피 그건 바로 나였단다. 그것도 나 혼자 단독으로 말이야. 나 자신과 재거스 씨 말곤 그 누구도 관여한 사람이 없지."

"다른 사람은 전혀 없었나요?" 나는 물었다.

"물론이지." 그는 놀란 표정으로 바라보며 말했다. "어떻게 다른 누가 있을 수 있겠느냐? 그건 그렇고 얘야, 넌 정말 훌륭한 모습으로 잘 자랐구나! 어딘가에 빛나는 눈을 가진 아가씨가 분명 있겠지. 응? 네가 사모하는 눈부신 아가씨가 말이야, 그렇지?"

아, 에스텔러, 에스텔러!

"그 아가씬 네 여자가 될 것이다, 얘야. 돈으로 그녈 살 수 있다면 말이다. 물론 너 같은 신사는, 너처럼 조건을 잘 갖춘 신사는 자기 매력만으로도 충분히 차지할 수 있겠지. 하지만 돈은 널 확실히 뒷받침해 줄 거다! 그런데 내가 아까 하던 말을 마저 끝내도록 하마, 얘야. 거기 그 오두막에서, 그리고 그 고용살이 때 난 내 주인(그는 죽었는데 나와 같은 과거가 있던 사람이었지.)한테서 얼마간의 돈을 물려받았단다. 그래서 난 자유를 얻었고 나 자신을 위해 일하기 시작했지. 내가 뭘 얻고자 일했든지 그건 전부 널 위해 일한 거란다. 난 말했지. '하느님, 내가 뭘 얻고자 일하든지 그게 그를 위한 게 아니라면 그걸 망해 버리게 하소서!' 라고 말이야. 그 모든 일이 놀랄 만큼 잘되어 갔단다. 아까도 말했던 것처럼 난 그걸로 유명할 정도란다. 난 내가 물려받은 돈과 처음 몇 해 동안의 소득을 재거스 씨에게 보냈고 — 물론 모두 다 너를 위한 거였지. 그러자 그는 내 편지에 응하여 널 처음 찾아간 거란다."

아, 재거스 씨가 결코 찾아오지 않았더라면! 그가 나를 대장간에 그대로 내버려 두었더라면, 차라리 그랬더라면 비록 만족하진 못했어도 이보다는 행복했으리라!

"그런 다음에는 얘야, 내가 신사를 기른다는 걸 남몰래 알고 있는 건, 그건 말이다, 내게 하나의 보상이었단다. 그들 식민지 개척자 놈들이 타고 가는 순종 말들이 걸어가는 나에게 먼질 날려 보내곤 할 때, 내가 뭐라고 말했는지 아느냐? 난 나 자신에게 이렇게 말했단다. '난 네놈들이 절대 따라가지 못할 훌륭한 신사를 기르고 있단 말이다, 이놈들아!' 그놈들 가운데 한 놈이 다른 놈에게 '저자는 몇 년 전에 죄수였다오. 그리고 지금도, 비록 운이 좋아 부자가 됐지만, 역시 무식한 상놈일 뿐이라오.' 라고 말했을 때, 내가 뭐라고 말했는지 아느냐? 난 나 자신에게 이렇게 말했단다. '비록 내가 신사가 아니고 배운 것도 전혀 없지만 난 유식한 신사를 소유한 몸이시다. 네놈들은 모두 가축과 땅을 소유하고 있지만, 너희 중에 그 누가 잘 길러 낸 런던 신사를 소유하고 있단 말이냐, 이놈들아?' 이런 식으로 난 계속해서 참고 살아갔단다. 그리고 이런 식으로 난, 언젠가 틀림없이 가서 내 아일 만나 보고 그가 편하게 여기는 자리에서 날 그에게 알리겠다는 다짐을 맘속으로 늘 되새겼단다."

그는 내 어깨에 손을 얹었다. 나는 왠지 모르게 그의 손이 피로 물들어 있을 것만 같은 생각이 들며 몸서리를 쳤다.

"그 지역을 떠나는 건 쉬운 일이 아니었단다, 핍. 또 안전하지도 않았지. 하지만 난 포기하지 않았다. 어려우면 어려울수록 난 더욱 맘을 굳게 다졌단다. 왜냐면 난 의지가 확고했고 단단히 작심했기 때문이었지. 그리하여 애야, 난 마침내 해냈단다, 해냈어!"

나는 마음을 좀 가다듬고 생각해 보려고 애썼다. 하지만 충격으로 정신을 차릴 수 없었다. 처음부터 끝까지 나는 나 자신이 그의 말보다는 바람과 비에 더 주의를 기울이고 있는 것 같은 느낌이었다. 그 순간조차도 나는 그의 목소리를 비바람 소리와 구분할 수 없었다. 비바람 소리는 시끄럽고 그의 목소리는 조용했는데도 말이다.

"날 어디에 있게 할 거냐?" 그가 잠시 후 물었다. "내가 어딘가에 있어야 할 테니까 말이다, 얘야."

"잠잘 곳 말인가요?" 나는 말했다.

"그래. 그런데 오랫동안 푹 좀 자고 싶구나." 그는 대답했다. "여러 달 동안 바닷물에 젖고 시달려서 말이야."

"내 친구이자 동료가……." 나는 소파에서 일어서며 말했다. "지금 출타 중입니다. 그의 방을 쓰도록 하세요."

"내일 돌아오는 건 아니겠지, 그렇지?"

"예." 최대한 노력했지만 나는 거의 기계적인 대답밖에 나오지 않았다. "내일은 안 옵니다."

"왜냐면 말이다, 얘야, 잘 듣거라." 그는 목소리를 낮추고, 명심해야 된다는 듯이 긴 손가락으로 내 가슴을 건드리며 말했다. "조심하는 게 필요하단다."

"그게 무슨 뜻이지요? 조심하다니요?"

"꼼짝없이 죽음이란다!"

"뭐가 죽음이라는 거죠?"

"난 종신 유형수로 보내졌어. 돌아오면 사형에 처해지게 되어 있어. 최근 몇 년 동안에 몰래 돌아오는 자들이 너무나 많아져서 난 잡히면 틀림없이 교수형에 처해지고 말 거다."

이것 외에는 더 이상 아무 말도 필요하지 않았다. 이 가련한 인간은 가련한 나에게 여러 해 동안 자신의 금사슬과 은사슬을 마구 베풀어 주고 난 후 목숨을 걸고 나를 찾아온 것이었으며, 그리하여 나는 이제 그의 목숨을 내 손 안에 쥐고 있는 것이었다! 내가 그를 혐오하지 않고 사랑했다고 해도, 내가 더없이 강한 거부감으로 그에게서 몸을 움츠리지 않고 더없이 강한 존경과 애정으로 그를 숭배했다고 할지라도, 상황은 이보다 더 나쁘지 않았을 것이다. 아니 그 반대로, 상황은 오히려 더 나았을 것이다. 왜냐하면 그럴 경우 그의 생명을 지켜 준다는 것은 자연스럽고 부드럽게 내 마음에 다가왔을 것이기 때문이다.

내가 첫 번째로 취한 주의 조처는 창문의 덧문들을 닫아서 방 안의 불빛이 밖에서 보이지 않도록 한 다음 방문을 모두 닫아걸고 잠가 놓는 것이었다. 그러는 동안 그는 탁자 앞에 서서 럼주를 마시고 비스킷을 먹었다. 그의 그런 모습에서 나는 습지에서 음식을 먹어 대던 그 죄수의 모습을 다시금 볼 수 있었다.

정말로 그는 금세라도 웅크리고 앉아 줄로 자기 족쇄를 갈아 대기 시작할 것만 같았다.

나는 허버트의 방에 가서 방과 층계 사이의 다른 모든 연결 통로를 닫아걸고 조금 전 우리가 대화를 나눴던 방을 통해서만 층계와 연결되게 해 놓았다. 그러고 난 다음 나는 그에게 잠자리에 들겠냐고 물었다. 그는 그러겠다고 대답했는데, 아침에 갈아입을 수 있도록 내 '신사용 셔츠'를 좀 달라고 부탁했다. 나는 그것을 꺼내다가 그를 위해 준비해 주었다. 그가 다시 내 두 손을 잡고서 잘 자라고 인사했을 때 내 피는 다시금 얼어붙었다.

나는 어떻게 했는지도 모른 채 그에게서 떨어져 나왔다. 그러고는 우리가 함께 있었던 방의 난롯불을 다시 살려 놓은 다음 그 옆에 앉았다. 잠자리에 드는 게 두려웠기 때문이다. 한두 시간 동안 나는 여전히 너무나 큰 충격으로 생각을 할 수 없었다. 그러다가 나는 마침내 생각을 하기 시작했고, 그러자 비로소 내가 얼마나 끔찍한 난파를 당했는지, 내가 타고 항해하던 배가 얼마나 산산조각이 났는지를 완전히 깨닫기 시작했다.

나에 대한 미스 해비셤의 그 모든 의도는 완전히 하나의 헛된 꿈이었다. 에스텔러는 내 짝으로 의도된 것이 아니었다. 나는 하나의 편리한 도구로서만, 탐욕스러운 친척들에게 고통을 주는 수단으로서만, 다른 연습감이 가까이에 없을 때 연습 도구로 대신 사용할, 기계 심장을 지닌 인형 같은 존재로서만 새티스 하우스에 용인되었던 것이다. 이런 것들이 내가 맨 먼저 느낀 아픔이었다. 하지만 무엇보다도 정말 날카롭고 뼈저린 고통은 내가 매부 조를 저버린 이유가 바로 저 죄수, 즉 뭔지 모를 수많은 죄를 저질렀으며, 내가 지금 생각하며 앉아 있는 이 집에서 잡혀 나가 올드 베일리* 입구에서 교수형을 당할지 모르는 바로 저 죄수 때문이었다는 의식이었다.

그 어떤 용서를 받는다 해도 나는 차마 이제 와서 조에게 돌아가거나 비디에게 돌아가거나 하지는 못할 것이었다. 생각건대 그것은 단순히, 그 어떤 용서도 내가 그들에게 가치 없게 행동했다는 의식을 지워 버리지 못할 것이기 때문이었다. 이 세상의 그 어떤 지혜도 내가 그들의 순박함과 신실함으로부터 받게 될 위안을 나에게 줄 수는 없을 것이다. 하지만 내가 한 짓은 결코, 결코, 결코 되돌릴 수 없는 행위였다.

비바람이 사납게 날뛰며 몰아칠 때마다 나는 추적자들의 소리를 들었다. 두 번인가, 나는 바깥문 앞에서 누군가 노크하며 속삭이는 소리가 틀림없이 들렸다고 확신했다. 이런 두려움에 사로잡힌 가운데, 나는 상상인지 기억인지, 이 사람이 오는 것에 대한 신비스러운 예고가 그동안 나에게 왔다는 생각이 들었다. 그래서 지난 몇 주 동안, 그와 똑같이 생긴 걸로 보이는 얼굴들을 길거리에서 지나친 적이 있다고 생각했으며, 그가 바다를 건너서 점점 더 가까이 다가옴에 따라 이 비슷한 얼굴들도 그 수가 점점 많아졌다고 생각했다. 그리고 그의 사악한 영혼이 뭔가 수단을 써서 이 전령들을 내 영혼에게 보냈으며, 마침내 폭풍우 치는 오늘 밤에 그가 자신의 예고대로 나타나서 지금 이렇게 나와 함께 있는 것이라고 생각했다.

이런 무수한 상념들과 뒤섞여서 또 다른 상념이 떠올랐는데, 그것은 내 어린 눈으로 보기에도 그가 극도로 난폭한 사람인 것

* 런던의 중앙형사재판소 이름.

처럼 보였다는 생각과, 그가 자기를 살해하려고 했다고 그 다른 죄수가 반복해서 말하는 소리를 내가 들었으며, 그가 도랑 바닥에서 사나운 야수처럼 잡아 찢으며 싸우는 모습을 내가 보았다는 기억이었다. 그런 기억들로부터 나는, 날씨가 험하고 외로운 한밤중에 문을 꽁꽁 닫고 여기 이렇게 그와 함께 있는 것은 안전하지 못할 수도 있다는 생각을 난롯불 빛 사이로 떠올리고는 어렴풋한 공포를 느꼈다. 이 공포는 점점 커져서 마침내 방 안을 가득 채웠고, 그 결과 나는 촛불을 들고 안으로 들어가서 무서운 내 손님을 한 번 바라보지 않을 수 없었다.

그는 목수건을 머리 주위에 감고 있었으며, 자고 있는 중에도 이를 꽉 다문 찌푸린 표정을 얼굴에 띠고 있었다. 하지만 그가 잠들어 있는 것은 분명했으며, 그것도 조용히 자고 있었다. 비록 권총 한 자루를 베개 위에 놓아둔 채이긴 했지만 말이다. 이것을 확인한 나는 가만히 그의 방문 열쇠를 바깥 구멍에 옮겨 끼우고는 열쇠를 돌려 문을 밖에서 잠근 다음 다시 난롯불 옆으로 가서 앉았다. 나는 점차 의자에서 미끄러져 내려와 바닥에 쓰러져 잠이 들었다. 자면서도 나는 내 비참한 처지에 대한 의식을 떨치지 못했는데, 내가 잠에서 깨어났을 때 동쪽 방면의 교회 시계들이 5시를 알리는 종을 치고 있었고, 촛불은 다 타 버린 상태였으며 난롯불도 꺼져 있었다. 그리고 비바람은 칠흑 같은 어둠의 장막을 더욱더 어둡고 음산하게 만들고 있었다.

여기까지가 핍의 유산 상속 과정의 두 번째 단계임.

40장

무서운 내 방문객의 안전을 (내가 할 수 있는 한) 확보하기 위해 여러 가지 주의 조치를 취해야 했다는 것은 나에게 다행스러운 일이었다. 왜냐하면 잠에서 깨자마자 이 생각이 나를 압박하기 시작하는 바람에 다른 생각들은 뒤죽박죽 엉킨 채 멀찌감치 뒤로 미뤄졌기 때문이다.

그를 내 숙소에다 계속 숨겨 두는 게 불가능하다는 것은 자명했다. 그건 가능한 일이 아니었으며, 그렇게 하려고 시도하는 것은 필연적으로 의심을 초래할 것이었다. 물론 나는 그 원수 같은 녀석을 더 이상 부리고 있지 않았다. 하지만 들쑤셔 대기가 특기인 한 노파가 자기 조카딸이라고 부르는 넝마자루 같은 한 여자의 도움을 받아 가며 내 집안일 시중을 해 주고 있었다. 그래서 방 하나를 그들에게 비밀로 해 둔다는 것은 호기심과 과장된 소문을 불러들이는 일이 될 것이었다. 그들은 둘 다 시력이 나빴는데, 나는 그것이 그들이 상습적으로 열쇠 구멍을 들여다보곤 하는 데서 비롯된 것이라고 오래전부터 생각해 왔다. 게다가 그들은 필요하지 않을 때 꼭 근처에 얼쩡거리곤 했는바, 실로 그들의 특성 가운데 확실한 것은 절도 행위 말고는 그것밖에 없었다. 이런 사람들에게 의심을 사지 않기 위해 나는 숙부께서 예기치 않게 시골에서 올라오셨다고 아침에 미리 말해 놓기로 마음먹었다.

이런 행동 방침을 결정한 것은 내가 아직 어둠 속에서 불을 밝힐 수단을 더듬더듬 찾고 있는 동안이었다. 아무리 찾아도 손에 잡히는 것이 없어서 나는 할 수 없이 가까운 수위실로 가서 거기 있는 수위에게 등불을 들고 함께 와 달라고 부탁하기로 했다. 그리하여 나는 깜깜한 층계를 따라 더듬더듬 내려가고 있었는데, 문득 뭔가에 발이 걸려 넘어졌다. 그것은 계단 한구석에 웅크리고 있는 어떤 사람이었다.

내가 그 사람에게 거기서 뭘 하는 거냐고 물었을 때 그가 아무 대답 없이 가만히 내 손길을 피해 버렸으므로 나는 수위실로 달려가서 수위더러 빨리 좀 와 보라고 재촉했다. 그러고는 함께 돌아오며 그에게 상황을 설명해 줬다. 바람이 여전히 사납게 날뛰고 있었으므로 우리는 수위의 등불을 꺼뜨릴 위험을 무릅쓰면서까지 계단의 꺼진 등불들에 다시 불을 붙이려고 하지는 않았다. 그 대신 우리는 층계를 바닥에서 꼭대기까지 모두 살펴보았다. 하지만 거기엔 아무도 없었다. 다음 순간 나는 그 사람이 혹시 내 숙소로 숨어들어 갔을지도 모른다는 생각이 퍼뜩 들었다. 그래서 수위의 등불로 내 촛불의 불을 붙이고는 그를 문간에 서 있게 한 뒤, 무서운 내 손님이 잠들어 있는 방을 포함하여 모든 방을 주의 깊게 살펴보았다. 모든 게 조용했고 어느 방에도 사람이 들어오지 않은 게 확실했다.

1년 중 그 많은 날 가운데 하필 그날 밤 층계에 잠복한 사람이 있었다는 사실은 나를 불안하게 했다. 그래서 나는 혹시 뭔가 희망적인 설명을 얻어들을 수 있을까 하는 기대로, 문간에 선 수위에게 술을 한잔 건네면서 간밤에 밖에서 식사하고 돌아온 것처럼 보이는 어느 신사라도 그의 출입문으로 들여보내 준 적이 있냐고 물었다. 그는 그렇다면서, 지난밤 각기 다른 시각에 세 명이 있었다고 대답했다. 한 명은 파운튼코트에 사는 사람이고 다른 두 명은 레인에 사는 사람인데, 모두 자기네 집으로 들어가는 것을 보았다고 했다. 한편 내 숙소가 있는 건물에는 딱 한 사람이 더 살고 있었는데, 그는 최근 몇 주 동안 시골에 내려가 있었다. 그리고 그는 어젯밤 돌아오지 않은 게 확실했다. 왜냐하면 계단을 올라오면서 우리는 그의 방 출입문에 봉인*이 그대로 붙어 있는 것을 보았기 때문이다.

"간밤에 날씨가 너무나 나빠서 말입니다, 나리." 수위는 나에게 술잔을 돌려주며 말했다. "제 출입문으로 들어오는 사람이 거의 없었답니다. 조금 전에 말씀드린 그 세 신사 분들을 제외하고는 아무도 본 기억이 없습니다. 낯선 사람 하나가 나리를 찾아왔던 11시경 이후로는 말입니다."

"우리 숙부님 말이군요." 나는 중얼거리듯 말했다. "네, 맞아요."

"그분을 만나셨습니까, 나리?"

"아, 예. 그럼요. 만났습니다."

---

* 집이 비었을 때 누가 침입하지 않았는지 확인할 수 있도록 문틈에 붙여 놓는 밀랍 봉인.

“그분과 함께 온 사람 역시 만나셨겠지요?”

“함께 온 사람이라니요!” 나는 반복해 말했다.

“저는 그 사람이 그분과 함께 온 줄로 알았는데요.” 수위는 대답했다. “그분이 걸음을 멈추고 저에게 질문을 했을 때 그 사람 역시 걸음을 멈췄고, 그분이 이쪽으로 가실 때 그 사람 역시 이쪽으로 갔거든요.”

“어떤 사람이었습니까?”

수위는 특별히 주목해서 보지는 않았다면서 노동자 같기도 했다고 말했다. 다만 흙먼지 빛 갈색 옷차림에 짙은 색 상의를 걸친 것만은 확실하다고 했다. 수위는 이 일을 나보다 가볍게 생각했는데, 나처럼 그것에 무게를 부여할 이유가 없었을 테니 그건 당연한 일이었다.

이야기를 더 이상 길게 늘이지 않고 그만 수위를 보내는 것이 좋겠다고 나는 생각했다. 수위를 보내고 난 뒤 나는 동시에 발견된 이 두 가지 상황으로 인해 몹시 불안해졌다. 그것들은 따로따로라면 쉽고 단순하게 해명될 수도 있는 것들이었다. 가령 외식을 했든지 집에서 식사를 했든지 누군가가 이 수위의 출입문 근처를 지나치지 않은 채 우리 집의 층계로 잘못 들어와서는 거기에 쓰러져 잠이 들었을 수도 있었다. 그리고 아직 이름도 모르는 나의 방문자가 자기에게 길을 안내해 줄 누군가를 데리고 왔을 수도 있었다. 하지만 그럼에도 불구하고, 그 둘은 서로 합해졌을 때 사람을 불신과 두려움에 가득 차게 만들 만큼 불온한 성격을 띠었다. 바로 지난 몇 시간 동안의 변화가 나를 그렇게 만들었듯이 말이다.

나는 난롯불을 피웠다. 아침 그 시간의 불은 어설프고 창백한 불꽃만 내며 탔다. 나는 그 앞에서 꾸벅꾸벅 졸기 시작했다. 시계들이 6시를 쳤을 때 나는 밤새도록 졸고 있었던 것처럼 느끼며 눈을 떴다. 날이 밝을 때까지는 아직 꼬박 한 시간 반이나 남아 있었으므로 나는 다시 졸기 시작했다. 때로는 아무것도 아닌 것에 대한 장황한 대화를 귀로 들으며 불안스레 잠에서 깨어나기도 하고, 때로는 굴뚝 속에서 우레 같은 바람 소리를 듣기도 하다가 마침내 깊은 잠에 빠져 들었는데, 그러다가 밝아 오는 아침 빛에 깜짝 놀라며 잠에서 깼다.

그동안 내내 나는 나 자신의 상황에 대해서는 전혀 생각할 수 없었다. 그리고 아직도 그럴 수 없는 상태에 있었다. 나는 그것에 주의를 기울일 여력이 없었다. 나는 굉장히 낙심하고 우울했지만 막연하고 혼란스러운 상태에 있었다. 장래에 대한 어떤 계획을 세운다든가 하는 것에 대해서는, 차라리 코끼리를 만들어 내는 게 더 쉬웠을 것이다. 창문의 덧문을 열고 비바람이 몰아치는, 온통 납빛에 싸인 아침 풍경을 내다보면서, 그리고 이 방 저 방을 걸어다니는 동안, 그리고 온몸을 벌벌 떨면서 난롯불 앞에 다시 앉아서 세탁부 노파가 나타나기를 기다리며, 나는 내가 얼마나 비참한가 하는 생각을 했다. 하지만 왜 비참한지, 얼마나 오래 비참한 상태였는지, 또는 그런 생각을 하고 있는 오늘이 무슨 요일인지, 그리고 심지어 그런 생각을 하는 게 바로 내가 맞는지 등등에 대해서는 거의 아무것도 알지 못했다.

마침내 노파와 노파의 조카딸이라는 여자가 들어왔다.(그 조카딸의 머리는 그녀가 들고 있는 먼지 낀 빗자루와 쉽게 구분할 수 없었다.) 그들은 난롯불과 나를 보고는 놀란 표시를 했다. 나는 그들에게 내 숙부가 간밤에 늦게 찾아왔으며 지금은 잠들어 있다고 말하고는, 아침 식사 준비를 이에 맞춰서 조정하라고 지시했다. 그런 다음 두 여자가 여기저기 가구들을 두드리며 먼지를 피워 대는 동안 세수를 하고 옷을 차려입었다. 그리하여 나는 일종의 꿈속 같은 또는 몽유병 같은 상태로 난롯불 옆에 다시 앉아 — 그가 — 아침 식사를 하러 나오기를 기다렸다.

이윽고 방문이 열리고 그가 나왔다. 나는 그의 모습을 견디기가 힘들었다. 게다가 밝은 빛에서 보니 그의 생김새는 더욱 흉해 보였다.

"나는 아직……." 그가 식탁 앞에 자리 잡고 앉자 나는 낮은 목소리로 말했다. "당신을 어떤 이름으로 불러야 하는지도 몰라요. 일단 당신이 내 숙부라고 말해 두었어요."

"바로 그거다, 얘야! 날 숙부라고 부르렴!"

"배를 타고 올 때 뭔가 사용한 이름이 있겠지요?"

"그렇단다, 얘야. 프로비스란 이름을 썼지."

"그 이름을 계속 사용할 생각이세요?"

"글쎄, 그럴 생각이다, 얘야. 다른 이름만큼은 괜찮은 거니까. 물론 네가 좋아하는 다른 이름이 있다면 모르겠지만."

"진짜 이름은 뭔가요?" 나는 속삭이는 말로 그에게 물었다.

"매그위치란다." 그도 마찬가지로 속삭이며 대답했다. "세례명은 에이블이고."

"본래 어떤 일을 하는 사람이었나요?"

"버러지 같은 놈이었단다."

그는 아주 진지하게 대답을 했고, 또 마치 어떤 전문직이라도 뜻하는 단어인 것처럼 그 단어를 사용했다.

"어젯밤 템플로 들어올 때 말입니다……." 나는 잠시 말을 멈추고는 그토록 오래전의 일처럼 보이는 그 일이 정말로 어젯밤 일일 수 있는지 놀라워하다가 다시 말했다.

"그래, 뭐냐, 얘야?"

"어젯밤 수위실 앞 출입문으로 와서 수위에게 여기로 오는 길을 물었을 때, 누구 함께 온 사람이 있었나요?"

"나하고 함께 온 사람? 아니, 없었다, 얘야."

"하지만 누군가 그때 있기는 했나요?"

"난 특별히 주의를 기울이진 않았다." 그는 확신감이 없이 말했다. "이곳 지리를 잘 몰랐으니까. 하지만 내 뒤를 따라서 함께 들어온 사람이 한 명 있었던 것도 같구나."

"런던에는 잘 알려져 있나요?"

"안 그러길 바란다!" 그는 이렇게 말하며 집게손가락으로 목을 한 번 쿡 찔러 보였다. 그걸 보자 나는 얼굴이 확 달아오르며 역겨운 느낌이 들었다.

"그럼 예전에는요?"

"뭐, 특별히 그렇진 않았단다, 얘야. 난 대부분 지방에 있었거든."

"재—재판을—받은 곳은 런던이었나요?"

"언제 말이냐?" 그는 날카로운 표정으로 말했다.

"마지막 재판 때 말이에요."

그는 고개를 끄덕였다. "재거스 씰 처음 안 것도 그때였지. 재거스는 내 변호사였단다."

무엇 때문에 재판을 받았냐는 질문이 거의 내 입술 끝까지 나왔다. 하지만 그는 칼을 집어 들더니 한 번 휙 휘두르며 "내가 저지른 짓은 노역으로 그 값을 전부 다 치렀다!"라고 말하고는 아침 식사를 먹어 대기 시작했다.

그는 아주 혐오스럽고 게걸스럽게 음식을 먹었다. 그의 모든 행동은 거칠고 시끄럽고 탐욕스러웠다. 내가 습지에서 그가 먹는 모습을 보았던 이후로 그는 이가 몇 개 빠져 있었다. 그가 음식을 입안에 넣은 다음 제일 튼튼한 어금니로 그것을 씹기 위해 고개를 갸우뚱 기울였을 때 그는 정말 영락없이 굶주린 늙은 개처럼 보였다. 식사를 시작할 때 나에게 설령 식욕이 있었다 하더라도, 그의 그런 모습으로 인해 식욕이 모두 달아나 버려서 나는 마찬가지로 그렇게 가만히 앉아만 있었을 것이다. 견딜 수 없는 혐오감으로 그를 거부한 채 식탁보만 우울하게 바라보면서 말이다.

"난 대식가란다, 얘야." 식사를 끝내고 났을 때 그는 일종의 예의를 차린 변명으로 말했다. "하지만 난 언제나 그랬단다. 내가 좀 더 가볍게 먹는 체질이었다면 난 아마 곤경에 덜 빠졌을 게야. 마찬가지로 난 담밸 꼭 피워야만 해. 내가 저쪽 세계에서 양치기로 처음 고용되어 일했을 때, 만약 담밸 피우지 못했다면 난 아마 우울증으로 미친 양이 되고 말았을 거다."

그렇게 말하면서 그는 식탁에서 일어났다. 그러고는 입고 있던 두껍고 짧은 상의의 가슴 쪽에 손을 집어넣더니, 짤막한 검정색 파이프와 니그로헤드*라고 불리는 가루담배 한 움큼을 꺼냈다. 파이프에 담배를 채우고 난 그는 남은 담배를 마치 호주머니가 서랍이라도 되는 것처럼 다시 집어넣었다. 그런 다음 그는 부젓가락으로 불붙은 석탄 하나를 집어 들어 파이프에 불을 붙

* 강한 담배의 일종으로 당밀이나 시럽으로 달고 부드러운 맛이 나도록 처리한 담배.

였다. 그러고는 몸을 돌려 등을 불 쪽으로 향하고 난로 앞 깔개 위에 섰다. 그러더니 그가 즐겨 하는 행동, 즉 두 손을 내밀어 내 손을 잡는 동작을 다시금 반복해서 실행했다.

"이 애가 바로……." 그는 내 양손을 손에 쥔 채 위아래로 흔들어대는 한편 파이프를 뻐끔뻐끔 피워 대면서 말했다. "이 애가 바로 내가 길러 낸 신사라 이거지! 진짜로 순수한 신사 말이야! 네 모습을 보니 정말 좋구나, 핍. 내가 요구하는 건 오직 네 옆에 서서 널 이렇게 바라보는 것뿐이란다, 얘야!"

나는 가능한 한 빨리 손을 뺐다. 나는 이제 내가 나 자신의 상황에 대해 생각할 수 있을 만큼 서서히 진정되고 있다는 걸 느꼈다. 그의 쉰 목소리를 들으며, 그리고 양옆에 철회색 머리카락이 난 그의 주름 진 대머리 얼굴을 올려다보며 앉아 있는 동안, 나는 내가 어떤 사슬에 묶여 있고 또 얼마나 단단히 묶여 있는지 깨닫기 시작했다.

"난 내 신사가 길거리의 진흙탕 속을 걸어가는 걸 용납할 수 없다. 그의 구두에 진흙 따위가 묻어선 절대로 안 된다. 내 신사는 말이 있어야 해, 핍! 그가 타고 다닐 말과 그의 마찰 끌 말은 물론이고, 하인이 타고 다닐 말과 하인의 마찰 끌 말도 있어야 해. 식민지 개척자 놈들에겐 말이 (그것도 놀랍게도 순종 말들이 말이야!) 있고 내 런던 신사는 말이 없다니, 그게 말이 되는 소린가? 안 되지, 아무렴 안 되고말고. 어디 우리 그놈들에게 본때 한번 보여 주자꾸나, 핍. 응?"

그는 호주머니에서 지폐로 터질 듯한 커다랗고 두툼한 지갑을 꺼내 식탁 위에다 던져 놓았다.

"거기 그 지갑 속엔 마음껏 쓸 수 있을 만큼의 돈이 들어 있다, 얘야. 모두 네 것이다. 내가 가진 건 하나도 내 것이 아니다. 모두 네 것이다. 염려 말고 다 쓰거라. 그걸 가져온 곳엔 더 많이 있으니까 말이다. 내가 이 고국에 돌아온 건 내 신사가 신사처럼 돈을 쓰는 걸 보기 위해서란다. 그건 나만의 즐거움이 될 거다. 그 신사가 그렇게 하는 걸 보는 건 나만의 즐거움이 될 거란 말이다. 이 망할 놈들아!" 그는 방을 휘둘러보고 손가락을 크게 뚝뚝 꺾어 대며 말을 맺었다. "가발 쓴 판사부터 흙먼지 날리는 식민지 개척자까지 이 모든 망할 놈들아, 네놈들을 깡그리 합친 것보다도 더 훌륭한 신사를 보여 주마!"

"그만 하세요!" 나는 거의 광적인 공포와 혐오감에 사로잡히며 말했다. "당신과 할 이야기가 있어요. 나는 앞으로 어떻게 해야 할지 알고 싶어요. 당신이 위험에 처하지 않도록 당신을 어떻게 숨겨 두어야 할지, 당신이 얼마나 오래 머무를 것인지, 당신의 계획은 어떤 것인지 등등을 알고 싶어요."

"이봐라, 핍." 그는 갑자기 달라지고 누그러진 태도로 내 팔에 손을 얹으며 말했다. "그것보다 먼저 말이다, 얘야. 난 조금 전에 나 자신을 잊었더랬다. 내가 한 말은 천한 거였다. 그래, 바로 그거야, 천한 거. 이봐라, 핍. 부디 눈감아 다오. 앞으론 천하게 굴지 않으마."

"우선 말입니다." 나는 반쯤은 신음하다시피 하며 말을 다시 시작했다. "어떻게 조심해야만 당신이 발각되어 붙잡히지 않을 수 있을까요?"

"아니다, 얘야." 그는 조금 전과 똑같은 어조로 말했다. "먼저 말할 문젠 그게 아니야. 내 천한 행동부터 먼저 말해야 해. 신사를 길러 내기 위해 그토록 수많은 해를 보냈는데 내가 신사에게 합당한 게 뭔지 모를 리 없지. 이봐라, 핍. 난 금방 천하게 굴었다. 분명히 그랬다, 천하게 말이야. 그걸 눈감아다오, 얘야."

왠지 소름 끼치도록 우스꽝스러운 느낌 때문에 나는 짜증 섞인 웃음을 터뜨리며 대답했다. "나는 이미 눈감아 줬습니다. 그러니 제발 그 이야긴 그만 하세요!"

"그래, 하지만 이봐라." 그는 고집스레 말했다. "얘야, 내가 그토록 먼 길을 온 건 천하게 굴기 위해서가 아니란다. 자, 얘야, 네 말을 계속하렴. 네가 아까 말하던 건……."

"어떻게 해야만 당신이 초래한 위험에서 당신을 지킬 수 있는가 하는 것이었어요."

"글쎄다, 얘야. 그 위험은 그리 크지 않단다. 누군가 날 밀고하지만 않는다면 별로 심각하지 않아. 재거스가 있고, 웨믹이 있고, 네가 있을 뿐이다. 그러니 날 밀고할 사람이 누가 있겠냐?"

"혹시라도 길거리에서 당신을 알아볼 사람이 없나요?"

"글쎄다." 그는 대답했다. "그리 많지 않아. 게다가 난 보터니만(灣)*에서 돌아온 에이 엠(A. M)이라는 이름으로 신문에다 나 자신을 광고해 댈 의향도 없다. 이미 여러 해가 흘렀고, 또 날 밀고해서 누가 이익을 얻겠느냐? 하지만 이봐라, 핍. 위험이 쉰 배나 더 컸다고 해도, 분명히 말하지만 난 그래도 널 보러 여기에 왔을 거야."

"얼마나 오래 머무를 예정인가요?"

"얼마나 오래라니?" 그는 그 검정색 파이프를 입에서 떼더니 입을 그대로 벌린 채 나를 빤히 쳐다보며 말했다. "난 돌아가지

* 오스트레일리아 남동부, 시드니 부근의 만으로, 죄수들의 유배지였음.

않을 거다. 난 영원히 돌아온 거야."

"어디서 살 생각인가요?" 나는 말했다. "당신에게 내가 어떻게 해야 하나요? 어디가 당신에게 안전할까요?"

"얘야." 그는 대답했다. "돈만 주면 변장용 가발도 살 수 있고, 머리에 바르는 분가루도 살 수 있고, 안경, 검정색 양복,* 짧은 바지 등등 얼마든지 살 수 있잖느냐. 이미 많은 사람들이 안전하게 이 일을 해냈으니, 다른 사람들이 이미 그렇게 해낸 거라면 누구든 또다시 해낼 수 있는 거 아니겠냐. 어디서 어떻게 사느냐 하는 문제에 대해선, 글쎄, 얘야, 네 의견을 좀 말해 다오."

"지금은 상황을 쉽게 바라보는군요." 나는 말했다. "하지만 어젯밤엔 아주 심각하게 생각하는 듯이 보였지요. 잡히면 꼼짝없이 죽음이라고 말했을 때 말입니다."

"그래 난 지금도 잡히면 죽음이라고 말할 거다." 그는 파이프를 다시 입에 물며 말했다. "그것도 여기서 그리 멀지 않은 거리에서 공개적으로 교수형 당하는 죽음일 거다. 상황이 바로 그렇다는 걸 완전히 이해하고 있는 건 중요하지. 하지만 일단 그렇게 이해를 하고 난 다음엔 더 이상 뭘 어쩌겠느냐? 난 지금 여기 와 있다. 이제 다시 돌아간다는 건 이대로 머물러 있는 거나 마찬가지로, 아니 더 위험한 일일 거다. 게다가 말이다, 핍. 난 앞으로 몇 년이고 네 곁에서 함께 있을 작정을 했기 때문에 여기에 온 거란다. 나에게 닥칠 위험에 대해서 말하자면, 난 이제 깃털이 처음 나기 시작한 이래로 온갖 종류의 덫을 피해 온 늙은 새 같은 존재란다. 그래서 난 허수아비 위에 내려앉는 걸 두려워하지

* 18세기 후반 이후로 신사 계급이나 전문직 사람들이 주로 입었던 검정색 양복을 의미함.

않는단다. 만약 그 허수아비 안에 죽음이 감춰져 있다면, '좋다, 있을 테면 있고 나올 테면 나와라, 한번 붙어 보자, 그럼 죽음이 있다는 걸 믿겠다, 하지만 그전까진 안 믿겠다.'라는 배짱이지. 그건 그렇고 자, 내 신사를 다시 한 번 바라보게 좀 해 다오."

그는 다시 한 번 내 두 손을 잡고는, 자기 물건에 감탄하는 소유주의 태도로 나를 살펴보았다. 아주 흐뭇하고 만족스러운 표정으로 담배를 내내 피워 대면서 말이다.

내가 보기엔, 그를 위해 바로 근처의 어디 조용한 숙소 한 곳을 얻어 놓았다가 허버트가 돌아오면 그를 그곳으로 옮겨 가게 하는 것이 일단 최선의 방책인 것 같았다. 허버트는 이삼 일 지나면 돌아올 예정이었다. 당연하고 불가피한 문제로 허버트에게 비밀을 털어놓을 수밖에 없다는 것은 자명한 사실이었다. 이 비밀을 그와 공유함으로써 내가 얻게 될 무한한 위안을 제외하고 생각하더라도 그랬다. 하지만 프로비스 씨(나는 그를 이 이름으로 부르기로 작정했다.)에게는 그것이 결코 그렇게 자명하지 않았다. 그는 허버트를 직접 만나 보고 그의 인상에 대해 호의적인 판단을 내릴 수 있을 때까지는 그가 우리 일에 끼는 것에 동의하기를 유보하겠다고 했다. "그리고 그런다 하더라도 말이다, 얘야." 그는 걸쇠가 달린 반질반질한 자그만 검정색 성경을 호주머니에서 꺼내며 말했다. "우리는 먼저 그에게 맹세를 시켜야만 한다."

나의 끔찍한 은인이 이 자그만 검정색 책을 들고 세상을 돌아다니는 이유가 오로지 긴급한 경우에 사람들에게 맹세를 시키기 위해서였다고 진술한다면, 그것은 내가 완전히 확인하지 못한 사실을 진술하는 일이 될 것이다. 하지만 이것만은 분명히 말할 수 있는데, 그가 그걸 다른 용도로 쓰는 것을 나는 결코 본 적이 없다. 그 책 자체는 어느 법정에서 훔친 것 같은 모양을 지니고 있었다. 아마도 그것의 과거 용도에 대한 그의 지식*과 그 자신이 비슷하게 사용했던 경험이 서로 결합하여, 그로 하여금 일종의 법률적 주문이나 부적으로서 그 책의 효력을 믿게 만든 것 같았다. 그 책을 그가 처음으로 꺼내 보였던 그날의 경우, 나는 오래전에 그가 교회 묘지에서 나에게 약속을 지키겠다는 맹세를 시키던 것과 간밤에 그가 고독할 때마다 늘 자신의 결심을 다지는 맹세를 했다고 자기에 대해 설명하던 것을 머리에 떠올렸다.

그는 그때 선원용 싸구려 기성복을 입고 있었는데, 그 차림새로 인해 마치 처분할 앵무새와 여송연이라도 가지고 있는 귀국 선원처럼 눈길을 끌었으므로, 나는 다음으로 그가 어떤 옷을 입어야 할지에 대해 그와 상의했다. 그는 변장에는 '짧은 바지'가 최고라는 기이한 믿음을 간직하고 있었다. 그래서 마음속으로 자신을 위한 옷차림을 대강 그려 놓고 있었는데, 그것은 성당의 사제장과 치과 의사 사이의 어중간한 옷차림이었다. 상당히 큰 어려움을 겪은 끝에 나는 좀 더 부유한 농장주 같은 옷차림을 하도록 그를 겨우 설득할 수 있었다. 그리고 그의 머리를 짧게 자르고 거기에 분가루를 약간 뿌리기로 합의했으며, 마지막으로 그가 아직 나의 세탁부 노파와 그녀의 조카딸의 눈에 띄지 않은 상태이므로, 달라진 옷차림을 할 때까지는 그들의 눈에 띄지 않도록 주의하기로 결정했다.

이런 주의 조처들을 결정하는 것은 간단한 일처럼 보일지 모

* 결혼식이나 법정에서 사람들이 성경책에 손을 대고 맹세하는 것을 보았다는 의미.

른다. 하지만 얼이 빠졌다고까지는 할 수 없지만 정신이 멍한 상태에 있던 나는 그렇게 하는 데 아주 오랜 시간이 걸렸다. 그래서 오후 두세 시가 지나서야 비로소 이런 것들을 실제로 진행하기 위해 밖으로 나갈 수 있었다. 그는 내가 나가 있는 동안 집 안에 콕 틀어박힌 채 어떤 일이 있어도 문을 열지 않기로 했다.

에섹스 가(街)에 점잖은 숙소가 하나 있는 걸 알고 있었으므로 나는 맨 먼저 그 집으로 갔다. 집 뒤쪽이 템플을 바라보고 있고, 그래서 내 창문에서 거의 소리쳐 부를 수도 있을 만큼 가까운 거리의 집이었는데, 아주 다행스럽게도 내 숙부인 프로비스 씨를 위해 3층에 방을 얻을 수 있었다. 그다음 나는 이곳저곳 가게들을 돌아다니며 그의 겉모습을 바꾸는 데 필요한 여러 가지 것들을 구입했다. 이 일이 다 끝나자 나는 나 자신의 일을 위해 리틀 브리튼으로 발걸음을 향했다. 재거스 씨는 자기 사무실 책상에 앉아 있었다. 하지만 그는 내가 들어오는 것을 보자마자 즉시 의자에서 일어나더니 벽난로 앞에 가서 섰다.

"자, 핍." 그는 말했다. "조심해서 말하게."

"그러겠습니다, 선생님." 나는 그렇게 대답했는데, 그리로 오는 동안 무슨 말을 어떻게 할 것인지 잘 생각해 두었기 때문이다.

"자신을 난처하게 만들지 말게." 재거스 씨는 말했다. "그리고 어느 누구도 난처하게 만들지 말게. 명심하게. 어느 누구도 말이네. 나한테 아무것도 이야기하지 말게. 나는 아무것도 듣고 싶지 않네. 나는 알고 싶은 마음이 없네."

물론 나는 재거스 씨가 그 사람이 왔다는 사실을 알고 있다는 걸 알아차렸다.

"재거스 씨, 저는 그저……." 나는 말했다. "제가 들은 것이 사실인지 확인하고 싶을 뿐입니다. 그게 사실이 아닐 거라는 희망은 없습니다만 적어도 확인은 해 볼 수 있지 않을까 합니다."

재거스 씨는 고개를 끄덕였다. "하지만 자넨 '들었다.'고 했는가 아니면 '전달받았다.'고 했는가?" 그는 머리를 한쪽으로 기울이고, 나를 바라보지 않고 귀만 기울인 채 바닥을 바라보며 물었다. "들었다고 하면 직접 말로 의사소통했다는 의미처럼 들릴 수 있네. 자네도 알다시피, 뉴사우스웨일스*에 있는 사람과 직접 말로 의사소통을 할 수는 없네."

"그럼 '전달받은' 것이라고 하겠습니다, 재거스 씨."

"좋네."

"저는 에이블 매그위치라는 사람한테서 자기가 바로 그토록 오랫동안 저에게 알려지지 않았던 은인이라는 사실을 전달받았습니다."

"그 사람이 맞네." 재거스 씨는 말했다. "뉴사우스웨일스에 있는 그 사람 말이네."

"그 사람 혼자뿐인가요?"

"그 사람 혼자뿐이네." 재거스 씨는 말했다.

"저는 선생님, 제 오해와 잘못된 속단에 대한 책임이 선생님께 조금이라도 있다고 생각할 만큼 비이성적이지 않습니다. 하지만 저는 항상 미스 해비셤이 제 은인이라고 생각해 왔습니다."

"자네가 말했다시피, 핍." 재거스 씨는 냉정하게 나를 쳐다보고 집게손가락을 한 번 물어뜯으며 대답했다. "나는 그에 대한 책임이 전혀 없네."

---

* 오스트레일리아 남동부 해안 지역으로, 시드니를 포함하고 있으며 옛 영국의 식민지였음.

"하지만 정말 꼭 그렇게 보였지요, 선생님." 나는 풀 죽은 태도로 호소하듯 말했다.

"티끌만큼의 증거도 없이 말이야, 핍." 재거스 씨는 고개를 흔들고 옷자락을 거머쥐며 말했다. "그 어떤 것도 겉모양을 보고 판단하지 말게. 모든 것을 증거에 입각해서 보게. 그것보다 더 좋은 규칙은 없네."

"저는 더 이상 말씀드릴 게 없습니다." 나는 잠시 동안 말없이 서 있다가 한숨을 내쉬며 말했다. "제가 전해 받은 이야기가 사실임을 확인했으니 그걸로 제 용건은 끝났습니다."

"매그위치가, 뉴사우스웨일스에 있는 그가, 마침내 자신의 정체를 밝혔으니……." 재거스 씨는 말했다. "핍, 자네는 이제 깨달을 수 있겠지. 내가 자네와 왕래하는 동안 얼마나 확고하고 엄정하게 사실의 노선을 항상 고수했는지 말이야. 엄정한 사실의 노선으로부터 한 치의 어긋남도 없었네. 자네도 그걸 확실히 알고 있지?"

"예, 확실히 알고 있습니다, 선생님."

"나는 매그위치가 — 뉴사우스웨일스에 있는 그가 — 나에게 처음 편지를 보냈을 때 그에게 전달했네. 내가 엄정한 사실의 노선에서 벗어나기를 기대해서는 안 된다는 주의 사항을 말이야. 나는 또한 다른 주의 사항도 그에게 전달했네. 그는 나에게 보낸 편지에서, 언젠가 자네를 여기 영국에서 만나 볼 막연한 생각이 있음을 어렴풋하게 암시하는 것처럼 보였네. 그래서 나는 그에게 주의를 주었네. 그것에 대해 나에게 아무것도 더 말해서는 안 되며, 그는 사면을 받을 가능성이 전혀 없으며, 그는 종신형기를 받아 추방된 것이고, 따라서 그가 이 나라에 나타나는 것은 중죄 행위로서 법률상 극형을 받을 수 있다고 말일세. 그러한 주의를 나는 매그위치에게 분명히 주었네." 재거스 씨는 나를 빤히 노려보며 말했다. "나는 뉴사우스웨일스로 분명히 그렇게 편지를 써서 보냈네. 따라서 틀림없이 그가 그에 의거해 행동했으리라고 믿네."

"틀림없이 그랬을 겁니다." 나는 말했다.

"나는 웨믹한테서 이야기를 들었네." 재거스 씨는 여전히 나를 빤히 노려보며 말을 이었다. "그가 편지 한 장을 받았는데 포츠머스 발 소인이 찍혀 있고 보낸 사람은 식민지 거주민으로 이름이 퍼비스던가……."

"프로비스일 겁니다." 나는 살짝 거들며 말했다.

"고맙네, 핍. 프로비스라고 한다고 말이야. 그래, 아마 프로비스일 거야. 아마 자넨 그게 프로비스라는 걸 알고 있겠지?"

"예, 그렇습니다." 나는 말했다.

"그래, 자넨 그게 프로비스라는 걸 알고 있군. 포츠머스 발 소인이 찍히고 프로비스라는 이름의 식민지 거주민이 보낸 그 편지는 매그위치를 대신하여 자네의 상세한 주소를 묻는 편지라고 하더군. 웨믹은, 내가 알기로, 그에게 자네의 상세한 주소를 우편으로 답신하여 보냈다네. 아마도 자네가 매그위치, 뉴사우스웨일스에 있는 그 사람에 대한 설명을 전달받은 것은 바로 그 프로비스를 통해서겠지?"

"맞습니다, 프로비스를 통해서입니다." 나는 대답했다.

"잘 가게, 핍." 재거스 씨는 손을 내밀며 말했다. "오늘 자넬 만나서 기쁘네. 우편으로 매그위치에게, 뉴사우스웨일스에 있는 그에게, 편지를 보내거나 프로비스를 통해 그와 연락하게 될 때,

부디 우리의 오랜 거래에 대한 세부 내역과 영수증 등이 잔금과 함께 자네에게 보내질 거라는 말을 좀 전해 주면 고맙겠네. 아직 잔금이 좀 남아 있다네. 잘 가게, 핍!"

우리는 악수를 나누었다. 그는 내가 그의 시야에서 사라지기 전까지 계속해서 나를 빤히 노려보았다. 내가 문 앞에서 돌아보았을 때도 그는 여전히 나를 빤히 노려보고 있었다. 그러는 동안 선반 위의 두 사악한 석고상은 눈꺼풀을 벌리고 퉁퉁 부은 목에 힘을 주어 "오, 그는 얼마나 대단한 사람이냐!"라고 외치려고 안간힘을 쓰는 것처럼 보였다.

웨믹은 외출 중이었다. 설령 그가 사무실 책상 앞에 앉아 있었다 할지라도 그가 나를 위해 해 줄 수 있는 일은 아무것도 없었다. 나는 곧바로 템플의 숙소로 돌아갔다. 나의 무서운 그 프로비스는 물 섞은 럼주를 마시고 니그로 헤드 담배를 피우며 그곳에 안전하게 잘 있었다.

다음 날 내가 주문한 옷들이 모두 도착했다. 그리고 그는 옷들을 입어 보았다. 그가 어떤 옷을 입어 보든지 간에 그것은 먼저 입은 옷보다 더 흉하게 보였다.(우울하게도 나에겐 그렇게 보였다.) 내 생각엔 그에게는 변장하려는 시도를 불가능하게 만드는 뭔가가 있는 것 같았다. 그에게 옷을 더 많이, 그리고 더 좋은 것을 입혀 보면 볼수록, 그는 더욱더 습지대에서 웅크리고 있던 도망 죄수처럼 보였다. 불안스러운 내 상상에 비친 이런 느낌은 의심할 여지 없이, 부분적으로는 그의 옛 얼굴과 태도가 나에게 점점 더 뚜렷하게 인식되는 데서 비롯된 것이었다. 하지만 다른 한편, 그는 내가 믿기로, 분명 마치 무거운 족쇄를 아직도 거기에 차고 있는 것처럼 한쪽 다리를 질질 끌었으며, 머리끝에서 발

끝까지 그의 온 존재에 죄수라는 본바탕을 그대로 드러내고 있었다.

게다가 그에게는 외로운 오두막 생활의 영향이 남아 있었다. 그래서 어떤 옷으로도 완화할 수 없는 야만스러운 태도가 그의 몸에 배어 있었다. 여기에다 또, 그 후로 사람들 사이에서 지낼 때 낙인 찍힌 사람으로 살았던 영향이 남아 있었으며, 이 모든 것 위에는 자신이 지금 피해 다니고 숨어 다닌다는 의식이 자리 잡고 있었다. 그의 모든 행동거지에서, 앉든지 서든지, 먹든지 마시든지, 어깨를 추켜올린 채 마땅찮은 듯한 태도로 생각에 잠겨 왔다 갔다 하든지, 뿔 손잡이가 달린 커다란 주머니칼을 꺼내서 다리에다 쓱 문질러 닦고는 그걸로 음식을 잘라 대든지, 가벼운 유리잔이나 컵을 마치 그것들이 투박한 금속제 컵인 것처럼 무겁게 들어 올려 입술로 가져가든지, 빵 조각 하나를 장작 패듯이 쐐기 모양으로 잘라 내서는 그걸로 접시에 묻은 고기즙을, 마치 주어진 것을 조금도 허비하지 않겠다는 듯이 마지막 찌꺼기까지 쓱쓱 돌려 가며 닦아 내고는 이어 손가락 끝에 묻은 것까지 거기에다 닦아 낸 다음 그걸 입에 넣고 삼키든지 — 그 모든 행동거지에서, 그리고 하루에도 시시각각 발생하는 수많은 다른 하찮고 조그만 일들에서, 그가 죄수이자 중죄인이자 유형지 농노였다는 사실은 더할 나위 없이 분명하게 드러났다.

그는 머리에 분가루를 약간 발라야 한다는 생각을 계속 버리지 않았다. 나는 짧은 바지를 포기하도록 설득한 뒤에 이 분가루 문제는 양보했다. 하지만 그가 분가루를 발랐을 때의 그 효과란, 오직 죽은 사람에게 입술연지를 발라 놓았을 때의 결과밖에는 비견할 게 없는 그런 것이었다. 억눌러 감추는 게 바람직한 그의 모든 흉한 면이 얇게 발라 놓은 그 분장을 뚫고 삐져나와서 그의 머리 정수리에서 명약관화하게 드러나는 듯한 그 모습은 그만큼 끔찍했다. 그래서 분가루를 한번 발라 보자마자 우리는 그걸 포기해 버리고, 대신 그의 잿빛 머리카락만 짧게 잘랐다.

한편 이와 동시에, 내가 모르는 무서운 존재로서의 그의 성격이 나에게 얼마나 극심한 공포감을 일으켰는지는 말로 표현할 수 없다. 그가 저녁에 마디가 굵은 두 손으로 안락의자 팔걸이를 꽉 움켜쥐고 주름살이 문신처럼 깊게 새겨진 대머리를 가슴팍 위로 떨어뜨린 채 잠들어 있을 때면, 나는 앉아서 그를 바라보며 그가 어떤 짓을 했는지 궁금히 여기곤 했다. 그러고는 뉴게이트의 범죄 연감에 나오는 온갖 범죄들을 그에게 부여하곤 하다가 벌떡 일어나서 그에게서 도망치고 싶은 강력한 충동에 사로잡히곤 했다. 그에 대한 내 혐오감은 시간이 지날수록 너무나 커져서, 허버트가 곧 돌아올 거라는 사실만 없었다면 나는 그런 고통스러운 시달림이 시작된 초기에, 도망가고 싶은 그 충동에 쉽게 굴복하고 말았을 거라고 생각한다. 그가 나를 위해 행한 그 모든 것과 그가 무릅쓴 그 모든 위험에도 불구하고 말이다. 한번은 실제로 밤에 침대에서 뛰쳐나와서 내가 가진 제일 나쁜 옷을 차려입기 시작하기까지 한 적도 있다. 내가 소유한 모든 것을 그와 함께 거기에다 내버려 두고 인도로 도망가서 사병으로 입대할 결심을 급하게 내리면서 말이다.

바람과 비가 줄곧 몰아치는 가운데 그 외로운 방에서 기나긴 저녁과 밤을 보내던 그 당시의 나에게 그보다 유령이 과연 더 무서운 존재였을지 나는 의심스럽다. 유령은 나 때문에 잡혀가거나 교수형을 당하는 일이 없을 것이었다. 반면에 그는 그럴 수 있다는 생각과 또 그렇게 되고 말 거라는 두려움은 내 공포를 적지 않게 증가시켰다. 잠을 안 자거나 또는 자신이 가져온 너덜너덜한 카드로 복잡한 종류의 혼자 하는 카드놀이를 하지 않을 때면 — 내가 그전에도 그 후에도 결코 본 적이 없는 이상한 카드놀이였는데, 그는 주머니칼을 식탁에 꽂아서 자기가 이긴 결과를 기록했다. — 이런 일들을 아무것도 하지 않을 때면, 그는 나에게 책을 읽어 달라고 부탁하곤 했다. "외국어로 된 것 말이다, 얘야!"라고 하면서 말이다. 내가 그에게 순종하여 책을 읽어 주는 동안 그는 단 한마디도 알아듣지 못하면서도 벽난로 불 앞에 서서는 전시품의 주인 같은 태도로 나를 바라보곤 했으며, 그러면 나는 손으로 얼굴을 가린 채 손가락들 사이로 그가 무언의 동작으로 가구들을 향해 내 유창한 낭독을 주목하라고 호소하는 것을 훔쳐보곤 했다. 자신이 불경스럽게 창조해 낸 흉측한 괴물에게 쫓기는 상상 속의 그 학자*도 나보다는 더 비참하지 않았을 것이다. 나를 창조해 낸 괴물한테 쫓기고 있으며, 그가 나에 대해 감탄하면 감탄할수록, 그리고 나를 좋아하면 좋아할수록 더욱 큰 혐오감으로 그에게서 움츠리게 되는 내 신세보다는 말이다.

내가 지금 이 일이 마치 1년쯤 지속된 것처럼 쓰고 있다는 것을 나도 알고 있다. 하지만 이 일은 한 닷새 정도밖에 지속되지 않았다. 그동안 내내 허버트가 돌아올 것을 기대하고 있었으므로, 나는 어두워진 후 바람을 쐬어 주러 프로비스를 데리고 나

* 메리 셸리(Mary Shelley, 1797~1851)가 1818년에 출판한 소설의 제목이자 주인공인 프랑켄슈타인을 의미함.

갈 때를 제외하고는 감히 밖으로 나가지 못했다. 마침내 어느 날 저녁, 식사가 끝나고 내가 완전히 기진맥진한 상태에서 잠깐 잠에 빠져 들었을 때 — 왜냐하면 밤마다 나는 불안에 사로잡혀 무서운 꿈으로 잠을 잘 못 잤기 때문이다. — 나는 계단에서 반가운 발소리가 나는 것을 듣고 퍼뜩 잠에서 깼다. 프로비스 역시 잠들어 있다가 내가 일어나면서 낸 소리에 비틀거리며 일어났다. 다음 순간 나는 그의 주머니칼이 그의 손에서 번쩍이는 것을 보았다.

"가만히 계세요! 허버트예요!" 내가 말하는 순간 허버트가 1000킬로미터 밖의 프랑스에서 가져온 신선하고 명랑한 기운을 풍기며 뛰어 들어왔다.

"헨델, 내 다정한 친구야, 잘 지냈니? 잘 지냈어? 응, 잘 지냈니? 열두 달이나 떨어져 있었던 것 같구나! 아니, 정말 그런 게 틀림없구나. 네가 아주 야위고 창백해진 걸 보니까 말이다! 헨델, 내 다정…… 안녕하십니까! 죄송합니다."

그는 달려 들어와서 나와 악수를 하려다가 프로비스를 보고 멈춘 것이었다. 프로비스는 그를 빤히 노려보며 주시하다가 주머니칼을 천천히 집어넣더니 다른 쪽 호주머니에서 뭔가 다른 것을 더듬더듬 찾았다.

"허버트, 내 다정한 친구야." 허버트가 눈을 크게 뜨고 놀란 얼굴로 바라보며 서 있는 동안 나는 양쪽으로 여닫는 방문을 닫으며 말했다. "아주 이상한 일이 일어났단다. 이분은…… 내 방문객이야."

"괜찮다, 얘야!" 프로비스는 걸쇠가 달린 자그만 검정색 성경책을 들고 앞으로 나오며 말했다. 그러고는 허버트에게 이야기했다. "오른손에 이걸 들거라. 만약 네가 어떤 식으로든 밀고를 한다면 하느님께서 널 그 자리에서 즉사시켜 버리실지어다. 자, 그 책에 입을 맞춰라!"

"그가 원하는 대로 해." 나는 허버트에게 말했다. 그러자 허버트는 다정하면서도 불안스럽고 놀란 표정으로 나를 바라보며 시키는 대로 따라 했다. 프로비스는 즉시 허버트와 악수를 하며 말했다. "자, 넌 맹셀 했다. 잘 알겠지. 그리고 나도 진정으로 맹세하건대, 핍이 널 꼭 신사로 만들어 주게 하겠다!"

41장

허버트와 나와 프로비스가 난롯불 앞에 앉은 다음 내가 허버트에게 모든 비밀을 상세히 이야기해 줬을 때 허버트가 보인 경악과 동요는 내가 아무리 묘사하려고 해도 불가능할 것이다. 나 자신이 느꼈던 감정이, 그중에서도 특히 나를 위해 그렇게 많은 것을 행한 그 사람에 대한 내 혐오감이 허버트의 얼굴에 반영되어 나타나는 것을 보았다는 것만으로도 나는 족하다.

그 사람과 우리를 구분 지어 놓을 다른 상황이 설령 전혀 존재하지 않았다고 해도, 내 이야기에 대해 그가 보인 의기양양한 태도 하나만으로도 그와 우리는 충분히 구분되고 남았을 것이다. 자신이 돌아온 이래 한 번 '천하게' 굴었던 일을 귀찮을 정도로 의식하는 것을 — 내 이야기가 끝나자마자 그는 그 점에 대해 허버트에게 장황하게 설명하기 시작했다. — 제외하고, 그는 내가 나의 행운에 대해 흠잡을 가능성이 조금도 없다고 생각하고 있었다. 자기가 나를 신사로 만들었다는, 그리고 자신의 풍부한 재력에 의지하여 내가 그 신사의 역할을 훌륭히 수행하는 모습을 보러 왔다는 그의 자랑은 나에 대한 것만큼이나 자기 자신에 대한 것이기도 했다. 그리고 그것이 우리 둘 다에게 몹시 즐거운 자랑거리라는 것과 우리 둘 다 그것을 아주 자랑스럽게 여겨야 한다는 것은 그의 마음속에 확고하게 정립된 결론이었다.

"하지만 이봐라, 핍의 친구." 그는 한참 동안 떠벌리고 난 뒤 허버트에게 말했다. "난 내가 여기 돌아온 후로 한 번, 한 30초 동안, 천하게 굴었다는 걸 잘 알고 있다. 핍에게도 내가 천하게 굴었다는 걸 잘 알고 있다고 말했지. 하지만 그 점에 대해서 걱정하지 말게. 핍을 신사로 만들었고 또 핍이 널 신사로 만들게 하겠다고 말한 내가 너희 두 사람에게 합당한 게 뭔지 모를 리 없다. 얘야, 그리고 핍의 친구야, 너희 둘은 앞으로 내가 언제나 점잖은 입마갤 차고 있을 거란 점을 믿어도 좋다. 내가 천한 모습을 드러냈던 그 30초 이후로 난 죽 입마갤 차고 있었다. 지금 이 순간도 차고 있고, 앞으로도 항상 차고 있을 거다."

허버트는 "틀림없이 그러실 줄 믿습니다."라고 말했지만, 그 사람의 말이 아무런 특별한 위안도 주지 못한 것 같은 얼굴로 당혹스럽고 낙심한 표정을 계속 짓고 있었다. 우리는 그가 그의 숙소로 가서 우리 둘만 남게 될 때를 간절히 기다렸다. 하지만 그는 우리 둘만 남겨 놓고 가는 것을 노골적으로 질투하며 늦게까지 앉아 있었다. 한밤중이 되어서야 나는 그를 에섹스 가의 숙소로 데리고 가서 그가 어두운 방문으로 안전하게 들어가는 것을 보았다. 그가 들어가고 방문이 닫혔을 때 나는 그가 도착한 날 밤 이후 처음으로 안도의 순간을 경험했다.

계단에 있던 사람에 대한 기억으로 불안감이 늘 한편에 남아 있던 나는 어두워진 뒤 바람을 쐬러 내 방문객을 데리고 나갈 때나 다시 데리고 들어올 때 항상 주위를 살폈다. 지금 이 순간에도 마찬가지였다. 커다란 도시에서, 특히 마음이 그런 쪽으로 위험을 느끼고 있을 때에는 남이 나를 감시한다는 생각을 떨쳐 버리기가 어려운 일이지만, 나는 아무래도 내 눈에 보이는 사람들 중 내 행동을 주의해서 보는 사람이 있다고는 믿을 수 없었다. 그 순간 지나가고 있던 몇 안 되는 사람들은 각기 자기 갈 길로 걸어갔으며, 내가 다시 템플로 접어들었을 때 거리는 텅 비어 있었다. 아무도 우리와 함께 출입문으로 나오지 않았으며, 아무도 나와 함께 출입문으로 들어가지 않았다. 분수 옆을 가로질러 지나가면서 나는 그의 불 켜진 뒤창이 밝고 조용한 것을 볼 수 있었다. 그리고 내가 사는 집 건물 입구에서 계단을 올라가기 전에 잠시 동안 서 있었을 때도, 가든코트의 안마당은 내가 올라가는 계단과 마찬가지로 고요하니 인기척 하나 없었다.

허버트는 두 팔을 활짝 벌려서 나를 맞아 주었다. 친구가 있다는 것을 그토록 행복하게 느껴 본 적이 그 이전에는 결코 없었다. 그가 동정과 격려를 담은 위로의 말을 몇 마디 해 주고 나서 우리는 '어떻게 할 것인가.' 하는 문제를 상의하기 위해 자리에 앉았다.

프로비스가 앉았던 의자가 그동안 있던 자리에 아직 그대로 놓여 있었는데 — 왜냐하면 그는 일종의 병영 생활 같은 방식이 몸에 배어 있어서, 불안정하지만 한 가지 방식으로 한 자리 주변을 맴돌며, 파이프와 니그로 헤드 담배와 주머니칼과 카드 등등을 가지고 그의 습관적인 행위들을 마치 모든 게 석판에 그를 위해 적혀 있기라도 한 것처럼 한 차례씩 돌아가며 거행하곤 했기 때문이다. — 다시 말하건대, 그의 의자가 그동안 있던 자리에 아직 그대로 있었는데, 허버트는 무의식적으로 그 의자 위에 앉았다. 하지만 다음 순간 그는 펄쩍 놀라며 그 의자에서 일어났다. 그러고는 그걸 저만치 밀쳐 버리고는 다른 의자를 가져다 앉았다. 그 후로 그는 자기가 내 은인에 대해 혐오감을 지니고 있다는 사실을 따로 말할 필요가 없었다. 그리고 나 역시 내 혐오감을 고백할 필요가 없었다. 우리는 단 한 음절도 말로 표현하는 것 없이 그런 속마음을 서로 교환했던 것이다.

"어떻게……." 허버트가 다른 의자에 안전하게 앉자 나는 그에게 말했다. "어떻게 해야 할까?"

"불쌍한 내 다정한 친구 헨델……." 그는 머리를 감싸 쥐며 대답했다. "너무 놀라서 아무 생각도 못 하겠어."

"처음 충격을 받았을 땐 나도 그랬어, 허버트. 하지만 뭔가 대책을 세워야 해. 그는 여러 가지 새로 돈 쓸 일들을 열심히 떠벌리고 있어. 마차니, 말이니, 온갖 사치스러운 치장들을 언급하면서 말이야. 어떻게 해서든 그가 그러지 못하게 막아야 해."

"네 말은 네가 그의 돈을 받을 수 없다는……."

"어떻게 내가 그럴 수 있겠니?" 나는 머뭇거리는 허버트의 말에 끼어들며 말했다. "그가 어떤 사람인지 생각해 봐! 그 생김새를 좀 봐!"

우리 둘 다 한순간 무의식적으로 몸서리를 쳤다.

"하지만 내 생각에 정말 무서운 사실은 말이야, 허버트, 그가 나에게 깊은 애정을, 아주 깊은 애정을 지니고 있다는 점이야. 세상에 이런 운명이 어디 있단 말이냐!"

"불쌍한 내 다정한 친구 헨델." 허버트는 반복하여 말했다.

"게다가 말이야……." 나는 말했다. "내가 여기서 모든 걸 끊고 그에게서 한 푼도 더 받지 않는다고 할지라도, 결국 생각해 보면 나는 이미 그에게 엄청나게 빚진 상태야! 게다가 나는 이미 많은 빚을 지고 있어. 상속받을 재산이 이제 하나도 없는 나로서는 참으로 많은 빚이지. 그런데 난 아무런 직업 교육도 받은 적이 없어. 난 아무짝에도 쓸모없는 존재야."

"저런, 저런, 저런!" 허버트가 충고하듯이 말했다. "아무짝에도 쓸모없다니, 그런 말은 하지 마."

"내가 무슨 쓸모가 있겠니? 쓸모 있는 게 딱 한 가지 있긴 하지. 바로 군인이 되는 것이야. 내 다정한 허버트, 네가 돌아와서 우정과 애정 어린 조언을 해 주리라는 기대만 없었다면 나는 정말로 그렇게 하고 말았을 거야."

물론 나는 여기서 울음을 터뜨리고 말았으며, 물론 허버트는 내 손을 뜨겁게 꽉 쥐어 주는 것 외에는 그것을 모르는 척해 주었다.

"어쨌든 말이다, 내 다정한 헨델." 허버트가 잠시 후 말했다. "군인이 되는 건 별 도움이 안 될 거야. 만약 네가 이 은인의 후원과 호의를 거절하고자 한다면, 내 생각엔 네가 그동안 빚진 것을 언젠가 갚으리라는 약간의 희망이라도 좀 가지면서 그렇게 하는 게 좋을 거야. 그런데 네가 만약 군인이 된다면 그럴 희망은 별로 없을 거야. 게다가 그건 어리석은 짓이야. 그보다는 클래리커 상사에서 일하는 것이 한없이 더 나은 일이지. 작은 상사지만 말이야. 너도 알다시피, 나는 지금 동업자의 지위를 향해 조금씩 노력하며 올라가고 있잖니."

불쌍한 허버트! 그는 그게 누구의 돈인지 전혀 모르고 있었던 것이다.

"하지만 또 다른 문제가 있어." 허버트는 말했다. "이 사람은 확고한 한 가지 생각을 오랫동안 간직해 온 무식하고 결의에 찬 사람이야. 뿐만 아니라 내가 보기에 그는 (내 판단이 틀릴 수도 있겠지만) 자포자기식으로 막 나가는 사나운 성격의 사람 같다."

"나도 그렇다는 걸 알아." 나는 대답했다. "내가 그것에 대한 어떤 증거를 보았는지 말해 줄게." 나는 아까 내 이야기에서 언급하지 않았던 것, 즉 습지에서 다른 죄수와 싸우던 장면을 이야기해 줬다.

"그렇다면 말이다." 허버트는 말했다. "이걸 좀 생각해 봐! 그는 자신의 확고한 생각을 실천하기 위해서 목숨을 걸고 여기에 찾아왔어. 그런데 그 모든 수고와 기다림 끝에 마침내 일이 실현되려는 순간, 네가 발밑에서 그를 헛다리 짚게 만든다고 생각해 봐. 그래서 그의 계획이 망쳐지고 그가 벌려 놓은 모든 것이 그에게 아무 가치도 없게 된다고 생각해 봐. 그런 실망을 당한 상태에서 그가 무슨 짓을 저지를지 너는 생각해 봤니?"

"그가 도착한 그 운명의 밤 이래로 나는 그걸 생각해 왔어, 허버트. 그리고 그것에 대해 꿈도 꿨어. 그가 자포자기해서 스스로 붙잡혀 버리고 말 거라는 것만큼 확실하게 생각된 것은 없어."

"그렇다면 너는……." 허버트는 말했다. "그가 그렇게 할 위험이 아주 크다고 확신해도 좋을 거다. 그것은 바로 그가 영국에 남아 있는 한 너에 대해 지니는 힘이고, 네가 그를 버리면 택할 무모한 행동일 거야."

이것은 바로 처음부터 내 마음을 무겁게 누르고 있던 생각이었으며, 만약 그것이 실현될 경우 나는 나 자신을 그에 대한 일종의 살인자로 여기게 될 것이었다. 이런 끔찍한 생각이 너무나 강하게 들어서 나는 의자에 가만히 앉아 있지 못하고 방 안을 거닐기 시작했다. 그러면서 나는 허버트에게 말하기를, 설령 프로비스가 발각되어 붙잡힌 것이 그런 자포자기 때문이 아니라 할지라도, 나는 어쨌든 내가 그 원인이라는 것 때문에, 아무리 잘못이 없다 해도 비참한 심정이 될 거라고 했다. 그렇다. 비록 그가 잡히지 않고 내 곁에 있는 것이 나에게 아주 비참한 일일지라도, 그리고 이렇게 되느니 차라리 평생 동안 대장간에서 일하며 살기를 백 배 천 배 더 원했을 거라는 심정일지라도, 그래도 그가 잡혀가는 것보다는 나을 것이었다!

그러나 '어떻게 할 것인가?' 하는 문제는 마구 지껄여만 대서는 해결이 불가능했다.

"제일 먼저 해야 할, 그리고 가장 중요한 일은……." 허버트가 말했다. "그를 영국 밖으로 나가게 하는 거야. 너는 그와 함께 가야만 할 거야. 그래야만 그가 가도록 설득할 수 있을 테니까."

"하지만 내가 그를 어디로 데려가든지, 그가 다시 돌아오는 것을 막을 수 있을까?"

"나의 정다운 헨델, 네가 그에게 속마음을 털어놓아서 그가 무모한 행동을 하게 될 경우, 뉴게이트 감옥이 바로 지척에 있는 이곳보다는 어디든 다른 곳이 훨씬 위험이 적다는 건 자명하지 않니? 그를 떠나게 만들 구실을 그 다른 죄수나 아니면 그의 인생의 어떤 다른 것으로부터 혹시 만들어 낼 수만 있다면 좋을 텐데."

"그것 봐, 또!" 나는 허버트 앞에 걸음을 멈추고는, 상황의 절망적 성격이 그 안에 들려 있기라도 한 것처럼 두 팔을 활짝 벌려 내민 채 말했다. "나는 그의 인생에 대해 아무것도 아는 게 없어. 밤에 여기 앉아서 눈앞에 있는 그를 바라보는 것은 나를 거의 미치게 만들었어. 내 행운과 불행에 그토록 깊이 결부되어 있으면서도, 내 어린 시절 이틀 동안 나를 공포에 질리게 했던 비참한 인간이란 것 말고는 정말 아무것도 아는 게 없는 그를 눈앞에 두고 바라보는 것은 말이야!"

허버트는 의자에서 일어나더니 그의 팔을 내 팔에 꼈다. 그리고 우리는 함께, 카펫을 응시하며 방 안을 이리저리 천천히 거닐었다.

"헨델." 허버트가 걸음을 멈추며 말했다. "너는 그에게 더 이상 어떤 신세도 질 수 없다고 확신하고 있지, 그렇지?"

"전적으로 그래. 네가 내 입장이라면 너도 틀림없이 그러겠지?"

"너는 또 그와 관계를 끊어야만 한다고 확신하고 있지?"

"허버트, 그건 물어볼 필요도 없는 것 아니니?"

"그런데 너는 그가 너 때문에 목숨을 잃을 위험을 무릅쓴 걸 걱정하고 있고, 또 걱정해 줄 결심이지. 그래서 너는 가능하다면 그가 그 목숨을 내버리지 않도록 막아야 한다고 생각하고 있지. 그렇다면 말이다. 너는 그에게서 너 자신을 떼어 내기 위해 손가락 하나라도 까딱하기 전에, 먼저 그를 영국 밖으로 데리고 나가야만 해. 일단 그 일을 수행한 다음엔, 아무쪼록 네가 하고 싶은 대로 너 자신을 떼어 내도록 해. 그 결과는 내가 함께 끝까지 지켜봐 줄 테니까, 친구야."

그것에 합의하여 악수를 나누고 다시 방 안을 이리저리 거니는 것은 그나마 위안이 되었다. 일단 그 일만이라도 수행하고 보기로 했으니 말이다.

"자, 허버트." 나는 말했다. "그의 지난 인생에 대해 알아내는 것에 대해서 말이야. 내가 아는 한, 딱 한 가지 방법밖에는 없어. 바로 그에게 단도직입적으로 물어보는 거야."

"그래." 허버트는 말했다. "내일 아침에 식사하러 와서 앉았을 때 물어봐." 그는 아까 허버트와 헤어지면서, 우리와 함께 아침 식사를 하러 오겠다고 말했던 것이다.

이런 계획을 세워 놓은 다음 우리는 잠자리에 들었다. 나는 그에 대해 더없이 사나운 꿈을 꾸었으며, 잠에서 깼을 때 여전히 기분이 우울한 상태였다. 잠에서 깬 나는 또한 간밤에 잊고 있었던 두려움, 즉 돌아온 유형수로서 그가 발각되지나 않았나 하는 두려움에 다시금 사로잡혔다. 그리고 깨어 있는 동안 그 두려움에서 결코 벗어나지 못했다.

그는 약속한 시간에 왔다. 그리고 주머니칼을 꺼내 들고는 식사를 하러 자리에 앉았다. 그는 '자신의 신사가 탄탄하게, 그리고 신사답게 세상에서 행세하도록 할' 계획으로 가득 차 있었다. 그러고는 나에게 주고 간 그 돈지갑의 돈을 어서 빨리 쓰라고 재촉했다. 그는 우리의 거처와 자신의 숙소를 임시적인 거주지로 여겼다. 그래서 나에게 하이드 파크 근처의 '물 좋은 저택' 하나를 즉시 찾아보라고 충고하면서, 그러면 자기도 거기서 '쪽방' 하나 차지하고 함께 지낼 수 있을 거라고 말했다. 그가 아침 식사를 마치고 주머니칼을 다리에 문질러 닦고 있을 때 나는 뜸들이지 않고 곧장 그에게 말했다.

"어젯밤 당신이 가고 난 뒤 내 친구에게 습지대에서 우리가 군인들을 따라가 당신을 발견했을 때 당신이 벌이고 있던 그 싸움에 대해 이야기해 줬습니다. 기억하시나요?"

"기억하냐고!" 그는 말했다. "물론이지!"

"우리는 그때 그 사람에 대해, 그리고 당신에 대해 좀 알고 싶습니다. 내가 간밤에 이야기할 수 있었던 것 이상으로 당신과 그 사람에 대해서 모른다는 것이 좀 이상하게도 생각됩니다. 특히 당신에 대해선 더욱 그렇습니다. 기회가 또 있겠지만 지금 이 순간도 우리가 좀 더 알 수 있는 좋은 기회가 아닌가 싶습니다."

"글쎄다!" 그는 잠시 생각해 보더니 말했다. "이봐, 핍의 친구, 넌 맹세했다는 걸 잘 알고 있겠지?"

"물론이지요." 허버트가 대답했다.

"잘 알겠지만, 내가 말하는 건 어떤 것이든……." 그는 힘주어 말했다. "그 맹세에 모두 해당되는 거다."

"그렇게 명심하고 있겠습니다."

"그리고 잘 듣거라! 내가 무슨 짓을 저질렀든 그건 노역으로 그 값을 다 치렀다." 그는 다시금 힘주어 말했다.

"그런 줄로 믿습니다."

그는 자기의 검정색 파이프를 꺼내서는 니그로 헤드 담배를 채워 넣기 시작했다. 그러다가 문득 손에 엉겨붙은 담배 부스러기를 바라보더니, 그것이 자신이 할 이야기의 실마리를 헝클어지게 할지 모른다는 생각이라도 한 듯이 동작을 멈췄다. 그는 담배를 다시 집어넣은 다음 파이프를 상의의 단춧구멍 한 곳에 꽂고는, 양 무릎 위에 한 손씩 펴서 올려놓았다. 그러고는 잠깐 동안 성난 눈길로 난롯불을 말없이 바라보다가 마침내 우리를 돌아보고는 다음과 같은 이야기를 했다.

42장

"얘야, 그리고 핍의 친구야. 난 너희들에게 내 지난 인생을 노래나 이야기책처럼 들려주진 않겠다. 하지만 너희에게 먼저 짧고 간단하게 그걸 요약한다면 난 즉시 한마디로 다음처럼 말할 수 있을 거다. 감옥에 들어갔다 나왔다, 들어갔다 나왔다, 들어갔다 나왔다라고 말이다. 자, 이걸로 너흰 다 들은 거나 마찬가지다. 핍이 나에게 친절을 베푼 뒤 배에 실려 유형지로 떠날 때까지의 내 인생은 그게 거의 전부였으니까 말이다.

난 온갖 일을 겪을 만큼 실컷 다 겪었다. 교수형 당하는 것만 빼고 말이다. 난 은 주전자만큼이나 꽁꽁 갇혀 있기도 했고, 이곳저곳 마차에 실려 끌려 다녔으며, 이 마을 저 마을에서 추방되곤 했으며, 형틀에 끼워지기도 했으며, 채찍질 당하고 개에 물리고 짐승처럼 내몰리곤 했다. 나는 너희들이나 마찬가지로 내가 어디서 태어났는지 전혀 모른다. 정말이지 그 정도로 모른다. 내가 나 자신의 존재를 처음 의식하게 된 건 에섹스 지방 어딘가에서 목숨을 위해 순무를 훔쳐 먹고 있을 때였다. 누군가가 ― 어떤 남자였는데, 땜장이였을 거다. ― 날 버리고 도망갔을 때였는데, 그가 불을 가지고 가 버리는 바람에 난 아주 추웠던 걸로 기억한다.

난 내 성씨가 매그위치고 세례명이 에이블이라는 걸 알고 있었다. 어떻게 그걸 알았냐고? 내가 생나무 울타리의 새들 이름이 되새나 참새나 지빠귀인 걸 알았듯이 그렇게 알았을 뿐이다. 난 아마 이 이름이 모두 가짜라고 생각했을 거다. 하지만 새들 이름이 정말이었으므로 난 내 이름도 진짜라고 생각했다.

내가 기억하는 한, 배 속에 든 게 없는 만큼이나 몸에 걸친 것도 없는 어린 에이블 매그위칠 보고 질겁하며 뚜들겨 쫓아내거나 잡아다 가두거나 하지 않은 사람은 아무도 없었다. 난 잡혀 들어갔고, 또 잡혀 들어갔고, 또 잡혀 들어갔다. 규칙적으로 잡혀 들어가면서 자랐다고 할 정도였지.

이런 식으로 계속되어 마침내 내가 보기에도 (그렇다고 내가 정말 거울을 들여다본 건 아니다. 난 가구가 있는 집 안에 들어가 본 적이 별로 없다.) 참으로 불쌍하기 짝이 없는 누더기 입은 꼬마에 불과했을 때 이미 상습범이란 이름을 얻기에 이르렀다. '이놈은 아주 지독한 상습범이라오.' 그들은 감옥 방문객들에게 날 지목하며 말했지. '아예 감옥에서 산다고 할 수 있을 정도라오, 이 녀석은 말이오.' 그러곤 그들은 날 바라보았고, 나도 그들을 쳐다보았지. 그들 중 어떤 자들은 내 머리 치수를 재기도 했고―차라리 내 위(胃)의 치수를 재는 게 더 나았을 거다.―어떤 자들은 읽을 줄도 모르는 나한테 작은 책자들을 주면서 무슨 말인지 알 수 없는 설교를 늘어놓았지. 그들은 항상 날 나쁘다고 비난하며 악마가 어쩌고저쩌고 떠들어 댔지. 하지만 망할 놈의 것, 내가 달리 어떻게 할 수 있었단 말이냐? 난 배 속에 뭔가를 처넣지 않으면 안 되었다고, 안 그래? 하지만 내가 지금 또 천하게 굴려고 하고 있구나. 합당한 언행이 뭔지 난 잘 알고 있다. 얘야, 그리고 핍의 친구야, 내가 천하게 굴까 봐 염려하지 않아도 된다.

떠돌아다니며, 구걸하며, 도둑질하며, 그리고 할 수 있을 땐 이따금 일도 하며, 하지만 그건 너희들이 생각하는 만큼 빈번하진 않았다. 나 같은 사람에게 너희들 자신이 일거리를 선뜻 줄 마음이 내킬지 한번 자문해 보면 이해가 잘될 것이다. 밀렵꾼 노릇도 좀 하며, 노동자 노릇도 좀 하며, 마차꾼 노릇도 좀 하며, 건초 만드는 일꾼 노릇도 좀 하며, 도붓장수 노릇도 좀 하며, 돈은 안 생기고 고생만 잔뜩 하게 되는 그런 일들을 대부분 다 조금씩 해 보며, 난 자라서 어른이 되었다. 간이 부랑자 숙소에서 턱밑까지 감자 더미 속에 파묻고 숨어 지내던 한 탈영병이 나에게 글자 읽는 법을 가르쳐 주었고, 1페니씩 받고 자기 이름을 서명해 팔던 한 떠돌이 거인이 나에게 글씨 쓰는 법을 가르쳐 주었지. 이제 예전처럼 빈번하게 감옥에 잡혀 들어가진 않았지만 그래도 난 여전히 감옥 열쇠를 상당히 자주 닳게 했다.

엡섬* 경마장에서, 20년도 더 전의 일인데, 난 어떤 작자를 알게 되었다. 그놈 해골이 지금 이 벽난로 시렁에 놓여 있다면 이 부지깽이로 가재 집게발처럼 박살을 내 버렸을 그런 작잔데, 본명이 콤피슨이라고 하는 놈이었다. 그리고 그놈이 바로, 얘야, 내가 도랑에서 두들겨 패는 걸 네가 보았던 녀석이란다. 간밤에 내

* 영국 서리 주에 있는 도시로 매년 6월에 나흘간 경마가 열리는 곳임.

가 간 뒤에 네가 네 친구에게 말한 그대로 말이다.

이놈, 콤피슨이란 놈은 신사로 자처하고 다녔는데, 사립 기숙학교 다닌 적이 있고 그래서 꽤 유식했단다. 그는 말을 번지르르하게 잘했고 상류 계급의 생활 방식에 정통해 있었지. 그는 또 얼굴도 잘생긴 놈이었다. 내가 그를 처음 만난 건 대경마가 시작되기 바로 전날 저녁, 히스* 들판의 내가 아는 어느 가게 안에서였다. 내가 가게 안으로 들어갔을 때 그놈과 다른 사람 몇 명이 탁자들 사이에 앉아 있었는데, 주인이 (그는 날 좀 알고 있었고 경마를 좋아하는 사람이었지.) 그를 소리쳐 불러내더니 이렇게 말했다. '내 생각에 이 사람이 선생한테 적당한 사람 같소이다.' 날 지칭하며 하는 말이었지.

콤피슨 이놈은 날 아주 유심히 살피며 바라보았다. 나도 그를 바라보았지. 그놈은 시곗줄이 달린 회중시계 차고 있었고 반질 끼었고 가슴에 장식 핀을 꽂았으며 근사한 양복을 입고 있었단다.

'행색으로 보아하니 당신은 별로 운이 없는가 보군.' 콤피슨이 내게 말했지.

'그렇습니다, 나리. 난 운이 좋았던 적이 한 번도 없었지요.' (난 그때 막 유랑 죄로 킹스톤 감옥에 갇혀 있다가 풀려나온 참이었다. 하긴 그게 아니었다면 아마 다른 죄로 그랬을 게 틀림없지만, 어쨌든 그땐 그 죄였다.)

'운이란 바뀌는 법이오.' 콤피슨은 말했다. '아마 당신 운도 바뀔지 모르오.'

---

* 영국의 들판이나 황야에 많이 자라는 상록 관목의 일종으로 주로 붉은색 꽃이 핌.

난 말했지. '나도 그랬으면 좋겠습니다. 바뀔 여지가 많으니까요.'

'당신은 무엇을 할 수 있소?' 콤피슨은 말했다.

'먹고 마시는 걸 할 수 있습니다.' 난 말했단다. '먹고 마실 게 있다면 말입니다.'

콤피슨은 웃음을 터뜨리더니 날 다시 유심히 살피며 바라보았지. 그러더니 나에게 5실링을 주면서 다음 날 밤 그곳에 다시 오라고 말하더군.

다음 날 밤 난 같은 장소에 가서 콤피슨을 만났다. 콤피슨은 날 고용하여 자기 하인 겸 동업자로 삼았단다. 우리가 동업자로 함께 일하게 된 콤피슨의 사업이 뭐였냐고? 콤피슨의 사업이란 건 바로 사기, 필체 위조, 훔친 은행권 유통 등등 그런 따위들이었다. 콤피슨이 머리로 궁리해서 짜 놓은 뒤 자긴 거기서 발을 쏙 빼며 이익만 챙기고 그 대신 다른 사람이 걸려들도록 하는, 그런 온갖 종류의 책략이 바로 콤피슨의 전문 사업이었지. 그는 쇠로 만든 줄칼보다도 더 인정이 없었고, 죽음처럼 냉정했고, 아까 말한 그 악마의 머릴 가지고 있었단다.

콤피슨과 함께 또 한 사람이 있었는데, 아서라고 부르는 자였다. 세례명이 아니라 성씨가 그것이었다. 그는 병으로 쇠약한 상태에 있었고, 그래서 보기에 유령 같은 모습이었다. 그자와 콤피슨은 그 몇 년 전인가 어떤 부유한 숙녀한테 어떤 나쁜 짓을 해가지고 굉장히 큰돈을 손에 쥐었다고 했단다. 하지만 콤피슨은 도박과 노름으로 그 돈을 다 탕진해 버렸지. 아마 왕의 수입도 그에겐 모자랐을 거다. 그런 상황에서 아서는 죽어 가고 있었는데, 빈털터리에다 알코올중독으로 인한 정신착란 상태로 죽어

가고 있었단다. 콤피슨의 아내가 (거의 항상 콤피슨한테 발로 얻어맞기만 하는 여자였는데) 기회 닿는 대로 그에게 동정을 베풀어 주곤 했지만, 콤피슨은 그 어떤 것에도 또 그 누구에게도 동정을 베푸는 법이 없었다.

난 아서를 본보기로 삼아 조심했을 수도 있었건만 그러질 않았단다. 그리고 난 내가 꼼꼼하게 조심했던 것처럼 말할 생각도 없다. 그런 체해 봤자 무슨 소용이 있겠느냐, 얘야, 그리고 핍의 친구야? 그리하여 난 콤피슨과 일하기 시작했고, 그의 손에서 놀아나는 가련한 도구가 되었단다. 아서는 콤피슨네 집 (브렌트포드 바로 근처에 있는 집이었다.) 꼭대기 방에서 살았는데, 콤피슨은 그의 숙식 비용을 아주 엄밀하게 하루하루 계산해 나갔지. 그가 혹시 몸이 좋아져서 갚을 수 있을 경울 대비해서 말이야. 하지만 아서는 곧 그 계산을 끝장나게 했지. 내가 그를 두 번짼가 세 번째 보았을 때였는데, 밤늦게 그가 잠옷만 걸치고 머리카락은 온통 땀에 흠뻑 젖은 채 콤피슨의 거실로 날뛰듯이 내려오더니 콤피슨의 아내에게 말했단다. '샐리, 그녀가 지금 2층 내 방에 와 있소. 난 그녈 쫓아 버릴 수가 없소. 그녀는 온통 하얀 옷을 입고 머리엔 하얀 꽃을 꽂고 있다오.' 그는 또 말했다. '끔찍하게 미친 모습인데, 팔에다 수의를 늘어뜨리고 있소. 그러곤 아침 5시에 그걸 나한테 입히겠다고 말하고 있소.'

콤피슨이 말했다. '아니, 이 바보 녀석아, 그 여자가 살아 있는 인간이란 걸 몰라? 그런데 어떻게 거기로 올라갈 수 있단 말이냐? 방문으로 들어오지도 않고, 창문으로도 들어오지 않고, 또 계단을 올라가지도 않았는데 말이야?'

'어떻게 올라왔는지는 난 몰라.' 아서는 정신착란으로 무섭게 몸을 떨어 대면서 말했다. '하지만 그녀는 내 침대 발치의 한쪽 구석에 끔찍하게 미친 모습으로 서 있어. 그리고 가슴이 찢어진 자리엔, 그걸 찢어 놓은 건 바로 너였지, 핏방울이 뚝뚝 떨어지고 있어.'

콤피슨은 말은 용감하게 했지만 실은 항상 겁쟁이였단다. '헛소리하는 이 병자하고 좀 올라가 봐.' 그는 자기 아내에게 말했단다. '그리고 매그위치, 자네도 내 아낼 좀 도와주겠나?' 그러곤 자기 자신은 조금도 가까이 가 보려고 하지 않았지.

콤피슨의 아내와 난 그를 다시 침대로 데리고 갔단다. 그러자 그는 아주 무섭게 헛소리를 해 댔어. '저기, 그녈 좀 보시오!' 그는 크게 외쳤지. '나한테 수의를 흔들어 대고 있소! 그녀가 보이지 않소? 그녀의 눈을 좀 보시오! 저토록 미친 모습이 정말 끔찍하지 않소?' 그리고 다음 순간 그는 이렇게 외쳤단다. '그녀는 저걸 나에게 입힐 것이오. 그럼 난 죽는 거요! 저걸 좀 빼앗으시오. 어서 좀 빼앗으란 말이오!' 그러더니 그는 우릴 꼭 붙잡은 채 그녀에게 뭐라고 지껄이고 대답하기를 계속해 댔는데, 나 자신마저 그녀가 보인다고 거의 믿을 정도였다.

그의 그런 모습에 익숙해 있었던 콤피슨의 아내는 그의 정신착란을 가라앉히기 위해 그에게 약간의 술을 갖다 줬단다. 그러자 그는 얼마 후 조용해졌지. 그는 말했다. '아, 가 버렸군! 그녀를 지키는 사람이 그녈 잡으러 왔었소?' '그래요.' 콤피슨의 아내가 말했지. '그 사람한테 그녀를 안에다 가두고 빗장을 질러 놓으라고 말했소?' '네.' '그리고 그 혐오스러운 수의도 뺏으라고 말했소?' '네, 그랬어요. 다 잘 말했어요.' '당신은 좋은 사람이오.' 그는 말했다. '무슨 일이 있어도 내 곁을 떠나지 말아 주오.

그리고 고맙소!'

그는 5시 몇 분 전쯤까지 아주 조용히 잠들어 있었다. 그러다가 그 시간이 되자 다시 비명을 지르며 벌떡 깨어나더니 큰 소리로 비명을 질러 대기 시작했지. '여기 그녀가 나타났소! 다시 수의를 들고 있소. 그녀가 그걸 펼치고 있소. 그녀가 구석에서 나오고 있소. 그녀가 침대로 다가오고 있소. 날 좀 잡아 주시오. 당신들 둘 다 함께, 한쪽씩, 꼭 좀 잡아 주시오. 그녀가 저 수의로 날 건드리지 못하게 하시오. 하하! 그녀는 금방 날 놓쳤다오. 아, 그녀가 저 수의를 내 어깨 위로 씌우지 못하게 하시오. 그녀가 날 들어 올려 수의를 내 몸에 감지 못하게 하시오. 그녀가 날 들어 올리고 있소. 날 좀 눌러 주시오!' 다음 순간 그는 벌떡 몸을 일으켜 세웠다가는 이내 푹 꼬꾸라지며 숨이 끊어졌다.

콤피슨은 그가 그렇게 죽어 없어진 것을 쌍방에게 잘된 일로 시원하게 받아들였다. 그와 난 곧 바빠졌는데, 그는 (언제나 교활한 놈이었으므로) 먼저 나로 하여금 내가 가지고 있는 책에다, 내가 네 친굴 맹세시켰던 여기 이 작은 검정색 책 말이다, 얘야, 맹세하게 만들었단다.

콤피슨이 궁리해 내고 내가 실행했던 많은 일들을 다 자세히 이야기하진 않겠다. 그러려면 일주일은 족히 걸릴 거다. 얘야, 그리고 핍의 친구야, 난 그저 간단히, 놈이 날 아주 교묘한 그물로 얽어매서 날 자기 흑인 노예처럼 만들었다고만 이야기하겠다. 난 언제나 그에게 빚을 지고 있었고, 언제나 그의 지배를 받았고, 언제나 뼈 빠지게 일했고, 언제나 위험에 빠졌단다. 그는 나보다 나이가 어렸지만, 꾀가 많았고, 유식했으며, 나보다 오백 배는 우월한 위치에 있었단다. 반면에 자비심은 눈곱만치도 없는 놈이었지. 내가 아주 힘들게 함께 살았던 내 마누라는…… 하지만 잠깐! 난 아직 그녀 이야길 하지 않았……."

그는 당황한 태도로 주위를 둘러보았다. 마치 자신의 기억의 책에서 읽고 있던 자리를 놓치기라도 한 것 같은 표정이었다. 그는 얼굴을 돌려 난롯불을 바라보더니 무릎 위의 양 손바닥을 좀 더 넓게 폈다. 그러고는 양손을 들어 올렸다가 다시 내려놓았다.

"그 이야기까지 할 필욘 없지." 그는 다시 한 번 주위를 둘러보며 말했다. "콤피슨과 일하던 시기는 내가 겪은 가장 힘든 시기였다고 해도 별로 틀리지 않다. 그 말을 하면 모든 걸 다 말한 셈이 된다. 그런데 콤피슨과 일하는 동안 내가 혼자 경범죄로 재판을 받았다는 이야길 내가 했느냐?"

나는 아니라고 대답했다.

"그렇다면!" 그는 말했다. "난 재판을 한 번 받았단다. 그리고 유죄 판결을 받았지. 그 밖에 범죄 혐의로 체포된 게 콤피슨과의 관계가 지속되었던 그 사오 년 동안에 두세 번인가 있었는데, 그때마다 증거가 부족했단다. 그러다 마침내 나와 콤피슨은 둘 다 중죄로 구속을 당하게 되었단다. 훔친 은행권을 유통한 혐의였지. 그리고 여기에 다른 혐의들이 딸려 있었지. 콤피슨은 나에게 말했다. '변호를 분리하자. 서로 연락하지 말자.' 그러고는 그게 전부였지. 난 비참할 정도로 몹시 가난했기 때문에 등짝에 걸친 것만 빼고 가진 옷을 모두 팔아서 겨우 재거스를 변호사로 살 수 있었다.

우리가 피고석에 앉았을 때, 내가 제일 먼저 알아차린 건 바로 고수머리에 검정색 양복을 입고 윗주머니에 하얀 손수건을 꽂은 콤피슨이 얼마나 훌륭한 신사처럼 보이는가 하는 것과 반면에 난 얼마나 천하고 불쌍한 상놈처럼 보이는가 하는 거였다. 검사의 기소가 시작되고 증거가 요약되어 제시되었을 때, 난 그 모든 게 나한텐 얼마나 무겁게 걸려 있고 반면에 그에겐 얼마나 가볍게 걸려 있는가를 알아차렸다. 증인석에서 증언이 이루어졌을 때, 난 내가 언제나 일을 주도한 사람으로서 범인이라고 맹세할 수 있는 악당이 되어 있다는 걸, 그리고 내가 언제나 돈을 받은 사람으로 되어 있다는 걸, 또 내가 언제나 범죄를 실행하고 이익을 챙긴 사람처럼 되어 있다는 걸 알아차렸다. 하지만 변론이 시작되자, 난 그 모든 계략을 더욱더 분명히 알게 되었다. 왜냐면 콤피슨의 변호사가 이렇게 말했기 때문이다. '재판장님 그리고 배심원 여러분, 여기 여러분 앞에, 여러분의 두 눈으로 확연히 구분할 수 있는 두 사람이 나란히 앉아 있습니다. 한 사람은 나이가 좀 더 적고 교육을 잘 받았으며, 그런 사람으로서 다뤄질 사람입니다. 다른 한 사람은 나이가 더 많고, 교육을 못 받았으며, 그런 사람으로서 다뤄질 사람입니다. 나이가 적은 한 사람은 오늘의 이 사건들에서 목격된 경우가 거의 없이 그저 혐의만 있는 사람입니다. 나이가 많은 다른 한 사람은 이 사건들에서 항상 목격됐고 그래서 범죄 사실이 항상 분명히 잡히는 사람입니다. 여러분은 망설일 수 있겠습니까? 이 사건에 범인이 한 사람뿐이라면 그게 과연 누구일지, 그리고 만약 두 사람이라면 누가 단연 진짜 악당일지에 대해서 말입니다.'라는 식으로 말이다. 인품의 문제가 나왔을 때에도, 학교에 다닌 사람은 콤피슨이 아니냐, 이런저런 지위에 있는 사람들은 그의 학교 친구들이 아니냐, 이런저런 사교 모임이나 클럽에서 그를 알고 지냈다는, 그것도 그에게 호의적으로 말하는 증인들이 있는 것도 콤피슨이 아니냐? 하는 식이었다. 그리고 나에 대해선, 이자는 전에도 재판을 받은 적이 있지 않느냐, 이자는 도처의 온갖 소년원과 구치소를 뻔질나게 드나들던 사람이 아니냐? 하는 식이었다. 그리고 피고 진술을 하는 순서가 되었을 때, 얼굴을 이따금씩 하얀 손수건에 파묻으며 아! 하는 탄식과 시 구절들까지 섞어 가며 그들에게 진술할 수 있었던 사람은 바로 콤피슨이 아니었겠느냐? 그리고 그저 '신사님네들, 내 옆의 이자야말로 완전 지독한 악당입니다.'라고밖에 말하지 못한 사람은 바로 내가 아니었겠느냐? 그리고 배심원의 평결이 나왔을 때, 훌륭한 인품을 지녔지만 친구를 잘못 사귄 탓에 그리 되었다는 점과 나에 대해 그가 줄 수 있는 모든 정보를 제공했다는 점을 고려하여 자비가 베풀어지기를 바란다고 추천받은 건 콤피슨인 반면 유죄라는 단 한마디밖에 듣지 못한 건 내가 아니었겠느냐? 그리고 내가 콤피슨에게 '이 법정에서 나가자마자 네놈 낯짝을 박살내 버리겠다.'라고 말했을 때, 판사에게 보호를 간청하여 두 명의 간수가 우리 둘 사이에 서 있게 한 건 콤피슨이 아니었겠느냐? 그리고 선고가 내려졌을 때, 7년 형을 받은 건 그놈이고 14년 형을 받은 건 당연히 나였으며, 아주 잘될 수도 있었던 사람인데 그렇게 됐다며 판사가 안타깝게 여긴 건 그놈인 반면 포악한 성정을 지닌 상습범으로서 앞으로 더욱더 나쁜 짓을 할 가능성이 높은 악당으로 판사가 간주한 건 바로 내가 아니었겠느냐?"

그는 끓어오르는 울분으로 굉장히 격앙된 상태가 되었다. 하지만 그는 그걸 억눌렀다. 그는 두세 번 숨을 짧게 들이쉬고, 역시 두세 번 침을 삼킨 다음, 나에게 손을 뻗으며 다짐하는 태도로 이렇게 말했다. "난 천하게 굴지 않을 거다, 얘야!"

그는 너무나 뜨겁게 열이 올라서, 손수건을 꺼내 얼굴과 머리와 목과 양손을 닦고 난 다음에야 비로소 말을 계속할 수 있었다.

"콤피슨 놈의 낯짝을 박살내 버리겠다고 그놈에게 말했더랬는데, 난 정말 그렇게 할 수만 있다면 하느님이 내 낯짝을 박살내도 좋다고 맹세했다. 우린 똑같은 감옥선에 수용되어 있었지만, 난 오랫동안 그놈에게 다가갈 수 없었다. 애를 많이 썼지만 말이다. 하지만 마침내 난 그의 등 뒤로 다가가서는, 놈의 뺨을 한 대 쳐서 돌려세운 다음 박살 나도록 힘껏 놈을 후려갈겼다. 내 행동은 즉시 눈에 띄었고 난 붙잡혔다. 그 감옥선의 감방은 수영과 잠수를 잘할 수 있는 나 같은 감방 전문가에게는 그리 튼튼한 것이 못 되었다. 난 곧 강기슭으로 도망쳐 나왔지. 그러고는 무덤 사이에 숨어서, 모든 게 끝장나 무덤 속에 누워 있는 사람들을 부러워하며 추위에 떨고 있었는데, 얘야, 바로 그때 널 거기서 처음 만난 거란다!"

그는 애정이 가득 찬 표정으로 나를 바라보았다. 그 때문에 나는 비록 그에 대한 깊은 동정심을 느꼈음에도 불구하고 다시금 그에 대한 혐오감에 휩싸이고 말았다.

"얘야, 난 널 통해 콤피슨 놈도 그 습지로 도망쳐 나왔다는 걸 알게 되었지. 맹세코 말하건대, 겁에 질린 그놈은 나한테서 벗어나기 위해 도망친 게 거의 틀림없었다. 내가 이미 강기슭에 도망쳐 나와 있는 걸 모른 채 말이다. 난 놈을 추적해서 잡았다. 그러고는 놈의 낯짝을 박살 나도록 두들겨 팼다. '자 이제…….' 난 말했지. '내가 어찌되든, 난 네놈에게 끼칠 수 있는 최고의 해악으로서 네놈을 감옥선으로 다시 끌고 가겠다.' 정말이지 필요했다면 난 헤엄을 쳐서라도 놈의 머리카락을 잡고 끌고 갔을 거다. 그래서 군인들이 오지 않았어도 그놈을 감옥선에 다시 태우고 말았을 거다.

물론 그놈은 마지막 순간까지 아주 유리한 대접을 받았지. 그의 인품은 그만큼 좋게 받아들여졌던 거다. 그놈이 도망친 건 나와 내 살인적인 의도에 대한 공포로 이성을 거의 잃었기 때문이라고 간주되었고, 그래서 그는 가벼운 처벌만 받았지. 반면에 난 쇠고랑에 채워져서 재판에 다시 회부되었고, 종신 유배형을 받았지. 하지만 얘야, 그리고 핍의 친구야, 나한텐 그게 종신 유배형이 되지 못했구나. 난 지금 여기 와 있으니까 말이다."

그는 아까 했던 것처럼 다시금 얼굴과 손을 손수건으로 닦았다. 그러고는 천천히 호주머니에서 뒤엉킨 담배 뭉치를 꺼내고 단춧구멍에서 파이프를 뽑아 냈다. 그러고는 천천히 파이프에 담배를 채운 다음 불을 붙여 담배를 피우기 시작했다.

"그는 죽었나요?" 잠시 침묵하고 있다가 나는 물었다.

"누가 말이냐, 얘야?"

"콤피슨요."

"그놈이야말로 틀림없이 내가 죽었기를 바랄 거다, 놈이 살아 있다면 말이다." 험악한 얼굴로 그는 말했다. "난 그놈 소식은 그 후로 들은 바가 전혀 없다."

허버트는 그때 어떤 책의 표지 안쪽에다가 연필로 뭔가를 쓰고 있었다. 프로비스가 일어서서 난롯불을 바라보며 담배를 피우고 있을 때 그는 가만히 그 책을 나한테로 밀어 보냈다. 거기엔 이렇게 적혀 있었다.

미스 해비셤의 이복동생 이름은 아서였어. 콤피슨은 미스 해비셤의 연인이라고 자칭하고 다녔던 사람이야.

나는 책을 덮고는 허버트에게 살짝 고개를 끄덕여 보인 후 책을 옆으로 밀어 놓았다. 그리고 우리 둘은 아무 말도 하지 않은 채, 난롯가에 서서 담배를 피우고 있는 프로비스를 조용히 바라보기만 했다.

43장

프로비스로부터 내가 움츠러드는 이유 중 얼마나 많은 부분이 에스텔러에게로 돌려질 수 있는지 내가 여기서 이야기를 중단하고 물어볼 필요가 어디 있단 말인가? 역마차 정거장에서 그녀를 만나기 전에 감옥의 얼룩을 떨쳐 내려고 애썼을 때의 그 심리 상태를, 도도하고 아름다운 에스텔러와 내가 숨겨 주고 있는 이 귀환 유형수 사이에 존재하는 심연에 대해 생각하는 현재의 심리 상태와 비교하기 위해서, 내가 가던 길을 멈추고 머뭇거려야 할 필요가 어디 있단 말인가? 그런다고 내 인생길은 조금도 더 평탄해지지 않을 것이며, 그런다고 그 길의 끝이 조금도 더 좋아지지 않을 것이다. 그런다고 그에게 아무런 도움이 되지 않을 것이며, 나에게도 아무런 변명이 되지 않을 것이다.

그의 이야기로 인해 내 마음속에는 새로운 두려움이 싹텄다. 좀 더 정확히 말하면, 그의 이야기는 이미 내 마음속에 자리 잡고 있던 두려움에 분명한 형태와 의미를 부여했다. 만약 콤피슨이 아직 살아 있어서 프로비스의 귀환을 알게 된다면 그 결과는 거의 의심의 여지가 없는 것이었다. 콤피슨이 그에 대해 끔찍한 두려움을 지니고 있다는 것은 두 사람 못지않게 나도 잘 알고 있는 사실이었다. 프로비스가 설명한 바와 같은 그런 사람이라면 밀고자가 되는 안전한 수단을 통해서 두려운 원수로부터 영원히 해방되는 걸 망설이지 않을 게 거의 틀림없다.

나는 프로비스에게 에스텔러 이야기를 한마디도 뻥긋하지 않았고, 또 하지도 않을 것이었다. 아니, 하지 않기로 결심했다. 하지만 나는 내가 외국으로 나가기 전에 에스텔러와 미스 해비셤 두 사람 다 꼭 한 번 만나 봐야겠다고 허버트에게 말했다. 이 말을 한 것은 프로비스가 자신의 과거를 우리에게 이야기해 준 날 밤 다시 우리 둘만 남았을 때였다. 나는 다음 날 리치먼드에 가 보기로 결심하고는, 다음 날이 되자 거기에 갔다.

내가 브랜들리 부인의 집에 나타났을 때 에스텔러의 하녀가 나와서 에스텔러가 시골에 내려갔다고 말했다. "시골 어디에?" 하고 묻자, 여느 때처럼 새티스 하우스에 갔다고 했다. 나는 여느 때처럼은 아니라고 말했다. 왜냐하면 그녀는 내 동행 없이 거기에 간 적이 아직 한 번도 없었기 때문이다. "언제 돌아오지?" 하고 물었다. 그러자 뭔가 감추는 듯한 태도의 대답이 나와서 나를 더욱 혼란스럽게 만들었는데, 그 대답인즉슨 그녀가 온다고 해도 잠깐만 돌아오는 것으로 믿는다는 것이었다. 내가 전혀 이해할 수 없도록 의도된 대답이라는 것 말고는, 나는 그 의미를 전혀 알 수 없었다. 그래서 나는 완전히 당혹한 가운데 집으로 돌아갔다.

프로비스가 자기 숙소로 돌아간 뒤 (나는 항상 그를 거기까지 데려다주었고, 항상 주위를 잘 살폈다.) 허버트와 또다시 밤늦게까지 상의한 결과, 우리는 내가 미스 해비셤의 집에 갔다 돌아올 때까지는 외국으로 가는 것에 대해 한마디도 하지 않기로 결론을 내렸다. 그리고 그동안 허버트와 나는 그에게 어떻게 말하는 것이 제일 좋을지, 가령 그가 의심스러운 감시를 받게 된 것 같다는 어떤 구실을 궁리해 낼 것인지, 아니면 아직 외국에 가 본 적이 전혀 없는 내가 해외여행을 한번 하고 싶다는 제안을 해 볼 것인지 등등에 대해 각자 따로따로 생각해 보기로 했다. 뭐든지 내가 제안만 하면 그는 동의할 것이라는 점을 우리 둘 다 잘 알고 있었다. 우리는 그가 현재와 같은 위험한 상태로 오랫동안 머물러 있는 것은 생각할 수 없는 일이라는 데 의견이 일치했다.

다음 날 나는 조에게 꼭 가기로 한 약속이 있다는 비열한 핑계를 꾸며 냈다. 하지만 나는 이미 조나 조의 이름에 어떤 비열한 짓이든 능히 할 만한 인간이었다. 내가 가고 없는 동안 프로비스는 단단히 조심하기로 다짐했으며, 허버트가 나 대신 그를 맡아서 돌봐 주기로 했다. 나는 단 하룻밤만 떠나 있을 예정이고, 돌아오는 대로 내가 좀 더 큰 규모로 신사 생활을 시작해야 한다는 그의 조급한 바람을 만족시켜 주기로 약속했다. 나에게, 그리고 나중에 알았지만 허버트에게도, 한 가지 생각이 떠오른 것은 바로 그때였는데, 그건 바로 그로 하여금 바다 건너 외국으로 가게 하는 제일 좋은 구실이 그 문제, 즉 물건을 구입한다든가 또는 그 비슷한 핑계를 대는 거라는 생각이었다.

미스 해비셤의 집에 갔다 오는 문제를 이렇게 해결해 놓고, 나는 아침 첫 마차로 날이 아직 밝기 전에 출발했다. 그래서 동이 틀 무렵 나는 벌써 탁 트인 시골 길을 달리고 있었는데, 아침은 마치 거지처럼, 머뭇거리고 훌쩍거리고 오들오들 떨어 대며 너덜너덜한 안개 자락과 조각구름에 싸인 채 느릿느릿 밝아 왔다. 가랑비 속을 한참 달린 뒤에 마차는 마침내 블루보어 호텔에 도착했다. 그런데 그때 손에 이쑤시개를 든 채 마당 입구 대문 아래로 나와 마차를 바라보는 한 사람이 보였으니, 그건 바로 다름 아닌 벤틀리 드러믈이지 않은가!

그가 나를 못 본 척했으므로 나도 그를 못 본 척했다. 그건 우리 두 사람 모두에게 어색한 가장이었다. 특히 두 사람 다 커피 마시는 방으로 함께 들어갔기 때문에 더욱더 어색한 가장이 되고 말았다. 그 방에서 그는 조금 전에 아침 식사를 끝낸 참이었고 나는 이제 막 식사를 주문한 터였다. 그를 우리 읍내에서 만난 것이 나는 몹시 불쾌했는데, 그것은 그가 왜 여기에 왔는지 잘 알고 있었기 때문이다.

날짜가 한참 지난 더러운 신문을 읽는 체하면서 나는 내 식탁 앞에 앉아 있었고, 그동안 그는 벽난로 불 앞에 서 있었다. 신문은 커피, 피클, 생선 소스, 고기즙, 버터 녹은 것, 그리고 포도주 같은 이물질들로 온통 얼룩져 있어서 마치 몹시 불규칙한 형태의 홍역에라도 걸린 듯한 꼴을 하고 있었는데, 그 때문에 신문에 적힌 지방 소식들은 하나같이 그 이물질들의 반만큼도 읽을 수 없는 상태였다. 드러믈이 불 앞에 버티고 서 있는 것이 나에게는 점차 엄청난 모욕으로 느껴졌다. 나는 내 몫의 불기운을 누려야겠다는 결심으로 자리에서 일어났다. 벽난로로 다가가서 불길을 뒤적거려 주고자 했을 때 나는 부지깽이를 잡기 위해 그의 다리 뒤로 손을 뻗지 않으면 안 되었다. 하지만 나는 여전히 그를 모르는 척했다.

"이렇게 모르는 체하기냐?"

"아!" 나는 부지깽이를 손에 쥔 채 말했다. "이게 누군가, 자네 아닌가? 잘 지내는가? 불을 막고 서 있는 게 도대체 누군가 하고 궁금해하던 차였네."

그렇게 말하며 나는 무서운 기세로 불을 쑤셔 댔다. 한참 그러고 난 뒤 나는 양어깨를 쫙 펴고 등을 불 쪽으로 향한 채 드러믈 옆에 나란히 자리 잡고 섰다.

"자넨 막 내려온 모양이군?" 드러믈 군은 어깨로 나를 약간 밀쳐 내며 말했다.

"그렇네." 나도 내 어깨로 그를 약간 밀쳐 내며 말했다.

"아주 고약한 고장이야." 드러믈은 말했다. "자네 고향이지, 아마?"

"그렇네." 나는 동의해 주었다. "자네 고향 슈롭셔도 이와 아주 비슷하다고 들었네."

"조금도 비슷하지 않다네." 드러믈이 말했다.

여기서 드러믈 군은 자기 구두를 내려다봤고 나도 내 구두를 내려다봤다. 그런 다음 드러믈 군은 내 구두를 내려다봤고 나도 그의 구두를 내려다봤다.

"여기 내려온 지는 오래되었나?" 나는 난롯가의 자리를 한 치도 양보하지 않기로 결심하며 물었다.

"이곳이 싫증 날 만큼은 되었네." 드러믈은 하품을 하는 척하며 대답했다. 하지만 그 역시 나와 똑같은 결심에 차 있었다.

"여기 오래 머무를 예정인가?"

"알 수 없네." 드러믈 군은 대답했다. "자넨 어떤가?"

"나도 알 수 없네." 나는 말했다.

그 순간 나는 피가 욱신거릴 정도로 끓어오르는 상태에서, 만약 드러믈 군의 어깨가 방 안의 자리를 머리카락 한 올만큼이라도 더 차지하고자 했다면 그를 즉시 창문으로 집어던지고 말았을 거라는 느낌이었다. 마찬가지로 드러믈 군도 만약 내 어깨가 비슷한 시도를 했다면, 나를 제일 가까운 칸막이 좌석으로 집어던지고 말았을 거라는 게 내 느낌이었다. 그는 슬며시 휘파람을 불기 시작했다. 나도 똑같이 했다.

"이 근처에 넓은 습지대가 있는 걸로 알고 있는데?" 드러믈이 말했다.

"그렇네. 그게 어땠다는 건가?" 나는 말했다.

드러믈 군은 나를 한 번 쳐다보더니 내 구두를 내려다봤다. 그런 다음 "아!" 하고 말하더니 소리 내서 웃었다.

"재미가 좋은 모양이지, 드러믈 군?"

"아니네." 그는 말했다. "별로 그렇지 않네. 난 말이나 타고 나가서 한 바퀴 둘러볼까 하네. 재미 삼아 그 습지대나 탐험해 볼 작정이네. 그곳엔 특이한 마을들이 있다고 사람들이 말하더군. 이상한 작은 선술집이며, 대장간이며, 그런 것들이 말이야. 웨이터!"

"예, 나리."

"내 말이 준비되었나?"

"문 앞에 끌어다 놓았습니다, 나리."

"이보게. 자네, 잘 듣게, 숙녀분께서는 오늘 말을 타지 않을 거네. 날씨가 나빠서 말이야."

"잘 알겠습니다."

"그리고 난 오늘 여기서 저녁 식사를 하지 않네. 숙녀분의 집에서 식사할 예정이네."

"잘 알겠습니다, 나리."

그런 다음 드러믈은 턱뼈 큰 그 낯짝에 거만한 승리의 표정을 가득 띤 채 나를 흘긋 쳐다보았는데, 비록 우둔한 녀석이었지만 그것은 내 가슴에 몹시 날카로운 고통을 주었다. 나는 이 때문에 너무나 화가 나서 그를 두 팔로 꽉 붙잡아 (이야기책 속에 나오는 그 강도가 늙은 부인에게 그랬다고 하는 것처럼)* 난롯불 위에다 처박아 버리고 싶은 심정이었다.

우리 둘에게 한 가지만은 분명했다. 그것은 뭔가 다른 사정이 생기기 전까지는 우리 중 누구도 난롯불을 양보하지 않을 거라는 점이었다. 우리는 거기 벽난로 앞에서, 몸을 똑바로 펴고 어깨와 발로 서로를 밀치며, 두 손은 뒷짐을 진 채, 한 치도 움직이지 않으며 서 있었다. 말이 문 밖에서 가랑비를 맞으며 서 있는 게 보였고, 내 아침 식사는 식탁 위에 놓여 있었으며, 드러믈의 식사는 치워졌고, 웨이터는 나보고 어서 식사를 시작하라고 권했으며, 나는 고개를 끄덕였다. 하지만 우리는 둘 다 꼼짝 않고 서 있었다.

"'숲'에는 그 후로 가 본 적 있나?" 드러믈이 말했다.

"아니." 나는 말했다. "지난번에 갔을 때 난 방울새들에게 완전히 질렸다네."

"그게 우리 사이에 의견 차이가 있었던 때였던가?"

---

* 18세기 초의 유명한 영국 노상강도 리처드 터핀(Richard Turpin)이 어느 부유한 늙은 부인의 집에 들어가서 돈을 내놓지 않으려는 그 부인을 불 위에다 올려놓음으로써 굴복시켰다는 일화가 있는, 당시 널리 읽히던 싸구려 범죄 이야기책에 대한 언급.

"그렇네." 나는 아주 무뚝뚝하게 대답했다.

"흥, 나 원 참! 그들은 자넬 너무 쉽게 놓아줬다니까." 드러믈은 조롱 조로 말했다. "자넨 화를 내지 말았어야 했어."

"드러믈 군." 나는 말했다. "자넨 그 문제에 대해 충고할 자격이 없네. 난 화를 내더라도 (그렇다고 내가 그때 화냈다고 인정하는 건 아닌데) 유리잔을 던지지는 않네."

"난 던지네." 드러믈은 말했다.

맹렬히 끓어오르는 격분 상태에서 나는 한두 번 그를 흘겨보고 난 뒤 말했다.

"드러믈 군, 이 대화는 내가 먼저 시작한 게 아니네. 그리고 난 이게 유쾌한 대화라고 생각하지 않네."

"나도 그렇다고 확신하네." 그는 어깨 너머로 거만스럽게 말했다. "난 그것에 대해 아무런 마음도 없네."

"따라서……." 나는 계속해서 말했다. "미안하네만, 앞으로 서로 어떤 종류의 의사 교환도 하지 말기를 제안하는 바네."

"전적으로 동감이네." 드러믈은 말했다. "사실 나 자신이 먼저 제안했어야 하는, 아니, 그보다는 오히려, 제안도 없이 바로 실천했어야 하는 것이었네. 하지만 화를 내진 말게. 자넨 그러지 않고도 이미 충분히 잃을 만큼 잃은 처지 아닌가?"

"그게 무슨 뜻이지, 드러믈 군?"

"웨이터!" 드러믈은 나에게 대답하는 대신 웨이터를 불렀다.

"이봐, 자네. 젊은 숙녀분께서 오늘 말을 타지 않는다는 것과 내가 젊은 숙녀분의 집에서 식사한다는 걸 확실히 알아들었겠지?"

"예, 확실히 알고 있습니다, 나리."

웨이터가 급속도로 식어 가는 찻주전자에 손바닥을 대 보고 간청하듯 나를 한 번 쳐다본 다음 방에서 나가자, 드러믈은 나와 맞댄 어깨가 밀리지 않도록 조심하며 호주머니에서 궐련을 꺼내서 그 끝을 입으로 물어뜯었다. 그러면서 조금도 움직이는 기색을 보이지 않았다. 연기에 캑캑거리고 속이 부글부글 끓어오르는 가운데, 나는 우리가 에스텔러의 이름을 꺼내지 않고서는 한마디도 더 이야기를 나눌 수 없다는 것을 느꼈다. 하지만 그의 입에서 에스텔러의 이름이 나오는 것은 나로서는 참을 수 없는 일이었으므로, 나는 마치 방 안에 아무도 없는 것처럼 반대편 벽만 무표정하게 바라본 채 감정을 억누르며 침묵을 지켰다. 세 명의 부유한 농장주들의 — 내 생각에 웨이터가 끌어들인 것 같았는데 — 침입이 없었다면 우리가 이런 우스꽝스러운 자세로 얼마나 오래 서 있었을지는 말하기 불가능하다. 농장주들은 큰 외투의 단추를 풀고 두 손을 비비며 커피 마시는 이 방으로 들어왔는데, 그들이 곧장 불 앞으로 몰려왔으므로 우리는 자리를 내주지 않을 수 없었다.

나는 창문을 통해 드러믈이 말의 갈기를 붙잡고 특유의 난폭하고 서투른 방식으로 말에 올라탄 다음 옆걸음질을 치면서 뒤로 물러나는 것을 볼 수 있었다. 그가 가 버렸다고 생각한 순간 그는 다시 나타나더니, 입에 문 채 그동안 잊고 있었던 궐련에 불 좀 붙여 달라고 누군가에게 소리쳤다. 흙먼지 빛 갈색 옷차림의 어떤 사내가 드러믈이 요구한 것을 가지고 어디에선가 — 여관 마당에선지, 길거리에선지, 아니면 어디 다른 곳에선지, 아무튼 알 수 없는 어디에선가 — 나타났다. 드러믈이 말안장에서 몸을 기울여 궐련에 불을 붙이고는 소리 내어 웃으며, 내가 있는 커피 마시는 방 창문을 향해 고개를 획 젖혀 보였을 때, 등을 내쪽으로 돌린 채 서 있는 이 사내의 구부정한 어깨와 헝클어진 머리카락은 나에게 올릭을 생각나게 했다.

그 순간 너무나 기분이 언짢아서 그게 정말로 올릭인지 아닌지 별로 주의해 볼 상태가 아니었고 또 그러고 난 뒤 아침 식사에 손대고 싶은 마음도 없었던지라, 나는 비바람에 젖고 여행으로 더러워진 얼굴과 손을 씻고는 밖으로 나왔다. 그러고는 내가 결코 발을 들여놓지 않았더라면, 아니 결코 알지 못했더라면 정말로 훨씬 좋았을, 그 잊을 수 없는 집을 향해 갔다.

44장

미스 해비셤과 에스텔러는 화장대가 있고 벽에 밀랍 촛불이 타고 있는 예전의 그 방에 있었다. 미스 해비셤은 벽난로 근처의 작은 소파에 앉아 있었고, 에스텔러는 그 발치에 방석을 깔고 앉아 있었는데, 에스텔러는 뜨개질을 하고 있었으며, 미스 해비셤은 그걸 바라보고 있었다. 내가 들어가자 그들 둘 다 고개를 들고 바라보았다. 그리고 두 사람 다 내게 어떤 변화가 생겼다는 것을 알아차렸다. 그들이 서로 교환하는 표정에서 나는 그것을 짐작할 수 있었다.

"무슨 바람이 불어 여기까지 오게 된 거냐, 핍?" 미스 해비셤이 말했다.

비록 나를 빤히 쳐다보긴 했지만, 나는 그녀가 다소 당황하고 있다는 걸 알아차렸다. 에스텔러는 한순간 뜨개질을 멈추고 나를 쳐다보았다가 뜨개질을 다시 계속했는데, 나는 그녀의 손가락 움직임에서 내가 내 진짜 은인이 누군지 알았다는 것을 그녀가 알아챘음을 분명히 읽어 낼 수 있었다는 상상이 들었다. 마치 그녀가 나에게 수화(手話)로 알려 주기라도 한 것처럼 말이다.

"미스 해비셤." 나는 말했다. "저는 어제 에스텔러와 이야기할 게 있어서 리치먼드에 갔었습니다. 그런데 무슨 바람이 불었는지 그녀가 이리로 왔다는 말을 듣고 이렇게 뒤따라온 것입니다."

미스 해비셤이 나에게 앉으라는 손짓을 벌써 세 번짼가 네 번째 했으므로, 나는 화장대 옆의 의자에 앉았다. 전에 그녀가 거기 앉아 있는 걸 내가 자주 보았던 그 의자는, 그 모든 파멸이 내 코앞에, 그리고 주변에 닥친 상황에서, 그날 나에게 마땅히 어울리는 자리처럼 느껴졌다.

"미스 해비셤, 제가 에스텔러에게 하고자 하는 이야기는 곧, 조금 있다가, 당신 앞에서 이야기하도록 하겠습니다. 그건 미스 해비셤, 당신을 놀라게 하지도 불쾌하게 하지도 않을 이야기입니다. 저는 당신이 더 이상 바랄 수 없을 만큼 몹시 불행한 상태이니까요."

미스 해비셤은 계속해서 나를 빤히 쳐다보았다. 나는 뜨개질을 하는 에스텔러의 손가락 움직임에서 그녀가 내 말에 주의를 기울이고 있다는 걸 읽을 수 있었다. 하지만 그녀는 고개를 들고 쳐다보지는 않았다.

"저는 제 은인이 누구인지 알게 되었습니다. 그건 행복한 발견이 아닙니다. 그리고 제 평판이나 신분이나 운세를 좋아지게 할 가능성이 전혀 없는 발견입니다. 말 못 할 사정이 있어서 그것에 대해 이 이상은 이야기할 수 없습니다. 제가 아닌 다른 사람의 비밀이기 때문입니다."

내가 잠시 말을 멈추고 에스텔러를 바라보며 어떻게 말을 이어 갈지 생각하는 동안 미스 해비셤이 내가 한 말을 되풀이했다. "네가 아닌 다른 사람의 비밀이기 때문이라고? 그래서?"

"미스 해비셤, 미스 해비셤께서 저를 처음 여기에 오라고 불렀을 때, 즉 제가 결코 떠나지 않았더라면 좋았을 저 건넛마을에서 제가 처음 여기 오게 되었을 때, 그것은 정녕 어떤 다른 아이가 왔어도 아무 상관이 없었을 자격, 즉 어떤 한 욕구 내지는 변덕을 충족해 주고 그 대가를 지불받을 일종의 하인 같은 자격으로 온 것뿐이었겠지요?"

"그렇다, 핍." 미스 해비셤은 분명하게 고개를 끄덕이며 대답했다. "넌 그렇게 왔다."

"그리고 재거스 씨는……."

"재거스 씨는……." 미스 해비셤은 단호한 어조로 내 말을 가로막으며 말했다. "그것과 아무 상관이 없었다. 또 그것에 대해 아무것도 몰랐다. 그가 내 변호사인 동시에 네 은인의 변호사이기도 한 것은 우연의 일치일 뿐이야. 그는 수많은 사람들과 똑같은 관계를 맺고 있고, 따라서 그런 우연은 쉽게 일어날 수 있는 법이야. 어쨌든 네 경우는 그저 우연히 일어난 일일 뿐 누구도 일부러 그렇게 만들지 않았다."

그녀의 수척한 얼굴에 감추거나 회피하려는 기색이 전혀 없다는 것은 누가 봐도 알 수 있을 사실이었다.

"하지만 제가 그동안 그토록 오래 사로잡혀 있던 그 착각에 제가 빠졌을 때, 미스 해비셤께서는 최소한, 저의 그 착각을 거들었지요?" 나는 말했다.

"그렇다." 그녀는 다시 분명하게 고개를 끄덕이며 대답했다. "난 네가 그러도록 거들었다."

"그게 친절한 행동이었다고 생각하시나요?"

"내가 어떤 사람인데!" 미스 해비셤은 지팡이로 바닥을 쾅 치면서 그리고 갑자기 격렬한 분노를 터뜨리며 큰 소리로 말했다. 그 바람에 에스텔러까지 놀라서 그녀를 흘긋 올려다봤다. "아니, 내가 어떤 사람인데, 나한테서 친절하기를 바란단 말이냐!"

내 질문은 타당성이 약한 항변이었다. 사실 난 그렇게 항변하려는 의도는 없었다. 그래서 나는 그녀에게 그렇게 말했고, 그녀는 발끈했던 걸 가라앉히며 생각에 잠긴 채 앉아 있었다.

"그래, 그래, 그래!" 그녀는 말했다. "그 밖에 또 뭐가 있냐?"

"저는 예전에 여기서 행한 봉사에 대해 미스 해비셤으로부터 후한 보답을 받았지요." 나는 그녀의 기분을 달래기 위해 말했다. "미스 해비셤 덕분에 도제가 될 수 있었으니까요. 조금 전의 질문들은 오직 저 자신이 알고자 드린 질문들이었습니다. 하지만 이제부터 말씀드리는 것은 다른 (그리고 바라건대 좀 더 사심 없는) 목적에서 드리는 말씀입니다. 미스 해비셤께서는 제 착각을 부추기심으로써, 미스 해비셤 당신의 이기적인 친척들을 벌하셨지요. 혹은 속였다고 할 수…… 혹시 기분 나쁘지 않게 미스 해비셤의 의도를 적절히 표현하는 말이 있다면 뭐든 말씀해 주십시오. 그럼 그 말을 사용하겠습니다. 어쨌든 그런 걸 하셨지요?"

"그랬다. 아니, 그들이 멋대로 그렇게 받아들인 거다! 너도 그랬던 거고. 내가 어떤 과거를 가진 사람인데, 그들이나 너보고 그렇게 받아들이지 말라고 부탁하는 수고를 한단 말이냐! 너희들은 스스로 놓은 덫에 걸렸을 뿐이야. 나는 결코 그 덫을 놓지 않았어."

그녀가 다시금 진정되기를 기다린 다음 — 왜냐하면 이번에도 그녀는 사납고 갑작스러운 분노를 터뜨렸기 때문이다. — 나는 말을 계속했다.

"미스 해비셤, 제가 런던에 갔을 때 저는 당신의 친척 중 한 가정에 들어가 지내게 되었고, 또 그 이후로도 계속 그 가족들을 만나며 살았습니다. 저는 그들 역시 그동안 진정으로 저 자신과 똑같은 착각을 하고 있었다는 걸 잘 알고 있습니다. 그래서 미스 해비셤, 당신이 이걸 받아들이든 말든, 그리고 당신이 이걸 신뢰하고 싶은 마음이 내키든 안 내키든, 저는 거짓되고 비열한 사람이 되지 않기 위해서라도 당신께 이 말만은 꼭 드리고자 합니다. 당신이 만약 매슈 포킷 씨와 그의 아들 허버트를 너그럽고 정직하고 사심 없으며, 음흉하거나 비열한 어떤 짓도 할 수 없는 고결한 사람들이라고 생각하지 않는다면 그건 정말 그들을 지극히 부당하게 대하는 것입니다."

"그들이 네 친구들이니까 그렇겠지." 미스 해비셤은 말했다.

"그들은……." 나는 말했다. "바로 자신들의 자리를 저한테 빼앗겼다고 생각할 때 오히려 제 친구가 되어 주었습니다. 반면 새러 포킷과 미스 조지애너, 그리고 커밀러 부인은 그때 제 친구가 되어 주지 않았다고 저는 생각합니다."

두 사람을 나머지 친척들과 이렇게 대조해서 말한 것은 그들에 대한 그녀의 인식에 이롭게 작용한 것처럼 보였으며, 그걸 보고 나는 속으로 기쁘게 여겼다. 그녀는 잠시 나를 날카롭게 바라보더니 조용히 말했다.

"네가 그들을 위해 원하는 게 뭐냐?"

"저는 그저……." 나는 말했다. "미스 해비셤께서 그들을 나머지 친척들과 혼동하지 않기만을 바랄 뿐입니다. 맹세코 말씀드리건대, 그들은 핏줄이 같을지는 모르지만 본성은 전혀 다른 사람들입니다."

여전히 나를 날카롭게 바라보면서 미스 해비셤은 반복해서 물었다.

"네가 그들을 위해 원하는 게 뭐냐?"

"보시다시피 저는 그리 교활하지가 못해서……." 나는 내 얼굴이 약간 빨개지는 것을 의식하며, 이렇게 대답했다. "뭔가 원하는 게 있다는 걸 감추고 싶어도 감출 수가 없군요. 미스 해비셤, 혹시 당신이 돈을 좀 떼어서 내 친구 허버트에게 일생 동안 지속될 수 있는, 하지만 일의 성격상 그가 모르게 해야 하는 한 가지 도움을 베풀어 줄 수 있다면, 저는 그 방법을 당신께 알려드릴 수 있습니다."

"왜 그가 모르게 도와줘야 한다는 거냐?" 그녀는 나를 좀 더 주의 깊게 응시할 수 있도록 두 손을 지팡이 위에 얹어 놓으며 물었다.

"그건……." 나는 말했다. "바로 저 자신이 그가 모르게 그 도움을 주기 시작했기 때문입니다. 그리고 그런 지 2년도 더 되었는데 이제 와서 그것이 알려지는 걸 바라지 않기 때문입니다. 제가 왜 이 도움을 끝까지 해 줄 수 없는가 하는 것은 지금 설명드릴 수 없습니다. 그것도 아까 말씀드린 비밀, 즉 제가 아닌 다른 사람의 비밀에 속한 사항입니다."

그녀는 점차 나에게서 시선을 거두고는 난롯불로 눈길을 돌렸다. 침묵 속에서, 그리고 천천히 타들어 가고 있는 촛불 빛 아래에서, 그녀가 난롯불을 지켜보고 있는 시간은 아주 길게 느껴졌다. 그러다가 빨갛게 타던 석탄 일부가 푹 꺼지는 소리에 그녀는 문득 정신을 차리고는 다시 내 쪽으로 눈을 돌려 — 처음에는 멍하니, 그러다가 점차 주의를 집중하여 — 나를 바라보았다. 그동안 에스텔러는 내내 뜨개질을 계속했다. 이윽고 그녀의 주의가 나에게 완전히 모아졌을 때, 미스 해비셤은 마치 우리의 대화가 전혀 끊어지지 않았던 것처럼 말을 이었다.

"그 밖에 또 뭐가 있냐?"

"에스텔러." 나는 이제 에스텔러를 돌아보며, 그리고 떨리는 목소리를 억누르려고 애쓰며 말했다. "너는 내가 널 사랑한다는 걸 잘 알고 있지. 너는 내가 널 오랫동안 아주 깊이 사랑해 왔다는 것을 잘 알고 있지."

내가 이렇게 말을 걸자 에스텔러는 시선을 들어 내 얼굴을 쳐다봤다. 뜨개질을 하는 그녀의 손가락은 계속 부지런히 움직이고 있었고, 그녀는 아무 동요도 없는 표정으로 나를 바라보았다. 나는 미스 해비셤이 나와 에스텔러를 번갈아 가며 흘긋흘긋 바라보는 걸 알았다.

"나의 그 오랜 착각만 없었다면 나는 이 말을 훨씬 더 일찍 했을 거야. 그 착각 때문에 나는 미스 해비셤이 우리를 서로 짝지어 주려고 작정하고 있다고 생각해 왔어. 말하자면 네가 스스로 선택할 수 없는 처지라는 것을 아는 나로서는 이 말을 하고 싶어도 참았던 거야. 하지만 이제는 이 말을 꼭 해야겠어."

아무 동요 없는 표정을 계속 유지한 채, 그리고 손가락을 여전히 움직여 대면서, 그녀는 고개를 가로저었다.

"나도 알아." 나는 그녀의 고갯짓에 대한 대답으로 말했다. "나도 알고 있어. 나에겐 이제 널 내 사람이라고 부르게 될 희망이 조금도 없어, 에스텔러. 내가 곧 어떻게 될지, 내가 얼마나 가난하게 될지, 또 내가 어디로 가게 될지 나는 하나도 몰라. 하지만 나는 널 사랑해. 이 집에서 널 처음 본 이래로 난 너를 사랑해 왔어."

그녀는 조금도 동요 없는 표정 그대로 손가락만 바삐 놀리면서 나를 바라보았다. 그러고는 다시금 고개를 가로저었다.

"만약 미스 해비셤이 자신의 행동의 심각성을 깊이 인식하고서도 가난한 소년의 여린 감수성을 농락하여, 나로 하여금 이렇게 여러 해 동안 헛된 희망을 부질없이 추구하며 고통스러워하게 한 것이라면, 그녀는 정말로 끔찍하도록 잔인한 짓을 했다고 할 수 있을 거야. 하지만 나는 미스 해비셤이 그런 인식을 하지 못했다고 생각해. 나는 그녀가 자신의 시련을 견뎌 내느라 내가 당하는 시련을 생각하지 못했다고 생각해, 에스텔러."

나는 미스 해비셤이 가슴에 손을 얹는 것을 보았다. 그녀는 손을 가슴에 그대로 댄 채, 에스텔러와 나를 차례로 바라보며 앉아 있었다.

"뭐라고 불러야 할지 모르겠는데……." 에스텔러는 차분한 어조로 말했다. "내가 이해할 수 없는 어떤 감정이나 상상 같은 것들이 있는 것 같아. 네가 나를 사랑한다고 말할 때 나는 하나의 표현으로서는 네 말의 의미를 알고 있어. 하지만 그 이상은 아무것도 몰라. 네 말은 내 가슴속에 어떤 반응도 일으키지 못해. 나는 네가 말하는 것에 아무런 관심도 없어. 이것에 대해 나는 이미 너에게 경고했더랬어. 그렇지 않니?"

나는 "그래." 하고 비참한 심정으로 말했다.

"그래. 하지만 너는 경고를 받아들이려고 하지 않았어. 왜냐하면 넌 내가 진심으로 말한다고 생각하지 않았기 때문이지. 자, 그렇지 않니?"

"나는 네가 진심으로 그 말을 할 리 없다고 생각했고 또 그러길 희망했어. 그토록 젊고, 때 묻지 않고, 아름다운 네가 말이야, 에스텔러! 정말이지 그건 자연의 본성에 어긋나는 거야."

"그건 내 본성과는 일치하는 거야." 그녀는 대답했다. 그러고는 힘주어 덧붙였다. "그건 내 안에 형성된 본성과 일치하는 거야. 그나마 너와 다른 모든 사람 사이에 커다란 차이를 두기 때문에 내가 너한테 이만큼이라도 많이 말하는 거야. 그 이상은 기대하지 마."

"벤틀리 드러믈이 여기 읍내까지 와서 너를 따라다니고 있는 건 뭐니?" 나는 말했다. "그건 사실이 아니니?"

"그건 분명 사실이야." 그녀는 그를 완전히 경멸하고 무관심하게 여기는 듯이 대답했다.

"네가 그에게 호의적으로 대하고 그와 함께 말 타고 나가는 것, 그리고 그가 바로 오늘 너와 함께 저녁 식사를 하기로 되어 있는 건 뭐니? 그건 사실이 아니니?"

그녀는 내가 그 사실을 아는 것에 대해 약간 놀라는 눈치였다. 하지만 다시 "그건 분명 사실이야."라고 대답했다.

"넌 그를 사랑할 리 없어, 에스텔러!"

뜨개질하던 손가락을 처음으로 멈추면서 그녀는 다소 화난 얼굴로 쏘아붙였다. "내가 그동안 뭐라고 말해 왔니? 넌, 내가 그렇게 말했는데도, 아직도 내 말이 진심이 아니라고 생각하는 거니?"

"넌 결코 그와 결혼하지 않을 거지, 에스텔러?"

그녀는 미스 해비셤 쪽을 바라보았다. 그러고는 손에 뜨개질거리를 그대로 든 채 한순간 뭔가 생각하는 듯했다. 그러더니 그녀는 말했다. "너한테 사실을 말 못 할 이유는 없지. 난 그와 결혼할 예정이야."

나는 두 손에 얼굴을 파묻었다. 하지만 생각보다는 내 감정을 잘 억제할 수 있었다. 그녀의 그 말을 듣고 내가 느낀 고통이 얼마나 격심한 것이었나를 고려할 때 그렇다는 것이지만 말이다. 내가 다시 얼굴을 들었을 때 미스 해비셤의 얼굴에는 유령처럼 창백한 표정이 떠올라 있었는데 너무나 창백한 그 표정은 격렬한 슬픔으로 경황이 없는 나에게조차 깊은 인상을 주었다.

"에스텔러, 진정으로 사랑하는 에스텔러, 미스 해비셤에게 이끌려 그렇게 치명적인 나락으로 떨어지는 일만은 하지 말아 다오. 날 영원히 제쳐 놓아도 좋아. 물론 네가 그동안 그렇게 해 왔다는 걸 난 잘 알고 있지. 다만 누구든 드러믈보다는 나은 사람에게 너를 맡기도록 해. 미스 해비셤은 너를 드러믈한테 넘겨주려는 거야. 바로, 널 흠모하는 훨씬 훌륭한 많은 남자들과 너를 진정으로 사랑하는 소수의 남자들에게 가장 크고 심한 모욕과 상처를 입히기 위해서 말이야. 그 소수의 남자들 중에는 비록 나만큼 오래는 아닐지라도 나만큼 진정으로 너를 사랑하는 사람이 있을지 몰라. 제발 그런 사람을 택해 다오. 그럼 나는 너를 위해 그걸 더 잘 견딜 수 있을 거야!"

내 간곡한 호소는 그녀에게 일종의 놀라움을 일으켰다. 그것은 만약 그녀가 내 진심을 그녀의 가슴에 이해시킬 수만 있었다면 아마 동정심으로 물들 수도 있었을 그런 놀라움이었다.

"나는……." 그녀는 좀 더 부드러운 목소리로 다시 말했다.

"그와 결혼할 예정이야. 결혼 준비가 이미 진행되고 있고, 따라서 나는 곧 결혼하게 될 거야. 너는 왜 부당하게 내 양어머니의 이름을 들먹이는 거니? 이건 나 스스로 결정한 행동이야."

"짐승 같은 녀석에게 자신을 내던져 버리는 게 너 스스로 결정한 행동이라고, 에스텔러?"

"그럼 누구한테 나 자신을 내던져 버려야 하겠니?" 그녀는 냉소를 띠며 대꾸했다. "내가 자기에게 아무것도 가져오지 않았다는 것을 즉시 느끼게 될 (사람들이 정말로 그런 것들을 느낀다고 한다면 말인데) 남자에게 나 자신을 내던져 버려야 하겠니? 그것 봐! 더 이상 말이 필요 없는 일이야. 나는 충분히 잘해 나갈 거고, 내 남편도 잘해 나갈 거야. 네가 치명적인 나락이라고 부른 것에 내가 끌려가는 문제에 대해 말하자면, 미스 해비셤이 만약 미리 알았다면 오히려 나를 좀 더 기다리게 해서 결혼하지 못하게 했을 거야. 하지만 나는 그동안 살아온 이 생활이, 나한테 거의 아무 매력도 없는 이 생활이 싫증 났어. 그래서 하루라도 빨리 그걸 바꾸고 싶은 마음뿐이야. 네 말은 더 이상 듣고 싶지 않아. 우린 결코 서로를 이해할 수 없을 거야."

"그런 짐승 같은 비열한 놈하고, 그런 짐승 같은 어리석은 놈하고 결혼하다니!" 나는 절망하여 소리쳤다.

"내가 그에게 축복이 되리라는 걱정은 안 해도 돼." 에스텔러는 말했다. "나는 그런 존재가 되진 않을 거야. 자! 여기 내 손이 있어. 우리 악수하며 좋게 헤어지자, 이 환상에 빠진 아이야, 아니, 남자야라고 해야겠지?"

"오, 에스텔러!" 나는 대답했다. 아무리 참으려 해도 비통한 눈물이 그녀의 손 위로 쏟아지는 것을 막을 수 없었다. "설령 내가 영국에 남아서 다른 사람들과 나란히 얼굴을 들고 다닐 수 있다 하더라도, 난 네가 드러믈의 아내가 된 것만은 도저히 바라볼 수 없을 거야!"

"바보 같은 소리 마." 그녀가 대답했다. "바보 같은 소리 마. 넌 금세 잊어버리고 말 거야."

"난 결코 그러지 못할 거야, 에스텔러!"

"일주일이면 마음속에서 날 잊고 말걸."

"널 마음속에서 잊는다고! 너는 내 존재의 일부야, 나 자신의 일부야. 거칠고 천한 소년이었던 내가 처음 여기 온 이래로, 너는 내가 읽는 글 한 줄 한 줄마다 그 안에 존재하고 있었어. 물론 그때도 너는 이미 내 가련한 가슴에 상처를 입혔지. 너는 그 이후로 내가 본 모든 풍경 속에, 강이든, 배의 돛이든, 습지대든, 구름이든, 햇빛이든, 어둠이든, 바람이든, 숲이든, 바다든, 길거리든, 그 어떤 것이든 그 속에 존재하고 있었어. 너는 내 마음이 그 후로 알게 된 모든 아름다운 상상의 화신이었어. 네 존재와 영향력은 나에게 런던에서 가장 튼튼한 건물의 육중한 돌들보다도 더 실감 있는 것이며, 그걸 바꾸는 것은 그 돌들을 네 손으로 옮겨 놓는 것보다 훨씬 더 불가능한 일이야. 그리고 그것은 언제 어디서든 변함없을 거야. 에스텔러, 내 인생의 마지막 순간까지 너는 내 인격의 일부분으로 남아 있을 수밖에 없어. 얼마 안 되는 내 안의 좋은 면의 일부이자 나쁜 면의 일부로서 말이야. 하지만 오늘 이 이별의 순간에 나는 너를 오직 좋은 것하고만 연결 짓겠어. 그리고 언제나 충실하게 그것에 비추어 너를 기억하겠어. 왜냐하면 내가 지금 너 때문에 아무리 쓰라린 고통을 느낀다 하더라도, 너는 나에게 해로움보다는 이로움을 훨씬 더 많이 주었음에 틀림없기 때문이야. 아, 하느님이 너를 축복하시기를, 그리고 하느님이 너를 용서해 주시기를!"

불행이 절정에 이른 가운데 내가 얼마나 정신없이 이 말들을 더듬대며 토해 냈는지 나는 기억하지 못한다. 이 열렬한 고백은 마치 몸속 깊은 상처에서 흘러나오는 피처럼, 내 안에서 울컥울컥 샘솟아 밖으로 터져 나왔다. 나는 그녀의 손을 내 입술에 댄 채 한참 동안 머뭇거리며 있었다. 그러고는 그녀를 떠났다. 그러나 에스텔러가 놀란 얼굴로 그저 믿지 못하겠다는 듯이 나를 바라보는 동안, 손을 여전히 가슴에 댄 채 유령처럼 창백하게 노려보며 연민과 회한으로 녹아내릴 듯이 앉아 있는 미스 해비셤의 귀신 같은 형상은 그 뒤로 항상 — 그 직후에는 그 이유가 좀 더 강했는데 — 내 기억에 남아 있었다.

모든 게 끝장났고, 모든 게 사라졌다! 너무나 많은 것이 끝장나고 사라져서 내가 대문 밖으로 나왔을 때 햇빛조차 내가 그 집에 들어갔을 때보다 더 어두운 색을 띠고 있는 것처럼 보였다. 얼마 동안 나는 외딴 소로와 샛길로 들어가 사람들 눈을 피했다. 그런 다음 나는 런던까지 내내 걸어가기로 마음먹었다. 왜냐하면 그때쯤 나는 어느 정도 정신을 차려서, 여관에 돌아가 드러믈을 만날 수 없다는 것과, 마차를 타고 가며 사람들과 이야기하게 되는 것을 견딜 수 없으리라는 것, 그리고 나 자신을 지치게 만드는 것만큼 나에게 좋은 일은 없으리라는 것 등을 생각해 낼 수 있었기 때문이다.

내가 런던교를 건넜을 때는 한밤중이 지나서였다. 나는 그 당시 템스 강의 미들섹스 쪽 강변에 서쪽으로 나 있던 좁고 복잡한 거리들을 따라 계속 나아갔는데, 그쪽에서 템플로 가는 가장 쉬운 방법은 강변 바로 옆으로 해서 화이트 프라이어스*를 지나는 것이었다. 나는 다음 날 돌아오기로 되어 있었다. 하지만 나는 열쇠가 있었으므로, 허버트가 잠자리에 들었다 해도 그를 깨우는 일 없이 혼자 들어가서 내 잠자리에 들 수 있을 것이었다.

내가 템플이 닫힌 뒤에 화이트 프라이어스 쪽 출입문으로 들어가는 일은 거의 없었으므로, 그리고 내가 심한 진흙투성이에 몹시 지친 모습이었으므로, 야근하는 수위가 내가 들어가도록 문을 약간 열어 주면서 나를 아주 주의 깊게 살펴보았을 때 그것을 기분 나쁘게 생각하지 않았다. 나는 그의 기억을 돕기 위해 내 이름을 말해 주었다.

"완전히 확신하진 못했습니다만, 나리이신 줄로 생각했습니다, 나리. 여기 전해 드릴 쪽지가 하나 있습니다, 나리. 그걸 가져온 심부름꾼은 나리께서 제 등불로 여기서 그걸 읽어 주기 바란다고 부탁했습니다."

이 요청에 크게 놀라며 나는 쪽지를 받았다. 그것은 필립 핍 귀하라고 씌어 있었고, 이 이름 바로 위쪽에 "부디 이 자리에서 읽어 주시오."라는 말이 적혀 있었다. 수위가 등불을 들고 비춰 주는 동안 나는 쪽지를 열고 내용을 읽어 보았다. 거기에는 웨믹의 필체로 이렇게 씌어 있었다.

"집에 가지 말아요."

* 템플 바로 옆, 강변에 있는 지역 이름으로 옛날 흰옷을 입고 탁발을 다니던 카르멜회 수도사들의 수도원이 있던 자리.

45장

그 경고를 읽자마자 나는 템플의 출입문에서 발길을 돌려 플리트 가(街)로 최대한 빨리 걸어갔다. 그리고 거기서 야간 전세 마차를 한 대 잡아타고는 코벤트 가든에 있는 허멈스 호텔로 갔다. 그 당시에는 밤 시간 언제라도 그곳에서 방을 얻을 수 있었다. 호텔 시종은 즉시 쪽문으로 나를 들여보내고는 선반 위의 초들 가운데 순서가 된 초에 불을 붙인 뒤, 빈 방의 목록에 다음 순서로 되어 있는 방으로 나를 곧장 안내했다. 그 방은 1층 저 뒤쪽에 있는 일종의 지하 묘실 같은 방으로, 포악한 괴물 같은 기둥 네 개짜리 침대가 방 안 전체에 올라타고 있듯이 버티고 있었다. 침대는 멋대로 뻗은 다리 하나를 벽난로 안으로 들이밀다시피 하고 다른 다리 하나는 문간까지 내밀다시피 하면서, 마치 신의 인정이라도 받은 듯한 당당한 태도로 초라한 자그만 세면대를 구석에 밀어붙이고 있었다.

내가 침실용 야간 등불을 달라고 요청했으므로 호텔 시종은 나를 방에다 두고 떠나기 전에, 덕이 높던 그 시절에 전 국가적으로 애용되던 그 훌륭하고 오래된 골풀 양초를 하나 가져다 주었다. 지팡이의 먼 사촌처럼 길쭉하게 생긴 이 물건은 건드리는 즉시 뚝 부러졌으며, 거기에 대고 그 어떤 것도 불을 붙일 수 없을 만큼 희미한 빛을 내며 탑처럼 높은 양철 깡통의 밑바닥에 외롭게 갇힌 듯이 놓여 있었는데, 깡통의 숭숭 뚫린 동그란 구멍들을 통해 방 안의 벽에다 마치 눈을 크게 뜨고 노려보는 듯한 눈동자 모양 그림자들을 온통 던져 놓았다. 침대에 들어가서 아픈 발을 비비며 비참한 심정으로 누웠을 때, 나는 얼간이 같은 이 아르고스*의 눈들을 감기게 할 수 없는 것과 마찬가지로 나 자신의 눈도 감을 수 없다는 것을 깨달았다. 그리하여 어둡고 쥐 죽은 듯이 고요한 한밤중에 우리는 서로를 노려보며 가만히 있었다.

얼마나 음울한 밤이었던가! 얼마나 불안에 가득 차고, 얼마나 참담하고, 얼마나 긴 밤이었던가! 방 안에는 차가운 검댕과 뜨거운 먼지에서 나는 불쾌한 냄새가 배어 있었다. 그리고 머리 위 침대 덮개의 구석들을 올려다보던 나는 푸줏간에서 날아온 쉬파리, 시장에서 날아든 집게벌레, 시골에서 꼬여 든 유충 등 무수히 많은 벌레들이 틀림없이 거기 그 위에 매달려 다음 여름을 위한 안식을 취하고 있을 거라는 생각이 들었다. 이 생각은 곧 그 벌레들 중에 혹시 굴러떨어지는 놈은 없는가 하는 생각으로 이어졌고, 그러자 나는 내 얼굴에 뭔가 가벼운 물체가 떨어지는 것을 느꼈다고 상상했다. 물론 이 불쾌한 생각은 곧 내 등

* 그리스신화에 나오는 백 개의 눈을 가진 괴물. 여기서는 골풀 양초가 벽에 던진 눈동자 모양 그림자들을 비유적으로 표현한 것임.

을 타고 뭔가 기어오르는 듯한 더욱 혐오스러운 다른 느낌으로 이어졌다. 이렇게 잠을 이루지 못한 채 얼마 동안 누워 있으려니 이젠 또, 고요함을 가득 채우곤 하는 그 이상한 소리들이 하나 하나 들려오기 시작했다. 벽장이 소곤대기 시작했고, 벽난로가 한숨을 내쉬었고, 자그만 세면대는 탁탁 소리를 냈고, 서랍장 속에서는 기타 줄 하나가 이따금씩 팅팅거렸다. 그리고 이와 거의 동시에 벽 위의 눈동자들은 새로운 표정을 띠기 시작했는데, 나를 노려보는 듯한 그 동그란 무늬마다 '집에 가지 말아요.'라는 말이 씌어 있는 것이었다.

수많은 밤의 상상과 수많은 밤의 소리들이 밀려와 나를 덮쳤지만 그것들은 이 '집에 가지 말아요.'라는 말을 조금도 밀어내지 못했다. 이 말은, 마치 하나의 신체적 고통이 그러듯이, 내가 어떤 생각을 하든지 그것에 파고 들어와 얽혔다. 그 얼마 전에 나는 신문에서, 어느 이름 모를 신사가 밤에 허멈스 호텔에 와서 잠자리에 들었다가 자살을 한 뒤 다음 날 아침 온통 피투성이가 된 채 발견되었다는 기사를 읽은 적이 있었다. 문득 그 신사가 바로 내가 지금 있는 이 지하 묘실 같은 방에 들었음에 틀림없다는 생각이 내 머릿속에 떠오르면서, 나는 침대에서 뛰쳐나와 혹시 주위에 빨간 핏자국이 없는지 자세히 확인해 보았다. 그런 다음 나는 방문을 열고 복도를 내다보고는, 호텔 시종이 그 곁에서 졸고 있는 걸로 알고 있는 불빛이 저 멀리 아직 비치는 것을 확인하고 위안을 얻었다. 하지만 그러는 동안 내내, 내가 왜 집에 가지 말아야 하는지, 집에 무슨 일이 일어났는지, 내가 언제 집에 갈 수 있을지, 그리고 프로비스가 안전하게 집에 잘 있는지 등등의 의문은 다른 생각을 할 여지가 내 마음에 조금도 없을 거라고 생각될 만큼 내 마음을 온통 사로잡고 있었다. 에스텔러 생각을 할 때조차, 그리고 우리가 그날 어떻게 영원히 헤어졌는가를 생각할 때조차, 또한 우리의 이별의 그 모든 상황들과 그녀의 모든 표정과 어조, 뜨개질하던 그녀의 손가락 움직임 등을 회상할 때조차 — 그런 때조차 나는 여기저기 그리고 그 모든 곳에서 '집에 가지 말아요.'라는 경고와 씨름하고 있었다. 마침내 심신이 완전히 기진맥진한 상태가 되어 내가 꾸벅꾸벅 졸기 시작했을 때도, 그 말은 내가 형태 변화를 시켜야 하는, 거대한 환영 같은 동사가 되어 나타났다. 그리하여 그것은 현재시제 명령법, 즉 '당신은 집에 가지 마. 그가 집에 가지 못하게 해. 우리, 집에 가지 말자. 너희들은 집에 가지 마. 그들이 집에 가지 못하게 해.' 등으로 바뀌었다가, 다음에는 가능법으로, 즉 '나는 집에 가지 못할 수 있어, 갈 수 없어. 집에 가지 못할지도 몰라, 갈 수 없을 거야, 가지 못할 거야, 가면 안 될 거야.' 등으로 바뀌었다. 그러다가 나는 내 정신이 좀 이상해지고 있다고 느끼고는 베개 위에서 몸을 돌려 벽 위의 그 노려보는 동그란 눈동자들을 다시금 바라보았다.

나는 아침 7시에 깨워 달라는 부탁을 해 놓았더랬다. 왜냐하면 다른 사람을 만나기 전에 웨믹을 꼭 먼저 만나야 한다는 것은 분명했기 때문이다. 그리고 이것이 그의 월워스 의견만을 받을 수 있는 사안이라는 것 또한 분명했다. 그토록 비참한 밤을 보냈던 방에서 나가게 되는 것이 너무나 다행으로 여겨졌던지라 나는 문 두드리는 소리가 두 번 들리기도 전에 내 불편한 잠자리에서 벌떡 일어났다.

웨믹의 성곽 외벽이 내 시야에 보였을 때는 8시였다. 어린 하녀가 마침 두 개의 뜨거운 롤빵을 들고 요새로 들어가고 있었으므로, 나는 그 하녀를 따라서 성채 뒷문을 지난 다음 도개교를 건너 안으로 들어갔다. 그래서 나는 내 도착을 미리 알리지도 않고, 자기 자신과 노인장을 위해 차를 준비하고 있는 웨믹 앞에 모습을 나타냈다. 열려 있는 방문으로는 침대에 누워 있는 노인장의 모습이 멀찌감치 엿보였다.

"어이구, 핍 씨!" 웨믹은 말했다. "그렇다면 돌아오신 게 분명하군요?"

"그렇습니다." 나는 대답했다. "하지만 집에 가진 않았습니다."

"잘됐습니다." 그는 두 손을 비비며 말했다. "템플의 출입문마다 핍 씨를 위해 쪽지를 남겨 놓았지요. 만일의 경우를 대비해서 말입니다. 어느 쪽 출입문으로 갔었나요?"

나는 어느 문인지 그에게 말해 줬다.

"나머지 다른 문들은 오늘 중으로 내가 들러서 쪽지들을 폐기해 버리도록 하겠습니다." 웨믹은 말했다. "할 수만 있다면 문서로 된 증거를 절대 남기지 않는 것, 그건 좋은 규칙이지요. 그게 언제 증거물로 사용될지 아무도 모르니까요. 당신에게 실례를 좀 하겠습니다. 노인장을 위해 이 소시지를 좀 불에 구워 줄 수 있겠습니까?"

나는 기꺼이 그러겠노라고 말했다.

"그럼 메리 앤, 넌 가서 다른 일을 해도 되겠구나." 웨믹이 어린 하녀에게 말했다. "이러면 우리 두 사람만 남게 되는 거지요. 안 그래요, 핍 씨?" 하녀가 사라지자 웨믹은 눈을 찡긋해 보이며 덧붙였다.

나는 그의 친절한 배려와 조심성에 대해 감사를 표했다. 우리의 대화가 낮은 목소리로 계속 진행되는 동안 나는 노인장의 소시지를 불에 구웠고 그는 노인장의 롤빵 안쪽에 버터를 발랐다.

"자, 핍 씨." 웨믹은 말했다. "아시다시피 당신과 나는 서로를 이해하고 있습니다. 우리는 사적이고 개인적인 자격으로 만나고 있습니다. 오늘 말고 전에도 우리는 우리만의 은밀한 거래를 수행한 적이 있지요. 사무실에서의 의견은 이와는 별개의 것입니다. 우리는 지금 사무적인 관계를 벗어나 있지요."

나는 진심으로 이에 동의를 표했다. 나는 너무나 초조하고 긴장한 나머지 노인장의 소시지를 횃불처럼 활활 불타게 만들고 말았다. 그래서 황급히 입으로 불어서 꺼야만 했다.

"나는 어제 아침, 우연히 어떤 말을 듣게 되었습니다." 웨믹은 말했다. "전에 한번 당신을 데리고 간 적이 있는 어떤 장소에 갔을 때였습니다. 당신과 나 사이에서조차 피할 수만 있다면 구체적인 이름은 언급하지 않는 게 좋겠지요."

"물론이고말고요." 나는 말했다. "충분히 이해합니다."

"거기서 어제 아침에 우연히 어떤 말을 듣게 되었는데……." 웨믹은 말했다. "그건 식민지 개척 사업과 관계가 전혀 없지 않고, 또 휴대 가능한 동산을 소유하지 않았다고 할 수 없는 어떤 사람이, 그를 정말로 뭐라고 표현할 수 있을지 잘 모르겠는데, 이 사람의 이름은 언급하지 않겠습니다……."

"그럴 필요가 없지요." 나는 말했다.

"이 사람이 이 세상의 어떤 지역에 약간의 문제를 일으켰다는 내용이었습니다. 그 지역은 아주 많은 사람들이 가는 곳인데, 꼭 그들 자신이 가고 싶은 마음이 우러나서 가는 것이 아닌,

정부의 비용과 관계가 없지 않은 방식으로 가는 그런 곳이랍니다."

그의 얼굴을 주시하느라고 나는 노인장의 소시지를 완전히 불꽃으로 만들어 버려서 나 자신과 웨믹의 정신 집중에 큰 지장을 주었다. 나는 그것에 대해 사과했다.

"문제가 된 원인은 그가 그곳에서 사라져서 그 근처에서 더 이상 소식을 알 수 없게 되었기 때문이라고 들었습니다." 웨믹은 말을 이었다. "그리고 그로 인해 여러 가지 추측과 견해가 무성하게 일어나고 형성되었다고 했습니다. 나는 또, 템플의 가든코트에 있는 당신의 거처에서 당신이 한동안 감시를 받았고 앞으로 또다시 감시받을지 모른다는 말도 들었습니다."

"누구에 의해 감시받는다는 건가요?"

"거기까지는 들어갈 수 없습니다." 웨믹은 답을 회피하며 말했다. "그건 내 사무적인 책임과 충돌할 수 있거든요. 내가 그동안 그곳에서 들어 온 이상한 잡다한 것들과 마찬가지로 이것도 거기서 우연히 듣게 된 것뿐입니다. 사무적으로 받은 정보에 의거해서 이걸 핍 씨에게 말해 주는 것이 아닙니다. 그저 들은 이야길 전하는 것뿐입니다."

그는 그렇게 말하면서 내게서 소시지를 꿴 꼬챙이를 받은 다음 노인장의 아침 식사를 자그만 쟁반 위에 깔끔하게 차렸다. 그것을 노인장 앞에 갖다 놓기 전에, 그는 먼저 깨끗한 하얀 냅킨을 들고 노인장의 방으로 들어가서 노신사의 턱 밑에 묶어 주고는 그를 일으켜 앉혔다. 그러고는 그의 취침용 모자를 한쪽으로 삐딱하게 젖혀 그를 상당히 멋쟁이 건달 같은 모습으로 보이게 했다. 그런 다음 노인장의 아침 식사를 아주 조심스럽게 그의 앞에 갖다 놓고는 이렇게 말했다. "자, 됐습니다. 그렇지요, 아버님?" 이 질문에 노인장은 명랑하게 대답했다. "그래, 됐다, 존. 얘야, 됐어!" 노인장이 그 순간 손님 앞에 모습을 보일 상태에 있지 않다는, 따라서 그는 눈에 안 보이는 것으로 간주되어야 한다는 암묵적인 이해가 있는 듯했으므로, 나는 이 모든 일의 진행을 완전히 모른 척했다.

"제 거처에서 제가 감시당했다는 것은(그런 의심을 할 만한 이유가 저에게도 없지 않은데)……." 웨믹이 자리에 돌아오자 나는 그에게 말했다. "웨믹 씨께서 방금 언급한 그 사람과 서로 분리할 수 없는 사항이지요, 그렇지요?"

웨믹은 아주 심각한 표정을 지었다. "내가 아는 한, 그렇다고 확실히 말할 수는 없습니다. 그러니까 무슨 말이냐면, 처음부터 그랬다고는 말할 수 없다는 겁니다. 하지만 지금은 그렇다고 할 수 있거나, 아니면 앞으로 그럴 것이라고, 또는 그렇게 될 위험이 굉장히 크다고 할 수 있습니다."

나는 그가 리틀 브리튼에 대한 직무상의 충실성이라는 제한 때문에 할 수 있는 만큼 이야기를 다 해 주지 못한다는 것을 알고 있었으므로, 그리고 이만큼 말해 준 것만도 그가 자신의 궤도를 얼마나 멀리 벗어난 것인지 잘 알고 있고 또 그것에 감사하는 마음이었으므로, 그에게 더 이상 조르지 않았다. 하지만 난롯불을 바라보며 잠시 숙고해 본 다음, 나는 그가 옳다고 여기는 바에 따라 대답을 해 줘도 되고 안 해 줘도 된다는 조건으로 한 가지 질문을 해도 되겠냐고 물었다. 그러면서 어느 쪽이든 그의 판단이 올바르다고 확신할 거라는 말을 덧붙였다. 그는 아침식사 하던 것을 중단하더니 팔짱을 끼고는 손가락으로 셔츠 소매를 (그는 양복 상의를 입지 않고 앉아 있는 것을 실내에서의 편안함을 나타내는 표상으로 여겼다.) 꽉 움켜쥐었다. 그러고는 나에게 질문을 해 보라는 뜻으로 고개를 끄덕였다.

"콤피슨이라는 본명을 지닌, 평판 나쁘고 못된 사람에 대해 들어 보신 적이 있나요?"

웨믹은 대답으로 다시 한 번 고개를 끄덕였다.

"그는 살아 있나요?"

고개가 다시 한 번 끄덕였다.

"그가 런던에 있나요?"

그는 다시 한 번 고개를 끄덕였다. 그러더니 우체통 같은 입을 아주 단단히 다문 채 나에게 마지막으로 한 번 더 고개를 끄덕여주고는 아침 식사를 다시 먹기 시작했다.

"자." 잠시 후 웨믹이 말했다. "질문이 끝났으니……." 그는 내 이해를 돕기 위해 끝났다는 말을 힘주어서 반복한 다음 말을 계속했다. "이제, 어제 그 말을 듣고 난 뒤에 내가 한 일에 대해 말하기로 하지요. 나는 당신을 찾으러 가든코트에 갔습니다. 거기서 당신을 찾지 못했으므로 나는 클래리커 상사에 가서 허버트 씨를 찾았습니다."

"그리고 그를 만났겠지요?" 나는 대단히 불안해하며 말했다.

"예, 만났습니다. 어느 누구의 이름도 언급하지 않은 채, 또 그 어떤 자세한 이야기도 하지 않은 채, 나는 그저 허버트 씨에게, 만약 누구든지, 톰인지, 잭인지, 리처드인지 누구든 당신의 거처나 가까운 이웃에 있는 사람을 그가 알고 있다면, 그 톰인지, 잭인지, 리처드인지 하는 사람을 당신이 출타하고 없는 동안에 거기서 다른 데로 옮기는 게 좋을 것이라고 이해시켰습니다."

"그는 어떻게 해야 할지 굉장히 당황했겠지요?"

"과연 그는 어떻게 해야 할지 당황했습니다. 그리고 또, 그렇다고 톰인지, 잭인지, 리처드인지 그 사람을 너무 멀리 떨어진 곳에 옮겨 놓는 것은 현재로서는 안전하지 않다는 내 의견을 그에게 말했을 때도, 그는 마찬가지로 당황한 상태였습니다. 핍 씨, 한 가지 알려 드리지요. 현재와 같은 상황에서는 대도시처럼 좋은 곳은 없답니다, 당신이 일단 그 안에 들어와 있을 때는 말입니다. 너무 빨리 덮개를 벗어던지고 나오면 안 됩니다. 웅크리고 가만히 숨어 있어야 합니다. 상황이 좀 완화될 때까지 먼저 참고 기다린 다음에 비로소 넓고 안전한 곳을, 심지어 외국 같은 데라도 찾아 나서야 하는 겁니다."

나는 그의 귀중한 충고에 대해 감사하다는 말을 했다. 그리고 허버트가 어떻게 했느냐고 물었다.

"허버트 씨는……." 웨믹은 말했다. "약 30분 동안 어쩔 줄 모르며 꼼짝 못 하고 있더니 마침내 한 가지 계획을 생각해 냈습니다. 그는 나에게 비밀이라며, 물론 당신은 알고 있겠지만, 자기가 어떤 젊은 숙녀에게 구혼하고 있는데 그녀에게는 병석에 누워 있는 아버지가 있다고 했습니다. 그러면서 선박의 사무장 계통의 직업에 종사했던 그 아버지란 사람이 밖으로 둥그렇게 내민 창가에 침대를 놓고는, 거기 누워서 배들이 강을 따라 오가는 걸 보며 살고 있다고 했습니다. 당신은 분명 그 젊은 숙녀 분과 안면이 있겠지요, 그렇지요?"

"직접 만난 적은 없습니다." 나는 말했다.

사실은 이랬다. 그녀는 나를 허버트에게 아무런 도움이 되지 않는 사치스러운 친구라고 생각하여 나에 대해 반감을 지니고 있었다. 그래서 허버트가 그녀에게 나를 소개하겠다고 처음 제안했을 때 그녀는 너무나 시들하고 미지근하게 이 제안을 받아들였다. 그리하여 허버트는 하는 수 없이 그런 사정을 나에게 털어놓으며 내가 그녀와 인사를 나누기까지는 약간의 시간이 필요할 것 같다고 이야기했다. 내가 은밀히 허버트의 장래에 도움을 주기 시작했을 때 나는 이것을 유쾌하고 태연하게 참고 받아들일 수 있었다. 허버트와 그의 약혼녀 또한 그들대로 당연히, 제3자를 그들의 만남에 끌어들이고 싶은 마음이 그리 간절하지 않았다. 그리하여 비록 나에 대한 클래러의 평가가 그 이후로 상당히 올라갔다고 확신했을지라도, 그리고 그 젊은 숙녀와 내가 오랫동안 규칙적으로 허버트를 통해 인사와 전갈을 주고받았을지라도, 나는 그녀를 아직 한 번도 만나 보지 못했던 것이다. 하지만 나는 이런 자세한 이야기로 웨믹을 귀찮게 하지는 않았다.

"밖으로 내달린 창이 있는 그 숙녀의 집은……." 웨믹은 말했다. "라임하우스와 그리니치 사이의 풀* 구역 아래쪽 강가에 위치하고 있고, 주인은 아주 점잖아 보이는 과부인데, 그 부인이 마침 가구가 딸린 맨 위층 방을 세주려고 내놓았으므로 허버트 씨는 그 방을 톰인지, 잭인지, 리처드인지 하는 사람의 임시 거처로 정하는 것이 어떻겠느냐고 나에게 물었습니다. 나는 그것이 아주 좋겠다고 생각했는데, 그 이유를 말하자면 다음과 같은 세 가지입니다. 첫째, 그곳은 당신이 노상 다니는 구역에서 완전히 벗어나 있고, 또 크고 작은 번잡한 일반 거리들로부터 충분히 멀리 떨어져 있습니다. 둘째, 당신 자신이 직접 그곳에 가까

* 런던교(橋)에서 동쪽으로 그리니치에 이르기까지 약 4킬로미터에 걸쳐 강물의 흐름이 정체되어 있는 템스 강의 일부 구간 명칭.

이 가지 않고도 당신은 허버트 씨를 통해 톰인지, 잭인지, 리처드인지 하는 사람의 안전에 대해 언제나 확인할 수 있을 것입니다. 셋째, 얼마 후 신중하게 상황을 살핀 다음, 당신이 톰인지, 잭인지, 리처드인지 하는 사람을 외국으로 가는 여객선에 태워서 도망치도록 하고자 할 때, 그곳에 있는 그는 이미 준비된 상태나 다름없기 때문입니다."

이런 신중한 고려에 큰 위로를 받은 나는 웨믹에게 거듭 감사하다고 말했다. 그러고는 어서 이야기를 계속하라고 간청했다.

"글쎄요, 핍 씨! 허버트 씨는 굳은 의지를 가지고 곧바로 일에 착수했습니다. 그래서 어젯밤 9시경에 톰인지, 잭인지, 리처드인지 하는, 그게 어느 이름이든, 당신과 내가 굳이 확인하고 싶지 않은 그 사람을 아주 성공적으로 그 집에 옮겨 놓았습니다. 이전의 숙소에다가는 그가 사정이 생겨서 도버로 가게 되었다고 말해 두었지요. 실제로 그는 도버로 가는 길로 얼마 동안 갔다가 다른 길로 빠져나왔답니다. 자, 이 모든 것에는 커다란 장점이 또 하나 있는데, 그것은 바로 당신이 없는 동안 그 일이 행해졌다는 것, 즉 만약 당신의 거동에 관심을 둔 사람이 누군가 있다면 그자에게 당신은 아주 멀리 떨어진 곳에서 완전히 다른 일을 하고 있는 걸로 파악되었을 거라는 점입니다. 이것은 의심을 다른 데로 돌리고 혼란을 일으킬 것입니다. 그리고 바로 그 이유로 나는 당신이 어젯밤 돌아오더라도 집으로 가지 않는 게 좋겠다고 권했던 것입니다. 그럼으로써 더욱 큰 혼란을 야기할 텐데, 그건 바로 당신에게 도움이 될 것이기 때문이지요."

아침 식사를 마친 웨믹은 이제 시계를 한 번 본 다음 양복 상의를 입기 시작했다.

"자, 핍 씨." 두 손이 소맷자락 밖으로 완전히 빠져나오기 전의 상태로 그는 말했다. "내가 할 수 있는 것은 최대한 다 했다고 생각합니다. 하지만 혹시라도 내가 해 드릴 수 있는 게 더 있다면, 물론 월워스의 입장에서, 그리고 엄밀하게 사적이고 개인적인 자격으로 말입니다만, 기쁘게 그렇게 해 드리겠습니다. 여기 그 숙녀의 집 주소가 있습니다. 당신이 오늘 밤 집으로 돌아가기 전에 거기 가서 톰인지, 잭인지, 리처드인지 하는 그 사람에게 아무 이상이 없는지 직접 확인해 보는 것은 해롭지 않을 겁니다. 당신보고 어젯밤 집으로 돌아가지 말라고 한 또 다른 이유가 바로 그것이지요. 하지만 일단 집으로 돌아간 후로는 거기에 다시 가지 마십시오. 아, 천만에요, 정말입니다. 핍 씨." 그의 두 손은 이제 소맷자락 밖으로 나와 있었고, 나는 그 손을 잡고 흔들며 고마움을 표하고 있었던 것이다. "마지막으로 한 가지 중요한 사항을 명심하라고 말씀드리겠습니다." 그는 내 어깨에 두 손을 올려놓고는 엄숙하게 속삭이며 덧붙였다. "오늘 저녁 시간을 이용하여 휴대 가능한 그의 동산을 확보하십시오. 그에게 무슨 일이 일어날지 아무도 모릅니다. 하지만 휴대 가능한 그의 동산만큼은 아무 일도 일어나지 않게 하십시오."

이 문제에 대해 웨믹에게 내 생각을 이해시킨다는 것은 완전히 불가능한 일이었으므로 나는 그러려는 시도조차 단념했다.

"시간이 다 됐군요." 웨믹은 말했다. "난 이제 가 봐야겠습니다. 다른 급한 일이 없다면 어두워질 때까지 여기에 머물러 있는 것이 좋겠다는 게 제가 드리고 싶은 충고입니다. 당신은 몹시 걱정스러운 듯이 보입니다. 그러니 우리 아버님과 함께 완전히 조용한 하루를 보내는 것이 당신에게 도움이 될 겁니다. 아버님은 곧 나오실 겁니다. 그리고 약간의…… 지난번 그 돼지를 기억하십니까?"

"물론이지요." 나는 말했다.

"그럼, 그 녀석을 약간 먹어 보는 것도 좋을 겁니다. 아까 당신이 불에 구운 소시지는 바로 그 녀석으로 만든 것이랍니다. 그 녀석의 고기는 정말 모든 점에서 1등급이었습니다. 옛 친분을 생각해서라도 녀석을 한번 들어 보십시오. 다녀오겠습니다, 아버님!" 그는 유쾌한 목소리로 소리쳤다.

"그래, 존. 그래, 얘야!" 노인이 방 안에서 피리처럼 높은 목소리로 대답했다.

나는 곧 웨믹의 벽난로 앞에서 잠이 들었다. 노인장과 나는 거의 하루 종일 난롯불 앞에서 꾸벅꾸벅 조는 것으로써 서로의 교제를 즐겼다. 우리는 오찬으로 돼지 허리 고기와 그곳에서 직접 기른 야채를 먹었으며, 나는 고개를 끄덕거리며 졸지 않을 때는 언제나 노인장에게 성의껏 열심히 고개를 끄덕여 주었다. 날이 상당히 어두워졌을 때 나는 토스트를 준비하고 있는 노인장을 두고 떠났다. 찻잔의 숫자로 보건대, 그리고 벽의 그 자그만 두 문짝을 그가 흘긋흘긋 쳐다보는 것으로 보건대, 스키핀스 양이 오기로 되어 있다는 것을 짐작할 수 있었다.

46장

8시를 치는 시계 소리가 들린 뒤에야 나는 강가의 차가운 공기를 느낄 수 있는 곳에 이르렀다. 연안의 조선소와, 돛과 노와 용골대 같은 것을 만드는 공장에서 톱밥과 대팻밥 냄새가 그리 불쾌하지 않게 풍겨 왔다. 런던교까지 닿아 있는 풀 구역의 상류와 하류 쪽 강변 지역 전체는 나에게 낯선 곳이었다. 그래서 강가 쪽으로 길을 따라 내려갔을 때, 나는 내가 찾는 곳이 생각했던 곳에 있지 않다는 것과 그곳을 찾는 일이 결코 쉽지 않다는 사실을 깨달았다. 내가 가려는 곳은 '칭크스 유역'의 '밀 폰드 강둑'이라고 불리는 곳이었는데, '칭크스 유역'을 찾아가는 단서로 내가 가진 것이라곤 '올드 그린 코퍼 밧줄 공장'이라는 이름밖에 없었다.

물 빠진 선창에 갇혀 수리 중인 많은 배들 사이에서 내가 얼마나 자주 길을 잃었는지는 별로 중요하지 않다. 또 산산조각 부수고 해체하는 중인 많은 낡은 선체들 사이에서, 썰물이 남긴 온갖 진흙과 뻘과 그 밖의 다른 찌끼들 사이에서, 길게 연이어 있는 많은 조선소와 폐선소들 사이에서, 수년 동안 사용되지도 않은 채 땅속에 아무렇게나 처박혀 있는 수많은 녹슨 닻들 사이에서, 여기저기 산처럼 쌓여 있는 무수한 통과 목재 더미들 사이에서, '올드 그린 코퍼'가 아닌 많은 다른 밧줄 공장들 사이에서 내가 얼마나 자주 길을 잃었는지는 별로 중요하지 않다. 몇 번이나 목적지 못 미쳐서 다른 길로 빠지고 또 그와 똑같은 횟수만큼 목적지를 지나쳐서 헤맨 다음, 마침내 나는 우연히 어떤 모퉁이를 돌았다가 뜻밖에도 '밀 폰드 강둑'에 도달하게 되었다. 그곳은 모든 상황을 고려할 때 제법 상쾌한 느낌을 준다고 할 장소였다. 강에서 부는 바람이 방향을 바꿀 여유가 있었고, 나무도 두세 그루 있었으며, 밑 부분만 남은 부서진 풍차도 하나 있었다. 그리고 또 '올드 그린 코퍼 밧줄 공장'이 있었다. 길고 좁게 뻗은 그 공장의 경관은 땅에 줄지어 세워 놓은 밧줄 감는 나무틀을 따라 달빛 속에 어렴풋이 그 윤곽이 드러나 있었는데, 이 나무틀들은 마치 낡고 이가 대부분 빠져서 퇴출당한 건초 제조용 갈퀴들처럼 보였다.

'밀 폰드 강둑'의 몇 안 되는 묘하게 생긴 집들 가운데 정면이 목조로 되어 있고 밖으로 내달린 창(각형(角形)이 아니라 둥그렇게 곡선으로 내달린 창이었다.)이 있는 3층집을 찾아낸 나는 그 집 출입문 위의 명패를 읽어 보았는데, 거기에는 윔플 부인이라고 씌어 있었다. 이 이름이 바로 내가 찾는 이름이었으므로 나는 문을 두드렸다. 그러자 곧 상냥하고 여유 있어 보이는, 나이 지긋한 한 부인이 문을 열어 주었다. 그러나 그녀는 즉시 허버트에게 자리를 내주었는데, 허버트는 아무 말 없이 나를 곧장 거실로 안내한 다음 문을 닫았다. 몹시 낯익은 그의 얼굴이 그런 몹시 낯선 방과 낯선 지역에서 아주 편하게 자리잡고 있는 걸 보는 것은 좀 묘한 느낌이었다. 나는 방 안의 다른 낯선 물건들을 바라보는 것처럼 그를 열심히 바라보고 있는 나 자신을 발견했다. 방 한구석에는 유리잔과 자기 그릇이 든 찬장이 있었고, 벽난로 선반 위에는 조개껍데기들이 놓여 있었으며, 벽에는 채색 동판화 그림 몇 점이 걸려 있었는데, 그 그림들은 각각 쿡 선장*의 사망 장면, 배의 진수식 장면, 그리고 조지 3세** 폐하께서 국가 의전용 마차의 마부가 쓰는 가발과 가죽 승마바지와 승마용 긴 구두 차림으로 윈저 궁의 베란다에 서 있는 모습 등을 그린 것들이었다.

"모든 게 잘되었어, 헨델." 허버트가 말했다. "그는 아주 만족해하고 있어. 물론 너를 만나고 싶어 안달이지만 말이야. 사랑하는 내 클래러는 그녀의 아버지한테 올라가 있어. 조금만 기다리면 내려올 거니까 그녀에게 널 소개한 다음 위로 올라가기로 하자. 저건 그녀의 아버지가 내는 소리야."

나는 아마 머리 위에서 무섭게 으르렁거리는 소리가 나는 것을 의식하고서 그 사실을 내 표정에 드러내고 있었던 모양이다.

"아무래도 좀 한심한 영감 같아." 허버트는 미소를 띠며 말했다. "하지만 아직 한 번도 본 적은 없어. 럼주 냄새가 나지 않니? 그는 항상 그걸 마셔 대고 있단다."

"럼주를?"

---

* 영국의 항해가이자 탐험가인 제임스 쿡(James Cook, 1728~1779). 1779년에 하와이에서 원주민과 전투를 벌이다가 사망했음.

** 1760년부터 1820년까지 재위한 영국 왕.

"그렇단다." 허버트는 대답했다. "그게 그의 통풍을 얼마나 완화해 줄지는 능히 짐작이 가고도 남지. 그는 또 고집스럽게 모든 식량을 위층 자기 방에다 보관하면서 그걸 하나하나 내준단다. 그것들을 머리맡 선반 위에다 올려 두고는 일일이 무게를 재서 직접 나눠 주는 거야. 그의 방은 틀림없이 잡화상 가게 같을 거야."

그가 이렇게 말하는 동안 위층의 으르렁대는 소리는 한 차례 길게 이어지는 포효로 변했다가는 잠잠해져 갔다.

"저렇게 될 수밖에 더 있겠니?" 허버트는 그 포효에 대한 설명으로 말했다. "그가 치즈를 직접 자르겠다고 고집을 피우는 상황에서 말이야. 오른손에, 그리고 몸의 온갖 곳에 통풍이 있는 사람이 다치지 않고 더블 글로스터*를 썰어 낼 수 있으리라고 어떻게 기대할 수 있겠니?"

그는 아주 심하게 다친 듯했다. 왜냐하면 격렬한 포효 소리가 다시 한 번 들려왔기 때문이다.

"프로비스가 맨 위층 세입자로 들어온 건 윔플 부인에게는 완전히 뜻하지 않은 횡재나 다름없어." 허버트는 말했다. "왜냐하면 일반 사람들은 당연히 저런 소음을 참으려고 하지 않을 테니까 말이야. 좀 이상한 곳이지, 헨델, 그렇지?"

과연 좀 이상한 곳이었다. 하지만 놀랄 만큼 잘 관리되고 깨끗한 곳이었다.

내가 그렇게 말하자 허버트는 말했다. "윔플 부인은 이 세상에서 가장 훌륭한 가정주부야. 정말이지 나는 그녀의 어머니 같

---

* 영국 글로스터셔에서 제조되는 매우 단단하고 무거운 치즈.

은 도움이 없다면 나의 클래러가 어떻게 살아갈 수 있을지 모르겠어. 클래러에겐 어머니가 안 계신 데다, 헨델, 저 '왕 난폭불통' 씨 영감 말고는 가족이나 친척이 아무도 없거든."

"물론 그건 그의 이름이 아니겠지, 허버트?"

"그럼, 아니고말고." 허버트는 말했다. "그건 내가 붙인 별명이야. 그의 이름은 발리 씨야. 하지만 우리 아버지 어머니 같은 부모의 아들인 나에겐 얼마나 다행한 일이냐! 친척이 전혀 없는, 그래서 가족 때문에 자기 자신이나 다른 누구도 괴롭힐 필요가 없는 그런 아가씨를 사랑하게 된 것은 말이다!"

전에 이미 나에게 말해 준 적이 있었지만 허버트는 다시금 클래러 발리 양을 어떻게 만났는지 나에게 이야기해 주었다. 그건 그녀가 해머스미스의 어느 학교에서 공부를 다 마쳐 갈 무렵이었는데, 그녀가 아버지 간호 때문에 집으로 불려 가게 되었을 때 허버트와 그녀는 서로에 대한 애정을 어머니 같은 윔플 부인에게 고백했으며, 윔플 부인은 그 이후로 한결같은 친절과 분별력으로 그들의 애정을 장려해 주고 또 조절해 주었다고 했다. 어떤 성격이든 애정에 관한 이야기는 발리 영감에게 결코 털어놓을 수 없다는 게 그들 사이에 암묵적으로 이해된 사항이었다. 왜냐하면 그는 통풍과 럼주와 선박 사무장의 비축 물품 이상으로 심리적인 문제는 그 어떤 것도 생각할 능력이 전혀 없는 사람이었기 때문이다.

우리가 이렇게 낮은 목소리로 대화하고 있는 동안 발리 영감의 으르렁거림은 천장을 가로지른 대들보를 타고 지속적으로 울려 왔는데, 문득 그때 방문이 열리더니 작은 체구에 눈이 검은 스무 살가량의 아주 예쁜 아가씨가 바구니를 손에 들고 들어

왔다. 허버트는 다정한 태도로 그녀에게서 바구니를 받아 준 다음, 얼굴을 붉히며 '클래러'라고 그녀를 나에게 소개했다. 그녀는 정말 지극히 매력적인 아가씨였다. 그래서 마치 발리 영감이라는 흉포한 괴물한테 포로로 붙잡혀 와서 그의 시중을 들도록 강요당하고 있는 아름다운 요정이 아닌가 생각될 정도였다.

"여기 좀 봐." 잠시 서로 이야기를 나누고 났을 때 허버트는 나에게 바구니를 보여 주며 동정과 애정이 담긴 미소를 띤 채 말했다. "여기 매일 저녁 배급받는 클래러의 저녁거리가 있어. 이건 그녀에게 할당된 빵 덩어리고, 이건 그녀 몫의 치즈 조각이고, 이건 럼주야. 이건 내가 마시지. 여기 이건 요리하라고 미리 내준 발리 씨의 내일 아침 식사거리야. 양고기 갈비 두 조각, 감자 세 개, 쪼갠 콩 약간, 약간의 밀가루, 버터 2온스, 소량의 소금 등이고 나머지 이건 모두 검정 후추야. 전부 함께 넣고 뭉근하게 불로 끓인 다음 뜨거울 때 먹을 건데, 그러면 통풍에 아주 좋대나, 뭐 그런가 봐!"

허버트가 이 배급 품목들을 하나하나 가리키며 말할 때 그것들을 바라보는 클래러의 체념한 듯한 표정에는 너무나도 자연스럽고 마음을 끄는 점이 있어서, 그리고 허버트의 포옹하는 팔에 안기는 그녀의 정숙한 태도에는 너무나도 사람을 신뢰하고 사랑스럽고 순수한 점이 있어서, 또 '칭크스 유역'과 '올드 그린 코퍼 밧줄 공장' 옆의 '밀 폰드 강둑'에서 대들보가 울리도록 으르렁대는 발리 영감과 함께 살아가는 그녀에게는 너무나도 온유한 점이 있고 또 너무나 보호받을 필요가 있는 듯해서, 나는 내가 아직 열어 보지 않은 프로비스의 그 돈지갑에 있는 모든 돈을 누가 다 준다고 해도 그녀와 허버트 사이의 약혼이 깨지기를 바라지 않을 것이었다.

내가 이렇게 기쁨과 찬탄에 찬 마음으로 그녀를 바라보고 있는데, 갑자기 그때 위층의 으르렁거리는 소리가 다시금 포효로 바뀌더니 뭔가 무섭게 쾅쾅 부딪치는 소리가 머리 바로 위에서 들려왔다. 그것은 마치 목발을 한 거인이 우리를 덮치기 위해 그걸로 천장에 구멍을 뚫으려고 애쓰고 있기라도 한 것처럼 들렸다. 이 소리를 듣고 클래러는 허버트에게 말했다. "아빠가 절 찾으셔요, 허버트!" 그러곤 달려 나갔다.

"저런 양심 불량한 착취꾼 영감은 아마 못 보았을 거다!" 허버트는 말했다. "그가 지금 뭘 원하는지 한번 짐작해 보겠니, 헨델?"

"잘 모르겠는데." 나는 말했다. "뭐 마실 걸 찾는 거니?"

"바로 그거야!" 허버트는 내가 아주 특별한 가치를 지닌 추측이라도 한 것처럼 말했다. "그는 미리 섞어 놓은 독한 그 럼주를 탁자 위의 작은 통에다 보관하고 있단다. 잠깐만 기다려 봐. 그럼 그걸 약간 마실 수 있게 클래러가 그를 일으켜 앉히는 소리가 들릴 거야. 자, 그가 일어난다!" 다시 한 번, 끝에 가서 길게 떨리는 포효 소리가 들려왔다. 그 뒤를 이어 정적이 흐르자 허버트가 말했다. "지금은 그가 마시고 있는 중이야. 그리고 지금은……." 으르렁거리는 소리가 다시 한 번 대들보를 타고 울려 퍼지자 허버트는 말했다. "다시 자리에 눕고 있는 거야!"

클래러는 잠시 후에 돌아왔다. 허버트는 나와 함께, 우리가 돌봐야 할 사람을 만나러 계단을 올라갔다. 발리 씨의 방문을 지날 때 우리는 안에서 그가 쉰 목소리로 어떤 가락을 흥얼거리는 것을 들을 수 있었다. 그 가락은 바람 소리처럼 올라갔다 내려갔다 하며 다음과 같은 후렴으로 이어졌는데, 저주를 기원하는 단어를 완전히 그 반대의 단어로 바꿔서 적어 보겠다.

"어어이! 네 눈깔에 축복받아라, 여기 빌 발리 영감이 계시도다. 여기 빌 발리 영감이 계시도다, 네 눈깔에 축복받아라. 여기 빌 발리 영감이 맹세코, 등짝을 깔고 납작 누워 계시도다. 떠내려가는 죽은 넙치 영감처럼 등짝을 깔고 납작 드러누운 채로, 여기 너의 빌 발리 영감이 계시도다, 네 눈깔에 축복받아라. 어어이! 축복받아라!"

허버트는 그가 이런 가락으로 위로를 받으며 방 안에 처박혀 모습을 보이지 않은 채 낮이고 밤이고 늘 혼잣소리로 중얼거리고는 한다고 나에게 알려 주었다. 다만 밝은 낮 동안에는 자주, 강 전체를 편리하게 조망할 수 있게끔 침대 위에 잘 맞춰서 올려놓은 망원경에다 한쪽 눈을 들이댄 채로 그런다고 했다.

그 집의 꼭대기 층에 있는 두 개의 선실 같은 방에서, 상쾌하고 공기가 잘 통하며 발리 씨 소리도 아래보다 훨씬 덜 들리는 곳에서, 프로비스는 편안하고 안정된 모습으로 나를 맞았다. 그는 불안해하는 표정이 전혀 없었으며, 이렇다 할 어떤 감정도 전혀 느끼지 않는 것 같았다. 하지만 그는 한결 부드러워졌다는 인상을 주었다. 딱히 뭐라고 정의할 수는 없었지만 — 왜냐하면 어떤 점이 그런지 그 순간 나는 말할 수 없었고, 또 나중에도 어떤 점이 그랬는지 결코 기억해 낼 수 없었기 때문이다. — 분명히 그는 부드러워져 있었다.

그날 하루의 휴식으로 깊이 생각해 볼 기회를 가졌던 나는 콤피슨에 대해 그에게 아무 말도 하지 않겠다는 결심을 확고히 내린 상태였다. 잘은 모르지만 만약 말했다가는, 그는 그자에 대한 원한 때문에 그자를 찾아 나섰다가 파멸을 초래하게 될지 몰랐다. 따라서 허버트와 내가 그와 함께 불가에 앉았을 때 나는 그에게 맨 먼저 웨믹의 판단력과 정보력을 믿을 수 있느냐고 물었다.

"그렇고말고, 얘야!" 그는 엄숙하게 고개를 끄덕이며 대답했다. "그는 재거스가 믿는 사람이야."

"그렇다면, 나는 웨믹과 상의를 해 봤습니다." 나는 말했다. "그리고 그가 나에게 어떤 주의와 충고를 주었는지 당신에게 말하려고 이렇게 왔습니다."

나는 조금 전에 언급한 사항만 빼고 웨믹의 말을 정확하게 모두 전했다. 나는 웨믹이 뉴게이트 감옥에서 (간수들로부터인지 죄수들로부터인지는 나도 모르지만) 우연히 이야기를 듣게 되었다는 것과 그가 모종의 의심을 받고 있다는 것, 그리고 내 거처가 감시를 당했다는 것 등을 그에게 말했다. 그리고 웨믹이 그가 얼마 동안 가만히 숨어 있을 것과 내가 그와 만나지 않을 것을 권했으며, 그러면서 그를 외국으로 내보내는 것에 대한 이야기도 했다고 말했다. 그리고 나는 덧붙이기를, 그때가 되면 당연히 내가 그와 함께 가든지 아니면 바로 뒤따라 가든지 할 텐데, 그것은 웨믹의 판단에 따라 가장 안전한 방식으로 할 것이라고 했다. 그 뒤에 어떻게 할지에 대해서는 언급하지 않았다. 사실 나는 그 문제에 대해서 마음속에 어떤 분명하거나 속 시원한 생각이 전혀 없기도 했는데, 그가 그렇게 부드러워진 상태에 있고 또 나 때문에 공공연히 위험에 처했다는 사실을 알고 있는 상황에서는 그럴 수밖에 없었다. 돈 씀씀이를 확대해서 내 생활 방식을 바꾸는 문제에 대해서는, 나는 우리가 지금 처해 있는 불확실하고 어려운 상황에서 그렇게 한다면 그것은 다른 건 몰라도 최소한 정말 우스운 짓이 아니겠냐고 말했다.

그는 이것을 부정하지 않았다. 사실 그는 대화하는 내내 아주 이성적으로 반응했다. 그는 자신이 돌아온 것은 하나의 모험이었으며, 또 그 사실을 늘 알고 있었다고 말했다. 그러면서 자신은 이 모험을 위험하게 만들 생각이 전혀 없으며, 이렇게 훌륭한 도움을 받고 있으니 자신의 안전에 대해 전혀 걱정이 없다고 말했다.

이때 난롯불을 바라보며 곰곰이 생각에 잠겨 있던 허버트가 웨믹의 제안을 듣고 떠오른 생각인데 혹시 우리가 시도해 볼 만한 가치가 있을지도 모르겠다며 이렇게 말했다. "헨델, 우리는 둘 다 노를 능숙하게 잘 저을 수 있어. 따라서 적당한 때가 되었을 때 우리가 직접 그를 강 하류로 데리고 갈 수 있을 거야. 그럼 그 일을 위해 보트를 따로 세내거나 사공을 고용할 필요가 없지. 그건 적어도 의심을 살 가능성 하나를 없애 주는 셈인데, 어떤 가능성이든 우리에겐 없앨 가치가 있어. 계절이 맞지 않다는 건 신경 쓸 필요 없어. 네가 즉시 템플 선착장에다 보트를 한 척 매어 놓고 강 위아래로 노를 저으며 다니는 습관을 만들면 좋을 거 같지 않니? 네가 그 일을 습관적으로 한다면, 누가 그걸 눈여겨 보거나 신경 쓰겠니? 네가 스무 번 또는 쉰 번쯤 그렇게 했다고 할 때 스물한 번째나 쉰한 번째 그걸 한다고 해서 누가 그걸 특별하게 생각하겠니?"

나는 이 계획이 마음에 들었다. 그리고 프로비스도 이를 아주 높이 칭찬했다. 우리는 이 계획을 즉시 실행에 옮기기로 합의했다. 그리고 우리가 노를 저어 런던교를 거쳐서 '밀 폰드 강둑'

을 지나갈 때 프로비스는 절대로 우리를 아는 체해서는 안 된다는 것도 합의했다. 하지만 그 대신 그는 우리를 볼 때마다, 아무 이상이 없을 경우 동쪽을 향하고 있는 그의 창문에 차양을 쳐 놓기로 또한 합의했다.

우리의 협의가 끝나고 이제 모든 것이 결정되었으므로 나는 떠나려고 자리에서 일어섰다. 그러고는 허버트에게 우리 둘이 함께 집으로 돌아가지 않는 것이 좋을 테니 내가 그보다 반 시간 정도 앞서 출발하겠다고 말했다. "당신을 여기에 두고 가는 게 기쁘지 않군요." 나는 프로비스에게 말했다. "비록 내 곁에 있는 것보다 여기에 있는 것이 당신에게 더 안전하다는 게 확실해도 말입니다. 안녕하시길 빌겠습니다!"

"얘야." 그는 내 두 손을 꼭 쥐며 말했다. "우리가 언제 다시 만날지 모르겠다만 안녕하시길 빈다는 말은 마음에 들지 않는구나. 차라리 안녕히 주무시라고 말하렴!"

"그럼, 안녕히 주무세요! 허버트가 정기적으로 오가며 연락해 줄 거예요. 그리고 때가 되었을 때 저도 틀림없이 준비하고 있을 거라고 믿어도 좋습니다. 안녕히, 안녕히 주무세요!"

우리는 그가 자기 방에 그대로 있는 게 상책이라고 생각해서 그의 방문 밖 층계참에서 그와 헤어졌다. 그는 우리가 계단을 내려가도록 계단 난간 너머로 등불을 들고 불을 비춰 주었는데, 그를 뒤돌아보던 나는 그가 돌아온 첫날밤이 생각났다. 그때 우리는 지금과 정반대 위치에 서 있었으며, 그때 또한 나는 그와 헤어지면서 내 마음이 지금처럼 이렇게 무겁고 걱정에 가득 차 있을 거라고는 꿈에도 생각하지 못했다.

발리 영감은 우리가 그의 방문 앞을 다시 지나갈 때 여전히 으르렁거리며 악담을 지껄여 대고 있었다. 그는 그동안 악담을 중단한 기색도 없었고 또 앞으로 중단할 생각도 없는 듯했다. 계단을 다 내려왔을 때 나는 허버트에게 프로비스가 그 이름을 그대로 쓰고 있냐고 물었다. 그는 당연히 안 쓴다는 대답과 함께, 캠블 씨라는 이름으로 세를 들었다고 했다. 그는 또한 위층의 저 캠블 씨에 대해 알려진 사실은, 그(허버트)가 캠블 씨의 보호를 위탁받았으며 따라서 그가 보살핌을 잘 받으며 격리된 생활을 하는 것은 허버트 자신의 강한 개인적 관심사라는 것이 전부라고 설명했다. 그래서 나는 우리가 윔플 부인과 클래러가 앉아서 일하고 있는 거실에 들어갔을 때, 캠블 씨에 대한 나 자신의 관심에 대해 아무 말도 하지 않은 채 혼자 속으로만 생각하며 있었다.

내가 눈이 검은 그 예쁘고 온유한 아가씨와, 진실하고 애틋한 사랑에 대한 정직한 동정을 아직 잃지 않은 어머니 같은 그 부인과 작별 인사를 하고 나왔을 때, '올드 그린 코퍼 밧줄 공장'은 완전히 다른 장소로 바뀐 듯이 느껴졌다. 발리 영감은 저 구릉들처럼 늙은 존재일지 모르고, 들판에 가득 찬 기병들처럼 한없이 악담을 퍼부어 댈지 모른다. 하지만 '칭크스 유역'에는 그곳을 넘치게 하고도 남을 만큼 젊음과 믿음과 희망이 구원의 힘으로 존재하고 있었다. 그러자 나는 에스텔러와 우리의 이별에 대한 생각이 떠올랐고, 아주 슬픈 마음이 되어 집으로 돌아갔다.

템플은 과거 그 어느 때만큼이나 모든 것이 아주 조용했다. 프로비스가 최근에 머물렀던 저쪽 방 창문들은 어둡고 고요했으며 가든코트에는 서성대는 사람이 아무도 없었다. 내 숙소 건물과 나 사이에 있는 계단을 내려가기 전에 나는 분수를 두세 번 걸어서 지나치며 주위를 살폈다. 하지만 다른 사람은 아무도 없었다. 나중에 도착한 허버트 역시 내 침대로 와서 — 왜냐하면 낙심하고 지친 나는 곧장 침대에 누웠기 때문이다. — 주변에 아무도 없었다고 알려 줬다. 그는 그렇게 말한 뒤에도, 창문 하나를 열고 달빛 비치는 밖을 내다보았다. 그러고는 그 시각 그 어떤 성당 구내의 포장된 인도도 템플의 포장된 인도보다 더 엄숙하게 텅 비어 있지는 않을 거라고 나에게 말해 주었다.

다음 날 나는 보트를 구하는 일에 착수했다. 보트는 곧 구해져서 템플 선착장에 운반되었고, 내가 일이 분이면 닿을 수 있는 곳에 매였다. 그런 다음 나는 훈련과 연습을 위한 것처럼 보트를 타고 나가기 시작했다. 혼자 나갈 때도 있었고, 허버트와 함께 나갈 때도 있었다. 춥거나 비가 오거나 진눈깨비가 올 때도 자주 나갔는데, 내가 그렇게 몇 번 나가고 난 뒤부터는 아무도 나를 별로 주의해서 보지 않았다. 나는 처음에는 블랙프라이어스교(橋) 위쪽에만 머물러 있었다. 하지만 조수 시간이 바뀌어 감에 따라 런던교 쪽으로 나아갔다. 이 당시는 구(舊) 런던교가 있을 때였는데, 조수가 일정한 상태에 이르면 이 다리 부근에서는 급류와 급낙하가 발생하곤 해서 그 악명이 꽤 높았다. 하지만 나는 그 현상이 끝나는 즉시 '쏜살같이' 치고 나가면 다리를 통과할 수 있다는 걸 잘 알고 있었다. 그래서 나는 곧 풀 구역의 선박들 사이를 헤치며 노를 젓고 다니기 시작했으며, 더 나아가 에리스*까지도 내려갔다. '밀 폰드 강둑'을 처음으로 지나가던 날 나는 허버트와 함께 한 쌍의 노를 젓고 있었다. 갈 때와 올

* 템스 강 하류에 있는 켄트 주의 자그만 읍.

때 두 번 다 우리는 동쪽을 향한 그 창문의 차양이 내려지는 것을 보았다. 허버트는 일주일에 거의 세 번은 항상 거기를 방문했는데, 걱정이 될 만한 소식은 한마디도 가져오지 않았다. 하지만 나는 경계하고 조심할 이유가 여전히 존재한다고 생각했으며, 감시당하고 있다는 느낌을 떨쳐 버릴 수 없었다. 그런 생각은 일단 들어오면 좀처럼 머릿속을 떠나지 않고 괴롭혀 대는 법이다. 내가 얼마나 많은 무고한 사람들을 나의 감시자로 의심했는지는 아마 이루 헤아릴 수 없을 것이다.

요컨대 나는 숨어 지내는 그 무모한 사람으로 인한 걱정과 두려움에 항상 가득 차 있었다. 이따금 허버트는 어두워진 후 창가 한곳에 서서 조수가 하류로 떠내려가는 것을 바라보며, 그것이 모든 것을 싣고서 클래러를 향해 흘러가고 있다고 생각하면 기분이 좋아진다고 나에게 말하곤 했다. 그러나 나는 그것이 매그위치를 향해 흘러가고 있다는 생각과 함께, 그 표면에 어떤 검은 물체라도 보이면 그것이 혹시 그를 잡으러 빠르게 조용히 그리고 확실하게 달려가고 있는 추적자가 아닌가 하는 생각으로 두려움에 떨곤 했다.

47장

아무런 변화도 일어나지 않고 몇 주가 지나갔다. 우리는 웨믹을 기다렸다. 하지만 그는 아무런 신호도 보내지 않았다. 내가 리틀 브리튼 밖에서 그를 만난 적이 없었다면, 그리고 그의 성채에서 친한 사이로 만나는 특권을 누린 적이 없었다면 나는 그를 의심했을 것이다. 하지만 그의 진면목을 알고 있던 나는 한순간도 그를 의심하지 않았다.

나의 일상생활은 암울한 모습을 띠기 시작했다. 나는 두 명 이상의 채권자로부터 빚 독촉을 받았다. 나 자신도 돈(즉 주머니 속에 든 현금)의 부족을 느끼기 시작했으며, 그래서 꼭 필요하지 않은 보석류 일부를 현금으로 바꾸어서 궁한 사정을 겨우 모면해 나가고 있었다. 하지만 현재와 같이 내 모든 생각과 계획이 불확실한 상태에서 내 후원자에게서 더 이상의 돈을 받는다는 것은 비정한 사기 행위일 것이라는 결론을 아주 확고하게 내린 상태였다. 그래서 나는 아직 열어 보지 않은 돈지갑을 허버트를 통해 내 후원자한테 보내서 그것을 그가 보관하고 있도록 했다. 그러고는 그가 자신의 정체를 밝힌 이래로 내가 그의 관대함을 이용해 이익을 얻지 않았다는 점에 대해 일종의 만족감을 — 그게 진정한 만족감이었는지 거짓 만족감이었는지는 아직도 잘 모르겠는데 — 느꼈다.

시간이 지나감에 따라 나는 에스텔러가 결혼했다는 느낌을 강하게 갖게 되었다. 그 사실을 (거의 확신하고 있었는데도) 분명히 확인하는 게 두려워서 나는 신문 보기를 피했으며 허버트한테도 (물론 나는 그에게 마지막으로 그녀를 만났을 때의 상황을 털어놓았다.) 그녀에 대한 이야기를 나에게 절대 하지 말라고 부탁했다. 무엇 때문에 내가 가련한 넝마 조각처럼 금세 찢겨서 바람에 날아가고 말, 그 부질없는 희망의 마지막 옷자락을 부여잡고 있었는지 어찌 알랴! 이 책을 읽는 그대 자신 역시 이와 다르지 않은 어리석은 행동을 작년에, 또는 지난달에, 아니 바로 지난주에 똑같이 범하지 않았던가? 그리고 그 이유를 모르지 않았던가?

나는 하루하루 불행한 생활을 이어 나갔다. 그리고 내 생활을 지배하는 그 한 가지 불안은 산맥 가운데 우뚝 솟은 높은 산처럼 다른 모든 불안을 압도하면서 내 시야에서 결코 사라지지 않았다. 하지만 새로운 걱정거리는 아무것도 발생하지 않았다. 아침이면 그가 발각되었을 것이라는 새로운 두려움으로 침대에서 벌떡 놀라 일어나곤 했고, 밤이면 허버트의 돌아오는 발소리에 귀를 기울이며 그의 걸음이 혹시 보통 때보다 빠르지 않은가, 나쁜 소식을 가지고 급하게 달려오는 건 아닌가 하는 공포에 사로잡혀 앉아 있곤 했지만, 이 모든 것과 또 이와 비슷한 다른 여러 가지 것들에도 불구하고 일상생활의 주기는 변함없이 계속 돌아갔다. 아무 행동도 하지 못한 채 끊임없는 초조와 불안에 빠진 상태에서, 나는 이리저리 보트를 젓고 다니며 최선을 다해 기다리고, 기다리고, 또 기다렸다.

조수의 상태 때문에, 강을 타고 내려갔다가 구 런던교의 소용돌이치는 교각 기둥과 말뚝을 통과해 되돌아올 수 없을 때가 간혹 있었다. 그런 때면 나는 보트를 세관 근처의 부두 한 곳에 남겨 두고는 사람을 시켜 나중에 템플의 선착장으로 운반해 놓도록 했다. 나는 이렇게 하는 걸 꺼리지 않았는데, 그럼으로써 나와 내 보트를 그곳 강변 지역 사람들에게 좀 더 일상적인 대상으로 여겨지게 하는 이점이 있었기 때문이다. 내가 다음에 이야기할 두 차례의 만남은 바로 이런 사소한 상황에서 비롯된 것들이다.

2월 하순의 어느 날 오후, 나는 어둑해질 무렵에 세관 근처의 그 부두에 배를 대고 뭍으로 올라왔다. 썰물을 타고 그리니치까지 배를 저어 내려갔다가 밀물로 바뀐 조수를 타고 다시 돌아오던 참이었다. 화창하고 맑은 날이었지만 해가 지면서 안개가 짙게 끼기 시작한 탓에, 나는 선박들 사이를 더듬더듬 헤치며 상당히 조심스럽게 돌아와야만 했다. 갈 때와 돌아올 때 두 번 다 나는 아무 이상이 없다는 표시를 그의 창문에서 확인할 수 있었다.

으스스한 저녁 날씨에다 추운 느낌이 들었으므로 나는 즉시 저녁 식사로 위안을 좀 얻어야겠다는 생각을 했다. 나는 또한 템플로 돌아갔을 때 나를 기다리고 있는 것은 실의와 고독의 긴 시간밖에 없을 것이므로, 저녁 식사 후 연극을 보러 가야겠다고 생각했다. 전에 웝슬 씨가 의심스러운 승리를 거둔 그 극장이 그

쪽 강변 지역 근처에 있었으므로 (지금은 없어졌지만) 나는 그 극장에 가기로 결정했다. 나는 웝슬 씨가 그동안 연극을 부흥하는 데 성공하지 못했다는 것을, 아니 그 반대로 오히려 연극의 쇠퇴 기미를 보여 줘 왔다는 것을 알고 있었다. 나는 연극 광고지를 통해 그가 고귀한 혈통의 소녀와 관련된 충직한 흑인 하인이나 원숭이 역할을 한다는 불길한 소식을 들었더랬다. 허버트 또한 웝슬 씨가 붉은 벽돌 같은 얼굴에 터무니없이 흉한 모자가 나팔바지 위까지 온통 덮은, 희극적 성향의 타타르 약탈자로 나오는 것을 보았다고 했다.*

나는 허버트와 내가 '지리학적' 식당이라고 부르곤 했던 고기 전문 식당에서 저녁 식사를 했다. 그곳은 식탁보의 50센티미터마다 흑맥주 잔 가장자리의 자국으로 세계지도가 그려져 있었고 나이프마다 하나도 빠짐없이 고기즙으로 해도(海圖)가 그려져 있는 곳이었다. 오늘날까지도 런던 시장의 관할 구역 내에는 이렇게 '지리학적'이지 않은 고기 전문 식당이 거의 한 곳도 없다. 식사 후 나는 빵 부스러기를 앞에 놓은 채 졸기도 하고, 가스등불을 노려보기도 하고, 다른 사람들의 식사에서 내뿜는 뜨거운 김에 구워지기도 하면서 시간을 보냈다. 그러다가 마침내 정신을 차리고 연극을 보러 갔다.

극장에서 나는 국왕 폐하의 해군으로 복무하는 한 덕망 높은 갑판장이 — 지극히 훌륭한 인물이었는데, 다만 그의 바지가 어떤 부분은 너무 그렇게 꽉 죄지 않았으면 하는, 또 어떤 부분은 너무 그렇게 헐렁하지 않았으면 하는 생각이 들었다. — 주인

* 흑인 하인, 원숭이, 타타르인 등은 당시 잘 알려진 몇몇 싸구려 멜로드라마 연극에 등장했던 우스꽝스러운 인물이나 동물임.

공인 공연을 보았다.* 그는 비록 관대하고 용감하긴 했지만 모든 약한 사람들의 모자를 주먹으로 쳐서 눈 위로 푹 씌게 했으며, 또 비록 아주 애국적이긴 했지만 사람들이 나라에 세금을 내는 것에 찬성하지 않는 사람이었다. 그는 천에 싼 푸딩처럼 생긴 돈주머니를 호주머니 속에 가지고 있었으며, 이것에 의지하여 침대용 휘장으로 의상을 차린 한 젊은 아가씨와 큰 축하를 받으며 결혼했는데, 포츠머스의 주민 전체가 (최종 집계상으로 총 아홉 명이었다.) 해변으로 나와서 양손을 비벼 대고 또 모든 다른 사람과 악수를 나누면서 "술잔을 채워라, 채워!" 하고 노래를 불렀다. 그러나 얼굴이 검은 어떤 하사관은 술잔을 채우려고 하지도 않고 그에게 제안된 그 어떤 행위도 하려고 하지 않았는데, 심장이 그의 얼굴만큼이나 시커먼 작자라고 (갑판장에 의해) 공개적으로 선언되기도 했던 그는 다른 두 명의 하사관에게 온 인류를 곤경에 빠뜨리자는 제안을 했다. 이 일은 너무나 효과적으로 훌륭하게 실행되어서 (그 하사관의 집안은 상당한 정치적 영향력을 가지고 있었기 때문이다.) 난국을 바로잡는 데 꼬박 저녁 시간의 반이나 걸렸으며 그것도 무명의 정직한 식품점 주인을 통해서만 겨우 가능했다. 하얀 모자를 쓰고 검정색 각반을 찬, 코가 빨간 그 식품점 주인은 석쇠를 들고 괘종시계 속으로 들어가 귀를 기울이고 있다가는 다시 밖으로 나와서, 거기서 엿들은 말로 논박할 수 없는 사람들을 모두 석쇠로 뒤에서 쳐서 쓰러뜨렸다. 이 장면은 (그때까지 한 번도 언급된 적이 없었던) 웝슬 씨의 등장으로

* 여기서부터 묘사되는 연극 내용은 18세기 후반부터 19세기 중반까지 영국에 유행한 낭만적 멜로드라마의 한 종류인 선원극의 몇 가지 내용을 풍자적으로 마구 뒤범벅해 놓은 것임.

이어졌는데, 그는 별 훈장과 가터 훈장을 달고 해군성에서 직접 파견한 막강한 권력을 지닌 전권대사로 나타나서는 하사관들이 모두 그 자리에서 감옥으로 직행해야 한다고 말했다. 그런 다음 그는 국가에 대한 갑판장의 봉사를 인정해 주는 작은 표시로서 갑판장에게 그의 머리 위에서 영국 국기가 휘날리는 영예를 수여했다고 말했다. 갑판장은 처음으로 유순한 모습을 보이며 공손한 태도로 국기에 눈물을 닦았다. 그런 다음 다시 명랑한 얼굴이 되더니 웝슬 씨를 각하라고 부르며, 그의 손을 잡고 악수할 수 있게 허락해 달라고 간청했다. 웝슬 씨는 우아하게 위엄을 갖추어 악수를 허락했지만 그러고 난 즉시 먼지 쌓인 한구석으로 밀려나서는 다른 모든 사람들이 뿔피리에 맞춰 춤추는 동안 가만히 서 있어야 했다. 그리고 그 구석에서 불만에 찬 눈으로 관객들을 훑어보던 그는 내가 거기 와 있는 것을 알아차렸다.

두 번째 공연은 최신 희극 작품으로 대형 크리스마스 무언극이었다. 그 첫 번째 장면에서 나는 웝슬 씨를 알아본 듯한 느낌에 마음이 아팠는데, 왜냐하면 그는 투박한 빨간 모직 양말을 신고 인광을 발하는 심하게 확대된 얼굴에 빨간 커튼용 장식 술을 산발한 머리처럼 붙인 채 어느 광산에서 벼락을 제조하는 일에 종사하고 있다가 (목소리가 쉰) 자신의 거인 주인이 저녁 식사를 하러 돌아왔을 때 굉장히 비겁한 모습을 보여 주었기 때문이다. 하지만 그는 곧 좀 더 나은 상황에서 등장했다. 젊은이들의 사랑의 수호신이 도움이 필요하여 — 이건 자기 딸이 선택한 사랑에 반대하여 밀가루 부대 속에 숨어 있는 그 청년 위로 2층 창문에서 일부러 뛰어내린 무식한 농부의 아버지답지 못한 야만적인 행위 때문이었다. — 점잔 떠는 한 마법사를 호출했는데, 외관상 격렬한 여행을 하고 난 것처럼 다소 불안하게 지구의 정반대 지점으로부터 등장한 그 마법사는 바로, 꼭대기가 높은 모자를 쓰고 겨드랑이에 한 권으로 된 마술 책을 낀 웝슬 씨인 것으로 나타났다. 이 마법사가 지상에서 할 일은 주로 남이 말하거나 노래하는 걸 듣고 머리로 받히고 춤추는 걸 봐 주고 여러 가지 색깔로 번쩍이는 불빛을 받는 것뿐이었으므로 그는 시간이 굉장히 많이 남아돌았다. 그런데 나는 아주 놀랍게도 그가 이 남는 시간 내내 마치 몹시 놀라서 얼이 빠진 사람처럼 내가 있는 쪽을 계속 뚫어져라 쳐다보고 있는 것을 알아차렸다.

점점 강렬하게 노려보는 웝슬 씨의 시선에는 뭔가 아주 특이한 점이 있었고, 그가 또 마음속으로 수많은 생각을 떠올리며 뭔가 몹시 심한 혼란에 빠져드는 것처럼 보였으므로, 나는 도무지 그 이유를 알 수 없었다. 그가 커다란 시계 상자 속에 들어가 구름 위로 올라가고 난 한참 뒤까지도 나는 앉아서 그것에 대해 계속 생각하고 있었으며, 여전히 그 이유를 알 수 없었다. 그리고 한 시간 후 극장에서 나와 출입문 옆에서 그가 나를 기다리고 있는 것을 발견했을 때에도 나는 여전히 그것에 대해 생각하고 있었다.

"안녕하셨어요?" 나는 그와 악수를 하고 거리를 따라 함께 내려가며 말했다. "당신이 나를 보는 걸 보았어요."

"자넬 보았다고, 핍 군!" 그가 대답했다. "그야 물론 보았고말고. 하지만 또 누가 거기 있었는지 아는가?"

"누가 있었다고요?"

"참으로 이상한 일이군." 웝슬 씨는 다시금 얼빠진 표정으로 빠져들며 말했다. "그렇지만 나는 그 사람이 틀림없다고 맹세할 수 있어."

두려움에 사로잡히며 나는 웝슬 씨에게 무슨 뜻인지 설명해 주기를 간청했다.

"자네가 거기 없었어도 내가 처음부터 그를 알아보았을지는……." 웝슬 씨는 얼빠진 표정을 계속 띤 채 말을 이었다. "확신할 수 없네. 하지만 아마 그래도 알아보았을 거야."

나는 무의식적으로, 집에 돌아갈 때 늘 하던 것처럼 주위를 둘러보았다. 웝슬 씨의 불가사의한 이 말이 나를 오싹하게 만들었기 때문이다.

"아! 그는 지금 보이지 않을 거네." 웝슬 씨는 말했다. "그는 내가 무대에서 나오기 전에 나갔다네. 나는 그가 가는 걸 보았네."

뭐든지 의심할 수밖에 없는 처지였으므로 나는 이 불쌍한 배우조차 의심하기 시작했다. 나는 혹시 그가 나를 속여서 뭔가 털어놓게 하려는 의도가 아닌가 하고 경계했다. 그래서 나는 그와 함께 계속 걸어가며 그를 흘긋흘긋 살펴만 보고 아무 말도 하지 않았다.

"어리석게도 나는 그자가 자네와 함께 왔음에 틀림없다고 상상했다네, 핍 군. 그가 거기 자네 뒤에 유령처럼 앉아 있는 걸 자네가 전혀 모르고 있다는 걸 알아차릴 때까지는 말이네."

조금 전의 그 오싹한 느낌이 다시금 나를 덮쳤다. 하지만 나는 아직은 아무 말도 하지 않을 작정이었는데, 왜냐하면 그가 나를 유인하여 이 이야기를 프로비스와 연결시키도록 하기 위해 누군가의 사주를 받았을지도 모른다는 가능성은 그의 말 내용과 아주 부합하는 것이었기 때문이다. 물론 나는 프로비스가 거기에 없었다는 것을 절대적으로 확신하며 안심하고 있었다.

“아마 자네는 나를 이상하게 생각하겠지, 핍 군. 사실 자넨 그렇게 보이네. 하지만 이건 정말 아주 기이한 일이라네! 자넨 아마 내가 지금 말하려는 것을 거의 믿지 못할 거야. 내가 자네한테 듣는다 해도 나 자신 역시 그걸 믿지 못할 테니 말이야.”

“정말이에요?”

“그러네, 정말이네. 핍 군, 자네가 아주 어린아이였던 그 옛날 어느 크리스마스 날, 내가 가저리의 집에서 만찬을 들고 있을 때 군인들 몇 명이 찾아와서 수갑 한 쌍을 고쳐 달라고 했던 일을 기억하는가?”

“아주 잘 기억하고 있지요.”

“그리고 그때 두 명의 죄수에 대한 추적이 있었고, 우리도 그 추적에 함께 참여했으며, 가저리가 자네를 등에 업고 갔는데, 내가 앞장서고 자네들은 최대한 열심히 내 뒤를 따라왔던 일을 기억하는가?”

“그 모든 걸 아주 잘 기억하고 있지요.” 당연히 나는 그가 생각하는 것보다 훨씬 잘 기억하고 있었다. 마지막 내용만 빼고 말이다.

“그리고 우리가 도랑에 있는 그 두 죄수를 찾아냈는데, 그들 사이에 난투극이 벌어졌으며, 그들 중 하나가 다른 자한테 모질게 두드려 맞아 얼굴이 심하게 찢어졌다는 것도 기억하는가?”

“전부 눈앞에 선하게 떠오릅니다.”

“그리고 군인들이 횃불에 불을 붙인 다음 두 죄수를 한가운데 서서 걸어가게 했고, 우리도 그들을 마지막까지 보기 위해 깜깜한 습지대를 지나서 계속 따라갔는데, 그때 횃불이 그들의 얼굴에 환히 비치던 것을, 나는 이 점에 특히 주의하는 바인데, 즉 밤의 암흑이 원을 그리듯 우리 주위를 온통 둘러싸고 있는 동안 횃불이 그들의 얼굴에 환히 비치던 것을 자네는 기억하는가?"

"그럼요." 나는 말했다. "그 모든 걸 다 잘 기억하고 있답니다."

"그렇다면, 핍 군. 바로 그 두 죄수 중 한 사람이 오늘 저녁 자네 뒤에 앉아 있었다네. 나는 그자를 자네 어깨 너머로 보았네."

'침착해야 돼!' 나는 속으로 생각했다. 그런 다음 나는 그에게 물었다. "두 사람 중 누구를 본 것 같으세요?"

"얼굴이 찢긴 사람이었네." 그는 망설이지 않고 바로 대답했다. "그자를 본 게 분명하다고 나는 맹세할 수 있네! 그자에 대해 생각하면 할수록 그자가 틀림없다는 확신이 더욱 강해지네."

"그것 참 기이한 일이군요!" 나는 이 일이 나에게 그 이상은 아무것도 아니라는 태도를 최대한 가장해 보이며 말했다. "정말 참 기이한 일이군요!"

이 대화로 인해 내가 깊이 빠져든 그 극심한 불안은, 특히 콤피슨이 내 뒤에 '유령처럼' 내내 앉아 있었다는 사실에 대해 느낀 그 각별한 공포는 뭐라고 표현해도 지나치지 않을 것이다. 왜냐하면 프로비스의 은신이 시작된 이래로 그자를 내 마음속에서 잠시도 잊은 적이 없었건만, 다른 때도 아닌 바로 그자가 나에게 가장 가까이 있던 그 순간에 그자를 잊고 있었다는 말이 되기 때문이다. 온갖 주의를 다 기울인 뒤에 내가 그토록 아무것도 눈치 채지 못한 채 방심한 상태로 있었다니 하고 생각하자, 마치 그가 못 들어오게끔 백 개의 겹겹이 길게 늘어선 문을 꼭 꼭 닫아 놓고 난 뒤에 바로 팔꿈치 곁에 그가 서 있는 걸 발견한 것과도 같은 느낌이 들었다. 나는 또한 그가 거기에 있던 까닭이 바로 내가 거기에 있기 때문이라는 것과 우리 주위에 있는 위험이 아무리 하찮게 보이더라도 위험은 항상 가까이에서 꿈틀거리며 활발하게 움직이고 있다는 사실을 부인할 수 없었다.

나는 웹슬 씨에게 몇 가지 질문을 했다. 먼저 "그 사람이 언제 들어왔나요?" 하고 물었는데, 그는 이에 대해 답할 수 없었다. 그는 그저 나를 알아보았으며, 그때 내 어깨 너머로 그 사람이 보였을 뿐이라고 했다. 그가 누군지 생각나기 시작한 것도 한참 동안 그를 바라보고 난 뒤였다고 했다. 하지만 처음부터 그는 그자를 막연하게나마 나와 결부해 생각했고, 또 왠지 모르게 고향 마을에 살던 옛날의 나에게 속하는 존재로 그자를 간주했다고 했다. "그자의 옷차림은 어땠나요?" 하고 묻자, 부유한 사람처럼 입고 있었지만 그 밖에는 특별히 주목할 만한 점이 없었으며 검정색 양복 차림이었던 걸로 생각된다고 했다. "그의 얼굴이 흉하게 일그러져 있었나요?" 하고 묻자, 아니라고, 그렇지는 않았다고 했다. 나 역시 그렇게 믿었는데, 비록 내가 상념에 잠겨 있어 내 뒤의 사람들을 특별히 주목하지는 않았지만, 만약 얼굴이 흉하게 일그러진 사람이 있었다면 내 주의를 끌었을 가능성이 컸을 거라고 생각했기 때문이다.

웹슬 씨가 기억해 내거나 내가 캐낼 수 있는 그 모든 것을 웹슬 씨로부터 들은 뒤, 그리고 그날 저녁의 피곤을 풀도록 그에게 약간의 적절한 음식을 대접해 준 후, 나는 그와 헤어졌다. 내가 템플에 도착한 것은 12시와 1시 사이였고 템플의 출입문은 닫혀 있었다. 내가 출입문 안으로 들어가서 집으로 갔을 때 근처에는 아무도 없었다.

허버트는 먼저 집에 와 있었고, 우리는 난롯불 옆에서 아주 심각한 의논을 했다. 하지만 내가 그날 밤 알게 된 것을 웨믹에게 전하면서 우리가 그의 지시를 기다리고 있다는 것을 그에게 상기시키는 것 외에는 할 수 있는 일이 아무것도 없었다. 나는 그의 성에 너무 자주 가면 그에게 누를 끼칠지도 모른다고 생각했으므로 편지로 연락했다. 나는 잠자리에 들기 전에 편지를 쓴 다음 밖으로 나가서 그것을 부쳤다. 이때 역시 내 주위에는 아무도 없었다. 허버트와 나는 지극히 조심하는 것 외에는 우리가 할 수 있는 게 없다는 데 의견이 일치했다. 우리는 정말 지극히 — 이게 가능하다면 하는 말인데, 이전보다 더 — 조심했다. 나 자신의 경우, 보트를 젓고 지나칠 때를 제외하고는 '칭크스 유역' 근처에 절대로 가지 않았다. 그리고 그때에도 나는 그 밖의 다른 사물을 바라보는 것과 똑같은 방식으로만 '밀 폰드 강둑'을 바라보았다.

48장

앞 장(章)에서 언급한 두 차례의 만남 중 두 번째 것은 이 첫 번째 만남이 있은 지 약 일주일 후에 일어났다. 이때 역시 나는 보트를 런던교 아래의 부두에 남겨 놓고 오던 참이었다. 시간은 첫 번째 경우보다 한 시간 이른 오후였다. 저녁을 어디에서 먹을지 결정하지 못한 나는 칩사이드 쪽으로 천천히 걸어 올라갔다. 그러고는 계속해서 그 길을 따라 천천히, 바쁘게 움직이는 그 모든 군중 가운데 분명코 가장 정처 없는 사람처럼 걸어가고 있었는데 문득 누군가가 나를 뒤따라와서는 커다란 손으로 내 어깨를 붙들었다. 재거스 씨의 손이었다. 그는 그 손으로 내 팔짱을 꼈다.

"같은 방향으로 가고 있으니 우리 함께 걸어가기로 하세, 핍. 어디로 가는 중인가?"

"뭐, 템플로 가게 되겠지요." 나는 말했다.

"확실히 알지 못한단 말인가?"

"글쎄요." 나는 대답하면서, 단 한 번이나마 반대신문에서 그를 이겨 낸 것을 속으로 기뻐했다. "예, 확실히 알지 못합니다. 마음을 정하지 못했거든요."

"저녁 식사는 할 예정이겠지?" 재거스 씨는 말했다. "그걸 인정하기를 꺼리는 것은 아니겠지?"

"예." 나는 대답했다. "그걸 인정하기를 꺼리지는 않습니다."

"같이 식사하기로 약속한 사람은 없겠지?"

"그것 역시 거리낌 없이 인정하겠습니다."

"그렇다면……." 재거스 씨는 말했다. "우리 집에 가서 나하고 함께 식사하세."

나는 막 뭐라고 변명하며 거절하려고 했는데 그 순간 그가 "웨믹도 온다네." 하고 덧붙였다. 그래서 나는 변명하려던 것을 수락으로 바꿨다. — 이미 입 밖에 냈던 몇 마디 말들은 어느 쪽으로든 그 첫마디로 사용될 수 있었다. 이리하여 우리는 함께 칩사이드를 따라 걸어가다가 방향을 틀어 리틀 브리튼 쪽으로 빠져나갔다. 그러는 동안 상점의 유리창에는 불이 하나둘씩 환하게 켜지기 시작했고, 가로등 켜는 사람들은 오후의 혼잡한 거리에서 사다리 놓을 자리를 제대로 찾지 못한 채 길 위아래로 뛰어다니거나 건물 사이를 들랑날랑 내달으면서, 허멈스 호텔의 골풀 양초 깡통이 유령 같은 방 안의 사방 벽에 떠오르게 했던 그 하얀 눈동자들보다 훨씬 더 많은 수의 빨간 눈동자를 짙어져 가는 안갯속에 점점이 떠올려 놓고 있었다.

리틀 브리튼의 사무실에 도착하자 여느 때와 같이 편지 쓰기, 손 씻기, 촛불 끄기, 금고 잠그기 등이 하루의 사무를 마감하는 절차들로서 차례차례 행해졌다. 내가 재거스 씨 사무실의 벽난로 옆에서 한가롭게 서 있을 때, 솟구쳤다 가라앉았다 하는 난롯불 빛을 받아 선반 위의 두 석고상은 마치 나와 함께 사악한 까꿍놀이라도 하는 것처럼 보였다. 그리고 구석에서 편지를 쓰고 있는 재거스 씨를 희미하게 비추고 있는 투박하고 굵은 한 쌍의 사무실 촛불은 더러운 촛농이 수의 자락처럼 흘러내려 마치 교수형 당한 수많은 의뢰인들을 추모라도 하고 있는 것처럼 보였다.

우리 세 사람은 모두 함께 삯마차를 타고 제라드 거리로 갔다. 우리가 그곳에 도착하자마자 저녁 식사가 차려져 나왔다. 비록 그곳에서 웨믹의 월워스 견해에 대해 표정으로조차 아는 체할 생각을 전혀 하지 않았겠지만, 그래도 나는 웨믹이 이따금씩 친근한 눈길로 나를 바라보는 것 정도는 마다하지 않았을 것이다. 하지만 그것은 전혀 바랄 수 없는 일이었다. 그는 식탁에서 두 눈을 들어 올릴 때마다 오직 재거스 씨만을 바라보았으며 나에게는 아주 무관심하고 냉담한 태도를 보였다. 그래서 마치 웨믹에게 내가 모르는 잘못된 쌍둥이 형제가 있어서 바로 그 잘못된 쌍둥이 웨믹이 그 자리에 와 있는 것처럼 느껴질 정도였다.

"미스 해비셤에게서 온 쪽지를 핍 군에게 보냈는가, 웨믹?" 식사가 시작된 지 얼마 안 되어 재거스 씨가 물었다.

"아닙니다." 웨믹은 대답했다. "우편으로 막 부치려고 할 때 마침 선생님께서 핍 씨를 데리고 사무실로 오셨습니다. 여기 있습니다." 웨믹은 쪽지를 내가 아닌 자신의 고용주에게 건네줬다.

"두 줄로 된 짤막한 전갈이라네, 핍." 재거스 씨는 그것을 곧장 나에게 건네주며 말했다. "미스 해비셤이 자네 주소를 확실히 몰라서 나한테로 보낸 것이네. 그녀는 자네가 언급한 한 가지 사소한 일로 자네를 만나고 싶다고 써 보냈네. 자넨 물론 만나러 내려가겠지?"

"예." 나는 쪽지를 눈으로 훑어보며 말했다. 쪽지 내용은 정확히 재거스 씨의 말 그대로였다.

"언제 내려갈 생각인가?"

"시급한 약속이 하나 있어서……." 나는 우체통 구멍 같은 입에 생선을 막 집어넣고 있는 웨믹을 흘긋 쳐다보며 말했다. "시간을 확실히 정할 수는 없습니다만, 즉시 갈 수 있을 걸로 생각합니다."

"핍 씨가 즉시 내려갈 작정이라면……." 웨믹이 재거스 씨에게 말했다. "답장을 써 보낼 필요는 없을 것으로 생각합니다."

이 말을 지체하지 않는 게 좋다는 암시로 받아들인 나는 다음 날 내려가기로 마음을 정했다. 그리고 그렇게 말했다. 웨믹은 포도주를 한 잔 마시고는 단호하면서도 만족한 태도로 내가 아닌 재거스 씨를 쳐다보았다.

"그래, 핍! 우리의 그 거미 친구가……." 재거스 씨가 말했다. "카드 패를 잘 썼더군. 그래서 판돈을 쓸어 갔더군."

나는 간신히 그 말에 동의해 줄 수 있었다.

"하! 그는 전도유망한 친구야. 그 나름으로는 말일세. 하지만 모든 걸 자기 방식대로 할 수는 없을 걸세. 강자가 결국에 가서 이기게 마련인데, 다만 누가 더 강자인지 먼저 확인되어야 하지. 만약 그가 본색을 드러내서 그녀를 구타한다면……."

"설마." 나는 뜨겁게 달아오른 얼굴과 격정으로 그의 말을 가로막고 말했다. "선생님은 정말로 그가 그 정도로 비열한 악당이라고 생각하는 것은 아니겠지요, 재거스 씨?"

"나는 그렇게 말하지는 않았네, 핍. 나는 하나의 상황을 가정하는 것뿐이네. 만약 그가 본색을 드러내서 그녀를 구타한다면, 그는 아마 완력을 지닌 쪽이니 유리할 걸세. 그런데 만약 그게 지적 능력에 관한 문제가 된다면 그는 분명코 유리하지 않을 걸세. 그런 부류의 친구가 그런 상황에서 어떻게 행동할 것인지 예상하는 것은 우연을 추측하는 것이나 다름없을 것일세. 왜냐하면 두 가지 결과가 반반씩의 가능성을 가지고 있기 때문이지."

"그 두 가지 결과가 무엇인지 여쭤 봐도 되겠습니까?"

"우리의 거미 친구 같은 작자는……." 재거스 씨는 대답했다. "구타를 하든지 아니면 움츠러들든지 할 걸세. 으르렁거리며 움츠러들 수도 있고 아니면 으르렁거리지 않으며 움츠러들 수도 있네. 하지만 어쨌든 그는 구타를 하든지 아니면 움츠러들 걸세. 웨믹의 의견은 어떤지 한번 물어보게."

"구타를 하든지 아니면 움츠러들든지 할 것입니다." 웨믹은 내 쪽을 조금도 바라보지 않은 채 말했다.

"자, 그럼 우리 벤틀리 드러믈 부인을 위해 건배하세." 재거스는 그렇게 말하며, 그의 회전식 식품 선반대에서 고급 포도주가 담긴 술병을 들어서 우리 두 사람과 자기 자신을 위해 잔을 채웠다. "패권 문제가 부인에게 만족스럽게 결정되기를 비세! 부인과 남편 둘 다 만족스럽게는 결코 되지 못할 걸세. 이런, 몰리, 몰리, 몰리, 몰리, 오늘따라 왜 이리 동작이 느린 거지!"

그가 그녀에게 이렇게 말했을 때 그녀는 그의 바로 곁에서 접시 하나를 식탁에 놓고 있었다. 접시를 놓고 손을 뺀 그녀는 한두 걸음 뒤로 물러서며 겁먹은 듯이 뭐라고 변명의 말을 중얼거렸다. 그녀가 말할 때 그녀 손가락의 어떤 움직임이 내 주의를 사로잡았다.

"무슨 일인가?" 재거스 씨가 말했다.

"아무것도 아닙니다. 그저 우리가 이야기하던 화제가……." 나는 말했다. "저한테 좀 고통스러웠을 뿐입니다."

몰리의 손가락 움직임은 뜨개질하는 동작과 같았다. 그녀는 자신의 주인을 바라보며 서 있었는데, 그만 가도 되는지 아니면 그가 그녀에게 할 말이 더 있어서 그녀가 가려고 할 경우 다시 부를 것인지 잘 몰라서 망설이는 모습이었다. 그녀의 시선은 아주 강하게 응시하는 시선이었다. 정녕코 나는 아주 최근에 잊지 못할 어느 자리에서 정확히 그런 눈과 그런 손을 본 적이 있었다!

그는 그녀에게 그만 가 보라고 했다. 그러자 그녀는 미끄러지듯이 방에서 나갔다. 하지만 그녀의 모습은 마치 그녀가 여전히 그 자리에 있는 것처럼 내 눈앞에 분명하게 남아 있었다. 나는 그 손을 보았고, 그 눈을 보았으며, 치렁치렁 흘러내린 그 머리카락을 보았다. 그리고 그것들을 내가 잘 알고 있는 다른 손과 눈과 머리카락과 비교했으며, 또 그 다른 손과 눈과 머리카락이 짐승 같은 남편과 20년 동안 험악한 생활을 하고 난 뒤에 하고 있을 모습과도 비교했다. 나는 가정부의 그 손과 눈을 다시 바라보았다. 그리고 내가 폐허가 된 그 정원과 버려진 양조장을 마지막으로 — 나 혼자서가 아니었는데 — 걸었을 때 나를 스치고 지나갔던 그 설명할 길 없던 느낌에 대해서 생각했다. 나는 또한 역마차 창문 밖으로 나를 바라보던 얼굴과 나를 향해 흔들어 대던 손을 보았을 때 똑같은 그 느낌이 어떻게 다시금 되살아났던가를 생각했으며, 내가 마차를 타고 — 나 혼자가 아니었는데

— 어두운 거리에 갑자기 눈부시게 비치던 가스등 불빛을 지나갈 때 그 느낌이 어떻게 또다시 번개처럼 번쩍이며 나를 사로잡았던가를 생각했다. 나는 또한 연상의 고리 하나가 극장에서 어떻게 내 뒷사람의 정체를 깨닫는 데 도움을 주었는지 떠올리면서, 내 생각이 우연히 에스텔러의 이름으로부터 뜨개질 동작을 보이던 그 손가락과 주의 깊게 응시하던 그 눈으로 빠르게 옮겨갔을 때 전에는 보이지 않던 그런 고리가 어떻게 이제 확실히 고정되어 드러나 있는가를 깨달았다. 그러고는 이 여자가 바로 에스텔러의 어머니라는 것을 절대적으로 확신했다.

재거스 씨는 내가 에스텔러와 함께 있는 것을 자주 보아 왔으므로, 그녀에 대한 내 심경을 — 내가 애써 감추려고 하지도 않았지만 — 이미 눈치 채고 있었을 가능성이 컸다. 화제가 나한테 고통스럽다고 말했을 때 그는 고개를 끄덕이며 내 등을 한 번 가볍게 두드려 주었다. 그러고는 포도주를 한 차례 다시 돌린 다음 식사를 계속했다.

가정부는 단지 두 번밖에 더 나타나지 않았다. 그리고 그때도 방에 머무른 시간은 아주 짧았으며, 재거스 씨는 그녀를 모질게 대했다. 하지만 그녀의 손은 분명 에스텔러의 손과 똑같았으며, 눈도 에스텔러의 눈과 똑같았다. 그녀가 백 번이나 다시 방에 나타났다고 하더라도 나는 내 확신이 틀림없다는 것을 더도 덜도 없이 확고하게 믿었을 것이다.

지루한 저녁이었다. 왜냐하면 웨믹은 포도주가 돌아오면 완전히 사무적인 태도로 — 마치 월급 때가 돌아와서 자신의 월급을 받는 것과 똑같이 — 포도주를 받는 한편, 자신의 고용주에게만 시선을 고정한 채 반대신문에 대한 항구적인 준비 상태로 가만히 앉아 있었기 때문이다. 주량에 대해서 말하자면, 다른 진짜 우체통 구멍이 편지의 양에 상관없이 한없이 편지를 받아들이듯이, 그의 우체통 구멍 같은 입도 포도주의 양에 상관없이 주는 대로 계속 술을 받아 마셨다. 내 입장에서 볼 때, 그날 저녁 내내 그는 외모만 월워스의 웨믹 같았을 뿐 잘못된 다른 쌍둥이 웨믹이었다.

우리는 일찍 자리에서 일어나 인사를 하고 함께 떠났다. 우리가 재거스 씨의 구두 더미 사이를 헤치고 모자를 가지러 갈 때, 나는 벌써 올바른 쌍둥이가 되돌아오고 있는 중이라는 것을 느낄 수 있었다. 그리고 우리가 월워스 방향으로 제라드 거리를 따라 6미터도 채 내려가지 않았을 때, 나는 벌써 내가 올바른 쌍둥이와 팔짱을 끼고 걸어가고 있으며 그 잘못된 쌍둥이는 이미 저녁 공기 속으로 증발해 없어졌다는 것을 알아차렸다.

"자!" 웨믹은 말했다. "마침내 끝났군요! 그는 이 세상에서 또 다시 찾아볼 수 없을 굉장한 사람입니다. 하지만 그와 함께 식사할 때는 나는 바짝 긴장하지 않으면 안 된다고 느낀답니다. 그런데 나는 긴장하지 않고 식사할 때가 훨씬 마음이 편안하지요."

나는 이것이 오늘 저녁 상황을 잘 표현한 말이라고 느꼈으며, 그에게도 그렇게 말했다.

"당신 외에는 그 누구한테도 이런 말을 안 할 겁니다." 그는 대답했다. "우리 사이에 오간 말이 다른 데로 결코 새 나가지 않는다는 것을 난 잘 알고 있지요."

나는 벤틀리 드러믈 부인이 된 미스 해비셤의 양녀를 혹시 만나 본 적이 있냐고 물었다. 그는 없다고 말했다. 내 말이 너무 돌연하게 들리는 것을 피하기 위해 나는 먼저 노인장에 대해, 그리고 이어 스키핀스 양에 대해 이야기를 했다. 내가 스키핀스 양을 언급했을 때 그는 다소 은밀한 표정을 지으며 길에서 걸음을 멈추더니, 은근히 자랑스러워하는 듯한 태도로 고개를 멋들어지게 한 번 획 내저으며 코를 힘차게 풀었다.

"웨믹 씨." 나는 말했다. "내가 처음으로 재거스 씨 자택에 갈 때 나보고 가정부를 주의해서 보라고 말했던 것을 기억하세요?"

"내가 그랬나요?" 그는 대답했다. "아, 그런 것도 같군요. 이런 젠장!" 그는 뚱한 어조로 덧붙였다. "그래요, 기억납니다. 이거 내가 아직 긴장이 완전히 풀리지 않았나 보군요."

"당신은 그때 그녀를, 길든 야수라고 불렀지요."

"핍 씨는 뭐라고 부르고 싶던가요?"

"똑같았습니다. 그런데 재거스 씨는 어떻게 그 여자를 길들였나요, 웨믹 씨?"

"그건 그의 비밀이랍니다. 그 여자는 아주 오래전부터 그의 집에서 살았지요."

"그녀의 이야기를 좀 해 주셨으면 좋겠군요. 왠지 그녀에 대해 알고 싶은 느낌이 특별히 듭니다. 우리 사이에 오간 말이 다른 데로 결코 새 나가지 않는다는 걸 잘 아신다고 했잖아요."

"글쎄요!" 웨믹은 대답했다. "나는 그 여자의 이야기를 잘은 모릅니다. 그러니까, 전부 다는 알지 못합니다. 하지만 내가 아는 만큼은 이야기해 드리도록 하겠습니다. 물론 우린 지금 사적이고 개인적인 자격으로 이야기하는 것입니다."

"그럼요, 물론이지요."

"한 20여 년 전쯤에 그 여자는 올드 베일리에서 살인죄로 재판을 받았다가 무죄로 석방되었답니다. 아주 잘생긴 젊은 여자였는데, 내 생각엔 집시의 피가 약간 섞인 여자였답니다. 어쨌든 재판이 열렸을 때, 짐작하시다시피 재판은 충분히 뜨겁게 달아올랐지요."

"하지만 무죄로 석방되었다 이거군요."

"재거스 씨가 그녀를 변호했지요." 웨믹은 의미심장한 표정으로 말을 계속했다. "그리고 아주 놀랍게 사건을 끌어 나갔지요. 그건 가망이 없는 사건이었고 재거스 씨로서는 비교적 초창기 시절의 일이었는데, 그는 모든 사람이 감탄할 만큼 훌륭하게 그 사건을 처리했답니다. 사실 그 사건으로 명성을 얻었다고 말해도 틀리지 않을 정도입니다. 그는 그 사건을 위해 경찰서에서 직접 여러 날 동안 매일매일 노력했지요. 심지어 그녀의 구속조차 막으려고 싸우면서 말이에요. 그리고 재판 때에 아직은 법정에서 사건을 직접 다룰 자격이 없어서 법정 변호사 밑에 앉아 있긴 했지만, 모든 사람이 알고 있었듯이, 필요한 양념과 재료를 전부 마련해 놓고 실질적인 지휘를 했지요. 살해당한 사람은 여자였습니다. 나이가 적어도 열 살 이상 많고 몸집도 훨씬 더 크고 힘도 훨씬 더 센 여자였지요. 일종의 치정 사건이었습니다. 두 사람 다 떠돌이 생활을 하는 여자였고, 지금 제라드 거리에 사는 이 여자는 아주 젊었을 때 어느 떠돌이 사내와 결혼하여 (흔히 빗자루를 뛰어넘었다고 표현하는 사실혼 관계였지요.) 함께 살고 있었는데, 더할 나위 없이 극렬한 질투의 화신이었답니다. 살해당한 여자는, 나이 면에서 분명히 그 남자와 더 어울리는 상대였는데, 하운슬로 히스 근처의 한 헛간에서 죽은 채로 발견되었습니다. 격렬하게 다툰 듯한, 아마 한바탕 싸운 듯한 흔적이 있었습니다. 여기저기 멍이 들고 할퀴고 찢겼으며, 마지막으로 목이 졸려서 숨 막혀 죽은 상태였지요. 자 이제, 이 여자 외에는 다른 누가 관련되었다는 적당한 증거가 전혀 없는 상황이었습니다. 그런데 바로 그녀가 그 일을 행하는 것이 불가능했다는 점에 재거스는 사건의 주된 관건을 걸었습니다. 물론 핍 씨도 확신할 수 있겠지만……." 웨믹은 내 소맷자락을 살짝 건드리며 말했다. "재거스 씨는 그 당시에는 그녀의 손목 힘을 전혀 강조하지 않았지요. 지금은 가끔 그러지만 말입니다."

나는 예전에 우리를 식사에 초대했던 날 그가 그녀의 손목을 보여 주었던 일을 웨믹에게 이야기해 주었다.

"자, 핍 씨!" 웨믹은 다시 말을 이었다. "우연히도, 우연히도 말입니다, 아시겠어요? 이 여자는 체포되었을 때 정말 아주 교묘하게 옷을 입고 있어서 실제보다 훨씬 가냘프게 보였답니다. 특히 그녀의 소맷자락은 항상 아주 섬세한 솜씨로 잘 꾸며져서 두 팔이 매우 여리게 생긴 듯이 보였던 걸로 기억합니다. 그녀는 몸에 멍든 곳이 한두 군데밖에 없었지만, 떠돌이 여자에게는 그 정도야 아무것도 아니지요. 두 손등이 모두 찢겨 있었습니다. 그래서 문제는 그게 손톱에 찢긴 상처냐 하는 것이었습니다. 이에 대해 재거스 씨는 그녀가 굉장히 많은 가시덤불을 힘겹게 헤치며 지나간 적이 있다는 것을 증명해 보였습니다. 그는 이 가시덤불이 그녀의 얼굴만큼 높지는 않았지만 두 손을 할퀴지 않고는 지나갈 수 없는 것이었다고 주장했으며, 실제로 그런 가시덤불 부스러기들이 그녀의 피부에서 발견되었고 또 증거로도 제시되었습니다. 물론 문제의 그 가시덤불을 조사한 결과 실제로 사람이 헤치고 지나간 자국이 있었고 여기저기 그녀의 뜯긴 옷 조각이 걸려 있었으며 또 약간의 핏자국도 묻어 있었다는 사실도 함께 증거로 제시되었지요. 하지만 재거스 씨가 행한 가장 대담한 주장은 다음과 같은 것이었습니다. 그녀의 질투에 대한 증거로서 검찰은, 살인을 저지르던 무렵 그녀가 광분한 상태에서 남자에게 복수하기 위해 그와의 사이에 낳은 아이를, 세 살가량 되는 아이를, 죽였다는 강력한 혐의가 있다는 주장을 한편으로 제기했습니다. 그런데 바로 이 문제를 재거스 씨는 이렇게 다뤘습니다. '우리는 이 할퀸 자국들이 손톱자국이 아니라 가시덤불 자국이라고 주장합니다. 그리고 가시덤불들을 보여 주기까지 했습니다. 당신들은 이것들이 손톱자국이라고 주장합니다. 그리고 그녀가 자기 아이를 죽였다는 가설을 함께 제기하고 있습니다. 자 그럼, 당신들은 그 가설의 모든 결과를 받아들여야 합니다. 잘 모르겠지만, 그녀가 혹시 자기 아이를 죽였을 수도 있습니다. 그리고 그때 그 아이가 그녀를 붙잡고 늘어지다가 그녀의 손을 할퀴었을 수도 있습니다. 그렇다면 어떻게 되는 겁니까? 당신들은 지금 그녀를 그 아이에 대한 살인죄로는 재판하고 있지 않습니다. 왜 그러지 않는 겁니까? 그럴 경우 당신들이 손톱자국이라고 굳이 주장한다면, 잘 모르겠지만 우리는 어쨌든 당신들이 그것을 입증했다고 혹시 말할 수도 있을 텐데 말입니다. 물론 이건 논의의 편의상 어디까지나 당신네들이 그 손톱자국을 꾸며 내지 않았다는 가정하에서 하는 말이지요.' 요컨대, 핍 씨." 웨믹은 말했다. "재거스 씨는 배심원에게 너무나 벅찬 상대였지요. 그래서 그들은 굴복하고 말았지요."

"그 뒤로 그녀는 그의 가정부로 일해 온 건가요?"

"그렇습니다. 하지만 그뿐만이 아닙니다." 웨믹은 말했다. "그녀는 석방된 직후 그의 가정부로 일하기 시작했는데, 그때 이미 지금처럼 길든 상태였답니다. 물론 그 뒤로 그녀는 가정부 일을 하나 둘씩 배워 갔지요. 하지만 그녀는 처음부터 길든 상태였답니다."

"그 아이가 사내아인지 여자아인지 기억하십니까?"

"여자아이라고 들었습니다."

"오늘 밤 저에게 해 주실 말씀은 따로 더 없습니까?"

"없습니다. 당신이 보낸 편지는 받아서 읽은 뒤 파기했습니다. 하지만 따로 더 할 말은 없습니다."

우리는 진심에서 우러나온 작별 인사를 주고받았다. 그리고 나는 새롭게 생각할 문제를 안고 집으로 돌아갔다. 이전의 문제들 가운데 아직 하나도 해결된 것이 없는 채 말이다.

49장

다음 날 나는 역마차를 타고 고향 읍내로 다시 내려갔다. 미스 해비셤의 쪽지를 호주머니 속에 넣어 가지고 갔는데, 그것은 그녀가 변덕을 부려 내가 그렇게 금방 새티스 하우스에 다시 나타난 것에 대해 놀랍다는 말 같은 것을 할 경우 일종의 증명서로 제시하기 위해서였다. 나는 중간 휴게소에서 내렸다. 그리고 거기에서 아침 식사를 한 다음 나머지 거리는 걸어서 갔다. 사람이 별로 다니지 않는 길로 조용히 읍내에 들어갔다가 역시 같은 방식으로 읍내를 떠나올 생각이었기 때문이다.

한낮이 지난 뒤에야 나는 중심가 뒤쪽의 조용하고 발소리가 울리는 골목을 지나갈 수 있었다. 한때 늙은 수도사들의 식당과 정원이 있던 곳이었지만 이제는 그 튼튼한 담장들이 누추한 창고와 마구간 담장 역할을 겨우 하고 있을 뿐인 후미진 옛 건물들의 잔재들은 무덤 속에 잠들어 있는 늙은 수도사들만큼이나 고요하기만 했다. 사람들 눈에 띄지 않으려고 애쓰며 서둘러 계속 걸어가는 나에게, 성당의 종소리는 과거 그 어느 때보다도 더 슬프고 또 더 멀게 들렸다. 그래서인지 낮게 울려 퍼지는 그 오래된 오르간 소리는 내 귀에 마치 장송곡처럼 들려왔으며, 회색빛 탑 주변을 맴돌거나 소(小)수도원 정원의 앙상한 높은 나뭇가지에 앉아 흔들거리고 있는 떼까마귀들은 그곳이 이제 변했으며 에스텔러는 영원히 가 버렸다는 사실을 나에게 소리쳐 알리기라도 하는 것 같았다.

뒷마당 건너편의 부속 건물에 사는 하인들 중 한 사람으로, 내가 전에도 본 적이 있는 나이 지긋한 여자가 대문을 열어 주었다. 건물 안의 어두운 복도에는 예전처럼 초 하나가 불이 켜진 채 놓여 있었다. 나는 그것을 집어 들고 혼자서 계단을 걸어 올라갔다. 미스 해비셤은 자기 방에 있지 않고 층계참 건너편의 큰 방에 가 있는 듯했다. 방문을 두드렸지만 아무 응답을 듣지 못한 나는 안을 들여다보았는데, 벽난로 바로 앞의 낡아 빠진 의자에 앉아 재로 덮인 난롯불을 바라보며 멍하니 생각에 빠져 있는 미스 해비셤의 모습이 보였다.

과거에 자주 그랬듯이 나는 안으로 들어가서, 그녀가 고개를 들었을 때 바로 나를 볼 수 있는 곳에 자리를 잡고는 낡은 벽난로 선반에 한 손을 올려놓고 섰다. 그녀에게서는 그야말로 완전한 외로움이 느껴졌다. 그 모습은 그녀가 설령 내가 그녀에게 책임을 물을 수 있는 것보다 더 심한 상처를 나에게 고의적으로 입혔다고 하더라도 나로 하여금 충분히 동정심을 느끼게 했을 그런 가련한 모습이었다. 내가 그렇게 그녀를 동정하면서, 그리고 나 역시 시간의 흐름 속에서 이 집의 몰락한 운명과 하나가 되고 말았구나 하고 생각하면서 서 있는 동안, 그녀의 시선이 마침내 나에게로 향했다. 그녀는 잠시 빤히 노려보더니 낮은 목소리로 말했다. "이게 실제니?"

"네, 접니다, 핍입니다. 재거스 씨한테서 어제 당신의 쪽지를 전달받고 지체 없이 달려온 참입니다."

"고맙다. 고마워."

방 안의 낡아 빠진 의자를 또 하나 벽난로 앞에 가져다 놓고 거기에 앉으면서 나는 그녀의 얼굴에 마치 나를 두려워하는 것 같은 새로운 표정이 떠올라 있는 것을 알아차렸다.

"나는……." 그녀는 말했다. "네가 지난번 여기 왔을 때 나한테 언급한 문제를 도와주고 싶다. 그래서 내가 돌처럼 완전히 무정한 사람이 아니라는 걸 보여 주고 싶다. 하지만 너는 이제 아마, 내 가슴속에 인간적인 면이 있다는 것을 결코 믿을 수 없겠지?"

내가 그렇지 않다는 말을 몇 마디 했을 때 그녀는 마치 나를 만지기라도 하려는 듯이 그녀의 떨리는 오른손을 나에게로 내뻗었다. 하지만 내가 그 동작의 의미를 이해하기 전에, 또는 그걸 어떻게 받아들여야 할지 알기 전에 그녀는 그 손을 도로 거두어들였다.

"너는 네 친구를 위한 이야기를 하면서 뭔가 유익하고 좋은 일을 하는 방법을 나한테 말해 줄 수 있을 거라고 했었다. 그건 네가 그렇게 되었으면 하고 바라는 어떤 것이겠지?"

"예, 그렇게 되기를 정말로 아주 간절히 바라는 것입니다."

"그게 무엇이니?"

나는 그동안 허버트를 몰래 도와 온 과정을 그녀에게 설명하기 시작했다. 이야기를 시작한 지 얼마 안 되어 나는 그녀의 표정을 보고 그녀가 내 말보다는 나 자신에 대해서 여러 가지 산

만한 생각에 잠겨 있다고 판단했다. 내 판단은 틀리지 않은 것 같았는데, 왜냐하면 내가 말하던 것을 멈췄을 때 그녀는 한참이 지나고 나서야 그 사실을 알아차린 기미를 보였기 때문이다.

"네가 말을 중단하는 것은……." 그녀는 아까처럼 나를 두려워하는 표정을 지으며 물었다. "나에 대한 증오가 너무나 심해서 나와 이야기하는 것을 견딜 수 없기 때문이니?"

"아닙니다. 아니에요." 나는 대답했다. "어떻게 그런 생각을 하십니까, 미스 해비셤? 저는 당신이 제 말을 듣고 있지 않다고 생각했기 때문에 멈췄을 뿐입니다."

"내가 아마 그랬는지도 모르지." 그녀는 손으로 머리를 짚으며 대답했다. "다시 말을 시작하거라. 나는 다른 데를 보고 있도록 하마. 잠깐! 자, 이제 시작하거라."

그녀는 가끔 습관적으로 그러듯이 결연한 태도로 지팡이 위에 손을 얹었다. 그러고는 주의를 집중하겠다는 확고한 표정으로 벽난로 불을 바라보았다. 나는 설명을 계속했다. 그리고 내가 받을 재산으로 이 계약을 완결 지을 수 있으리라 기대했지만 그럴 수 없게 되었다고 말했다. 그 구체적인 이유는 (나는 그녀에게 상기시켰다.) 다른 사람의 중대한 비밀을 포함하는 내용이기 때문에 내가 설명할 수 없는 부분이라고 했다.

"그래, 알았다!" 그녀는 고갯짓으로 동의를 표하며, 하지만 나를 바라보지는 않은 채 말했다. "그 거래를 완결 짓는 데 돈이 얼마나 필요하냐?"

나는 상당히 큰 액수였으므로 다소 주저하며 말했다. "900파운드입니다."

"내가 이 일을 위해 너에게 그 돈을 준다면 너는 너 자신이

한 걸 비밀로 했듯이 내가 한 것도 비밀로 하겠느냐?"

"완전히 똑같이 그러겠습니다."

"그리고 네 마음은 좀 더 편안해지겠느냐?"

"그 이상일 것입니다."

"넌 지금 아주 불행하겠지?"

그녀는 여전히 나를 바라보지 않은 채 이 질문을 했다. 하지만 평소와는 다른 동정 어린 어조였다. 나는 즉시 대답할 수 없었다. 목소리가 막혀 나오지 않았기 때문이다. 그녀는 왼팔을 지팡이 꼭대기에 걸쳐 놓고는 그 위에다 이마를 가만히 얹었었다.

"저는 전혀 행복하지 않습니다, 미스 해비셤. 하지만 제 불행은 당신이 아는 것 이상의 다른 것들에도 그 원인이 있습니다. 그것들은 제가 언급한 그 비밀에 속한 문제들입니다."

잠시 후 그녀는 머리를 들고는 난롯불을 다시 바라보았다.

"네 불행의 원인이 다른 것에도 있다고 말하다니 넌 고결한 마음을 가졌구나. 그게 사실이니?"

"틀림없는 사실입니다."

"네 친구를 돕는 것 말고 내가 너를 도와줄 수 있는 방도는 없니, 핍? 네 친구를 도와줬다고 치고 너 자신을 위해서 내가 해 줄 수 있는 것은 혹시 없겠니?"

"없습니다. 그렇게 물어봐 주셔서 감사합니다. 특히 물어보실 때의 그 어조에 매우 감사드립니다. 하지만 아무것도 없습니다."

그녀는 곧 자리에서 일어나더니 필기도구를 찾기 위해 부패한 방을 이리저리 둘러보았다. 방 안에는 그런 게 하나도 없었다. 그러자 그녀는 호주머니에서 빛바랜 금테두리가 있는 서판(書板)용 노란 상아 수첩을 꺼내더니, 목에 매달고 있던 빛바랜

금 뚜껑이 있는 연필로 거기에 뭔가를 썼다.

"너는 아직 재거스 씨와 우호적인 관계에 있겠지?"

"그럼요. 어제도 저녁 식사를 함께했습니다."

"이건 네가 네 친구를 위해 아무런 제약 없이 재량껏 사용할 수 있도록 너한테 돈을 지불하라고 재거스에게 지시하는 확인서다. 나는 돈을 여기에 두고 있지 않다. 하지만 재거스가 이 일에 대해 모르고 있기를 원한다면, 내가 나중에 돈을 너에게 보내 줄 수도 있다."

"감사합니다, 미스 해비셤. 저는 재거스 씨한테서 돈을 받는 것에 대해 조금도 이의가 없습니다."

그녀는 자기가 쓴 것을 나에게 읽어 주었다. 그것은 정확하고 명료했으며, 내가 그 돈을 받고 뭔가 이득을 볼지 모른다는 혐의를 조금도 받지 않게 하려는 의도가 분명했다. 나는 그녀의 손에서 그 수첩을 받았다. 그녀의 손이 다시금 떨렸다. 그리고 그녀가 연필이 매달린 목걸이 줄을 벗어서 그것을 내 손에 넘겨줄 때 그 손은 더욱더 떨렸다. 이 모든 동작을 그녀는 나를 바라보지 않은 채로 했다.

"내 이름이 그 수첩의 첫 장에 적혀 있다. 네가 혹시 내 이름 밑에다가 '나는 그녀를 용서한다.'라고 쓸 수 있다면, 설령 그게 내 찢긴 가슴이 흙으로 돌아간 지 아주 오랜 뒤라고 하더라도, 부디 그렇게 해 다오!"

"오 미스 해비셤." 나는 말했다. "저는 지금 당장 그렇게 할 수 있습니다. 저 역시 가슴 아픈 잘못들을 저질렀습니다. 제 인생은 분별없고 은혜를 모르는 인생이었습니다. 당신에게 모질게 대하기에는 저는 용서와 지도가 너무나 많이 필요한 사람입니다."

시선을 다른 데로 돌린 이후 그녀는 처음으로 얼굴을 나에게 돌렸다. 그러더니 놀랍게도, 그리고 거의 두려울 정도로, 내 발 앞에 털썩 무릎을 꿇고 앉아서는 깍지 낀 두 손을 나에게로 들어 올렸다. 그녀의 불쌍한 가슴이 어리고 생기 있고 온전했을 때 그녀의 어머니 곁에서 틀림없이 하늘을 향해 자주 들어 올리고는 했을 그런 자세로 말이다.

하얀 머리카락에 수척한 얼굴을 한 미스 해비셤이 내 발 앞에 무릎 꿇고 있는 모습을 보는 것은 나에게 온몸을 관통하는 충격을 주었다. 나는 그녀에게 일어나라고 간청했다. 그리고 부축하기 위해 두 팔로 그녀의 허리를 감쌌다. 하지만 그녀는 단지 잡기 가까운 쪽에 있는 내 손을 꼭 쥐어 누르기만 했다. 그러더니 그 위에 머리를 떨어뜨린 채 슬프게 울기 시작했다. 나는 그녀가 눈물을 흘리는 것을 한 번도 본 적이 없었다. 그렇게 우는 것이 도움이 될지 모른다는 생각으로 나는 그녀에게 몸을 굽힌 채 아무 말도 하지 않고 있었다. 그녀는 이제 무릎을 꿇고 있지 않고 아예 바닥에 주저앉아 있었다.

"오!" 그녀는 절망적으로 소리쳤다. "내가 무슨 짓을 한 거지! 내가 무슨 짓을 한 거지!"

"미스 해비셤, 저에게 상처 주기 위해 당신이 무슨 짓을 한 거냐는 말씀이라면 그건 제가 대답해 드리겠습니다. 당신은 거의 아무 짓도 하지 않았습니다. 저는 어떤 상황이었든 그녀를 사랑했을 것이기 때문입니다. …… 그녀는, 결혼했겠지요?"

"그래."

그건 불필요한 질문이었다. 왜냐하면 황폐한 이 집에 새로이 더해진 황폐함은 이미 그 사실을 나에게 말해 주었기 때문이다.

"내가 무슨 짓을 한 거지! 내가 무슨 짓을 한 거지!" 그녀는 두 손을 비틀고 하얀 머리카락을 뭉개며 이 외침을 몇 번이고 반복해서 되풀이했다. "내가 무슨 짓을 한 거지!"

나는 어떻게 대답해야 할지, 아니 어떻게 그녀를 위로해야 할지 몰랐다. 그녀가 영향받기 쉬운 한 어린아이를 양녀로 삼아 자신의 사무친 원한과 버림받은 애정과 상처받은 자존심에 대한 복수를 해 줄 도구로 길러 내는 쓰라린 잘못을 범했다는 것, 나는 그 사실을 잘 알고 있었다. 하지만 또한 그녀가 햇빛을 차단해 버림으로써 무한히 많은 다른 것들을 차단해 버렸다는 것, 그녀가 세상을 등짐으로써 치유의 힘이 있는 수많은 자연스러운 영향으로부터 자신을 격리해 버렸다는 것, 그리고 그녀의 마음이 자기 혼자만의 생각에 빠져 창조주께서 정해 놓은 질서를 거스르는 모든 마음이 언제나 틀림없이 그러는 것처럼 점점 병들어 갔다는 것 등도 나는 마찬가지로 잘 알고 있었다. 그런 내가 어떻게 그녀를 동정심 없이 바라볼 수 있었겠는가? 폐허 같은 그녀의 모습과, 자신이 살고 있는 이 세상에서 극도의 부적격자가 되어 버린 그녀의 모습, 그리고 — 참회의 허위의식, 양심의 가책의 허위의식, 자기 비하의 허위의식, 그 밖에 이 지상에서 저주가 되어 버린 다른 기괴한 허위의식들이 그렇듯이 — 광적인 집착이 되어 버린 슬픔의 허위의식 등이 그녀가 벌 받았다는 사실을 분명히 보여 주고 있는데 내가 어떻게 그럴 수 있었겠는가?

"요전 날 네가 그 애한테 말할 때까지, 그리고 너한테서 예전에 나 자신이 느꼈던 고통을 보여 주는 거울을 발견했을 때까지 나는 내가 무슨 짓을 했는지 알지 못했다. 아, 내가 무슨 짓을 한 거지! 내가 무슨 짓을 한 거지!" 그러고는 스무 번이고 오십 번이고 자기가 무슨 짓을 한 거냐는 말을 계속해서 외쳐 댔다.

"미스 해비셤." 그녀의 외치는 소리가 잦아들었을 즈음 나는 말했다. "저에 대한 죄책감은 당신의 마음에서 지워 버려도 좋습니다. 하지만 에스텔러의 경우는 다릅니다. 만약 당신이 그녀에게서 올바른 본성의 일부를 축출함으로써 저지른 잘못 가운데 조금이라도 바로잡을 수 있다면, 그렇게 하는 것이 지난 일을 백 년 동안 슬퍼하는 것보다 훨씬 나을 것입니다."

"그래, 그래. 나도 그걸 알고 있다. 하지만, 핍, 얘야!" 나에 대한 그녀의 새로운 애정에는 진지하고 여성다운 동정심이 깃들어 있었다. "얘야! 이것만은 믿어 다오. 그 애가 처음 나에게 왔을 때 내 의도는 그 애를 나 자신과 같은 불행에서 구해 주려는 것이었단다. 처음에는 그런 의도밖에 없었단다."

"그래요, 그래!" 나는 말했다. "저도 그랬기를 바랍니다."

"하지만 그 애가 자라서 아주 아름다워질 가능성을 보이자 나는 차츰 잘못 나가기 시작했고, 그리하여 칭찬과 보석들과 가르침을 통해, 그리고 내 가르침을 뒷받침하고 강조해 주는 하나의 경고로서 상처 입은 나 자신의 모습을 그 애 눈앞에 항상 보여 줌으로써, 나는 그녀의 따뜻한 마음을 조금씩 없애 버리고 대신 그 자리에 얼음을 채워 놓았단다."

"나중에 멍들고 찢긴다 하더라도……." 나는 말하지 않을 수 없었다. "그녀의 타고난 마음을 그대로 남겨 두는 것이 훨씬 더 나았을 겁니다."

이 말을 듣고 미스 해비셤은 괴로운 듯이 잠시 나를 바라보았다. 그러더니 다시금 자기가 무슨 짓을 한 거냐는 말을 외쳐 댔다.

“네가 내 이야기를 모두 안다면…….” 그녀는 애원하듯 말했다. “너는 나를 조금은 동정하고 또 나를 좀 더 잘 이해할 거다.”

“미스 해비셤.” 나는 가능한 한 세심하게 신경 쓰며 대답했다. “말씀드려도 될 줄로 믿고 말씀드리는데, 저는 당신의 이야기를 알고 있습니다. 제가 처음 이 고장을 떠난 직후부터 알고 있었습니다. 그 이야기는 저에게 늘 아주 깊은 연민을 불러일으켰습니다. 저는 그것과 그것이 끼친 영향들을 잘 이해한다고 생각합니다. 미스 해비셤과 저 사이에 그동안 있었던 일을 핑계 삼아 에스텔러에 관한 질문을 하나 드리고 싶은데 그래도 괜찮을까요? 현재의 그녀가 아니라 처음 여기에 왔을 때의 그녀에 대한 질문인데 말입니다.”

그녀는 낡아 빠진 의자에 두 팔을 올려놓고 그 위에 머리를 괸 채, 방바닥에 그대로 앉아 있었다. 그녀는 내가 이 말을 하자 나를 빤히 쳐다보더니 “말해 보거라.” 하고 대답했다.

“에스텔러의 부모는 누구인가요?”

그녀는 고개를 가로저었다.

“모르신다는 건가요?”

그녀는 그렇다고 다시 고개를 가로저었다.

“하지만 재거스 씨가 그녀를 이리로 데리고 왔든지 보냈든지 했겠지요?”

“데리고 왔단다.”

“어떤 과정으로 그렇게 되었는지 말해 주실 수 있나요?”

그녀는 속삭이듯 낮은 목소리로 조심스럽게 대답했다. “내가 이 집에 틀어박혀 산 지 꽤 오래 (그게 얼마 동안이었는지는 나도 모른다. 이곳의 시간이 정지되어 있다는 걸 너도 알지.) 되었을 때, 나는 길러 주고 사랑을 베풀고 또 나 같은 운명을 당하지 않도록 구해 줄 소녀를 원한다고 재거스에게 말했단다. 내가 재거스를 처음 만난 것은 이 집을 격리하기 위해 사람을 시켜 그를 불렀을 때였는데, 세상을 등지기 전에 신문에서 그에 대한 이야기를 읽은 적이 있었지. 그는 나에게 그런 고아를 주변에서 한번 찾아보겠다고 말했어. 그러더니 어느 날 밤 잠들어 있는 그 애를 이리로 데리고 왔단다. 그래서 나는 그 애에게 에스텔러라는 이름을 지어 주었지."

"그때 그녀가 몇 살이었는지 여쭤 봐도 될까요?"

"두세 살쯤 되었을 거다. 그 애 자신은 아무것도 모른단다. 고아가 되었다가 내 양녀로 들어왔다는 사실밖에는 말이다."

재거스 씨 집의 그 여자가 에스텔러의 어머니라는 것을 너무나 강하게 확신하고 있었던 나로서는 그 사실을 마음속에 확립하기 위한 증거가 아무것도 필요하지 않았다. 하지만 이제 그 누구에게든지 두 사람의 관계는 분명하고 확실할 것이라고 나는 생각했다.

미스 해비셤과의 이 만남을 더 길게 함으로써 내가 기대할 수 있는 게 뭐가 더 있겠는가? 허버트를 위한 일을 잘 해결할 수 있게 되었고, 미스 해비셤이 에스텔러에 대해 알고 있는 것을 모두 들었으며, 그녀의 마음을 위로해 주기 위해 내가 할 수 있는 말과 행동도 다 한 상태였다. 우리가 어떤 다른 말을 더 주고받으며 헤어졌든지, 어쨌든 우리는 그렇게 헤어졌다.

내가 계단을 내려와 자연의 공기가 있는 곳으로 나왔을 때는 땅거미가 지며 어둠이 깃들고 있었다. 나는 아까 들어올 때 대문을 열어 주었던 여자에게, 떠나기 전에 그곳을 한 바퀴 돌아볼 생각이니 아직은 문 열어 주는 수고를 할 필요가 없다고 말했다. 나는 이곳에 다시는 오지 못할 것이라는 예감이 들었고, 그래서 날이 저물고 있는 이 순간이 여기를 마지막으로 보기에 적절한 때라고 느꼈던 것이다.

나는 오래전에 그 위를 걸어다닌 적이 있던 술통들을 지나 폐허가 된 정원으로 나아갔다. 마당에 무수히 널려 있는 그 통들은 그 뒤로 오랜 세월 동안 비를 맞아 여기저기 썩은 것들이 많았으며, 세워져 있는 것들의 경우는 그 위에 조그만 웅덩이나 늪 같은 것이 형성되어 있기도 했다. 나는 정원을 완전히 한 바퀴 돌았다. 허버트와 내가 격투를 벌였던 구석을 지났고, 에스텔러와 함께 걸었던 샛길들도 지나서 돌았다. 모든 게 너무나 춥고, 너무나 외롭고, 너무나 황량했다!

돌아오는 길에 양조장이 있었으므로 나는 정원 쪽에서 들어가는 양조장 쪽문의 녹슨 빗장을 들어 올리고 들어간 다음 양조장을 지나서 걸어갔다. 나는 반대편에 있는 문으로 막 나가려던 참이었다. 그 문은 이제 열기가 쉽지 않았는데, 나무 문짝이 습기로 인해 휘고 팽창한 데다 경첩이 내려앉고 문지방은 곰팡이와 버섯 같은 것으로 뒤덮여 있었기 때문이다. 그러던 나는 무심코 고개를 돌려 뒤를 돌아다보았다. 사소한 그 동작을 하는 순간 문득 어렸을 때의 연상이 놀라운 힘으로 되살아나면서, 나는 미스 해비셤이 대들보에 매달려 있는 것을 보았다는 상상에 사로잡혔다. 그 인상이 너무나도 강렬하여, 그것이 환상이라는 것을 깨닫기 전까지 나는 머리끝에서 발끝까지 전율하며 대들보 아래에 꼼짝 않고 서 있었다. 비록 내가 그곳에 있었던 시간은 틀림없이 한순간밖에 안 되었지만 말이다.

그 장소와 시간의 음울함, 그리고 비록 일순간에 불과했지만 무섭기 짝이 없던 그 환상 때문에, 나는 형언할 수 없는 공포를 느끼면서 열려 있는 나무 문 사이를 걸어 나왔다. 그 옛날 에스텔러의 모욕으로 가슴에 상처를 입고는 그 뒤에서 내 머리를 쥐어뜯은 적이 있던 그 문이었다. 앞마당까지 걸어 나온 나는 잠긴 대문의 열쇠를 가지고 있는 아까 그 하녀를 불러서 문을 열어 달라고 할 것인지, 아니면 먼저 2층으로 올라가서 미스 해비셤이 내가 그녀 곁을 떠났을 때와 마찬가지로 안전하게 잘 있는지 확인해 볼 것인지 잠시 망설였다. 나는 후자를 택했다. 그래서 안으로 들어가 계단을 올라갔다.

나는 그녀를 두고 나왔던 방을 들여다보았다. 그녀가 등을 내 쪽으로 향한 채 벽난로 불 바로 가까이의 낡아 빠진 그 의자에 그대로 앉아 있는 것이 보였다. 문간에서 머리를 빼고 조용히 떠나가려고 하는 순간, 나는 갑자기 커다란 불길이 솟구쳐 오르는 것을 보았다. 그와 동시에 그녀가 활활 타오르는 불길의 소용돌이에 온몸이 휩싸인 채 비명을 지르며 내 쪽으로 달려오는 것이 보였다. 불길은 그녀의 머리 위로 적어도 수십 센티미터는 높이 치솟아 올랐다.

나는 어깨 망토가 이중으로 달린 큰 외투를 입고 있었고 한쪽 팔에는 또 다른 두꺼운 상의를 걸쳐 들고 있었다. 내가 그것들을 벗고 미스 해비셤에게 달려들어 그녀를 쓰러뜨린 다음 내 외투와 상의로 그녀를 덮었다는 것, 내가 동일한 목적으로 식탁의 그 커다란 식탁보를 잡아당겼으며, 그 바람에 식탁 가운데 쌓여 있던 부패한 물체들과 그 속에 숨어서 살고 있던 모든 흉한 벌레들이 식탁보와 함께 끌어당겨져서 땅에 떨어졌다는 것, 우리 두 사람이 방바닥에서 서로 원수처럼 필사적으로 싸우고 있었다는 것, 그리고 내가 미스 해비셤을 꼭 덮어 감싸면 감쌀수록 그녀는 더욱더 사납게 비명을 지르며 빠져나가려고 몸부림을 쳤다는 것, 이런 모든 것들이 일어났다는 것을 나는 나중에 결과를 통해서만 알았을 뿐, 그 순간의 감각이나 생각 또는 내 행위에 대한 인식을 통해서는 전혀 알지 못했다. 우리가 그 커다란 만찬용 식탁 옆 바닥에 쓰러져 있다는 것과 조금 전까지만 해도 그녀의 빛바랜 신부복이었던 것이 불씨 조각들이 되어 아직 불이 붙은 채 연기 가득 찬 허공을 떠다니고 있다는 것을 알아보고 난 뒤에야 비로소 나는 다른 것들을 깨닫기 시작했던 것이다.

그런 뒤 나는 주위를 둘러보았다. 놀란 딱정벌레들과 거미들이 바닥 위를 황급히 기어서 도망가고 있는 것이 보였고, 하인들이 소리 지르며 숨 가쁘게 문으로 달려 들어오는 것이 보였다. 나는 아직도 마치 그녀가 도망치려는 죄수라도 되는 듯이 온 힘을 다해서 미스 해비셤을 강하게 잡아 누르고 있었다. 짐작건대 나는 그 순간 그녀가 누구인지, 그리고 왜 우리가 몸부림치며 싸웠는지 알지 못했으며, 또 그녀가 화염에 휩싸였고 이제 그 화염이 다 꺼졌다는 사실도 인식하지 못했다. 불에 타 버린 그녀의 옷 조각들이 마침내 불씨가 다 꺼진 채 시커먼 소나기처럼 우리 주변에 떨어져 내리는 것을 볼 때까지는 말이다.

그녀는 의식을 잃은 상태였다. 나는 다른 사람이 그녀를 움직이는 건 물론이고 건드리는 것조차 두려웠다. 의사를 부르러 사람이 보내졌고 나는 의사가 올 때까지 그녀를 그대로 붙들고 있었다. 마치 내가 그녀를 놓으면 불이 다시 살아나서 그녀를 태워 버릴 거라는 터무니없는 상상에라도 사로잡힌 것처럼 말이다.(사실 정말로 그랬다고 생각한다.) 외과의사가 도와줄 다른 사람과 함께 와서 그녀를 살피기 시작했을 때 나는 자리에서 일어났는데, 내 양손이 화상을 입은 것을 보고는 크게 놀랐다. 왜냐하면 나는 그것을 감각으로 전혀 알아차리지 못하고 있었기 때문이다.

의사가 살펴본 결과, 그녀가 심각한 화상을 입기는 했지만 화상 자체는 절망적인 것과는 거리가 멀다는 진단이 내려졌다. 위험은 주로 신경에 가해진 충격에 있다고 했다. 의사의 지시에 따라 하인들은 그녀의 침대를 그 방으로 옮겨 와 그 커다란 만찬용 식탁 위에 올려놓았다. 우연히도 식탁은 그녀의 상처를 치료하고 싸매기에 아주 적당한 자리가 되었다. 한 시간쯤 후 내가 그녀를 보러 다시 왔을 때, 그녀는 예전에 지팡이로 두드려 대며 자신이 언젠가는 거기 눕혀질 거라고 말했던, 그리고 그녀가 그러는 걸 내가 보고 들었던 바로 그 식탁 위에 정말로 누워 있었다.

비록 옷은 흔적 하나 없이 다 불타 버렸다고 들었지만, 미스 해비셤은 여전히 예의 귀신 같은 신부 형상과 상당히 비슷한 모습을 하고 있었다. 왜냐하면 그녀는 목까지 하얀 솜으로 싸매진 채 그 위에 하얀 시트를 느슨하게 덮고 누워 있었는데, 그 결과 과거의 모습을 잃고 변한 어떤 유령 같은 분위기를 여전히 풍기고 있었기 때문이다.

하인들에게 물어봄으로써 에스텔러가 파리에 가 있다는 사실을 알아낸 나는 의사에게서 다음번 우편으로 그녀한테 편지를 보내겠다는 약속을 받았다. 미스 해비셤의 친척들은 내가 맡기로 했는데, 매슈 포킷 씨에게만 연락을 하고 나머지 사람들한테 알리는 문제는 그의 재량에 맡길 작정이었다. 그리고 다음 날 런던에 돌아가자마자 나는 허버트를 통해서 그렇게 했다.

그날 저녁 한 차례 그녀는 정신을 차리고 화재가 어떻게 일어났는가에 대해, 비록 어떤 끔찍한 활기 같은 것을 띠긴 했지만, 비교적 침착하게 이야기해 줄 수 있었다. 그러다가 한밤중이 가까워질 무렵 횡설수설하기 시작하더니, 그 후로는 점차 낮고 엄숙한 목소리로 똑같은 말을 수없이 반복하는 상태로 빠져들었다. 그녀는 먼저 "내가 무슨 짓을 한 거지!" 하고 말한 다음 "그 애가 처음 왔을 때 내 의도는 그 애를 나 자신과 같은 불행에서 구해 주려는 것이었단다."라고 말했다. 그런 다음 "연필을 집어 들고 내 이름 밑에다가 '나는 그녀를 용서한다.'라고 써 다오!" 라고 말했다. 그녀는 결코 이 세 문장의 순서를 바꾸는 법이 없었다. 이따금 그중 어느 하나를 말하다가 단어 한 개를 빼먹는 경우가 있었지만, 결코 다른 단어를 집어넣는 법이 없이 빼먹은 자리 그대로 언제나 다음 단어로 넘어가곤 했다.

그곳에서 내가 줄 수 있는 도움이 아무것도 없었으므로, 그리고 그녀의 헛소리조차 내 마음에서 쫓아낼 수 없는 걱정과 두려움의 절박한 이유가 런던의 내 집 가까운 곳에 있었으므로, 나는 밤을 보내며 다음 날 이른 아침 마차로 런던에 돌아가기로 결정했다. 그리고 먼저 이삼 킬로미터 정도 걸어서 읍내를 빠져나간 뒤 마차를 잡아타기로 작정했다. 그리하여 다음 날 아침 6시경에 나는 미스 해비셤 위에 몸을 굽혀 그녀의 입술에 내 입술을 맞추고 작별 인사를 했다. 내 입술이 닿는 바로 그 순간에도 그녀의 입술은 멈추지 않고 "연필을 집어 들고 내 이름 밑에다가 '나는 그녀를 용서한다.'라고 써 다오!" 라는 말을 계속 되뇌고 있었다.

50장

나는 밤사이에 두세 번, 그리고 아침에 다시 한 번 두 손에 난 상처를 치료받았다. 내 왼팔은 팔꿈치 있는 데까지 심한 화상을 입었고, 조금 덜하긴 하지만 그 위로 어깨까지도 역시 상당한 화상을 입었다. 상처는 몹시 고통스러웠다. 하지만 화염이 그 방향으로 타고 올라왔으므로, 나는 더 심하지 않은 것을 오히려 감사하게 생각했다. 오른팔은 화상이 그렇게 심하지 않아 손가락 정도는 움직일 수 있었다. 물론 그 팔도 붕대를 감았다. 왼손과 왼팔보다는 훨씬 덜 불편했다. 왼팔을 멜빵으로 붙들어 맨 나는 외투를 망토처럼 어깨에 느슨하게 걸친 채 목 부분만 고정시켜서 입어야 했다. 머리카락도 불에 탔지만 머리나 얼굴 자체는 화상을 입지 않았다.

허버트는 해머스미스에 가서 그의 아버지를 만나 미스 해비셤 소식을 전한 다음 우리의 숙소로 돌아와서는 남은 하루를 다 바쳐 나를 간호해 주었다. 그는 더할 나위 없이 친절하게 나를 돌봐 주었다. 그는 일정한 시간마다 상처의 붕대를 푼 다음 준비해 놓은 냉각 액체에 붕대를 담갔다가 다시 내 팔에 감아 주었는데, 인내심 많고 다정다감한 그의 태도에 나는 깊은 고마움을 느꼈다.

소파에 가만히 누워 있는 처음 얼마 동안 나는 이글거리는 불길과 맹렬한 화염 소리, 그리고 지독한 타는 냄새 등에 대한 기억으로 고통스러웠다. 그 기억은 떨쳐 버리기가 불가능할 정도였다. 나는 잠시 졸음에 떨어졌다가도 미스 해비셤의 비명 소리와 머리 위로 불길이 높이 치솟은 채 나를 향해 달려오는 그녀에 대한 환상 때문에 퍼뜩 깨어나곤 했다. 이런 정신적인 고통은 내가 겪고 있는 육체적 고통보다도 훨씬 더 견디기 힘들었다. 허버트는 이것을 알아차리고는 내 주의가 다른 것에 쏠리도록 최대한 애를 썼다.

우리 둘 다 보트에 대해 이야기하지 않았다. 하지만 둘 다 그 생각을 하고 있었다. 그 점은 우리가 그 문제에 대한 언급을 피한다는 사실, 그리고 내가 손을 사용할 만큼 회복하는 것을 몇 주일이 아닌 몇 시간의 문제로 만들어야 한다고 — 말로 표현하지 않고도 — 서로 합의하고 있다는 사실을 통해 분명하게 드러났다.

물론 내가 허버트를 만났을 때 처음 한 질문은 강 아래쪽 일이 모두 다 무사한가 하는 것이었다. 허버트가 그야말로 자신 있고 쾌활하게 긍정의 대답을 했으므로, 나는 그 문제를 다시 언급하지 않았다. 하지만 날이 저물기 시작했을 때, 바깥 빛보다는 벽난로 불빛의 도움을 더 받아 가며 내 붕대를 갈아 주던 허버트가 자발적으로 그 이야기를 다시 꺼냈다.

"어제 저녁에 난 꼬박 두 시간 동안이나 프로비스와 함께 앉아 있었단다, 헨델."

"클래러는 어떻게 하고?"

"귀여운 내 사랑 클래러!" 허버트는 말했다. "그녀는 '왕 난폭불통' 씨의 시중을 드느라고 저녁 내내 오르락내리락해야 했어. 그는 그녀가 시야에서 벗어나는 즉시 방바닥을 무한정 찍어 대곤 했거든. 하지만 그는 아무래도 오래 버틸 수 없을 것 같아. 럼주와 후추 — 그리고 후추와 럼주 — 그런 걸 계속 먹어 댄 탓에, 그의 찍어 대기가 틀림없이 곧 끝나고 말 거라는 생각이 들어."

"그럼 너와 클래러는 결혼하게 되겠구나, 허버트?"

"그러지 않고 어떻게 내가 사랑하는 나의 클래러를 돌봐 줄 수 있겠니? 팔을 펴서 소파의 등받이 위에 좀 올려놓아 보렴, 친구야. 그럼 내가 여기에 앉아서 붕대를 언제 떨어졌는지 모르게 아주 조금씩 벗겨 낼 테니까 말이야. 내가 프로비스 이야기를 하던 중이었지. 그가 나아지고 있는 걸 너도 아니, 헨델?"

"지난번 그를 만났을 때 그가 부드러워진 것처럼 보인다고 나도 말했지."

"그래, 맞아. 그는 정말로 부드러워졌어. 그는 어젯밤 말을 아주 많이 했는데, 나한테 자신의 지난 인생에 대해 좀 더 이야기해 줬단다. 지난번에 그가 자신을 굉장히 힘들게 했던 어떤 여자에 대해 말하다가 중단했던 것 기억나니? 아, 내가 아프게 했니?"

내가 움찔하며 놀랐던 것이다. 하지만 그건 그가 상처를 건드려서가 아니라 그의 말 때문에 놀라 움찔한 것이었다.

"잊어버리고 있었어, 허버트. 하지만 네가 말하니까 이제 생각이 나는구나."

"그래! 그는 어젯밤 자기 인생의 그 부분을 이야기해 줬어. 어둡고 험한 내용이었지. 어때, 들어 볼래? 아니면 지금은 좀 힘드니 나중으로 미룰까?"

"지금 당장 말해줘. 한마디도 빠짐없이 말이야."

허버트는 몸을 구부려서 나를 좀 더 가까이 살펴보았는데, 마치 내 대답이 그가 이해할 수 있는 것 이상으로 몹시 조급하고 간절하다고 여기는 듯한 태도였다. "머리에 열은 없지?" 그는 내 머리를 만져 보며 말했다.

"전혀." 나는 말했다. "내 다정한 허버트, 프로비스가 한 이야기를 어서 말해 줘."

"내가 듣기에……." 허버트는 말했다. "자, 붕대가 아주 훌륭하게 벗겨졌구나. 이제 차가운 붕대를 붙인다. 처음엔 좀 오싹한 느낌을 줄 거야. 그렇지, 내 불쌍한 친구야? 하지만 금세 편안하게 느껴질 거야. 내가 듣기에, 그 여자는 젊은 여자였는데 질투가 심하고 복수심이 강한 여자였나 봐. 특히 복수심이 극에 달할 만큼 강한 여자였나 봐, 헨델."

"어느 정도였는데?"

"살인을 할 정도였대. 붕대가 예민한 그 부위에 너무 차갑게 닿는가 보구나?"

"아냐, 전혀 그런 느낌 없어. 그 여자가 어떻게 살인을 했대? 그리고 누구를 살인했대?"

"아니, 뭐, 그 여자의 행위가 그렇게 꼭 끔찍한 명칭으로 불릴 만한 것은 아니었을지도 몰라." 허버트는 말했다. "하지만 그런 죄로 재판을 받았대. 그리고 재거스 씨가 그 여자의 변호를 맡

왔는데, 그 변호에 대한 자자한 소문을 통해 프로비스는 재거스 씨의 이름을 처음 알게 되었대. 살인의 희생자는 또 다른 여자로 힘이 더 센 사람이었는데, 격렬하게 다툰 흔적이 있었고, 장소는 헛간이었대. 누가 싸움을 걸었고, 또 싸움이 얼마나 정당했는지 아니면 부당했는지 등은 확실치 않을 수 있겠지만, 싸움이 어떻게 끝났는지에 대해서는 의심의 여지가 없는 게 분명해. 왜냐하면 희생자가 목 졸려 죽은 채로 발견되었기 때문이지."

"그 여자는 유죄 판결을 받았대?"

"아니, 무죄로 석방되었대. 불쌍한 나의 헨델, 내가 널 아프게 했구나!"

"아냐, 더 이상 부드러울 수 없을 정도야, 허버트. 그래서? 그러고는 어떻게 되었다니?"

"석방된 이 젊은 여자와 프로비스 사이엔 어린애가 하나 있었대. 그리고 프로비스는 이 아이를 굉장히 예뻐했대. 내가 이야기한 대로 그녀의 질투의 대상이 목 졸려 죽던 바로 그날 저녁에, 이 젊은 여자는 프로비스 앞에 잠깐 나타나서는 그 아이를 (그녀가 데리고 있었는데) 죽여 버리겠다고, 그래서 그가 그 아이를 다시는 결코 보지 못하게 할 거라고 맹세했대. 그리고 그 여자는 사라졌대. 자, 네 심하게 아픈 팔은 멜빵에 다시금 편안하게 잡아매졌구나. 이제 오른손만 남았는데 그건 훨씬 쉬운 일이지. 나는 밝은 빛보다는 지금 이런 빛 속에서 더 잘할 수 있어. 왜냐하면 물집으로 부풀어 오른 그 불쌍한 상처 부위들이 너무나 분명히 보이면 아무래도 손이 떨려서 잘하기 힘들거든. 네 호흡기에 무슨 장애가 생긴 것은 아니겠지, 내 다정한 친구야? 숨을 좀 가쁘게 쉬는 것 같은데 말이다."

"그래, 내 숨이 좀 가쁜지도 몰라, 허버트. 그 여자가 맹세대로 정말 그렇게 했대?"

"프로비스의 인생에서 가장 암울한 부분이 바로 그거야. 그녀는 그렇게 했대."

"그러니까, 프로비스가 그렇게 말했다는 거지?"

"그야 물론 그렇지, 내 다정한 친구야." 허버트는 놀란 어조로 대답했다. 그러고는 다시 몸을 구부려 나를 좀 더 가까이 살펴보았다. "그가 이 모든 이야기를 해 줬고, 나는 다른 이야기는 들은 바가 전혀 없으니까 말이야."

"그래, 틀림없이 그렇지."

"그건 그렇고, 프로비스는……." 허버트는 말을 이었다. "자신이 그 아이 엄마를 학대했는지 아니면 잘 대해 줬는지에 대해서는 말하지 않았어. 하지만 그 여자는 그가 지난번 이 난롯가에서 우리에게 이야기해 줬던 그 비참한 생활을 그와 함께 약 사오 년 동안이나 겪었대. 그래선지 그는 그 여자에 대해 연민과 관용의 감정을 느꼈던 것 같아. 그 결과 그는, 법정에 소환되어 살해당한 아이에 대해 진술함으로써 자신이 그 여자의 죽음의 원인이 될까 봐 (비록 아이에 대한 슬픔이 몹시 컸지만) 잠적해 버렸대. 그러고는, 그의 말을 빌리면, 어둠 속에 처박혀 재판에서 안전하게 빠진 채 이 치정 사건이 발생하게 된 에이블이라고 하는 어떤 남자로만 막연히 언급되었을 뿐이래. 그 여자는 무죄로 석방된 후 사라져 버렸는데, 그리하여 그는 아이와 아이 엄마 둘 다 잃어버리고 말았다는 거야."

"한 가지 물어보고 싶은……."

"잠깐, 내 다정한 친구야. 이제 거의 다 끝났어. 사악함의 귀재, 그리고 수많은 악당 중에서도 제일 가는 악당인 그 콤피슨은 프로비스가 그 당시 숨어 지낸다는 사실과 그 이유를 알고는, 당연히 그 이후로 이 약점을 그의 머리에 올가미처럼 씌워서 그를 더욱 가난하게 만들고 더욱 힘들게 혹사하는 수단으로 사용했대. 어젯밤에 분명하게 알 수 있었는데, 그자에 대한 프로비스의 원한이 사무치도록 가시 돋치게 된 것은 바로 이 때문이었어."

"특별히 좀 알고 싶은데 말이다, 허버트." 나는 말했다. "이 일이 언제 일어났는지 그가 말해 주었니?"

"특별히 알고 싶다고? 그렇다면 가만, 그것에 대해 그가 뭐라고 말했는지 기억을 되살려 볼게. 그의 표현은 이거였어. '대략 20년 전쯤이었고 콤피슨과 어울려 일하기 시작한 거의 직후였는데'라고 말이야. 네가 그 작은 교회 묘지에서 그를 만났을 때 몇 살이었지?"

"아마 일곱 살쯤 되었을 거야."

"그래. 그럼 그 삼사 년 전쯤에 일어난 일이었다고 말했어. 네가 그때, 그토록 비통하게 잃어버린, 살았으면 네 나이 또래가 되었을 그의 딸을 마음속에 떠오르게 했다면서 말이야."

"허버트." 나는 잠시 침묵하고 난 뒤에 조급한 태도로 말했다. "창문으로 들어오는 빛과 벽난로 불빛 둘 중에 어느 것으로 내 얼굴을 더 잘 바라볼 수 있니?"

"난롯불 빛으로 더 잘 볼 수 있어." 허버트는 다시금 나를 가까이 굽어보며 말했다.

"그럼 내 얼굴을 잘 들여다봐."

"그래, 자 들여다보고 있다, 내 다정한 친구야."

"나를 건드려 봐."

"그래, 자 건드리고 있다, 내 다정한 친구야."

"내가 고열로 들떠 있거나 아니면 어젯밤 일로 머리가 좀 이상해졌다는 생각은 안 들지?"

"그-래, 내 다정한 친구야." 허버트는 나를 잠시 살펴본 뒤에 말했다. "너는 좀 흥분한 상태긴 하지만 완전히 제정신이야."

"그래, 나도 내가 완전히 제정신이라는 걸 잘 알고 있어. 그렇다면 말이다. 우리가 강 아래쪽에 숨겨 놓고 있는 그 사람은 바로 에스텔러의 아버지란다."

51장

내가 어떤 목적을 염두에 두고 에스텔러의 출생을 더듬어 알아내고 입증하는 데 그렇게 열심이었는지 나도 말할 수 없다. 곧 드러날 테지만, 그런 질문은 그 당시 희미한 형태로도 내 마음속에 떠오르지 않았으며, 나보다 현명한 사람이 그 질문을 나에게 던지고 나서야 비로소 그것을 생각해 보게 되었다.

하지만 허버트와 내가 중요한 그 대화를 나눴던 그 당시에 나는 이 문제를 끝까지 추적해야 한다는, 즉 이 문제를 그 상태로 놔두지 않고 재거스 씨를 만나서 정확한 진실을 알아내야 한다는 강렬한 확신에 사로잡혔다. 내가 에스텔러를 위해서 그렇게 한다고 느꼈는지, 아니면 내가 그토록 걱정하며 보호하는 그 사람에게 나를 그토록 오랫동안 둘러싸고 있던 낭만적인 감정의 후광을 일부나마 전이시킬 수 있어서 기쁜 마음이었는지, 나는 정말로 모른다. 아마도 후자의 경우가 더 진실에 가까울 것이다.

어쨌든 그날 저녁 당장 제라드 거리로 달려가고 싶은 내 갈망은 거의 막을 수 없을 만큼 아주 강렬했다. 만약 그랬다가는 우리 도망 죄수의 안전이 나에게 달려 있을 순간에 내가 몸져누운 채 아무 도움도 주지 못할 수도 있다는 허버트의 주장만 없었다면 나는 조급함을 억누르지 못하고 정말로 그렇게 했을 것이다. 어떤 일이 있어도 내일은 재거스 씨를 만나러 가겠다는 다짐을 여러 차례 반복하고 난 뒤에야 나는 비로소 조용히 안정을 취하는 가운데 상처를 치료받으며 집에 머물러 있기로 동의했다. 다음 날 아침 일찍 우리는 함께 집에서 나왔다. 스미스필드와 길트스퍼 거리가 만나는 모퉁이에서 허버트는 나와 헤어져서 시내 중심가를 향해 갔고, 나는 리틀 브리튼으로 걸음을 향했다.

재거스 씨와 웨믹 씨는 정기적으로 날을 잡아, 사무실 회계장부를 점검하고 영수증 등을 확인하며 모든 것들을 똑바로 정리해 두곤 했다. 이런 때면 웨믹은 그의 장부와 서류들을 들고 재거스 씨의 방으로 들어갔고, 그러면 위층에서 일하는 사무원 한 사람이 내려와 입구 쪽 사무실을 대신 지켰다. 그날 아침도 웨믹의 자리에 위층의 사무원이 앉아 있는 것을 보고 나는 사무실에서 어떤 일이 진행되고 있는지 알아차렸다. 하지만 나는 재거스 씨와 웨믹을 함께 만나게 된 것을 나쁘게 여기지 않았다. 왜냐하면 웨믹은 내가 그에게 누가 되는 말을 전혀 하지 않았다는 것을 그 자신이 직접 듣고 알 것이기 때문이었다.

팔에 붕대를 감고 상의를 어깨에 느슨하게 걸친 채 나타난 내 모습은 내 목적에 유리하게 작용했다. 런던에 도착하자마자 재거스 씨한테 사고에 대해 간단한 설명을 적어 보내긴 했지만, 나는 이제 그에게 다시 한 번 자세한 내용을 모두 이야기해 줘야 했다. 그런데 사건의 특별함으로 인해 우리의 대화는 과거의 경우보다 좀 덜 메마르고 덜 딱딱했으며, 증거의 규칙의 지배도 좀 덜 엄격하게 받았다. 내가 불행한 사고를 설명하는 동안 재거스 씨는 늘 하던 습관대로 벽난로 불 앞에 서 있었다. 웨믹은 바지 주머니에 양손을 집어넣고 펜을 우체통 구멍 같은 입에 수평으로 문 채 의자에 깊숙이 기대앉아서 나를 빤히 쳐다보고 있었다. 내 마음속에서 사무실의 일과 항상 불가분의 것처럼 생각되는 그 흉측한 두 개의 석고상은 그 순간 뭔가 불꽃 튀는 냄새가 나지 않나 하고 충혈된 눈으로 살펴보고 있는 것처럼 보였다.

이야기를 끝내고 그들의 질문에도 전부 대답했을 때 나는 허버트를 위해 900파운드를 받을 수 있는 미스 해비셤의 확인서를 제시했다. 내가 미스 해비셤의 서판용 수첩을 재거스 씨에게 건네주었을 때 그의 두 눈은 머리 안으로 좀 더 쑥 들어가는 것처럼 보였다. 하지만 그는 곧 그 수첩을 웨믹에게 건네주며 수표를 발행하여 자신의 서명을 받도록 하라고 지시했다. 이 일이 수행되는 동안 나는 수표를 작성하고 있는 웨믹을 바라보고 있었으며, 재거스 씨는 잘 닦인 구두를 신은 두 다리로 자세를 취한 채 몸을 흔들흔들 움직이며 나를 바라보고 있었다. "핍." 그가 서명하고 건네준 수표를 내가 호주머니에 넣고 있을 때, 재거스 씨는 말했다. "우리가 자네를 위해서는 아무것도 해 주지 못해서 미안하네."

"미스 해비셤 역시 친절하게도, 저를 위해 뭐 해 줄 게 없냐고 물어봐 주셨습니다." 나는 대답했다. "하지만 저는 없다고 말씀드렸습니다."

"누구나 자신의 일은 자기가 잘 알고 있겠지." 재거스 씨는 말했다. 그리고 웨믹은 입술로 소리 없이 "휴대 가능한 동산"이라고 나에게 말해 보였다.

"내가 자네였다면 나는 없다고 말하지 않았을 거네." 재거스 씨는 말했다. "하지만 누구든 자신의 일은 자기가 제일 잘 알고 있겠지, 뭐."

"누구든지 꼭 해야 하는 일은……." 웨믹은 나를 향해 다소 비난하는 투로 말했다. "휴대 가능한 동산을 확보하는 것이지요."

이제 마음속에 담고 있던 문제를 꺼낼 때가 왔다고 생각한 나는 재거스 씨를 돌아보며 말했다.

"하지만 선생님, 제가 미스 해비셤에게 한 가지 부탁한 게 있긴 있습니다. 저는 부인에게 그녀의 양녀에 관한 정보를 좀 말해 달라고 부탁했습니다. 그리고 그녀는 자신이 알고 있는 모든 것을 저에게 알려 주었습니다."

"그녀가 그랬다고?" 재거스 씨는 그렇게 말하고는 몸을 굽혀 자기 구두를 바라보다가 다시 몸을 똑바로 폈다. "허어! 내가 미스 해비셤이었다면 나는 그렇게 하지 않았을 거라고 생각하네. 하지만 그녀의 일은 그녀 자신이 제일 잘 알고 있겠지, 뭐."

"저는 미스 해비셤의 양녀의 내력에 대해 미스 해비셤 자신보다 더 많은 것을 알고 있습니다, 선생님. 저는 그녀의 어머니를 압니다."

재거스 씨는 나를 미심쩍은 듯이 바라보더니 "어머니를 안다고?" 하고 되물었다.

"저는 최근 3일 내에 그녀의 어머니를 본 적이 있습니다."

"그래?" 재거스 씨는 말했다.

"아마 저는 에스텔러의 내력에 대해 심지어 선생님보다도 더 많이 알고 있을 것입니다." 나는 말했다. "저는 그녀의 아버지도 알고 있습니다."

재거스 씨의 태도가 한순간 멈칫하는 것에서 — 그는 너무나 침착하여 태도가 확 바뀌거나 하지는 않았다. 하지만 순간적으로 멈칫하며 뭐라 말할 수 없이 주의 깊은 태도를 문득 보이는 것까지는 막을 수 없었다. — 나는 그가 에스텔러의 아버지가 누구인지 모른다는 것을 확신할 수 있었다. 숨어서 처박혀 지냈다는 프로비스의 (허버트가 전해 준) 이야기를 듣고 나는 이미 강하게 그런 짐작을 하고 있었는데, 프로비스의 잠적 사실을, 그가 재거스 씨의 의뢰인이 된 것이 그 후 4년가량이나 지난 뒤였으며 그때는 그가 자신의 정체를 주장할 이유가 전혀 없었을 거라는 사실과 연결해서 생각할 때 그렇게 짐작되었던 것이다. 하지만 조금 전까지 나는 재거스가 정말로 모르고 있는지 완전히 확신하지는 못했는데, 이제는 분명히 확신하게 되었다.

"그래! 자네가 그 젊은 숙녀의 아버지를 알고 있다고, 핍?" 재거스 씨는 말했다.

"그렇습니다." 나는 대답했다. "그리고 그의 이름은 프로비스입니다. 뉴사우스웨일스에서 온 사람이지요."

재거스 씨조차 내가 이 말을 했을 때 흠칫 놀랐다. 그것은 사람이 드러낼 수 있는 놀라움의 표시로는 더없이 희미한 것이었으며, 지극히 신중하게 억제된, 아니 억제보다는 오히려 즉각 중단된 행위였다. 하지만 그는 분명히 흠칫 놀랐다. 비록 그것을 손수건을 꺼내는 동작의 일부처럼 보이게 했지만 말이다. 웨믹이 내 진술을 어떻게 받아들였는지는 말할 수 없다. 왜냐하면 눈치가 날카로운 재거스 씨가 웨믹과 나 사이에 자신이 모르는 어떤 교류가 있다는 사실을 간파할까 봐 그 순간 웨믹을 바라보는 게 두려웠기 때문이다.

"무슨 증거로 그렇게 말하는 건가, 핍?" 재거스 씨는 손수건을 코로 가져가다가 중간에 멈추면서 아주 태연하게 말했다. "프로비스가 그렇게 주장하는가?"

"그는 그런 주장을 하지 않습니다." 나는 말했다. "그리고 그런 주장을 한 적도 없을 뿐더러, 자기 딸이 생존해 있다는 사실조차 전혀 모르고 있습니다."

이번만큼은 그 강력한 손수건조차 제 역할을 다하지 못했다. 내 대답이 너무나 예상 밖이었는지 재거스 씨는 늘 하던 그 코 푸는 동작을 마저 이행하지 못한 채 손수건을 그냥 호주머니에 도로 집어넣었다. 그러고는 팔짱을 끼더니, 비록 동요가 전혀 없는 얼굴이긴 하지만 엄숙하고 주의 깊은 시선으로 나를 바라보았다.

그러고 나서 나는 그에게 내가 알고 있는 모든 내용과 그것을 알게 된 과정을 이야기해 줬다. 다만 한 가지 유보 사항은 내가 사실상 웨믹한테서 알아낸 것들을 미스 해비셤한테서 알아낸 것으로 그가 추측하도록 내버려 두었다는 점이다. 정말로 나는 그 점에 대해서 아주 조심했다. 게다가 할 이야기를 모두 끝낸 뒤까지도 나는 얼마 동안 웨믹 쪽을 바라보지 않은 채 재거스 씨의 표정만 말없이 살피며 앉아 있었다. 내가 마침내 웨믹이 있는 방향으로 시선을 돌렸을 때, 그는 펜을 입에서 뺀 채 자기 앞의 탁자 위를 열심히 응시하고 있는 모습이었다.

"허어!" 마침내 재거스 씨가 탁자 위의 서류들 쪽으로 다가서면서 말했다. "핍 군이 들어왔을 때 어떤 항목을 하던 중이었지, 웨믹?"

하지만 나는 그런 식으로 무시당하는 것에 굴복할 수 없었다. 그래서 격정적이고, 거의 분노를 띤 어조로 그에게 좀 더 솔직하고 남자답게 나를 대해 달라고 호소했다. 나는 내가 빠져 있던 그 잘못된 희망과 그것이 지속되었던 긴 시간, 그리고 내가 발견한 사실 등을 그에게 상기시켰다. 그리고 내 마음을 무겁게 누르고 있는 위험에 대해서도 암시했다. 나는 방금 내가 그에게 털어놓은 비밀에 대한 대가로 그에게서 약간의 비밀을 들을 만한 자격이 틀림없이 있지 않느냐고 주장했다. 나는 그를 비난하거나 의심하거나 불신하려는 것이 아니라 그에게서 사실에 대한 확인만을 원하는 것이라고 말했다. 그리고 만약 왜 내가 그것을 원하는지, 그리고 왜 나에게 그럴 권리가 있다고 생각하는지 그가 묻는다면, 나는 그에게 이렇게 대답할 것이라고 말했다. 즉 비록 그가 내 가련한 환상 따위에 별 관심이 없겠지만 나는 에스텔러를 진정으로 오랫동안 사랑해 왔으며, 비록 이제 그녀를 잃고 슬픈 삶을 살아가야만 할지라도 그녀와 관련된 어떤 것이든지 나에게는 여전히 이 세상 그 어떤 것보다도 가치 있고 소중하다고 말이다. 이런 호소에도 불구하고 재거스 씨가 완전히 꿈쩍도 안 한 채 말없이, 그리고 겉보기에 완전히 완고한 태도로 서 있는 것을 본 나는 웨믹을 돌아보며 말했다. "웨믹 씨, 나는 당신이 부드러운 마음을 지닌 사람이라는 것을 알고 있습니다. 나는 당신의 즐거운 집과 당신의 늙은 부친, 그리고 당신의 사무적인 생활에 생기를 공급해 주는 그 모든 순수하고 유쾌하고 재미있는 방법들을 보았습니다. 저는 이제 당신에게 저를 위해 재거스 씨한테 제발 한마디쯤 해 주기를, 그래서 모든 상황을 고려할 때 그가 좀 더 솔직하게 나를 대해 줘야 한다고 그에게 권해 주기를 간청하는 바입니다!"

웨믹을 향한 나의 이런 호소가 있은 후에 재거스 씨와 웨믹은 지극히 묘한 표정으로 서로를 바라보았는데, 그들보다 더 묘한 표정으로 서로를 바라보는 두 사람을 나는 지금까지 결코 본 적이 없다. 처음에 나는 혹시 웨믹이 그 자리에서 즉시 해고당하는 것은 아닌가 하는 불안에 사로잡혔다. 하지만 재거스 씨의 얼굴이 미소 비슷한 표정으로 누그러지고 웨믹의 얼굴이 좀 더 대담해지는 것을 보았을 때 나는 그 불안에서 벗어났다.

"이게 다 무슨 소린가?" 재거스 씨가 말했다. "자네에게 늙은 부친이 있고, 즐겁고 재미있는 방법들이 있다고?"

"글쎄요!" 웨믹은 대답했다. "제가 그것들을 여기 사무실로 끌어들이지 않는 한 아무 문제가 없는 것 아닙니까?"

"핍." 재거스 씨는 손으로 내 팔을 건드리는 동시에 격의 없는 미소를 지으며 말했다. "이 친구는 아마 온 런던을 통틀어서 가장 교활한 사기꾼임에 틀림없을 거네."

"천만의 말씀이십니다." 웨믹은 점점 더 대담한 태도가 되면서 대답했다. "제 생각엔 선생님이야말로 그런 사람이라고 하겠습니다."

다시금 그들은 아까처럼 묘한 표정을 교환했는데, 둘 다 상대방이 자신을 속이고 있다고 의심하는 기색이 여전히 역력했다.

"자네한테 즐거운 집이 있다고?"

"제 직무 수행엔 아무런 지장도 주지 않는 것이니까……." 웨믹은 대답했다. "상관하지 마십시오. 뭐, 선생님도 보자면, 언젠가 이 모든 일에 싫증 났을 때 선생님 자신의 즐거운 집을 하나 마련하고자 계획하거나 궁리할지 모르는 일이고, 그렇다고 해도 저는 놀라지 않을 것입니다."

재거스 씨는 회상이라도 하듯이 두세 번 고개를 끄덕거렸다. 그러고는 한숨까지 실제로 내쉬었다. "핍." 그는 말했다. "자네가 말한 '가련한 환상'에 대해서는 이야기하지 않겠네. 자네는 그런 종류의 경험을 겪은 지 얼마 안 되었으니까 나보다는 그런 것에 대해서 더 잘 알고 있겠지. 하지만 자네의 그 다른 문제에 대해서는 말이네. 나는 자네에게 한 가지 가정을 제시해 보겠네. 유념하게! 나는 아무것도 인정하지 않는 바네."

그는 자신이 아무것도 인정하지 않는다고 분명히 말했음을 내가 완전히 인지했다고 선언할 때까지 기다렸다.

"자, 핍." 재거스 씨는 말했다. "이런 경우를 가정해 보게. 자네가 언급한 것과 같은 상황에 놓인 어떤 여자가 자기 아이를 숨겨 두고 있다가, 그녀의 변호사가 변호의 범위를 위해서 그 아이에 대한 정확한 사실이 어떤지 알아야 한다고 주장하자 할 수 없이 그 사실을 그에게 알렸다고 가정해 보게. 그리고 마침 그 변호사가 동일한 시기에 어느 괴팍하고 부유한 숙녀한테서 양녀로 삼아 길러 줄 아이를 하나 찾아 달라는 부탁을 받았다고 가정해 보게."

"예, 알겠습니다, 선생님."

"그 변호사가 악이 넘치는 환경에서 살고 있었고, 그가 아이들에 대해서 아는 것이라곤 수없이 많은 아이들이 태어나서 확실한 파멸만을 당한다는 사실밖에 없었다고 가정해 보게. 그가 아이들이 형사 법정에서 사람들에게 보이도록 높이 세워진 채 정식으로 엄하게 재판받는 것을 자주 목격했다고 가정해 보게; 그가 아이들이 투옥되거나 채찍질 당하거나 유형 당하거나 방치되거나 버려지면서 모든 면에서 교수형 당할 자격을 갖춰 나가다가, 결국 다 자라면 교수형에 처해지고 마는 것을 일상적으로 보아 왔다고 가정해 보게. 그가 자신의 업무 생활에서 매일 매일 만나는 아이들 거의 모두를, 나중에 큰 물고기로 자라나서 그의 그물에 걸려들게 될 새끼 물고기들로, 즉 기소되거나, 변호를 받거나, 버림받거나, 고아가 되거나 하면서 결국 어떤 식으로든 악당이 되고 말 존재들로 간주할 이유가 그에게 충분히 있다고 가정해 보게."

"예, 알겠습니다, 선생님."

"또 이렇게 가정해 보게, 핍. 그런 아이들의 무리 가운데 한 예쁜 어린아이가 구원받을 수 있게 되었다고 말이야. 아이의 아버지는 아이가 죽었다고 믿고, 또 뭣 때문인지 그 일로 아무런 소란도 피우지 않았다고 하세. 그래서 아이의 어머니에게 그 변호사가 아이에 관해 다음과 같이 힘을 행사했다고 하세. '나는 자네가 무슨 짓을 했는지, 그리고 그걸 어떻게 했는지 잘 알고 있네. 자네는 이렇게 저렇게 해서 왔고, 자네는 이런 방식으로 공격했고, 저런 방식으로 저항했지. 자네는 이렇게 저렇게 해서 갔고, 이러저러한 행동들을 해서 혐의를 피했지. 나는 자네의 이 모든 것들을 추적해서 알아냈고, 그것을 지금 자네에게 모두 말하는 것이네. 아이와 헤어지게. 자네의 혐의를 없애기 위해 아이를 제시하는 게 필요하지 않다면 그렇게 하게. 물론 필요하다면 나중에라도 아이를 제시하도록 하겠네. 아이를 내 손에 넘기게. 그러면 나는 자네를 구출하기 위해 최선을 다하겠네. 자네가 구제되는 경우 자네의 아이도 구제받는 셈이 될 것이고, 설령 자네가 지더라도 자네 아이는 여전히 구제받게 될 것이네.' 자, 일이 그렇게 실행되었으며 또 그 여자가 무죄로 방면되었다고 가정해 보게."

"예, 완전히 알아들었습니다."

"내가 인정하는 것은 아무것도 없다는 것도 말인가?"

"예, 선생님께서 인정하는 것은 아무것도 없다는 것 역시 잘 알아들었습니다." 그러자 웨믹도 반복해서 말했다. "인정하는 것은 아무것도 없지요."

"자, 또 가정해 보게, 핍. 격정과 죽음에 대한 공포로 인해 그 여자의 지적 능력이 약간 흔들렸으며, 석방되어 나왔을 때 세상을 살아가는 일이 두려워진 그 여자가 그 변호사에게 찾아가 보호를 요청했다고 말이야. 그가 그녀를 받아 주었으며, 그녀의 난폭하고 거친 옛 본성이 되살아나려는 기미를 보일 때마다 그가 예전의 방식으로 그녀에게 힘을 행사함으로써 그것을 억눌렀다고 가정해 보게. 자, 이 가상의 경우를 이해하겠는가?"

"예, 잘 이해하고 있습니다."

"그 아이가 자라서 돈을 위해 결혼했다고 가정해 보게. 그리고 그 아이의 어머니가 아직 살아 있고 아버지도 아직 살아 있는데, 그 두 사람이 서로 알지 못한 채, 그리 멀지 않은 곳에 — 몇 킬로미터인지, 몇백 미터인지, 몇 미터인지 자네 마음대로 정하게 — 떨어져 살고 있다고 가정해 보게. 하지만 비밀은 여전히 비밀로 남아 있으며 오직 자네가 어쩌다 그것을 눈치 채게 되었다고 가정해 보게. 특히 이 마지막 가정을 아주 신중하게 자네 자신에게 제기해 보게."

"알겠습니다."

"웨믹, 자네도 마찬가지로 이 가정을 아주 신중하게 자네 자신에게 제기해 보기 바라네."

그러자 웨믹도 "알겠습니다."라고 말했다.

"자네는 누구를 위해서 이 비밀을 밝히고자 하겠는가? 그 아버지를 위해서? 아이 어머니 때문에 그에게는 별로 득이 될 게 없을 거라고 나는 생각하네. 그럼 그 어머니를 위해서? 만약 그녀가 그런 행위를 저지른 사람이라면 그녀는 현재 상태 그대로 있는 것이 더 안전할 것이라고 나는 생각하네. 그럼 그 딸을 위해서? 그녀의 출생 비밀을 밝혀 남편에게 알림으로써 20년 동안 피해 왔고 또 앞으로도 평생 안전하게 피할 수 있을 수치를 당하게 하는 것은 그 딸에게도 도움될 리 없다고 나는 생각하네. 하지만 핍, 여기에다 자네가 그녀를 사랑해 왔으며, 그래서 그녀를 자네의 그 '가련한 환상' — 그런데 그런 환상을 머릿속에 한두 번씩 품어 본 남자는 자네가 생각하는 것보다 많다네. — 의 대상으로 삼아 왔다는 가정을 한번 덧붙여 보게. 그렇다면 나는 말하건대, 자네는 그렇게 비밀을 밝히느니 차라리 붕대를 감은 자네의 그 왼손을, 붕대를 감은 자네의 그 오른손으로 콱 찍어서 잘라 낸 다음 그 도끼를 웨믹에게 주고는 남은 오른손마저 잘라내 버리라고 하는 것이 훨씬 나을 것이네. 그리고 자네는 아마 잘 생각해 보고 나면 정말로 주저 없이 그렇게 할 것이네."

나는 웨믹을 바라보았다. 매우 엄숙한 얼굴로 있던 그는 자기 입술에 집게손가락을 엄숙하게 갖다 댔다. 나는 똑같이 그렇게 했다. 재거스 씨도 똑같이 그렇게 했다. "자, 웨믹." 재거스 씨는 이제 평소의 태도를 다시 취하며 말했다. "핍 군이 들어왔을 때 어떤 항목을 하던 중이었지?"

그들이 일하는 동안 곁에서 잠시 서 있던 나는 그들이 서로 주고받던 그 묘한 표정이 몇 차례 되풀이되는 것을 보았다. 다만 이제는 두 사람 모두 자신의 약하고 비직업적인 면을 상대방에게 내비친 게 아닌가 하는 — 확신까지는 아니지만 — 의심을 하는 것처럼 보인다는 점이 아까와는 달랐다. 이런 이유에서였는지, 그들은 이제 서로에게 아주 단호하게 대했다. 재거스 씨는 몹시 위압적으로 굴었고 웨믹은 아무리 사소한 것이라도 뭔가 미결 사항이 조금이라도 생길 때마다 완고하고 강력하게 자신이 옳음을 주장했다. 두 사람의 관계가 그토록 나쁜 경우를 나는 결코 본 적이 없었다. 왜냐하면 정말이지 그들은 대체적으로 사이좋게 아주 잘 지내는 편이었기 때문이다.

하지만 때마침 마이크의 출현으로 인해 두 사람 모두 다행스럽게도 그 상황에서 벗어날 수 있었다. 모피 모자를 쓰고 소맷자락에 코를 닦는 습관이 있는 마이크는 바로 내가 그 사무실에 처음 발을 들여놓던 날 만난 그 의뢰인이었다. 이 사람은 자기 자신이 아니면 가족 중 어느 누가 언제나 곤경에 빠져 있는 것 — 그곳에서 그건 곧 뉴게이트 감옥에 잡혀 들어간 것을 의미했다. — 처럼 보였는바, 이번에는 자기 큰딸이 들치기 혐의로 체포되었다는 사실을 알리러 그곳에 찾아온 것이었다. 그가 이 우울한 사정을 웨믹에게 전하는 동안 재거스 씨는 난롯불 앞에서 위엄 있게 뻣뻣이 선 채 아무 참견도 하지 않았는데, 공교롭게도 마이크의 눈에 눈물이 반짝이는 게 보였다.

"이봐 지금 뭐 하는 거야?" 웨믹이 극심한 분노를 드러내며 따지듯이 물었다. "여기 와서 훌쩍거리다니 지금 뭐 하자는 거야?"

"그럴 의도는 아녔습니다, 웨믹 씨."

"아니긴 뭐가 아냐." 웨믹은 말했다. "감히 여기서 뭐 하는 짓이야? 여기 와서 그렇게 불량 펜촉처럼 찔찔 짜며 버벅댈 거라면 자넨 여기 오기에 합당한 상태가 아닌 거야. 그런데 이렇게 와서 그러다니 뭐 하자는 거야?"

"사람이란 자신의 감정을 어쩔 수 없는 거 아닙니까, 웨믹 씨." 마이크는 항변했다.

"자신의 뭐라고?" 웨믹은 아주 사납게 말했다. "다시 한 번 말해 봐!"

"이봐, 거기, 자네." 재거스 씨가 한 걸음 앞으로 나오더니 문을 가리키며 말했다. "이 사무실에서 당장 나가게. 나는 여기서 어떠한 감정도 용납하지 않겠네. 어서 나가게."

"너한텐 그래도 싸." 웨믹은 말했다. "어서 나가."

그리하여 불행한 그 마이크는 아주 겸손하게 물러갔고, 재거스 씨와 웨믹은 예전의 좋은 관계를 다시금 회복한 것처럼 보였다. 그리고 그들은 막 점심 식사라도 하고 난 것처럼 활기찬 태도로 다시 일을 시작했다.

52장

리틀 브리튼에서 나온 나는 재거스 씨한테서 받은 수표를 호주머니에 넣고, 회계사인 스키핀스 양의 오빠에게 갔다. 회계사인 스키핀스 양의 오빠는 즉시 클래리커 상사로 가서 클래리커를 데리고 왔고, 나는 마침내 합의 사항을 완수하는 커다란 만족감을 누리게 되었다. 그것은 유산 상속의 가능성을 처음 전달받은 이후로 내가 행한 유일한 선행이자 유일하게 끝까지 완료한 행위였다.

클래리커는 그 자리를 빌려, 상사의 일이 꾸준히 번창해 나가고 있으며 이제는 사업 확장에 필요한 작은 지점도 하나 동양에 설립할 수 있을 것이라면서, 이제 허버트가 동업자라는 새로운 자격으로 그곳에 나가서 지점을 책임지게 될 것이라고 나에게 알려 줬다. 이 말을 듣고 나는 비록 나 자신의 일을 좀 정리한 셈이기는 하지만 결과적으로 이를 통해 내 친구와의 이별을 준비한 것이 되고 말았다는 사실을 깨달았다. 과연 나는 마치 나를 지탱해 주던 마지막 닻이 뽑히고 있는 듯한, 그래서 곧 내가 바람과 파도에 실려 떠내려가고 말 것 같은 느낌에 사로잡혔다.

하지만 저녁에 허버트가 집에 돌아와서, 내가 이미 다 알고 있다는 사실을 전혀 짐작하지 못한 채 기쁨에 찬 얼굴로 이러한 상황 변화를 나에게 이야기할 것을 상상하자 약간의 보상이 되었다. 그러고 나서 그는 자신이 클래러 발리를 아라비안 나이트의 나라로 데리고 가는 것과 나 역시 그곳에 가서 (아마 낙타를 탄 대상 행렬을 이끌고) 그들과 합류하는 것, 그리고 우리가 다 함께 나일 강을 따라 여행하며 여러 놀라운 것들을 구경하는 모습 등을 머릿속에 즐겁게 그려 볼 것이었다. 밝고 희망찬 그런 구상 중 나 자신에 관한 부분은 별로 기대하지 않았지만, 나는 허버트의 앞길이 빠르게 훤히 트이고 있으며, 빌 발리 영감은 그저 후추와 럼주를 계속 열심히 마셔 대기만 하면 될 것이고, 그러면 그의 딸은 머잖아 행복한 삶을 보장받게 될 거라고 확신했다.

때는 이제 3월로 들어서 있었다. 내 왼팔은 아무런 악성 증상도 보이지는 않았지만 화상이 으레 그렇듯이 아무는 데 아주 오랜 시간이 걸렸으므로 아직도 상의를 입을 수 없는 상태였다. 오른팔은 상당히 회복되었다. 즉 좀 흉한 모습이긴 했지만 그런대로 꽤 쓸 만했다.

어느 월요일 아침, 허버트와 내가 아침 식사를 하고 있을 때였다. 웨믹에게서 다음과 같은 편지가 우편으로 도착했다.

월워스. 읽자마자 바로 태워 버리시오. 이번 주 초에, 가령 수요일쯤에 당신이 알고 있는 일을 시도해 볼 의향이 있다면 그렇게 해 봐도 될 것입니다. 자, 태워 버리시오.

나는 이 편지를 허버트에게 보여 준 다음 난롯불 속에 던졌다. — 물론 우리 둘 다 그 내용을 확실히 암기한 다음에 그랬다. — 그러고 나서 우리는 어떻게 할 것인지 의논했다. 왜냐하면 내가 팔을 못 쓴다는 사실은 이제 당연히 더 이상 외면할 수 없는 문제였기 때문이다.

"나는 그 문제에 대해 거듭해서 곰곰이 생각해 봤어." 허버트는 말했다. "나는 템스 강의 뱃사공을 고용하는 것보다 더 나은 방도가 있다고 생각해. 바로 스타톱을 쓰는 거야. 그는 좋은 친구로서, 노를 잘 젓고, 우릴 좋아하고, 열정적이며 존경할 만한 사람이야."

나 역시 여러 번 그를 생각했더랬다.

"하지만 그에게 얼마만큼 이야기를 해 줘야 하지, 허버트?"

"그에게는 별로 말할 필요가 없어. 그날 아침까지는 그저 특별한 장난이지만 비밀이라는 정도로만 생각하고 있게 해. 그런 다음 그날 아침, 네게 프로비스를 배에 태워서 떠나야 하는 절박한 사정이 있다고 알려 주면 될 거야. 물론 너는 그와 함께 갈 거지?"

"물론이지."

"어디로 갈 거니?"

그동안 이 문제에 대해 걱정스럽게 많은 생각을 해 봤지만, 우리가 어느 항구로 가느냐 하는 것은, 그게 함부르크든 로테르담이든 앤트워프든 별로 중요하지 않게 여겨졌다. 프로비스가 영국을 빠져나가기만 한다면 우리가 가는 장소는 거의 의미가 없었다. 어느 외국 기선이든 우리가 만나서 올라탈 수만 있으면 될 것이었다. 나는 그를 보트에 태워서 강 하류 저 아래까지 내려갈 방안을 마음속에 늘 세워 놓고 있었다. 물론 그레이브스엔드*를 한참 지난 데까지 갈 예정이었다. 그곳은 만약 우리에 대한 의심이 촉발될 경우 수색이나 탐문이 이루어질 결정적인 장소였기 때문이다. 외국 기선들은 만조가 될 무렵에 런던을 떠날 것이므로 우리의 계획은 그 직전 썰물을 타고 강 하류로 내려가서 어디 조용한 지점에서 기다리고 있다가 기선 하나에 접근해 그것을 잡아탄다는 것이었다. 우리가 기다리는 장소가 어디든지 간에, 기선이 우리가 있는 곳에 도달하게 될 시간은 미리 문의해서 알아본다면 상당히 정확하게 계산해 낼 수 있을 것이었다.

허버트는 이 모든 것에 동의했다. 그래서 우리는 아침 식사를 마치는 즉시 필요한 여러 가지 조사를 수행하러 나갔다. 우리는 함부르크행 기선이 우리 목적에 제일 적합하다는 것을 알아냈으며, 그래서 우리의 생각을 주로 그 배에 대한 쪽으로 기울였다. 하지만 우리는 그 배와 같은 조수 때에 런던을 떠나는 다른 외국 기선들도 조사해 적어 두었으며, 그들을 서로 식별할 수 있도록 각각의 모양과 색깔을 분명히 확인해 두었다. 그런 다음 우리는 몇 시간 동안 헤어졌다. 나는 필요한 여권 등을 즉시 받아 놓으러 갔고, 허버트는 스타톱을 만나러 그의 거처로 갔다. 우리 둘 다 각자의 할 일을 아무런 지장 없이 해냈으며, 1시에 다시 만나서 일의 완료 상황을 서로에게 알렸다. 내 경우는 여권을 받아서 준비해 놓은 상태였고, 허버트는 스타톱을 만나 봤는데 얼마든지 우리 일에 끼겠다는 흔쾌한 대답을 받고 왔다.

우리는 허버트가 스타톱과 함께 한 쌍의 노를 젓고 나는 뒤

* 템스 강 하구의 항구로서 검역소 및 세관 등이 있는 곳.

에 앉아 보트의 키를 조종하기로 했으며, 우리의 보호 대상인 프로비스는 그냥 승객으로 가만히 앉아 있게 하기로 정했다. 속도는 아무 상관이 없었으므로 우리는 충분히 여유 있게 나아갈 것이었다. 허버트는 그날 저녁 식사를 하러 집에 돌아오지 않고 곧바로 '밀 폰드 강둑'에 가기로 했으며, 다음 날 즉 화요일 저녁에는 그곳에 절대로 가지 않을 예정이었다. 그는 또 프로비스로 하여금 수요일에 우리가 집 근처로 접근하는 것을 보았을 때 — 그보다 일찍은 안 되고 바로 그 순간에 — 집 바로 가까이에 있는 선착장으로 내려오도록 준비시키기로 했다. 프로비스와의 이런 약속과 준비는 월요일, 즉 바로 그날 저녁에 전부 완료되어야 하며, 우리가 프로비스를 보트에 태울 때까지 그와는 더 이상 어떤 연락도 절대 취하지 않기로 결정했다.

이러한 주의 사항들을 우리 둘 다 잘 숙지하고 난 뒤, 나는 허버트와 헤어져 집으로 돌아갔다.

열쇠로 우리 숙소의 바깥문을 열었을 때 나는 우편함 속에 내 앞으로 온 편지가 하나 있는 것을 발견했다. 때가 묻어 몹시 더러운 편지였지만 글씨는 엉망이 아니었다. 인편으로 (물론 내가 집에서 나간 뒤에) 배달된 그 편지의 내용은 다음과 같았다.

만약 당신이 오늘이나 내일 밤 9시에 옛날의 그 습지대에 와서 석회 굽는 가마 옆의 자그만 수문지기의 집에 오는 것을 두려워하지 않는다면, 당신은 그렇게 하는 것이 좋을 것이다. 만약 당신 숙부 프로비스에 대한 정보를 원한다면 당신은 아무한테도 이야기하지 않고 지체 없이 오는 게 훨씬 좋을 것이다. 반드시 혼자 와야 한다. 그리고 이 편지를 가지고 와라.

나는 이 이상한 편지를 받기 전에도 이미 마음속에 걱정거리가 충분히 있었다. 따라서 그 순간 어떻게 해야 할지 알 수 없었다. 게다가 더 고약한 것은 내가 빨리 결정을 해야 한다는 점이었다. 그러지 않으면 오늘 밤 시간에 맞게 습지대에 도착할 수 있는 오후 역마차를 놓치고 말 것이었다. 내일 밤에 가는 것은 생각할 수 없었다. 우리의 도피 시간에 너무 임박한 때였기 때문이다. 한편 잘은 모르겠지만, 제공하겠다는 그 정보가 우리의 도피 자체와 뭔가 중요한 관계가 있을지도 모르는 일이었다.

시간을 두고 숙고해 볼 여유가 충분히 있었다고 해도 나는 역시 갔을 거라고 믿는다. 숙고해 볼 시간이 거의 없는 상태에서 — 시계를 보니 역마차가 떠날 시간이 30분도 채 남지 않았었다. — 나는 가기로 결정했다. 내 숙부 프로비스에 대한 언급만 없었다면 나는 분명코 가지 않았을 것이다. 하지만 웨믹의 편지를 받은 데다 아침에 바쁘게 준비하고 다닌 뒤에 이런 내용의 편지를 받고 보니 내 마음은 가는 쪽으로 기울어질 수밖에 없었다.

극도로 서두르는 상황에서 어떤 편지든 그 내용을 명확하게 이해하는 것은 아주 어려운 법이다. 따라서 나는 이 알 수 없는 서신을 두 번이나 다시 읽고 나서야 이 일을 비밀로 하라는 지시를 마음속에 기계적으로 각인시킬 수 있었다. 그리고 역시 기계적인 방식으로 이 지시에 순응하여 나는 허버트에게 연필로 쪽지를 한 장 써서 남겨 놓았다. 내가 이렇게 금방 영국을 떠나게 된 데다 또 얼마나 오래 떠나 있을지 모르므로, 고향에 잠깐 내려가서 미스 해비셤의 상태가 어떤지 직접 확인해 보고 오기로 급하게 결심했다는 내용이었다. 그리고 나자 시간이 거의 다

되어 나는 황급히 외투를 집어들고 방문을 잠근 다음 마차역을 향해 지름길로 달려갔다. 내가 삯마차를 타고 거리를 통과해서 갔더라면 나는 목적을 이루지 못했을 것이다. 하지만 곧장 빠른 길로 달려갔으므로, 역마차 정거장 마당을 막 빠져나오는 마차를 마침 잡아탈 수 있었다. 정신을 차리고 보니 나는 안에 타고 있는 유일한 승객으로 무릎까지 밀짚에 파묻힌 채 덜컹거리는 마차에 흔들리고 있었다.

나는 사실 그 편지를 받은 이후로 제정신이 아니었다. 아침에 한참 서두른 직후에 온 이 편지는 나를 무척 당황하게 만들었다. 아침에 나는 굉장히 서두르고 흥분한 상태였다. 왜냐하면 웨믹의 연락을 오랫동안 마음 졸이며 기다려 오긴 했지만 막상 연락이 오자 그것은 아주 뜻밖의 일처럼 여겨졌던 것이다. 그런데 이제 정신을 차리고 나자, 나는 내가 마차에 타고 있다는 것을 놀랍게 생각하면서 이렇게 할 만한 이유가 충분히 있는지 의심하기 시작했다. 그리고 당장 마차에서 내려 돌아가야 하지 않을까 하는 생각과 함께, 익명의 편지에 그렇게 주의를 기울인 데 대해 자책의 논리를 펼치기도 했다. 요컨대 나는 급히 서두르는 사람들이 거의 대부분 경험하는 것으로 알려진 갈등과 망설임의 모든 단계를 하나하나 겪기 시작했다. 그러나 프로비스의 이름이 언급되었다는 사실은 모든 것을 압도해 버렸다. 나도 모르게 이미 내린 판단이지만 — 그걸 판단이라고 할 수 있다면 말인데 — 나는 동일한 판단, 즉 만약 내가 가지 않은 것 때문에 그에게 무슨 해라도 일어난다면 내가 어떻게 나 자신을 용서할 수 있을 것인가 하는 결론을 내렸다.

마차가 읍내에 도착하기 전에 날은 이미 어두워졌다. 마차 안에서 바깥 풍경을 거의 볼 수 없었고 또 팔이 아픈 상태에서 밖으로 나갈 수도 없었던 나로서는 길고 지루한 여행이었다. 나는 블루보어 여관을 피해 평판이 좀 덜한 읍내 아래쪽의 한 여관에 들었다. 그리고 저녁 식사를 주문했다. 식사가 준비되는 동안 나는 새티스 하우스에 가서 미스 해비셤의 안부를 물었다. 그녀는 약간 나아진 것처럼 보이긴 했지만 여전히 매우 심각한 상태였다.

내가 든 여관은 오래된 교회 건물의 일부였다. 그래서 나는 성수반(聖水盤)처럼 생긴 자그만 팔각형 휴게실에서 식사를 했다. 내가 아픈 팔 때문에 음식을 칼로 자를 수 없었으므로, 번쩍번쩍 빛나는 대머리의 늙은 여관 주인이 나를 위해 음식을 잘라 주었다. 이 때문에 우리는 자연스레 대화를 나누게 되었는데, 그는 매우 친절하게도 나에게 바로 나 자신에 대한 이야기를 들려주었다. 물론 펌블추크가 내 최초의 은인이자 내 행운의 설립자라는 것을 골자로 하는 널리 알려진 그 이야기였다.

"그 청년을 아십니까?" 나는 말했다.

"그를 아냐고요?" 여관 주인이 되물었다. "그가…… 갓난아기였을 때부터 늘 보아 왔지요."

"그는 이 고장을 다시 찾아오곤 합니까?"

"그렇습니다. 그는 이따금씩 자신의 지체 높은 친구들을 찾아오곤 한답니다." 여관 주인은 말했다. "하지만 오늘의 그를 있게 한 사람한테는 냉정하게 대한답니다."

"그게 누구인데요?"

"내가 말한 바로 그 사람이지요." 여관 주인은 말했다. "펌블추크 씨 말입니다."

"그는 오직 그 사람한테만 그렇게 배은망덕하게 구는 건가요?"

"할 수만 있다면 그는 틀림없이 다른 사람에게도 그렇게 굴 겁니다." 여관 주인은 대답했다. "하지만 그는 그럴 수 없답니다. 왜냐고요? 펌블추크 씨가 그를 위해 모든 걸 다 해 줬기 때문이지요."

"펌블추크가 그렇게 말하나요?"

"그렇게 말하다니요!" 여관 주인이 대답했다. "그는 그렇게 말할 필요도 없답니다."

"하지만 그가 말하게 될 경우, 그렇게 말하나요?"

"그가 그것에 대해 이야기하는 걸 들으면 피가 끓어 올라 백포도주로 만든 식초로 변할 정도랍니다, 나리." 여관 주인은 말했다.

나는 속으로 생각했다. '하지만 조, 다정한 조, 당신은 결코 그것에 대해 이야기하지 않지요. 인내심 강하고 사랑 많은 조, 당신은 결코 불평하는 법이 없지요. 그리고 마음씨 고운 비디, 너 역시 그렇지!'

"나리는, 그러니까, 아마 사고 때문에 식욕이 떨어졌나 보군요." 여관 주인은 내 외투 밑의 붕대 감은 팔을 흘긋 쳐다보며 말했다. "좀 더 연한 조각을 들어 보십시오."

"고맙습니다만 사양하겠습니다." 나는 식탁에서 돌아앉아 난롯불 위로 몸을 숙이며 대답했다. "더 이상은 먹지 못하겠습니다. 그만 좀 치워 주십시오."

나는 조에 대한 내 배은망덕함을, 뻔뻔하기 짝이 없는 그 사기꾼 펌블추크를 통해서 느꼈던 그때만큼 날카롭고 빼저리게 느낀 적이 없었다. 그가 거짓되면 거짓될수록 조는 더욱 진실하게 보였으며, 그가 비열하면 비열할수록 조는 더욱 고결하게 보였다.

겸손한 마음이 아주 마땅하게도 점점 깊어지는 가운데 나는 한두 시간 난롯불을 바라보며 생각에 잠겨 있었다. 시계 치는 소리에 나는 퍼뜩 상념에서 깨어났다. 물론 실의와 후회에서 깨어난 것은 아니었다. 나는 자리에서 일어나 외투를 목 주위에 단단히 여미고 밖으로 나갔다. 그전에 나는 다시 한 번 참고하려고 호주머니 속에 손을 넣고 편지를 찾아보았다. 하지만 편지를 찾을 수 없었다. 마차의 짚더미 속에다 떨어뜨린 게 틀림없다고 생각하자 좀 불안해졌다. 하지만 나는 지정된 장소가 습지대의 석회 굽는 가마 옆에 있는 자그만 수문지기의 집이며 시간도 9시라는 것을 아주 잘 기억하고 있었다. 이제 꾸물거릴 시간이 전혀 없었으므로 나는 곧장 습지대를 향해 나아갔다.

53장

내가 울타리를 친 토지 구역을 벗어나 습지대로 나왔을 무렵 보름달이 막 떠오르긴 했지만 캄캄한 밤이었다. 습지대의 어두운 지평선 너머로 띠 모양의 맑은 하늘이 약간 보였으나, 그것은 커다란 붉은 달을 제대로 보여 주지도 못할 만큼 가느다란 띠에 불과했다. 몇 분이 채 지나지 않아 달은 그 맑은 구역에서 위로 올라가 산처럼 층층이 쌓인 구름 속으로 사라져 버렸다.

우울한 바람이 부는 가운데 습지대는 아주 음산했다. 낯선 사람이라면 이런 습지대를 견디기 힘든 곳으로 여겼을 것이다. 나한테조차 습지대는 너무나 마음을 짓누르는 듯이 느껴져서, 나는 거의 돌아가고 싶은 심정이 되어 걸음을 주춤거렸다. 하지만 나는 그곳을 잘 알고 있었고, 이보다 훨씬 더 어두운 밤에도 길을 잘 찾아갈 수 있을 정도였다. 게다가 여기까지 와서는 되돌아간다는 게 영 구실이 서지 않는 일이었다. 그리하여 나는, 원치 않게 그곳에 온 것과 마찬가지로, 원치 않게 계속해서 나아갔다.

내가 택한 길의 방향은 내 옛 고향 집이 있는 쪽도 아니었고, 옛날에 죄수들을 추적해 가던 방향도 아니었다. 나는 감옥선이 멀리 떨어져 있는 쪽을 등진 채 계속해서 걸어갔다. 모래톱 위 저 멀리 예의 그 등대 불빛이 보이긴 했지만, 그것들도 내 어깨 너머로만 보였다. 나는 석회 굽는 가마가 있는 곳을 옛 포병대 자리만큼이나 잘 알고 있었다. 하지만 그 둘은 서로 몇 킬로미터나 떨어져 있었다. 그래서 그날 밤 각각의 지점에서 불빛이 타오르고 있었다면 그들 두 밝은 불빛 반점 사이에는 아무것도 없는 지평선이 길게 가로놓여 있었을 것이다.

처음 얼마 동안 나는 습지대의 출입문 몇 개를 여닫고 가야 했으며, 이따금씩 둑길 통행로에 누워 있던 소들이 일어나서 풀밭이나 갈대밭 사이로 어기적어기적 피해 내려가는 동안 가만히 서서 기다려야만 하기도 했다. 하지만 얼마 후에는 습지대 전체가 내 독차지가 된 것처럼 보였다.

그 후로 다시 30분이 지나고 나서야 나는 석회 굽는 가마 근처에 이르렀다. 석회는 숨 막힐 듯한 냄새를 느릿느릿 피우며 불에 타고 있었다. 화덕의 불은 잘 지펴진 채 그대로 내버려져 있었고 일꾼은 아무도 보이지 않았다. 바로 옆에는 작은 채석장이 하나 있었다. 그것은 내가 가는 길 바로 중간에 위치해 있었는데, 연장과 손수레 등이 여기저기 흩어져 있는 것으로 미루어 보건대 그날 작업을 했던 게 분명했다.

움푹 들어간 채석장에서 습지대가 보이는 높이로 다시 올라왔을 때 — 내가 가는 거친 길은 채석장을 통해서 나 있었기 때문이다. — 나는 낡은 수문지기의 집에서 비치는 불빛을 볼 수 있었다. 나는 걸음을 빨리하여 수문지기의 집 문을 손으로 두드렸다. 나는 누군가 대답하기를 기다리며 주위를 둘러보았는데, 수문이 방치된 채 부서져 있다는 것과 수문지기의 집이 — 기와로 지붕을 덮은 목조건물이었다. — 지금 당장은 괜찮을지라도 머지않아 비바람을 이겨 내지 못하리라는 것, 근처의 진흙과 뻘흙이 석회로 뒤덮여 있다는 것, 그리고 석회 가마의 숨 막히는 증기가 나를 향해 유령처럼 천천히 퍼져 나오고 있다는 것 등을 차례로 알아보았다. 아직 아무런 대답이 없었다. 나는 다시 문을 두드렸다. 여전히 아무 대답이 없었다. 나는 빗장 손잡이를 눌러 보았다.

내가 손으로 누르자 빗장이 그대로 올라가 풀리면서 문이 열렸다. 안을 들여다보니 불 켜진 촛불 하나가 탁자 위에 놓여 있었고, 긴 의자 하나와 매트리스가 깔린 바퀴 달린 침대가 보였다. 위쪽에 다락방이 있었으므로 나는 "여기 누구 없습니까?" 하고 소리쳤다. 하지만 아무도 응답하지 않았다. 그러자 나는 내 시계를 보았다. 9시가 지난 것을 확인하고는 다시 "여기 누구 없습니까?" 하고 소리쳤다. 여전히 아무 대답이 없었으므로 나는 문간으로 나가서 어떻게 해야 할지 모른 채 서 있었다.

비가 심하게 쏟아지기 시작했다. 이미 보았던 풍경밖에는 아무것도 보이는 게 없었으므로 나는 돌아서서 집으로 다시 들어갔다. 그러고는 문간의 지붕 바로 밑에서 어둠 속을 내다보며 서 있었다. 틀림없이 누군가가 조금 전까지 그곳에 있었고 따라서 곧 돌아올 것이라고, 그렇지 않다면 촛불이 저렇게 켜져 있지 않을 거라고 추측하던 나는 문득 촛불 심지가 얼마나 길게 타 들어갔는지 살펴볼 생각이 들었다. 나는 돌아서서 촛불을 살펴보기 위해 손으로 그것을 집어 들었다. 그 순간 촛불이 어떤 격렬한 충격에 의해 꺼졌고, 다음 순간 내가 알아차린 것은 내가 뒤에서 머리 위로 씐 억센 올가미에 꽉 묶여 버렸다는 사실이었다.

"자." 낮게 가라앉힌 목소리가 욕설을 하며 말했다. "네놈은 나한테 잡혔다!"

"이게 무슨 짓이오?" 나는 버둥거리며 소리쳤다. "누구요? 사람 살려, 사람 살려, 사람 살려!"

두 팔이 양 옆구리에 바짝 죄어졌을 뿐만 아니라 아픈 팔이 꽉 눌리는 바람에 격심한 고통이 느껴졌다. 어느 순간은 억센 사내의 손이, 또 어느 순간은 억센 사내의 가슴팍이 내 입을 틀어막으며 비명 소리가 나오지 못하게 했다. 계속해서 사내의 뜨거운 입김을 얼굴에 바짝 느끼면서 나는 어둠 속에서 헛되이 몸부림쳤고, 그러는 동안 나는 벽에 꼼짝 없이 단단히 묶였다. "자, 이제……." 낮게 가라앉힌 목소리가 또다시 욕설을 하며 말했다. "다시 한 번만 더 소리쳐 봐라. 그럼 네놈을 끝장내 주고 말겠다!"

다친 팔의 고통으로 인해 기력이 빠지고 혼미한 데다 기습을 당해 몹시 당황한 상태였지만 나는 이 협박이 얼마나 쉽게 행동으로 옮겨질 수 있는가를 인식했다. 그리하여 나는 더 이상 반항하기를 단념하고 그저 아픈 팔을 조금이라도 편하게 하고자 애썼다. 하지만 그러기에는 팔이 너무나 단단히 묶여 있었다. 마치 화상을 입은 다음 뜨겁게 삶아지고 있는 듯한 느낌이었다.

어두운 바깥 빛이 갑자기 차단되고 그 대신 깜깜한 암흑이 주위를 뒤덮은 것을 통해 나는 사내가 덧문을 닫았다는 사실을 알았다. 잠시 동안 이리저리 더듬거린 뒤에 사내는 자신이 원하는 부싯돌과 쇠붙이를 찾아냈다. 그러고는 불을 붙이기 시작했다. 나는 부싯깃 사이로 떨어지는 불꽃들에 시선을 바짝 모으고 바라보았다. 사내는 손에 성냥을 들고는 부싯깃에 입김을 계속 불어 댔다. 하지만 보이는 것은 그의 입술과 성냥의 푸른 끝대가리뿐이었으며, 그것들조차 간헐적으로만 보였다. 부싯깃은 축축하게 젖어 있었고 — 이런 습지에서는 당연한 일이었다. — 그래서 불꽃은 하나씩 연달아 그대로 꺼져 가기만 했다.

사내는 조금도 서두르지 않고 다시금 부싯돌과 쇠붙이를 부딪혀 불꽃을 냈다. 불꽃들이 그의 주변에 무더기로 환하게 떨어질 때 나는 그의 두 손과 살짝 드러난 얼굴 일부를 볼 수 있었다. 그리고 그가 의자에 앉아 탁자 위로 몸을 구부리고 있다는 것도 알아차릴 수 있었다. 하지만 그 이상은 보이지 않았다. 곧 부싯깃에 입김을 불어 대는 그의 푸른 입술이 다시 보였다. 다음 순간 눈부신 불길이 확 타오르더니 올릭의 모습이 드러났다.

당시 내가 누구를 보리라고 기대했는지는 모르겠다. 하지만 올릭을 보리라고는 기대하지 않았다. 그를 본 순간 나는 내가 실로 위험한 궁지에 빠져 있다고 느꼈다. 그래서 그를 빤히 주시하며 서 있었다.

그는 활활 타오르는 성냥을 아주 조심스럽게 초에 가져다가 불을 붙였다. 그러고는 성냥을 떨어뜨린 뒤 발로 밟아 껐다. 그런 다음 그는 내가 보이도록 촛불을 탁자 위 저만치 밀어 놓았다. 그러고는 팔짱을 낀 두 팔을 탁자 위에 올려놓은 채 의자에 앉아 나를 바라보았다. 나는 내가 벽에서 10여 센티미터 떨어진 — 하지만 붙박이인 — 튼튼한 수직 사다리에 묶여 있다는 것을 알아차렸다. 사다리는 위의 다락방으로 올라가는 수단이었다.

"자." 우리가 얼마 동안 서로를 살펴보고 났을 때 그가 말했다. "네놈은 나한테 잡혔다."

"이걸 풀어라. 나를 당장 내보내라!"

"아, 그래!" 그는 대답했다. "널 곧 보내 주마. 널 곧 달나라로 보내 주마, 널 곧 별나라로 보내 주마. 때가 되면 곧바로 그렇게 해 주마."

"뭣 때문에 나를 이리로 유인한 것이냐?"

"그걸 몰라서 묻느냐?" 그는 악의에 가득 찬 표정으로 말했다.

"뭣 때문에 이렇게 어둠 속에서 나를 덮친 것이냐?"

"왜냐하면 모든 걸 나 혼자서 해치울 작정이기 때문이다. 두 사람보다는 한 사람이 비밀을 더 잘 지키는 법이거든. 오, 이 원수 자식, 이 원수 자식!"

그는 의자에 앉아서 팔짱 낀 두 팔을 탁자에 올려놓은 채 나에게 고개를 흔들어 대거나 자기 몸을 꽉 부둥켜안으며 꼼짝 없이 사로잡힌 내 모습을 구경거리처럼 즐겼다. 그의 그런 모습에는 나로 하여금 몸서리를 치게 하는 어떤 악의가 깃들어 있었다. 내가 말없이 그를 지켜보고 있으려니까, 그는 한 손을 옆에 있는 구석에 밀어 넣더니 곧 개머리판에 구리가 씐 총을 꺼내 들었다.

"이걸 알아보겠느냐?" 나를 겨냥이라도 할 것처럼 자세를 취하며 그는 말했다. "전에 어디서 이걸 보았는지 알겠느냐? 말해 봐라, 이 늑대 같은 놈아!"

"그래 안다." 나는 대답했다.

"넌 나로 하여금 그 자리를 잃게 만들었지. 그렇지. 말해 봐라!"

"나는 그럴 수밖에 없었다."

"네놈은 그렇게 했고, 그것만으로도 죄가 충분할 것이다. 다른 게 더 없이도 말이다. 그런데 네놈은 감히 나와 내가 좋아하는 여자 사이에 끼어들기까지 했다. 안 그래?"

"내가 언제 그랬다는 거냐?"

"네놈은 안 그런 적이 없다. 그녀에게 항상 이 올릭 영감에 대해 나쁘게 이야기한 게 누구였단 말이냐?"

"나쁜 평판은 너 스스로 자초한 거야. 그건 자업자득이었어. 네가 스스로 해를 끼치지 않았다면 나는 너에게 아무런 해도 끼치지 않았을 거야."

"거짓말 마라. 넌 날 이 고장에서 쫓아내기 위해서라면 어떤 수고도 마다하지 않을 거고 또 얼마든지 돈을 쓰겠다고 했어, 안 그래?" 그는 내가 비디를 마지막으로 만났을 때 그녀에게 했던 말을 그대로 반복하며 말했다. "자, 내가 한 가지 알려 주마. 날 이 고장에서 쫓아내는 것이 오늘 밤만큼 필요한 적은 결코 없을 것이다. 아! 마지막 동전 한 푼까지 탈탈 털어서 네놈이 가진 돈의 스무 배나 더 써야 한다고 해도 네놈은 그러고 싶을걸!" 그가 나를 향해 커다란 손을 흔들어 대며 호랑이처럼 입을 으르렁거렸을 때, 나는 그 말이 사실이라고 느꼈다.

"나를 어찌 하려는 것이냐?"

"난 네놈의……." 그는 주먹으로 탁자를 세차게 쾅 내려치며 말했다. 탁자를 내려칠 때 그는 자리에서 일어섬으로써, 내려치는 주먹에 더욱더 큰 힘이 가해지게 했다. "난 네놈의 목숨을 끊어 버릴 작정이다!"

그는 몸을 앞으로 기울여 나를 노려보았다. 그러고는 주먹 쥔 손을 천천히 편 다음, 마치 나를 잡아먹고 싶어 입에 군침이라도 고인 것처럼 손으로 입을 쓱 훔치더니 의자에 다시 앉았다.

"네놈은 어린아이였을 때부터 언제나 이 올릭 영감의 앞길을 가로막았어. 오늘 밤 네놈은 올릭 영감의 앞길에서 없어지는 거다. 올릭 영감은 더 이상 네놈의 방해를 받지 않게 될 거다. 네놈은 죽은 목숨이야."

나는 내가 죽음의 문턱에 와 있다고 느꼈다. 한순간 나는 조금이라도 도망칠 가능성이 없나 하고 사납게 주위를 둘러보았다. 하지만 그런 건 전혀 없었다.

"그뿐만이 아니다." 그는 다시금 팔짱 낀 두 팔을 탁자 위에 올려놓으며 말했다. "난 네놈의 옷 쪼가리 하나도, 네놈의 뼈다귀 하나도 이 세상에 남겨 놓지 않을 작정이다. 나는 네놈의 시체를 저 가마 속에다 던져 넣을 것이다. 난 너 같은 놈은 둘이라도 너끈히 어깨에 메어 가마에 옮길 수 있다. 그래서 사람들이 네놈에 대해 뭐라고 생각하든지, 그들은 아무것도 모르게 될 것이다."

내 정신은 나의 그런 죽음이 가져올 모든 결과를 믿을 수 없을 만큼 빠른 속도로 추적하여 파악했다. 에스텔러의 아버지는 내가 그를 버리고 도망갔다고 믿을 것이며, 체포되어서 나를 비난하며 죽어 갈 것이다. 허버트조차 그에게 남겨 놓은 내 편지를 내가 미스 해비셤의 대문간에 잠깐 동안밖에 다녀가지 않았다는 사실과 비교해 보고, 나를 의심할 것이다. 조와 비디는 내가 그날 밤 얼마나 미안해했는지 결코 모를 것이다. 이 세상 그 누구도 내가 어떤 일을 당했는지, 내가 얼마나 진실해지고자 마음먹었는지, 또 내가 얼마나 심한 고통을 겪었는지 알지 못할 것이다. 눈앞에 닥친 죽음은 무서웠다. 하지만 죽고 난 뒤 사람들에게 잘못 기억되리라는 두려움은 죽음보다도 훨씬 더 무서웠다. 내 생각은 너무나 빠르게 전개되어서, 나는 아직 태어나지도 않은 후세의 자손들 — 에스텔러의 자식들, 그리고 그 아이들의 자식들 — 에게 경멸당하는 나 자신의 모습을 그려 보았다. 그 악당 녀석의 말이 그의 입술을 아직 다 벗어나기도 전에 말이다.

"자, 이 늑대 같은 놈아." 그는 말했다. "네놈을 다른 짐승 새끼처럼 죽여 버리기 — 그게 바로 내가 마음먹은 것이고, 바로 그러려고 네놈을 이렇게 묶어 놓은 것이다. — 전에 난 네놈을 한바탕 실컷 괴롭혀 대며 구경할 작정이다. 아, 이 원수 자식!"

도움을 청하는 비명을 질러 볼까 하는 생각이 다시금 내 마음을 스쳤다. 그곳이 외딴 곳이며 어떤 도움도 바랄 수 없다는 사실을 누구보다도 잘 알고 있었지만 말이다. 하지만 그가 흡족한 얼굴로 나를 바라보며 앉아 있을 때, 그에 대한 경멸과 혐오감이 나로 하여금 입을 굳게 다물고 버틸 수 있도록 도와주었다. 무엇보다도 나는 그에게 애원하지 않기로, 그리고 비록 미약하지만 마지막 순간까지 그에게 저항하다가 죽기로 작정했다. 급박한 그 극한 상황에서 다른 모든 사람들에 대한 내 생각은 부드러워졌으며, 나는 겸손하게 하늘의 용서를 빌었다. 그리고 사랑하는 사람들에게 아직 아무런 작별도 고하지 못했고 또 작별을 고할 수도 없게 되었다는 생각과 그들에게 내 처지를 설명할 수도 없고 내 가련한 잘못들에 대한 그들의 동정을 청할 수도 없다는 생각으로 인해 내 가슴은 미어져 녹아내리는 듯했다. 하지만 그럼에도 불구하고 나는 만약 할 수만 있다면 죽어 가면서라도 그를 죽이고 말 작정이었다.

그는 술을 마신 상태였다. 그래서 그의 두 눈은 빨갛게 충혈되어 있었다. 그의 목에는 주석 술병이 걸려 있었는데, 나는 예전에도 그가 음식물을 그렇게 걸고 다니는 것을 자주 보았다. 그는 술병을 입술로 가져가더니 거칠게 한 모금 들이마셨다. 강한 독주 냄새와 함께 술기운이 삽시간에 그의 얼굴로 퍼져 나가는 것이 보였다.

"야, 늑대 같은 놈!" 그는 다시 팔짱을 끼며 말했다. "이 올릭 영감이 네놈한테 말할 게 있다. 네놈의 악바리 누나를 죽게 한 것은 바로 네놈이었어."

다시금 내 정신은 아까처럼 믿을 수 없을 만큼 빠른 속도로 누나에 대한 공격과 누나가 당한 부상, 그리고 사망에 이르기까지 그 전 과정을 하나도 빠짐없이 훑고 지나갔다. 그의 느리고 머뭇거리는 말이 입에서 소리로 형성되어 흘러나오기도 전에 말이다.

"그건 너였어, 이 악당아." 나는 말했다.

"내 분명히 말하는데, 그건 네놈의 소행이었어. 다시 말하는데, 그건 네놈 때문에 일어난 일이었어." 그는 그렇게 쏘아붙이더니, 총을 집어 들고는 우리 둘 사이의 허공을 개머리판으로 한 번 콱 찍었다. "오늘 밤 네놈을 덮친 것처럼 난 뒤에서 그녀를 덮쳤지. 그러고는 한 방 호되게 갈겼지! 난 그녀가 죽은 줄 알고 떠났는데, 만약 지금 네놈 가까이에 있는 것처럼 그때 그녀 근처에 석회 가마가 있었다면 그녀는 다시 살아나지 못했을 거다. 하지만 그건 이 올릭 영감이 한 짓이 아니었다. 그건 바로 네놈의 짓이었다. 네놈은 편애를 받았고 이 올릭 영감은 협박을 당하고 두들겨 맞았어. 이 올릭 영감은 협박을 당하고 두들겨 맞았다 이 말이야, 알겠냐? 이제 네놈은 그 대가를 치르게 되는 거다. 네놈이 그 짓을 저질렀고, 이제 그 대가를 치르는 거란 말이다."

그는 다시 술을 마셨다. 그리고 더욱 포악해졌다. 그가 술병을 뒤로 기울이는 것을 보고 나는 술병에 남은 술이 별로 많지 않다는 것을 알았다. 나는 그가 나를 끝장내기 위해 먼저 술로 자신을 흥분시키고 있다는 사실을 분명히 간파했다. 나는 술병에 든 술 한 방울 한 방울이 곧 내 생명의 피 한 방울 한 방울과 같다는 것을 알았다. 나는 또한 내가 바로 조금 전에 나를 향해 경고하는 내 유령처럼 천천히 퍼져 나오던 석회 가마 증기의 일부분이 되어 사라졌을 때, 그가 누나의 경우에 그랬던 것과 똑같이 행동하리라는 것, 즉 전속력으로 읍내에 달려가서 여기저기 맥주 집에서 술을 마셔 댐으로써 읍내 주변을 어슬렁거리는 모습을 보여 줄 것이라는 사실을 알았다. 빠르게 움직이는 내 정신은 그를 뒤쫓아 읍내로 갔으며, 그가 걸어가고 있는 길거리를 그려 보았다. 그리고 그 거리의 불빛과 생기를 이곳 외로운 습지대와 그 습지대 위로 퍼져 나가는 하얀 증기, 내가 곧 그 속에 녹아서 없어질 그 하얀 증기와 대조해 떠올려 보았다.

그가 몇 마디의 말을 하는 동안 나는 수십 년의 세월을 순식간에 요약하여 살펴볼 수 있었다. 그뿐만이 아니었다. 그가 말하는 것들은 나에게 단순히 말로만 들리지 않고 그림으로 전달되었다. 두뇌가 흥분되고 고양된 상태에서 나는 어떤 장소를 생각할 때마다 즉시 그곳을 눈에 선하게 떠올렸으며 사람들을 생각할 때마다 즉시 그들을 눈으로 볼 수 있었다. 이 영상들이 얼마나 선명했는지는 아무리 말해도 다 표현할 수 없다. 하지만 나는 그러는 동안에도 내내 온 신경을 집중하여 올릭 그자를 바라보고 있었다. 그 누가 자신을 덮치기 위해 잔뜩 웅크리고 있는 호랑이에게 온 신경을 집중하지 않겠는가! 그래서 그의 손가락의 미세한 움직임 하나조차도 나는 모두 알고 있었다.

두 번째로 술을 들이켜고 난 뒤 그는 앉아 있던 긴 의자에서 일어나더니 탁자를 한쪽으로 밀었다. 그런 다음 촛불을 집어 들더니, 나에게 불빛이 잘 비치도록 흉악한 손으로 촛불 한쪽을 가리고는 내 앞에 와서 섰다. 그러고는 나를 바라보며 궁지에 빠진 내 모습을 즐겼다.

"야, 이 늑대 같은 놈아, 네놈한테 좀 더 말해 줄 게 있다. 그날 밤 네놈이 네놈의 집 층계에서 걸려 넘어진 사람은 바로 이 올릭 영감이었다."

등불이 모두 꺼진 계단이 내 눈앞에 떠올랐다. 수위의 등불에 의해 벽에 드리워진 묵직한 층계 난간의 그림자도 보였으며, 내가 결코 다시는 보지 못할 내 방들도 보였다. 이쪽 방은 문이 반쯤 열려 있었고 저쪽 방은 문이 닫혀 있었다. 집 안의 가구들도 모두 하나하나 눈앞에 선하게 떠올랐다.

"왜 이 올릭 영감이 거기에 있었냐고? 좀 더 말해 주마, 이 늑대 같은 놈아. 이 고장에서 편안한 일자리를 얻는 것에 관한 한 네놈과 그 여자는 이 고장에서 날 아주 확실하게 쫓아냈다. 하지만 난 새 친구들을 사귀고 새 주인을 얻게 되었다. 그들 중 어떤 사람들은 내가 편지를 쓰고 싶을 때 날 위해 편지를 써 준다. 알겠느냐, 이 늑대야? 내 편지를 써 준단 말이다! 그들은 쉰 가지나 되는 필체로 글씨를 쓸 수 있지. 그들은 한 가지 필체로만 쓰는 소심한 네놈과는 다르다. 네놈이 네놈 누나 장례식에 참석하러 여기에 내려왔던 이후로 난 네놈을 죽여 버릴 작정을 단단히 하고 굳은 의지로 기다려 왔다. 네놈을 안전하게 처치할 방도를 잡지 못했지만 난 네놈을 감시하며 네놈의 드나드는 모든 거동을 살폈다. 왜냐하면 이 올릭 영감은 스스로에게 이렇게 말했기 때문이다. '어떻게 해서든 그놈을 해치울 수 있게 될 거야!'라고 말이다. 그런데 뭐냐! 네놈을 살피며 기다리던 중 네놈의 숙부 프로비스를 발견하게 되지 않았겠느냐, 응?"

'밀 폰드 강둑'과 '칭크스 유역', 그리고 '올드 그린 코퍼 밧줄 공장', 그 모두가 너무나 분명하고 뚜렷하게 눈앞에 떠올랐다! 방 안에 있는 프로비스, 이제 소용없게 된 신호, 어여쁜 클래러, 어머니 같은 선량한 웜플 부인, 침대에 누워 있는 빌 발리 영감, 그 모두가 눈앞을 스쳐 지나갔다. 쏜살같이 바다로 치닫는 내 생명의 급류에 떠내려가듯이 말이다!

"네놈에게 숙부도 있다고! 흥, 내가 네놈을 알고 지낸 것은 네놈이 아주 쪼그만했을 때부터였어. 늑대 새끼 같은 네놈의 모가지를 이 손가락과 엄지손가락으로 집어 던져 죽일 수 있을 만큼(이따금 네놈이 일요일에 가지 친 나무들 사이로 돌아다니는 걸 볼 때면 정말 그러고 싶은 생각이 간절했지.) 아주 쪼그만했을 때부터 말이야. 그런데 그땐 네놈에게 숙부 같은 건 전혀 없었어. 그럼, 없었고말고! 하지만 네놈의 숙부라는 프로비스가 이 올릭 영감이 아주 여러 해 전에 이 늪지대에서 주웠던, 줄칼로 잘라진 족쇄를 찼던 사람임에 틀림없다는 말을 이 올릭 영감이 듣게 되었을 때, 그런데 이 올릭 영감은 그 족쇄를 가지고 있다가 그걸로 네놈 누나를 도살장의 수소처럼 후려쳐서 쓰러뜨렸지, 오늘 네놈한테 그럴 것처럼 말이다. 알겠냐, 이놈아? 이 올릭 영감이 그 말을 듣게 되었을 때, 알겠냐, 이놈아?"

그는 난폭하게 날 조롱하면서 촛불을 나에게 아주 바짝 갖다 대고 휘둘렀다. 나는 촛불의 뜨거운 불길을 피해 얼굴을 한쪽으로 돌려야 했다.

"아하!" 그는 촛불을 다시 한 번 바짝 들이댄 뒤 웃음을 터뜨리며 소리쳤다. "한 번 불에 덴 아이는 불을 무서워하는 법이렷다! 이 올릭 영감은 네놈이 화상을 입었다는 걸 알고 있고, 네놈이 프로비스를 몰래 빼돌리려고 한다는 것도 알고 있었다. 네놈의 훌륭한 적수인 이 올릭 영감은 네놈이 오늘 밤 오리라는 것도 알고 있었다! 자, 이놈아, 내 조금 더 말해 주마. 그런 다음엔 그걸로 끝이다. 네놈에게 이 올릭 영감이 있듯이 네놈의 숙부 프로비스에게도 훌륭한 적수가 되는 사람들이 있다. 그자는 이제 조카를 잃고 나면 그 사람들을 조심해야만 할 거다. 이제 그의 소중한 친척의 옷 쪼가리 하나도, 시체의 뼈다귀 하나조차도 남아 있지 않게 되면 그자는 그 사람들을 조심해야만 할 거란 말이다. 매그위치가 — 그래, 난 그 이름도 알고 있지. — 자신들과 같은 나라에 함께 사는 것을 용납할 수 없고 또 용납하지도 않으려는, 그런 사람들이 있다. 그들은 그가 다른 나라에서 살 때도 그에 대해 아주 확실하게 정보를 파악해 두고 있어서, 그가 몰래 그 다른 나라를 떠나서 그들을 위험에 처하게 한다는 것은 불가능할 뿐만 아니라 용납되지도 않는 일이었다. 아마 쉰 가지 필체로 글씨를 쓰는 사람들은, 그래서 한 가지 필체로만 쓰는 소심한 네놈과는 다른 사람들은 바로 그들일 것이다. 어이, 매그위치, 콤피슨을 조심하게, 그리고 교수대도!"

그는 다시 한 번 촛불을 나한테 바짝 갖다 대고 휘둘렀다. 그 바람에 내 얼굴과 머리가 그슬렸으며, 한순간 눈이 부셔 아무것도 보이지 않았다. 그런 다음 그는 억센 등을 돌리더니 촛불을 탁자 위에 다시 내려놓았다. 그가 다시 등을 돌려 나를 바라보기 전에 나는 마음속으로 기도를 올렸고 조와 비디와 허버트를 생각했다.

탁자와 그 맞은편 벽 사이에는 서너 걸음의 빈 공간이 있었다. 그는 이제 이 공간 안에서 구부정한 자세로 왔다 갔다 했다. 그가 두 손을 양옆에 무겁게 축 늘어뜨린 채 험상궂은 시선으로 나를 노려보며 이렇게 왔다 갔다 할 때, 그의 억센 힘은 그 어느 때보다도 더 강력하게 그의 몸에 도사리고 있는 듯이 보였다. 나에게는 실낱같은 희망도 없었다. 내 마음속의 급한 움직임이 아주 격렬했을지라도, 그리고 생각 대신 내 뇌리를 스치는 영상들의 생생한 힘이 아주 놀라웠을지라도, 나는 여전히 분명하게 이해할 수 있었다. 만약 짧은 시간 안에 나를 이 세상 아무도 모르게 틀림없이 없애 버릴 작정이 아니었다면, 그는 이제까지 했던 그런 말을 나에게 결코 하지 않았을 거라는 사실을 말이다.

그는 갑자기 걸음을 멈추더니, 술병에서 코르크 마개를 잡아 뽑아 휙 내던졌다. 가벼운 코르크 마개였지만 그것이 떨어지는 소리는 나에게 무거운 추처럼 들렸다. 그는 술병을 조금씩 뒤로 기울이면서 천천히 술을 들이켰다. 그는 이제 나를 바라보지 않았다. 그는 마지막 남은 술 몇 방울을 손바닥에다 부어 내서는 그것까지 마저 핥아 먹었다. 그러더니 갑자기 급하고 난폭한 동작으로 끔찍한 욕설을 내뱉으며 술병을 휙 팽개쳐 버리고는 몸을 앞으로 굽혔다. 다음 순간 그의 손에는 손잡이가 길고 묵직한, 돌 깨는 망치가 들려 있었다.

나는 마음속으로 작정했던 바를 잊지 않았다. 나는 헛된 애원의 말을 한마디도 하지 않은 채, 온 힘을 다해 소리 질러 대며 온 힘을 다해 몸부림쳤다. 내가 움직일 수 있는 것은 머리와 두 다리뿐이었다. 하지만 그 한도 내에서 나는 내 몸 안에 있는 온 힘을 다해, 그때까지 모르고 있던 힘까지 다해 몸부림쳤다. 그 순간 내 비명에 응답하는 외침이 들려옴과 동시에, 반짝이는 불빛과 함께 사람들의 형상이 문으로 달려 들어오는 게 보였다. 그리고 뒤이어 사람들의 목소리와 시끄러운 싸움 소리가 들리는가 싶더니, 올릭이 마치 요동치는 파도라도 뚫고 나오듯이 달려드는 사람들 사이를 빠져나와 탁자를 단숨에 펄쩍 뛰어넘어 밤의 어둠 속으로 달아나는 것이 아닌가!

잠시 공백 상태가 있은 뒤에 나는 내가 올가미에서 풀린 채 바닥에 누워 있는 것을 깨달았다. 장소는 동일했고 내 머리는 누군가의 무릎 위에 놓여 있었다. 정신을 차렸을 때 내 시선은 벽에 붙어 있는 사다리에 고정되어 있었다. 한참 동안 그렇게 사다리를 향해 눈을 뜨고 있은 뒤에야 나는 비로소 사다리를 마음으로 인식할 수 있었다. 그리고 그렇게 의식을 회복했을 때, 내가 정신을 잃었던 곳에 그대로 있다는 사실을 알아차렸다.

처음에 나는 너무나 무심한 상태여서 누가 나를 받쳐 주고 있는지 돌아보고 확인해 볼 생각조차 못한 채 그저 사다리만 바라보며 누워 있었다. 그때 사다리와 나 사이로 한 얼굴이 나타났다. 그런데 그건 트랩 씨의 점원 얼굴이 아닌가!

"괜찮은 것 같습니다!" 트랩 씨의 점원은 차분한 목소리로 말했다. "하지만 정말로 얼굴이 몹시 창백하군요!"

그 말을 듣고 나를 받쳐 주고 있던 사람이 내 위로 얼굴을 내밀고 들여다보았다. 그 사람은 바로…….

"허버트! 오, 하느님!"

"가만 가만." 허버트가 말했다. "자, 헨델, 조용히. 너무 흥분하지 마."

"그리고 자넨 우리 옛 친구 스타톱 아냐!" 나는 허버트와 함께 나를 굽어보는 그를 알아보고 소리쳤다.

"그가 도와주기로 한 우리 일이 어떤 건지 기억해." 허버트가 말했다. "그리고 진정해."

이 암시에 나는 벌떡 몸을 일으켰다. 물론 팔의 고통 때문에 다시 털썩 떨어져 눕고 말았다. "아직 그 시간이 지난 건 아니지, 허버트, 그렇지? 오늘 밤이 무슨 요일이니? 내가 여기에 얼마나 오래 있었니?" 나는 이상하게도 내가 그곳에 오랫동안 — 하루 낮과 밤, 또는 이틀 낮과 밤, 아니 그보다 더 오래 — 누워 있었다는 강한 불안감에 휩싸였던 것이다.

"그 시간은 아직 지나지 않았어. 아직 월요일 밤이야."

"하느님 감사합니다!"

"그러니까 넌 내일, 화요일, 하루 종일 쉴 시간이 남아 있어." 허버트는 말했다. "하지만 넌 신음 소리를 멈추지 못하는구나, 내 다정한 헨델. 어디를 다쳤니? 일어설 수 있겠니?"

"응, 그래, 걸을 수 있어." 나는 말했다. "욱신거리는 이 팔 말고는 다친 데는 없어."

그들은 내 팔의 붕대를 풀고 가능한 응급조치를 해 줬다. 팔은 심하게 붓고 염증이 생겨 있어서, 누가 살짝 건드리는 것조차 견딜 수 없었다. 하지만 그들은 자신들의 손수건을 찢어서 새 붕대를 만들어 싸맨 다음, 조심스럽게 내 팔을 멜빵에 다시 걸어 주었다. 읍내에 도착해서 소염제 같은 것을 구해 바를 수 있을 때까지는 일단 그걸로 참아야 했다. 잠시 후 우리는 깜깜하고 텅 빈 수문지기의 집 문을 닫고 나와, 채석장을 지나 돌아가는 길에 올랐다. 트랩 씨의 점원 — 그는 이제 너무 자랐다 싶을 만큼 큰 청년이었다. — 이 등불을 들고 앞장서서 갔다. 아까 내가 문간으로 들어오는 것을 보았던 빛은 바로 그 등불 빛이었다. 하지만 내가 아까 마지막으로 하늘을 보았던 이후로 달이 족히 두 시간 이상 높이 떠올랐고, 그래서 비가 뿌리는 듯했지만 밤은 훨씬 밝았다. 석회 가마의 하얀 증기가 그 옆을 지나가는 우리에게서 멀리 사라져 가고 있었다. 조금 전에 마지막 기도를 했던 것처럼 나는 이제 마음속으로 감사의 기도를 드렸다.

나는 허버트에게 어떻게 나를 구하러 오게 되었는지 말해 달라고 간청했고 — 처음에 그는 단호하게 이 간청을 거절하며 내가 가만히 진정하고 있기를 주장했다. — 그 결과 다음과 같은 사실을 알게 되었다. 나는 급하게 서두른 나머지 그만 올릭의 편지를 우리 집 방에다 펼쳐진 채로 떨어뜨렸고, 나를 만나러 집으로 오던 도중 길에서 스타톱을 만나 함께 돌아온 허버트가 마침 그것을 발견했던 것이다. 그게 내가 떠난 직후였는데, 편지의 어조는 그를 불안하게 했다. 특히 그 편지와 내가 그에게 급히 남겨 놓은 쪽지 사이의 불일치한 내용 때문에 그의 불안은 더욱 증폭되었다. 15분 정도 숙고한 결과 그 불안이 가라앉기보다는 오히려 점점 커졌으므로, 그는 자진해서 동행해 준 스타톱과 함께 역마차 사무실로 가서 다음 마차가 언제 출발하는지 알아보았다. 오후 마차가 이미 떠났다는 사실을 알고, 또 장애물에 부딪치면서 불안이 차츰 확실한 공포로 바뀌는 것을 느낀 허버트는 급행 전세 마차를 타고 뒤따르기로 작정했다. 그리하여 그와 스타톱은 '블루보어' 호텔에 도착했는데, 그들은 그곳에서 나를 만나게 되든지 아니면 내 소식을 듣든지 할 거라고 전적으로 믿고 기대했다. 하지만 그 어느 것도 이루지 못한 그들은 미스 해비셤의 집으로 찾아갔다. 그러나 거기서도 내 행방은 묘연했다. 이에 그들은 일단 호텔로 돌아가서 (틀림없이 내가 이 고장에 널리 퍼진 나 자신에 대한 이야기를 듣고 있던 무렵이었을 것이다.) 음식을 좀 들고 기운을 차린 다음 그들을 습지대로 안내해 줄 사람을 구했다. '블루보어' 호텔의 아치형 출입구 아래를 어슬렁거리는 사람들 중에 우연히 트랩 씨의 점원이 있었는데 — 이건 자신과 아무 상관도 없는 곳에 언제나 나타나는 그의 오래된 습성과 정확히 일치하는 현상이었다. — 그는 그날 내가 미스 해비셤의 집에서 내 여관이 있는 쪽으로 지나가는 것을 보았더랬다. 그 결과 트랩 씨의 점원은 그들의 안내자가 되었으며, 그와 함께 그들은 수문지기의 집을 찾아 나섰다. 다만 그들은 읍내에서 습지로 통하는 길로 갔는데, 그건 바로 내가 피해서 갔던 길이었다. 일행이 그렇게 나아가는 동안 허버트는 내가 결국 프로비스의 안전에 이바지하는 뭔가 유익하고 진정한 용건으로 그곳에 오게 된 것일 수도 있다는 생각이 들었다. 그래서 만약 그럴 경우 방해하는 것은 해가 될지 모른다고 판단한 그는 안내자와 스타톱을 채석장 끝에 남겨 두고는, 자기 혼자서만 먼저 와서 집 주위를 두세 번 살그머니 돌며 안의 상황이 괜찮은지 확인하려고 했다. 그에게 들리는 소리라고는 어떤 사람의 거칠고 굵은 목소리에서 나오는 불분명한 음성밖에 없었으므로 (이건 내 정신이 바쁘게 움직이고 있을 때였을 것이다.) 그는 마침내 내가 그곳에 있는지조차 의심하기 시작했다. 그런데 바로 그 순간 갑자기 내 비명 소리가 크게 들려왔으며, 이에 그는 즉시 응답하며 안으로 뛰어 들어갔고, 바로 뒤이어 스타톱과 트랩 씨의 점원도 달려왔던 것이다.

내가 허버트에게 수문지기의 집 안에서 일어났던 일을 이야기했을 때, 그는 비록 밤늦은 시각일지라도 즉시 읍내의 치안판사에게 가서 영장을 발부받자고 했다. 하지만 나는 이미, 그럴 경우 우리는 그곳에 오래 지체하거나 다시 돌아와야만 하게 되어 프로비스한테 치명적인 상황이 초래될 수도 있다고 판단한 상태였다. 이런 난점을 부정하는 것은 불가능했으므로, 우리는 그날 밤 올릭을 추적할 모든 생각을 포기했다. 그리고 현재의 상황에서는 당분간 트랩 씨의 점원에게도 이 문제를 다소 가볍게 이야기하는 것이 신중한 처사라고 우리는 판단했다. 확신하건대, 트랩 씨의 점원은 만약 자신이 개입해 내가 석회 가마에 던져지는 것을 모면했다는 사실을 알았다면 실망의 충격을 아주 크게 받았을 것이다. 물론 이건 트랩 씨의 점원의 본성이 악랄해서가 아니라, 그저 그가 활력이 너무나 넘쳐나는, 그래서 다른 사람을 희생해서라도 짜릿한 변화와 흥분을 바라는 기질의 소유자였기 때문이다. 우리가 그와 헤어질 때 나는 사례의 표시로 그에게 2기니를 주었다.(이것은 그의 기대를 만족시키는 것처럼 보였다.) 그리고 그동안 그에 대해 나쁘게 생각했던 것을 미안하게 생각한다고 말했다.(이것은 그에게 아무런 인상도 남기지 못했다.)

수요일이 임박해 있었으므로 우리는 그날 밤 바로 셋이 다 함께 급행 전세 마차를 타고 런던에 돌아가기로 결정했다. 그날 밤 사건에 대한 이야기가 동네에 퍼지기 전에 그곳을 빠져나가는 게 좋을 것이기 때문에 특히 더 그랬다. 허버트는 내 팔에 바를 물약을 커다란 병으로 하나 가득 구했다. 그것을 밤새도록 팔에 발라 댄 덕분에 나는 여행하는 동안 고통을 간신히 참아 낼 수 있었다. 우리가 템플에 도착한 것은 동이 틀 무렵이었다. 나는 즉시 침대로 가서 하루 종일 누워 있었다.

침대에 누워 있는 동안, 나는 내가 앓아누워서 내일의 일을 하지 못하는 상태가 될지도 모른다는 강한 두려움에 휩싸였다. 두려움이 얼마나 심했는지 그것으로 내가 기력을 탕진하여 쓰러지지 않았다는 게 놀라울 지경이다. 전날 밤 겪은 정신적 고통과 시련에다 이런 두려움까지 겹친 상태에서, 나는 아마 내일 일에 대한 엄청난 책임감만 없었다면 실제로 틀림없이 그렇게 되고 말았을 것이다. 그만큼 내일의 일은 몹시 걱정스럽게 기다려 온 아주 중대한 일이었으며, 그 결과를 금세 알 수 있으면서도 그 결과를 전혀 예측할 수 없는 참으로 불확실한 일이었다.

그날 프로비스와의 연락을 삼가며 조심해야 한다는 것은 그 무엇보다도 명백한 사실이었다. 하지만 바로 이것 때문에 내 불안은 다시 더 커졌다. 발소리가 날 때마다, 그리고 무슨 소리가 날 때마다 나는 화들짝 놀라며, 그가 발각되어 체포당했으며 이제 나한테 그 소식을 전하러 사람이 오고 있구나 하고 믿었다. 나는 그가 체포되었다는 것을 알고 있다고 확신하면서, 단순한 두려움이나 예감을 넘어서는 뭔가가 내 마음에 느껴진다고, 따라서 일은 이미 일어난 사실이며 나는 그것을 신비스러운 직감으로 알고 있다고 믿었다. 시간이 흐르고 아무런 나쁜 소식도 오지 않자, 그리고 날이 저물고 어둠이 내리자, 이젠 내일 아침이 되기 전에 상처가 악화되어 움직이지 못하게 되면 어쩌나 하는 짙은 공포가 나를 완전히 지배했다. 뜨겁게 달아오른 내 팔은 욱신욱신 쑤셨으며, 머리도 뜨겁게 달아오른 채 욱신욱신 쑤셨다. 나는 정신이 오락가락해지기 시작했다고 상상했다. 그래서 정신을 똑바로 차리기 위해 높은 숫자까지 수를 세어 보았으며, 내가 기억하고 있는 산문이나 운문 구절들을 되풀이해 외워 보기도 했다. 그러다가 이따금 피곤한 나머지 정신이 잠시 풀리는 바람에 얼마 동안 졸거나 외우던 것을 잊어 먹기도 했는데, 그런 때면 나는 깜짝 놀라며 이렇게 중얼거리고는 했다. "이제 올 것이 왔구나. 내가 마침내 정신착란을 일으키고 있구나!"

허버트와 스타톱은 나를 하루 종일 가만히 누워 있게 했다. 그리고 내 팔을 계속해서 치료해 주는 한편 열을 가라앉히는 음료를 주었다. 나는 잠에 빠져 들었다가도 항상 수문지기의 집에서 했던 착각, 즉 오랜 시간이 경과해서 그를 구할 기회를 놓쳐 버렸다는 생각으로 벌떡 잠에서 깼다. 한밤중에도 나는 침대에서 일어나, 내가 스물네 시간 동안이나 잠들어 있었고 그래서 수요일이 이미 지났다고 확신하며 허버트에게로 달려갔다. 그것은 내 초조함의 마지막 분출이었는데, 왜냐하면 그것을 끝으로 나는 기력이 다해서 깊은 잠에 빠져들었기 때문이다.

내가 다시 창밖을 내다보았을 때 수요일 아침이 밝아 오고 있었다. 다리 위의 깜박이는 가로등 불빛들은 벌써 창백해져 있었다. 막 떠오르기 직전의 태양으로 인해 지평선은 불타는 습지대처럼 보였다. 아직 검고 신비스럽게 보이는 강에는 차갑게 회색으로 변하고 있는 다리들이 걸쳐져 있었고, 그 다리들의 꼭대기는 타오르는 하늘의 따뜻한 아침 빛으로 여기저기 물들어 있었다. 밀집해 있는 지붕들과 유난히도 맑은 하늘에 높이 솟은 교회의 망루와 뾰족탑 등을 바라보고 있을 때 태양이 마침내 위로 올라왔다. 그러자 강에서 장막이 걷히는 것처럼 보이더니 수백만 개의 불꽃이 강물 위로 터져 나왔다. 그러자 나한테서도 역시 장막이 걷히는 것 같았으며, 나는 튼튼하고 건강해진 느낌이 들었다.

허버트는 아직 침대에서 잠들어 있었고, 우리의 옛 학업 친구도 소파에서 자고 있었다. 나는 도움 없이는 옷을 차려입을 수 없었다. 하지만 아직 타고 있는 벽난로 불은 지필 수 있었다. 그런 뒤 나는 그들을 위해 약간의 커피를 준비했다. 한참 후 그들도 튼튼하고 건강한 모습으로 벌떡 일어났으며, 우리는 창가에서 맵싸한 아침 공기를 맞으며 아직 우리 쪽으로 흐르고 있는 조수를 바라보았다.

"9시가 되어 조수가 바뀌거든……." 허버트가 명랑하게 말했다. "우리를 기다리며 대기하고 계세요. 거기 '밀 폰드 강둑'에 계신 당신은 말입니다!"

54장

그날은 3월에 흔히 있는, 즉 태양이 뜨겁게 빛나고 바람은 차갑게 부는 날이었다. 따라서 햇빛이 비치는 곳은 여름 같고 그늘은 겨울 같은 날이었다. 우리는 모두 두꺼운 선원용 모직 외투를 입었고, 나는 가방을 하나 따로 들었다. 이 세상에서의 내 모든 소유물 가운데, 나는 그 가방에 채워 넣을 수 있는 몇 가지 필수품들 외에는 아무것도 가져가지 않았다. 어디로 갈 것이며, 무엇을 할 것이며, 또 언제 돌아올 것이며 하는 문제들에 대해서는 전혀 몰랐다. 그런 문제들로 내 마음을 괴롭히지도 않았다. 내 마음은 오로지 프로비스의 안전에만 집중되어 있었기 때문이다. 나는 문간에 멈춰 서서 뒤를 돌아보며 그저 지나가는 한순간 동안, 만약 내가 그 방을 다시 보게 된다면 어떤 달라진 상황에서 그렇게 될까 하고 한번 궁금히 여겨 보았을 뿐이었다.

우리는 템플의 선착장으로 꾸물거리며 천천히 내려갔다. 그러고는 그곳에서, 마치 배를 타고 강으로 나갈지 완전히 결정하지 못하기라도 한 것처럼 꾸물거렸다. 물론 나는 보트와 그 밖에 모든 것이 만반의 준비가 되어 있도록 미리 조치해 놓았더랬다. 템플 선착장에서 일하는 두세 명의 파충류 같은 뱃사공 말고는 우리를 볼 사람이 아무도 없었지만, 우리는 얼마간 망설이는 모습을 보인 후에야 보트에 올라타고 출발했다. 허버트가 뱃머리에 앉았고 나는 키를 잡았다. 그 시각이 8시 30분경, 거의 만조 무렵이었다.

우리의 계획은 다음과 같았다. 조수가 9시에 썰물로 바뀌기 시작해 우리를 싣고 3시까지 떠내려갈 텐데, 우리는 다시 밀물로 바뀐 후에도 어두워질 때까지 물결을 거슬러 계속 노를 저어 내려갈 생각이었다. 그러면 우리는 그레이브스엔드를 지나 켄트와 에섹스 사이에 있는 그 긴 직선 유역에 충분히 도달해 있을 것이었다. 그곳은 강이 넓고 한적하며, 강변에 사람들도 거의 살고 있지 않고, 외딴 여인숙들만 드문드문 박혀 있는 곳이었다. 우리는 그중 한 곳을 골라 휴식처로 삼고, 그곳에서 밤새 머물러 있을 작정이었다. 함부르크행 기선과 로테르담행 기선은 목요일 아침 9시경에 런던을 출발할 예정이었다. 우리는 우리가 어디에 있는가에 따라서 어느 시각에 그 기선들을 기다려야 할지 알 수 있을 것이며, 어느 것이든 먼저 오는 기선을 소리쳐 잡아 탈 셈이었다. 만약 혹시라도 뭐가 잘못되어 우리가 그 배에 올라타지 못하게 될지라도 우리에게는 또 다른 기회가 있을 것이었다. 우리는 각 기선의 특징과 차이점을 잘 알고 있었다.

마침내 목적한 일의 실행에 착수했다는 안도감이 너무나 큰 나머지 나는 몇 시간 전에 내가 처했던 상황을 실감하기 어려울 정도였다. 상쾌한 아침 공기와 햇살, 강 위를 미끄러지는 보트의 움직임, 그리고 흐르는 강물 — 우리의 길이 되어 우리와 함께 달리면서, 우리와 공감하고 우리에게 활기를 불어넣어 주며 우리를 격려해 주는 듯 보이는 강물 — 그 자체, 이 모든 것은 나를 새로운 희망과 생기로 가득 채웠다. 나는 보트 안에서 그토록 쓸모없이 앉아 있는 것이 창피한 느낌이었다. 하지만 내 두 친구들보다 노를 더 잘 젓는 사람들이 별로 없었는바, 그들은 하루 종일 지속될 것 같은 힘찬 동작으로 노를 저어 나갔다.

그 당시, 템스 강의 증기선 교통량은 현재 수준에 훨씬 못 미쳤으며, 따라서 뱃사공들이 젓는 배들이 지금보다 훨씬 많았다. 바닥이 평평한 화물용 너벅선과 돛을 단 석탄 운반선, 그리고 연안 무역선 등은 아마 지금만큼이나 그 수가 많았을 것이다. 하지만 증기선의 수는 크건 작건 지금의 10분의 1, 아니 20분의 1도 안 되었다. 아직 이른 시각이었는데도 그날 아침은 경주용 보트가 많이 오갔으며, 조수를 타고 하류로 내려가는 너벅선들도 많이 보였다. 갑판 없는 작은 배를 타고 템스 강의 여러 다리 사이를 왕래하는 것은 그 당시에는 지금보다 훨씬 쉬웠고 또 흔한 일이기도 했다. 그래서 우리는 많은 소형 보트와 거룻배들 사이를 뚫고 경쾌하게 앞으로 나아갔다.

곧 구(舊) 런던교를 지났고, 이어서 빌링스게이트 구시장*과 거기에 정박한 굴 채취선과 네덜란드 어선들, 그리고 화이트 타워**와 반역자들의 문***등을 지나 겹겹이 늘어선 선박들 사이로 들어섰다. 곧 눈앞에 리스, 애버딘, 또는 글래스고행(行) 기선

* 런던에서 가장 오래된 큰 수산물 시장.

** 런던 탑 내에 있는 요새로 반역 죄인들이 그 지하 감옥에 수용되곤 했음.

*** 화이트 타워에 수감된 반역 죄인들을 호송할 때 사용되던 문의 명칭.

들이* 나타났는데, 짐을 싣거나 내리는 중인 이들 기선은 우리가 그 옆으로 지나갈 때 강물 위로 엄청나게 높이 솟은 것처럼 보였다. 다음으로 수십 척의 석탄 운반선들이 눈앞에 나타났다. 이 배들의 갑판 위에서는 인부들이 무거운 석탄 더미를 상대로 발판 계단을 뛰어내리며 도르래를 잡아당겨, 그 석탄 더미를 끌어올린 다음 뱃전 너머의 너벅선에다 와르르 쏟아 붓고 있었다. 이번에는 바로 다음 날 떠날 로테르담행 기선이 눈앞에 나타났으며, 우리는 그것을 눈여겨 잘 봐 두었다. 그 뒤로 역시 바로 다음 날 떠날 함부르크행 기선도 보였는데, 우리는 그 배의 길게 내민 선수목(船首木) 아래를 지나갔다. 그러더니 마침내 이제, 내 심장이 빠르게 뛰는 가운데, 고물 쪽에 앉아 있는 나에게 바로 '밀 폰드 강둑'과 '밀 폰드 선착장'이 보이기 시작했다.

"그가 거기 있니?" 허버트가 말했다.

"아직 없어."

"좋았어! 그는 우리를 볼 때까지는 내려오지 않기로 했어. 그의 창문 신호는 보이니?"

"여기서는 잘 안 보여. 아냐, 이제 보이는 것 같아. 자, 이제 그가 보인다! 자, 두 사람 다 힘껏 저어. 자 이제 그만, 허버트. 노를 위로 올려!"

우리는 배를 선착장에 잠깐 동안 가볍게 갖다 댔다. 그러자 그가 배에 올라탔고, 우리는 다시 떠났다. 그는 선원용 망토 차림에 범포(帆布)로 만든 검정색 가방을 들고 있었으며, 내가 마음속으로 바랄 수 있는 만큼 템스 강의 도선사처럼 보였다.

---

* 리스, 애버딘, 글래스고는 스코틀랜드의 3대 주요 항구임.

“사랑하는 애야!” 그는 내 어깨에 팔을 두르고 자리에 앉으며 말했다. “약속을 지켜 줬구나. 잘했다. 고맙다, 고마워!”

우리는 다시금 겹겹이 늘어선 선박들 사이로 들어갔다. 그러고는 그 사이를 들어갔다 나왔다 하면서 녹슨 쇠사슬 줄과 삼으로 만든 낡은 밧줄과 까딱거리는 부표들을 피하고, 떠내려가는 부서진 바구니들과 나뭇조각과 톱밥 덩어리들을 잠시 물속에 가라앉히거나 밀어내기도 하고, 또 떠내려가는 석탄 찌꺼기들을 헤치기도 하며 나아갔다. 다시 배 사이로 들어갔다 나왔다 했고, ‘선덜랜드 항구의 존호(號)’의 (수많은 다른 존이 그러듯이) 바람을 향해 연설하는 남자 형상 이물 장식과 ‘야머스 항구의 베치호’의 단단하고 딱딱한 젖가슴에 뭉툭한 두 눈이 머리에서 5센티미터나 튀어나온 여자 형상 이물 장식 아래를 지났고, 그러다 또다시 배들 사이로 들어갔다 나왔다 하면서, 조선소 마당의 망치질 소리, 목재를 자르는 톱 소리, 뭔지 모를 물건에 쾅쾅 부딪치는 기계 소리, 물이 새어 들어간 배의 펌프질하는 소리, 닻 감는 기구가 돌아가는 소리, 바다로 출항하는 뱃고동 소리, 갑판 너머로 알아들을 수 없는 욕설을 외쳐 대는 선원들과 그것에 응답하는 짐배 선원들의 고함 소리 등을 들으며 나아갔다. 그렇게 배들 사이를 들어갔다 나왔다를 반복하다가 마침내 우리는 시야가 좀 더 트인 강 위로 빠져나왔다. 그곳은 방현재(防舷材)*를 옆에 매단 배 위에서 출렁이는 강물에 낚싯대를 드리우고 있던 꼬마 견습 선원들이 낚시를 멈추고 방현재를 거두어들이기 시작하는 곳이며, 꽃줄 장식을 한 돛이 바람에 펼쳐져 퍼덕

* 충돌 시 배를 보호할 수 있도록 배 측면 등에 부착하거나 드리어 놓는 완충 장치나 물건.

거릴 수 있을 만한 곳이었다.

우리가 그를 배에 태웠던 선착장에서도 그랬지만 그 이후로도 내내, 나는 우리가 의심받는 기미가 혹시 조금이라도 보이지 않는지 조심스럽게 살펴보았다. 하지만 아무것도 보이지 않았다. 그전까지 우리를 주의해 보거나 뒤따라온 배는 분명코 없었으며, 그 순간 역시 그런 배는 분명코 없었다. 만약 우리 뒤를 따라오는 배가 있었다면, 나는 강가에다 우리 배를 대어 놓고는 그 배를 지나가게 하든지 해서 그 배의 의도를 분명히 확인해 보았을 것이다. 하지만 우리는 아무런 방해도 받지 않고 우리의 앞길을 계속해서 나아갔다.

그는 선원용 망토를 몸에 그대로 걸치고 있었으며, 그래서 아까도 말했던 것처럼, 그 순간의 상황에 자연스럽게 어울리는 모습이었다. 우리 중에서 그가 가장 걱정하지 않았다는 것은 주목할 만한 점이었다.(이것은 아마 그가 비참한 삶을 많이 겪었기 때문일 것이다.) 그가 무관심한 것은 아니었다. 왜냐하면 그는 나에게 꼭 살아남아서 자기가 만든 신사가 외국에서 최고의 신사로 사는 것을 보고 싶다고 말했기 때문이다. 내가 아는 한, 그는 수동적이거나 체념적인 성향의 기질이 아니었으며, 위험을 어중간하게 대면할 생각도 전혀 없었다. 위험이 닥치면 그는 그것을 피하지 않았다. 하지만 그건 위험이 닥치고 난 뒤의 일이지, 그전까지는 아무런 걱정도 하지 않았다.

"얘야." 그가 나에게 말했다. "매일매일 좁은 방 안에만 갇혀 지내다가 여기 이렇게 내 사랑하는 아이 옆에 앉아서 담배 피우는 기분이 어떤 건지 네가 만약 알 수만 있다면, 넌 날 부러워할 게다. 하지만 너는 그 기분이 어떤 건지 모를 거다."

"저도 그런 자유의 기쁨을 안다고 생각해요." 나는 대답했다.

"오, 그래. 하지만……." 그는 진지하게 고개를 가로저으며 말했다. "나와 똑같이 알진 못할 거다. 그걸 나와 똑같이 알려면 너는 감방에 처박혀 본 경험이 있어야 한다. 하지만 난 천하게 굴지 않겠다."

그런 그가, 아무리 자신의 마음을 지배한 생각이었다 할지라도, 그것 때문에 자신의 자유와 심지어 생명까지 위험에 빠뜨렸다는 것이 나에겐 모순처럼 느껴졌다. 하지만 나는 아마도 위험이 없는 자유는 그의 모든 생존 습관과 너무나 동떨어진 것이라서 그에게는 다른 사람의 경우와 전혀 다른 의미를 갖는가 보다고 생각했다. 그런 생각은 그리 빗나간 것이 아니었는데, 그것은 담배를 조금 피우고 난 후, 그가 다음과 같이 말했기 때문이다.

"너도 알겠지만 말이다, 얘야. 저 건너편, 다른 쪽 세상에 있을 때, 난 항상 이쪽 세상을 바라보고 있었단다. 그래서 점점 부자가 되고 있었는데도 그곳에서 사는 게 나에겐 따분한 일이 되었단다. 거기선 모든 사람이 이 매그위칠 알고 있었고, 이 매그위친 어디든 맘대로 오고 가고 할 수 있었으며, 아무도 나에 대해 골치 아파하지 않았지. 하지만 얘야, 여기 이쪽에서는 사람들이 나를 그처럼 편하게 여기질 않는단다. 적어도 내가 지금 어디 있는지 안다면 그들은 몹시 불편해할 거다."

"모든 게 잘되어 간다면……." 나는 말했다. "몇 시간 내로 당신은 다시 완전히 자유롭고 안전하게 될 거예요."

"글쎄다." 그는 숨을 한 번 길게 들이쉬며 대답했다. "나도 그러길 희망한다."

"그리고 물론 그렇게 되리라고 생각하시겠죠?"

그는 보트의 뱃전 너머로 손을 물속에 담갔다. 그러고는 나에게 이제 익숙한 것이 된 그 부드러워진 태도로 얼굴에 미소를 띠며 말했다.

"그래, 그렇게 생각하는 편이다, 얘야. 지금 우리처럼 이렇게 조용하고 편안하게 나아가기는 정말이지 어려운 일일 거다. 하지만 말이다, 막 담밸 피우면서 한 생각인데, 아마도 배가 너무나 부드럽고 기분 좋게 물 위를 떠내려가고 있어서 그런 생각이 들지 않았나 싶다, 내가 지금 만지는 이 강물의 밑바닥을 들여다볼 수 없는 것처럼 우린 다음 몇 시간 후의 일을 내다볼 수 없는 거란다. 마찬가지로 우린 내가 이 강물을 잡을 수 없는 것처럼 시간의 흐름도 잡을 수 없지. 자, 보거라, 내 손가락 사이로 흘러서 빠져나가 버리잖니!" 그러면서 그는 물방울이 떨어지는 손을 들어 올려 보였다.

"당신의 얼굴만 아니라면 저는 당신이 약간 낙심해 있다고 생각했을 거예요."

"조금도 그렇지 않단다, 얘야! 그저 너무나 조용히 흘러가고 있고, 또 뱃머리에 찰랑대는 저 잔물결들이 일종의 일요일 찬송가 곡조처럼 들려서 그런 것뿐이란다. 게다가 아마 내가 좀 늙어 가고 있는 모양이지."

그는 얼굴에 평온한 표정을 띤 채 파이프를 다시 입에 물었다. 그리고 우리가 이미 영국을 빠져나오기라도 한 것처럼 차분하고 만족한 태도로 앉아 있었다. 하지만 그는 우리가 충고하는 말에는, 마치 끊임없이 공포에 떨고 있는 사람처럼 아주 순종적으로 응했다. 가령 우리가 맥주를 몇 병 보트에 갖다 두기 위해 강가에 들렀을 때 그도 배 밖으로 나가려고 했는데, 그때 내가 그에게 배에 그대로 있는 게 제일 안전할 것으로 생각한다고 넌지시 말하자 그는 "그러니 얘야?" 하고 말하더니 그대로 얌전히 다시 자리에 앉았던 것이다.

강 위에서는 공기가 차갑게 느껴졌다. 하지만 화창한 날이었고 햇살이 매우 기분 좋게 비치고 있었다. 조수는 세차게 흘렀다. 나는 조수의 힘을 조금도 허비하지 않도록 주의했고, 또 우리가 힘차게 노를 저었으므로 우리는 더할 나위 없이 잘 나아가고 있었다. 조수가 빠져나감에 따라, 가까이 있는 숲과 언덕이 알아채지 못할 만큼 조금씩 보이지 않게 되었고, 배는 높아져 가는 진흙투성이 강둑 사이로 점점 낮게 내려앉았다. 하지만 우리가 그레이브스엔드를 벗어날 때까지도 조수는 아직 우리와 같은 방향이었다. 우리가 보호하는 프로비스가 망토를 둘러쓰고 있었으므로 나는 일부러, 강에 떠 있는 세관선 옆을 배 한두 척 거리 내로 가깝게 지나쳤다. 그리고 그렇게 지나친 뒤에는 조수의 흐름을 타며 두 척의 이민선과 나란히 나아가기도 했고, 앞 갑판에서 군인들이 우리를 내려다보고 있는 커다란 수송선의 이물 밑으로 지나가기도 했다. 곧 조수의 흐름이 완만해지기 시작했다. 그러자 정박 중이던 배들이 방향을 바꾸기 시작했다. 배들은 모두 곧 완전히 방향을 바꿨고, 새로 시작된 밀물을 이용해 풀 구역까지 올라가려는 배들이 우리 쪽으로 함대처럼 떼를 지어 밀려오기 시작했다. 그래서 우리는 강변 쪽에 가까이 붙은 채 이제는 가능한 한 조수의 힘을 안 받도록 애쓰는 한편, 얕은 여울과 진흙 둑을 조심스럽게 피하면서 계속 나아갔다.

노를 젓는 내 두 친구는 이따금 일이 분 동안 배를 조수에 맡겨 가며 노를 저은 덕분에 아직 너무나 싱싱한 상태였다. 그래서

15분의 휴식만으로도 그들이 원하는 만큼 충분한 휴식이 되었다. 우리는 강가의 미끈미끈한 돌들 사이에다 배를 대고는 가지고 온 음식을 먹었다. 그러고는 주변을 살펴보았다. 그곳은 우리 고향 습지대와 같이 평평하고 단조로운 곳으로, 지평선이 멀리 희미하게 보였다. 그러는 동안 굽이진 강물은 출렁거리며 맴돌았고 그 위에 뜬 커다란 부표들도 빙글빙글 맴돌았으며, 그 밖의 모든 것들은 정지된 채 조용히 멈춰 있는 것처럼 보였다. 왜냐하면 이제는 밀려오던 배들 중 마지막 배가 우리가 아까 지나쳐 온 마지막 저수위 지점을 돌아서 지나간 데다, 그 뒤를 이어 짚더미를 싣고 갈색 돛을 단 커다란 초록색 너벅선도 지나간 뒤였기 때문이다. 그리하여 어린아이가 서투르게 처음으로 그린 배처럼 생긴 바닥짐 채취선 몇 척만이 진흙밭에 처박힌 듯 낮게 떠 있었으며, 물 위로 드러난 말뚝 위에는 조그맣게 웅크린 여울목 등대 하나가 들쭉날쭉한 받침목들에 의지해 절름발이처럼 진흙밭에 서 있었다. 그 밖에 끈적끈적한 진흙투성이 말뚝과 돌 들이 진흙밭 위로 튀어나와 있었으며, 붉은색 경계 표시 막대와 조수 표시 막대 들도 진흙밭 위로 삐져나와 있었다. 그리고 낡은 잔교와 지붕 없는 낡은 건물 하나가 진흙밭 속에 미끄러진 듯 박혀 있었으니, 우리 주변의 모든 것들이 그야말로 정체 상태에다 진흙투성이뿐이었다.

우리는 다시 배를 띄우고 출발했다. 그리고 조금씩이나마 힘닿는 대로 계속해서 나아갔다. 이제는 일이 훨씬 더 힘들었다. 하지만 허버트와 스타톱은 참고 견디며, 해가 질 때까지 계속해서 노를 젓고 또 저었다. 그때쯤 강의 수위가 약간 상승해 있어서 우리는 강둑 너머까지 바라볼 수 있었다. 강변의 저지대 위로 보랏빛 이내에 덮인 붉은 태양이 보였는데, 보랏빛 이내는 빠르게 검은색으로 변해 갔으며, 그 아래로 쓸쓸하고 평평한 습지가 펼쳐져 있었다. 좀 더 멀리로는 구릉지대가 보였는데, 그 구릉지대와 우리 사이에는 우울한 갈매기 한 마리만이 전방에 이리저리 날아다닐 뿐, 생명체라곤 하나도 없는 것 같았다.

어둠이 빠르게 내리덮이고 있고 보름이 지난 탓에 달이 일찍 뜨지 않을 것이었으므로, 우리는 잠깐 의논을 했다. 의논은 아주 짧았다. 우리 눈에 맨 처음 띄는 외딴 여인숙에 들어가 머무는 것이 우리가 택할 방도라는 게 분명했기 때문이다. 그리하여 우리 친구들은 다시 한 번 더 열심히 노를 저었고, 나는 집 같은 것이 보이지 않나 살폈다. 이런 식으로 우리는 칠팔 킬로미터가량, 거의 말을 하지 않은 채 지루하게 나아갔다. 몹시 추운 밤이었다. 그래서 우리 옆을 지나가는 석탄 운반선은 취사실에서 피어오르는 연기와 너울거리는 불길 때문에 마치 안락한 집처럼 보였다. 이때쯤 밤은 깜깜해져 있었으며, 아침까지 계속 그런 상태일 것이었다. 우리를 비추는 희미한 빛조차 하늘보다는 강에서 오는 것처럼 보였는데, 노가 물을 칠 때마다 강물에 비친 별빛이 부서져서 펴져 나갔기 때문이다.

이렇게 음침한 때에, 당연하게도 우리는 모두 누군가 우리를 뒤쫓고 있다는 생각에 사로잡혔다. 조수가 밀려들면서 물결은 불규칙적인 간격으로 강변에 부딪치며 심하게 철썩거렸다. 그런데 그런 소리가 날 때마다 우리 중 한두 사람은 어김없이 깜짝 놀라며 소리 나는 쪽을 바라보았다. 조수의 흐름에 강둑이 침식되어 후미진 물줄기가 형성된 곳이 여기저기에 있었다. 우리는 모두 그런 곳에 의심의 눈길을 보내면서 긴장된 시선으로 살폈다. 이따금 "저 물결 소리는 뭐지?" 하고 우리 중 한 사람이 낮은 목소리로 말하곤 했다. 그러다 이번에는 의심의 눈길을 보내면서 다른 사람이 "저쪽에 저건 보트 아냐?" 하고 말하곤 했다. 그러고 난 뒤 우리는 쥐죽은 듯한 침묵 속에 빠지곤 했으며, 그럴 때면 나는 노걸이에서 삐걱대는 노가 참으로 유별나게도 큰 소음을 내는구나 하고 생각하며 초조하게 앉아 있었다.

마침내 멀리 불빛과 지붕이 어렴풋이 보였다. 우리는 곧 그 근방에서 주운 돌들로 쌓은 작은 둑길을 따라 나아가게 되었다. 다른 사람들을 배에 남겨 둔 채 나 혼자 먼저 강변에 올라갔다. 나는 불빛이 여인숙 창문에서 비치는 것임을 확인했다. 몹시 지저분한 여인숙이었다. 아마도 밀수업자들한테 잘 알려진 곳일 터였다. 하지만 부엌에는 활활 타는 불이 있었고, 계란과 베이컨, 그리고 여러 가지 술과 음료가 갖춰져 있었다. 게다가 2인용 침대가 있는 방도 — 주인이 말한 대로 "변변치는 못하지만" — 두 개나 있었다. 주인과 그의 아내, 그리고 머리가 반백인 남자 한 사람 외에는 아무도 없었다. 이 사람은 아까 그 작은 둑길에서 일하는, 흔히 '잭'이라고 불리는 잡일꾼이었는데, 마치 썰물 표시 말뚝처럼 진흙과 더러운 얼룩으로 온통 뒤덮여 있었다.

나는 이 사람을 데리고 우리 보트가 있는 곳으로 다시 내려갔다. 그리고 우리 일행은 모두 배에서 내려, 노와 키, 보트 미는 장대, 그리고 그 밖의 것들을 모두 꺼낸 다음, 배를 그날 밤 놓아둘 자리로 끌어올렸다. 우리는 부엌 불 옆에서 아주 맛있게 식사를 했으며, 그런 다음 방을 배분했다. 허버트와 스타톱이 한 방에 들고, 나와 우리의 보호 대상이 다른 방에 들기로 했다. 두 방 모두 마치 공기가 생명에 치명적이기라도 한 것처럼 공기가 단단히 차단되어 있었다. 그리고 침대 밑에는 그 집 식구들의 소유라고 생각할 수 있는 것보다 많은 더러운 옷과 모자 보관용 판지 상자들이 있었다. 하지만 그럼에도 불구하고 우리는 다행스럽게 여겼는데, 왜냐하면 이보다 더 외딴 곳을 찾기는 불가능했을 것이기 때문이다.

식사 후 우리가 불가에서 휴식을 취하고 있는 동안 잭이라고 하는 그자가 — 한구석에 앉아 있던 그는 물에 불어 두꺼워진 구두를 신고 있었는데, 그는 우리가 계란과 베이컨을 먹고 있는 동안 그 구두를 보여 주며 며칠 전 강변에 떠내려 온 익사한 선원의 발에서 취득한 흥미로운 유품이라고 자랑했다. — 노가 네 개 달린 대형 보트가 조수를 따라 강 위로 올라가는 것을 보았냐고 내게 물었다. 내가 못 봤다고 말하자, 그는 그러면 그 배는 하류 쪽으로 내려간 것이 틀림없다면서, 하지만 그 보트가 이곳을 떠났을 때는 밀물과 "함께 위로 나아갔었다."라고 말했다.

"무슨 이유인지 모르겠지만 그들은 다시 잘 생각해 보곤……." 잭은 말했다. "하류로 내려갔음에 틀림없소."

"노가 네 개인 대형 보트라고 했습니까?" 내가 말했다.

"그렇소, 네 개였소." 잭은 말했다. "그리고 노잡이들 외에 두 명이 더 타고 있었소."

"그들이 이곳에 배를 대고 올라왔습니까?"

"2갤론짜리 돌 항아리에 맥주를 채우러 들렀더랬소. 할 수만 있었다면 난 기쁘게 그 맥주에 독약을 탔을 거요." 잭은 말했다. "아니면 강력한 설사약을 탔든지."

"그건 왜지요?"

"그야 이유가 있으니까 그렇소." 잭은 말했다. 그의 목소리는 마치 목구멍에 많은 양의 진흙이 흘러 들어가기라도 한 것처럼 걸쭉했다.

"그는……." 여관 주인이 말했는데, 힘없는 눈빛에 병약하고, 멍하니 생각에 잠긴 듯한 표정을 한 그는 이 잭이란 자에게 크게 의지하며 사는 것 같았다. "그 사람들의 정체가 겉모습과는 다르다고 생각한답니다."

"내 생각은 틀림없소." 잭은 힘주어 말했다.

"자넨 그게 세관선이라고 생각하는 거지, 잭?" 여관 주인이 말했다.

"그렇네."

"그렇다면 자넨 틀렸네, 잭."

"내가 틀렸다고!"

자신의 대답에 내포된 무한한 의미심장함과 자신의 견해에 대한 한없는 확신의 표시로, 그는 두껍게 부푼 구두 한 짝을 벗더니 그 안을 들여다본 다음 돌멩이 몇 개를 부엌 바닥에다 털어 내고서 다시 신었다. 그는 마치 얼마든지 내기를 할 수 있을 것 같은, 잡일꾼으로서는 최대한 확신에 찬 태도로 이 같은 행동을 했다.

"그럼, 잭, 자넨 그들이 자기네 제복 단추들을 다 어떻게 했다고 설명할 텐가?" 여관 주인이 약간 흔들리는 기색을 보이며 물었다.

"단추들을 어떻게 했냐고?" 잭이 대답했다. "잡아 뜯어서 보트 밖으로 내던졌든지, 씹어 삼켰든지, 여기저기 뿌려서 겨자 섞은 야채 샐러드를 해 먹었든지, 알아서 했겠지, 단추 따윌 어떻게 하긴 어떻게 해!"

"그렇게 마구 말하지 말게, 잭." 여관 주인은 애처롭고 우울한 태도로 나무랐다.

"세관원이라면 제복 단추 따위 같은 건 어떻게 할지 잘 알고 있어." 잭은 역겹게 여기는 그 단어를 더없이 경멸에 찬 어조로 반복하며 말했다. "그것들이 자기와 자기 일 사이에 끼어 방해가 될 땐 말이야. 노잡이 넷에 두 명이 더 타고 있는 보트가 괜히 조수를 타고 올라갔다 내려갔다, 또 조수를 타고 갔다 거슬러서 갔다 하면서 얼쩡대고 기웃댈 리 없어. 거기에 세관원이 숨어 있지 않고선 말이야." 이 말을 하고서 그는 거만한 태도로 휙 나가 버렸다. 그러자 여관 주인은 의지할 말상대가 없어졌으므로 그 문제를 더 이상 논의할 수 없게 되었다.

이 대화를 듣고 우리는 모두 불안해졌다. 나는 특히 더 불안해졌다. 음산한 바람이 여관 주변에서 윙윙대며 불고 물결이 강가에서 철썩거리는 가운데, 나는 우리가 이곳에 갇힌 채 위험에 처해 있다는 느낌이 들었다. 노가 네 개인 대형 보트가 이렇게 사람의 주목을 끌 만큼 특별한 방식으로 주변을 돌아다닌다는 것은 그냥 듣고 넘길 수 없는 불길한 상황이었다. 프로비스에게 먼저 잠자리에 들라고 권한 다음 나는 두 동료와 함께 밖으로 나가서 (스타톱은 이때쯤 일의 내막을 다 알고 있었다.) 또 한 차례 의논을 했다. 이 집에 계속 머무르며 기선이 도착하는 시간 — 그건 내일 오후 1시쯤일 텐데 — 가까이까지 기다릴 것인지 아니면 아침 일찍 그곳을 떠날 것인지, 그것이 우리가 논의한 문제였다. 우리는 전체적으로 볼 때, 지금 있는 곳에서 기선이 오기 한 시간 전쯤까지 있다가, 때가 되면 기선이 진행할 항로로 나가서 조수를 따라 편하게 떠내려가며 기다리는 것이 좀 더 나은 방침이라고 판단했다. 그래서 그렇게 하기로 결정한 후, 우리는 여관으로 돌아가서 잠자리에 들었다.

나는 옷을 대부분 그대로 입고 누웠다. 그리고 몇 시간 동안 푹 잤다. 내가 잠에서 깼을 때 바람이 더욱 세차게 불고 있었고, 여인숙 간판은 ('배'라고 씌어 있었는데) 삐걱거리며 이리저리 쾅쾅 부딪쳐 대고 있었다. 그 요란한 소리는 처음에 나를 깜짝 놀라게 했다. 프로비스가 깊이 잠들어 있었으므로 살며시 자리에서 일어난 나는 창밖을 내다보았다. 창문으로는 우리가 보트를 끌어 올려 놓은 둑길이 내려다보였다. 내 눈이 구름 낀 달빛에 적응이 되었을 때, 문득 어떤 사람 둘이 우리 보트를 들여다보는 것이 내 눈에 띄었다. 그들은 내 창문 밑을 지나서 갔는데, 보트 이외에 다른 것은 살펴보지 않았다. 그들은 선착장 — 그곳에 아무것도 없는 것을 나는 어렴풋이 알아볼 수 있었다. — 으로 내려가지 않고, 습지를 가로질러 노어* 쪽 방향으로 나아갔다.

나를 맨 먼저 사로잡은 충동은 허버트를 깨워서 멀어져 가는 그 두 사람을 보라고 하는 것이었다. 하지만 그의 방으로 — 여관의 안쪽에 위치한 그의 방은 내 방과 붙어 있었다. — 달려 들어가기 전에, 나는 그와 스타톱이 나보다 훨씬 힘든 하루를 보냈고, 그래서 무척 피곤할 거라는 생각을 떠올리고는 그 충동을 참았다. 다시 내 방 창문으로 돌아갔을 때 나는 그 두 사람이 습지 저쪽으로 가는 것을 볼 수 있었다. 그러나 흐린 달빛 속에서 그들의 모습은 곧 보이지 않게 되었다. 그리고 추위를 몹시 느낀

* 템스 강 하구 가까이에 있는 모랫둑으로 배의 정박지이기도 함.

나는 침대에 누워서 이 문제를 생각해 보았는데, 그러다가 다시 잠이 들었다.

우리는 일찍 일어났다. 아침 식사 전에 우리는 넷이서 함께 이리저리 거닐었는데, 그때 나는 내가 보았던 것을 자세히 이야기하는 것이 옳겠다고 판단했다. 다시금 우리 일행 중에서 우리의 보호 대상이 제일 걱정을 하지 않았다. 그는 그들이 세관에 소속된 사람들일 가능성이 아주 크다면서, 그들은 우리를 전혀 염두에 두지 않았을 거라고 차분하게 말했다. 나 자신 역시 그렇게 믿으려고 애썼다. 사실, 충분히 그럴 수도 있었다. 그러나 나는 그와 내가 먼저 저 멀리 보이는 한 지점까지 함께 걸어서 가고, 나중에 허버트와 스타톱이 정오쯤에, 그곳이나 아니면 그 근처의 가장 적절하게 보이는 지점에서 우리를 배에 태우도록 하는 것이 좋겠다고 제안했다. 모두들 이것을 조심스럽고 좋은 방안이라고 받아들였으므로, 아침 식사 후 그와 나는 여인숙에서는 한마디도 하지 않은 채 곧바로 출발했다.

그는 나와 함께 걸어가면서 파이프 담배를 피웠다. 그리고 이따금 걸음을 멈추고는 내 어깨를 두드려 주었다. 누군가 그걸 보았다면 필경 위험에 처한 사람은 그가 아니라 나고, 그래서 그가 나를 안심시켜 주고 있다고 생각했을 것이다. 우리는 거의 말을 하지 않았다. 약속한 지점에 가까이 이르렀을 때 나는 그에게 내가 먼저 가서 주위를 살펴볼 테니 그동안 그늘진 곳에 가서 숨어 있으라고 부탁했다. 왜냐하면 간밤에 그 두 사람이 바로 그쪽 방향으로 지나갔기 때문이다. 그는 내 말을 따랐고, 그래서 나는 혼자서 계속 나아갔다. 그곳 주변에 떠 있거나 근처의 물가로 끌어 올려진 보트는 하나도 없었다. 또한 사람들이 그곳에서 배를 띄우고 나간 흔적 같은 것도 전혀 없었다. 하지만 그때는 만조 상태가 틀림없었으므로, 발자국 등이 물 밑에 잠겨 버렸을 수도 있었다.

멀리 숨어서 내다보고 있던 그는 내가 그에게 모자를 흔들어 와도 된다고 신호하는 것을 보고는 곧 내가 있는 곳으로 왔다. 그리고 우리는 그곳에서 기다렸다. 때로는 외투를 둘러쓴 채 강둑 위에 누워 있기도 했고, 때로는 몸을 덥히기 위해 이리저리 움직이기도 하면서 기다렸다. 마침내 우리 보트가 저쪽에서 돌아 나오는 게 보였다. 우리는 순조롭게 배에 올라탔으며, 즉시 기선이 갈 항로로 노를 저어 나아갔다. 그때가 1시까지 불과 10분밖에 남지 않은 시각이었고, 따라서 우리는 기선에서 뿜어 내는 연기가 보이는지 살피기 시작했다.

그러나 우리는 1시 30분이 지나서야 기선의 연기를 볼 수 있었다. 곧이어 그 뒤로 또 다른 기선의 연기도 보였다. 두 기선이 전속력으로 다가오고 있었으므로, 프로비스와 나는 각자의 가방을 준비해 놓고는 허버트와 스타톱에게 작별 인사를 했다. 우리는 모두 진심 어린 악수를 나눴다. 허버트와 내 눈에서는 눈물이 그칠 줄 몰랐다. 그때였다. 노가 네 개 달린 대형 보트가 우리 앞에서 조금밖에 떨어지지 않은 강둑에서 튀어나오는 것이 보였다. 그 보트는 우리와 같은 항로로 전진해 나왔다.

강이 굽고 휘어 있었기 때문에, 연기를 내뿜으며 달려오는 기선과 우리 사이에는 아직 꽤 긴 해안이 놓여 있었다. 하지만 이제는 정면으로 다가오는 기선의 모습이 뚜렷이 보였다. 나는 우리가 기선을 기다리고 있다는 것을 기선 쪽에서 알 수 있도록 우리 보트를 조수에 실은 채 그대로 유지하라고 허버트와 스타톱에게 소리쳤다. 그리고 프로비스에게는 망토를 둘러쓰고 아주 조용히 앉아 있으라고 간청했다. 그는 "염려 말거라, 얘야."라고 명랑하게 대답하고는 조각상처럼 가만히 앉아 있었다. 그러는 동안 그 대형 보트는 능숙한 솜씨로 노를 저어, 우리 앞을 가로질러 간 다음, 속도를 늦춰 우리 보트와 뱃전을 나란히 하고 섰다. 그러고는 노를 저을 수 있을 만큼의 공간만 남겨 놓은 채 우리가 노를 저으면 자기네도 한두 번 젓고 우리가 노를 멈추고 떠내려가면 자기네도 떠내려가면서 우리와 계속 나란히 나아갔다. 노잡이가 아닌 두 사람 중 한 명은 키 줄을 잡고서 — 노잡이들과 마찬가지로 — 우리를 주의 깊게 바라보았다. 다른 한 명은 프로비스만큼이나 몸을 꽁꽁 싸매고 있었는데, 잔뜩 움츠린 채 우리를 쳐다보며 키를 잡은 사람에게 귓속말로 뭔가를 지시하는 것처럼 보였다. 두 보트 어느 쪽에서도 말은 한마디도 하지 않았다.

몇 분 후 스타톱은 어느 기선이 먼저 오고 있는지 알아보고는 얼굴을 마주하고 앉아 있는 나에게 낮은 목소리로 "함부르크행이야." 하고 말해 줬다. 기선은 매우 빠른 속도로 우리에게 다가오고 있었으며, 기선의 외륜이 물을 치며 회전하는 소리가 점점 크게 들려왔다. 마침내 기선의 그림자가 우리 위로 완전히 드리워질 만큼 가까워졌다고 생각한 순간, 대형 보트가 우리를 소리쳐 불렀다. 나는 왜 그러냐고 대답했다.

"당신네 배에는 귀환 유형수가 타고 있소." 키 줄을 잡은 사람이 말했다. "거기 망토를 둘러쓰고 있는 사람이 바로 그자요. 그의 이름은 에이블 매그위치며, 일명 프로비스라고도 하오. 나는 그자를 체포하겠소. 따라서 그가 순순히 복종하기를, 그리고 당신들은 협조해 주기를 요구하는 바이오."

이 말과 동시에 그는 노를 젓는 자기 부하들에게 아무런 구두 지시도 내리지 않고, 자신의 대형 보트를 우리 배에 충돌시켰다. 그들은 갑자기 노를 한 번 세차게 앞으로 젓더니 노를 거두어들인 다음 우리를 향해 비스듬히 돌진해 왔는데, 우리가 그들이 뭘 하는지 미처 깨닫기도 전에 우리 뱃전에 충돌해 있었다. 이러한 사태는 기선 위에 큰 소동을 일으켰다. 기선 위의 사람들이 우리한테 외치는 소리가 들려왔고, 외륜을 정지시키라고 명령하는 소리가 들렸으며, 뒤이어 외륜이 정지하는 소리도 들려왔다. 하지만 나는 기선이 제동되지 않은 채 우리 위로 계속 돌진해 오는 것을 느낄 수 있었다. 같은 순간 나는 대형 보트의 키를 잡았던 자가 자신이 체포하려는 내 죄수의 어깨를 손으로 붙잡는 것을 보았고, 두 보트가 조수의 힘에 밀려 빙그르 회전하는 것을 보았으며, 기선에 타고 있던 모든 승무원들이 미친 듯이 배 앞쪽으로 달려 나오는 것을 보았다. 역시 똑같은 순간에 나는 내 죄수가 벌떡 일어나서 자기를 체포하려는 사람 너머로 몸을 기울이더니 대형 보트 안에 웅크리고 있던 자의 목에서 망토를 잡아당기는 것을 보았다. 여전히 똑같은 순간에 나는 드러난 그자의 얼굴이 바로 오래전에 보았던 그 다른 죄수의 얼굴이라는 것을 알아보았다. 역시 똑같은 순간에 나는 그 얼굴이 공포로 하얗게 질린 결코 잊을 수 없는 표정을 한 채 뒤로 기울어지는 것을 보았으며, 기선 위에서 커다란 고함 소리가 나는 것과 함께 물속에 뭔가 크게 첨벙 떨어지는 소리를 들었다. 그리고 우리 보트가 내 발밑에서 쑥 꺼지는 것을 느꼈다.

불과 한순간이었지만 나는 수천 개의 물방아 바퀴살에 부딪치며 수천 개의 번쩍이는 불빛과 한없이 싸워 댄 느낌이었다. 그 순간이 지나자 나는 대형 보트에 끌어 올려져 있었다. 허버트도, 스타톱도 거기 있었다. 하지만 우리 보트는 사라지고 없었으며, 두 명의 죄수도 보이지 않았다.

기선 위에서 사람들이 외쳐 대고 증기가 격렬하게 뿜어 나오고 하는 통에, 그리고 기선이 전진해 나가고 우리가 탄 보트도 계속 떠밀려 나가고 하는 통에, 나는 처음 한동안 하늘과 물, 그리고 강변의 위치 등을 분간할 수 없었다. 하지만 대형 보트의 노잡이들은 아주 신속하게 보트의 움직임을 바로잡았다. 그러고는 몇 번 빠르고 강하게 노를 저어 앞으로 나아간 뒤, 노 젓기를 중단하고는 모두들 말없이, 그리고 열심히 고물 쪽 수면을 살피기 시작했다. 이윽고 검은 물체 하나가 물속에 보였는데, 그것은 조수에 실려 우리 쪽으로 내려오고 있었다. 아무도 말을 하지 않았다. 하지만 키를 잡은 사람이 손을 위로 올리자 노잡이들은 모두 부드럽게 역방향으로 노를 저었으며, 물체 앞쪽으로 배를 똑바로 유지시켰다. 물체가 가까워졌을 때 나는 그것이 매그위치가 헤엄쳐 오는 것임을 알아보았다. 하지만 그는 자유롭게 헤엄치고 있지 않았다. 그는 배에 끌어 올려졌으며, 그의 손목과 발목에는 즉시 쇠고랑이 채워졌다.

대형 보트는 다시 균형을 잡았고, 수면 위를 말없이 열심히 살피는 일이 다시 시작되었다. 하지만 이제 로테르담행 기선이 나타났고, 무슨 일이 있어났는지 모르는 게 분명한 듯 빠른 속도로 다가왔다. 그 기선이 고함 소리를 듣고 정지했을 때쯤 두 기선 모두 이미 우리를 지나 멀리 떠내려가고 있었고, 우리는 기선이 남긴 요동치는 물결 속에서 위아래로 출렁거리며 떠 있었다. 다시 모든 것이 고요해지고 두 기선이 사라진 오랜 뒤까지 찾는 일은 계속되었다. 하지만 모두들 이제는 가망이 없다는 걸 잘 알고 있었다.

마침내 우리는 찾기를 포기했다. 그리고 우리가 얼마 전에 떠났던 여인숙을 향해 강변을 따라 배를 저어 갔다. 여인숙에서는 크게 놀라며 우리를 맞았다. 이곳에서 나는 매그위치를 — 그는 이제 더 이상 프로비스가 아니었다. — 편하게 해 줄 것들을 좀 얻을 수 있었다. 그는 가슴을 아주 심하게 다치고 머리에도 깊은 상처를 입은 상태였다.

그는 자신이 기선의 용골 밑으로 들어갔고, 그래서 위로 떠오르다가 머리를 부딪친 것 같다고 말했다. 그리고 가슴에 입은 부상은 (그것 때문에 그는 숨 쉬는 것을 극도로 고통스러워했다.) 대형 보트의 옆모서리에 부딪쳐서 생긴 것 같다고 했다. 그는 또 덧붙이기를, 자신이 콤피슨에게 어떤 짓을 했을지 또는 안 했을지 등에 대해서는 감히 이야기할 생각이 없지만, 자신이 그놈의 얼굴을 확인하기 위해 놈의 망토를 손으로 잡는 순간 그 악당 녀석이 비틀거리며 일어서서 뒷걸음쳤고, 그 바람에 두 사람은 함께 보트 밖으로 떨어졌다고 말했다. 그리고 그때 그(매그위치)가 그렇게 우리 보트에서 갑자기 몸을 비틀며 뛰쳐나가는 동시에 그를 체포하려던 자가 그를 보트 안에 붙들어 두려고 애쓰는 바람에 우리 배도 뒤집히고 말았던 것이다. 그는 또한 두 사람이 서로 팔을 격렬하게 꽉 낀 채 떨어졌으며, 물속에서 한바탕 몸부림치며 싸우다가 콤피슨을 밀쳐 내고, 손발로 물을 헤치며 간신히 헤엄쳐 빠져나왔다고 속삭이는 말로 나에게 이야기했다.

그가 이렇게 나한테 말한 내용이 정확한 사실이라는 것을 나는 의심할 이유가 전혀 없었다. 대형 보트의 키를 조종했던 그 경관도 그들이 보트 밖으로 떨어진 상황을 이와 똑같이 설명했다.

내가 이 경관에게 여인숙에 있는 여분의 옷가지들을 구입하여 죄수의 젖은 옷을 갈아입힐 수 있게 해 달라고 부탁했을 때, 그는 기꺼이 그 부탁을 들어 주었다. 다만 죄수가 소지하고 있는 것은 모두 압수해야 한다고만 말했을 뿐이었다. 그리하여 예전에 내 손에 맡겨진 적이 있던 그 돈지갑은 경관의 손에 넘어갔다. 그는 더 나아가서, 내가 런던까지 죄수를 동행해도 좋다고 허락해 주었다. 하지만 그 호의를 내 두 친구들한테까지 베풀어 주는 것은 거절했다.

경관은 '배' 여인숙의 그 잭이라는 자에게 익사한 사람이 어디서 물에 빠졌는지 설명해 줬고, 잭은 시체가 떠내려 올 가능성이 가장 큰 장소들로 가서 시체를 수색하는 임무를 떠맡았다. 죽은 사람이 긴 양말을 신고 있다는 말을 그가 들었을 때, 시체 발견에 대한 그의 관심은 특히 고조되는 것처럼 보였다. 아마도 그의 옷차림을 그렇게 완전히 갖추는 데는 약 열두어 명의 익사자가 필요했을 것이다. 그의 복장의 각 구성 품목들이 여러 단계의 닳아 떨어진 상태를 보이는 것도 바로 그 때문이었을 것이다.

우리는 조수가 밀물로 바뀔 때까지 여인숙에 머물러 있었다. 때가 되자 매그위치는 선착장으로 운반되어 대형 보트에 태워졌다. 허버트와 스타톱은 육로를 통해 최대한 빨리 런던에 올라오기로 했다. 우리는 슬픈 작별 인사를 나누었다. 그리고 나서 매그위치 곁에 자리를 잡고 앉았을 때, 나는 앞으로 그가 살아 있는 동안 내가 있을 자리는 바로 그곳이라고 느꼈다.

왜냐하면 이제 그에 대한 나의 모든 혐오감은 완전히 녹아 없어졌으며, 내 손을 꼭 쥐고 있는, 쫓기고 부상당하고 족쇄에 묶인 이 사람에게서 나는 오직, 내 은인이 되고자 했던 사람, 그리고 나에 대한 깊은 애정과 감사와 관대함의 감정을 기나긴 세월 동안 조금도 변함없이 간직해 온, 그런 사람의 모습만을 보았기 때문이다. 그에게서 나는 오직, 조에게 배은망덕하게 행동했던 나 자신보다 훨씬 훌륭한 인간의 모습만을 발견했던 것이다.

밤이 다가옴에 따라 그는 숨 쉬기를 더욱더 힘들어하고 고통스러워했다. 그는 자주 신음 소리가 나오는 것을 참지 못했다. 나는 사용할 수 있는 한쪽 팔로 그를 조금이라도 편안한 자세로 받쳐 주고자 애썼다. 그가 심하게 다친 것을 내심 다행하게 여길 수도 있다는 것은 생각하기 몹시 괴로운 일이었지만, 그가 이대로 죽는 것이 차라리 낫다는 것은 의심할 여지가 없었다. 그의 신원을 확인해 줄 수 있는, 그것도 기꺼이 그렇게 해 줄 사람들이 아직 얼마든지 많이 살아 있다는 것, 그것은 의심할 수 없는 사실이었다. 그가 관대한 처벌을 받으리라는 것, 그것은 기대할 수 없는 일이었다. 악질적인 인간으로 재판정에 세워졌고, 그 이후로 탈옥했다가 또다시 재판을 받았으며, 종신형을 받고 간 유형지에서 돌아온 자, 게다가 그를 체포하도록 도운 사람을 죽게 만들기까지 한 자, 바로 그런 인간으로밖에 여겨지지 않을 테니 말이다.

어제 우리가 등지고 떠나왔던 저무는 태양을 향해 다시 돌아가고 있을 때, 그리고 우리의 희망의 물결이 모두 도로 빠져나가는 것처럼 보였을 때, 나는 그가 나 때문에 귀국했다는 것이 참으로 가슴 아프게 생각된다고 그에게 말했다.

"사랑하는 애야." 그는 대답했다. "난 내가 위험을 무릅쓰고 그렇게 한 걸 아주 만족스럽게 여긴다. 난 내 아이를 만나 보았고, 또 그는 이제 나 없이도 신사가 될 수 있으니까 말이다."

아니다. 될 수 없었다. 우리가 배에 나란히 앉아 있는 동안 나는 그 점에 대해 생각해 보았더랬다. 그렇다, 될 수 없었다. 나에게 그럴 의향이 있고 없고를 떠나서, 나는 이제 웨믹이 했던 암시의 의미를 분명히 깨달았다. 예상컨대 유죄 판결을 받는 순간 그의 재산은 국가에 몰수되고 말 것이었다.

"이보거라, 얘야." 그가 말했다. "너 같은 신사가 나한테 속해 있다고 알려지는 건 이제 좋지 않다. 그저 우연히 웨믹과 함께 오게 된 것처럼 날 보러 오도록 하거라. 난 이제 내 인생에 마지막으로 재판정에 서게 될 텐데, 그때 내가 널 바라볼 수 있는 곳에 앉아 있어 다오. 내가 바라는 건 그것뿐이다."

"당신 가까이에 있는 것이 허락되는 한……." 나는 말했다. "저는 당신 곁을 결코 떠나지 않겠습니다. 하느님께 빌며 말하건대, 당신이 저에게 그랬던 것처럼 저도 당신에게 충실하게 행동하겠습니다!"

나는 내 손을 쥐는 그의 손이 떨리는 것을 느꼈다. 보트 바닥에 누운 채로 그는 고개를 돌렸다. 나는 그의 목구멍에서 예의 그 짤깍 하는 소리가 나는 것을 들었다.(그 소리 역시 그의 다른 모든 부분과 마찬가지로 부드러워져 있었다.) 그가 이 문제를 언급한 것은 다행스러운 일이었다. 왜냐하면 그로 인해 나는, 그렇지 않았으면 너무 늦을 때까지 미처 생각하지 못했을 사항을 때마침 머릿속에 떠올릴 수 있었기 때문이다. 그것은 바로 나를 부자로 만들려는 그의 희망이 물거품이 되었다는 사실을 그에게 결코 알릴 필요가 없다는 점이었다.

55장

다음 날 그는 구치소로 송치되었다. 그의 신원을 확증하기 위해 그가 예전에 탈출했던 감옥선에 사람을 보내 늙은 간수 하나를 불러 와야 할 필요만 없었다면 그는 즉시 재판에 회부되었을 것이다. 물론 그의 신원을 의심하는 사람은 아무도 없었다. 하지만 그의 신원에 대해 법정 증언을 할 작정이던 콤피슨이 조수에 실려 뒹구는 신세가 된 데다, 공교롭게도 그 순간 절차에 필요한 증언을 해 줄 수 있는 간수가 런던 내에는 아무도 없었다. 전날 밤 도착하자마자 나는 재거스 씨의 자택으로 곧장 달려가서 도움을 청했다. 재거스 씨는 죄수를 대신하여 그 어떤 것도 인정하지 않기로 했다. 그것만이 유일한 방책이었는데, 왜냐하면 이 사건은 증인이 있을 시 틀림없이 5분 만에 끝나 버릴 사건이며, 그렇게 되면 이 세상의 어떤 권력으로도 우리에게 불리한 판결이 나는 것을 막을 수 없을 것이라고 재거스 씨는 나에게 말했기 때문이다.

나는 매그위치에게 그의 재산의 운명을 알리지 않겠다는 내 의도를 재거스 씨에게 전했다. 재거스 씨는 "그것이 손가락 사이로 빠져나가게 내버려뒀다."라고 불만을 터뜨리며 나에게 화를 냈다. 그러고는 빠른 시일 내에 청원서를 제출하는 등 여하튼 다만 얼마라도 찾도록 노력해야 한다고 말했다. 하지만 그는 비록 재산 몰수가 강제로 집행되지 않는 경우가 많이 있을 수 있지만 이 사건의 상황은 그렇게 될 여지가 전혀 없다는 사실을 나에게 감추지 않았다. 나는 그 점을 아주 잘 이해하고 있었다. 나는 죄수와 친척도 아니었고, 인정받을 만한 그 어떤 관계도 그와 맺고 있지 않았다. 그는 체포되기 전에 나를 위해 문서를 작성하거나 양도 처분 같은 것을 시도한 적이 전혀 없었다. 그리고 이제 와서 그런 시도를 하는 것은 부질없는 짓일 것이었다. 나는 아무런 권리도 없었다. 따라서 나는 재산권을 확보하려고 시도하는 가망 없는 짓으로 내 마음을 결코 병들게 하지 않기로 최종적인 결심을 내렸고, 그 후로 변함없이 그 결심을 지켰다.

익사한 밀고자가 이 재산 몰수로부터 보상금을 기대하고서 매그위치의 형편을 상당히 정확히 파악해 두었다고 생각해도 타당성이 있을 듯했다. 그의 시체는 그가 사망한 자리에서 수 킬로미터 떨어진 곳에서 발견되었는데, 형체가 너무나 끔찍하게 손상되어 있어서 호주머니 속의 내용물에 의해서만 겨우 그의 시체라는 것을 확인할 수 있었다. 그가 지니고 다니는 서류 지갑 안에 접혀 있던 비망록 쪽지들은 아직 내용을 알아볼 수 있었다. 그중에는 일정액의 돈이 들어 있는 뉴사우스웨일스의 한 은행 이름과 상당한 가치가 있는 몇몇 토지들의 명칭과 위치 등이 적힌 것들도 있었다. 이 두 가지 항목의 정보는 모두 매그위치가 감옥에 있는 동안 재거스에게 전한 재산 목록 속에 들어 있었다. 물론 그는 내가 이 재산을 상속받게 될 것으로 믿었다. 불쌍한 사람, 그의 무지는 마침내 그에게 도움이 되었는바, 그는 내가 재거스 씨의 도움을 받아 유산을 안전하게 상속하리라고 조금도 의심하지 않았던 것이다.

감옥선에서 증인을 데려오기 위해 검찰 당국이 재판을 연기해 놓은 사흘의 유예 기간이 지난 후에 증인이 마침내 도착했고, 이로써 그 손쉬운 사건의 요건은 완전히 갖춰졌다. 매그위치는 다음 개정(開廷) 기간* 때 재판을 받도록 구속 수감되었다. 다음 개정 기간은 한 달 후 시작되었다.

내 인생의 암울한 시기였던 이즈음, 어느 날 저녁 허버트가 몹시 풀 죽은 얼굴로 집에 돌아와서 말했다.

"내 다정한 헨델, 아무래도 곧 네 곁을 떠나야만 할 것 같구나."

이미 그의 동업자에게서 이에 대한 귀띔을 받은 상태였으므로, 나는 그가 생각했던 것만큼 크게 놀라지 않았다.

"내가 카이로에 가는 것을 미루면 우리 상사는 좋은 기회를 놓치게 돼. 그래서 아무래도 내가 꼭 가야만 할 것 같아, 헨델, 하필 네가 나를 몹시 필요로 하는 바로 이때에 말이다."

"허버트, 나는 항상 네가 필요할 거야. 항상 너를 사랑할 테니까 말이야. 하지만 지금 너에 대한 나의 그 필요는 다른 때보다 특별히 더 큰 건 아니야."

"넌 몹시 외로울 거야."

---

* 1년 중 재판이 열리는 네 차례의 기간으로, 1월, 4월, 5월, 11월에 시작되어 약 서너 주 지속되었음.

“나는 외로움 같은 걸 생각할 틈이 없단다.” 나는 말했다. “너도 알다시피, 나는 시간이 허락되는 한 항상 그와 함께 꼭 붙어 있잖니. 할 수만 있다면 나는 하루 종일이라도 그와 함께 있을 거야. 그리고 너도 알다시피, 내가 그의 곁을 떠나왔을 때에도 내 생각은 여전히 그에게 가 있잖니.”

그가 처해 있는 그 두려운 상황은 우리 둘 다에게 너무나 소름 끼치는 것이어서, 우리는 이보다 더 분명한 말로는 그것을 언급할 수 없었다.

“내 다정한 친구야.” 허버트가 말했다. “우리가 곧 헤어지게 될 거라는 — 정말이지 아주 곧 그럴 텐데 — 사실을 구실 삼아, 난 네 문제로 널 좀 괴롭혀야겠다. 넌 네 앞날에 대해 생각을 좀 해 봤니?”

“아니. 사실 앞날에 대해서는 그 어떤 것도 생각하기가 두려워.”

“하지만 네 미래를 그렇게 내박쳐 놓을 수는 없는 거잖아. 정말이지, 내 진정 사랑하는 헨델, 네 미래를 그렇게 내박쳐 놓아서는 안 돼. 나는 네가 지금 당장, 물론 다정한 몇 마디 말로 할 수 있는 한에서지만, 나와 함께 그 문제에 대해 생각해 보았으면 해.”

“그래, 그럴게.” 나는 말했다.

“우리 상사의 이 카이로 지점에 말이야, 헨델, 사람이 하나 필요한데 어떤 자리냐면…….”

나는 그가 세심한 배려를 하느라 그 분명한 단어를 피하고 있다는 것을 알아챘다. 그래서 나는 “사무원?” 하고 말했다.

“그래 사무원이야. 그런데 나는 그 사무원이 (바로 네가 잘 알고 있는 어떤 사무원이 그랬듯이) 동업자로 발전해 나갈 가능성이 없지 않다고 생각해. 자, 헨델, 간단히 말해서, 내 다정한 친구야, 내가 있는 곳에 오지 않을래?"

마치 불길한 사업 이야기의 서두라도 심각하게 꺼내는 것처럼 "자, 헨델."이라고 말한 후, 갑자기 그 어투를 버리고는 정직한 손을 내밀며 어린 학생처럼 이야기하는 그의 태도에는 어딘지 매력적일 만큼 진실하고 호감을 끄는 구석이 있었다.

"클래러와 나는 이 문제에 대해 여러 번 이야기해 봤어." 허버트는 계속해서 말했다. "사랑스럽고 귀여운 그녀는 바로 오늘 저녁만 해도 눈물을 글썽이며 나보고 너한테 말해 달라고 간청했어. 우리가 결혼했을 때 네가 와서 우리와 함께 산다면, 그녀는 최선을 다해 너를 행복하게 해 주고, 또 남편의 친구는 바로 그녀 자신의 친구이기도 하다는 것을 너에게 확신시켜 줄 것이라고 말이야. 헨델, 우리는 서로 정말 잘 지낼 거야!"

나는 진심으로 그녀에게 고맙게 생각한다고 말했다. 그리고 그에게도 진심으로 고맙다고 했다. 하지만 그가 그토록 친절하게 제안한 것처럼 그와 합류할 수 있을지 아직 확신할 수 없다고 나는 말했다. 우선, 나는 그 문제를 명확하게 고려해 볼 만한 마음의 여유가 없었다. 그리고 두 번째로 — 그렇다! 두 번째로, 내 생각 속을 어렴풋이 떠돌고 있는 어떤 막연한 것이 있었다. 나의 보잘것없는 이 이야기가 결말에 거의 다다랐을 때 밝혀질 어떤 막연한 것이 말이다.

"하지만 허버트, 만약 네가 이 문제를 네 일에 아무런 지장이 없이 얼마 동안 보류해 줄 수 있다고 생각한다면……."

"얼마든지 그럴 수 있어." 허버트는 큰 소리로 말했다. "여섯 달이든 1년이든!"

"아냐, 그렇게 오래는 필요 없어." 나는 말했다. "길어야 두세 달이면 돼."

그렇게 하기로 결정하고 악수를 나누었을 때 허버트는 굉장히 기뻐했다. 그러고는 이제야 비로소 나한테 말할 용기가 생겼다면서, 자기가 이번 주말에는 틀림없이 떠나야 할 것 같다고 말했다.

"그럼 클래러는?"

"사랑스럽고 귀여운 그녀는……." 허버트는 대답했다. "그녀의 아버지가 살아 계신 동안 아버지 곁에 머무르며 도리를 다할 거야. 하지만 그는 오래 살지 못할 거야. 윔플 부인도 얼마 버티지 못할 게 확실하다고 나에게 살짝 말해 줬어."

"비정한 말을 하려는 건 아니지만……." 나는 말했다. "그는 차라리 죽는 것이 가장 바람직할 거야."

"유감스럽지만 네 말이 틀렸다고 할 수 없구나." 허버트는 말했다. "어쨌든 그러면 나는 사랑스럽고 귀여운 내 클래러를 데리러 돌아올 것이고, 그녀와 나는 제일 가까운 교회에 가서 조용히 결혼식을 올릴 거야. 잘 기억해 둬! 축복받은 내 사랑 클래러는 명문가 출신이 전혀 아니란다, 내 다정한 헨델. 그래서 귀족인명록 같은 걸 결코 들여다본 적이 없고, 대단하게 생각하는 할아버지도 없단다. 우리 어머니 같은 사람의 아들에게 이 얼마나 큰 행운이란 말이냐!"

그 주 토요일에 나는 항구행 우편 역마차에 타고 있는 — 밝은 희망에 가득 차 있었지만 나를 두고 떠나는 것을 슬퍼하고 미안해하는 — 허버트와 작별을 나누었다. 나는 근처의 커피하우스에 들어가 클래러에게 짤막한 편지를 써 보냈다. 그가 잘 떠났고 여러 번 반복해서 그녀에게 사랑을 전해 달라고 말했다는 내용이었다. 그런 다음 나는 외롭게 집으로 돌아갔다. 그곳을 집이라고 부를 수 있다면 말이다. 사실 그곳은 이제 나에게 집이라고 할 수 없었다. 나는 이제 그 어느 곳에도 집이 없었다.

집 계단에서 나는 웨믹과 마주쳤다. 그는 내 방문을 두드렸다가 손가락 관절만 아프게 한 채 아무 소득 없이 내려오던 참이었다. 우리의 도피 시도가 불행하게 끝난 이후로 나는 그를 이렇게 혼자만 따로 만난 적이 없었다. 그는 사적이고 개인적인 자격으로 그 실패와 관련하여 몇 마디 해명의 말을 하러 찾아온 것이었다.

"죽은 콤피슨은……." 웨믹은 말했다. "그동안 매그위치와 관련해 정상적으로 처리된 우리 업무를 조금씩 파고들어 그 대부분의 내막을 파악해 냈답니다. 내가 정보를 들은 것은 바로 곤경에 빠진 그의 부하들 몇 명이 (그의 부하들 몇 명은 언제나 곤경에 빠져 있지요.) 하는 이야기를 듣고서였지요. 나는 내 귀를 닫아 놓은 체하면서 계속 내 귀를 열어 놓았지요. 그러다 마침내 나는 그가 부재중이라는 말을 들었고, 그래서 그때가 일을 감행하기에 가장 좋은 시기라고 생각했지요. 하지만 이제 와서 생각해 보니 그건 바로 그자의 술책의 일부에 불과했던 것 같습니다. 습관적으로 자신의 끄나풀들을 속이곤 하는 아주 교활한 자였으니까요. 핍 씨, 당신은 나를 비난하진 않겠지요? 정말이지 나는 온 마음을 다해서 당신을 도와주려고 했습니다."

"웨믹 씨, 저도 당신만큼 그 점을 확신하고 있습니다. 그리고 당신의 그 모든 관심과 우정에 대해 진정으로 깊이 감사하고 있습니다."

"고맙습니다, 정말 고맙습니다. 이번 일은 참 유감스럽게 됐습니다." 웨믹은 머리를 긁적이며 말했다. "분명히 말하지만 이토록 가슴 아파 본 적은 오랫동안 없었습니다. 내가 특히 주목하는 것은 그토록 많은 휴대 가능한 재산을 잃었다는 점입니다. 아, 그것 참!"

"내가 주로 생각하는 것은 불쌍한 그 재산 주인뿐이랍니다, 웨믹 씨."

"물론 틀림없이 그렇겠지요." 웨믹은 말했다. "당신이 그를 안타깝게 여기는 것에는 이의가 있을 수 없지요. 나 자신도 그를 풀려나오게 할 수만 있다면 5파운드 지폐를 내놓을 것입니다. 하지만 내가 주목하는 것은 이것입니다. 죽은 콤피슨이 그의 귀환을 미리 알고는 그를 처벌받게 할 결심을 아주 단단히 한 채 대비하고 있었으므로, 그를 구하는 것은 아마 불가능했을 거라고 생각합니다. 하지만 그 반면에 휴대 가능한 재산은 구하는 것이 분명코 가능한 일이었습니다. 그게 바로 재산과 재산 주인의 차이점입니다, 아시겠어요?"

나는 웨믹에게 계단을 함께 올라가서 월워스로 가기 전에 럼주 한 잔 들라고 권했다. 그는 이 권유를 받아들였다. 적당량의 술을 받아서 마시는 동안 그는 다소 초조한 기색을 보이는 듯하더니, 아무런 사전의 언질도 없이 갑자기 다음처럼 말했다.

"월요일에 휴가를 얻을 작정인데 어떻게 생각하십니까, 핍 씨?"

"글쎄요, 당신은 지난 열두 달 동안 그런 적이 없었던 것 같은데요."

"지난 열두 해 동안이라고 하는 게 더 옳을 겁니다." 웨믹은 말했다. "그래요. 나는 하루 휴가를 얻을 예정입니다. 그뿐만이 아닙니다. 나는 그날 산책을 할 예정입니다. 그뿐만이 아닙니다. 나는 당신에게 나와 함께 산책을 해 달라고 부탁할 예정입니다."

나는 좋은 길동무가 되어 줄 수 없는 당시의 내 형편을 들며 막 거절의 말을 하려고 했는데, 그 순간 웨믹이 먼저 앞질러 말했다.

"나는 당신의 사정을 잘 알고 있습니다." 그는 말했다. "당신의 기분이 우울하다는 것도 잘 알고 있습니다, 핍 씨. 하지만 당신이 어떻게 좀 부탁을 들어 줄 수 있다면, 나는 큰 친절로 생각하겠습니다. 길지 않은 산책일 거고, 또 아침 일찍 할 예정입니다. 8시부터 12시 정도까지만 (도중에 할 아침 식사를 포함해서) 시간을 내주시면 됩니다. 어떻게 틈을 좀 내서 해 주실 수 없겠습니까?"

그는 그동안 여러 차례나 나를 위해서 아주 많은 일을 해 주었으므로, 그를 위해 이런 일쯤 해 주는 것은 아무것도 아니었다. 나는 틈을 내 볼 수 있을 거라고, 아니 틈을 내겠다고 말했다. 그러자 그는 내 승낙을 아주 크게 기뻐했고, 그것을 본 나도 함께 기뻤다. 그의 각별한 요청으로 나는 월요일 아침 8시 30분에 그의 성(城)을 방문하기로 약속했다. 그런 다음 우리는 헤어졌다.

월요일 아침, 나는 약속한 시간에 딱 맞춰 그의 성 문 초인종을 울렸다. 웨믹이 직접 나와 나를 맞아 주었다. 그는 보통 때보다 좀 더 긴장한 모습에 모자도 좀 더 광택이 나는 것을 쓰고 있다는 인상을 주었다. 안에 들어가니, 우유를 탄 럼주 두 잔과 비스킷 두 개가 준비되어 있었다. 노인장은 종달새와 함께 새벽부터 일어나 있었음에 틀림없었다. 왜냐하면 멀찌감치 보이는 그의 침실을 내가 흘긋 들여다보았을 때, 그의 침대는 비어 있었기 때문이다.

우리는 우유 탄 럼주와 비스킷으로 원기를 강화함으로써 체력 단련 준비를 한 다음 산책을 하러 나섰다. 그런데 그 순간 나는 웨믹이 낚싯대를 집어 들어 어깨 위에 걸치는 것을 보고 적지 않게 놀랐다. "아니, 우린 지금 낚시하러 가는 게 아니잖아요!" 나는 말했다. "맞습니다." 웨믹은 대답했다. "하지만 나는 낚싯대를 들고 산책하고 싶습니다."

나는 이상하게 여겼지만 아무 말도 하지 않았다. 우리는 출발했다. 캠버웰 공원 쪽을 향해 갔는데, 우리가 그 근처에 이르렀을 때 웨믹이 갑자기 말했다.

"어, 이런! 여기 교회가 있군요!"

그 사실에는 전혀 놀라울 게 없었다. 하지만 나는 다시금 약간 놀라고 말았는데, 마치 멋진 생각이라도 떠오른 것처럼 그가 활기찬 태도로 이렇게 말했기 때문이다.

"우리 한번 들어가 봅시다!"

웨믹은 낚싯대를 입구에 내려놓았고, 우리는 안으로 들어가서 한 바퀴 빙 둘러보았다. 그러는 동안 웨믹은 윗도리의 호주머니 안에다 손을 밀어 넣고는 그 안에 있는 종이에서 뭔가를 꺼내려고 하고 있었다.

"어, 이런!" 웨믹이 말했다. "여기 장갑이 두 켤레 있군요! 우리 그걸 껴 봅시다!"

장갑이 하얀 염소 가죽 장갑인 데다가 웨믹의 우체통 구멍 같은 입이 옆으로 한껏 길게 벌어지고 있었으므로, 나는 이제 일의 낌새를 강하게 알아채기 시작했다. 그리고 나의 이 예감은 노인장이 한 숙녀를 데리고 옆문으로 들어오는 것을 보았을 때 확신으로 굳어졌다.

"어, 이런!" 웨믹은 말했다. "여기 스키핀스 양이 있군요! 우리 결혼식을 올립시다!"

분별력 깊은 이 아가씨는 보통 때처럼 옷을 차려입었다. 다만 그 순간 그녀도 초록색 염소 가죽 장갑을 하얀 장갑으로 바꿔 끼고 있는 중이었다. 노인장 역시 혼인의 신의 제단 앞에 서기 위한 비슷한 의식을 준비하느라고 여념이 없었다. 그러나 이 노신사가 장갑을 끼는 데 너무나 심한 어려움을 겪는 바람에, 웨믹은 그로 하여금 등을 기둥에 대고 서 있게 한 다음 자신은 그 기둥 뒤로 돌아가 장갑을 잡아당겨 주는 게 필요하다는 것을 깨달았다. 그리고 그가 그러는 동안 내 쪽에서는 노인의 허리를 붙잡고, 그가 상응하는 힘을 주며 안전하게 버티고 서 있도록 부축해 주는 게 필요했다. 하지만 이런 기발한 방책 덕분에 그의 장갑은 완벽하게 잘 끼워졌다.

그런 뒤 교회 서기와 목사가 나타났고, 우리는 그 운명의 제단 난간 앞에 나란히 정렬하고 섰다. 모든 것을 아무 준비 없이 행하는 것처럼 보이게 하려는 자신의 의도를 끝까지 지키려는 듯이, 웨믹은 식이 시작되기 전에 조끼 호주머니에서 뭔가를 꺼내면서 혼잣소리로 중얼거렸다. "어, 이런! 여기 반지가 있네!"

나는 신랑의 후원자, 즉 들러리 역할을 수행했다. 반면 키가 작고 흐느적거리는 좌석 안내인 노파 한 사람이 아기 모자처럼 보들보들한 보닛을 쓴 채 스키핀스 양의 친한 친구 행세를 했다. 신부를 신랑에게 인도하는 책임은 노인장에게 부여되었다. 하지만 이로 인해 본의 아니게 목사가 잠시 경악에 휩싸이는 일이 발생했는데 그 전말은 이렇다. 목사가 "이 남자와 결혼하도록 이 여자를 인도해 주는 사람은 누구입니까?" 하고 물었을 때, 이 노신사는 우리가 결혼식의 어느 시점에 와 있는지 조금도 알지 못한 채 지극히 밝고 환한 얼굴로 교회 벽면의 십계명을 바라보며 가만히 서 있었다. 이에 목사는 다시금 "이 남자와 결혼하도록 이 여자를 인도해 주는 사람은 누구입니까?" 하고 물었다. 노신사가 여전히 지극히 존경할 만한 무의식 상태에 빠져 있었으므로, 신랑이 늘 하던 말투로 크게 외쳤다. "자, 아버님, 아시지요, 누가 신부를 인도하지요?" 이 외침에 노인장은 자신이 인도한다고 말하기에 앞서 "그래 알았다, 존. 그래 알았어, 내 아들아!"라고 굉장히 활기찬 목소리로 대답했다. 그러자 목사는 한동안 식을 중단한 채 가만히 있었는데, 얼굴에 불쾌한 표정이 너무나 역력해서 그 순간 나는 과연 그날 결혼식이 완전히 종료될 수 있을지 의심스러울 정도였다.

그러나 결혼식은 무사히 종료되었다. 우리가 교회 밖으로 나가고 있을 때, 웨믹은 성수반의 뚜껑을 열더니 자신의 하얀 장갑을 그 안에다 집어넣은 다음 다시 뚜껑을 덮었다. 웨믹 부인은 미래를 좀 더 생각하여, 자신의 하얀 장갑을 호주머니에 넣고 예전의 초록색 장갑을 다시 꺼내 끼었다. "자, 핍 씨." 우리가 밖으로 나왔을 때 웨믹은 의기양양한 얼굴로 낚싯대를 어깨에 메며 말했다. "한번 말해 보세요, 누가 이것을 결혼식 모임이라고 생각하겠습니까!"

아침 식사는 캠버웰 공원 너머 이삼 킬로미터 정도 떨어진, 언덕 위의 자그맣고 쾌적한 여인숙에 미리 주문되어 있었다. 식사를 하는 방에는 배거텔* 놀이대도 하나 있었는데, 우리가 엄숙한 예식을 거행한 뒤 긴장을 풀고 싶어질 경우를 대비한 것이었다. 웨믹의 팔이 슬며시 웨믹 부인의 몸에 감겨들었을 때, 그녀가 더 이상 그 팔을 풀어 내지 않고 벽에 붙은 등받이 높은 의자에 마치 케이스 속에 놓인 첼로처럼 가만히 앉아서는 그 감미로운 악기가 악사의 포옹에 응하듯이 웨믹의 포옹에 순순히 몸을 맡기는 모습을 보는 것은 매우 즐거운 일이었다.

우리는 아주 훌륭한 아침 식사를 했다. 누구든지 혹시 식탁 위의 음식을 한 가지라도 거절할라치면 웨믹은 이렇게 말하곤 했다. "아시다시피, 계약에 따라 나온 것입니다. 염려 말고 맘껏 드세요!" 나는 신혼부부를 위해 축배를 들었고, 노인장을 위해 축배를 들었으며, 웨믹의 성을 위해서도 축배를 들었다. 그리고 헤어질 때도 정중히 예를 갖춰 신부에게 인사를 하는 등 가능한 한 즐거운 모습을 보여 주었다.

웨믹은 나와 함께 문간까지 내려왔다. 나는 다시 한 번 그와 악수를 나누며 그의 행복을 빌었다.

"고맙습니다!" 웨믹은 두 손을 마주 비비며 말했다. "그녀가 가금류를 얼마나 잘 기르는지, 아마 당신은 절대로 모를 겁니다. 언제 알을 좀 갖다 드릴 테니 직접 판단해 보십시오. 아 참, 핍 씨!" 그는 나를 다시 불러 세우고는 낮은 목소리로 말했다. "부탁드리건대, 이건 완전히 월워스의 일입니다."

"잘 알겠습니다. 리틀 브리튼에서는 언급하지 말아야 할 일이지요." 나는 말했다.

---

* 직사각형 테이블의 한쪽에서 작은 공을 밀어 다른 쪽에 있는 아홉 개의 구멍에 집어넣는 옛날 놀이의 일종.

웨믹은 고개를 끄덕였다. "당신이 지난번 밝힌 것도 있고 하니, 재거스 씨가 이 일을 모르도록 하는 게 좋을 겁니다. 그는 내 머리가 물렁해져서 바보나 그 비슷한 것이 되고 있다고 생각할지도 모릅니다."

56장

매그위치는 재판을 받기 위해 수감된 날부터 다음 개정 기간이 돌아올 때까지 감옥에서 내내 심하게 앓으며 누워 있었다. 그는 갈비뼈가 두 개나 부러진 데다 부러진 그 갈비뼈들이 한쪽 허파에 상처를 입혔다. 그래서 그는 숨을 쉴 때마다 몹시 힘들고 고통스러워했으며, 그 고통과 어려움은 나날이 심해졌다. 이야기할 때 그가 거의 들리지 않을 만큼 낮은 목소리로 말을 했던 것은 바로 이런 부상 탓이었다. 따라서 그는 말하는 경우가 거의 없었다. 하지만 그는 내 말을 들을 준비는 언제나 되어 있었다. 그래서 그가 꼭 들어야만 한다고 생각한 것들을 그에게 말해 주고 읽어 주는 것은 내 생활의 가장 중요한 의무가 되었다.

일반 감옥에 남아 있기에는 그의 병세가 너무나 심각했으므로, 그는 하루인가 이틀인가 후에 병원으로 옮겨졌다. 이 덕분에 나는 그러지 않았다면 나에게 주어지지 않았을 기회, 즉 그와 함께 있을 수 있는 많은 기회를 얻게 되었다. 그리고 그렇게 아프지만 않았다면 그는 쇠고랑을 차고 있었을 것이다. 왜냐하면 그는 확고부동한 탈옥수에다가 그 밖에 뭔지 모를 흉악범 등으로 간주되었기 때문이다.

나는 그를 매일 만나 보긴 했지만, 만나는 시간은 아주 짧았다. 따라서 우리가 정기적으로 떨어져 있는 시간의 길이는 아주 길었고, 그 결과 그의 신체 상태에 발생하는 어떤 사소한 변화든지 그의 얼굴에 분명히 기록되어 알아볼 수 있었다. 내가 기억하는 한 나는 그의 얼굴에서 좋은 쪽의 변화를 한 번도 보지 못했다. 그는 쇠약해져 갔으며, 감옥 문 안에 갇혀 들어간 그날부터 그의 건강은 하루하루 서서히 약해지고 악화되어 갔다.

그가 보이는 순종과 체념은 기진맥진한 사람에게서 나타나는 것과 같은 종류의 순종과 체념이었다. 나는 때때로, 그의 태도나 그의 입에서 흘러나온 한두 마디 속삭이는 말에서, 그가 자신이 좀 더 나은 환경 아래 있었더라면 좀 더 나은 사람이 되지 않았을까 하는 문제를 곰곰이 생각해 보고 있지 않은가 하는 인상을 받았다. 하지만 그는 결코 그런 것을 암시하는 말로 자신을 정당화하거나, 이미 영원히 굳어 버린 과거의 모습을 다른 것으로 변형하려고 애쓰거나 하지 않았다.

우연히 두세 차례 내가 있는 앞에서 일어난 일인데, 그의 시중을 드는 사람들 중 한두 명이 구제불능의 악당이라는 그의 평판을 입에 올린 적이 있었다. 그때 그의 얼굴에는 미소가 스치고 지나갔으며, 그는 신뢰에 찬 표정으로 나를 돌아보았다. 마치 내가 어린아이였던 아주 오래전에 이미 내가 그에게서 작게나마 어떤 구원받을 기미를 보았다는 것을 확신하는 것 같은 표정이었다. 이 외의 나머지 모든 것들에 대해서, 그는 겸손하게 자신의 죄를 뉘우쳤을 뿐 불평하는 모습을 결코 보이지 않았다.

개정 기간이 시작되었을 때 재거스 씨는 다음 개정까지 그의 재판을 연기해 달라는 신청서를 제출했다. 명백히 그가 그렇게 오래 살지 못할 거라는 확신에서 제출한 신청서였는데, 그것은 거부되었다. 재판은 즉시 열렸으며, 법정에 끌려나왔을 때 그는 의자에 앉는 것이 허락되었다. 내가 피고석에 가까이 다가가서 그 바깥쪽에 서서 나에게로 내민 그의 손을 잡고 있는 것에 대해 아무런 반대도 제기되지 않았다.

재판은 매우 짧고 아주 분명했다. 그에게 도움이 될 수 있는 말들이 — 그가 얼마나 근면한 습관을 갖게 되었는가, 그리고 그가 얼마나 적법하고 평판 좋게 성공해 나갔는가 하는 것들이 — 진술되었다. 하지만 그 어떤 것도 그가 유형지에서 돌아왔으며, 그 순간 판사와 배심원 앞에 있다는 사실을 부정할 수는 없었다. 그 사실로 그를 재판하면서 그에게 유죄 판결이 아닌 다른 판결을 내리는 것은 불가능한 일이었다.

그 당시에는 개정 기간의 마지막 날을 형을 선고하는 데 할애하고, 사형선고로 그 마무리 효과를 내는 것이 관습이었다.(이것은 개정 기간에 대한 그때의 내 경험을 통해 안 것이다.) 지금 이 순간 기억 속에서 떠올라 내 눈앞에 펼쳐진 그 지울 수 없는 영상이 아니라면, 나는 이 글을 쓰면서조차도, 서른두 명의 남녀가 함께 사형선고를 받기 위해 판사 앞에 서 있는 것을 보았다는 사실을 믿지 못했을 것이다. 그 서른두 명 중 맨 앞에 바로 그가 있었다. 몸 안의 생명을 유지할 만큼 숨을 충분히 쉴 수 있게 하기 위해 의자에 앉혀진 상태로.

그 모든 장면이 그때 그 순간의 선명한 색채로 다시금 내 눈앞에 펼쳐지기 시작한다. 법정 유리창에 맺힌 4월의 빗방울이 4월의 햇빛 속에서 반짝이는 것에 이르기까지. 나는 다시금 피고석 바깥의 한모서리에서 그의 손을 내 손 안에 쥔 채 서 있었고, 피고석 안에는 서른두 명의 남녀가 우리에 갇힌 듯 서 있었다. 어떤 자는 반항심에 차 있었고, 어떤 자는 공포에 질려 있었으며, 어떤 자는 흐느끼며 울고 있는가 하면, 어떤 자는 얼굴을 가리고 있었으며, 어떤 자는 음울하게 주위를 노려보고 있었다. 여자 죄수들 쪽에서는 비명 소리가 몇 차례 나기도 했지만, 곧 제압되어 법정은 조용해진 상태였다. 커다란 쇠사슬 줄과 꽃다발을 들고 있는 법정 관리들, 다른 괴상한 차림의 공무 집행 시중꾼들과 나부랭이들, 정리(廷吏)들, 수위들, 넓은 방청석을 꽉 메운 사람들 — 마치 연극을 보러 온 대규모 관객 집단 같았다. — 그 모두가 바라보고 있는 동안 그 서른두 명의 죄수들과 판사는 엄숙하게 서로를 마주 보았다. 그런 다음 판사가 죄수들에게 연설을 시작했다. 그의 앞에는 그가 특별한 연설을 위해 선발하지 않을 수 없는 타락한 인간들이 서 있는데, 그중에서도 한 사람은 어린 소년이었을 때부터 계속 법을 어겨 온 자로, 투옥되고 처벌받기를 반복하다가 마침내 몇 년간의 유형 선고를 받기에 이르렀으며, 그런 다음 극렬한 폭력과 대담무쌍한 행위를 통해 탈옥을 감행했다가 다시 잡혀 종신 유배형의 선고를 받은 자였다. 이 가련한 자는 지난날의 범죄 장소에서 멀리 옮겨지자 한동안 잘못을 깨달은 것처럼 보였으며, 그래서 평화롭고 정직한 삶을 살아가는 것처럼 보였다. 하지만 결정적인 순간에 그는 예의 그 악한 성향과 격정에 굴복하여 — 그런데 그가 그토록 오랫동안 사회의 골칫거리가 되었던 것은 바로 그런 성향과 격정에 빠져들었던 탓이다. — 안락과 참회의 피난처를 떠나서 추방당했던 이 나라로 다시 돌아왔다. 이곳에서 그자는 곧 고발당했으나, 한동안 경찰을 피해 다니는 데 성공했다. 하지만 도망치려고 하던 중 마침내 체포를 당하게 되었는데, 이때 그는 경찰에 저항했으며, 그러면서 — 명백한 고의로 그랬는지 아니면 맹목적인 무모함 때문에 그랬는지는 그 자신이 제일 잘 알 터인데 — 자신을 고발한 자를 사망하게 만들었다. 그 고발인은 바로 이자의 모든 내력을 잘 알고 있는 사람이었다. 그를 추방한 이 나라로 돌아온 것에 대해 정해진 처벌은 사형이므로, 그리고 그의 사건은 이처럼 가중되고 악화된 사건이므로, 그는 사형당할 준비를 해야만 한다.

법정의 커다란 창문으로 햇빛이 비쳐 들며 유리창에 맺힌 빗방울이 반짝거리고 있었다. 햇빛은 서른두 명의 죄수들과 판사 사이에 한 줄기 넓은 광선을 드리우며 양쪽을 서로 연결했는데, 아마 그것을 본 방청객들 중 어떤 사람들은 판사와 죄수들이 완전히 동등하게, 모든 것을 다 알고 있고 결코 잘못을 행하는 법이 없는 더 큰 최후의 심판을 향해 함께 나아가고 있다는 사실을 떠올렸을지도 모른다. 잠시 몸을 일으켜 이렇게 비쳐 드는 환한 햇살을 얼굴에 홀로 뚜렷이 받으며 그 죄수는 말했다. "재판장님, 저는 이미 전능하신 하느님께 사형선고를 받은 몸입니다. 하지만 재판장님의 선고에 복종하겠습니다." 그러고는 다시 앉았다. 법정은 잠시 조용해지는 듯했다. 판사는 계속해서 나머지 죄수들에게 해야 할 말을 했다. 그런 다음 죄수들 모두는 공식적으로 사형을 언도받았다. 그들 중 어떤 자들은 부축을 받으며 나갔고, 어떤 자들은 수척한 얼굴에 짐짓 담대한 표정을 지으며 우물쭈물 걸어 나가는가 하면, 몇 명은 방청석을 향해 고개를 끄덕여 보였고, 두세 명은 악수를 나누기도 했으며, 다른 몇 명은 주위에 뿌려져 있던 냄새 완화용 약초에서 뜯은 풀 쪼가리를 씹어 대며 나가기도 했다. 그는 맨 마지막에 나갔다. 의자에서 부축을 받고 일어서서 아주 천천히 걸어가야만 했기 때문이다. 다른 모든 사람들이 나가고 있는 동안 그는 내 손을 꼭 잡고 있었다. 그리고 그동안 방청객들은 (교회나 그 밖의 장소에서 그러듯이 옷매무새를 바로잡으며) 자리에서 일어나 아래를 내려다보며 손가락으로 이 죄수 저 죄수를 가리켜 댔는데, 그 대부분이 내 죄수와 나를 가리켜 댔다.

나는 지방법원 판사의 심리보고서*가 올라가기 전에 그가 사망하기를 진심으로 희망하고 또 기도했다. 하지만 그가 계속 살아 있을 것을 염려해, 그날 밤 바로 내무장관에게 올리는 청원서를 작성하기 시작했다. 청원서에는 내가 그에 대해 알고 있는 바와 그가 어떻게 해서 나를 위해 돌아왔는지 등을 상술했는데, 그 내용을 가능한 한 열렬하고 감동적으로 썼다. 이 청원서를 완성하여 제출하고 났을 때, 나는 가장 자비로울 것으로 생각되는 다른 고위 당국자들에게도 청원서를 썼으며, 국왕 폐하에게 직접 올리는 청원서도 한 장 작성했다. 그가 선고를 받은 후 몇 날 몇 밤 동안 나는 의자에 쓰러져 잠들었을 때를 제외하고는 조금도 쉬지 않고 이들 청원서 작성에만 완전히 매달렸다. 그리고 그것들을 제출하고 났을 때도, 나는 청원서가 제출되어 있는 장소들로부터 멀리 떨어져 있을 수 없었다. 내가 그곳들 가까

* 재판 후 국왕의 결재를 받기 위해 해당 지방법원 판사가 내무장관에게 작성하여 올리는 최종 심리 결과 보고서.

이에 있을 때 그 청원서들이 좀 더 효력 있고 조금이라도 덜 절망적일 것처럼 느끼면서 말이다. 이런 터무니없는 불안과 마음의 고통 속에서 나는 저녁 때마다 길거리를 이리저리 돌아다니며 청원서를 놓고 나왔던 관청 사무실과 집 들 근처를 배회하곤 했다. 지금도, 굳게 닫힌 저택들이 있고 가로등이 길게 줄지어 있는 런던 서쪽의 황량한 길거리들은 춥고 먼지 나는 봄밤이면 이런 연상으로 나를 우울하게 만든다.

내가 매일 그를 방문할 수 있는 시간은 이제 단축되었다. 그는 좀 더 엄격한 감시를 받았다. 내 상상인지는 모르겠지만 내가 그에게 독약을 가져다 주려고 할지 모른다고 의심하는 것 같기도 해서, 나는 그의 침상 곁에 앉기 전에 몸수색을 해 달라고 자청했다. 그리고 항상 그 자리를 지키고 있는 간수에게 내 방문 의도의 순수함을 그에게 확신시키기 위해서라면 무엇이든 기꺼이 할 의사가 있다고 말했다. 아무도 그에게나 나에게 모질게 대하지 않았다. 이행되어야 할 의무가 존재했고, 또 그것들은 어김없이 이행되었다. 하지만 가혹하지는 않았다. 간수는 언제나 나에게 그의 병세가 악화되었다는 확인을 해 주었으며, 병실에 있는 몇 명의 다른 아픈 죄수들과, 그를 보살펴 주며 간호하는 몇 명의 다른 죄수들도 (죄인이지만 그들도 친절을 베풀 능력이 없지는 않았다. 하느님께 감사하게도 말이다!) 언제나 함께 동일한 소식을 전해 주었다.

하루하루 날짜가 지나면서 나는 그가 빛을 잃은 멍한 얼굴로 하얀 천장을 고요히 바라보며 누워 있곤 하는 것을 점점 분명히 알아차렸다. 그러다가 내가 무슨 말인가 몇 마디 하면 한순간 얼굴이 밝아졌지만, 그 순간이 지나면 다시금 멍한 얼굴로 돌아가곤 했다. 이따금 거의, 아니 전혀 말을 하지 못할 때도 있었다. 그런 때면 그는 내 손을 살짝 누름으로써 내 말에 대답하곤 했으며, 나는 그의 의미를 아주 잘 이해하게 되었다.

그렇게 하루하루가 지나서 열흘째 되었을 때였다. 나는 이제까지 보았던 것보다 더 큰 변화를 그의 얼굴에서 발견했다. 그의 두 눈은 문 쪽을 향하고 있었는데, 내가 안으로 들어서자 밝아졌다.

"왔구나, 얘야." 내가 그의 침대 곁에 앉자 그가 말했다. "네가 늦는 줄로 생각했단다. 하지만 네가 그럴 리 없다는 걸 알고 있었지."

"지금 바로 그 시간이에요." 나는 말했다. "출입문 앞에서 시간이 되기를 기다리고 있었어요."

"넌 언제나 출입문 앞에서 기다리고 있지. 그렇지, 얘야?"

"예, 그래요. 한순간도 시간을 잃지 않으려고요."

"고맙다, 얘야, 고마워. 하느님께서 널 축복하시길! 넌 결코 날 저버리지 않았지, 얘야."

나는 말없이 그의 손을 꾹 눌렀다. 왜냐하면 한때 그를 버리고 떠나려고 작정했다는 것을 잊을 수 없었기 때문이다.

"그리고 뭣보다도 기쁜 건 말이다……." 그는 말했다. "넌 내가 어두운 구름에 뒤덮인 이래로 오히려 날 더 편하게 잘 대해 줬다. 태양이 비칠 때보다도 말이다. 그게 뭣보다도 기쁜 점이다."

그는 굉장히 힘들게 숨을 쉬며 누워 있었다. 그가 아무리 애를 썼어도, 그리고 나에 대한 사랑이 아무리 강했어도, 그의 얼굴은 자꾸만 빛을 잃어 갔고, 흐릿한 장막이 하얀 천장을 바라보는 그의 고요한 얼굴 위에 점점 드리워졌다.

"오늘, 고통이 좀 심한가요?"

"난 불평할 게 아무것도 없단다, 얘야."

"당신은 결코 불평하는 법이 없지요."

그는 마지막 말을 이미 한 셈이었다. 그는 미소를 지었다. 나는 내 손을 누르는 그의 손길이 내 손을 들어 올려 자기 가슴 위에 올려놓고 싶다는 의미라는 것을 알아차렸다. 나는 내 손을 그의 가슴 위에 올려놓았고, 그러자 그는 다시 미소를 지었다. 그러고는 자신의 두 손을 그 위에 포개 놓았다.

우리가 이러는 동안에 주어진 면회 시간이 다 지나갔다. 하지만 나는 주위를 둘러보다가 감옥의 간수장이 내 곁에 가까이 서 있는 것을 발견했다. 그는 "당신은 아직 갈 필요 없소."라고 나에게 속삭였다. 나는 그에게 깊은 감사의 말을 전한 뒤 물었다. "그가 내 말을 들을 수 있다면, 그에게 이야기를 좀 해도 되겠습니까?"

간수장은 옆으로 비켜서더니, 손짓으로 간수를 불러 저만치 데리고 갔다. 아무 소리도 없이 일어났지만 이 변화로 인해 하얀 천장을 바라보는 그의 고요한 얼굴에서 흐릿한 장막이 걷혔다. 그리고 그는 지극히 애정에 찬 시선으로 나를 바라보았다.

"사랑하는 매그위치, 꼭 드리고 싶었던 말이 있는데, 이제 마침내 해야겠어요. 내 말 알아들을 수 있나요?"

그의 손이 내 손을 부드럽게 눌렀다.

"예전에 당신에게 아이가 하나 있었지요. 당신이 사랑했지만 잃어버린 아이 말이에요."

그의 손이 내 손을 좀 더 세게 눌렀다.

"그녀는 죽지 않고 살아서, 힘 있고 든든한 친구들을 만났답니다. 그리고 아직도 살아 있답니다. 그녀는 숙녀인 데다 아주 아름답기까지 합니다. 그리고 저는 그녀를 사랑한답니다!"

내가 호응해서 도와주지 않았다면 아무 소용이 없었을 만큼 희미한 노력이었지만, 그는 마지막 안간힘을 다해 내 손을 들어 올려 자신의 입술에 갖다 댔다. 그런 다음 내 손을 다시 자신의 가슴 위에 부드럽게 내려놓았다. 그의 두 손은 내 손 위에 여전히 포개져 있었다. 하얀 천장을 바라보는 고요한 그 얼굴 표정이 다시 한 번 돌아왔다가 사라졌다. 그리고 그의 머리는 가슴 위로 조용히 숙여졌다.

다음 순간, 나는 우리가 그동안 함께 읽어 왔던 것을 기억하며, 성전으로 기도하러 올라갔던 두 사람을 마음속에 떠올렸다. 그리고 내가 그의 침대 곁에서 그 순간 할 수 있는 말로 다음의 구절보다 더 좋은 것은 없다는 것을 깨달았다. "오, 하느님이시여, 죄인인 이 사람을 불쌍히 여기옵소서!"*

* 「누가복음」 18장 10~14절에 나오는 예수의 비유에서 세리가 한 말. 바리새인과 세리가 함께 성전에 기도하러 가는데, 바리새인은 스스로 의롭다고 자랑하며 기도하지만 세리는 가슴을 치며 위와 같은 말로 기도한다. 예수는 이때 세리가 하느님께 더 의롭다 여김을 받았다고 말한다.

57장

이제 완전히 나 혼자만 남겨졌으므로, 나는 내 임대 계약이 법적으로 종료되는 즉시 템플의 방을 떠날 것이며 그때까지는 이 방을 다른 사람에게 임시로 세주겠다는 의도를 집주인에게 통고했다. 곧바로 나는 창문마다 세를 놓는다는 광고지를 붙여 놓았다. 나는 빚을 지고 있었고 돈도 거의 다 떨어져 내 형편에 대해 심각한 위기를 느끼기 시작했기 때문이다. 좀 더 정확히 말해서, 상황을 파악할 만큼 나에게 기력과 집중력이 남아 있었다면 나는 분명히 그렇게 위기를 느꼈을 것이다. 하지만 나는 내가 심한 병에 걸리고 있다는 사실 말고는 그 어떤 실상도 명확하게 인식할 수 없을 만큼 기력과 집중력을 거의 상실한 상태였다. 최근의 정신적 긴장 상태는 나로 하여금 병을 지연시킬 수 있게 해 줬지만, 그것을 물리치게는 하지 못했다. 나는 이제 병이 나를 덮치고 있다는 것을 알았다. 그리고 그 밖의 것은 거의 아무것도 몰랐으며, 병에 대해서조차 주의를 하지 못했다.

하루인가 이틀 동안 나는 소파든지 방바닥이든지 — 아무 데고 우연히 푹 쓰러지는 그 자리에 — 누워 있었다. 머리가 무겁고 팔다리가 쑤시는 가운데 아무 생각도 할 수 없었고 아무 기운도 없었다. 그런 뒤 아주 길게 느껴지고 걱정과 공포로 가득 찬 하룻밤이 찾아왔는데, 그다음 날 아침, 지난밤에 대해 생각해 보기 위해 침대에서 일어나 앉으려고 하던 나는 내가 일어나 앉을 수 없다는 것을 발견했다.

내가 실제로 한밤중에 가든코트에 내려가 그곳에 보트가 있다고 생각하며 그것을 찾으려고 이리저리 더듬고 다녔는지, 두세 번인가 층계 위에서 정신을 차리고는 어떻게 내가 침대에서 나와 거기에 있게 되었는지 몰라서 몹시 경악한 채 서 있었던 게 과연 맞는지, 그가 계단을 올라오고 있는데 계단 등불이 바람에 꺼져 있다는 생각에 사로잡혀, 계단의 등에 불을 밝히려고 하고 있는 나 자신을 발견했던 게 과연 맞는지, 내가 어떤 사람의 미친 듯한 이야깃소리와 웃음소리, 그리고 신음 소리로 인해 형언할 수 없는 시달림을 받았는데 그 모든 소리가 바로 나 자신이 내는 소리라는 깨달음에 거의 이르게 되었던 게 과연 맞는지, 방의 어두운 한구석에 입구가 닫힌 무쇠 화덕이 하나 있고 어떤 사람의 목소리가 미스 해비셤이 그 안에서 타 없어지고 있다고 계속 외쳐 대고 있었던 게 과연 맞는지, 이런 것들은 바로 내가 그날 아침 침대에 누운 채 나 자신과 씨름하며 정리하고 해결하고자 애썼던 문제들이었다. 하지만 석회 가마의 증기가 그 문제들과 나 사이에 끼어들어 그것들을 모두 뒤죽박죽으로 만들어 버리곤 했다. 그리고 마침내 두 남자가 나를 바라보고 있는 모습을 알아본 것도 바로 이 증기를 통해서였다.

"무슨 일로 왔습니까?" 나는 깜짝 놀라며 물었다. "당신들은 내가 모르는 사람들인데."

"글쎄요, 선생." 그들 중 한 사람이 허리를 숙여 내 어깨를 만지며 대답했다. "아마 당신이 곧 해결하게 될 일이겠습니다만, 당신을 체포하겠습니다."

"무슨 빚 때문인가요?"

"액수는 123파운드 15실링 6펜스고, 보석상의 청구액으로 알고 있습니다."

"나를 어떻게 할 건가요?"

"우리 집에 함께 가 줘야겠습니다." 그 남자는 말했다. "나는 아주 훌륭한 집*을 관리하고 있습니다."

나는 옷을 입기 위해 침대에서 일어나려고 시도했다. 그 후 내가 다시 그들에게 주의를 기울일 수 있었을 때, 그들은 침대에서 약간 떨어져서 나를 바라보며 서 있었다. 그리고 나는 여전히 침대에 누워 있는 상태였다.

"내 상태가 어떤지 아시겠지요." 나는 말했다. "할 수만 있다면 나는 당신들과 함께 가겠습니다. 하지만 정말이지 움직일 수가 없군요. 나를 지금 여기서 데리고 가면 아무래도 도중에 죽고 말 것만 같습니다."

아마 그들은 뭐라고 대답했거나, 그 점에 대해 반박했거나, 아니면 내가 생각하는 것보다 내 몸 상태가 좋다고 믿도록 나를 격려하려고 애썼거나 등등 했을 것이다. 하지만 그들은 오직 이처럼 한 가닥 가느다란 실오라기 같은 희미한 장면으로만 내 기

* 채무자 구치소를 지칭함.

억에 남아 있었으므로, 나는 그들이 나를 데리고 가기를 단념했다는 것을 제외하고는 정확히 무엇을 했는지 모른다.

내가 열병에 걸렸고 사람들이 나를 피했다는 것, 내가 굉장히 심하게 앓았다는 것, 내가 자주 이성을 잃고 헛소리를 했다는 것, 시간이 끝없이 길게 느껴졌다는 것, 내가 말도 안 되는 존재들을 나 자신인 줄 착각하며 혼동했다는 것, 내가 건물 벽에 박힌 한 장의 벽돌이었는데, 건축업자에 의해 올려놓아진 그 현기증 나는 자리에서 제발 좀 나를 빼 달라고 간청하고 있었다는 것, 내가 심연 위에서 철커덩거리며 빠르게 회전하는 거대한 증기기관의 강철 지렛대였지만, 내 인간의 몸이 그 곁에 따로 서서 제발 그 증기기관을 중지시키고 거기에서 내가 차지하고 있는 부분을 망치로 쳐서 떼어 내 달라고 애원했다는 것, 내가 질병의 이런 여러 단계들을 하나하나 거쳤다는 것, 이 모든 것을 나는 나 자신의 기억을 통해 알고 있으며, 또 그 당시에도 어느 정도 알고 있었다. 내가 때때로 진짜 사람들을 살인자들이라고 굳게 믿고 그들과 맞붙어 싸웠다는 것, 그러다가 갑자기 어느 순간 그들이 나에게 도움을 주려고 한다는 사실을 깨닫고는 기진맥진한 채 그들의 팔에 푹 쓰러져서 침대에 눕혀지곤 했다는 것, 이것들 역시 나는 그 당시에 알고 있었다. 하지만 무엇보다도 잘 알고 있었던 것은 이 모든 사람들이 — 내가 심하게 앓고 있는 동안, 얼굴이 온갖 종류의 기이한 형상들로 변하고 몸집도 굉장히 크게 팽창되곤 했던 이 모든 사람들이 — 한결같은 하나의 경향을 보였다는 점이다. 다시 말하건대, 무엇보다도 내가 잘 기억하고 있는 것은 이 모든 사람들이 하나의 기이한 경향, 즉 그들의 얼굴이 조만간에 늘 조의 얼굴로 바뀌어 나타나는 경향을 보였다는 점이다.

내 병이 최악의 순간을 넘기고 난 후, 나는 다른 모든 증세가 변해 가는 가운데에도 이 한 가지 일관된 증상만은 변하지 않고 있다는 것을 알아차리기 시작했다. 내 곁에 다가오는 사람이 누구든지, 그 사람의 얼굴은 여전히 조의 얼굴로 바뀌곤 했다. 밤중에 눈을 떴을 때, 침대 곁의 커다란 의자에는 조의 얼굴이 보였다. 낮에 눈을 떴을 때도, 창가 의자에 앉아 열린 창문의 그늘 아래에서 파이프 담배를 피우고 있는 사람은 여전히 조의 모습이었다. 나는 시원한 음료수를 좀 달라고 부탁했다. 그러자 그것을 가져다주는 그 다정한 손은 조의 손이었다. 나는 음료수를 마신 후 다시 베개 위로 풀썩 쓰러졌다. 다음 순간 희망차고 애정 깊은 시선으로 나를 들여다보는 그 얼굴은 바로 조의 얼굴이었다.

마침내 어느 날, 나는 용기를 내어 물어보았다. "거기, 조 아니에요?"

그러자 귀에 익은 그 다정하고 구수한 목소리가 대답했다. "그렇다네, 이보게 친구."

"오, 조, 매부는 제 가슴을 찢어지게 하는군요! 제발 화난 얼굴로 저를 봐 주세요, 조. 저를 때려 주세요, 조. 제 배은망덕함을 꾸짖어 주세요. 제발 저를 이렇게 잘 대해 주지 말아 주세요!"

조는 실제로, 내가 자기를 알아보았다는 기쁨에 베개를 베고 내 옆에 누워 팔로 내 목을 감싸며 나를 꼭 안아 줬던 것이다.

"이보게 다정한 내 옛 친구, 핍." 조는 말했다. "자네와 난 언제나 다정한 친구였지. 이제 네가 건강해져서 마차를 타고 바람을 쐴 수 있을 만큼 되면 그 얼마나 신나겠니!"

그렇게 말한 뒤 조는 창가로 걸어갔다. 그러고는 나에게 등을 돌린 채 눈물을 닦으며 서 있었다. 몸이 극도로 허약한 상태였으므로 침대에서 일어나 그에게로 갈 수 없었던 나는 그 자리에 그대로 누운 채 참회의 목소리로 속삭이듯 말했다. "오 하느님, 그를 축복하소서! 오 하느님, 참 그리스도인다운 이 고결한 사람을 축복하소서!"

조가 다시 내 곁에 다가왔을 때 그의 눈은 빨개져 있었다. 하지만 나는 그의 손을 꼭 잡고 있었고 우리는 둘 다 행복한 감정에 가득 차 있었다.

"다정한 조, 얼마나 오래되었지요?"

"그러니까, 핍, 네 말은 네가 얼마나 오래 아팠느냐 이거지, 이보게 친구?"

"그래요, 조."

"지금이 5월 말이란다, 핍. 내일이면 6월 첫째 날이 되지."

"그동안 내내 여기 와 계셨어요, 조 매부?"

"거의 그런 셈이라네, 친구. 왜냐하면 네가 아프다는 소식을 편지로 전해 받았을 때 내가 비디에게 말했던 것처럼, 그런데 그 편지는 우편배달부가 가지고 왔단다. 그리고 그는 예전엔 총각이었지만 이젠 결혼했단다. 비록 굉장히 많이 걷고 구두 가죽 닳는 것에 비해 보수가 너무 적지만 말이다. 하지만 재산은 그의 관심사가 아니었나니, 결혼만이 그가 진심으로 바라는 큰 소망이었나니……."

"매부가 이야기하는 걸 들으니 정말 즐거워요, 조! 하지만 매부가 비디에게 뭐라고 말했는지, 그 부분에서 말을 계속해 주실래요."

"그건 말이다, 이거였단다." 조는 말했다. "네가 낯선 사람들 사이에 있을지도 모르고, 또 너와 난 언제나 다정한 친구였으니 이런 순간에 한번 방문하는 것 정도는 네가 그리 싫어하진 않을 거라는 거였단다. 그러자 비디는 이렇게 말했단다. '어서 그에게 가 보세요, 조금도 지체하지 말고요.' 그게 바로……." 조는 마치 요지를 명백히 밝히는 재판관 같은 태도로 말했다. "비디가 한 말이었다. '어서 그에게 가 보세요.' 비딘 말했지. '조금도 지체하지 말고요.'라고 말이야. 요컨대……." 조는 잠깐 엄숙하게 숙고해 본 뒤 이렇게 덧붙였다. "그 젊은 처녀의 말이 '1분도 시간을 지체하지 말고요.'라는 거였다고 주장한다고 해도 널 크게 속이는 게 아닐 거다."

여기서 조는 갑자기 말을 중단하더니, 내게 이야기를 아주 절제해서 하도록 되어 있으며, 먹고 싶은 마음이 있든 없든 내가 일정한 시간에 자주 음식을 조금씩 들어야 하며 그의 모든 지시를 순종하며 따르도록 되어 있다고 나에게 알려 주었다. 그리하여 나는 그의 손에 입을 맞추고 가만히 누워 있었다. 그리고 그동안 그는 비디에게 보낼 — 내 안부 인사를 포함한 — 편지를 작성하는 중대한 업무에 착수했다.

분명 비디는 그동안 조에게 글 쓰는 법을 가르쳐 준 게 틀림없었다. 침대에 누워 조를 바라보고 있던 나는 비록 허약한 상태였지만, 자랑스러운 태도로 편지를 쓰기 시작하는 그의 모습을 보고 다시금 기쁨의 눈물을 흘리지 않을 수 없었다. 커튼이 다 없어진 내 침대는 내가 누워 있는 상태 그대로 바람이 제일 잘 통하고 가장 큰 방인 거실로 옮겨져 있었으며, 원래 있던 카펫은 걷어서 치워 버렸고 거실은 밤낮없이 항상 쾌적하고 위생적인 상태로 유지되어 있었다. 내가 쓰던 책상은 한구석에 밀어진 채 자그만 병들이 어지럽게 놓여 있었는데, 바로 이 책상 앞에 조는 이제 자신의 굉장한 작업을 시작하기 위해 앉았다. 그는 먼저 마치 커다란 연장들이 들어 있는 상자라도 되는 것처럼 펜 접시에서 펜을 하나 골랐다. 그러고는 마치 쇠지레나 커다란 쇠망치라도 휘두를 예정인 것처럼 양팔의 소매를 걷어 올렸다. 그러고 나서도 그는 쓰기를 시작하기 전에, 먼저 왼쪽 팔꿈치를 책상에다 단단히 눌러 고정한 다음 오른쪽 다리를 뒤로 쭉 빼서 지탱하는 동작이 필요했다. 그리고 마침내 쓰기를 시작했을 때, 매 획마다 내려 긋는 그의 동작은 너무나 느려서 마치 3미터짜리 획이라도 내려 긋는 것 같았으며, 반면 획을 위로 올려 그을 때는 펜이 팍팍 튀며 광범위하게 잉크를 뿌려 대는 소리가 매번 내 귀에 들려왔다. 그는 묘하게도 언제나 잉크병 받침대가 제자리가 아닌 다른 쪽에 있다고 생각하여, 계속해서 펜을 그 다른 쪽 빈자리에 대고 찍어 댔으며 그 결과에 대해서도 매우 만족해하는 것처럼 보였다. 이따금 그는 철자법상의 장애물에 걸려 한참 동안 곤경에 빠지곤 했다. 하지만 전체적으로 보아 그는 정말이지 아주 잘 전진해 나아갔으며, 드디어 자신의 이름을 끝에 쓰고 마지막 얼룩을 두 집게손가락으로 종이에서 찍어 정수리에다 바르고 났을 때, 그는 몸을 일으켜 세우고는 책상 주위를 맴돌며 거기 놓여 있는 자신의 성취 결과물을 다양한 관점에서 이리저리 살펴보았다. 한없는 만족감을 표시하면서 말이다.

설령 내가 말을 많이 할 수 있는 상태였다 할지라도, 나는 너무 많이 말을 함으로써 조를 불안하게 하지 않았을 것이다. 따라서 나는 미스 해비셤에 대해 그에게 묻는 것을 다음 날까지 미루었다. 다음 날 내가 그에게 그녀가 회복되었느냐고 물었을 때 그는 고개를 가로저었다.

"그녀가 죽었나요, 조?"

"글쎄, 이보게, 자네도 알다시피……." 조는 충고하는 어조로, 그리고 이야기를 서서히 해 나가기 위한 하나의 방편으로 이렇게 말했다. "난 그렇게까지 곧바로 말하진 않겠다. 왜냐면 그건 너무 심한 말이기 때문이다. 하지만 그녀는 이제 이 세상에……."

"살아 있지 않다는 거지요, 조?"

"그래, 그게 좀 더 격에 맞는 말 같구나." 조는 말했다. "그녀는 살아 있지 않단다."

"그녀는 오랫동안 버텼나요, 조?"

"네가 아파서 쓰러지고 난 후, 네가 일주일이라고 말할 수 있는 (물론 네가 그렇게 말하도록 요구받는 경우에 그렇다는 말인데) 기간과 거의 다름없는 때까지 버텼단다." 조는 여전히 나를 위해서 모든 것을 조금씩 이야기해 나가기로 결심한 채 그렇게 말했다.

"사랑하는 조, 혹시 그녀의 재산은 어떻게 되었는지, 뭐 들은 이야기 없나요?"

"글쎄, 이보게 친구." 조는 말했다. "그녀는 이미 재산의 대부분을 미스 에스텔러 앞으로 양도해 놓았던, 그러니까 내 말은, 그 처녀 말고는 아무한테도 넘어갈 수 없도록 동결해 놓았던 것처럼 보인다. 하지만 그녀는 사고가 나기 하룬가 이틀 전에 자필로 직접 짤막한 축하 조항*이란 걸 써 놓았는데, 그 내용은 자그마치 4000파운드나 되는 거금을 매슈 포킷 씨에게 남겨 놓는다

* '추가 조항'이란 단어를 조가 잘못 알아듣고 이렇게 발음한 것임.

는 거였단다. 그런데 핍, 무엇보다도 말이다, 그녀가 왜 자그마치 4000파운드나 되는 그 거금을 그 사람에게 남겨 놓았는지 아니? 그건 말이다 바로, '상기한 매슈, 그에 대해 핍이 해 준 설명 때문'이었단다. 비디가 그러는데 바로 그렇게 씌어 있었다는 거야." 조는 그 법률적 어투가 마치 그 자신에게 무한한 이익이라도 가져다주는 것처럼 반복하며 말했다. "'상기한 매슈, 그에 대해 핍이 해 준 설명 때문'이라고 말이야. 그리고 자그마치 4000파운드나 되는 거금을 말이다, 핍!"

조가 4000파운드의 크기에 대한 그 상투적인 표현을 누구한테서 배웠는지 나는 결코 알아내지 못했다. 하지만 그 표현은 그에게 그 돈의 액수를 더욱 커 보이게 만드는 것 같았으며, 그는 그 돈이 자그마치 4000파운드나 되는 거금이라고 주장하는 것을 몹시 즐기고 있는 게 역력했다.

조의 이 설명을 듣고 나는 커다란 기쁨을 느꼈다. 그것은 내가 행한 유일한 선행을 완전하게 만들어 주는 것이었다. 나는 조에게 그녀의 다른 친척 중에도 유산을 좀 물려받은 사람이 있는지 혹시 이야기를 듣지 못했냐고 물었다.

"미스 새러." 조는 말했다. "그녀는 담즙 이상(異常)으로 화를 잘 내므로 그것에 필요한 알약을 사라고 매년 25파운드를 받는다고 한다. 또 미스 조지애너, 그녀는 현금으로 20파운드를 받았단다. 그리고 누구 부인이라고 했는데, 이보게, 등에 혹이 달린 그 야생 짐승 이름이 뭐지?"

"캐멀* 말인가요?" 나는 도대체 그가 왜 이것을 알고 싶어 하

* 낙타의 영어 명칭.

는지 궁금하게 여기며 말했다.

조는 고개를 끄덕였다. "그래, 캐멀 부인." 그 말을 듣고 나는 곧 그가 커밀러를 의미한다는 것을 알아차렸다. "그녀는 밤에 잠에서 깼을 때 그녀의 기분을 북돋아 줄 골풀 양초를 사도록 5파운드를 받았다고 들었다."

이 상세한 설명의 정확성은 나에게 충분히 명백해 보였고 그래서 나는 조의 정보를 크게 신뢰할 수 있었다. "그런데 자……." 조는 말했다. "이보게, 자넨 아직 그렇게 튼튼하지 못하니, 삽질 한 번 분량만 추가로 더 말하고 오늘은 이제 그만 하세. 올릭 영감, 그자는 가옥을 부수고 침입했단다."

"누구네 집이었는데요?"

"나도 인정하는바 그 사람의 태도가 좀 요란스레 뻐겨 대는 경향이 있긴 하지만 말이다." 조는 변명하듯이 말했다. "그래도 영국인에게 집은 성(城)과 같은 곳이고, 성은 전쟁할 때 외엔 부수고 침입해서는 안 되는 곳이지. 그리고 그에게 어떤 결점이 있든지 명심할지니, 그 사람은 정녕 곡물 및 종자상이 틀림없나니."

"강도를 당한 게 펌블추크의 집이란 말인가요, 그럼?"

"그렇단다, 핍." 조는 말했다. "그들은 그의 돈궤를 가져갔고, 그의 현금 통도 가져갔단다. 그들은 그의 포도주를 마시고, 그의 음식을 먹어 치우고, 그의 따귈 때리고 코를 잡아당겼단다. 또 그를 침대 기둥에다 묶어 놓고는 십여 차례 두들겨 팼으며, 그가 소리 지르는 걸 막기 위해 1년생 화초로 입을 꽉꽉 틀어막았단다. 하지만 그는 올릭을 알아보았고, 그래서 올릭은 지금 군(郡) 교도소에 갇혀 있단다."

이런 식으로 접근하여 우리는 점차 아무 제한 없이 대화를 나눌 수 있게 되었다. 나는 아주 더디게 기력을 회복해 나갔다. 하지만 느린 가운데도 나는 확실히 조금씩 건강해져 갔다. 그리고 조가 내 곁에 계속 있어 주었으므로, 나는 내가 다시 어린 핍으로 돌아갔다는 생각이 들었다.

정말이지 조의 자상한 보살핌은 그때그때의 내 필요에 너무나 훌륭하게 잘 부합해 주었으므로 나는 그의 손 안에 놓인 어린아이와 같았다. 그는 예전처럼 친밀하고 솔직 단순한 태도로, 그리고 드러내지 않고 보호해 주는 태도로 내 곁에 앉아서 내게 이야기를 해 주곤 했다. 그래서 나는 고향 집의 낡은 부엌에서 지내던 그 시절 이후의 내 모든 삶이 지나간 내 열병의 정신이상 증세의 하나였다는 믿음에 거의 빠져 들곤 했다. 그는 집안일을 제외하고는 나를 위해 모든 것을 해 줬다. 집안일은 그가 새로 고용한 아주 점잖은 여자가 했는데, 이전의 세탁부는 그가 도착하자마자 곧바로 봉급을 줘서 내보냈다고 했다. "내가 확실히 말할 수 있는데 말이다, 핍." 자기 마음대로 그렇게 한 것에 대한 설명으로 그는 자주 이렇게 말하곤 했다. "내가 왔을 때 그 여잔 네 다른 방의 침대 꼭대길 마치 맥주 통처럼 잡아 뜯은 다음 그 속의 깃털을 빼서 물통에 담고 있었단다. 팔아먹으려고 말이다. 그 여잔 그러고 나서 분명 네 침대를 잡아 뜯어 깃털을 빼냈을 거야. 네가 누워 있는 채로 말이다. 그 뒤에도 그녀는 수프 담는 냄비나 야채 담는 접시에다 석탄을 조금씩 숨겨서 빼내고 있었고, 네 웰링턴 장화*에다가는 포도주와 럼주 같은 걸 숨겨서 빼내고 있었단다."

* 웰링턴 공작이 고안한 무겁고 긴 검정색 가죽 장화.

옛날에 내가 그의 도제가 될 날을 함께 고대했던 것처럼, 우리는 내가 마차를 타고 바람 쐬러 나갈 수 있게 될 날을 고대했다. 마침내 그날이 와서 뚜껑 없는 마차가 레인에 도착했을 때, 조는 나를 꼭꼭 잘 감싼 다음 두 팔로 안아 마차 있는 곳까지 운반해 가서는 거기에 내려놓아 주었다. 마치 내가 여전히 그 무력한 어린아이인 듯이, 넘치는 그의 훌륭한 심성을 아낌없이 베풀어 주곤 했던 그 작은 꼬마인 듯이 말이다.

조는 내 옆에 올라탔고 우리는 마차를 몰고 함께 교외로 나갔다. 벌써 나무와 풀마다 풍성하게 자란 여름의 자태를 한껏 자랑하고 있었고, 대기는 달콤한 여름 향기로 가득 차 있었다. 그날은 마침 일요일이었는데, 나는 주변의 아름다운 풍경을 바라보며, 내가 가련하게 침대에 누워 열로 뜨겁게 달아오른 채 뒹구는 동안 낮에는 햇빛을 받고 밤에는 별빛 아래에서 초목들이 어떻게 자라서 변해 갔고, 작은 야생화들이 어떻게 피어났으며, 새들이 지저귀는 소리가 어떻게 활기를 띠어 갔는가를 생각했다. 그러자 침대에 그렇게 뜨겁게 달아오른 몸으로 뒹굴고 있었다는 단순한 기억조차 내 마음의 평화를 깨는 아픔으로 다가왔다. 하지만 교회의 일요일 종소리가 들리는 가운데 눈앞에 펼쳐진 아름다운 풍경을 조금 더 둘러보았을 때, 나는 내가 아무리 감사해도 모자랄 것이라고, 그리고 내가 아직 너무 약해서 감사하는 것조차 제대로 못 하고 있구나 하고 느꼈다. 그러고는 오래전에 조를 따라 박람회인가 어딘가에 갔다가 내 어린 감각이 감당하기에 너무나 많은 것들을 보고 피곤해졌을 때 그랬던 것처럼, 내 머리를 조의 어깨에 기대었다.

잠시 후 나는 평정을 좀 더 되찾았다. 그리고 우리는 옛 포병대 자리의 풀밭에 누워서 이야기하던 것처럼, 즐겁게 이야기를 나누었다. 조는 조금도 변한 데가 없었다. 정확히 그 옛날 내 눈에 비쳤던 모습 그대로, 그는 그 순간 내 눈에 비치고 있었다. 오직 충실할 뿐이며, 오직 올바를 뿐인 그 모습 그대로 말이다.

우리가 집에 다시 돌아와서, 그가 나를 마차에서 들어 올린 다음 나를 안고 마당을 가로질러 계단을 올라갈 때 — 정말이지 그는 너무나 쉽게 나를 운반했다! — 나는 그가 나를 등에 업고 습지대를 건넜던 그 사건 많았던 크리스마스 날이 생각났다. 우리는 달라진 내 운명에 대해 아직 아무런 언급도 하지 않은 상태였다. 그리고 최근의 내 일에 대해 그가 얼마만큼 알고 있는지도 나는 몰랐다. 나는 이제 나 자신을 너무나 믿지 못하고 있었고 그에 대해서는 더없이 깊은 신뢰감을 가지고 있었으므로, 그가 아무 말도 하지 않는 상황에서 그 문제를 꺼내야 할지 어떨지 확신할 수 없었다.

"혹시 들었어요, 조?" 나는 좀 더 숙고해 본 뒤, 그날 저녁, 그가 창가에서 파이프를 피우고 있을 때 물었다. "내 은인이 누구인지를 말이에요."

"내가 듣기로……." 조는 대답했다. "이보게, 그게 미스 해비셤이 아니라고 하더구나."

"그게 누구인지도 들었어요, 조?"

"글쎄다! 내가 듣기로, '술친구'에서 너한테 지폐를 준 사람을 보낸 사람이라고 하더구나, 핍."

"맞아요."

"참으로 놀라운 일이구나!" 조는 더없이 평온한 태도로 말했다.

"그가 죽었다는 이야기도 들었나요, 조?" 잠시 후 나는 더욱 자신 없는 목소리로 물었다.

"누구 말이니? 지폐를 보낸 사람 말이니, 핍?"

"예."

"내 생각에……." 조는 오랫동안 생각에 잠겨 있다가 다소 회피하듯이 창가 의자를 내려다보며 말했다. "그가 대체적으로 뭐 그런 쪽으로 어떻게 되었다고 사람들이 말하는 걸 듣긴 들었던 것도 같다."

"그의 상황에 대해서 좀 들었어요, 조?"

"특별히 들은 건 없다."

"조, 만약 매부가 듣고 싶다면……." 내가 막 말을 시작하려고 할 때, 조가 창가에서 일어나더니 내 소파로 다가왔다.

"이보게 친구, 자, 들어 보게." 조는 나를 굽어보며 말했다. "우린 서로 언제나 최고의 친구이지. 안 그러니 핍?"

나는 대답하기가 부끄러웠다.

"그래, 아주 좋았어." 조는 마치 내가 대답을 한 것처럼 말했다. "됐어. 그럼 그건 합의된 거다. 자, 그렇다면 이보게 친구, 그런 두 사람 사이에 영원히 불필요할 게 틀림없는 문제들을 뭣 때문에 이야기한단 말인가? 불필요한 문제들 말고도 그런 두 사람 사이엔 충분히 할 이야기가 많은데 말이다. 아, 정말이지! 네 불쌍한 누나와 그녀가 길길이 날뛰던 일만 해도 얼마나 대단한 이야깃거리냐! 너, 그 '따끔이' 기억나지?"

"그럼요, 기억하지요, 조."

"이보게 친구, 자, 들어 보게." 조는 말했다. "난 너와 '따끔이'를 서로 멀리 떨어뜨려 놓으려고 최선을 다했단다. 하지만 내 힘은 내 마음만큼 항상 충분하지는 못했어. 왜냐면 네 누나가 널 두들겨 패기로 마음먹었을 때, 그 상황은 바로 이러했기 때문이다." 조는 그가 좋아하는 결론적인 어투로 말했다. "즉 내가 그녀를 막으며 끼어들면 그녀는 나한테까지 달려들어 두들겨 팼을 뿐만 아니라, 그것 때문에 오히려 항상 널 더욱 심하게 두들겨 패곤 했단다. 난 이걸 알아차렸지. 구레나룻을 쥐어뜯기는 것 때문에 또는 온몸이 한두 번 뒤흔들려지는 것 때문에 (사실 네 누나가 얼마든지 그래도 난 괜찮았다.) 한 남자가 어린 꼬마를 벌에서 구해 줄 생각을 단념하게 되지는 않았을 거란다. 하지만 그렇게 구레나룻을 쥐어뜯기거나 온몸이 뒤흔들리는 것으로 인해 그 어린 꼬마가 오히려 더욱 심하게 두들겨 맞을 때는, 그럴 때는 그 남자는 자연히 정신을 차리고 스스로에게 이렇게 말할 것이다. '자네가 해 준다는 그 도움은 어디 있단 말이냐? 해로운 결과가 보인다는 건 나도 인정하겠다.' 그 남자는 계속 말한다. '하지만 이로운 결과는 내 눈에 보이지 않는다. 따라서 이보게, 자네한테 요구하노니, 이로운 결과가 어디 있는지 한번 가리켜 보게.'라고 말이다."

"그 남자가 그렇게 말했다고요?" 내가 뭐라고 말하기를 조가 기다리고 있었으므로 나는 그렇게 말했다.

"그래, 그렇게 말했단다." 조는 동의하며 말했다. "자, 그 남자는 말이다, 그는 옳으니?"

"오, 사랑하는 조, 그는 언제나 옳아요."

"좋다, 이보게 친구." 조는 말했다. "그렇다면 네 말을 그대로 따르기 바란다. 만약 네 말대로 그가 항상 옳다면 (사실 대체로 그는 틀릴 가능성이 더 크지만 말이다.) 그는 다음처럼 말할 때 역시 옳다고 할 것이다. 네가 어린 꼬마였을 때 뭔가 자그만 문제를 너 혼자 비밀로 간직했다고 가정하자. 네가 그렇게 비밀로 간직한 주된 이유는 필경 너와 '따끔이'를 서로 멀리 떨어뜨려 놓고자 하는 J. 가저리의 힘이 그의 마음만큼 충분하지 못하다는 사실을 네가 알고 있었기 때문이었을 것이다. 따라서 말이다, 최고의 친구지간으로서 우리 그 일에 대해선 더 이상 생각 말기로 하자. 그리고 불필요한 문제들에 대해 괜히 말을 주고받지 않도록 하자꾸나. 비디는 내가 떠나오기 전에 날 붙들고 무진 애를 쓰며 말했단다.(내가 끔찍이도 우둔하기 때문이지.) 내가 이걸 이런 관점에서 바라봐야 하며, 또 이런 관점에서 바라보았다면 당연히 그걸 이렇게 표현해야 한다고 말이야. 자, 그 두 가지가 다 이행되었으니……." 조는 자신의 논리적 전개에 완전히 매혹된 듯한 얼굴로 말했다. "이제 난 너에게 진정한 친구로서 이 말을 하는 바이다. 즉 넌 그 문제로 쓸데없이 신경 써서는 안 된다. 그리고 넌 이제 저녁을 먹고 물을 탄 포도주를 조금 마셔야만 하며, 그런 다음 침대 속에 들어가 누워야만 한다."

조가 이 문제를 처리한 그 섬세한 배려, 그리고 그가 그렇게 할 수 있도록 준비시켜 준 비디 — 여자의 분별력으로 내 실체를 그토록 금세 간파했던 비디 — 의 그 자상한 솜씨와 친절함은 내 마음에 깊은 감동을 주었다. 하지만 내가 얼마나 가난한지, 그리고 나의 막대한 유산 상속 가능성이 햇빛 앞에 놓인 고향 습지의 엷은 안개처럼 어떻게 모두 허공으로 사라져 버렸는지 등에 대해 조가 과연 얼마나 알고 있는가 하는 것은 알 수 없었다.

조에게는 또 한 가지 내가 알 수 없었던 것, 좀 더 정확히 말해서 그것이 처음 나타나기 시작했을 때는 내가 이해할 수 없던 한 가지 것이 있었다. 하지만 나는 곧 그것에 대한 슬픈 깨달음에 도달하게 되었는데, 그 내용은 이렇다. 내가 점점 튼튼하고 건강해져 감에 따라, 조는 나를 조금씩 덜 편하게 대하기 시작했다. 내가 병약하고 그에게 전적으로 의존하는 상태였을 때, 그는 예전의 말투로 돌아가서 나를 예전의 다정한 호칭, 즉 내 귀에 이제 음악처럼 들리는 그 "이보게 핍, 사랑하는 친구."라고 불렀다. 물론 나 역시 예전의 태도로 돌아갔으며, 그가 그렇게 하도록 허락해 준 것을 그저 감사하고 행복하게만 여겼다. 하지만 내가 나의 예전 태도를 계속 굳게 고수했음에도 불구하고, 예전 말투를 쓰는 조의 경향은 거의 알아채지 못할 만큼 조금씩 약해져 가기 시작했다. 나는 처음에는 이것을 이상하게만 생각했지만, 곧 그 원인이 나에게 있다는 사실, 즉 모든 것이 다 내 잘못이라는 것을 알아차리기 시작했다.

아아! 내가 조에게 내 한결같음을 의심할 만한 이유를, 그리고 내 형편이 다시 좋아졌을 때 내가 그를 냉대하다가 결국 그를 저버릴 것이라고 생각할 만한 이유를 심어 주지 않았던가? 내가 점점 튼튼해져 감에 따라 나를 잡고 있는 그의 힘이 점점 약해질 것이며, 따라서 내가 그를 뿌리치고 떠나기 전에 그가 먼저 적절한 시기에 나를 잡은 힘을 풀어 나를 떠나보내는 것이 더 낫다고 본능적으로 느낄 만한 이유를 조의 순수한 가슴에 나 자신이 심어 놓지 않았던가?

내가 조의 이 변화를 아주 확실하게 본 것은 그의 팔에 의지하여 템플 공원에 세 번째인가 네 번째로 산책하러 나왔을 때였다. 우리는 밝고 따뜻한 햇살이 비치는 가운데 강을 바라보며 앉아 있었다. 그러다가 돌아가려고 일어섰을 때, 나는 나도 모르게 이렇게 말하게 되었다.

"이것 보세요, 조! 전 이제 아주 힘차게 걸을 수 있어요. 이제 곧 나 혼자 걸어서 돌아가는 걸 볼 수 있을 거예요."

"너무 무리하지는 말아라, 핍." 조는 말했다. "하지만 네가 혼자 걸어갈 수 있다는 걸 보면 나는 기쁠 겁니다, 나리."

그 마지막 단어는 내 귀에 거슬렸다. 하지만 내가 어찌 항의할 수 있단 말인가! 나는 공원 출입문까지만 걸어갔다. 그러고는 실제보다 기운이 없는 체하며 조에게 부축해 달라고 부탁했다. 조는 즉시 팔로 나를 부축해 주었지만 뭔가 생각에 잠긴 얼굴이었다.

나 역시 마찬가지로 생각에 잠겼다. 왜냐하면 점점 커지는 조의 이 변화를 막을 수 있는 최선의 방법이 무엇일까 하는 것은 후회 가득한 내 마음을 가로막고 있는 몹시 곤혹스러운 문제였기 때문이다. 내가 어떤 처지에 놓여 있으며 내가 얼마나 몰락했는지 그에게 정확하게 이야기하기가 부끄러웠다는 것을 나는 감추지 않겠다. 하지만 나는 내 그런 주저함이 완전히 무가치하기만 한 것은 아니었다고 생각한다. 그는 분명 얼마 안 되는 자신의 저축한 돈으로 나를 도와주려고 할 것이었으며, 나는 그가 그렇게 나를 도와서는 안 된다는 것을, 그리고 그가 그렇게 돕도록 해서는 안 된다는 것을 잘 알고 있었던 것이다.

그날 저녁 우리는 둘 다 생각에 잠겨 있었다. 하지만 나는 잠자리에 들기 이미 한참 전에, 내일이 일요일이므로 내일까지는 그대로 기다렸다가 새로운 한 주가 시작되는 모레 새로운 행동을 개시하겠다고 결심한 상태였다. 월요일 아침에 나는 조의 이 변화에 대해 그와 터놓고 이야기하리라. 나는 망설이는 마음의 벽의 이 마지막 잔재를 떨쳐 버리리라. 나는 그에게 내가 염두에 두고 있는 생각(아직은 밝힐 때가 아닌 그 '두 번째' 것)을 말하리라. 그리고 내가 왜 허버트가 있는 곳으로 나가는 일을 아직 결정하지 않았는지 말하리라. 그러면 그 변화는 영원히 정복되어 없어지리라. 내 안색이 밝아짐에 따라 조의 안색도 밝아졌다. 그리고 마치 나와 공감이라도 한 것처럼 그 역시 어떤 결심에 도달한 듯한 얼굴이었다.

우리는 일요일을 조용히 맞았다. 그리고 우리는 교외로 마차를 타고 나가서 들판을 산책했다.

"나는 내가 아팠던 것을 감사하게 느껴요, 조." 나는 말했다.

"이보게 핍, 사랑하는 친구, 자넨 이제 거의 다 회복되었습니다, 나리."

"아팠던 동안은 나에겐 기억될 만한 시간이었어요, 조."

"나에게도 그렇답니다, 나리." 조는 대답했다.

"우리가 함께 보낸 시간을 나는 결코 잊지 못할 거예요, 조. 내가 잠시 잊고 지냈던 나날들이 한때 있었다는 걸 잘 알아요. 하지만 이 시간만큼은 결코 잊지 않을 거예요."

"핍." 조는 약간 서두르며 불편한 듯한 태도로 말했다. "그동안 분명 신나는 시간이었지. 그리고 친애하는 나리, 그동안 우리 사이에 있었던 일은…… 분명코 있었던 것이지요."

밤에 내가 잠자리에 들었을 때, 내 회복 기간 동안 내내 그랬던 것처럼 조는 내 방에 들어왔다. 그는 내게 아침과 다름없이 건강하다는 걸 확신할 수 있냐고 물었다.

"그래요, 사랑하는 조, 정말 그대로예요."

"게다가 앞으로도 계속 힘차고 건강해지겠지, 이보게 친구?"

"그럼요, 사랑하는 조, 줄기차게 그럴 거예요."

조는 선량한 커다란 손으로 이불에 덮인 내 어깨를 가볍게 두드려 주었다. 그러고는 목이 좀 쉰 것 같은 목소리로 말했다. "잘 자거라!"

다음 날 아침 나는 더욱 튼튼하고 상쾌해진 기분으로 침대에서 일어났으며, 지체 없이 조에게 모든 것을 이야기할 결심으로 가득 차 있었다. 나는 아침 식사 전에 그에게 이야기하리라. 일단, 즉시 옷을 입고 그의 방으로 가서 그를 놀라게 하리라. 왜냐하면 그날 나는 처음으로 일찍 일어났기 때문이다. 나는 그의 방으로 갔다. 그는 방에 없었다. 방에 없는 것은 조만이 아니었다. 그의 짐 상자 역시 보이지 않았다.

나는 아침 식탁이 있는 곳으로 급히 달려갔다. 그리고 식탁 위에 편지 한 장이 놓여 있는 것을 발견했다. 편지의 짤막한 내용은 다음과 같았다.

> 방해가 되고 싶지 않아서 난 이제 떠난다. 사랑하는 핍, 네가 다시 건강해졌고 내가 없이도 더 잘해 나갈 것이기 때문이다.
>
> 조.
>
> 추신. 언제나 최고의 친구.

편지 안에는 내가 체포당했던 원인인 빚과 그 소송 비용을 지불한 영수증이 동봉되어 있었다. 바로 그 순간까지 나는 어리석게도 내 채권자가 내가 완전히 회복할 때까지 소송을 취하했거나 중단한 줄로만 믿고 있었던 것이다. 나는 조가 그 돈을 갚았으리라고는 아예 꿈조차 꾸지 못했다. 하지만 조는 그 돈을 갚았던 것이며, 그래서 영수증은 그의 이름으로 되어 있었다.

이제 나에게 남은 일이 무엇이겠는가? 그를 따라 정든 옛 대장간으로 달려가서 그에게 내 속마음을 남김없이 다 털어놓으며 참회하는 마음으로 그의 용서를 간청하는 것 말고는 말이다. 그리고 내 마음과 가슴속에 간직되어 있던 그 '두 번째' 것, 내 생각 속을 어렴풋이 떠도는 어떤 막연한 것으로 시작되었다가 점차 하나의 확고한 목적으로 형성된, 아직 말하지 못한 그 결심을 마침내 고백하는 일 말고는 말이다.

그 결심은 바로 이것이었다. 나는 비디를 찾아갈 것이다. 그리고 내가 얼마나 겸손하고 뉘우치는 사람이 되어서 돌아왔는지 그녀에게 보여 줄 것이다. 그리고 내가 한때 희망했던 모든 것을 어떻게 다 잃었는지 그녀에게 말할 것이며, 내가 처음 불행을 느꼈던 그 옛날에 우리가 서로 마음을 터놓고 이야기했던 일을 그녀에게 상기시킬 것이다. 그런 다음 나는 그녀에게 이렇게 말할 것이다. "비디, 나는 네가 한때 나를 매우 좋아한 적이 있었다고 생각해. 그때 나는 비록 너한테서 멀어져 가고 있으면서도, 너와 함께 있으면 빗나간 마음이 늘 평온해지고 좋아졌지, 그 이후 그 어느 때보다도 말이야. 만약 네가 나를 그때의 반만큼이라도 다시 좋아할 수 있다면, 만약 네가 내게 있는 그 모든 결점과 실망스러운 점에도 불구하고 나를 받아들일 수 있다면, 만약 네가 나를 용서받은 어린아이처럼 받아 줄 수 있다면 (정말이지, 비디, 나는 그런 어린아이처럼 뉘우치는 마음으로 가득 차 있고, 그런 어린아이처럼 조용히 달래 주는 목소리와 손길이 필요해.) 나는 내가 이전보다는 좀 더 — 많이는 아니고 그저 좀 더 — 너한테 어울리는 사람이 되어 있다고 생각해. 그리고 비디, 내가 조와 함께 대장간에서 일하며 살 것인지, 아니면 이 고장에서 다른 직업을 구할 것인지, 아니면 하나의 기회가 나를 기다리고 있는 — 그것을 제안받았을 때 나는 네 대답을 들을 때까지 보류해 놓았지. — 먼 곳으로 우리가 함께 떠날 것인지 하는 것은 오직 네 말에 따라 결정될 거야. 자, 사랑하는 비디, 만약 네가 나와 함께 이 세상을 살아가겠다고 말해 줄 수 있다면, 그것으로 인해 틀림없이 이 세상은 나에게 더 아름다운 곳이 될 것이고 나 역시 이 세상에 좀 더 가치 있는 사람이 될 거야. 그리고 나는 너를 위해 이 세상을 더 아름다운 곳으로 만들기 위해 열심히 노력할 거야."

내 결심은 바로 그런 것이었다. 사흘 동안 건강을 좀 더 회복하고 난 뒤, 나는 이 결심을 실천하기 위해 그리운 고향으로 내려갔다. 이제 앞으로 남은 이야기는 오직 그 일이 어떻게 되어 갔는가 하는 것밖에 없다.

58장

내 큰 행운이 급격한 몰락을 맞았다는 소식은 내 고향 마을과 인근 지역에 나보다 먼저 도달해 있었다. 나는 '블루보어' 여관이 그 정보를 입수했다는 것을 알아차렸으며, 그 정보가 '보어' 여관의 태도에 커다란 변화를 가져왔다는 것도 알아차렸다. 내가 재산을 물려받을 예정일 때 내 호평을 받고자 뜨거울 만큼 열렬히 애썼던 '보어' 여관은 이제 내가 재산을 물려받지 못하게 되었다고 하자 그 문제에 대해 극도로 차갑게 식은 태도를 보였다.

내가 도착했을 때는 저녁 무렵이었다. 전에 그토록 자주 아주 쉽게 오갔던 길이었으나 이번에는 몹시 지치고 힘든 여행이었다. '보어' 여관은 이미 손님이 (아마 유산을 물려받을 가능성이 있는 누군가 다른 사람이리라.) 들어서 내가 늘 묵던 방을 내줄 수 없다고 했다. 그러곤 대신 마당 위쪽의, 비둘기 떼와 역마차들 사이에 있는 아주 형편없는 방을 배정해 주었다. 하지만 나는 그 방에서 '보어' 여관이 나에게 내줄 수 있는 가장 훌륭한 객실에서 자는 것만큼이나 푹 잘 잤으며, 내 꿈도 최고의 침실에서 자는 것과 거의 똑같은 양질의 꿈이었다.

아침 일찍, 내 아침 식사가 준비되고 있는 동안, 나는 새티스 하우스 근처를 산책했다. 대문 위와 창문 밖으로 늘어져 나온 카펫들 위에는 집 안 가구와 가재도구들의 경매가 다음 주에 있다는 것을 알리는 인쇄된 광고지가 붙어 있었다. 저택 건물 자체는 중고 건축 자재용으로 경매된 다음 헐릴 예정이었다. 경매 대상 1번은 양조장 건물에 서투른 백색 페인트 글씨로 표시되어 있었으며, 경매 대상 2번은 그토록 오랫동안 폐쇄되어 있던 본채 건물의 해당 부분에 표시되어 있었다. 다른 경매 대상들도 저택의 다른 여러 부분들 위에 표시되어 있었는데, 건물을 덮고 있던 담쟁이덩굴은 그 표시할 자리를 만드느라고 뜯겨 내려져 있었으며 대부분이 땅바닥에 길게 늘어진 채 시들어 가고 있었다. 열려 있는 대문 안으로 잠깐 들어가서 그곳과 아무 상관없는 낯선 사람 같은 불편한 태도로 주위를 살펴보던 나는 경매인의 직원이 술통 위를 걸어다니며 물품 목록 작성자에게 알려 주기 위해 그 술통들을 세어 나가고 있는 것을 보았다. 그런데 그 목록 작성자는 펜을 손에 쥔 채, 바로 내가 올드 클렘 가락에 맞춰서 그토록 자주 밀고 다녔던 바퀴 달린 의자를 임시 책상으로 사용하고 있었다.

아침 식사가 차려진 '보어' 여관의 커피 마시는 방으로 돌아왔을 때 나는 펌블추크 씨가 와서 여관 주인과 대화하고 있는 것을 발견했다. 펌블추크 씨는 (최근에 당한 밤 봉변으로 인해 그의 외모는 그리 좋아진 편이 아니었는데) 나를 기다리고 있었으며, 나를 보자 다음과 같이 말을 시작했다.

"젊은이, 자네의 영락한 모습을 보게 되어 무척 안타깝네. 하지만 그 밖에 달리 무엇을 기대할 수 있었겠는가! 그 밖에 달리 무엇을 말이야!"

그가 장엄하게 용서하는 태도로 손을 내밀었으므로, 그리고 병으로 쇠약해진 나는 말다툼을 벌일 상태가 아니었으므로, 나는 그의 손을 잡았다.

"윌리엄." 펌블추크는 웨이터에게 말했다. "식탁에 머핀을 갖다놓게. 그런데 아, 이런 꼴이 되고 말다니! 이런 꼴이 말이야!"

나는 얼굴을 찌푸리며 식사를 하기 위해 자리에 앉았다. 펌블추크 씨는 나를 굽어보며 서더니, 내가 찻주전자를 잡기 전에 먼저 그것을 잡아 들고는 나에게 차를 따라 주었는데, 그것은 마치 마지막 순간까지 충실하기로 작정한 은인 같은 태도였다.

"윌리엄." 펌블추크 씨는 구슬픈 어조로 말했다. "소금도 어서 가져오게. 좋았던 시절에……." 이젠 나에게 하는 말이었다. "내가 알기로 자넨 설탕을 탔지? 그리고 우유도 탔던가? 그래, 우유도 탔지. 설탕과 우유 다 탔지. 윌리엄, 양갓냉이*를 가져오게."

"고맙습니다만……." 나는 퉁명스럽게 말했다. "저는 양갓냉이를 먹지 않습니다."

"양갓냉이를 먹지 않는다." 펌블추크 씨는 마치 그럴 줄 알았다는 듯이, 그리고 양갓냉이를 삼가는 것이 내 몰락과 일치하기라도 하는 듯이, 한숨을 쉬고 고개를 여러 차례 끄덕거리며 대답했다. "그렇지. 대지의 하찮은 소산에 불과하지. 아니네, 윌리

* 강변에 잘 자라는 값이 싼 야채로 당시 가난한 노동자 계층이 아침 식사 때 샐러드나 샌드위치용으로 즐겨 먹었다고 함.

엄. 그걸 가져올 필요 없네."

나는 식사를 계속해 나갔다. 펌블추크 씨는 계속해서 나를 굽어보고 선 채 늘 그러듯이 물고기 같은 눈으로 빤히 바라보며 숨을 요란스럽게 내쉬고 있었다.

"거의 가죽과 뼈밖에 남지 않았군!" 펌블추크 씨는 탄식하듯 큰 소리로 중얼거렸다. "하지만 그가 이곳을 떠났을 때는 (내 축복을 받으며 말이야.) 그리고 얼마 안 되지만 내가 일벌처럼 일해서 모은 것을 그의 앞에 내놓고 대접해 줬을 때는, 복숭아처럼 포동포동했더랬지!"

이 말은 나로 하여금, 예전에 내 앞에 행운이 막 새로 펼쳐졌을 때 "괜찮겠는가, 좀?"이라고 말하며 악수를 청하던 그의 그 비굴한 태도와 방금 전에 관대함을 한껏 과시하며 동일한 그 살찐 다섯 손가락을 내밀던 그 당당한 허세 사이의 경이로운 차이를 생각하게 만들었다.

"아, 세상에!" 그는 나에게 버터 바른 빵을 건네주며 계속해서 말했다. "그런데 자넨 지금 조셉한테 가는 중이겠지?"

"아니, 도대체……." 나는 나도 모르게 격분하며 말했다. "내가 어딜 가든 그게 당신한테 무슨 상관이란 말입니까? 그리고 그 찻주전자 좀 내버려 두세요."

이것은 내가 취할 수 있는 가장 최악의 대응이었다. 왜냐하면 그것은 바로 펌블추크에게 그가 바라는 기회를 제공해 주었기 때문이다.

"알았네, 젊은이." 그는 문제의 그 주전자 손잡이를 놓고는 한두 걸음 내 식탁에서 물러나더니, 문간에 서 있는 여관 주인과 웨이터보고 들으라는 듯이 말하기 시작했다. "내 그 찻주전자를 고이 내버려 두겠네. 자네 말이 맞네, 젊은이. 이번만은 자네 말이 맞아. 자네 아침 식사에 내가 그토록 관심을 가지다니, 내가 그만 깜박하고 말았네. 몸을 망치는 난봉방탕의 결과로 결딴나 버린 자네의 그 몸이 조상님들께 물려받은 건강에 좋은 음식물을 먹고 기운이 좀 나기를 바랐던 것뿐이지만 말일세. 하지만……." 펌블추크는 여관 주인과 웨이터를 돌아보고, 팔을 쭉 뻗어 손가락으로 나를 멀찌감치 가리키며 말했다. "이 친구는 바로 행복했던 그의 유년 시절에 내가 늘 함께 놀아 줬던 자라네! 그럴 리 없다고 말하지 말게. 이 친구는 바로 그자가 틀림없다네!"

뭐라고 나지막하게 수런거리는 반응이 두 사람에게서 나타났다. 웨이터가 특히 놀라는 기색이었다.

"이 친구는 바로……." 펌블추크는 말했다. "내가 내 이륜마차에 태우고 돌아다니던 아이라네. 이 친구는 바로 손수 길러지는 것을 내가 죽 지켜봤던 아이라네. 이 친구는 바로 그의 누나에게 내가 시댁 삼촌이 되는 자라네. 그녀의 이름은 그녀 어머니의 이름을 따서 조지애너 마리아라고 했지. 자, 어디 저자보고 할 수 있다면 이 모든 걸 부정해 보라고 해 보게!"

웨이터는 내가 그것을 부정할 수 없다고, 그리고 그것이 바로 사건에 사악한 성격을 부여한다고 확신하는 것처럼 보였다.

"젊은이." 펌블추크는 예전과 같은 방식으로 나를 보고 고개를 나사못처럼 비틀어 대며 말했다. "자넨 조셉한테 가는 중이지. 자네가 어디에 가는지, 그게 나하고 무슨 상관이 있냐고 물었던가? 내 말해 주지, 젊은 양반, 자넨 조셉한테 가는 중임에 틀림없으니까."

웨이터는 마치 나보고 그 사실을 가만히 넘어가라고 조심스레 권하듯이 기침을 한 번 했다.

"자." 펌블추크는 말했다. 이 모든 것을 그는 완전히 자명하고 확고한 사실을 이야기한다는, 그것도 덕이라는 명분을 위해 그런다는 지극히 견딜 수 없는 태도로 말했다. "자, 자네가 조셉에게 뭐라고 말해야 할지 내가 말해 주겠네. 여기, 우리 읍내에서 잘 알려져 있고 존경받는 분인 '보어' 여관의 주인 양반께서 함께 계시고, 또 내가 잘못 알지 않았다면 부친 성함이 폿킨스인 윌리엄도 여기 함께 있네."

"제대로 알고 계십니다, 나리." 윌리엄이 말했다.

"이 두 사람이 있는 앞에서……." 펌블추크는 말을 계속 이었다. "내, 자네가 조셉에게 뭐라고 말해야 할지 말해 주겠네, 젊은이. 자넨 이렇게 말하게. '조셉, 난 오늘 내 최초의 은인이자 내 행운의 설립자이신 분을 만났어요. 누군지 이름을 말하진 않겠지만, 조셉, 읍내에서는 모두들 그분을 기꺼이 그렇게 부른답니다. 그런데 바로 그분을 나는 오늘 만났어요.'라고 말이네."

"맹세코 말하지만 난 여기서 그런 사람 못 봤는데요."

"그 말도 역시 하게." 펌블추크는 대꾸했다. "자네가 그렇게 말했다고 하게. 그러면 아마 조셉조차도 놀라움을 표시하고 말 거네."

"그 점에 대해 당신은 그를 완전히 잘못 알고 있어요." 나는 말했다. "나는 그를 더 잘 알아요."

"자넨 이렇게 말하게." 펌블추크는 계속해서 말했다. "'조셉, 나는 그분을 만났어요. 그분은 매부에 대해, 그리고 나에 대해 아무런 악감정도 가지고 계시지 않아요. 그는 매부의 됨됨이를 알고 계세요, 조셉. 그래서 매부의 완고함과 무식함을 훤히 꿰

뚫고 계세요. 그는 내 됨됨이도 잘 알고 계세요, 조셉, 그래서 내 배은망덕함을 잘 알고 계세요. 그래요, 조셉.'" 여기서 펌블추크는 고개와 손을 나를 향해 흔들어 댔다. "'그는 나한테 인간 공통의 감사하는 마음이 완전히 결여되어 있다는 것을 잘 알고 계세요. 그분만은 알고 계세요, 조셉, 다른 사람은 아무도 몰라도 말이에요. 매부는 그걸 모르지요, 조셉, 그럴 이유가 매부한텐 없으니까요. 하지만 그분은 달라서 그걸 알고 계시지요.'라고 말이네."

그가 허풍 떠는 얼간이인 줄은 알고 있었지만, 이렇게까지 후안무치하게 말할 수 있다니 정말이지 경악할 따름이었다.

"자넨 또 이렇게 말하게. '조셉, 그분이 나한테 부탁하신 간단한 전갈이 있는데, 그대로 전해 드리면 다음과 같아요. 내가 영락한 신세로 떨어졌을 때 그는 계시의 손가락을 보았대요. 그것을 보았을 때, 조셉, 그는 그것이 계시의 손가락이라는 것을 알았고, 그것을 똑똑히 보았대요. 그 손가락은, 조셉, 이런 글귀를 가리켜 보였대요. 최초의 은인이자 행운의 설립자에게 배은망덕한 것에 대한 응보이니라. 하지만 조셉, 그분은 자신이 한 행동을 후회하지 않는다고 말했어요. 조금도 말이에요. 그것은 올바른 행동이었고, 친절한 행동이었으며, 자선을 베푸는 행동이었다, 따라서 다시 그런 기회가 오더라도 자신은 또 그렇게 행동할 것이다, 라고 말하면서 말이에요.'"

"그가 자신이 했다는, 그리고 또다시 하겠다는 그 행동이 정확히 무엇인지는 말하지 않다니……." 방해받은 아침 식사를 끝내면서 나는 경멸에 가득 찬 어조로 말했다. "참 애석하군요."

"'보어' 여관의 주인 양반!" 펌블추크는 이제 여관 주인을 바라보며 말했다. "그리고 윌리엄! 그게 당신들이 원하는 바라면, 나는 당신들이 읍내 위쪽의 주택가에서든 아래쪽의 상가에서든 그것은 올바른 행동이었고 친절한 행동이었으며 자선을 베푸는 행동이었다, 따라서 다시 그런 기회가 오더라도 나는 또 그렇게 행동할 것이다 하고 이야기하는 것에 전혀 반대가 없소."

그렇게 말하며 그 사기꾼은 거만한 태도로 그들 두 사람과 악수를 나눈 다음 여관을 떠났다. 비록 그의 그 불분명한 "그것"이라는 단어 때문에 재미있어하기도 했지만 그보다는 훨씬 놀라서 기가 막혀 있는 나를 뒤에 남겨 놓은 채 말이다. 그가 떠난 지 그리 오래지 않아 나 역시 여관을 떠났다. 그리고 중심가를 따라 걸어 내려가다가, 나는 그가 자기 가게 문 앞에서 선택받은 한 떼의 사람들에게 (의심할 여지 없이 아까와 똑같은 내용으로) 열변을 토하고 있는 것을 보았다. 그 사람들은 내가 길 반대편에서 지나갈 때 심히 곱지 않은 시선을 아낌없이 베풀어 주었다.

하지만 비디와 조를 찾아가는 것은 오히려 더욱 즐겁기만 한 일이 되었다. 그들의 크나큰 관용과 인내는 이 파렴치한 위선자와 대조가 됨으로써 이전보다 더욱 — 물론 그게 가능하다면 말이지만 — 눈부시게 빛났기 때문이다. 나는 그들을 향해 천천히 나아갔다. 내 팔다리가 아직 허약했기 때문이다. 하지만 그들에게로 가까이 다가감에 따라 나는 점점 강한 안도감과 함께, 오만과 허위가 내 뒤로 점점 더 멀리 사라져 가는 것을 느꼈다.

6월의 날씨는 감미로웠다. 하늘은 파랗고 종달새들이 푸른 밀밭 위로 높이 날아오르고 있는 가운데, 나는 이곳의 그 모든 시골 풍경이 내가 이제까지 알았던 것보다 훨씬 더 아름답고 평화롭다고 생각했다. 이곳에서 앞으로 내가 보낼 삶에 대한 여러 가지 즐거운 상상들, 그리고 나를 통해 그녀의 성실한 신의와 명료한 일상의 지혜를 입증해 보였던 내 영혼의 안내자가 내 곁에 있을 때 내 인격에 일어날 좋은 방향의 변화에 대한 여러 가지 즐거운 상상들을 하면서 나는 즐겁게 길을 걸어갔다. 이 상상들은 내 가슴속에 뭉클한 감정을 일으켰다. 왜냐하면 나는 이 귀향으로 인해 마음이 부드러워졌을 뿐만 아니라, 그동안에 일어난 변화가 너무나 큰 것이어서, 마치 먼 여행에서 맨발로 힘겹게 집으로 돌아오고 있는, 오랜 세월 동안 방랑을 계속하다가 마침내 돌아오고 있는 그런 사람처럼 느껴졌기 때문이다.

비디가 선생으로 가르치고 있는 학교를 나는 아직 한 번도 본 적이 없었다. 하지만 마을에 조용히 들어가려고 내가 택한 좁다란 우회로는 마침 학교 옆을 지나는 길이었다. 나는 그날 학교가 쉬는 날이라는 것을 발견하고는 실망했다. 아이들이 하나도 보이지 않았고, 비디의 집은 닫혀 있었다. 그녀가 나를 보기 전에 내가 먼저 일상의 임무를 열심히 수행하고 있는 그녀의 모습을 볼 수 있으리라는 희망 섞인 생각이 내 마음속에 약간 있었는데, 이것이 이루어지지 못하게 된 것이다.

하지만 대장간은 아주 가까운 거리에 있었다. 나는 초록빛 짙은 향기로운 보리수나무들 아래로 대장간을 향해 걸어가며, 쨍그랑거리는 조의 망치질 소리가 들리지 않는가 하고 귀를 기울였다. 그 소리가 들려왔어야 할 때가 한참 지나고 난 후에도, 그리고 내가 그 소리를 들었다고 믿었다가 그게 착각이라는 것을 깨닫고 난 한참 후에도, 모든 게 조용했다. 보리수나무들은 거기 그대로 있었고, 산사나무들도 거기 그대로 있었으며, 밤나무들도 거기 그대로 있었다. 나뭇잎들은 내가 걸음을 멈추고 귀를 기울였을 때 서로 정답게 몸을 비벼 대며 바람에 살랑거렸다. 그러나 한여름의 산들바람 속에, 쨍그랑거리는 조의 망치질 소리는 없었다.

왠지 모르게 대장간이 시야에 나타나는 것이 거의 두렵게 느껴지는 가운데, 마침내 대장간이 눈에 보였다. 그리고 나는 대장간이 닫혀 있는 것을 보았다. 화덕 불빛 하나 비치지 않았고, 소나기처럼 떨어지던 반짝이는 불꽃도 보이지 않았으며, 힘차게 으르렁대는 풀무 소리도 전혀 들리지 않았다. 모든 게 닫혀 있었고 조용했다.

하지만 집에는 사람의 흔적이 있었다. 제일 좋은 거실에 누가 있는 것처럼 보였는데, 하얀 커튼이 창가에 펄럭이고, 열려 있는 창문에는 화사한 꽃들이 놓여 있었기 때문이다. 나는 그 꽃들 너머로 들여다볼 작정으로 조용히 창가를 향해 다가갔다. 그런데 바로 그 순간, 조와 비디가 서로 팔짱을 낀 채 내 앞에 나타났다.

처음에 비디는 마치 내 유령이라도 본 것처럼 비명을 질렀다. 하지만 다음 순간 그녀는 나와 포옹을 나누고 있었다. 나는 그녀를 보고 눈물을 흘렸으며, 그녀도 나를 보고 눈물을 흘렸다. 나는 그녀가 너무나 명랑하고 생기 넘치는 모습이었기 때문이고, 그녀는 내가 너무나 야위고 창백해 보였기 때문이다.

"그런데 사랑하는 비디, 넌 참으로 멋진 차림이구나!"

"그래, 사랑하는 핍."

"그리고 조, 매부도 참으로 멋진 차림이네요!"

"그래, 이보게 핍, 사랑하는 친구."

나는 두 사람을 쳐다보았다. 한 사람씩 번갈아 가며. 다음 순간…….

"그래, 내 결혼식 날이야." 비디는 터질 듯한 행복감으로 크게 외쳤다. "그리고 난 조와 결혼했단다!"

그들이 나를 부엌으로 데려다 앉히고 내가 낡은 전나무 식탁 위에 머리를 내려놓고 있은 지 얼마나 되었을까? 비디는 내 한 손을 그녀의 입술에 갖다대고 있었고, 조의 회복시키는 손길은 내 어깨를 쓰다듬고 있었다. "아직 충분히 건강하지 못해서 많이 놀란 것 같구려, 여보." 조가 말했다. 그러자 비디는 말했다. "제가 그걸 미처 생각하지 못했어요, 조. 하지만 여보, 너무나 기뻐서 그랬어요." 그들은 둘 다 나를 보게 된 것을 뛸 듯이 기뻐하고 자랑스러워했으며, 내가 그들을 찾아온 것에 크게 감격해 했으며, 내가 우연히 그날 찾아와서 그들의 결혼을 완벽하게 만들어 주었다는 것에 대해 한없이 행복해했다!

나에게 제일 먼저 떠오른 생각은 바로 너무나 감사하게도 내가 좌절된 이 마지막 희망에 대해 그동안 조한테 한마디도 하지 않았다는 사실이었다. 그가 아픈 나를 돌봐 주며 내 곁에 있는 동안, 그 말은 얼마나 자주 내 입술 끝까지 올라왔던가! 만약 그가 내 곁에 단 한 시간만 더 머물러 있었다면, 그는 이것을 알게 되었을 것이고, 그러면 그것은 그 얼마나 돌이킬 수 없는 고통이었을 것인가!

"사랑하는 비디." 나는 말했다. "너는 이 세상에서 최고로 훌륭한 남편을 맞았어. 내 침대 곁에서 나를 돌봐 주는 그의 모습을 볼 수 있었다면, 너는 아마…… 하지만 아냐, 네가 지금보다 더 그를 사랑하는 것은 불가능할 거야."

"그래, 그건 정말로 불가능할 거야." 비디가 말했다.

"그리고 사랑하는 조, 매부는 이 세상에서 최고로 훌륭한 아내를 맞았어요. 그녀는 진정코 매부가 받아 마땅한 만큼, 매부를 행복하게 해 줄 거예요. 아, 선하고 고결한, 사랑하는 조!"

나를 바라보는 조의 입술은 떨리고 있었다. 그러다 그는 실제로 소맷자락을 눈으로 가져가고 말았다.

"그리고 조와 비디, 오늘 두 사람은 교회에 가서 모든 인간에 대해 자비와 사랑의 마음을 갖기로 약속하고 왔을 테니, 부디 그동안 나를 위해 두 사람이 해 준 그 모든 것에 대한 내 겸손한 감사를 받아 줘요. 그 모든 것들에 대해 내가 얼마나 배은망덕했던가요! 내가 한 시간 내로 떠나야 한다고 말할 때 — 왜냐하면 나는 곧 외국으로 나갈 예정이거든요. — 그리고 내가 감옥에 잡혀 들어가지 않도록 두 사람이 지불해 준 돈을 다 갚을 수 있을 때까지, 조금도 쉬지 않고 열심히 일할 거라고 말할 때, 사랑하는 조와 비디, 부디 이것만은 알아 주세요. 내가 그 돈을 천 번이나 되풀이해서 갚을 수 있다 하더라도 나는 두 사람에게 진 내 빚을 한 푼도 청산하지 못했다고 생각할 것이며, 설령 청산할 수 있다 해도 그렇게 여기지 않을 것이라는 사실을 말이에요!"

그들은 둘 다 이 말에 깊은 감동을 받았으며, 둘 다 나보고 이제 그만 말하라고 간청했다.

"아니에요, 난 좀 더 말할 게 있어요. 사랑하는 조, 바라건대 매부는 사랑하는 자식들을 갖게 되겠죠. 그러면 어떤 어린 친구 하나가 겨울밤에 이 부엌 난롯가 구석에 앉아서는, 매부에게 그 자리를 영원히 떠난 또 다른 어린 친구를 생각나게 할 수도 있겠지요. 그럼 조, 부디 그 아이에게 내가 은혜를 모르는 아이였다고 말하지 말아 주세요. 비디, 부디 그 아이에게 내가 옹졸하고 그릇된 사람이었다고 말하지 말아 줘. 그에게 오직, 두 사람 모두 너무나 선하고 진실했기에 내가 두 사람 모두를 깊이 존경했다고만 말해 줘요. 그리고 그런 두 사람의 아이인 그는 당연히 나보다 훨씬 훌륭한 사람으로 자랄 거라고 말했다고만 말해 줘요."

"난……." 조는 소맷자락으로 눈앞을 가린 채 말했다. "그에게 그런 나쁜 이야길 결코 하지 않을 거다, 핍. 비디 역시 안 그럴 거다. 아무도 안 그럴 거다."

"그리고 이제, 두 사람의 친절한 마음에서 이미 늘 그래 왔다는 걸 내가 잘 알고 있지만, 제발 두 사람 모두 나에게 말해 줘요. 나를 용서한다고 말이에요! 제발 두 사람이 그렇게 말하는 걸 내 귀로 직접 듣게 해 줘요. 내가 그 소리를 가슴에 품고 갈 수 있도록 말이에요. 그러면 나는, 두 사람이 앞으로 언젠가 나를 신뢰하며 나를 더 좋게 생각할 수 있는 때가 오리라고 믿을 수 있을 거예요!"

"아, 이보게 핍, 사랑하는 친구." 조는 말했다. "하느님께서도 아시건대 나는 너를 용서한다, 내가 용서해 줄 게 조금이라도 있다면 말이다!"

"아멘! 그리고 나 역시 그렇다는 걸 하느님께서는 알고 계셔." 비디도 똑같이 말했다.

"그럼 이제 일어나서 내 작은 옛 침실을 둘러보고 몇 분간 혼자 쉬겠어요. 그런 다음, 사랑하는 조와 비디, 내가 두 사람과 함께 식사를 하고 나면 마을 입구 길 안내판이 있는 데까지 나와 함께 가 줘요. 그리고 우리 거기서 작별 인사를 하기로 해요!"

나는 내가 가지고 있는 모든 물건을 팔고, 내가 할 수 있는 한 최대한의 돈을 마련하여 채권자들과 타협을 보았다. 다행히 그들은 빚을 완전히 갚을 시간을 넉넉히 주었다. 그리고 나는 영국을 떠나 허버트와 합류했다. 한 달이 채 되기 전에 나는 영국에서 떠나 있었으며, 두 달이 채 되기 전에 클래리커 상사의 사무원이 되어 있었다. 그리고 넉 달이 채 되기 전에 단독으로 일을 떠맡는 첫 상황을 맞게 되었다. 왜냐하면 그때 빌 발리 영감의 으르렁거리는 소리가 '밀 폰드 강둑'의 거실 천장 대들보를 더 이상 진동시키지 않고 고요해져서 허버트가 클래러와 결혼하러 귀국했고, 그 결과 그가 그녀를 데리고 돌아올 때까지 우리의 동양 지점을 나 혼자 책임지고 있게 되었기 때문이다.

여러 해가 지나간 뒤에야 나는 클래리커 상사의 동업자가 될 수 있었다. 하지만 나는 허버트 부부와 함께 행복하게 살았으며, 절약하며 생활했고, 내 빚을 다 갚았으며, 비디와 조와는 끊임없이 서신 연락을 주고받았다. 내가 회사의 세 번째로 높은 지위에 올라갈 때까지 클래리커는 허버트에게 내 비밀을 밝히지 않고 있었다. 하지만 그때가 되자 그는 허버트가 동업자가 된 과정에 대한 비밀로 자신의 양심이 그동안 충분히 시달릴 만큼 시달렸다며, 이제는 알려야만 하겠다고 선언했다. 그리하여 그는 그 사실을 말했고, 허버트는 놀라는 만큼이나 크게 감격했으며, 그렇게 오래 비밀을 숨겨 온 것 때문에 사랑하는 내 친구와 나 사이의 우정이 나빠진 것은 조금도 없었다. 우리 상사가 커다란 회사로 성장했다거나 거액의 돈을 벌었다거나 하는 추측을 나는 결코 남겨 놓고 싶지 않다. 우리는 대규모 사업을 하는 쪽이 아니었다. 하지만 우리는 좋은 평판을 유지했으며, 이익을 내기 위해 노력했고, 그래서 사업이 아주 잘되어 나갔다. 우리의 이런 번창은 허버트의 한결같고 유쾌한 근면성과 준비성에 아주 크게 힘입었으므로, 나는 자주 내가 어떻게 예전에 그에겐 성공할 소질이 없다는 생각을 품을 수 있었는지 놀라워했다. 그러다가 어느 날, 소질 없는 사람은 그가 아니라 바로 나 자신이 아니었던가 하는 생각에 퍼뜩 진실을 깨우치게 되었다.

59장

11년 동안 나는 조와 비디를 육안으로 직접 만나 보지 못했다. 물론 내 상상 속에서는 두 사람 다 동양에 있는 나에게 자주 찾아왔지만 말이다. 그러던 12월의 어느 날 저녁, 어두워지고 한두 시간쯤 지났을 무렵, 나는 마침내 그리운 옛 부엌문의 빗장 위에 가만히 손을 올려놓았다. 나는 빗장을 아주 가만히 눌렀으므로, 내가 문 여는 소리를 안에서 듣지 못했다. 나는 눈에 띄지 않은 채 안을 들여다보았다. 저기 부엌 난롯불 옆의 정다운 그 자리에는, 머리가 약간 희끗해지긴 했지만 예전처럼 정정하고 힘 있는 모습으로 여전히 파이프 담배를 피우며 앉아 있는 조가 보였다. 그리고 저기 구석에 조가 한쪽 다리로 울타리처럼 보호하고 있는, 그리고 나 자신이 쓰던 그 조그만 걸상에 앉아서 난롯불을 바라보고 있는 저 아이는 — 아니, 그건 바로 옛날의 내가 아닌가!

"우린 널 생각하여 이 아이 이름을 핍이라고 지었다네, 이보게 친구." 내가 그 아이 옆의 또 다른 걸상에 앉았을 때 (하지만 나는 아이의 머리카락을 헝클어뜨리지 않았다.) 조는 기쁜 얼굴로 말했다. "그리고 우린 이 아이가 너하고 좀 비슷하게 자라길 희망했지. 그런데 정말 그런 것처럼 생각된단다."

나도 그렇게 생각했다. 다음 날 아침 나는 아이를 데리고 산책을 나갔다. 우리는 서로를 완벽하게 이해하면서 굉장히 많은 이야기를 나눴다. 나는 아이를 교회 묘지로 데리고 가서 거기 있는 어떤 묘비 위에다 앉혀 주었다. 그러자 그는 그렇게 높이 앉은 자리에서, '이 마을에 살다가 사망한 고(故) 필립 피립'과 '상기한 자의 아내 조지애너'를 추모하는 묘비가 어느 것인지 나에게 가리켜 보였다.

"비디." 저녁 식사 후 그녀와 이야기를 나눌 때 나는 말했다. 그녀의 무릎 위에는 그녀의 어린 딸이 잠들어 있었다. "가까운 시일 내로 핍을 나에게 보내든지 빌려 주든지, 아무튼 그렇게 좀 꼭 해 줘."

"안 돼, 안 돼." 비디는 상냥하게 말했다. "넌 결혼을 해야만 해."

"허버트와 클래러도 그렇게 말하지. 하지만 비디, 난 그럴 것 같지 않아. 난 이제 그들의 집에 너무나 완전히 정착한 상태라 결혼 같은 건 가능성이 전혀 없어. 난 이미 다 늙은 노총각이야."

비디는 어린 딸을 내려다보았다. 그러고는 아이의 자그만 손을 자신의 입술에 갖다댔다. 그런 다음 아이의 손을 잡았던 그 선하고 부인다운 손으로 내 손을 잡아 주었다. 비디의 그 동작에는, 그리고 내 손바닥을 살짝 누르는 그녀의 결혼반지의 느낌에는 뭔가 뜻 깊은 웅변이 가득 담겨 있는 듯했다.

"사랑하는 핍." 비디는 말했다. "너는 혹시 그녀를 아직 못 잊고 괴로워하는 건 아니니?"

"오, 아냐. 그렇지는 않다고 생각해, 비디."

"자, 네 아주 오랜 친구로서 나한테 말해 봐. 넌 그녀를 완전히 잊었니?"

"사랑하는 비디, 일찍이 내 인생에서 중요한 자리를 차지했던 것을 나는 그 어떤 것도 잊지 않았어. 그리고 일찍이 내 인생에서 조금이라도 자리를 차지했던 것 역시 거의 잊지 않았어. 하지만 내가 한때 가련한 환상이라고 불렀던 그것은 모두 사라졌어, 비디. 그래, 모두 사라졌어!"

그럼에도 불구하고 나는 그 말을 하는 동안 내 마음속에 그날 저녁 그녀를 위해 혼자 그 옛 저택의 터를 다시 방문할 생각이 있다는 것을 잘 알고 있었다. 그렇다, 바로 그녀, 에스텔러를 위하여 말이다.

나는 에스텔러가 지극히 불행한 생활을 했으며 그러다가 결국 남편과 별거했다는 소식을 들은 적이 있었다. 그녀의 남편은 그녀를 매우 잔인하게 학대했으며, 오만, 탐욕, 야만성, 그리고 비열함의 복합체로서 아주 악명이 높았다. 그리고 나는 그녀의 남편이 말을 잔인하게 다루던 끝에 사고를 당해 사망했다는 소식도 들었더랬다. 그녀에게 이 해방이 찾아온 것은 내가 소식을 듣던 당시로부터 약 2년 전쯤이라고 했는데, 그녀는 그 후, 잘은 모르지만, 재혼했다고 들었다.

조의 집에서는 저녁 식사를 일찍 했으므로, 나는 비디와의 대화를 서둘러서 끝내지 않고도 시간이 아주 많이 남았고, 그래서 어두워지기 전에 그 옛 장소에 충분히 도착할 수 있었을 것이다. 하지만 도중에 옛 건물 등을 바라보기도 하고 옛날 생각을 떠올리기도 하며 꾸물거린 탓에, 날이 상당히 저물고 나서야 그곳에 도달했다.

이제 저택도, 양조장도 사라지고 없었다. 황폐한 옛 정원의 담장을 제외하곤 아무런 건물도 남아 있지 않았다. 건물이 철거된 자리에는 울타리가 대충 거칠게 둘러쳐져 있었다. 울타리 너머로 바라보던 나는 옛 담쟁이덩굴 가운데 일부가 나지막하게 쌓여 있는 건물의 조용한 잔해 위에서 새로 뿌리를 내리고 초록빛으로 자라고 있는 것을 보았다. 울타리 출입문이 살짝 열려 있었으므로, 나는 그것을 밀치고 안으로 들어가 보았다.

오후에 낀 차가운 엷은 은빛 안개가 아직 땅 위에 드리워 있었고, 그것을 흩어지게 할 달은 아직 뜨지 않은 상태였다. 하지만 안개 너머로 별들이 빛나고 있었고, 달도 곧 떠오를 기미를 보이고 있었으므로, 저녁은 어둡지 않았다. 나는 옛 저택의 각 부분들이 있던 자리가 어디인지, 양조장이 있던 자리가 어디인지, 각각의 출입문들은 어디 있었고, 술통들은 어디에 놓여 있었는지, 그 자리를 하나하나 다 더듬어 알아볼 수 있었다. 그렇게 하고 난 뒤, 쓸쓸한 정원 산책길을 따라 바라보고 있을 때였다. 언뜻 거기, 홀로 서 있는 어떤 사람의 형상이 내 눈에 들어왔다.

내가 앞으로 나아갔을 때 그 사람은 내 존재를 알아챈 듯했다. 그 사람은 내 쪽으로 걸어오던 중이었지만, 이제 가만히 서 있었다. 가까이 다가가면서 나는 그 사람이 여자라는 것을 알았다. 내가 좀 더 가까이 다가갔을 때, 그 여자는 돌아서서 다른 쪽으로 가려고 했다. 그러더니 문득 멈추고는 내가 다가오도록 내버려 두었다. 다음 순간 그녀는 마치 크게 놀란 것처럼 몸을 움찔하며 내 이름을 불렀다. 그리고 나도 큰 소리로 외쳤다.

"에스텔러!"

"나는 굉장히 많이 변했어. 네가 나를 알아보다니 놀랍구나."

과연 그녀의 젊고 싱싱한 아름다움은 사라지고 없었다. 하지만 말로 표현할 수 없는 그 위엄과 매력은 여전히 남아 있었다. 물론 그것들은 내가 전에도 보았던 매력들이었다. 그러나 내가 전에 결코 보지 못했던 것이 있었으니, 그것은 한때 거만했던 그 시선에 담긴 슬픈 듯하고 부드러워진 눈빛이었다. 그리고 내가 전에 결코 느끼지 못했던 것이 있었으니, 그것은 한때 무정했던 그 손길에 담긴 다정한 느낌이었다.

우리는 가까이 있는 긴 나무 의자에 앉았다. 그리고 나는 말했다. "그토록 긴 세월이 지난 후 우리가 이렇게 다시 만나게 되다니 참 묘한 일이구나, 에스텔러. 그것도 우리가 처음 만났던 바로 이곳에서 말이야! 여기엔 자주 오니?"

"그동안 한 번도 와 보지 못했어."

"나도 그랬어."

달이 떠오르기 시작했다. 나는 이제는 저세상에 가 있는, 하얀 천장을 바라보던 그 고요한 얼굴이 생각났다. 달이 떠오르고 있었다. 그가 이 세상에서 마지막으로 들은 그 말을 내가 했을 때 내 손을 누르던 그 부드러운 손길이 생각났다.

이번에는 에스텔러가 먼저 우리 사이에 흐르던 침묵을 깼다.

"여기 와 보고 싶고 또 오려고 마음먹었던 때가 아주 많았어. 하지만 여러 가지 사정으로 한 번도 오질 못했어. 아, 불행하고 가엾은 곳!"

막 떠오른 첫 달빛이 은빛 안개 속으로 비쳐 들었다. 그리고 그 달빛은 그녀의 두 눈에서 떨어지는 눈물방울도 비췄다. 내가 그녀의 눈물을 보았다는 것을 모른 채, 그녀는 눈물을 참으려고 애쓰면서 조용히 말했다.

"여길 거닐면서 너는 이곳이 어떻게 해서 이런 상태로 남아 있게 되었는지 혹시 궁금하지 않았니?"

"그래, 궁금했어, 에스텔러."

"이 대지는 내 소유로 되어 있어. 이건 내가 포기하지 않은 유일한 재산이야. 그 밖에 다른 것은 모두 조금씩 조금씩 내 손에서 빠져나갔어. 하지만 나는 이것만은 지켰어. 이것은 비참했던 그 모든 세월 동안 내가 결연히 저항하며 양보하지 않은 유일한 대상이야."

"여기에 새로 집이 들어설 예정이니?"

"그래, 마침내 그럴 수 있게 되었어. 그래서 이곳이 달라지기 전에 작별 인사를 하려고 오늘 온 거야. 그런데 너는……." 그녀는 방랑자의 가슴에 뭉클 와 닿는 관심 어린 목소리로 말했다. "너는 아직 외국에서 살고 있겠지?"

"아직 그래."

"그리고 잘해 나가고 있겠지, 틀림없이?"

"꽤 열심히 일해서 부족하지 않게 살고 있어, 그리고…… 그래, 뭐, 난 잘해 나가고 있어."

"그동안 네 생각을 자주 했어." 에스텔러는 말했다.

"그러니?"

"그래, 최근에 아주 자주 했지. 내가 그 가치를 전혀 몰랐을 때 팽개쳐 버렸던 것에 대한 기억을 나한테서 멀리 떼어 놓았던 길고 힘든 시기가 있었어. 하지만 그 후 내 처지가 그 기억을 마음속에 들여놓는 것과 도덕적으로 더 이상 충돌하지 않게 되었으므로, 나는 그 기억을 내 가슴속 한 곳에 소중히 간직했어."

"내 가슴속에는 네가 언제나 똑같은 자리를 차지하고 있었지." 나는 대답했다.

그러고 나서 우리는 다시 침묵했다. 얼마 후 그녀가 다시 입을 열었다.

"나는……." 에스텔러는 말했다. "내가 이곳과 작별 인사를 하면서 너와도 작별 인사를 하리라고는 전혀 생각하지 못했어. 하지만 이렇게 작별 인사를 하게 되어서 매우 기뻐."

"다시 헤어지는 게 기쁘다고, 에스텔러? 나한테 이별은 고통스러운 일이야. 나한테 우리의 마지막 이별은 언제나 슬프고 고통스러운 일로 기억될 뿐이야."

"하지만 너는 그때 나에게 말했어." 에스텔러는 아주 진지하게 대답했다. "'하느님이 너를 축복해 주시기를, 그리고 하느님이 너를 용서해 주시기를!'이라고 말이야. 그때 그렇게 나에게 말할 수 있었다면, 네가 지금 이 순간에 다시 그렇게 말하는 것은 그리 어렵지 않은 일일 거야. 시련이 다른 모든 가르침보다 더 강력한 교훈을 주어서, 그 시련의 가르침을 통해 내가 네 심정이 한때 어떠했는가를 이해할 수 있게 된 지금 이 순간에는 말이야. 그동안 나는 휘어지고 부서졌어. 하지만 희망컨대 좀 더 나은 모양으로 휘어지고 부서졌다고 생각해. 전에 그랬던 것처럼 나에게 동정심과 너그러움을 베풀어 줘. 그리고 우리가 여전히 친구라고 나에게 말해 줘."

"그래, 우린 친구야." 나는 그녀가 의자에서 일어날 때, 함께 일어나서 그녀에게 몸을 굽히며 말했다.

“그리고 서로 헤어져서도 계속 친구로 남아 있을 거야.” 에스텔러는 말했다.

나는 그녀의 손을 잡았다. 그리고 우리는 그 폐허의 장소에서 걸어 나갔다. 오래전 내가 대장간을 처음 떠났을 때 아침 안개가 걷혔던 것과 똑같이, 그렇게 저녁 안개가 그 순간 대지 위에서 걷히고 있었다. 그리고 그 안개 밑으로 넓게 펼쳐져 나타난, 고요한 달빛 속의 그 모든 풍경 속에서 나는 그녀와의 또 다른 이별의 그림자를 전혀 보지 못했다.

작품 해설

『위대한 유산』은 19세기 영국을 대표하는 소설가 찰스 디킨스가 1861년에 완성한 소설이다. 디킨스는 『올리버 트위스트』, 『크리스마스 캐럴』, 『두 도시 이야기』, 『데이비드 코퍼필드』 같은 작품들로도 우리에게 잘 알려져 있는데, 그의 후기작인 이 『위대한 유산』은 디킨스의 소설들 중에서도 작가적 솜씨가 특히 훌륭하게 발휘된 대표작이다. 이 소설은 디킨스 특유의 따뜻한 해학과 사회 풍자, 그리고 인간성에 대한 깊은 통찰 등이 잘 녹아 있을 뿐만 아니라, 훌륭한 문학작품에 필요한 형식적 완결성과 내용의 보편성까지 갖춰져 있는 걸작이다. 디킨스의 많은 훌륭한 작품들 가운데 『위대한 유산』 이상으로 대중성과 예술성, 그리고 보편성을 동시에, 그리고 탁월하게 성취한 경우는 없다고 해도 과언이 아닐 것이다.

기록상으로 볼 때 『위대한 유산』에 대한 디킨스의 착상은 소설이 집필되기 5년 전인 1855년경에 시작된 것으로 추정된다. 그

해 디킨스가 남긴 작가 메모 가운데 하나에 바로 매그위치, 프로비스, 가저리, 펌블추크, 클래리커, 올릭 등 『위대한 유산』의 몇몇 등장인물들과 똑같거나 아니면 거의 비슷한 이름들이 적혀 있기 때문이다. 하지만 이 작품에 대한 디킨스의 구상이 본격적으로 진행된 것은 1860년 여름부터다. 1859년 가을에 『두 도시 이야기』를 완성한 후로 디킨스는 1년가량 자신이 창간한 잡지 《1년 내내》에 수필문 등만을 기고하면서 소설 창작에는 약간의 여유를 보인다. 그러던 그는 1860년 8월 초에 이르러, 그동안 간헐적으로만 생각하던 이런저런 착상들을 새로이 되살리고 이를 중심으로 새로 쓸 소설의 내용을 구체적으로 머릿속에 그리기 시작한다. 그리고 그의 이 작품 구상은 그해 10월이 되면서 급진전된다.

당시 디킨스가 간행하던 주간잡지 《1년 내내》에는 찰스 레버라는 작가의 『하룻길』이라는 소설이 연재되고 있었다. 그런데 이 작품은 예상 밖으로 독자에게 별로 인기가 없었고, 그 때문에 《1년 내내》의 판매 부수가 현저히 떨어지고 말았다. 《1년 내내》는 디킨스가 직접 투자를 하여 그 전해인 1859년 봄에 창간한 잡지로 그가 상당히 심혈을 기울여 이끌어 가고 있었다. 따라서 디킨스로서는 잡지의 판매량이 심각하게 떨어진 상황을 가만히 보고 있을 수 없었고, 결국 10월 2일에 잡지 관계자들과 대책 회의를 소집하게 된다. 그리고 이 회의에서 디킨스 자신이 직접 나서는 수밖에 없다는, 다시 말해 그가 즉시 새 소설의 연재를 시작하는 수밖에 없다는 결정을 내리기에 이른다.

이 결정에 따라 디킨스는 그동안 염두에 두었던 『위대한 유산』이라는 작품 제목을 즉시 확정한 다음 곧바로 집필에 전념하기 시작한다. 사실 그는 대책 회의를 열기 바로 며칠 전에 이미 상황을 어느 정도 예측하고 집필에 막 들어간 상태였다. 그러나 대책 회의에서 소설의 연재를 12월 1일자 잡지 발행분부터 시작하기로 일정까지 결정한 데다가 애초 생각과는 달리 월간이 아닌 주간 연재를 하게 되었으므로 디킨스로서는 그 어느 때보다도 창작에 집중하지 않을 수 없게 된다. 그 결과 그는 상당히 빨리 작품을 써 내려갔는데, 그동안 틈틈이 해 놓은 구상 덕분도 있어서 다른 작품의 경우보다 훨씬 수월하게 집필의 진척을 볼 수 있었다.

이렇게 하여 『위대한 유산』은 1860년 12월에 첫 연재분이 《1년 내내》에 실리게 되고, 이후 1861년 6월까지 총 36회에 걸쳐 매주 연재가 나감으로써 작품이 완성된다. 그리고 연재가 끝난 지 4개월 후인 1861년 10월에는 세 권으로 묶인 첫 단행본 『위대한 유산』이 채프먼·홀 출판사에서 나오기에 이른다. 한편 연재가 시작되자마자 이 소설은 곧 독자의 큰 호응을 받았고 이에 따라 작품을 연재한 《1년 내내》의 판매 부수도 디킨스가 기대했던 대로 크게 올라가기 시작했는데, 이런 점에서 『위대한 유산』은 그 당시 디킨스의 작가적 역량과 인기를 다시 한 번 새롭게 확인시켜 준 작품이라고도 할 수 있다.

『위대한 유산』은 형식적인 면에서 볼 때 매우 잘 짜인 소설이다. 3부로 구성되어 있는 이 소설은 주인공 핍의 시골에서의 어린 시절, 청년기 런던에서의 신사 생활, 그리고 성년이 된 후 은인과의 만남을 계기로 정신적 각성에 이르기까지의 시기를 단계적으로 그리고 있다. 이 세 단계는 내용상으로 핍이 순수함과,

타락한 세상에서의 경험을 거쳐 결국 정신적으로 도덕적으로 성장해 간다는 일종의 변증법적 구조를 형성한다. 각 단계는 거의 동일한 분량으로 이루어져 있는데, 전체 59장 가운데 1부가 1장에서 19장, 2부가 20장에서 39장, 그리고 마지막 3부가 40장에서 59장까지로 되어 있다. 따라서 전체적으로 이 소설은 거의 완벽할 정도의 치밀한 구조를 지닌 작품이라고 할 수 있다.

이러한 구조는 매우 주도면밀하게 구성된 줄거리와 효과적인 서술 방식을 통해 좀 더 견고하게 지탱된다. 먼저, 이 작품의 줄거리를 구성하는 핍의 이야기는 신사가 되고자 하는 신분 상승의 욕망과 이를 통한 사랑의 실현이라는 상당히 대중적인 주제를 담고 있다. 그런데 이 대중적인 주제는 독특한 성격의 인물들 및 그들 사이의 유기적으로 얽힌 인간관계, 그리고 사건들의 인과적이고 극적인 전개 등을 통해 흥미를 더하고 있다.

가령 핍이 어린 시절에 죄수 매그위치와 우연히 만난 경험은 일종의 '정신적 외상(trauma)'으로 남아 그의 성장 과정의 중요한 고비마다 그 기억과 흔적이 되살아나거나 영향력을 끼침으로써 작품의 중심 사건으로서 지속적인 역할을 하고 있다. 그리고 이 경험에는 해비셤, 그리고 에스텔러 등과의 만남이 겹치는데, 이 또한 궁극적으로는 죄수 매그위치와 연결된 것으로 드러남으로써 핍의 이야기에 한층 복합적인 긴장과 극적 갈등을 부여한다. 물론 이러한 복합적인 긴장과 극적 갈등은 핍의 은인의 정체와 관련된 추리소설적 요소, 해비셤의 세계가 자아내는 기괴한 공포 분위기, 감시와 탈출 또는 체포 등과 같은 범죄소설적 긴장감 등을 통해 그 효과와 의미가 증폭되고 심화된다.

다음으로 이 작품은 이미 성년이 된 주인공 핍의 일인칭 시점으로 씌어 있는데, 그가 어린 시절에서부터 점차 성장해 나온 과정을 회고하는 방식으로 이야기가 전개된다. 그런데 이러한 일인칭 화자의 회고적 서술 방식은 경험의 직접성과 반성적 어조, 그리고 희극적 요소의 적절한 배합과 통제를 통해 작품에 유기적인 완결성과 전체적인 통일성을 부여하고 있다. 사실 이 작품을 읽을 때 독자의 관심이 쉽게 이야기에 집중되는 동시에 주인공에 대한 공감이 자연스럽게 우러나오는 것은 무엇보다 바로 일인칭 화자의 서술 방식에서 비롯된 바 크다.

한편 『위대한 유산』은 그 희극적 요소를 통해서도 흥미를 더해 준다. 이 작품은 주인공 핍의 불행한 어린 시절, 죄의식과 계급적 열등감, 그리고 좌절된 사랑 등을 그 주요 내용으로 하고 있기 때문에 전체적으로 어두운 분위기가 지배적이다. 하지만 디킨스 특유의 해학(humor)과 희극적 창조성으로 말미암아 그와 같은 분위기는 심심치 않게 변화를 겪는다. 이 희극성은 핍의 매부인 조 가저리, 교구 집사였다가 배우가 되는 웝슬, 위선적인 종묘상 펌블추크, 양복점 주인 트랩과 그 점원 소년, 그리고 재거스의 사무원 웨믹 같은 인물들을 통해 나타나는데, 그 대표적인 예가 웨믹의 결혼식 장면이다. 그리고 펌블추크의 경우처럼 때때로 강력한 풍자를 동반하기도 한다. 가령 유산 상속 예정자가 되어 읍내에 나타난 핍에게 언제 그를 돼지만도 못한 존재로 취급했냐는 듯이 연신 굽실거리면서 악수를 청하는 펌블추크의 비열하고 위선에 찬 모습은 이 작품에서 가장 인상적인 장면 가운데 하나일 것이다.

내용 면에서 『위대한 유산』은 무엇보다도 한 인물의 성장 과정을 그리고 있는 작품이다. 작품의 주인공인 순진한 시골 소년

핍은 계급적 열등감과 사랑에 눈뜨면서 번민에 찬 사춘기를 보낸다. 그는 특히 신사가 되고 싶은 갈망을 품은 채 대장장이의 도제로 불만스러운 삶을 이어 간다. 그러던 중 그에게 뜻밖의 행운이 찾아와 그는 원하던 신분 상승을 획득하고 곧 런던에 가서 신사 교육을 받는다. 런던에서 신사로 살아가는 동안 그는 속물적이고 낭비적인 행태를 보이기도 하고 다른 한편으로는 사랑의 괴로움에 시달리기도 한다. 그러다가 그는 어린 시절에 만난 죄수의 등장으로 자신의 행운의 숨겨진 실체를 알게 되고, 이로 인해 충격과 실망과 좌절에 빠진다. 하지만 이런 시련을 겪는 과정에서 그는 자기 각성에 이르고 그리하여 마침내 성숙한 인간으로 다시 태어난다. 그리고 핍의 이러한 성장 과정은 소년기, 청년기, 성년기 등의 세 단계로 나뉘어 시골과 런던을 무대 삼아 구체적으로 묘사되고 있다.

이와 같이 이 작품은 주인공의 성장 과정을 그린 일종의 '빌둥스로만(Bildungsroman)'으로서, 신분 상승의 욕망과 사랑, 그리고 인간성의 문제를 그 중심 주제로 다루고 있다. 그리고 이 주제들은 결국 인간이라면 누구나 세상을 살아가면서 부닥치는 보편적인 문제들이다. 『위대한 유산』이 19세기 영국이라는 시공을 초월하여 21세기 한국의 독자들에게 호소력 있게 읽히면서 감동을 안겨 줄 수 있는 주된 이유는 바로 이와 같은 보편적인 주제에 있다고 하겠다.

사실 핍의 신분 상승의 욕망은 작가 디킨스가 살았던 빅토리아 여왕 시대의 독자들에게는 오늘날보다 훨씬 더 각별한 의미를 지니는 주제였다. 19세기 영국 사회는 산업혁명의 결과 중산계급이 물질적인 부의 축적을 바탕으로 급속히 성장하여 정치적 경제적으로 사회의 주도권을 새롭게 장악해 나간 사회였다. 따라서 세습 재산이나 혈통에 의해 사회적 신분이 미리 결정되었던 귀족 중심의 계급 질서가 각 개인의 능력과 노력을 통해 사회적으로 신분 상승이 가능해진 유동적 계급 구조로 바뀌게 되었다. 그리고 새로이 부상한 중산계급은 이러한 변화를 적극적으로 받아들였다.

『위대한 유산』이 창작되기 직전인 1859년에 새뮤얼 스마일스라는 작가가 개인의 노력을 통한 사회적 성공과 신분 상승을 고취하는 내용의 『자조(自助)』라는 작품을 냈는데, 이 작품이 당시 커다란 인기를 얻었다는 사실은 바로 그러한 사정을 말해 주는 한 예다. 이런 점에서 신사가 되고자 하는 하층계급 소년의 이야기를 다룬 『위대한 유산』은 빅토리아 시대 영국의 중산계급에 널리 퍼져 있던 사회적 욕망에 대한 역사적 반영으로서 그 일차적인 의미가 있다고 할 것이다.

한편 새롭게 정치, 경제 및 사회의 중심이 된 빅토리아 시대 영국의 중산계급은 과거의 귀족계급에 대응해 스스로의 계급적 정체성을 확립해야 할 필요가 있었다. 그리고 그 결과로 나온 것이 바로 빅토리아 시대 중산계급의 이상적 인간상으로서의 '신사' 개념이다. 신사라는 개념은 귀족계급의 자질에 중산계급의 덕목을 결합한 것이라고 할 수 있다. 즉 노동할 필요가 없을 만큼 일정 수준 이상의 수입이나 재산이 있는 사람으로서 적당한 교육을 받고 세련된 교양과 예의범절을 갖췄으며 명예를 소중히 여기며 존경할 만한 도덕성과 인격을 지닌 사람을 지칭하는 말이었다. 오늘날 '영국 신사'라는 말이 연상시키는 이미지는 바로 이 빅토리아 시대의 신사 개념에서 비롯된 것이다.

하지만 이와 같이 물질과 정신의 두 가지 요소를 결합한 일종의 이상적인 인간상으로 신사 개념은 빅토리아 시대의 현실 사회에서 점차 그 정신적 요소가 거의 무시된 채 오직 물질적 요소인 재산과 신분, 그리고 외양 등만 중시되는 쪽으로 변질되고 만다. 즉 자본주의 체제가 확고해지면서 빅토리아조 영국 사회에서는 한 인간의 도덕성이나 인격보다는 물질적 능력이나 옷차림새 또는 세련된 매너 같은 외적 요소가 신사로 인정받는 결정적인 기준이 되었고, 그렇게 해서 보편적 인간상을 지향했던 본래의 이상적인 개념이 중산계급의 편협하고 배타적인 계급적 속물 의식으로 왜곡되고 말았던 것이다. 『위대한 유산』에서 '신사'가 된 주인공의 무의미한 생활상과 속물적인 의식은 바로 그 시대에 일어난 이런 변질된 신사 개념을 반영하는 것이다. 그리고 이를 통해 디킨스는 당대 현실에 대한 비판을 가하면서 진정한 신사란 과연 어떤 존재인가 하는 질문을 던지고 있다.

그러나 『위대한 유산』이 고전으로서 오늘날 여전히 우리에게 의미 있게 읽힐 수 있는 것은, 앞에서도 말했듯 이 작품이 19세기 빅토리아 시대의 영국이라는 특수한 역사적 시기와 지리적 공간을 넘어 인간의 본질적인 욕망 및 그에 따른 갈등을 다룸으로써 보편성을 획득하고 있기 때문이다. 핍의 신분 상승에 대한 욕망은 결국 좀 더 나은 삶의 조건을 향한 것으로서 이런 욕망은 어느 시대 어느 사회에서나 존재하는 것이다. 그리고 핍이 소망하고 또 성취하게 되는 신분인 '신사'와 관련된 내용도 단순한 시대적, 계급적 성격을 넘어 결국 어떤 인간이 될 것인가 하는 문제, 즉 가치관과 인간성의 문제로 귀결된다. 게다가 에스텔러에 대한 핍의 사랑 이야기는 말할 필요도 없이 동서고금을 통해 인간의 영원한 관심사이자 주제가 아닐 수 없다. 그 밖에도 핍이 품고 있던 행운에 대한 막연한 기대 또한 보편적 성격을 띠는 것인데, 현재의 처지에 만족하지 못할 때 인간이면 누구나 품게 마련인 낭만적 환상이나 꿈과 같은 이 행운에의 기대는 흔히 동화 등을 통해 표현되곤 하는 인간의 원형적 욕망의 일종이기 때문이다.

그렇다면 『위대한 유산』은 신분 상승의 욕망을 구체적으로 어떻게 다루고 있는가? 작품 속에서는 핍이 품고 있던 신분 상승의 욕망 자체는 부정적으로 그려져 있지 않다. 에스텔러에 대한 연정에서 비롯된 핍의 계급적 수치감과 신사 계급에의 열망은 민감한 사춘기 소년에게 자연스레 일어날 수 있는 반응이자 감정으로서, 작가는 그 미묘한 심리적 양상을 압축적이면서도 매우 실감나게 소설 속에 형상화하고 있다. 따라서 독자는 핍의 수치감과 욕망에 깊은 공감과 강한 동질감을 느끼게 되는데, 이것은 곧 핍처럼 자기 삶의 조건을 좀 더 나은 것으로 만들고자 하는 의식이나 욕망 자체는 작가의 비판 대상이 아니라는 것을 의미한다. 다만 그 욕망이 개인의 정직한 노력이나 능력 발휘가 아니라 어떤 뜻밖의 행운이나 부정한 방식에 의해 실현될 때, 그것은 정당하지 못한 것일 뿐 아니라 결국에는 당사자에게 바람직하지 못한 영향을 끼친다는 것이 작가의 인식이며, 이것은 작품 속에서 핍의 행적을 통해 분명하게 표현되고 있다.

한편 신분 상승에 대한 핍의 욕망 문제와는 달리 그 욕망의 지향점인 '신사'의 문제는 이 작품의 핵심적인 주제로서 작가의 비판적 인식과 성찰을 통해 한층 깊이 있게 다뤄진다. '신사'라는 호칭은 앞에서도 언급했듯이, 빅토리아 시대의 중산계급이 희구했던 이상적 인간상, 즉 물질적 여유와 정신적 소양, 그리고 도덕적 품성을 고루 갖춘 인간상을 지칭한 것이었으며, 좀 더 나아가 인간의 보편적인 이상형으로까지 확대해 적용할 수 있는 긍정적 개념을 지니고 있었다. 그런데 핍이 소위 '신사'가 되어 보여 준 행동과 태도는 이와는 거리가 멀다. 그는 부자의 상속 예정자로 정해지는 순간부터 곧 동네 사람들을 천하고 불쌍하게 여기면서 자신을 인간적으로 우월한 존재로 생각하기 시작한다. 특히 런던으로 자신을 찾아온 조를 부끄러워하면서 냉대할 뿐만 아니라 고향에 내려와서도 조의 집에 머무르지 않는다. 게다가 그는 하릴없이 사교계나 드나들면서 그저 사치와 낭비를 일삼는다. 즉 과거의 소박함과 순수함, 진실성을 상실한 채 물질과 외양만을 중시하는 세련된 속물로 급속하게 전락하고 만다. 다시 나타난 매그위치에 대해 핍이 품는 강한 혐오감도 바로 사람을 신분과 외모로 판단하는 그의 속물 의식에서 비롯된 바 크다.

핍이 보여 주는 이런 행태는 작품 속에서 가령 펌블추크나 트랩 같은 사람이 핍에게 행하는 아첨 등을 통해 사회적으로 조장되고 있다. 게다가 콤피슨이나 드러믈 같은 사람이 신사의 외적 조건을 갖췄다는 것만으로 행세하고 이득을 얻는 현실에 비추어 볼 때, 핍이 가진 속물적 가치관은 한 개인의 문제라기보다 사회 전체에 널리 퍼진 도덕적 현상이라고 할 수 있다. 즉 핍이 살고 있는 사회는 신사의 자격이 물질이나 그럴듯한 외양으로 결정되고 따라서 그것만 갖추고 있으면 누구나 언제든지 신사로 인정받고 행세할 수 있는 사회인 것이다. 이런 사회에서 신사는 곧 속물에 다름 아니며 속물이 곧 신사다. 그리고 주인공 핍은 바로 이러한 사회의 타락한 가치관에 영합하여 그 자신이 속물이자 신사로 점차 변해 가는 것이다. 『위대한 유산』이 당대 현실, 즉 신사라는 개념이 그 본래의 긍정적 요소를 잃어버리고 오직 물질과 외양에만 바탕을 둔 편협한 속물적 신분 개념으로 전락해 버린 상황에 대한 디킨스의 통렬한 비판으로 읽힐 수 있는 가장 큰 근거는 바로 여기에 있다고 하겠다. 핍은 매그위치와의 재회를 계기로 자신의 잘못을 깨닫고 점차 도덕성을 회복해 간다. 이 각성과 변화의 과정은 매그위치의 탈출을 도와주는 모습, 그리고 또 탈출에 실패한 매그위치가 재판을 받고 병으로 사망할 때까지 그 곁을 지켜 주는 모습을 통해 섬세하면서 감동적으로 묘사되고 있다. 핍은 자신이 부끄럽게 여겼던 조는 물론이고 혐오스럽게 여겼던 죄수 매그위치까지도 사실은 자신보다 오히려 나은 인간이라는 각성에 이른다. 이것은 곧 물질과 외양에 기초한 당대 사회의 신사상이 진정한 인간성을 배제한 껍데기에 불과하다는 성찰의 결과다. 그리고 이러한 성찰은 열병에서 깨어난 그가 배은망덕했던 자신을 간호해 준 조에 대해 "참 그리스도인다운 고결한 인간(gentle Christian man)"이라고 칭하면서 하느님의 축복을 비는 대목에서 그 절정에 이른다.

신사(gentleman)라는 단어를 구성하는 'gentle'과 'man'을 의도적으로 서로 떨어뜨려 놓은 이 어법은, 곧 핍이 '신사'의 이상을 버리고 '고결한 인간'의 이상을 취하게 되었다는 사실을 절묘한 함축으로 표현한다. 신사보다는 조와 같이 진실한 마음을 지니고 인간적 사랑을 실천하는 '고결한 인간(gentle man)'이 되는 것이야말로 진정한 인간다움의 기준이라는 깨달음을 그 '신사'라는 단어의 해체를 통해 극적으로 선언하고 있는 셈이다. "마음이 진정한 신사가 아닌 사람은 누구도 행동에 있어서 진정한 신사가 되지 못한다."라는, 허버트의 아버지 매슈 포킷의 소박하면서도 진실한 말이 더욱 설득력 있게 들려 오는 것은 바로 이와 같은 핍의 각성과 그에 대한 우리의 공감이 있기 때문일 것이다.

핍의 성장 이야기에서 신사와 인간성의 문제 못지않게 중요한 비중을 차지하고 있는 것은 바로 사랑의 주제다. 사실 『위대한 유산』이 주는 감동의 상당 부분은 에스텔러에 대한 핍의 가슴 아픈 사랑 이야기에서 비롯된다고 해도 별로 틀리지 않을 것이다. 에스텔러에 대한 핍의 사랑 이야기는 사랑의 여러 가지 미묘한 특징과 본질을 구체적이면서도 실감나게 잘 형상화하고 있다. 핍이 자신을 경멸하는 아름다운 부잣집 소녀 에스텔러에게 느끼는 수치감과 연모의 감정은 사춘기 소년에게 싹트는 묘한 사랑의 감정과 열등감을 잘 예시하고 있으며, 공주를 구하는 기사 같은 존재로 자신을 상상하면서 에스텔러에 대한 낭만적 이상화와 기대감에 빠지는 모습 또한 청년기 사랑이 보이는 낭만적 성격을 잘 보여 준다. 특히 에스텔러의 냉정함 때문에 겪는 핍의 질투와 번민과 고뇌, 그리고 그럴수록 더욱 에스텔러에게 빠져드는 어쩔 수 없는 그의 감정 등은 비이성적이고 불가항력적이며 맹목적이기까지 한 사랑의 복잡하고 미묘한 심리를 사실적인 경험으로 설득력 있게 전달해 준다. 사실 디킨스의 작품 가운데 『위대한 유산』만큼 사랑의 절실한 감정을 진지하고 구체적인 감동으로 묘사하는 경우는 아마 없을 것이다.

핍의 사랑 이야기에서 인상적인 부분을 하나 예로 든다면, 에스텔러가 드러믈과 결혼하기로 했다는 사실을 안 핍이 그녀에게 간절한 충고를 하면서 변함없는 사랑의 고백을 하고 돌아서는 장면이다. 이 장면은 사람에 따라서는 좀 연극적이거나 감상적인 것으로 보일 수도 있겠지만, 그러면서도 사랑의 고뇌와 좌절을 경험해 본 사람만이 쓸 수 있는, 또 그러한 경험을 한 사람이라면 결코 무심하게 읽을 수 없는 감동적인 대목이라고 할 수 있다. 그러나 혹시 이 고통스러운 장면에서 별로 감흥을 느끼지 못한 독자라 할지라도 소설의 마지막 장면, 즉 폐허가 된 새티스 하우스의 정원에서 우연히 다시 만난 두 사람이 서로의 고통과 성장을 공감하면서 달이 떠오르고 안개가 걷히는 가운데 손을 잡고 걸어 나가는 장면에서만큼은 그 시적인 아름다움과 상징적인 분위기가 자아내는 감동에 무감할 수 없을 것이다. 좀 과장한다면, 결코 짧지 않은 『위대한 유산』의 독서는 이 마지막 장면의 시적 감동만으로도 충분히 보상을 받는다고 할 수 있겠다.

끝으로 『위대한 유산』에서는 소설적 흥미와 매력에 있어서 조를 비롯해 해비셤이나 매그위치, 재거스나 웨믹 또는 올릭 같은 조연급 인물들이 주인공 핍 못지않게 큰 역할을 한다는 점을 지적하고자 한다. 이 인물들은 하나같이 그 나름의 독특한 개성이나 기괴한 사연 또는 파행적인 삶의 방식 등을 통해 독자의 상상력과 관심을 강력하게 자극하고 유발한다. 이 작품이 한 개인의 성장 이야기를 넘어 '인생 비평'으로서 폭넓은 사회적 함의와 심리적 복합성, 그리고 상징적 깊이를 띠는 훌륭한 소설이 될 수 있는 것은 바로 이들의 역할이 크다고 하겠다.

디킨스 전공자로서 이 작품을 여러 번 읽었지만, 읽을 때마다 새로운 감동을 받곤 했다. 오래전 우연찮게 기왕에 나온 이 작품의 번역판들을 검토할 기회가 있었는데, 그때 그 번역판들이 여러 가지로 꽤 심각한 결함들을 가지고 있다는 것을 발견하고는 새로운 번역의 필요성을 절감했다. 그러다 몇 년 후 민음사 측의 배려로 번역을 결심하기에 이르렀고, 그 결과 이렇게 결실을 맺게 되었다. 개인적인 게으름 탓에 원래 일정보다 많이 늦어졌으나 어쨌든 책이 나오게 되어 기쁘기만 하다. 이 원작의 맛을 얼마나 제대로 되살렸는지 적지 않게 염려되기도 하지만, 아무쪼록 이 번역을 통해 조금이라도 많은 사람들이 고전 독서의 즐거움을 되찾기를 조심스럽게 희망해 본다. 참고로, 작품의 제목은 고민 끝에 기존의 번역판 제목인 '위대한 유산'을 그대로 사용하기로 했다. 이 작품의 원제인 Great Expectations의 정확한 우리말 뜻은 '큰 재산을 얻거나 물려받을 가능성이나 기대'다. 따라서 '위대한 유산'이라는 번역 제목은 사실 원제의 자구적 의미를 정확히 옮긴 것이라고 할 수 없다. 특히 작품 속에서 이 영어 표현이 몇 차례 나오는데 이 중 '위대한 유산'이라고 옮길 수 있는 경우는 한 곳도 없다. 바로 이런 문제 때문에 국내 디킨스 학자들은 '위대한 유산' 대신 '막대한 유산'이라는 제목을 즐겨 사용하곤 한다. 사실 역자도 '막대한 유산'이라는 제목을 교정 마지막 순간까지 염두에 두고 있었다. 하지만 좀 더 곰곰이 생각해 본 결과, 과연 '막대한 유산'이 '위대한 유산'보다 정확한 또는 좋은 번역 제목이라고 할 수 있는가 하는 질문을 하게 되었고, 이 물음에 자신 있게 그렇다는 대답을 할 수 없었다. 왜냐하면 '막대한'이라는 수식어가 원제의 의미보다 너무 지나치게 많다는 느낌을 준다는 애초부터의 망설임이 있었을 뿐만 아니라, '막대한 유산' 역시 '막대한 유산 상속 가능성'처럼 좀 더 길게 풀어쓰지 않는 한 그 자체로는 결국 '위대한 유산'이나 마찬가지로 원제의 자구적 의미를 정확히 옮기지 못한 것이라고 하겠기 때문이다. 게다가 주인공 핍이 물질적인 유산을 받지 못하고 그 대신 인간적 성숙이라는 정신적인 유산을 받는다는 작품 내용을 생각할 때, 보기에 따라서는 '위대한 유산'이 '막대한 유산'보다 원작의 주제나 의미를 오히려 더 잘 반영한 '융통성 있는' 제목이라고 말할 수도 있다. 바로 이런 이유로 인해 '막대한 유산'이라는 처음의 선택을 버리고 '위대한 유산'이라는 기존의 제목을 그대로 쓰기로 최종적인 결론을 내렸다. 아울러 번역의 원본으로는 영국 펭귄(Penguin) 출판사에서 나온 1987년 판 『Great Expectations』를 사용했다는 것을 밝힌다.

2009년 여름

이인규

작가 연보

1812년 2월 7일 영국의 남부 해안 도시 포츠머스에서 출생. 해군 경리국 직원인 존 디킨스와 그의 아내 엘리자베스 디킨스 사이의 5남 3녀 중 둘째로 태어남.

1817년 켄트 주의 채텀으로 이사. 『위대한 유산』의 지리적 배경이기도 한 이곳에서 비교적 행복한 유년 시절을 보냄.

1822년 집안 형편이 나빠지면서 온 가족이 런던으로 이사함.

1824년 2월 아버지가 빚으로 채무자 감옥에 수감됨. 이후 수개월 동안 가정 형편을 돕기 위해 가족과 떨어져 혼자 살면서 구두약 공장에 나가 일함.

6월 아버지가 출감하고 형편이 나아지면서 다시 학교에 다니기 시작함.

1827년 사립학교인 웰링턴 하우스 아카데미를 졸업하고 런던의 한 법률사무소에 취직함.

1832년 런던의 한 신문사 기자로 취직.

1833년 잡지 등에 '보즈'라는 필명으로 단편 스케치들을 발표하기 시작함.

1836년 첫 작품집 『보즈의 스케치들』 출판.
4월 언론인 조지 호가스의 딸 캐서린 호가스와 결혼. 첫 장편소설 『피크윅 문서』 연재 시작.(1837년에 완성.) 이 작품의 큰 성공으로 일약 당대의 유명 작가가 됨. 이후 주간잡지나 월간잡지에 작품을 연재하는 방식으로 왕성한 창작 활동을 펼쳐 나감.

1838년 『올리버 트위스트』 완성.

1839년 『니콜라스 니클비』 완성.

1840년 『골동품 가게』 완성.

1841년 『바나비 러지』 완성.

1842년 아내 캐서린과 함께 약 6개월간 미국 방문. 귀국 후 『미국 방문기』 발표.

1843년 『크리스마스 캐럴』 출판.

1844년 『마틴 처즐윗』 완성. 7월부터 약 1년간 이탈리아에 거주.

1846년 5월부터 약 10개월간 스위스와 프랑스에 거주.

1848년 『돔비 부자(夫子)』 완성.

1850년 『데이비드 코퍼필드』 완성. 주간지 《늘 쓰는 말들》 창간.(1859년까지 운영함.)

1851년 1847년부터 자신이 직접 조직하여 이끌던 극단과 함께 빅토리아 여왕 앞에서 연극 작품을 공연함.

1853년 『블리크 하우스』 완성. 『크리스마스 캐럴』로 첫 대중

낭독을 함. 이것을 시작으로 이후 기회가 있을 때마다 영국의 각 지방과 미국 등지를 돌아다니며 작품 낭독회를 여는데, 실감 나는 낭독으로 큰 인기를 얻음.

1854년 『어려운 시절』 완성.

1857년 『리틀 도리트』 완성.

1858년 젊은 여배우 엘렌 터넌과의 구설수 등 그동안 쌓인 불화로 인해 아내 캐서린과 공식적인 별거 시작.

1859년 『두 도시 이야기』 완성. 주간지 《1년 내내》 창간. (1870년 사망 시까지 운영함.)

1861년 『위대한 유산』 완성.

1865년 『우리가 서로 아는 친구』 완성.

1867년 작품 낭독을 위해 두 번째 미국 방문. 무리한 여행으로 그전부터 나쁘던 건강이 악화됨.

1870년 6월 9일 뇌내출혈로 사망함. 미완의 작품으로 『에드윈 드루드의 비밀』을 남김. 웨스트민스터 사원에 유해가 안치됨.

세계문학전집 213

위대한 유산 2

1판 1쇄 펴냄 2009년 6월 30일
1판 38쇄 펴냄 2024년 2월 14일

지은이 찰스 디킨스
옮긴이 이인규
발행인 박근섭, 박상준
펴낸곳 (주)민음사

출판등록 1966. 5. 19. (제 16-490호)
서울특별시 강남구 도산대로1길 62(신사동) 강남출판문화센터 5층 (우편번호 06027)
대표전화 02-515-2000 팩시밀리 02-515-2007
www.minumsa.com

© 이인규, 2009. Printed in Seoul, Korea

ISBN 978-89-374-6213-9 04800
ISBN 978-89-374-6000-5 (세트)

* 잘못 만들어진 책은 구입처에서 교환해 드립니다.

민음사 세계문학전집

세계문학전집 목록

1·2 **변신 이야기** 오비디우스·이윤기 옮김 서울대 권장도서 100선
3 **햄릿** 셰익스피어·최종철 옮김 서울대 권장도서 100선 | 미국대학위원회 선정 SAT 추천도서
4 **변신·시골의사** 카프카·전영애 옮김 서울대 권장도서 100선
5 **동물농장** 오웰·도정일 옮김 미국대학위원회 선정 SAT 추천도서 | 《타임》 선정 현대 100대 영문소설
6 **허클베리 핀의 모험** 트웨인·김욱동 옮김 《뉴스위크》 선정 100대 명저
7 **암흑의 핵심** 콘래드·이상옥 옮김 미국대학위원회 선정 SAT 추천도서 | 《뉴스위크》 선정 10대 명저
8 **토니오 크뢰거·트리스탄·베네치아에서의 죽음** 토마스 만·안삼환 외 옮김 노벨 문학상 수상 작가
9 **문학이란 무엇인가** 사르트르·정명환 옮김
10 **한국단편문학선 1** 김동인 외·이남호 엮음 국립중앙도서관 선정 청소년 권장도서
11·12 **인간의 굴레에서** 서머싯 몸·송무 옮김
13 **이반 데니소비치, 수용소의 하루** 솔제니친·이영의 옮김 노벨 문학상 수상 작가
14 **너새니얼 호손 단편선** 호손·천승걸 옮김
15 **나의 미카엘** 오즈·최창모 옮김
16·17 **중국신화전설** 위앤커·전인초, 김선자 옮김
18 **고리오 영감** 발자크·박영근 옮김
19 **파리대왕** 골딩·유종호 옮김 노벨 문학상 수상 작가 | 《타임》 선정 현대 100대 영문소설
20 **한국단편문학선 2** 김동리 외·이남호 엮음
21·22 **파우스트** 괴테·정서웅 옮김 서울대 권장도서 100선 | 미국대학위원회 선정 SAT 추천도서
23·24 **빌헬름 마이스터의 수업시대** 괴테·안삼환 옮김
25 **젊은 베르테르의 슬픔** 괴테·박찬기 옮김 논술 및 수능에 출제된 책(1998~2005)
26 **이피게니에·스텔라** 괴테·박찬기 외 옮김
27 **다섯째 아이** 레싱·정덕애 옮김 노벨 문학상 수상 작가
28 **삶의 한가운데** 린저·박찬일 옮김
29 **농담** 쿤데라·방미경 옮김
30 **야성의 부름** 런던·권택영 옮김
31 **아메리칸** 제임스·최경도 옮김
32·33 **양철북** 그라스·장희창 옮김 노벨 문학상 수상 작가 | 서울대 권장도서 100선
34·35 **백년의 고독** 마르케스·조구호 옮김 노벨 문학상 수상 작가 | 서울대 권장도서 100선
36 **마담 보바리** 플로베르·김화영 옮김 서울대 권장도서 100선
37 **거미여인의 키스** 푸익·송병선 옮김
38 **달과 6펜스** 서머싯 몸·송무 옮김
39 **폴란드의 풍차** 지오노·박인철 옮김
40·41 **독일어 시간** 렌츠·정서웅 옮김
42 **말테의 수기** 릴케·문현미 옮김
43 **고도를 기다리며** 베케트·오증자 옮김 노벨 문학상 수상 작가 | 서울대 권장도서 100선
44 **데미안** 헤세·전영애 옮김 노벨 문학상 수상 작가
45 **젊은 예술가의 초상** 조이스·이상옥 옮김 서울대 권장도서 100선
46 **카탈로니아 찬가** 오웰·정영목 옮김
47 **호밀밭의 파수꾼** 샐린저·정영목 옮김 《타임》 선정 현대 100대 영문소설 | 미국대학위원회 선정 SAT 추천도서 | 《뉴스위크》 선정 100대 명저 | BBC 선정 꼭 읽어야 할 책
48·49 **파르마의 수도원** 스탕달·원윤수, 임미경 옮김
50 **수레바퀴 아래서** 헤세·김이섭 옮김 노벨 문학상 수상 작가 | 국립중앙도서관 선정 청소년 권장도서

51·52 내 이름은 빨강 파묵 · 이난아 옮김 노벨 문학상 수상 작가
53 오셀로 셰익스피어 · 최종철 옮김 서울대 권장도서 100선
54 조서 르 클레지오 · 김윤진 옮김 노벨 문학상 수상 작가
55 모래의 여자 아베 코보 · 김난주 옮김
56·57 부덴브로크 가의 사람들 토마스 만 · 홍성광 옮김 노벨 문학상 수상 작가
58 싯다르타 헤세 · 박병덕 옮김 노벨 문학상 수상 작가
59·60 아들과 연인 로렌스 · 정상준 옮김 《뉴스위크》 선정 100대 명저
61 설국 가와바타 야스나리 · 유숙자 옮김 노벨 문학상 수상 작가 | 서울대 권장도서 100선
62 벨킨 이야기 · 스페이드 여왕 푸슈킨 · 최선 옮김
63·64 넙치 그라스 · 김재혁 옮김 노벨 문학상 수상 작가
65 소망 없는 불행 한트케 · 윤용호 옮김 노벨 문학상 수상 작가
66 나르치스와 골드문트 헤세 · 임홍배 옮김 노벨 문학상 수상 작가
67 황야의 이리 헤세 · 김누리 옮김 노벨 문학상 수상 작가
68 페테르부르크 이야기 고골 · 조주관 옮김
69 밤으로의 긴 여로 오닐 · 민승남 옮김 노벨 문학상 수상 작가 | 미국대학위원회 선정 SAT 추천도서
70 체호프 단편선 체호프 · 박현섭 옮김
71 버스 정류장 가오싱젠 · 오수경 옮김 노벨 문학상 수상 작가
72 구운몽 김만중 · 송성욱 옮김 서울대 권장도서 100선 | 국립중앙도서관 선정 청소년 권장도서
73 대머리 여가수 이오네스코 · 오세곤 옮김
74 이솝 우화집 이솝 · 유종호 옮김 논술 및 수능에 출제된 책(1998~2005)
75 위대한 개츠비 피츠제럴드 · 김욱동 옮김 《타임》 선정 현대 100대 영문소설
76 푸른 꽃 노발리스 · 김재혁 옮김
77 1984 오웰 · 정회성 옮김 《타임》 선정 현대 100대 영문소설 | 《뉴스위크》 선정 100대 명저
78·79 영혼의 집 아옌데 · 권미선 옮김
80 첫사랑 투르게네프 · 이항재 옮김
81 내가 죽어 누워 있을 때 포크너 · 김명주 옮김 노벨 문학상 수상 작가
82 런던 스케치 레싱 · 서숙 옮김 노벨 문학상 수상 작가
83 팡세 파스칼 · 이환 옮김
84 질투 로브그리예 · 박이문, 박희원 옮김
85·86 채털리 부인의 연인 로렌스 · 이인규 옮김
87 그 후 나쓰메 소세키 · 윤상인 옮김
88 오만과 편견 오스틴 · 윤지관, 전승희 옮김 미국대학위원회 선정 SAT 추천도서
89·90 부활 톨스토이 · 연진희 옮김 논술 및 수능에 출제된 책(1998~2005)
91 방드르디, 태평양의 끝 투르니에 · 김화영 옮김
92 미겔 스트리트 나이폴 · 이상옥 옮김 노벨 문학상 수상 작가
93 페드로 파라모 룰포 · 정창 옮김
94 차라투스트라는 이렇게 말했다 니체 · 장희창 옮김 국립중앙도서관 선정 청소년 권장도서
95·96 적과 흑 스탕달 · 이동렬 옮김 국립중앙도서관 선정 청소년 권장도서
97·98 콜레라 시대의 사랑 마르케스 · 송병선 옮김 노벨 문학상 수상 작가 | BBC 선정 꼭 읽어야 할 책
99 맥베스 셰익스피어 · 최종철 옮김 서울대 권장도서 100선 | 미국대학위원회 선정 SAT 추천도서
100 춘향전 작자 미상 · 송성욱 풀어 옮김 서울대 권장도서 100선
101 페르디두르케 곰브로비치 · 윤진 옮김
102 포르노그라피아 곰브로비치 · 임미경 옮김
103 인간 실격 다자이 오사무 · 김춘미 옮김
104 네루다의 우편배달부 스카르메타 · 우석균 옮김

105·106 **이탈리아 기행** 괴테 · 박찬기 외 옮김
107 **나무 위의 남작** 칼비노 · 이현경 옮김
108 **달콤 쌉싸름한 초콜릿** 에스키벨 · 권미선 옮김
109·110 **제인 에어** C. 브론테 · 유종호 옮김 BBC 선정 꼭 읽어야 할 책
111 **크눌프** 헤세 · 이노은 옮김 노벨 문학상 수상 작가
112 **시계태엽 오렌지** 버지스 · 박시영 옮김 《타임》 선정 현대 100대 영문소설 | 《뉴스위크》 선정 100대 명저
113·114 **파리의 노트르담** 위고 · 정기수 옮김 미국대학위원회 선정 SAT 추천도서
115 **새로운 인생** 단테 · 박우수 옮김
116·117 **로드 짐** 콘래드 · 이상옥 옮김 《뉴스위크》 선정 100대 명저
118 **폭풍의 언덕** E. 브론테 · 김종길 옮김 미국대학위원회 선정 SAT 추천도서
119 **텔크테에서의 만남** 그라스 · 안삼환 옮김 노벨 문학상 수상 작가
120 **검찰관** 고골 · 조주관 옮김
121 **안개** 우나무노 · 조민현 옮김
122 **나사의 회전** 제임스 · 최경도 옮김 미국대학위원회 선정 SAT 추천도서
123 **피츠제럴드 단편선 1** 피츠제럴드 · 김욱동 옮김
124 **목화밭의 고독 속에서** 콜테스 · 임수현 옮김
125 **돼지꿈** 황석영
126 **라셀라스** 존슨 · 이인규 옮김
127 **리어 왕** 셰익스피어 · 최종철 옮김 서울대 권장도서 100선 | 《뉴스위크》 선정 100대 명저
128·129 **쿠오 바디스** 시엔키에비츠 · 최성은 옮김 노벨 문학상 수상 작가
130 **자기만의 방 · 3기니** 울프 · 이미애 옮김
131 **시르트의 바닷가** 그라크 · 송진석 옮김
132 **이성과 감성** 오스틴 · 윤지관 옮김
133 **바덴바덴에서의 여름** 치프킨 · 이장욱 옮김
134 **새로운 인생** 파묵 · 이난아 옮김 노벨 문학상 수상 작가
135·136 **무지개** 로렌스 · 김정매 옮김
137 **인생의 베일** 서머싯 몸 · 황소연 옮김
138 **보이지 않는 도시들** 칼비노 · 이현경 옮김
139·140·141 **연초 도매상** 바스 · 이운경 옮김 《타임》 선정 현대 100대 영문소설
142·143 **플로스 강의 물방앗간** 엘리엇 · 한애경, 이봉지 옮김 미국대학위원회 선정 SAT 추천도서
144 **연인** 뒤라스 · 김인환 옮김
145·146 **이름 없는 주드** 하디 · 정종화 옮김
147 **제49호 품목의 경매** 핀천 · 김성곤 옮김 《타임》 선정 현대 100대 영문소설
148 **성역** 포크너 · 이진준 옮김 노벨 문학상 수상 작가 | 퓰리처상 수상 작가
149 **무진기행** 김승옥
150·151·152 **신곡(지옥편 · 연옥편 · 천국편)** 단테 · 박상진 옮김 《뉴스위크》 선정 100대 명저
153 **구덩이** 플라토노프 · 정보라 옮김
154·155·156 **카라마조프가의 형제들** 도스토옙스키 · 김연경 옮김
157 **지상의 양식** 지드 · 김화영 옮김 노벨 문학상 수상 작가
158 **밤의 군대들** 메일러 · 권택영 옮김 퓰리처상 수상 작가
159 **주홍 글자** 호손 · 김욱동 옮김 서울대 권장도서 100선 | 미국대학위원회 선정 SAT 추천도서
160 **깊은 강** 엔도 슈사쿠 · 유숙자 옮김
161 **욕망이라는 이름의 전차** 윌리엄스 · 김소임 옮김
162 **마사 퀘스트** 레싱 · 나영균 옮김 노벨 문학상 수상 작가
163·164 **운명의 딸** 아옌데 · 권미선 옮김

165 **모렐의 발명** 비오이 카사레스 · 송병선 옮김
166 **삼국유사** 일연 · 김원중 옮김 서울대 권장도서 100선
167 **풀잎은 노래한다** 레싱 · 이태동 옮김 노벨 문학상 수상 작가
168 **파리의 우울** 보들레르 · 윤영애 옮김
169 **포스트맨은 벨을 두 번 울린다** 케인 · 이만식 옮김
170 **썩은 잎** 마르케스 · 송병선 옮김 노벨 문학상 수상 작가
171 **모든 것이 산산이 부서지다** 아체베 · 조규형 옮김 《타임》 선정 현대 100대 영문소설
172 **한여름 밤의 꿈** 셰익스피어 · 최종철 옮김 미국대학위원회 선정 SAT 추천도서
173 **로미오와 줄리엣** 셰익스피어 · 최종철 옮김 미국대학위원회 선정 SAT 추천도서
174·175 **분노의 포도** 스타인벡 · 김승욱 옮김 노벨 문학상 수상 작가 | 《타임》 선정 현대 100대 영문소설
176·177 **괴테와의 대화** 에커만 · 장희창 옮김
178 **그물을 헤치고** 머독 · 유종호 옮김 《타임》 선정 현대 100대 영문소설
179 **브람스를 좋아하세요...** 사강 · 김남주 옮김
180 **카타리나 블룸의 잃어버린 명예** 하인리히 뵐 · 김연수 옮김 노벨 문학상 수상 작가
181·182 **에덴의 동쪽** 스타인벡 · 정회성 옮김 노벨 문학상 수상 작가
183 **순수의 시대** 워튼 · 송은주 옮김 《뉴스위크》 선정 100대 명저 | 퓰리처상 수상작
184 **도둑 일기** 주네 · 박형섭 옮김
185 **나자** 브르통 · 오생근 옮김
186·187 **캐치-22** 헬러 · 안정효 옮김 《타임》 선정 현대 100대 영문소설
188 **숄로호프 단편선** 숄로호프 · 이항재 옮김 노벨 문학상 수상 작가
189 **말** 사르트르 · 정명환 옮김
190·191 **보이지 않는 인간** 엘리슨 · 조영환 옮김 《타임》 선정 현대 100대 영문소설
192 **왑샷 가문 연대기** 치버 · 김승욱 옮김 퓰리처상 수상 작가
193 **왑샷 가문 몰락기** 치버 · 김승욱 옮김 퓰리처상 수상 작가
194 **필립과 다른 사람들** 노터봄 · 지명숙 옮김
195·196 **하드리아누스 황제의 회상록** 유르스나르 · 곽광수 옮김
197·198 **소피의 선택** 스타이런 · 한정아 옮김 퓰리처상 수상 작가
199 **피츠제럴드 단편선 2** 피츠제럴드 · 한은경 옮김
200 **홍길동전** 허균 · 김탁환 옮김
201 **요술 부지깽이** 쿠버 · 양윤희 옮김
202 **북호텔** 다비 · 원윤수 옮김
203 **톰 소여의 모험** 트웨인 · 김욱동 옮김
204 **금오신화** 김시습 · 이지하 옮김
205·206 **테스** 하디 · 정종화 옮김 미국대학위원회 선정 SAT 추천도서 | BBC 선정 꼭 읽어야 할 책
207 **브루스터플레이스의 여자들** 네일러 · 이소영 옮김
208 **더 이상 평안은 없다** 아체베 · 이소영 옮김
209 **그레인지 코플랜드의 세 번째 인생** 워커 · 김시현 옮김 퓰리처상 수상 작가
210 **어느 시골 신부의 일기** 베르나노스 · 정영란 옮김
211 **타라스 불바** 고골 · 조주관 옮김
212·213 **위대한 유산** 디킨스 · 이인규 옮김 서울대 권장도서 100선 | BBC 선정 꼭 읽어야 할 책
214 **면도날** 서머싯 몸 · 안진환 옮김
215·216 **성채** 크로닌 · 이은정 옮김
217 **오이디푸스 왕** 소포클레스 · 강대진 옮김 서울대 권장도서 100선
218 **세일즈맨의 죽음** 밀러 · 강유나 옮김
219·220·221 **안나 카레니나** 톨스토이 · 연진희 옮김 서울대 권장도서 100선

222 오스카 와일드 작품선 와일드 · 정영목 옮김
223 벨아미 모파상 · 송덕호 옮김
224 파스쿠알 두아르테 가족 호세 셀라 · 정동섭 옮김 노벨 문학상 수상 작가
225 시칠리아에서의 대화 비토리니 · 김운찬 옮김
226·227 길 위에서 케루악 · 이만식 옮김 《타임》 선정 현대 100대 영문소설 | 《뉴스위크》 선정 100대 명저
228 우리 시대의 영웅 레르몬토프 · 오정미 옮김
229 아우라 푸엔테스 · 송상기 옮김
230 클링조어의 마지막 여름 헤세 · 황승환 옮김 노벨 문학상 수상 작가
231 리스본의 겨울 무뇨스 몰리나 · 나송주 옮김
232 뻐꾸기 둥지 위로 날아간 새 키지 · 정회성 옮김 《타임》 선정 현대 100대 영문소설
233 페널티킥 앞에 선 골키퍼의 불안 한트케 · 윤용호 옮김 노벨 문학상 수상 작가
234 참을 수 없는 존재의 가벼움 쿤데라 · 이재룡 옮김
235·236 바다여, 바다여 머독 · 최옥영 옮김
237 한 줌의 먼지 에벌린 워 · 안진환 옮김 《타임》 선정 현대 100대 영문소설
238 뜨거운 양철 지붕 위의 고양이 · 유리 동물원 윌리엄스 · 김소임 옮김 퓰리처상 수상작
239 지하로부터의 수기 도스토옙스키 · 김연경 옮김
240 키메라 바스 · 이운경 옮김
241 반쪼가리 자작 칼비노 · 이현경 옮김
242 벌집 호세 셀라 · 남진희 옮김 노벨 문학상 수상 작가
243 불멸 쿤데라 · 김병욱 옮김
244·245 파우스트 박사 토마스 만 · 임홍배, 박병덕 옮김 노벨 문학상 수상 작가
246 사랑할 때와 죽을 때 레마르크 · 장희창 옮김
247 누가 버지니아 울프를 두려워하랴? 올비 · 강유나 옮김
248 인형의 집 입센 · 안미란 옮김
249 위폐범들 지드 · 원윤수 옮김 노벨 문학상 수상 작가
250 무정 이광수 · 정영훈 책임 편집 서울대 권장도서 100선
251·252 의지와 운명 푸엔테스 · 김현철 옮김
253 폭력적인 삶 파솔리니 · 이승수 옮김
254 거장과 마르가리타 불가코프 · 정보라 옮김
255·256 경이로운 도시 멘도사 · 김현철 옮김
257 야콥을 둘러싼 추측들 욘존 · 손대영 옮김
258 왕자와 거지 트웨인 · 김욱동 옮김
259 존재하지 않는 기사 칼비노 · 이현경 옮김
260·261 눈먼 암살자 애트우드 · 차은정 옮김 《타임》 선정 현대 100대 영문소설
262 베니스의 상인 셰익스피어 · 최종철 옮김
263 말리나 바흐만 · 남정애 옮김
264 사볼타 사건의 진실 멘도사 · 권미선 옮김
265 뒤렌마트 희곡선 뒤렌마트 · 김혜숙 옮김
266 이방인 카뮈 · 김화영 옮김 노벨 문학상 수상 작가 | 미국대학위원회 선정 SAT 추천도서
267 페스트 카뮈 · 김화영 옮김 노벨 문학상 수상 작가 | 국립중앙도서관 선정 청소년 권장도서
268 검은 튤립 뒤마 · 송진석 옮김
269·270 베를린 알렉산더 광장 되블린 · 김재혁 옮김
271 하얀 성 파묵 · 이난아 옮김 노벨 문학상 수상 작가
272 푸슈킨 선집 푸슈킨 · 최선 옮김
273·274 유리알 유희 헤세 · 이영임 옮김 노벨 문학상 수상 작가

275 픽션들 보르헤스 · 송병선 옮김 서울대 권장도서 100선
276 신의 화살 아체베 · 이소영 옮김
277 빌헬름 텔 · 간계와 사랑 실러 · 홍성광 옮김
278 노인과 바다 헤밍웨이 · 김욱동 옮김 노벨 문학상 수상 작가 | 퓰리처상 수상작
279 무기여 잘 있어라 헤밍웨이 · 김욱동 옮김 미국대학위원회 선정 SAT 추천도서
280 태양은 다시 떠오른다 헤밍웨이 · 김욱동 옮김 《타임》 선정 현대 100대 영문 소설
281 알레프 보르헤스 · 송병선 옮김
282 일곱 박공의 집 호손 · 정소영 옮김
283 에마 오스틴 · 윤지관, 김영희 옮김
284·285 죄와 벌 도스토옙스키 · 김연경 옮김 미국대학위원회 선정 SAT 추천도서
286 시련 밀러 · 최영 옮김
287 모두가 나의 아들 밀러 · 최영 옮김
288·289 누구를 위하여 종은 울리나 헤밍웨이 · 김욱동 옮김 노벨 문학상 수상 작가
290 구르브 연락 없다 멘도사 · 정창 옮김
291·292·293 데카메론 보카치오 · 박상진 옮김
294 나누어진 하늘 볼프 · 전영애 옮김
295·296 제브데트 씨와 아들들 파묵 · 이난아 옮김 노벨 문학상 수상 작가
297·298 여인의 초상 제임스 · 최경도 옮김 미국대학위원회 선정 SAT 추천도서
299 압살롬, 압살롬! 포크너 · 이태동 옮김 노벨 문학상 수상 작가
300 이상 소설 전집 이상 · 권영민 책임 편집
301·302·303·304·305 레 미제라블 위고 · 정기수 옮김
306 관객모독 한트케 · 윤용호 옮김 노벨 문학상 수상 작가
307 더블린 사람들 조이스 · 이종일 옮김
308 에드거 앨런 포 단편선 앨런 포 · 전승희 옮김 미국대학위원회 선정 SAT 추천도서
309 보이체크 · 당통의 죽음 뷔히너 · 홍성광 옮김
310 노르웨이의 숲 무라카미 하루키 · 양억관 옮김
311 운명론자 자크와 그의 주인 디드로 · 김희영 옮김
312·313 헤밍웨이 단편선 헤밍웨이 · 김욱동 옮김 노벨 문학상 수상 작가
314 피라미드 골딩 · 안지현 옮김 노벨 문학상 수상 작가
315 닫힌 방 · 악마와 선한 신 사르트르 · 지영래 옮김
316 등대로 울프 · 이미애 옮김 《타임》 선정 현대 100대 영문소설 | 《뉴스위크》 선정 100대 명저
317·318 한국 희곡선 송영 외 · 양승국 엮음
319 여자의 일생 모파상 · 이동렬 옮김
320 의식 노터봄 · 김영중 옮김
321 육체의 악마 라디게 · 원윤수 옮김
322·323 감정 교육 플로베르 · 지영화 옮김
324 불타는 평원 룰포 · 정창 옮김
325 위대한 몬느 알랭푸르니에 · 박영근 옮김
326 라쇼몬 아쿠타가와 류노스케 · 서은혜 옮김
327 반바지 당나귀 보스코 · 정영란 옮김
328 정복자들 말로 · 최윤주 옮김
329·330 우리 동네 아이들 마흐푸즈 · 배혜경 옮김 노벨 문학상 수상 작가
331·332 개선문 레마르크 · 장희창 옮김
333 사바나의 개미 언덕 아체베 · 이소영 옮김
334 게걸음으로 그라스 · 장희창 옮김 노벨 문학상 수상 작가

335 코스모스 곰브로비치·최성은 옮김

336 좁은 문·전원교향곡·배덕자 지드·동성식 옮김 노벨 문학상 수상 작가

337·338 암 병동 솔제니친·이영의 옮김 노벨 문학상 수상 작가

339 피의 꽃잎들 응구기 와 시옹오·왕은철 옮김

340 운명 케르테스·유진일 옮김 노벨 문학상 수상 작가

341·342 벌거벗은 자와 죽은 자 메일러·이운경 옮김 퓰리처상 수상 작가

343 시지프 신화 카뮈·김화영 옮김 노벨 문학상 수상 작가

344 뇌우 차오위·오수경 옮김

345 모옌 중단편선 모옌·심규호, 유소영 옮김 노벨 문학상 수상 작가

346 일야서 한사오궁·심규호, 유소영 옮김

347 상속자들 골딩·안지현 옮김 노벨 문학상 수상 작가

348 설득 오스틴·전승희 옮김

349 히로시마 내 사랑 뒤라스·방미경 옮김

350 오 헨리 단편선 오 헨리·김희용 옮김

351·352 올리버 트위스트 디킨스·이인규 옮김

353·354·355·356 전쟁과 평화 톨스토이·연진희 옮김

357 다시 찾은 브라이즈헤드 에벌린 워·백지민 옮김

358 아무도 대령에게 편지하지 않다 마르케스·송병선 옮김

359 사양 다자이 오사무·유숙자 옮김

360 좌절 케르테스·한경민 옮김 노벨 문학상 수상 작가

361·362 닥터 지바고 파스테르나크·김연경 옮김 노벨 문학상 수상 작가

363 노생거 사원 오스틴·윤지관 옮김

364 개구리 모옌·심규호, 유소영 옮김 노벨 문학상 수상 작가

365 마왕 투르니에·이원복 옮김 공쿠르상 수상 작가

366 맨스필드 파크 오스틴·김영희 옮김

367 이선 프롬 이디스 워튼·김욱동 옮김 퓰리처상 수상 작가

368 여름 이디스 워튼·김욱동 옮김 퓰리처상 수상 작가

369·370·371 나는 고백한다 자우메 카브레·권가람 옮김

372·373·374 태엽 감는 새 연대기 무라카미 하루키·김난주 옮김

375·376 대사들 제임스·정소영 옮김

377 족장의 가을 마르케스·송병선 옮김 노벨 문학상 수상 작가

378 핏빛 자오선 매카시·김시현 옮김

379 모두 다 예쁜 말들 매카시·김시현 옮김

380 국경을 넘어 매카시·김시현 옮김

381 평원의 도시들 매카시·김시현 옮김

382 만년 다자이 오사무·유숙자 옮김

383 반항하는 인간 카뮈·김화영 옮김 노벨 문학상 수상 작가

384·385·386 악령 도스토옙스키·김연경 옮김

387 태평양을 막는 제방 뒤라스·윤진 옮김

388 남아 있는 나날 가즈오 이시구로·송은경 옮김

389 앙리 브륄라르의 생애 스탕달·원윤수 옮김

390 찻집 라오서·오수경 옮김

391 태어나지 않은 아이를 위한 기도 케르테스·이상동 옮김 노벨 문학상 수상 작가

392·393 서머싯 몸 단편선 서머싯 몸·황소연 옮김

394 케이크와 맥주 서머싯 몸·황소연 옮김

395 월든 소로 · 정회성 옮김
396 모래 사나이 E. T. A. 호프만 · 신동화 옮김
397·398 검은 책 오르한 파묵 · 이난아 옮김 노벨 문학상 수상 작가
399 방랑자들 올가 토카르추크 · 최성은 옮김 노벨 문학상 수상 작가
400 시여, 침을 뱉어라 김수영 · 이영준 엮음
401·402 환락의 집 이디스 워튼 · 전승희 옮김
403 달려라 메로스 다자이 오사무 · 유숙자 옮김
404 아버지와 자식 투르게네프 · 연진희 옮김
405 청부 살인자의 성모 바예호 · 송병선 옮김
406 세피아빛 초상 아옌데 · 조영실 옮김
407·408·409·410 사기 열전 사마천 · 김원중 옮김 서울대 권장도서 100선
411 이상 시 전집 이상 · 권영민 책임 편집
412 어둠 속의 사건 발자크 · 이동렬 옮김
413 태평천하 채만식 · 권영민 책임 편집
414·415 노스트로모 콘래드 · 이미애 옮김
416·417 제르미날 졸라 · 강충권 옮김
418 명인 가와바타 야스나리 · 유숙자 옮김 노벨 문학상 수상 작가
419 핀처 마틴 골딩 · 백지민 옮김 노벨 문학상 수상 작가
420 사라진 · 샤베르 대령 발자크 · 선영아 옮김
421 빅 서 케루악 · 김재성 옮김
422 코뿔소 이오네스코 · 박형섭 옮김
423 블랙박스 오즈 · 윤성덕, 김영화 옮김
424·425 고양이 눈 애트우드 · 차은정 옮김
426·427 도둑 신부 애트우드 · 이은선 옮김
428 슈니츨러 작품선 슈니츨러 · 신동화 옮김
429·430 세계의 끝과 하드보일드 원더랜드 무라카미 하루키 · 김난주 옮김
431 멜랑콜리아 I—II 욘 포세 · 손화수 옮김 노벨 문학상 수상 작가
432 도적들 실러 · 홍성광 옮김
433 예브게니 오네긴 · 대위의 딸 푸시킨 · 최선 옮김
434·435 초대받은 여자 보부아르 · 강초롱 옮김
436·437 미들마치 엘리엇 · 이미애 옮김
438 이반 일리치의 죽음 톨스토이 · 김연경 옮김
439·440 캔터베리 이야기 제프리 초서 · 이동일, 이동춘 옮김

세계문학전집은 계속 간행됩니다.